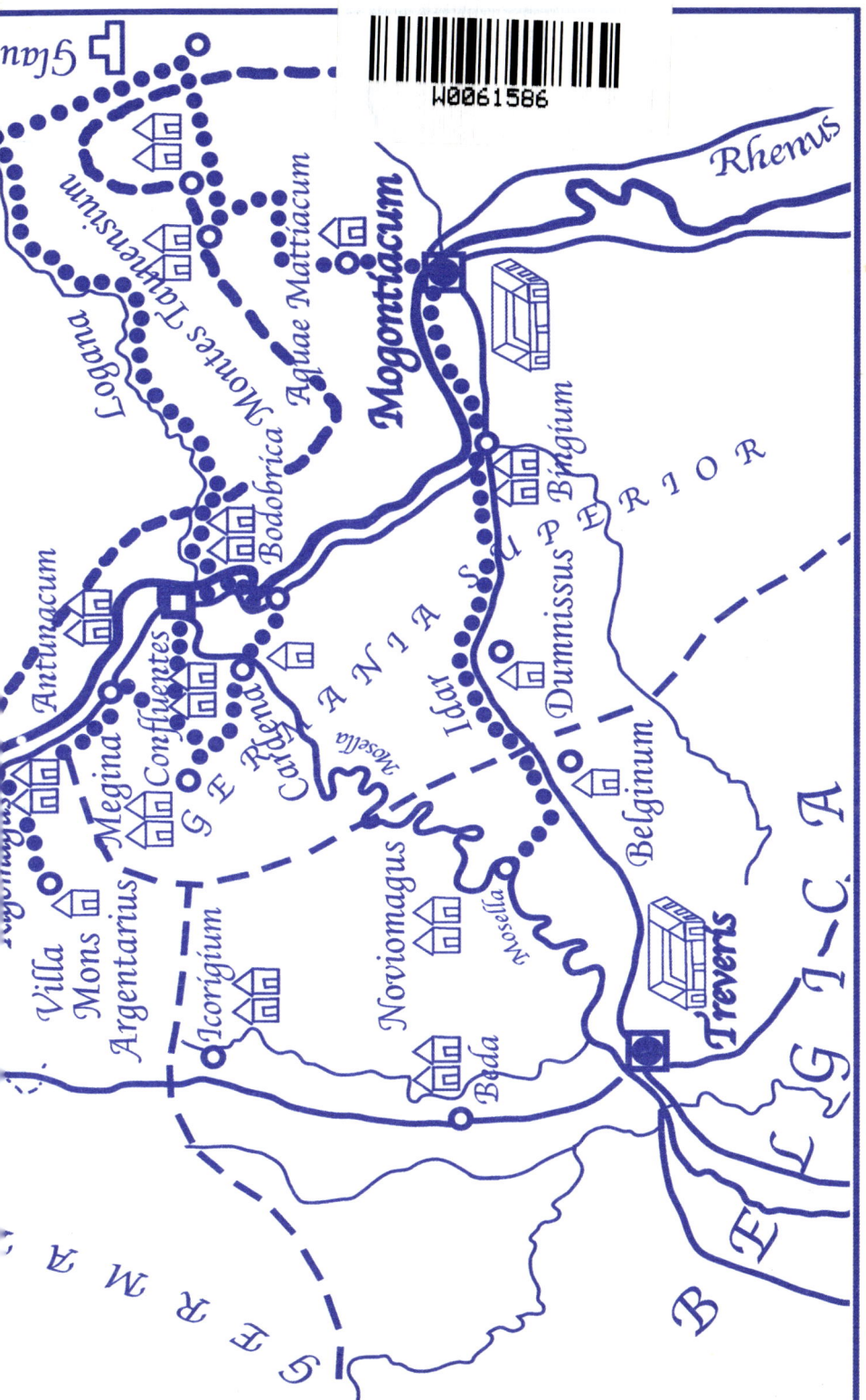

Glan

Rhenus

Mogontiacum

Logana

Montes Taunensium

Aquae Mattiacum

Bodobrica

Antunacum

Confluentes

Carttena

Mosella

Idar

Dummissus

Bingium

Belginum

GERMANIA SUPERIOR

Megina

Villa

Mons

Argentarius

Icorigium

Noviomagus

Beda

Mosella

Treveris

BELGICA

GERMANIA

Das römische Germanien
im Vierten Jahrhundert

Antunacum	Andernach
Aquae Mattiacorum	Wiesbaden
Aquis	Aachen
Beda	Bitburg
Belgica	Euskirchen-Billig
Belginum	Morbach-Wederath
Bingium	Bingen
Bodobrica	Boppard
Bonna	Bonn
Burungum	Haus Bürgel (Monheim)
Colonia	Köln
Confluentes	Koblenz
Coriovallum	Heerlen (NL)
Dumnissus	Kirchberg
Durnomagus	Dormagen
Gelduba	Krefeld-Gellep
Icorigium	Jünkerath
Juliacum	Jülich
Megina	Mayen
Mogontiacum	Mainz
Novaesium	Neuss
Noviomagus	Neumagen
Rigomagus	Remagen
Tolbiacum	Zülpich
Treveris	Trier
Tricensima	Xanten
Varnenum	Aachen-Kornelimünster
Villa Mons Argentarius	Römervilla, Ahrweiler
Logana	Lahn
Mosella	Mosel
Rhenus	Rhein
Idar	Idarwald, Hunsrück
Montes Taunensium	Taunus
Silva Arduenna	Eifel

Michael Kuhn

Marcus – Tribun Roms

Band II

Erste Auflage 2009

Copyright © by Michael Kuhn
Ammianus Verlag Aachen
Alle Rechte der Verbreitung, auch durch Film, Funk und Fernsehen,
Tonträger jeder Art, fotomechanische Wiedergabe und
auszugsweisen Nachdruck sind vorbehalten.
Soweit durch Hinweis oder Verlinkung auf andere Websites zusätzliche
Informationen zugänglich gemacht werden, erfolgt hiermit der Hinweis darauf,
dass keine Inhaltskontrolle stattfindet und jegliche Haftung
für den Inhalt dieser Seiten ausgeschlossen ist.
Umschlagsgestaltung und Kartenerstellung: Thomas Kuhn
Zeichnungen: Hannelore Kuhn
Fotos: Michael Kuhn, Dr. Sibylle Friedrich, Berthold Staudt
Druck, Satz und Bindung: TZ – Verlag, Roßdorf bei Darmstadt

Printed in Germany
ISBN 978-3-9812285-1-9

www.ammianus.eu

Marcus

Tribun Roms
Schicksal an Mosel und Rhein

Band II

Ammianus Verlag

Danksagung

An dieser Stelle möchte ich all denen Dank sagen, die an der Entstehung des Buches ihren Anteil hatten.

Thomas Kuhn bearbeitete das Fotomaterial, erstellte die Karten und gab dem Cover seine künstlerische Gestalt. Hannolore Kuhn erstellte die Zeichnungen zum Buch.

Heike Breimes, Sabine und Torsten Goesch, Kerstin Juchem, Hannelore Kuhn, Rainer Schulz, Tanja Baumgart, Katja Salewski, Tatjana Heuss, Lars Neger, Peter Henrich und Ines Grohmann wurden nicht müde, durch wiederholtes Lesen viel zum Gelingen des Buches beizutragen.

Danken möchte ich zum Schluss all denen, die mich wissenschaftlich beraten und mit wertvollem Material zur Provinzialrömischen Geschichte unterstützt haben:

Dr. Peter Henrich, Geschäftsführer der Deutschen Limeskommission, Bad Homburg

Dr. Rosemarie Cordie, Archäologiepark Belginum, Morbach-Wederath

Dr. Marion Witteyer, Generaldirektion Kulturelles Erbe Rheinland-Pfalz, Direktion Landesarchäologie Mainz

Dr. Sebastian Ristow, Köln, für Informationen zum spätantiken Köln

Dr. Hubertus Ritzdorf, Museum Römervilla, Ahrweiler

Dr. Hans-Jürgen Sarholz, Kur- und Stadtmuseum Bad Ems

Dr. Cliff A. Jost, Generaldirektion Kulturelles Erbe Rheinland-Pfalz, Direktion Landesarchäologie, Aussenstelle Koblenz

Dr. Cornelius Ulbert, für Informationen zum römischen Bonn

Jörg Busch, Geschäftsführer Vulkanpark GmbH, Koblenz

Kurt Kleemann, Römisches Museum Remagen

Frank Brünninghaus, Direktion Kulturelles Erbe Rheinland-Pfalz, Direktion Landesarchäologie, Aussenstelle Koblenz zur Grabung in Andernach

Dr. Annekathrin Kordel, Projektleiterin „Straße der Römer", Trier

Ines Grohmann M.A., Köln, für Informationen zum römischen Dormagen

Michael Hohmeier, Monheim, für Informationen zum Haus Bürgel

Vom VAT in Mayen Dr. Holger Schaaff, Dr. Angelika Hunold, Antonia Glauben M.A., Dr. Stefan Wenzel, Dr. Lutz Grunwald und Dr. Sabine Rick

Mein besonderer Dank gilt Dr. Sibylle Friedrich, VAT Mayen, für ihre allgemeine Unterstützung, der Stellung von Fotomaterial und Informationen über das römische Remagen

Berthold Staudt, Morbach, für die Überlassung von Fotomaterial

Sollte ich jemanden an dieser Stelle nicht bedacht haben, so bitte ich dieses zu entschuldigen.

Für Ines und Kerstin

Inhalt

**Marcus
Tribun Roms**

Dramatis Personae

Marcus Junius Maximus:	römischer Tribun und Herr der Villa Vineta
Bissula:	eine Alemannin aus dem Taunus
Ulf:	ein fränkischer Krieger
Flavius Claudius Julianus*:	der Caesar des Westens und spätere Kaiser
Sextus Pomponius:	Offizier der kaiserlichen Leibwache
Charietto*:	Tribun fränkischer Abstammung und Anführer einer Spezialeinheit
Severus*:	Magister Equitum, Reitergeneral
Germanus:	Reiteroffizier alemannischer Abstammung, Bissulas Vetter
Rufus:	Soldat mit fränkischer Wurzeln
Sextus Balbus:	Centurio aus Divodurum
Gaius Aelius Viatorinus:	Kommandant der Festung Noviomagus. Verschwörer
Ursicinus*:	Magister Militum, General. Verschwörer
Martinus*:	christlicher Tribun. Verschwörer
Ammianus Marcellinus*:	Geschichtsschreiber. Verschwörer
Silvanus*:	Statthalter der Germania Secunda, selbsternannter Kaiser. Ermordet
Serena:	Römerin, Witwe des Silvanus
Clodius:	Sohn des Silvanus, acht Jahre
Hariobaud:	Anführer der alemannischen Bukinobaten
Makrian*:	alemannischer Teilkönig, Herr über den Dünsberg
Rando*:	alemannischer Häuptling
Hatto:	Dorfvorsteher eines fränkischen Dorfes an der Lahn
Veleda:	Priesterin und Seherin an der Lahn
Bauto:	Teilkönig der Rheinfranken
Barbatio*:	Magister Peditum, General und designierter Statthalter Niedergermaniens
Gaius Verus:	Wirt der Taverne „Zum glücklichen Ubier" in der Colonia
Regulus:	Beauftrageter des Statthalters von Mogontiacum
Drusilla:	Priesterin der Mater Magna in Mogontiacum
Galerius:	Verwalter der Villa Vineta, Freund von Marcus
Flavia:	junge Alemannin in der Villa Vineta

* Historische Persönlichkeiten

Prolog

Es geschah im 18. Jahr der Herrschaft des Imperators Constantius II., als die Provinzen im Nordwesten des Imperiums unter dem Ansturm von Franken und Alemannen zu zerbrechen drohten. Mit Donner und Hagel hatte ein Spätsommertag im September sein Ende gefunden. Eiskörner groß wie Schleudergeschosse aus Blei waren auf die Provinzhauptstadt am Rhenus herab gefallen und hatten unter ihrem Aufprall manchen Dachziegel zersplittern lassen. Bruchstücke aus rotem Ton, von den Bäumen hinunter gefegte Blätter und Klumpen aus schmelzendem Eis bedeckten Straßen und Plätze der Colonia, die sich spärlich mit Menschen füllten. Voller Angst blickten sie zum Himmel, ob sich der Zorn der Götter ausgetobt hatte.

Es ging auf die neunte Abendstunde zu, und im Dämmerlicht der einbrechenden Nacht peitschte eine Sturmbö über Stadt und Fluss, dass sich die Wogen des Rhenus mit Schaumkronen bedeckten. Die im Hafen vor Anker vertäuten Kähne und Lastschiffe krachten gegen die Holzbohlen des Uferkais.

Im Windschatten eines Mauervorsprungs neben dem mittleren Rhenustor, unweit des Tempels des Mars, rückten zehn Männer eng zusammen, um dem Toben des Sturmes keine Angriffsfläche zu bieten. Wenn sie sich bewegten, konnte man unter ihren eng um die Körper gewickelten Mänteln die Spitzen von Speeren und Lanzen aufblinken sehen. Gebannt starrten sie auf eine dreißig Schritt entfernte Pforte, die an dieser Stelle den Zugang zur Aula Regia und dem dahinter liegenden Prätorium ermöglichte.

„Viatorinus, läuft es ab wie besprochen?", dräute die Stimme eines dunkelbärtigen Hünen mit kurz geschnittenem Schwarzhaar. Unter seinem rostroten Soldatenmantel, den eine schwere Goldfibel an der Schulter schloss, kamen der Griff einer Spatha und die Eisenringe eines Kettenpanzers zum Vorschein. Die Narbe eines Schwerthiebes entstellte die rechte Wange des Ursicinus, der als Magister Peditum et Equitum den Oberbefehl über die Truppen des Bewegungsheeres der gallischen und germanischen

13

Provinzen auf sich vereinigte. Ein Mann ohne Rücksichten, der sich durch Loyalität, Tapferkeit und List vom einfachen Legionär bis an die Spitze der römischen Armee empor gekämpft hatte.

„Wie besprochen", drehte der Angesprochene dem Ursicinus das Gesicht zu und funkelte aus schwarzen Augen seinen Vorgesetzten in stummer Aufbegehrung an.

Das dunkle Haupthaar des Viatorinus, Kommandant der Festung Noviomagus, durchzogen erste graue Strähnen. Zusammen mit den buschigen Brauen und den energischen Linien um Kinn und Mund verliehen sie dem Offizier ein verwegenes Aussehen. Unterstützt durch den geraden Schwung der Nase, den hohen Wangenknochen und einer breitschultrigen Statur, war er das Idealbild eines Römers, wie es in den Tagen eines Hadrian oder Marc Aurel die Künstler in Marmor meißelten.

„Wenn sich Ulf, der Führer der Palastgarde, an die Absprache hält, muss er in wenigen Augenblicken aus der Pforte heraus treten, um den Lohn für seinen Verrat entgegen zu nehmen." Zur Unterstreichung seiner Worte zog Viatorinus einen Lederbeutel unter dem Umhang hervor, der prall gefüllt schien. Durch die Bewegung stießen die Münzen im Innern aneinander, und ein leicht gedämpftes Klirren ließ auf Gold und Silber schließen.

„Steck das weg, und du Martinus, lass das bleiben", fauchte Ursicinus einen anderen Mann an, der an einer kleinen Eisenlampe eine Fackel entzünden wollte.

„Wir müssen nicht früher als nötig auf uns aufmerksam machen".

Eingeschüchtert ließ Martinus, ein untersetzter, junger Tribun mit gelocktem Blondhaar und jungenhaften Gesichtszügen die Fackel sinken und schloss die Öffnung der Handlampe, so dass kein Lichtstrahl in den Abend dringen konnte.

Der Blick des Ursicinus wanderte über die Gruppe und blieb am schmalgesichtigen Antlitz eines düster wirkenden Syrers hängen, der nervös an seiner Unterlippe kaute.

„Achte auf jede Einzelheit, Ammianus", raunte er dem kleinen Mann zu, der mit einem Nicken zustimmte. „Der Imperator erwartet einen detaillierten Bericht über alles, was hier geschieht.

Jedes Detail, hörst du, absolut jedes. Du weißt, wie misstrauisch Constantius sein kann!" Ein Lächeln huschte über die Gesichtszüge des Syrers, während er die an einem Lederriemen über der Schulter hängenden Tasche berührte, die seine Schreibutensilien enthielt. Tat er gut daran, seine Männer so kurz zu halten? Ein bitterer Zug umspielte die Gesichtszüge des Magister Militum, als er sich räusperte und auf das Straßenpflaster zu seinen Füßen spuckte.

Sie waren hier, um zu töten, und dabei durfte nichts geschehen, was das Unternehmen gefährden konnte.

In seinem Kopf ging er noch einmal alles durch, was ihn an diesen Ort geführt hatte. Er war zu Constantius nach Mediolanum befohlen worden, der ihn mit wächsernem Antlitz empfing. Er erfuhr, dass sich Silvanus, Magister Militum und Statthalter der Germania Secunda, in der Colonia zum Imperator erhoben hatte. „Töte Silvanus", hatte Constantius ihm zugeraunt, als befürchtete er, in seinem eigenen Palast belauscht zu werden.

Er hatte darauf seine besten Männer nach Mogontiacum befohlen und sich mit ihnen vor einer Woche getroffen. Dann waren sie, getarnt als offizielle Gesandtschaft des Constantius, mit einem Schnellruderer in die Provinzhauptstadt Niedergermaniens gefahren. Silvanus war auf die Posse einer vertraglichen Regelung der Angelegenheit herein gefallen und hatte ihn und seine Männer mit Freundlichkeit empfangen, während er fieberhaft nach einer Möglichkeit suchte, den Befehl des Constantius auszuführen.

Viatorinus hatte sich in der Zwischenzeit in einer Taverne bei Wein und Bier an Ulf, den Befehlshaber der Leibwache, herangemacht und dessen Schwachstelle gefunden. Der Hitzkopf hasste seinen Herrn, und es war ein leichtes gewesen, ihn mit Gold zu bestechen.

Was ging es ihn an, dass gemunkelt wurde, Ulf sei ein Neffe des Silvanus und in dessen Frau Serena verliebt.

Ein Lächeln umspielte die Lippen des Magisters, der den Statthalter Roms am Rhenus immer gehasst hatte. Der Mann war ein Emporkömmling, ein halber Franke, dessen Vater zu den Legionen übergelaufen war und in Gallien Karriere gemacht hatte. Den Makel seiner Herkunft hatte Silvanus durch seine Heirat mit der kapriziösen Römerin Serena zu überdecken versucht, die ihn nur seines Geldes und seiner gesellschaftlichen Stellung wegen erhört hatte. Ihre Familie hatte in den Wirren um die Nachfolge des großen Constantinus auf die falsche Seite gesetzt und Ansehen und Vermögen verspielt.

Serena, die ihrem Gatten, wann immer sich die Möglichkeit bot, Hörner aufsetzte, blieb nicht der einzige Fehler des Silvanus. Eine Intrige am Kaiserhof gegen seine Person, die er mit ein wenig Verstand und Geduld hätte ausräumen können, trieb ihn voller Panik zu dem verhängnisvollen Entschluss, genau das zu tun, was man ihm unterstellte. 28 Tage waren es her, dass er sich hier, in der Aula Regia, den Purpur eines Imperators umlegen ließ.

Wieder streifte sein Blick die Männer, die mit ihm gekommen waren, den Nebenbuhler und Konkurrenten auszuschalten. Gute Offiziere und zuverlässige Mannschaften, ausnahmslos Protectores Domestici, Gardesoldaten des Imperators. Nur Martinus bereitete ihm Sorgen. Der junge Tribun war tüchtig, wurde aber zu oft von Skrupeln über sein Tun und Handeln als Soldat und Offizier befallen. Ursicinus hatte nichts gegen Christen, denn es gab gute Soldaten unter ihnen, aber im Fall von Martinus verhielt es sich anders: Seit seinem Übertritt zum Gott der Nächstenliebe und Barmherzigkeit hatte er begonnen, seine Pflichten zu vernachlässigen.

„Es geht los", wurde Ursicinus von Ammianus in seinem Gedankengang unterbrochen, der mit der Rechten auf die Pforte wies, die sich einen Spalt geöffnet hatte. Ein Lichtstrahl drang in die Dunkelheit hinaus. Die Tür schwang auf und im Lichtkegel wurde der Schatten eines Mannes sichtbar, der gleich darauf auf das Straßenpflaster hinaus trat. Mittelgroß und in Waffen musterte der Mann rechts und links die Umgebung, bis er die Gruppe am Rhenustor erblickte und vorsichtig einige Schritte näher kam.

„Das ist Ulf", sagte Viatorinus, ohne seinen Blick von der Gestalt zu wenden, die vor ihnen verharrte.

„Geh zu ihm und bring ihn her", klang die Stimme des Ursicinus seltsam gepresst.

Gespannt verfolgten die Männer, wie Viatorinus zu dem Franken ging, kurz mit ihm sprach und mit Ulf zurückkehrte.

Wenige Schritte vor Ursicinus blieb Ulf stehen und legte eine Hand an den Griff seiner Spatha. Das dunkle Haupthaar fiel dem gerade zwanzigjährigen Franken ins Gesicht und verdeckte zum Teil eine große Narbe, die sich über Stirn und Wange zog. Misstrauisch funkelten seine stechend dunklen Augen den Magister Militum an.

„Was ist mit der Leibwache?", presste Ursicinus heraus, was Ulf nicht zu beeindrucken schien und sogar ein Grinsen abverlangte.

„Hat der große Heerführer Angst, in eine Falle gelockt zu werden?" spottete er und trat einen Schritt heran.

Voller Zorn zog Ursicinus seine Spatha zur Hälfte aus der Scheide, stieß die Klinge aber augenblicklich wieder zurück.

„Wenn du uns betrügst, bist du sofort tot, Ulf", drohte er dem Franken, der zurückwich und die Arme vor der Brust verschränkte.

„Wenn ich meinen Lohn erhalten habe, gebe ich ein Zeichen und ihr könnt das tun, weshalb ihr gekommen seid."

„Gib ihm den Beutel", wand sich Ursicinus an Viatorinus, „aber der Franke bleibt hier, bis die Wache abgezogen ist."

Ulf nickte zustimmend, während er den Beutel in der Hand wog und Genugtuung seine Gesichtszüge erhellte. Er blickte zur Pforte, wo ein weiterer Schatten sichtbar wurde, welchem er mit der erhobenen Rechten ein Zeichen gab.

Der Schatten verschwand, aber wenige Augenblicke später verließ die Leibwache des verratenen Imperators das Gebäude.

„24, 25, 26", zählte Viatorinus. „Das sind alle, Ursicinus, der Franke hat Wort gehalten."

Voller Spannung beobachteten die Männer, wie die Soldaten der Leibwache an ihnen vorbeizogen und in der nächsten Querstrasse den Blicken entschwanden.

„Mit den Göttern und für den Imperator Constantius", rief der Magister Militum und zog seine Spatha aus der Scheide, so dass die Klinge im Licht der angezündeten Fackeln aufblitzte.

„Eines noch", versperrte Ulf dem Ursicinus den Weg. „Ihr habt versprochen, Serena, die Frau des Silvanus, und ihr Kind Clodius zu schonen.

„Silvanus wird sterben, seine Hure und das Balg mögen weiterleben", schob er den Franken zur Seite und schritt in Richtung der offen stehenden Pforte.

Viatorinus, Ammianus und die übrigen Männer berührten schnell ein Amulett oder einen sonstigen Schutzzauber unter ihrer Rüstung, ließen die hinderlichen Mäntel fallen, zogen die Waffen und eilten hinter dem Magister her, während Martinus das Zeichen des Kreuzes schlug und ihnen mit einigem Abstand folgte.

Ulf wartete, bis die Männer in der Pforte verschwunden waren, warf einen letzten Blick auf den am Boden liegenden dunklen Haufen der Mäntel und eilte zum Rhenustor. Statt, wie abgesprochen an den Ort, an dem er seine Kameraden von der Leibgarde treffen sollte.

„Sie werden ohne das versprochene Geld auskommen müssen", dachte er grimmig. Er stemmte sich gegen einen Flügel des Tores, der unter seinem Druck nachgab und knarrend aufschwang, wofür er vorher gesorgt hatte.

Ulf rannte an den grauen Klötzen der Lagerhallen vorbei auf den Schiffsanleger zu, wo ein locker vertäuter Kahn mit Rudern auf ihn wartete. Angekommen, warf er den schweren Beutel mit den Münzen, seine Waffen und den Mantel in das Boot, sprang hinterher und stieß das Gefährt vom hölzernen Hafenkai ab. Nur wenige Ruderschläge, dann erfasste ihn die Strömung und trieb ihn flussabwärts.

Er sah in der Ferne die erleuchteten Fenster von Regia und Prätorium, hinter denen sein verhasster Onkel gerade sein Leben unter den Klingen der Mörder lassen musste. Ulf spürte weder Scham noch Reue, sollten sich die Römer und alle ihre Freunde doch gegenseitig umbringen. Je mehr, desto besser. Einzig das Schicksal Serenas bereitete ihm Sorgen, und sein Herz zog sich schmerzhaft zusammen, als er an die geliebte Frau dachte.

„Wird sie mich noch haben wollen, wenn das hier alles vorbei ist?"

Aber ihm blieb keine andere Wahl, als für eine Weile zu verschwinden. Silvanus hatte auch Freunde unter den Franken, die seinen Tod bedauern würden und vielleicht auf Rache sannen. Am besten wäre es, seinen Lohn an einem sicheren Ort zu verbergen und sich dann einer der Plünderungsbanden anzuschließen, die im Hinterland des Feindes operierten.

Inzwischen waren die Männer um Viatorinus einen Gang entlang geeilt, auf dessen Wänden das Licht der Fackeln bizarre Figuren tanzen ließ. Sie hatten mit Gewalt eine Türe aufgestoßen und standen nun mit gezogenen Waffen am Ende der großen Audienzhalle, die nur spärlich vom Licht weniger Öllampen erhellt wurde.

Im Nu hatte der ehemalige Statthalter und neue Imperator Silvanus die Gefahr erkannt, die von der Gruppe ausging, die in den Saal hinein strömte. Der dickliche, untersetzte Mann in den Fünfzigern, dem das schüttere, weiße Haar in die Stirn fiel, sah mit Entsetzen die gezückten Schwerter und die auf ihn gerichteten Speere und Arcoballisten.

Sofort schob er einen aus der ihn umgebenen Gruppe von Männern, die alle in weiße Togen oder protzige Dalmatiken gekleidet waren, in die Wurfbahn eines auf ihn geworfenen Mattiobardulus. Die Waffe zischte heran und fuhr dem Mann mit einem dumpfen Aufprall in die Brust. Blut spritzte auf, als der Höfling zu Boden ging und ohne einen Laut von sich zu geben, unter Zuckungen verschied.

Silvanus raffte seine blutbefleckte Toga und eilte durch die nächste Türe, die er mit einem Krachen hinter sich zuschlug, während sich einige seiner Höflinge beherzt der Gruppe der Attentäter in den Weg stellte. Es waren nur wenige Augenblicke, die sie für ihren Gebieter gewannen, bis sie alle abgeschlachtet waren. Verzweifelt nach einem Ausweg suchend und vergeblich nach seiner Leibgarde brüllend, hetzte der dem Tod geweihte Imperator durch die Gänge und Zimmerfluchten des angrenzenden Prätoriums. Außer Atem gelangte in seine Privatgemächer.

Serena, die der Lärm aufgeschreckt hatte, stand in der Mitte seines Arbeitsraumes und presste ihren gemeinsamen Sohn an sich, der voller Angst zu seiner Mutter geflüchtet war und sich in ihr Kleid krallte.

Silvanus gebot ihr mit einer Handbewegung zu Schweigen und verbarg sich hinter einem Vorhang in einer Nische, als die gegenüber liegende Türe aufgestoßen wurde und Männer mit Waffen in den Raum strömten.

Serena presste den Kopf des achtjährigen Jungen an ihre Brust, da er nicht sehen sollte, was jetzt geschehen würde und wies mit einer Bewegung ihres Kopfes auf die Stelle, an der ihr Mann sich verborgen hatte.

Einer der Männer riss den Vorhang zur Seite, während der Bolzen einer Arcoballista durch die Luft zischte. Ohne zu treffen knallte dieser gegen die Marmorverkleidung der Wand, eine fingerdicke Scharte hinterlassend. Ein anderer schlug mit seiner Spatha zu und traf den Imperator am linken Arm. Blut spritzte auf die Platten des hellen Marmorbodens, aber irgendwie gelang es Silvanus, in dem Durcheinander die Türe zu erreichen, heraus zu schlüpfen und die schwere Pforte hinter sich zu verriegeln. Gedämpft hörte er die wütenden Schreie der Eingeschlossenen, die mit allem, was sie in den Händen hielten, gegen die Türe schlugen.

Silvanus erreichte über einen weiten Flur das Eingangsportal des Prätoriums und hetzte in das Dunkel der Nacht hinaus, während die Tür seines Arbeitsraumes unter den Schlägen der Verfolger zerbarst und die Meute hinter ihm herjagte.

Er warf die hinderliche Toga mit den kaiserlichen Purpurstreifen auf das Straßenpflaster, presste den verletzen Arm an die Brust und jagte, nur noch mit Untertunika und einem Ledergürtel bekleidet, dem Cardo Maximus, der Hauptstraße zwischen Nord- und Südtor, entgegen. Im Licht einer Ölflamme, die in einem Bronzebecken vor einer Taverne trübes Licht verströmte, blitzte für einen Augenblick die Goldschnalle seines Gürtels auf. Das Abbild einer sich windenden Schlange, deren Augen aus Smaragden gearbeitet waren.

Die Schreie der Verfolger und ihre dumpfen Tritte auf dem Pflaster hinter sich, schlug Silvanus instinktiv an der nächsten Straßenkreuzung den Weg zur Bischofskirche ein, der parallel zum Cardo auf einen Rundturm der nördlichen Stadtmauer zulief. Selbst wenn Constantius seinen Tod befohlen hatte, würde der christlichste aller Kaiser es nicht dulden, dass er in einer Kirche getötet würde.

Schwerfällig wurde der Lauf des fetten Mannes, und die Verfolger gewannen an Boden, als er den Kirchenbau nahe des Nordtores vor sich sah. Er sah Licht im Innern und hastete nach rechts, am Kirchenschiff entlang. Sein Atem rasselte und das Blut rauschte pulsierend in seinen Ohren, als er endlich an der Umfassungsmauer vorbeigekommen war und neben der Front der Taufkapelle eine geöffnete Pforte fand. Kurz drehte er den Kopf nach seinen Verfolgern, die bis auf zwanzig Schritte herangekommen waren. Er zwang den versagenden Körper weiterzulaufen, stolperte zwei kleine Treppen empor, strauchelte kurz, fing sich und lief auf das Kirchenportal zu. Die Türflügel standen weit offen und Kerzenlicht und der Gesang von Gläubigen, die eine Messe feierten, drang aus dem massigen Gebäude nach außen.

Die Todesangst verlieh ihm noch einmal letzte Kräfte, und er quälte sich weiter, bis er vor der Kirchenschwelle stand. Noch ein, zwei Schritte, und er war gerettet.

„Nein", schrie Martinus in die Nacht hinein, als er sah, wie einer aus der Gruppe seine Arcoballista auf den Flüchtenden anlegte, der gerade die Kirchenpforte erreicht hatte. „Um Gottes willen, das ist das Haus des Herrn. Tu es nicht."

Es war töricht von Silvanus, sich auf den Ausruf des Martinus hin umzuwenden. Es war nur der Augenblick, den man für einen Wimpernschlag benötigt, aber er genügte. Mit einem hässlichen Krachen durchschlug der Bolzen die Brust des Silvanus und durchbohrte das Herz. Zu Tode getroffen stürzte der Imperator, der nur 28 Tage herrschen durfte, rücklings auf die Kirchenschwelle. Weder hörte er die Schreie der entsetzten Gläubigen, die nach allen Seiten auseinander stoben, noch spürte er die Speer- und Schwerterklingen der Mörder, die sich in seinen Leib bohrten.

Bewegungslos und stumm umstanden die Attentäter den zerfetzten Leichnam des Silvanus, bis Ursicinus sich herabbeugte und den Gürtel mit der blutbesudelten Goldschnalle aufhakte. Tückisch blitzten die grünen Smaragdaugen der sich windenden Schlange auf, als er den Gürtel an sich zog und Martinus zuwarf. „Bring das Serena, damit du überhaupt zu etwas nütze bist. Fast hättest du es mit deinem albernen Geplärre verdorben. Nur einen Schritt zur Seite, anstatt sich umzuschauen, und wir hätten vor der Kirchentüre Halt machen müssen."

Tränen der Scham und Reue rannen Martinus die Wangen herab, als er mit dem Gürtel in der Hand zum Prätorium zurückeilte. „Dieser Mord", fuhr es ihm durch den Kopf, "wird er mich die Seligkeit und das Paradies kosten?"

„Ammianus", ergriff Ursicinus wieder das Wort und schaute seinen Untergebenen streng an. „Schreibe in deinem Bericht, dass Silvanus auf dem Weg zu einem christlichen Versammlungsraum starb. Constantius muss nicht wissen, dass wir ihn auf der Schwelle zur Bischofskirche erwischt haben. So sehr der Imperator in Mediolanum den Silvanus für seine Usurpation hasst, umso mehr fürchtet er die Strafe seines freudlosen Gottes der Nächstenliebe und Barmherzigkeit."

Marsch der Tausend

Mein Name ist Marcus Junius Maximus, geboren auf dem väterlichen Weingut in der Nähe der Kaiserstadt Treveris im 14. Jahr der Herrschaft des großen Constantinus. Im Alter von neunzehn Jahren hatte ich meinen Dienst bei der ruhmreichen XXX. Legion in Tricensima angetreten, wurde in den Grenzkriegen mehrfach ausgezeichnet und zum ranghöchsten Centurio meiner Einheit befördert. Als Tribun und Freund des göttlichen Imperators Julian, dessen früher Tod ein neues Zeitalter verhinderte, war ich maßgeblich an dem blutigen Sieg über Franken und Alemannen und der Rückgewinnung der verlorenen germanischen Provinzen beteiligt.

Im ersten Teil meiner Erinnerungen schilderte ich, wie ich beim Fall der Festung Gelduba nur mit knapper Not dem Tod entging, in Aquis gesundete, dort meine geliebte Bissula kennen lernte und mich unter der Führung meines treuen Freundes Galerius durch die Silva Arduenna nach Hause durchschlug. Aber der Krieg war mir in die Heimat gefolgt und ich musste meinen Besitz gegen plündernde Barbaren behaupten. Siegreich im Kampf gegen die Eindringlinge wurde ich vom Statthalter zum Tribun befördert und mit dem Posten des stellvertretenden Vicarius der Festung Noviomagus betraut.

In Treveris führte mich das Schicksal mit meinem Todfeind, dem Franken Ulf zusammen, der mich an meinem goldenen Reif erkannt hatte. Dieser Armreif in Form einer sich windenden Schlange war mir als Kriegsbeute in einem Grenzgefecht zugefallen, bei dem sein Besitzer, der Vater Ulfs, gefallen war. Ich sollte erst später erfahren, dass sich ein mysteriöses Geheimnis an das Schmuckstück knüpfte und mich in Vorgänge verstrickte, die für mein weiteres Schicksal von entscheidender Bedeutung werden sollten. Ich ließ damals den jungen Ulf, der am Kampf teilgenommen hatte, aus Mitleid entkommen. Es sollte mir nicht gedankt werden. Seit unserem Wiedersehen stellte er mir nach und nur mit Glück und Geschick entging ich seiner Rache bis zu dem Zeitpunkt, als ich gezwungen war, mit ihm um den Schlangenreif auf dem Tempelberg zu Tabernae zu kämpfen. Ich siegte und wähnte meinen Todfeind in der Unterwelt, da er schwer verwundet in den Fluten der Mosella versunken war.

Jetzt setze ich meinen Bericht fort. Ich hatte mich von den Strapazen meiner Rückkehr an die Mosella erholt und meinen Posten in der Festung Noviomagus an der Seite meines Freundes und Waffengefährten Viatorinus angetreten. Nur wenige Wochen dauerte mein Dienst, als ein Befehl des göttlichen Julian alle verfügbaren Einheiten des Heeres nach Mogontiacum rief, um noch in diesem Jahr die Colonia, die Provinzhauptstadt der Germania Secunda, zurückzugewinnen.

Es war wenige Tage nach den Kalenden des August und die Sonne brannte aus einem wolkenlosen Himmel auf uns herab, wenn das Blätterdach der Bäume zurück trat und der Wald sich lichtete.

Um die achte Morgenstunde war unsere Marschkolonne von Noviomagus aufgebrochen und hatte gegen die Mittagszeit die Anhöhen des Idar erklommen. Wie ein riesiges Reptil hatte sich der Heereszug die Kehre der Straße empor gewunden, an deren Scheitelpunkt der Blick ins Tal fiel. Ein letztes Mal ragten am Ufer der Mosella die Spitzen der Türme, Dächer und Mauern der Festung aus dem Bodennebel, der auf den Fluten des Flusses lag.

Hoch zu Ross war ich als einer der Ersten mit der Vorhut aufgebrochen und war aus der Marschkolonne ausgeschert, um Viatorinus und Charietto zu mir aufschließen zu lassen.

Viatorinus, meinem Freund und Kampfgefährten aus alten Tagen, unterstanden als Vicarius der Festung Noviomagus die treverischen Kontingente unseres Heereszuges, während Charietto, dem schlachtenerprobten Haudegen und Anführer der legendären Wölfe als ranghöchster Tribun, der Oberbefehl übertragen worden war. Mir, als frisch ernanntem Tribun und Stellvertreter des Viatorinus, oblag die Aufgabe, Marschgeschwindigkeit und Zusammenhalt der Abteilungen zu koordinieren.

Ich hatte mein Pferd kurz hinter der Straßengabelung halten lassen, an der sich die Wege aus Treveris und Noviomagus trafen, um von dort vereint nach Mogontiacum zu führen. Um die Schmerzen im Rücken zu lindern, lehnte ich mich weit in den lederbespannten Holzsattel mit den charakteristisch hochgezogenen Enden zurück und lauschte den Geräuschen des Krieges. Die Luft war erfüllt von dem leichten Grollen, das der schlurfende Schritt von hunderten genagelten Soldatenstiefeln, das Mahlen und Rollen der Lastkarren und das Klappern der Pferdehufe auf dem Kiesbelag der breiten Reichsstraße erzeugten. Nicht in Paradeformation, aber doch im Verband der jeweiligen Einheit, zogen die Truppenteile an mir vorüber. Auf die Abteilungen aus Noviomagus und Divodurum folgte Kavallerie aus Beda, die ihre Pferde fluchend am Zügel führten. Die Tiere hatte der Anstieg erschöpft und mussten erst an größere Marschleistungen gewöhnt werden. Dahinter stapften die Wölfe des Charietto, erkennbar an dem Wolfskopf auf den Schilden und der individuellen Bewaffnung der Soldaten. Bis auf wenige Ausnahmen waren es Franken, Alemannen und Angehörige anderer Stämme jenseits des Rhenus. Sie kämpften mit dem, was sie am besten beherrschten. Ich sah die Franzisca, das gefürchtete Schlachtbeil der Franken, die lange Spatha der Alemannen und den Sax, das Kurzschwert der Stämme von der Küste des Nordmeeres, das im Nahkampf grässliche Wunden schlug. Charietto, jenseits des Rhenus als Franke geboren, hatte aus diesen Männern eine schlagfertige Truppe gebildet, die sich in den Wäldern im Kampf gegen Marodeure und Plünderer einen legendären Ruf erworben hatte.

Zwischen diesen Truppenteilen hatte ich die Wagen des Trosses verteilt, damit sie nicht den Anschluss verloren und leichte Beute versprengter germanischer Raubscharen wurden, welche immer noch in den Wäldern operieren sollten. Erst vorgestern waren einige Landvillen bei Dumnissus überfallen und niedergebrannt worden.

Vor- und Nachhut unseres Heeres bildeten wiederum Kavallerietrupps, die aus Icorigium und Treveris zu uns gestoßen waren.

Die Gesichter der Männer, die schwer an ihren Waffen und ihrer Ausrüstung trugen, waren gerötet und es wurde Zeit, dass wir den Vicus Belginum, das Marschziel des ersten Tages erreichten. Ich nahm den Bügelhelm vom Kopf und hängte ihn am Stirnriemen über das hochgezogene Vorderteil des Sattels, worauf mir kühl eine sachte Brise über Gesicht und feuchtes Haupthaar strich. Als ich den Kopf in den Nacken legte, um mir mit der Linken den Schweiß weg zu wischen, streifte das von der Sonne erwärmte Metall meines Armreifes meine Stirn. Ich ließ den Arm sinken. Grell leuchteten die Smaragdaugen im hellen Gold des Schmuckstücks auf, nachdem ich es mit meinem Halstuch vom Staub der Straße befreit hatte. Seit meinem Zweikampf mit dem Franken Ulf hatte das Amulett in Gestalt einer sich um den Arm windenden Schlange in einem verschlossenen Holzkasten meines Dienstzimmers geruht.

Beinahe wäre ich heute Morgen ohne den Glücksbringer der letzten Jahre aufgebrochen. Ich saß schon im Sattel, als mich ein Gefühl von Unruhe und einer Leere an meinem linken Handgelenk daran erinnerte, den Armreif nicht angelegt zu haben. Zurückzueilen, den Kasten zu öffnen, den Schlangenreif um den Unterarm zu winden und mein Pferd wieder zu besteigen war das Werk weniger Augenblicke. Sofort hatte sich die innere Unruhe gelegt, als das Metall der Schlange mein Handgelenk kühlte.

„Was trägst du denn da am Arm?", riss mich die Stimme des Viatorinus in die Realität des Marsches zurück.

„Meinen Glückbringer der vergangenen Jahre, den ich fast in Noviomagus vergessen hätte", antwortete ich dem Freund, der die Augen nicht von meinem Armreif lösen konnte.

„Wo hast du das her?" Die Schärfe in der Stimme des Viatorinus und sein erschrockener Blick befremdeten mich. So kannte ich den Freund nicht, der Vorgesetzte und Untergebene stets mit Respekt und Höflichkeit behandelte.

„Warum interessiert dich das?" antwortete ich mit einer Gegenfrage, mich wundernd, dass Viatorinus beim Anblick meines Amuletts die Fassung zu verlieren schien.

„Ich dachte…", begann Viatorinus seine Entgegnung, die er mit einem „es ist nichts" unterbrach und mit der Hand auf Charietto wies, der die vor ihm marschierenden Wölfe mit seinem Rappen zur Straßenmitte abdrängte und auf uns zuhielt.

„Was ist denn mit euch los", polterte er in seiner jovialen Art, als er sein Pferd neben uns zum Stehen brachte. Sein Gesicht, das wegen der vielen Narben an einen zerpflügten Acker erinnerte, glänzte vor Tatendrang und Zufriedenheit, als er seinen Blick von uns weg auf die lange Reihe der Marschierenden warf, deren Spitze hinter einer Kurve wieder in das Grün des Waldes eintauchte.

„Was für ein Anblick. Wisst ihr eigentlich, wie ich mich danach gesehnt habe? Ich habe ihn so satt, diesen schmutzigen Krieg in den Wäldern. Immer zu spät zu kommen und hinter irgendwelchen Banden herzuhetzen, die gerade eine Landvilla zerstört und die Bewohner massakriert haben. Meine Leute haben mehr Freunde als Feinde begraben. Den Göttern und Julian sei Dank, dass es damit jetzt vorbei ist."

Er griff in seine Satteltasche, der er einen Weinkrug entnahm, setzte das Gefäß an die Lippen und nahm einen tiefen Zug, ehe er ihn an Viatorinus weiterreichte.

Während Viatorinus trank, blickte ich kurz in das mit Bartstoppeln besetzte Antlitz des Charietto, der mich und meinen Freund Galerius vor wenigen Monaten aus den Händen der Franken befreit hatte.

„Dem Mars sei Dank, bist du damals in der Silva Arduenna nicht zu spät gekommen. Hast du damals auch schon so früh getrunken und uns nur mit Glück gefunden?"

Verdutzt schaute Viatorinus mich an, als könnte er nicht glauben, wie ich mit unserem Befehlshaber sprach.

„So kenne ich meinen Römer", dröhnte Charietto, dem das Lachen aus den stahlblauen Augen brach. Er schnäuzte seine Knollennase und hieb mir mit der Rechten auf die Schulter, dass mein Pferd voller Schrecken einen Satz zur Seite machte. Ich rieb mir die getroffene Stelle und trieb mein Pferd zurück an die Seite der Gefährten.

„Hast du dir wehgetan?", strahlte mich der Hüne wohlwollend an.

„Glaubst du, dass wir ohne Schwierigkeiten nach Mogontiacum kommen?", gab ich dem Gespräch eine andere Wendung. „Ich hoffe es", antwortete Charietto mit ungewohnter Ernsthaftigkeit. Eben noch der joviale Haudegen und Liebling der Mannschaften, sprach jetzt der Stratege und Befehlshaber. „Wir sind mit 1000 Mann aufgebrochen, von denen nur die Hälfte im Gefecht gestanden hat."

„Für meine Männer aus Noviomagus verbürge ich mich" fiel ihm Viatorinus ins Wort, der erleichtert schien, dass das Gespräch diese Wendung genommen hatte.

„Für meine Wölfe und die Reiter aus Beda und Icorigium gilt das Gleiche" nahm Charietto den Einwurf des Viatorinus auf. „Aber für die Einheiten aus Treveris und Divodurum würde ich meine Hand nicht ins Feuer legen. Das sind keine Comitatenses, Elitesoldaten des Bewegungsheeres, sondern eine bessere Bürgerwehr oder Wach- und Paradesoldaten, die außer ihrem guten Willen wenig mitbringen, was uns weiterhilft. Ich fürchte, dass sie bei der ersten Feindberührung das Weite suchen.

Es ist eure Aufgabe", steigerte Charietto seine Stimme, „aus ihnen bis Mogontiacum brauchbare Legionäre zu machen. Es war gut von dir, Marcus, die Einheiten so aufzuteilen, dass sie bei Gefahr nicht auf sich alleine gestellt sind."

Er verschattete seine Augen mit der Rechten und musterte aufmerksam die Umgebung. „Wer weiß, was hinter den Bäumen und Büschen dieser Wälder auf uns wartet."

„Sie kommen, Ulf, es geht los", raunte der blonde Hüne im silbernen Kettenpanzer und stülpte einen vergoldeten Spangenhelm über das schulterlange Lockenhaar.

„Endlich", murmelte der Angesprochene und verzog das Gesicht vor Schmerz, als er sich in den Sattel schwang. „Ich dachte, sie kommen gar nicht mehr, Makrian."

Die kurze Anstrengung hatte die Narbe in seinem Gesicht rot anschwellen lassen, und er presste die Hand an die Brust, wo der Dolch des Römers vor Wochen eingedrungen war.

Vier Wochen waren vergangen, seit versprengte Franken ihn aus den Fluten der Mosella gezogen hatten. Stunden hatte er, angeklammert an einen Baumstamm, um sein Leben gekämpft, bis ein gütiges Geschick eine Sandbank schickte und er die Besinnung verlor. Als er aufwachte, umstanden ihn zwei Dutzend abgerissene Männer in fränkischer Tracht:

„Viel hat er nicht bei sich", vernahm er den Anführer der Gruppe, der einige Münzen in der Hand wog. „Werft ihn in den Fluss zurück."

„Wartet", hielt ein anderer die Männer zurück. „Es ist ein Franke. Seht her, die Kleidung und das Messer."

„Das hat nichts zu sagen", erwiderte der Anführer. „So ein Messer kann jeder haben."

„Fragen wir ihn", mischte sich ein dritter ein.

Sie schleppten ihn das Ufer hoch und lehnten ihn mit dem Rücken an einen Baumstumpf, dass Ulf laut aufstöhnte.

„Armer Kerl", murmelte ein anderer und starrte auf seine blutverschmierte Hand. „Er hat tiefe Wunden in Brust und Oberarm und in seiner Schulter steckt ein Bolzen."

„Franke oder nicht Franke", ergriff der Anführer wieder das Wort. „Der ist hin."

„Wer bist du?", fragte der, der den Anführer zurück gehalten hatte.

„Ulf", ächzte der Mann aus dem Fluss. „Wenn ihr mein Leben rettet, werde ich euch reich belohnen."

Mitleid und Gier gewannen die Oberhand. Ulfs Wunden wurden versorgt, bis er nach einigen Tagen das Schlimmste überstanden hatte und langsam wieder zu Kräften kam.

Ulf schloss sich der Gruppe an, und als der Anführer den versprochenen Lohn einforderte, zog Ulf sein Messer und stach es dem Mann in den Bauch. Es dauerte Stunden, bis er qualvoll verendete.

Die führungslose Gruppe im fremden Land unterwarf sich von diesem Tag an dem eisernen Willen des Neuen. Sie überfielen Landvillen und Händler in der Abgeschiedenheit des Bergwaldes und es verging kein Tag, an dem die Gruppe nicht durch kleine

Plünderertrupps verstärkt wurde. Schließlich befehligte Ulf eine Streitmacht von über siebzig zu allem entschlossenen Kriegern. Eine Woche war es jetzt her, dass der Alemanne Makrian mit dreißig Männern zu ihnen gestoßen war. Sie waren aus den Bergen des Taunus aufgebrochen, um in den gallischen Provinzen zu rauben.

Am Morgen hatten Späher gemeldet, dass eine große Marschkolonne, ein Heer von ungefähr 1000 Legionären und Reitern, von Noviomagus kommend die Höhen des Idar hinaufsteige. Mit den Wagen des Trosses kam die Beute, auf die man seit Tagen wartete, direkt auf sie zu. Waffen, Kleidung und die mit Münzen gefüllten Kassetten der Zahlmeister.

Kurz hatte sich Ulf mit Makrian beraten. Es müsste gelingen, die Wagen auszurauben, wenn die Abteilungen der Römer nur kurz aufgehalten und gebunden wurden. Sie glaubten, unerfahrene Rekruten und ungeübte Milizverbände vor sich zu haben, die zur Verstärkung Julians nach Mogontiacum aufgebrochen waren.

„Wenn nur Charietto und seine Wölfe nicht dabei sind", murmelte Ulf vor sich hin.

„Hast du mit diesem Charietto nicht eine Rechnung offen?", nahm Makrian die Bemerkung des Anführers auf.

„Ja", knurrte der Franke. „Er hat seine Männer hinter mir hergehetzt, um diesen verfluchten Römer zu schützen. Den Bolzen im Rücken habe ich ihnen zu verdanken. Das werden sie teuer bezahlen. Wenn ich einen von ihnen erwische, ziehe ich ihm die Haut in Streifen vom Fleisch. Aber das kann warten. Wir brauchen Beute, um unsere Bestände aufzufüllen und die Männer bei Laune zu halten.

Ist alles vorbereitet?"

„Ja", bestätigte der Alemanne. „Die Baumsperren sind fertig und die Männer liegen mit gespannten Bögen und Arcoballisten an ihren Plätzen."

„Gut", lächelte Ulf und sein Gesicht verzog sich vor Grimm. „Wenn die Wagen auf unserer Höhe sind, gebe ich das Zeichen und ihr schließt sie ein. Die Sarmaten, die wir gestern aufgegriffen haben, können die Wagen entladen, während du die Römer

an den Baumsperren aufhältst. Es ist alles eine Frage der Zeit. Zehn Minuten reichen vollkommen aus. Tyr und Wodan werden mit uns sein. Ich habe gelobt, ihnen zu Ehren zwei Gefangene zu schlachten, wenn wir siegen."

Alleine blieb Ulf zurück, der sich noch nicht am Kampf beteiligen konnte. Zu schwer waren die Wunden gewesen, die er empfangen hatte. Er würde sich dieses Mal noch mit der Leitung des Geschehens begnügen müssen.

Wieder verzog sich sein vernarbtes Gesicht zu einer Grimasse, als die Geschehnisse der letzten Jahre an seinem inneren Auge vorbeizogen.

Nach dem Tod seines Vaters, den der Römer auf dem Gewissen hatte, der jetzt den geraubten Schlangenreif trug, war er als Waise zu einem Verwandten, dem Sohn des Bruders seines Großvaters, in die Colonia abgeschoben worden. Als Verräter am Volk seiner Vorfahren hatte es dieser Silvanus zum Statthalter der verhassten Römer gebracht. Der hatte ihn nur kurz angeschaut, ihn in seine Leibwache gesteckt und sofort vergessen. Zum Mann gereift, wäre er längst zu seinem Volk zurückgekehrt, wenn da nicht Serena, die junge Frau des Silvanus, gewesen wäre.

Ulfs Herz zog sich zusammen, als das Bild der schönen Römerin in ihm aufstieg. Zuerst hatten sie nur Blicke getauscht, er, der arme Verwandte des Statthalters aus den Wäldern des freien Germaniens und sie, die stolze Römerin aus altem Geschlecht. Einsam und verlassen hatte sie sich gefühlt, seit ihr Vater sie zur Heirat mit dem reichen Emporkömmling gezwungen hatte. Mit Grauen hatte sie Ulf offenbart, wie Silvanus sie in der Nacht der Hochzeit gewaltsam genommen und einen Sohn mit ihr gezeugt hatte. Clodius, ein stilles Kind, das von seiner Mutter nicht geliebt wurde und die ihm ständig aus dem Weg gegangen war. Dann kam jene Nacht, in der Serena in sein Quartier kam und sie sich bis zum Morgengrauen liebten. Er verfiel ihr und gemeinsam schmiedeten sie Pläne, den verhassten Oheim und Gatten zu beseitigen, um ein Leben in Freiheit zu führen.

Ihre Stunde kam, als Silvanus den Fehler beging, sich gegen Constantius zu erheben und zum Imperator ausrufen zu lassen.

Ein lächerliches und von Anbeginn an ein zum Scheitern verur-teiltes Unternehmen. In einem Andrang von Verbundenheit hat-te ihn sein Onkel, der nichts von seinem Verhältnis mit Serena ahnte, zum Führer der nunmehr kaiserlichen Leibgarde ernannt. Ohne Begeisterung versah er seinen Dienst, bis der Magister Mi-litum Ursicinus zu Verhandlungen in die Colonia kam, und er ei-nes Nachts in einer Taverne von einem Tribun namens Viatorinus angesprochen wurde. Der bot ihm Geld, und sie machten einen Plan, den Imperator Silvanus zu ermorden. Die Tat gelang, als der Oheim, von seiner Leibwache verlassen, den Häschern hilflos ausgeliefert war.

Er war jetzt frei, aber das Schicksal schien sich gegen ihn verschworen zu haben. Serena hatte er seit jenem Tag nicht wie-der gesehen, weil er mit seinem Blutgeld verschwinden musste. Silvanus hatte auch Anhänger und Freunde unter den Franken, die seinen Tod rächen würden.

Wie war es Serena ergangen? Sie hatten verabredet, sich nach Ablauf eines Jahres wieder zu sehen, wenn die Aufregung sich gelegt haben würde. Aber die Colonia war inzwischen fränkisch geworden und keiner, den er seitdem über Serena befragt hatte, wusste etwas zu berichten. War sie in ihr Elternhaus bei Lugdu-num zurückgekehrt, oder war sie in den Wirren der Eroberung zu Grunde gegangen? Nein, nicht Serena! Sie wusste sich immer zu helfen. Hatte sie das Vermögen ihres Mannes für sich und den Sohn retten können oder hatte man es ihr genommen? Würde sie ihn noch lieben oder war er nur ihr Werkzeug der Rache gewe-sen? Nein, er würde sie wieder sehen, und dann würden sie mit dem Geld des Silvanus das Leben führen, von dem sie immer ge-träumt hatten.

Er vergrub seinen Verräterlohn an einem geheimen Ort und ging in die Einsamkeit der Wälder der Silva Arduenna, wo er sich einer Bande fränkischer Plünderer anschloss. Ihr Anführer, ein ehemaliger Freund aus Kindertagen, betrog ihn um seinen Beuteanteil und als es darüber zum Streit kam, erschlug er des-sen Bruder und Stellvertreter in einer abgelegenen Kalkbrenne-rei. Er wollte überleben, wechselte die Seiten und schloss sich

Charietto und seinen Männern an, die er zum Schlupfwinkel seiner ehemaligen Kameraden führte. Er hielt sich abseits, als diese niedergemetzelt wurden und wartete in der Festung Beda deren schmähliches Ende ab. Und wieder spielte das Schicksal ein böses Spiel mit ihm. Charietto befreite bei der Vernichtung seiner ehemaligen Bande einen Römer, der ihnen nach seiner Flucht in die Hände gefallen war. Er traf auf diesen Mann, einen Centurio namens Marcus, im Haus des Wolfes. Augenblicklich erkannte er an dem Armreif des Centurios den Legionär wieder, der mit dem Kleinod in der Hand neben der Leiche seines Vaters gekniet hatte. Charietto schützte den Mörder und von jenem Tag an verfolgte Ulf diesen Marcus, dessen Tod zu rächen er an der Leiche seines Vaters geschworen hatte. Mehrmals hätte er sein Ziel fast erreicht, aber der Römer hatte Glück. Endlich standen sie sich auf dem Gipfel des Tempelberges zu Tabernae gegenüber. Der Feigling bot den Armreif für sein Leben, faselte etwas von gemeinsamen Vorfahren und wieder half dem Römer ein ungerechter Gott. Der Stahl des Mörders drang ihm in Arm und Brust und er musste fliehen, gehetzt von den Männern des Charietto, die auf seiner Fährte waren. Er hatte das rettende Ufer der Mosella schon vor sich, als ihn der Bolzen einer Arcoballista im Rücken traf und er in den Fluten des Stromes versank. Das letzte, woran er sich noch erinnern konnte war, dass er die Äste eines vorbei treibenden Stammes fasste, ehe ihn die Ohnmacht ereilte und er auf einer Sandbank angespült wurde.

Tod und Verderben diesem Römer, wenn sich ihre Wege noch einmal kreuzen sollten.

Lauter dröhnte das Stampfen der vorbeiziehenden Kolonnen in den Ohren des Franken, die er als zitternde Schatten zwischen dem Grün des Unterholzes wahrnahm. Als sich das Rollen der Trosswagen darunter mischte, hob er den Arm, um das Zeichen zum Angriff zu geben.

Gerade wollte Viatorinus den Weinkrug an mich weiterreichen, als vorne, dort wo die Abteilung aus Treveris in den Wald eingetaucht war, ein brechendes Bersten in den Sommerhimmel stieg, dem ein Brüllen aus hunderten Kehlen folgte.

„Überfall", dröhnte die Stimme des Charietto, der sich sofort gefasst und seinem Pferd die Sporen in die Seite gerammt hatte. Der Gaul bäumte sich wiehernd auf und schoss so schnell voran, dass sich die vor uns marschierenden Legionäre mit einem Sprung in den Straßengraben retten mussten. Wie ein Schiff bei hohem Seegang pflügte Charietto durch die Masse der Wölfe und rief nach der Kavallerie aus Beda, die mit Donnern die Straße herabfegte, von der sich die Marschierenden zu beiden Seiten in Sicherheit brachten.

„Was ist da los, Tribun?", rief mir ein Centenarius zu, der an der Spitze seiner Reiter heranpreschte. Ich erkannte den untersetzten Mann mit der bronzenen Haut der Südländer. Titus Venator, Kommandeur der Ala Constantina aus der Festung Beda, mit dem ich bei Longus die Plünderer der Villa Urbana des Senators Tiberinus aufgerieben hatte.

„Ich weiß es nicht, Titus, irgendeine Sauerei", schrie ich, den Helmriemen schließend und die Spatha ziehend.

Gemeinsam jagten wir der Stelle zu, wo das Gebrüll anschwoll und eine Staubwolke die Sicht versperrte. Aus dem Dunst kamen uns Männer entgegen, denen Angst und Panik in den Augen stand. Die meisten hatten einen Teil ihrer Ausrüstung und Bewaffnung weggeworfen und einige pressten ihre Halstücher oder andere Stofffetzen auf Arme, Beine oder Oberkörper, unter denen das Blut hervorquoll.

Charietto hatte Recht gehabt. Mit diesen Männern, denen der Anblick ihrer verletzten Kameraden den letzten Rest an Verstand und Disziplin raubte, war nicht zu rechnen.

Dann ging es nicht mehr weiter, weil ein Wall umgestürzter Bäume die Straße versperrte, hinter dem ein Tosen aus Waffenklirren und Gebrüll zu uns herüberbrandete.

Mitten im Gewirr umgestürzter Stämme und belaubter Äste erblickte ich Charietto und andere beherzte Männer, die mit Schwertern und Äxten eine Gasse durch das Chaos schlugen.

„Runter von den Pferden, die nützen hier nichts", brüllte Charietto uns an und wies auf eine Stelle neben der Straße. „Umgeht die Sperre durch den Wald und greift an, sonst geht der ganze Tross zu Pluto!" Ich sprang vom Pferd, riss den Rundschild aus seiner Sattelhalterung und stieß einen Mann zur Seite, dessen Gesichtsausdruck ich ansah, dass er sich in die Kniehosen gemacht hatte.

„Roma victor" gellte es neben mir und ein Reiter krachte in das Unterholz, als er über eine Wurzel stolperte.

„Roma victor" hörte ich die Stimme meines Freundes Viatorinus und sah vor mir einige Gestalten in Kitteln und Langhosen aufspringen und vor uns die Flucht ergreifen.

Instinktiv duckte ich mich hinter meinen Rundschild und hörte einen Pfeil vorbei zischen, während ein zweiter gegen das Lindenholz der Schutzwaffe knallte und die Lederbespannung zerreißend, zitternd stecken blieb.

Angst und Panik griffen nach mir, die ich sofort niederkämpfte, indem ich Luft in die Lungen presste und stoßweise entweichen ließ. Verzagtheit und Furcht sind die größten Gefahren im Gefecht, weil sie ein Reagieren auf die Gefahr unmöglich machen. Ich presste die Zähne aufeinander und spürte, wie Gelassenheit und Selbstvertrauen die Oberhand gewannen.

Dann waren wir um die Sperre herum, und ich blickte auf das Chaos umgeworfener Wagen und kämpfender Männer. Meine Sinne waren auf das äußerste angespannt, weshalb sich mir alle Einzelheiten sofort einbrannten. Getroffene Zugtiere zuckten, grässlich brüllend, mit ihren Beinen in der Luft. Tote und herumkriechende Verwundete deckten den Boden, während sich eine Gruppe überlebender Legionäre und Trossknechte an der Baumsperre zusammenballte und sich der Feinde mit allem erwehrte, was sie in den Händen hatten.

Die Angreifer hatten ihr Haupthaar seitlich am Kopf zum Suebenknoten zusammengebunden. Ihre mit blauen und roten Farben bemalten Gesichter glichen Fratzen, die aus der Unterwelt herauf gestiegen waren, um die Lebenden zu sich zu holen. Ich sah die schreckliche Franzisca wirbeln, Schwertklingen aufblitzen und hörte Wurfspieße durch die Luft zischen.

Keine hundert Schritte entfernt sah ich eine zweite Barrikade die Straße versperren, so dass auch von dieser Seite keine schnelle Hilfe erfolgen konnte. Eine tödliche Falle für die Wagen des Trosses. Das waren erfahrene Krieger unter straffer Führung, die diesen Hinterhalt gelegt hatten und keine Jungmannschaft tatendurstiger Plünderer.

Kaum hatten wir den Schutz des Unterholzes verlassen, wurden wir von allen Seiten angefallen und gerieten in die Defensive. Mit einem Schrei brach mein Nebenmann zusammen, dem ein Mattiobarbulus durch die Brust gefahren war, dessen Dreiecksspitze weit aus dem Rücken des Getroffenen herausragte. Er stolperte einige Schritte nach vorne, bis ihn der Schlag einer Franzisca den Kammhelm spaltete und endgültig zu Fall brachte. Blut und Hirnflüssigkeit spritzten mir in die Augen, die ich sofort mit der Schwerthand auswischte, ohne dem Feind eine Blöße zu bieten.

Der Lärm des Kampfes verebbte in meinem Kopf und kalte Gelassenheit griff nach mir, so dass ich das weitere Geschehen wie die langsame Abfolge einzelner Bilder erlebte. Endlos viel Zeit schien zu vergehen, als ein Feind, der Bemalung und Tracht nach ein Franke, auf mich eindrang und mit der Franzisca zum Schlag ausholte. Nur ich war von dieser Trägheit nicht ergriffen und meine Spatha bohrte sich in die offen stehende Deckung zwischen Schild und erhobenem Schlagarm. Ich spürte die Klinge in das Fleisch seiner Brust dringen, riss sie heraus und trat dem Mann gegen das Knie, so dass er sofort zusammenbrach und mit verdrehten Augen in den Himmel starrte.

Er hatte keine Chance gehabt und sein Nebenmann, dem ich mich augenblicklich zuwandte, wich mit Panik im Blick zurück, stolperte über einen auf der Erde liegenden Toten und wurde von einem Legionär mit einer Lanze durchbohrt, die ihn am Waldboden festnagelte. Gellend schrie er auf, den Lanzenschaft mit beiden Händen vor dem Unterleib umklammernd, bis sie plötzlich entspannten und das Schreien aufhörte.

Vor mir ertönten aus Richtung der gegenüber liegenden Baumsperre laute Schreie, als der Umgehungsversuch der Vorhut im Wald aufgehalten wurde. Trotzdem ließ der Druck der Feinde nach, weil immer mehr abgesessene Reiter unsere Reihen verstärkten, und es konnte nicht mehr lange dauern, bis die Sperre durchschlagen und sich die Wölfe des Charietto auf den Feind werfen würden.

Da sah ich diesen Hünen direkt vor mir. Er überragte mich um Kopfeshöhe und trug als einziger Angreifer einen mit Edelsteinen verzierten Spangenhelm und ein Kettenhemd aus versilberten Eisenringen. Er brüllte mir etwas zu, was ich nicht verstand, schwang sein Schwert, dass der Stahl singend durch die Luft schnitt und kam mit wehenden Locken, die unter seinem Kopfschutz hervor quollen, auf mich zu. Ich wusste, dass es schwer werden würde, zog, seinen Anprall erwartend, den Schild fest an den Körper und hielt meine Spatha in Hüfthöhe, um sofort zustechen zu können.

Aber der blonde Riese mit den stechenden, blaugrauen Augen verhielt im Schritt, als das Holz in meinem Rücken prasselte und sich die ersten Wölfe auf die Freifläche hinter der Barrikade ergossen.

Aus den Augenwinkeln sah ich einen Reiter von hinten auf meinen Gegner zupreschen, der ein zweites Tier am Zügel mit sich führte. Er rief dem Riesen etwas zu, der sich umwandte, in den Sattel des Pferdes schwang und in den Schutz des Waldes galoppierte. Einen Augenblick sah ich in das Gesicht des Reiters und fühlte mein Herz einen Schlag aussetzen.

Das durfte nicht sein. Ein Blick wie ein Eishauch streifte mich aus dunklen Augen und rot flammte eine Narbe im Gesicht des Mannes, die sich über Stirn und Wangen seines zerstörten Gesichtes zog. Seltsam verkrümmt, als hätte er starke Schmerzen und könnte sich nur mit Mühe im Sattel halten, saß der Mann auf seinem Pferd.

Es war Ulf, Ulf der Franke, den ich tot wähnte und den die Unterwelt ausgespieen hatte, mir das Leben zu nehmen.

Der Blick des Franken wanderte zu Viatorinus, der an meine Seite getreten war und ein Erkennen huschte über sein Gesicht. Laut brüllte er auf, drohte mit der erhobenen Faust in unsere Richtung, wendete sein Pferd und folgte dem Hünen in den Schutz des Waldes.

Einen Moment war mir, als sollten meine Knie nachgeben und die Welt um mich herum versinken. Ein Stoß in die Seite brachte mich wieder zur Besinnung.

„Marcus, sie plündern die Wagen", schrie Viatorinus mich an und wies auf die Schritt für Schritt zurückweichenden Angreifer.

Im Schutz ihrer Schildfront zerrten mehr als zwanzig Germanen Proviant, Werkzeuge und Waffen von den Ladeflächen der Karren und verschwanden mit ihrer Beute im Wald.

Mit dröhnender Stimme sammelte Charietto, der durch die Barrikade zu uns stieß, alle greifbaren Männer, die in aller Hast von Viatorinus zu einem Angriffskeil formiert wurden.

Ein Schrei aus hundert Kehlen und wir stürzten uns auf den Feind, der vor der Wucht unserer Attacke im Halbkreis an den Waldrand zurückwich.

Aber es sollte nicht mehr zum Handgemenge kommen, weil uns eine aus dem Halbdunkel des Waldes abgefeuerte Salve von Pfeilen und Wurfspeeren hinter die Schilde in Deckung zwang, welche es den Germanen ermöglichte, sich in den Schutz des Unterholzes zu flüchten. Nur ein paar Nachzügler wurden niedergemacht oder gefangen genommen, wenn sie klug genug waren, ihre Waffen fort zu werfen und die Hände zu heben.

Ein Stück weit folgten ihnen die Wölfe des Charietto in den Wald, wo sich noch einige verzweifelte Nahkämpfe abspielten. Dann mussten die Angreifer ihre Pferde erreicht haben, denn das dumpfe Rollen galoppierender Pferdehufe auf weichem Waldboden zeigte uns an, dass sich der Feind über Schneisen und Pfade absetzte. Wieder musste ich der Planung des Feindes meine Anerkennung zollen, der uns mit Erfolg ein Absatzgefecht geliefert hatte und mit der Beute entkommen war.

Während die Wölfe unverrichteter Dinge aus dem Wald zurückkehrten, begannen die Truppführer und Offiziere mit der Sichtung des angerichteten Schadens. Vereinzelt flackerte ein Schrei auf, wenn die Wölfe einen der schwer verwundeten Angreifer niederstießen.

Ich beteiligte mich nicht an der Bilanzierung des Überfalls, sondern zog mich in den Schatten einer Eiche am Waldrand zurück, an deren Stamm gelehnt ich die Ereignisse der letzten halben Stunde an mir vorüber ziehen ließ.

Ich schlug die Hände vors Gesicht und leichter Schwindel erfasste mich, als mein Herz zu rasen begann und das Blut rauschend durch die Ohren pulsierte. Intuitiv tastete meine Rechte nach dem Schlangenreif am linken Handgelenk, und der Aufruhr in meinem Innern legte sich, als ich die Kühle des Metalls fühlte und die Konturen des Fabeltieres abtastete.

„Was war geschehen, dass mein Todfeind von den Toten auferstanden war und mir Auge in Auge entgegentreten konnte? Hatte der Franke mehr als ein Leben?"

„Gut gemacht, Römer" hörte ich die Stimme Chariettos, der mit Wohlwollen zu mir herabschaute.

„Es war Ulf. Ulf der Franke hat sie angeführt" sprach ich mehr zu mir als zu meinem Kommandeur, der in die Hocke ging und mir in die Augen blickte.

„Das kann nicht sein. Rufus hat mir berichtet, dass er Ulf mit einem Bolzen im Rücken in der Mosella versinken sah."

Voller Teilnahme im Blick, legte mir Charietto seine rechte Pranke auf die Schulter.

„Bist du sicher, dass du im Kampf nichts abbekommen hast?"

„Der Tribun hat Recht, es war Ulf", erklang zu meiner Linken eine wohlbekannte Stimme. Ich blickte zur Seite und erkannte das vertraute Gesicht mit dem roten Haarschopf.

„Rufus" presste ich heraus. „wie konnte das geschehen? Du hast mir doch in Tabernae versichert, dass der Franke tot sein muss."

„Ich weiß es nicht, Tribun. Da muss sich ein Gott einen schlechten Scherz erlaubt haben. Mit Wunden in Brust und Oberarm und einem Bolzen aus zehn Schritten in den Rücken abgefeuert kann kein Sterblicher in einem reißenden Fluss überleben. Mir graut vor diesem Franken. Verzeih mir Tribun, ich wollte dich nicht enttäuschen."

„Lass es gut sein, Rufus", tröstete ich den Soldaten, der auf den Boden zu seinen Füßen starrte. „Du kannst nichts dafür, jeder hätte geglaubt, dass Ulf tot ist."

Ein Blick voller Dank streifte mich aus dem gutmütigen Bauerngesicht des Soldaten, ehe er sich umdrehte und entfernte.

„Bei allen Göttern Roms und Germaniens, das ist nicht gut" brummte Charietto vor sich hin. „Hätte ich ihm doch damals den Hals umgedreht, als er dich in meinem Haus in Treveris wegen des Schlangenreifs angriff. Wir haben ihn nicht zum letzten Mal gesehen" richtete er sich auf und ging zu den zerstörten Wagen des Trosses.

Die Bilanz dieses ersten Gefechtes sah nicht gut aus. Wie zu befürchten, hatten die Fußsoldaten aus Treveris und Divodurum, die der Überfall getroffen hatte, dem Druck nicht standgehalten. Sie waren in Schrecken und Panik auseinander gestoben, und die Angreifer hatten unter ihnen und unter den Fuhrknechten des Trosses wie die Wölfe in einer Schafsherde gewütet. Den Großteil unserer Verluste hatten wir in dieser Phase des Kampfes zu beklagen. Erst das Eingreifen der Reiter aus Beda und der Männer des Charietto wendete das Geschehen zu unseren Gunsten. Trotzdem konnten wir nicht verhindern, dass die Fracht der eingeschlossenen Trosswagen verloren war und der Feind sich geordnet zurückziehen konnte. Der Verlust von drei Lastkarren, die nicht mehr zu gebrauchen waren, einiger Zugtiere und eines Teiles unseres Proviants war zu verschmerzen, da wir diese Dinge in Mogontiacum auffüllen konnten. Was schwerer wog, war der Verlust der Waffen, darunter mehrere Arcoballisten mit Geschossbolzen, die dem Feind einen weiteren Vorteil aus dem Hinterhalt verschafften.

Wir hatten sechsunddreißig Tote zu beklagen, darunter acht Trossknechte, zwei Reiter aus Beda und einer von Chariettos Wölfen. Ich kannte den jungen Legionär, den ich in Tabernae mit Rufus dem flüchtenden Ulf nachgeschickt hatte. Wäre Ulf damals nicht entkommen, würde der Mann noch leben.

Ulf, wie ein drohendes Unwetter legte sich dieser Name auf mein Gemüt. Hatte dieser Spuk nie ein Ende?

Ähnlich deprimierend las sich die Liste der 32 Verwundeten, von denen 8 so schwer verletzt waren, dass mit weiteren Todesfällen gerechnet werden musste. Wer von den anderen noch marschfähig war, musste sich in den nächsten Stunden erweisen.

Wir zählten auf dem Gefechtsfeld und im angrenzenden Wald achtzehn tote Angreifer, eingerechnet die Schwerverwundeten, die von den Wölfen niedergemacht worden waren. Die kleine Gruppe der sechs Gefangenen, darunter zwei kleinwüchsige, dunkelhaarige Männer, lagen gebunden neben einem Wagen des Trosses, der gerade mit einem Ersatzrad instand gesetzt wurde. Sie würden nach dem Verhör, das abends stattfinden sollte, die Wahl zwischen dem Tod und dem Eintritt in die Legion haben.

Wie stark die Angreifer waren, musste das Verhör klären, aber mehr als hundert Mann konnten es nicht gewesen sein, von denen noch die Verwundeten abgerechnet werden mussten, die sie in Sicherheit gebracht hatten.

Inzwischen hatte ich mich mühsam erhoben und an den Aufräumungsarbeiten beteiligt, indem ich Arbeitsgruppen einteilte.

Die Hauptlast trugen die Männer, die nicht am Kampfgeschehen beteiligt gewesen waren, während sich die anderen in den Gräben zu beiden Seiten der Straße niedergelassen hatten und mit dumpfen Blicken beim Ausheben der Gräber und dem Beiseiteschaffen der Barrikaden zusahen. Obwohl einzelne vor den Kameraden mit ihren Heldentaten prahlten, brüteten die meisten stumm vor sich hin, froh, dem Tod entronnen zu sein. Zum Schluss wurden die toten Zugtiere als willkommene zusätzliche Fleischration in Portionen zerlegt und auf die einzelnen Einheiten verteilt. Die zerstörten Wagen zerschlug man zu Brennholz, das auf einem ausgeraubten Karren gestapelt wurde, nachdem die Eisenteile und Metallbeschläge aus Messing und Bronze sorgsam entfernt worden waren.

Es war Nachmittag geworden, und die Sonne warf lange Schatten, als laute Befehle zum Aufbruch riefen. Die Männer erhoben sich aus den Straßengräben, nahmen ihre Marschposition ein und defilierten an den Gräbern ihrer Kameraden vorbei, erleichtert, nicht selber dort zu liegen. Dunkel hoben sich die Erdhügel der frisch verfüllten Gruben vom Waldboden jenseits des Straßenrandes ab.

Viatorinus hatte befohlen, die getöteten Angreifer nicht zu bestatten. Sollten doch Fliegen, Gewürm und die kleinen und großen Raubtiere des Waldes sich an ihrem Fleisch sättigen.

In den nächsten Stunden trottete ich auf meinem Reittier, allein mit mir und meinen Gedanken neben der Marschkolonne dahin. Wir hatten unser Ziel, den Vicus Belginum, fast erreicht, als Viatorinus sein Pferd an meine Seite lenkte und mich wortlos ein Stück des Weges begleitete.

„Marcus", brach er endlich das Schweigen, „ich frage dich noch einmal, woher hast du diesen Schlangenreif?"

Nervös kaute mein Freund auf seiner Unterlippe und konnte den Blick nicht von meinem Armschmuck lösen.

„Er ist mir als Beute in einem Grenzgefecht bei Tricensima zugefallen."

„Warum hast du mir nie davon erzählt", verstärkte Viatorinus seine Bemühungen, mehr aus mir heraus zu bringen.

„Weil ich es nicht wollte, Viatorinus. Wegen dieses Armreifs hat mir ein Wahnsinniger, den ich tot glaubte, nach dem Leben getrachtet. Ich wollte nicht mehr an diese Geschichte erinnert werden und habe das Ding nicht mehr getragen. Ich habe dir doch von dem Verrückten erzählt, der in den Wäldern der Silva Arduenna einen Kameradenmord beging, zu Chariettos Wölfen überlief und mich in Treveris umbringen wollte."

„Und warum trägst du ihn heute?", ließ Viatorinus nicht locker.

„Ich weiß es nicht, weil es mich danach drängte. Er hat mir im Kampf immer Glück gebracht."

Ein Stück weit ritten wir, jeder seinen Gedanken nachhängend, nebeneinander die Straße entlang.

„Warum interessiert er sich für meinen Armreif", ging es mir durch den Kopf. Dann, wie ein Blitz, stand die Szene des Gefechtes vor meinem inneren Auge, in der Ulf mir drohte. Galt das wirklich nur mir? Ich war mir sicher, dass Viatorinus meinen Peiniger kannte und es musste auch eine Verbindung zu meinem Armreif geben.

„Viatorinus", nahm ich das Gespräch wieder auf. „Dieser Franke, Ulf, von dem ich dir mehrmals in Noviomagus erzählt habe, ist der Anführer des Überfalls gewesen. Ich glaube, ihr kennt euch."

Viatorinus, der sich sicher gewesen sein musste, dass ich nichts von seiner möglichen Verbindung zu dem Franken wusste, zuckte bei meiner Schlussfolgerung zusammen.

„Ja ich kenne ihn", blickte er mir tief in die Augen, „aber ich möchte jetzt nicht darüber sprechen, Marcus. Gib dich damit zufrieden, dass er nicht mein Freund ist. Lass uns heute Abend weiterreden."

Ich nickte Viatorinus kurz zu, worauf er seinem Pferd die Sporen gab und nach vorne, an die Spitze unserer Marschkolonne preschte.

Eine Stunde später, ich hatte es mittlerweile aufgegeben, nach einer möglichen Verbindung zwischen Viatorinus und Ulf zu grübeln, ritten wir in den Vicus Belginum ein.

Oder vielmehr das, was von ihm noch geblieben war. Einst ein bedeutender Ort mit Herbergen, Werkstätten, Wohngebäuden für mehrere hundert Einwohner, vier Tempelbezirken und einem Kulttheater, das Menschen aus der ganzen Region anzog, war der Ansiedlung nur noch eine Straßenstation und der mehrmals im Jahr stattfindende Markt geblieben, der für ein wenig Wohlstand sorgte. Die bewohnten Häuser des Ortes waren an den Fingern beider Hände abzuzählen und die dreißig bis vierzig Menschen, die auf der Durchgangsstraße unseren Heerzug erwarteten, stellten bis auf ein paar Alte, Kleinkinder und Abwesende die gesamte Bevölkerung Belginums dar.

Ein Mann in den Vierzigern, an den Streifen seiner Tunika als kaiserlicher Beamter zu erkennen, trat vor die Menge und hob zur Begrüßung den rechten Arm. Er trug einen mächtigen Bauch vor sich her, dessen Ausmaße ein Windstoß unterstrich, der seinen blauen Mantel aufblähte. Dieser wurde von einer protzigen Zwiebelkopffibel aus Gold zusammengehalten.

Charietto, Viatorinus und ich ritten heran, stiegen von den Pferden und gingen auf den Mann zu, der uns nur bis zur Schulter reichte.

„Gaius Verecundus zu euren Diensten", begrüßte er uns eingeschüchtert und trippelte von einem Fuß auf den anderen. „Was
kann ich für euch tun?"

„Wenn Gaius Verecundus pinkeln muss", flüsterte mir Charietto ins Ohr, „soll er sich beeilen."

„Wir brauchen einen Platz für unser Nachtlager", verkniff ich
mir das Lachen und wies mit dem Kopf auf freie Flächen an den
Zu- und Ausgängen sowie inmitten des Ortes, die mit Gras be-
wachsen waren.

Es arbeitete in dem fetten Gesicht des Beamten, und er blin-
zelte mit seinen grauen Augen, als er mir durch ein Kopfschüt-
teln, das seine Backen zum vibrieren brachte, seine ablehnende
Antwort ankündigte.

„Das geht nicht, verehrte Herren. Hier standen einst die Heiligtümer Belginums und die, die noch zum alten Glauben stehen,
kommen weiterhin an diesen Ort, um die Zwiesprache mit den
Göttern zu suchen."

Ausrufe des Unwillens flackerten in den ersten Reihen der sich
hinter uns aufstauenden Abteilung aus Beda auf, die die Worte
des Verecundus verstanden hatten. Die Männer waren müde, ungeduldig und hungrig und hätten sich am liebsten sofort auf das
Grün der Freiflächen gelagert.

Schweißtropfen perlten von der Glatze des Beamten, der bedauernd die Schultern hob und die Straße hinab zeigte.

„Seht, hinter den letzten Häusern bis hin zum Gräberfeld, das
ihr an den Hügeln erkennen könnt, ist genug Platz, um eine ganze
Armee aufzunehmen. Wie viele seid ihr?"

„Tausend Mann Infanterie, Kavallerie und der Tross", knurrte
Charietto den Mann an. „Und vor allem brauchen wir frisches
Wasser und Feuerholz!"

Ich befürchtete, Verecundus würde in den Knien einknicken
und zu Boden gehen, als er an uns vorbei die lange Reihe der
Männer, Pferde und Wagen musterte, die sich bis zum Waldrand
erstreckte, aus dem immer weitere Legionäre strömten.

„Achtet die Götter und nehmt euch, was ihr braucht", hauchte
der Beamte uns zu. „An Wasser fehlt es nicht wegen der star-

ken Regenfälle, die vor zwei Wochen niedergingen und unsere Tiefbrunnen füllten. Ihr braucht nur die Pumpen zu bedienen, um kühles Trinkwasser nach oben zu schaffen. Holz findet ihr im Wald. Es hat seit einer Woche nicht geregnet und die Gewitterstürme des Vormonats haben Äste herab gerissen und ganze Stämme gefällt."

„Titus Venator", befahl Charietto den Centenarius aus Beda zu sich. „Du hast gehört, wo wir lagern können. Stell eine Gruppe zusammen, die Holz sucht und beaufsichtige die Wasserverteilung an den Brunnen. Nehmt eure Waffen mit und bleibt im Wald zusammen. Wir haben heute genug Leute verloren. Und finde dich in einer Stunde mit den Gefangenen bei meinem Zelt ein. Ich möchte sie verhören.

Das gilt auch für euch", wandte er sich Viatorinus und mir zu. „Sucht euch einen Schlafplatz und bringt alle verfügbaren Offiziere zur Lagebesprechung mit."

Zur angegebenen Zeit versammelten wir uns im Zelt des Charietto, das, einem Befehlshaber angemessen, groß genug war, alle Teilnehmer der Lagebesprechung aufzunehmen.

In der vergangenen halben Stunde waren die Mannschaftszelte der Legionäre und Kavalleristen wie Pilze nach einem Sommerregen aus dem Boden geschossen. Axthiebe klangen aus dem Wald herüber, als das Feuerholz in handliche Stücke gehackt wurde, und die Luft füllte sich mit dem Geruch bratenden Fleisches, das sich auf Spießen über den überall aufflammenden Lagerfeuern drehte. Vor den Gruben der schnell ausgehobenen Latrinen bildeten sich Schlangen und vor dem Zelt des Medicus standen Soldaten an, die in erster Linie um Salben und Verbandszeug für ihre wundgescheuerten Füße baten.

Bis auf Titus Venator und seinen Gefangenen waren bei meinem Eintreffen alle zu der Besprechung zitierten Offiziere anwesend. Viatorinus, der Centurio Sextus Balbus, ein grobschlächtiger Gallier mit rotblondem Haar, der die Hundertschaft aus Divodurum anführte, Diodoros, ein gut aussehender Grieche mit schwarzem Haar und schlanken Gliedern, der die Reiter aus Treveris befehligte, ein dürrer Alemanne mit Hakennase namens

Meriobaud, der als Tribun die vierhundert Legionäre aus Treveris führte und der Franke Chlotar, finster dreinblickend und an den Armen tätowiert, der von Charietto mit der Führung der Wölfe betraut worden war.

Diodoros und Balbus standen etwas abseits in dem übermannshohen Steilwandzelt und starrten auf ihre Fußspitzen. Sie schienen eine Rüge Chariettos zu erwarten, weil sich ihre Einheiten, denen der Angriff der Germanen gegolten hatte, nicht bewährt hatten.

„Wo bleibt dieser Pferdeknecht aus Beda", blickte ein übellauniger Befehlshaber in die Runde seiner Männer, als der Eingangsvorhang zurückgeschlagen wurde und der gesuchte eintrat.

„Na endlich", leuchtete das Gesicht Chariettos auf, der den Centenarius aus Beda zu schätzen schien. „Hast du die Gefangenen mitgebracht?"

„Sie sind draußen vor dem Zelt", erwiderte Titus und nahm einen Schluck aus einem Becher, der auf dem Klapptisch in der Mitte des Zeltes stand.

„Wasser?" blickte er Charietto fragend an. „Steht es so schlecht um uns?"

„Spar dir deine Scherze für später auf", brummte Charietto gereizt. „Mir ist nicht nach Feiern zumute."

Balbus und Diodoros blickten sich an, als erwarteten sie, dass das Donnerwetter jetzt über sie hereinbrechen würde, aber Charietto streifte sie nur kurz mit einem Blick. Er ging zu seinem Schwert, das er mit dem bronzeverzierten Leibgurt am Mittelpfosten des Zeltes aufgehängt hatte und zog die Spatha mit einem Ruck aus der Lederscheide, dass der Stahl einen singenden Ton von sich gab. Dann wandte er sich, die blanke Waffe in der Hand, dem Ausgang zu.

„Bringen wir es hinter uns", presste er zwischen den Zähnen heraus. „Wollen doch mal hören, was die Vögel zu singen haben?"

Bewacht von einigen Reitern aus Beda saßen die sechs Männer gebunden auf dem Boden und schauten uns an, als wir aus dem Zelt heraustraten.

„Ruhe da, hier redet nur der, der gefragt wird!", herrschte Charietto die beiden dunkelhaarigen, kleinen Männer an, die mir schon am Nachmittag aufgefallen waren und die in einer mir unverständlichen Sprache miteinander tuschelten.

„Du da, steh auf", riss Charietto den am trotzigsten blickenden Gefangenen hoch und baute sich mit der Klinge, die auf den Bauch des Mannes zielte, vor dem Mann auf.

Der ihn überragende Germane, offensichtlich ein Alemanne, schüttelte seine blonde Locken und schaute seinem Gegenüber herausfordernd in die Augen.

„Du kennst die Regeln" herrschte Charietto den Mann an. „Reden und zwanzig Dienstjahre bei der Legion oder den Tod. Und zwar hier, sofort."

Ein dumpfer Druck breitete sich über meinen Magen aus, als fühlte ich das Unheil kommen, das jetzt geschehen musste.

Der Alemanne lachte kurz auf und spuckte auf die Erde zu seinen Füßen.

Ein wirbelnder Blitz, der in den Bauch des Gegners hinein und zum Rücken hinausfuhr. Dann dreht Charietto kurz die Klinge und riss sie mit einem Ruck heraus. Blut spritzte auf das geweißte Leder der Zeltbahn und die Gesichter und Kleider der Umstehenden, die fluchend zurücksprangen. Ungläubig starrte der Mann auf Charietto, dann auf die Wunde, aus der das Blut schoss und machte einen Schritt nach vorne, als wolle er sich auf seinen Henker stürzen. Mitten in der Bewegung knickten ihm aber die Beine weg und er ging zu Boden, während sich ein unterdrückter Schmerzenschrei aus seiner Brust rang, der in ein ersticktes Gurgeln überging, bis er es überstanden hatte.

Es gab Momente, und das war einer davon, da graute es mir vor der Brutalität, mit der Charietto seinen Willen durchsetzte.

Ohne sich zu besinnen setzte Charietto dem nächsten Gefangenen die Spitze seines Schwertes in Höhe des Herzens auf den zerrissenen Wollkittel. Der Mann erbleichte und mich traf ein Blick voller Todesangst und Verzweiflung. Der Mann wusste, dass er tot war.

„Herr, ich sage alles, was ihr wissen wollt" klang es in gebrochenem Romanisch von der Seite, wo die beiden dunklen

Gefangenen saßen. Charietto wandte sich dem Sprecher zu, der mit dem Kopf auf seinen Gefährten wies. „Lass uns laufen, wenn wir reden."

„Du hast hier keine Bedingungen zu stellen" herrschte Charietto ihn an. „Leben oder Tod, das sind meine Regeln."

„Herr" empörte sich der Mann, „wir gehören nicht zu denen." Er wies mit dem Kopf auf die Gruppe der drei übrig gebliebenen Germanen. „Wir waren bei der Feldarbeit, als die Plünderer uns gefangen nahmen. Seitdem, das ist zwei Wochen her, müssen wir ihnen dienen. Wir versorgten die Pferde und beim Überfall zwang man uns, die Wagen des Trosses zu entladen. Beim Rückzug haben wir uns sofort ergeben."

„Das ist glaubhaft", ergriff ich das Wort. „Lass den Mann reden, Charietto."

Der Wolf ließ die Spatha sinken, strafte mich wegen meiner Einmischung mit einem strengen Blick, forderte den Mann aber mit einer Handbewegung auf, fortzufahren.

„Wir sind Sarmaten, Herr, die der große Constantinus vor mehr als 20 Jahren hier angesiedelt hat. Ich war damals noch ein Junge, als…"

„Erspar uns deine Lebensgeschichte" brüllte Charietto den Sarmaten an. „Wer hat uns angegriffen und wer hat sie angeführt?"

Bleich aber gefasst, fuhr der Mann mit seiner Aussage fort.

„Es sind Franken, die zu einem größeren Plündererhaufen gehörten, der bei Longus vernichtet wurde."

„Sieh da, Marcus" wandte sich ein gnädiger gestimmter Charietto mir zu. „Hast du also doch ein paar Mordbrenner entkommen lassen."

Bevor ich antworten konnte, fuhr der Sarmate mit seinen Ausführungen fort.

„Hinzu kommen noch einige sächsische und langobardische Deserteure, die sich von der Legion abgesetzt haben. Vor einer Woche trafen wir auf eine Schar Alemannen unter der Führung eines Fürsten mit Namen Makrian. Ihr habt ihn sicher erkannt, es war der Riese mit dem edelsteinverzierten Goldhelm, den er einem römischen Gardeoffizier geraubt hat."

Zur Bestätigung seiner Worte nickte Viatorinus dem Charietto zu. „Angeführt werden sie von einem Franken namens Ulf", fuhr der Mann fort und ein flaues Gefühl breitete sich in meiner Magengegend aus.

„Einer der Franken, mit dem man reden konnte, hat mir anvertraut, dass er Ulf für einen bösen Geist hält. Sie haben ihn aus dem Fluss gezogen, als er, halbtot vor Kälte und Blutverlust, an einem Baumstamm geklammert die Mosella herab trieb. Sie pflegten ihn gesund, bis er, halb genesen, ihren Anführer im Streit umbrachte und die Leitung der Gruppe an sich riss. Ulf ist bösartig und verschlagen, aber schlau."

„Wie viele sind es?" bohrte sich der Blick Chariettos in den des Sarmaten.

„Ich habe sie heute früh gezählt, Herr, es waren 97 Mann."

„Weniger als ich dachte" hörte ich die Erleichterung in der Stimme Chariettos, während hinter mir ein unterdrücktes Pfeifen zu vernehmen war, als Balbus die Luft zwischen den Zähnen hinauspresste.

„Das ist alles Herr" ergriff der Sarmate mit einem Flehen in der Stimme das Wort. „Lasst ihr uns gehen?"

„Wo ist euer Dorf?" forschte Charietto weiter.

„Es liegt im Wald, Herr. Wir bestellen die Felder und leben in Holzhütten, wie wir es in der Heimat getan haben. Herr, meine Frau und meine Kinder warten seit zwei Wochen auf mich und wissen nicht, was mit mir geschehen ist."

„Schon gut", brummte Charietto. Leicht hob der Wolf die Spatha, ging auf die beiden Gefangenen zu und schnitt ihnen eigenhändig die Handfesseln durch.

„Macht, das ihr fortkommt!", warf er ihnen einige Münzen aus seinem Lederbeutel zu, „und lasst euch nicht mehr erwischen."

Hastig sammelten die Sarmaten die Münzen auf, warfen einen dankbaren Blick in die Runde und verschwanden durch die Menge der Schaulustigen, die sich in der Zwischenzeit gebildet hatte.

„Was gibt es hier zu glotzen?", schnauzte Charietto die Umstehenden an. „Habt ihr nichts Besseres zu tun? Schafft das da weg und dann fort mit euch!"

Als hätte der Boden unter ihnen Feuer gefangenen, stob die Menge auseinander. Zwei beherzte Männer schleiften den Toten zum Waldrand, wo er später von seinen Mitgefangenen vergraben wurde.

Charietto wies uns Offiziere in das Zelt, um die Lagebesprechung fortzusetzen.

„Wein für alle!", wies er Diodoros an, der sich beeilte, dem Wunsch seines Befehlshabers nachzukommen.

Der Zorn des Wolfes war verflogen.

„"Das ist besser, als ich dachte", eröffnete Charietto seine Beurteilung der Lage und wieder musste ich erkennen, dass der hitzköpfige Franke über einen messerscharfen Verstand verfügte. „Abzüglich der Gefangenen hat der Feind vierundzwanzig Mann verloren. Rechne ich die Hälfte von dieser Zahl als Ausfälle durch Verwundung hinzu, was ein Minimum ist, haben wir es noch mit einundsechzig Kämpfern zu tun. Wenn Ulf keine Verstärkungen bekommt, wird es einen Überfall wie heute nicht mehr geben. Das wäre Selbstmord."

Triumphierend schaute unser Kommandeur in die Runde, um gleich darauf den wahren Charietto heraus zu kehren.

„Das heißt nicht", schlug er mit der Faust auf den Tisch, dass Weinkrüge und Becher umstürzten und sich ihr Inhalt auf den Boden ergoss, „dass wir es überstanden haben."

Brüllend hatte er die letzten Worte heraus gestoßen und starrte uns aus blutunterlaufenen Augen an.

„Heute werden wir Ruhe haben, aber morgen werden sie uns aus dem Hinterhalt attackieren. Sie werden mit Pfeil und Bogen und den erbeuteten Arcoballisten Mann für Mann aus den Kolonnen heraus schießen und sich sofort zurückziehen. Sie warten darauf, Nachzügler abzufangen und zu massakrieren. Wer zum Pinkeln die Straße verlässt, ist in Lebensgefahr. Besonders gefährdet sind die Offiziere, um die Mannschaften führerlos zu machen und in Panik zu versetzen." Bei seinen letzten Worten war er in ein Flüstern verfallen und es war so still im Zelt geworden, dass die Geräusche des Biwaks durch den offen stehenden Eingang hinein drangen.

„Sie haben heute erfahren", dröhnte es Balbus und Diodoros entgegen, „welche Helden gegen sie stehen." Die beiden genannten versteckten sich mit roten Köpfen hinter ihren Vorderleuten, als ob sie dem Zornausbruch des Wolfes entgehen könnten. „Balbus, Diodoros", nannte er die beiden beim Namen, so dass die Vordermänner beiseite traten und sie den Blicken Chariettos ausgesetzt waren. „Was meint ihr", fuhr er, jovial werdend, fort, „können wir tun?"

„Wir könnten", brach schließlich Balbus das Schweigen, „wir könnten nach Noviomagus zurückkehren und auf Schiffe warten, die uns die Mosella hinab und den Rhenus hinauf nach Mogontiacum bringen."

Selten habe ich Charietto wütender gesehen, als in diesem Moment. Seine Halsschlagader schwoll an, die Farbe seines Gesichtes wechselte in ein tiefes Rot und ich fürchtete, dass ihn der Schlag getroffen hätte.

„Marcus" wandte sich Charietto, nach Luft ringend, mir zu, „du löst die beiden Schwachköpfe ab und machst aus den Männern aus Treveris und Divodurum richtige Legionäre.

„Und ihr", schien sein Zeigefinger die Unglückseligen zu durchbohren, „ihr kümmert euch um den Tross, damit ihr kein weiteres Unheil anrichten könnt."

Die beiden taten mir leid. Was konnten sie dafür, dass sie Männer anführten, die ihr ganzes Soldatenleben paradiert und im Wachdienst verbracht hatten. Mir fiel jetzt die Aufgabe zu, aus diesem Haufen brauchbare Soldaten zu machen und ein leiser Fluch stahl sich von meinen Lippen, den Charietto mit einem Stirnrunzeln registrierte.

„Marcus, ich habe keinen Besseren für diese Aufgabe.", legte mir der Wolf seine Pranke auf die Schulter und hob mich damit vor allen Anwesenden hervor. Ich konnte nicht ablehnen und stimmte mit einem Nicken des Kopfes zu.

„Ich wiederhole meine Frage" fuhr Charietto in ruhigem Tonfall fort. „Was können wir tun? Marcus?"

„Ich würde" begann ich und alle Augen ruhten in der Hoffnung auf mir, dass meine Antwort den Wolf zufrieden stellen würde. „Ich würde die Legionäre in fest geschlossene Blöcke von fünfzig Mann aufteilen und die Wölfe und Reiter in Zwanziger-gruppen dazwischen postieren, um jedem Angriff sofort begeg-nen zu können. Die Offiziere werden durch ihre Mannschaften gedeckt und dürfen keine exponierten Stellungen einnehmen. Die Wagen des Trosses sollten einzeln fahren, um möglichst wenig Angriffsfläche zu bieten. Werden wir beschossen, müssen die Wölfe und Reiter sofort angreifen, um den oder die Schützen zu stellen. Sie dürfen aber nicht mehr als zwanzig Schritte in den Wald eindringen. Damit halten wir den Feind vom Straßenrand fern und werden die wenigsten Verluste haben. So habe ich es in Tricensima bei den „Dreißigern" gelernt."

„Genau so werden wir es machen", strahlte Charietto und nahm mich kurz in den Arm. „So kenne ich meinen Römer", tät-schelte er mir als höchsten Gunstbeweis die Wange, bevor er sich den anderen zuwandte.

„Teilt eure Einheiten wie besprochen auf und achtet morgen darauf, dass unerfahrene und kampferprobte Legionäre im Wech-sel marschieren. Lasst die Männer heute Abend ausspannen, denn die nächsten Tage werden schrecklich. Lasst die doppelte Anzahl an Wachen in Fünfergruppen um das Lager und den Vicus pat-rouillieren, obwohl ich nicht glaube, dass der Feind diese Nacht etwas unternehmen kann."

„Was wird mit den Verwundeten?", war die Stimme des Via-torinus zu vernehmen und Charietto, der im Begriff war, das Zelt zu verlassen, drehte sich auf dem Absatz um.

„Das werden wir morgen sehen", lautete die knappe Antwort des Wolfes. Er schlug die halb geöffnete Plane des Eingangs zurück und begab sich in Richtung seiner Wölfe, unter die er sich mischte.

„Gut gemacht, Marcus", bahnte sich Viatorinus im Gedränge der das Kommandeurszelt verlassenden Offiziere einen Weg zu mir. „Lass uns, wenn es dunkel geworden ist, auf einem der Grab-hügel dort hinten treffen und in aller Ruhe miteinander reden."

Ich schaute durch den Eingang auf einen etwa 500 Schritte entfernten Hügel, den ein großer Stein krönte und gab mit einem Nicken des Kopfes mein Einverständnis.

„Bis später, Viatorinus."

Zunächst suchte ich mein Quartier auf, das sich in einem der verlassenen Streifenhäuser des Vicus befand. Es bestand nur noch aus dem großen, zur Straße hin gelegenen Arbeitsraum, in dem ein Möbelschreiner seinem Tagewerk nachgegangen war. Zerbrochenes Werkzeug und rostige Nägel in allen Größen lagen auf dem mit Ziegeln gepflasterten Boden herum, den ein eifriger Vicusbewohner mit Stroh ausgelegt hatte. Das Dach des Hauses war im hinteren Teil, wo die ehemaligen Wohnräume lagen, eingestürzt und hatte die Rückwand und eine Seitenwand mitgerissen, so dass nur noch die fußhohen Grundmauern aus Quarzgestein standen, die einst die Konstruktion der Fachwerkwände trugen. Es muss ein wohlhabender Mann gewesen sein, der hier lebte, schloss ich aus den herumliegenden Putzbrocken, die sorgfältig mit geometrischen Mustern in rot und blau bemalt waren. In einem Zimmer war ein Teil der Bodenplatten entfernt worden, so dass mein Blick auf die Hypokaustentürmchen des darunter liegenden Heizungssystems fiel. Eine sinnvolle Einrichtung, denn im Winter wurde es auf den Höhen des Idar bitterkalt und der Schnee konnte einen Meter hoch liegen.

Ich legte sorgfältig meine Waffen und die Ausrüstung in eine Ecke meines Schlafraumes, zog meine bequeme Ausgehtunika mit den blauen Streifen an Brust und Ärmeln an, gürtete mich mit dem Waffengürtel, in den ich einen Dolch steckte, und verließ meine Unterkunft.

Auf der Suche nach etwas Essbarem durchstreifte ich das Zeltlager der Truppen, was bei den allerorts lodernden Lagerfeuern nicht schwer war. Die Abendluft war erfüllt vom Duft harzig brennender Feuer, Gebratenem, Schweiß, Weindunst und dem frischen Grün des Grases.

„Tribun", wurde ich von allen Seiten angesprochen, „setz dich zu uns und nimm dir Wein und Fleisch. Es ist genug da."

Höflich bedankte ich mich bei den Männern und ging hinüber zu den Wölfen, wo ich an einem Feuer Rufus mit seinen Kameraden lagern sah.

„Setz dich, Tribun", wurde ich von Rufus willkommen geheißen, der mir sogleich ein Stück Fleisch vom Spieß anbot. „Es sind gute Tiere, die Ochsen des Trosses. Wird wohl das letzte Fleisch bis Mogontiacum sein." Ich nahm das fetttriefende Stück entgegen, biss herzhaft hinein und spülte den Bissen mit einem Schluck Wein herunter, den mir ein Wolf aus einem irdenen Weinkrug eingeschenkt hatte.

„Wir trinken auf Sextus, Tribun. Du kanntest ihn", blickte Rufus ins Feuer und hob seinen Becher. „Wir haben damals Ulf gejagt. Er ist heute gefallen."

„Ich weiß", antwortete ich, hob ebenfalls den Becher und stürzte den Inhalt in einem Zug herunter.

„Tribun", fuhr Rufus fort und drehte sein Trinkgefäß zwischen den Händen. „Ich habe mit den Kameraden gesprochen. Du hast uns damals Geld für Ulfs Tod gegeben. Du bekommst es zurück."

„Lass es gut sein, Rufus" erhob ich mich und wischte die fettigen Hände im Gras ab. „Kauft Sextus einen Grabstein, wenn wir zurück sind."

Ich nickte den Männern einen Gruß zu und schlug die Richtung zum Gräberfeld ein, wo der Grabhügel war, bei dem Viatorinus mich treffen wollte. Das Lager, das sich am Ostrand des Vicus zusammendrängte, lag nach wenigen Schritten hinter mir. Die abergläubigen Legionäre mieden die Nähe der Toten. Ich schritt durch kniehohes Gras, bis ich die Straße erreichte, die das Gräberfeld der Länge nach durchzog. Zu meiner Rechten zeigten niedrige Grundmauern die Stellen an, wo einst steinerne Grabmäler empor ragten. Ihre Quader und Reliefe waren dem Festungsbau in den Tagen des großen Constantinus zum Opfer gefallen, als Not und Verzweiflung die Oberhand über die Traditionen der Vergangenheit gewannen.

Ich erstieg den von Viatorinus bezeichneten Grabhügel, ließ mich nieder und lehnte den Rücken an den auf der Spitze aufgestellten Stein, in dem noch die Sonnenwärme des Tages gespeichert war. Die Dämmerung hatte sich auf das Land herabgesenkt und während im Westen noch ein schwaches Abendrot glimmte, funkelten über mir die ersten Sterne auf. Weit schweifte mein Blick über die Feuer und Zelte unseres Lagers, die Gebäude des

Vicus, das breite Band der Straße und den dunklen Saum des dahinter beginnenden Waldes.

Ich schloss die Augen und die während der letzten Jahre verdrängten Bilder der Vergangenheit stiegen an die Oberfläche meines Bewusstseins.

Ich sah mich als jungen Legionär in meinem ersten Gefecht, als Ulfs Vater, auf mir kniend, zum tödlichen Schlag gegen mich ausholte. Unsere Augen trafen sich und der Hass in seinem Blick wich einem erstaunten Erkennen, als wäre ihm mein Antlitz vertraut. Dann sah ich ihn sterben, durchbohrt vom Speerstoß meines Kameraden, der dem Gefallenen den Schlangenreif nahm und mir zuwarf. Ich spürte förmlich den Schlag, den der kleine Junge von hinten gegen mich ausführte, der mich für den Mörder seines Vaters hielt. Die erste Begegnung mit Ulf, dem ich das Leben schenkte und der mich verfluchend im Unterholz des Waldes entschwand. Dann trat meine Mutter vor mein inneres Auge und wie sie erschrak, als sie an meinem Arm den Schlangenreif entdeckte. Die Erinnerung flog voran und der Gesang tausender Franken klang mir in den Ohren, als sie Gelduba stürmten und ich mit knapper Not und einem Pfeil in der Schulter entkommen konnte. Dann sah ich mich, auf der Suche nach einer Möglichkeit zur Heimkehr durch die Gassen und Tavernen von Aquis irren. Die schöne, stolze Alemannin Bissula stand plötzlich vor mir, wie sie sich lachend den Schaum von den Lippen wischte und mich überredete, mit ihr zusammen die Heimreise anzutreten.

Ein Sehnen durchzog meine Brust, als ich unseren Abschied in Tolbiacum vor Augen hatte. Wort für Wort hörte ich die Prophezeiung des Priesters von Varnenum, der uns beiden eine glückliche gemeinsame Zukunft vorhersagte. Bissula wollte in den Taunus, in die Nähe Mogontiacums, wo sie geboren war, und ich war ebenfalls auf dem Weg dorthin. Bei Mars und Venus, mögen die Götter es einrichten, dass wir uns wieder sehen.

Dann erschienen zwei Wanderer, Galerius und ich, wie wir auf geheimen Pfaden die Wälder der Silva Arduenna durchquerten, bis wir kurz vor dem Ziel doch noch in die Hände der Franken fielen. Immer schneller sprudelten die Erinnerungen: wie Charietto uns befreite, ich nach Jahren zur Villa Vineta, meinem Vaterhaus, zurückkehrte und trauernd am Grab meiner Eltern stand. Dann schlug ich mit Titus Venator bei Longus die germanischen Plünderer zurück und saß bei unserem alten Verwalter Maximus, der mir Dinge über meine Herkunft anvertraute, welche meine Eltern mir vorenthalten hatten. Zum ersten Mal hörte ich von meinem Ahnen Flavius Probus, dem Vater meiner Mutter, der als Franke in römische Dienste getreten war und sah die goldene Schlange auf der Fibel, die mir Maximus als einzige Erinnerung an meinen Großvater übergab. Es war der letzte Wille meiner sterbenden Mutter gewesen. Wie ein Schatten legte sich die Begegnung mit Ulf im Hause des Charietto über meine Erinnerungen, der mich an meinem Schlangenreif als den mutmaßlichen Mörder seines Vaters wieder erkannte. Ich spürte die Angst, als Ulf mich durch die nächtlichen Gassen von Treveris hetzte und sah uns auf dem Berg oberhalb des Tempelberges von Tabernae um mein Leben und den Besitz des Schlangenreifs kämpfen. Weiter liefen die Erinnerungen ab, als Rufus mir den Tod Ulfs meldete und ich mit dem Priester in Tabernae zusammen saß, der mir von der Herkunft der Schlangensymbole berichtete. Ein Symbol der Franken, eines Teiles meiner Ahnen und meiner Todfeinde, das nur wenigen zu tragen vergönnt gewesen war. Mich schauderte, als der Priester mir offenbarte, dass es eine Verbindung zwischen den Schlangenträgern geben musste und es möglich ist, dass ich mit Ulf verwandt bin.

„Marcus, bist du dort oben?" unterbrach Viatorinus meine Gedanken und stieg den Grabhügel zu mir hinauf.

Er hatte zwei Becher und einen Weinkrug mitgebracht, dessen Verschluss aus Wachs und Stoffgewebe er umständlich entfernte, ehe er mir eingoss.

„Ich habe lange nachgedacht", trank er mir zu, „was ich dir von Ulf und deinem Armreif erzählen kann."

„Nur zu", antwortete ich ihm, „ich bin gespannt."

„Ich habe das Symbol der Schlange mit den grünen Augen schon einmal auf einer Gürtelschnalle gesehen", begann er und verschränkte die Finger ineinander, dass die Knöchel weiß hervor traten.

„Und weiter", bohrte ich nach.

„Nichts weiter. Ich war nur überrascht, diese Schlange noch einmal zu sehen, da so etwas sehr selten ist."

„Was ist mit Ulf?", drängte ich Viatorinus, dessen Unbehagen ich in jeder Bewegung seines Körpers spürte.

„Ich kenne Ulf", überwand sich mein Freund. Seine Fersen scharrten im Grasbewuchs des Hügels. „Ich bin ihm in der Colonia begegnet, mehr kann und darf ich dir nicht sagen, ohne das Einverständnis anderer beteiligter Personen eingeholt zu haben."

„Aber", begehrte ich auf und schaute ihm vorwurfsvoll in die Augen.

„Bitte, Marcus", erwiderte er meinen Blick und griff nach meinem Arm. „Es hat nichts mit dir zu tun. Ulf ist mein Feind und ich verfluche den Tag, an dem wir uns begegnet sind."

Lange saßen wir schweigend nebeneinander als am jenseitigen Ende des Vicus Lichtpunkte aufflammten, die rasch größer wurden.

„Was ist das?" fragte ich meinen Freund, froh über die Gelegenheit, das Schweigen zu unterbrechen.

„Opferfeuer, Marcus. Ich habe, bevor ich kam, mit Verecundus, dem kaiserlichen Beamten gesprochen. Er hat mich davon in Kenntnis gesetzt, dass heute die Bauern der Umgebung kommen, um sich des Beistandes der Götter gegen die germanischen Plünderer zu versichern. Sie tun dies an den Plätzen, an denen früher die Tempel von Belginum standen und die ihnen noch heute heilig sind. Wenn die Feuer herab gebrannt sind und sie die Reste ihrer Gaben vergraben haben, werden sie nach Hause zurückkehren."

„Hat dir Verecundus auch erklärt, warum die Heiligtümer nicht mehr da sind?"

„Es ist neunzig Jahre her, seit die Franken und Alemannen das erste Mal die Grenzprovinzen verwüstet haben. Die Tempel wurden geschändet und danach auf Geheiß der Priester abgetragen, damit sich ein solcher Vorgang nicht mehr wiederholen kann."

„Kann es nicht sein, dass die Einwohner Angst hatten, dass die Reichtümer der Heiligtümer die Raubscharen angelockt haben?" mutmaßte ich.

„Mag sein", lautete die abwesend klingende Antwort meines Freundes, der sinnierend auf die flackernden Lichtflecke der Opferfeuer schaute.

„Du hast mir einmal von einer Alemannin erzählt, Marcus, die du in Aquis getroffen hast. Sie heißt Bissula, oder?", wandte mir Viatorinus das Gesicht zu.

„Ja, Bissula", sprach ich mehr zu mir als zu meinem Freund und sofort stand das Bild des geliebten Menschen wieder vor meinem inneren Auge. Ich sah ihre leuchtend blaugrünen Augen, wie sie den Kopf nach mir umwandte und ein Windhauch die Pracht ihrer blonden Locken umspielte. Ich spürte den Druck ihres schlanken Körpers und die Berührung ihrer Lippen, als sie mich zum Abschied küsste.

„Ist sie schön?"

„Sehr schön, Viatorinus."

„Marcus", begehrte Viatorinus scherzend auf, „lass dir doch nicht jedes Wort einzeln aus dem Mund ziehen. Wie habt ihr euch kennen gelernt?"

„Es war in Aquis", kam ich dem Begehren des Freundes nach, „und ich suchte, von meiner Verwundung genesen, nach einer Möglichkeit, nach Treveris zu kommen. Es war keine gute Zeit und ich vergeudete meine Tage in den Tavernen des Badeortes. Dann, eines Tages stand sie neben mir und die Götter ließen ein kleines Wunder geschehen."

„Was ist geschehen?" ruhte voller Spannung der Blick des Viatorinus auf mir.

„Sie riss mich, den herunter gekommenen Frontoffizier, aus meinem Selbstmitleid und gab mir den Mut und die Zuversicht zurück, nach der ich so lange gesucht hatte. Am nächsten Morgen schon brachen wir auf und ließen Aquis hinter uns."

„Wie kann es sein, dass sie dir vertraute", lachte Viatorinus mich an, „der doch für seine Frauengeschichten bekannt war. Ich erinnere mich da an …"

„Lass es gut sein, Viatorinus. Sie tat es eben", unterbrach ich ihn. „Vielleicht habe ich mich ja auch geändert und bin nicht mehr der Leichtfuß, den du damals in Tricensima als jungen Centurio kennen gelernt hast."

„Dann haben Jupiter und Venus ein Wunder geschehen lassen", spottete Viatorinus und zwinkerte mir zu. „Wie ging es weiter? Habt ihr euch geliebt? Habt ihr miteinander geschlafen?"

„Nein", lautete meine schroffe Antwort, und ich spürte Ärger in mir hochsteigen.

„Nein Viatorinus. Wir sind zwei Tage bis nach Tolbiacum gelaufen und haben viel miteinander gesprochen. Dort trennten sich unsere Wege, weil sie nach Rigomagus wollte, wohin ihr Vetter, ein alemannischer Centenarius namens Germanus, sie sicher hinbringen wollte. Sie ist in der Nähe von Mogontiacum aufgewachsen und wollte nach Hause.

„Was hat sie nach Aquis verschlagen?" fragte ein interessierter Viatorinus, dessen spöttischer Unterton gewichen war.

„Sie hat ihren Mann, einen römischen Offizier, der bei der Eroberung der Colonia durch die Franken verwundet wurde, nach Aquis ins Lazarett gebracht, wo er gestorben ist."

„Es tut mir leid, Marcus, was ich eben gesagt habe", senkte Viatorinus die Augen und berührte mit der Hand meinen Arm.

Ich akzeptierte seine Entschuldigung und stieß ihm leicht mit dem Ellenbogen in die Seite.

„Das konntest du nicht wissen, Viatorinus."

Es herrschte einige Augenblicke Schweigen, bis ich fortfuhr.

„Wir sind uns nahe gekommen, Viatorinus, und beim Abschied hat sie versprochen, mich an der Mosella aufzusuchen, wenn die Zeiten wieder ruhiger geworden sind."

„Vielleicht ist sie ja in Mogontiacum und ihr lauft euch in ein paar Tagen über den Weg?" klangen die Worte des Viatorinus wie eine Prophezeiung.

„Ich werde die Götter darum bitten", schaute ich zum Lager und zum Vicus hinüber, wo die Opferfeuer verloschen waren. Auch die Glutpunkte der Kochstellen im Lager hatten sich verringert und der Mond beschien einen milchigen Schleier kalten Rauchs, der sich auf Häuser und Zelte herabsenkte.

„Ich bin müde, Marcus. Kommst du mit, oder bleibst du noch?"

Ohne seine Frage zu beantworten erhob ich mich, und wir stiegen gemeinsam den Hügel herab.

Aus dem ersten Streifenhaus des Vicus klang unterdrücktes Stöhnen und Wimmern, als wir vorüber schritten. Es war das notdürftig hergerichtete Lazarett, in dem die Verwundeten des Gefechtes versorgt wurden. Neben dem Eingang standen im Mondlicht zwei Bahren. Auf ihnen lagen, bedeckt mit ihren Mänteln, zwei Legionäre, die gestorben waren und die man hinaus geschafft hatte, um ihren Leidensgenossen den Anblick der Toten zu ersparen.

In meinem Quartier angekommen, legte ich mich sofort auf die provisorische Bettstatt aus Decken und Stroh, schloss die Augen und reckte meine Glieder. Ich wusste, dass es für viele Tage die letzte Nacht war, die ich in Ruhe und Sicherheit verbringen würde.

Ich träumte, wie eine riesige Schlange, das Ebenbild meines Armreifes, sich über die Baumwipfel eines endlosen Waldes erhob. Wie Blitze trafen mich die Blicke ihrer smaragdgrünen Augen und Blut troff von den Spitzen ihrer Giftzähne herab. Dann schnellte ihr Kopf herab, als hätte sie eine lohnende Beute gefunden.

„He, ihr da", brüllte ich die Männer aus Treveris an, die sich in der Mitte der Straße zusammenballten und offenbar nicht mehr wussten, wie sie sich aufzustellen hatten.

Ich sprang vom Pferd, packte mir einige Männer und schob sie an die Stelle, die ich vorgesehen hatte.

„Bildet links und rechts je eine Kette und lasst die Mitte der Straße für die Pferde und die Wagen des Trosses frei. Dann die Schilde hoch, zum Straßenrand ausrichten und darauf achten, dass der Abstand zum Vordermann nicht größer wird. Und wen ich ohne Helm erwische, der lernt mich kennen."

Endlich hatten die Männer begriffen und zu beiden Seiten der Straße einen dichten Schildwall gebildet, in dessen Schutz sich die verwundbaren Teile unserer Marschkolonne bewegen konnten.

„Balbus, Diodoros, runter von den Pferden. Eine Leuge, oder vielleicht nur eine Halbe. Wie lange wollt ihr als Zielscheibe überleben?"

Hastig sprangen die beiden aus den Sätteln und nahmen, ihre Tiere am Zügel, ihren Platz in der Mitte der Straße ein. Nervös nickte Balbus mir zu, als wenn er sich vergewissern wollte, dass es so richtig sei. Diodoros hingegen funkelte mich aufsässig an und machte eine wegwerfende Handbewegung.

„Du hast mir nichts zu befehlen. Ich bin der ranghöhere Offizier."

„Du tust, was Marcus anordnet", dröhnte es von der Seite, als sich Charietto aus dem Sattel schwang.

Der in seinem Stolz getroffene Offizier der treverischen Palastgarde wirbelte herum und schaute seinem Kommandeur direkt in die Augen.

„Ein Grieche lässt sich von einem Franken nicht sagen, was er zu tun hat", zischte er Charietto an, um sofort einen Schritt zurückzuweichen, weil der Wolf die Spatha aus der Scheide gerissen hatte.

„Was wird mit den Verwundeten?", beendete Viatorinus die Auseinandersetzung und stellte sich zwischen die Streithähne. „Vier sind in der Nacht gestorben und fünf nicht transportfähig."

„Und was wird aus den Menschen von Belginum?", mischte sich Gaius Verecundus ein, der mit einigen Ortsbewohnern heran getreten war. „Wenn ihr fort seid, werden die Germanen über uns herfallen."

Der Mann hatte Mut. Ein Viatorinus dürfte seinen Befehlshaber mit einem notwendigen Anliegen unterbrechen, aber einem Zivilisten stand das nicht zu, auch wenn er kaiserlicher Beamter war.

Ich war erstaunt, den Wolf plötzlich lächeln zu sehen und ahnte Unheil für Diodoros, als sich Charietto ihm zuwandte.

„Was meinst du, Tribun Diodoros" höhnte er, „der Mann hat doch Recht, oder?" Konsterniert blickte der Angesprochene seinen Kommandeur an und zuckte mit den Schultern, weil er nicht wusste, was er antworten sollte.

„Du", schnellte der Zeigefinger Chariettos in Richtung des Diodoros, „du bleibst mit 50 deiner Helden hier und sorgst für den Schutz der Verwundeten und der Bewohner des Vicus. Ich kann dich nicht gebrauchen, aber hier wartet eine ehrenvolle Aufgabe auf dich. Und wenn ich höre, dass du deine Pflicht nicht erfüllst und frühzeitig nach Treveris zurück läufst, dann reiße ich dir eigenhändig die Eingeweide aus dem Leib."

Das war mehr, als Verecundus erwarten konnte, und Diodoros ergab sich in sein Schicksal, erleichtert, dem Zorn des Wolfes entronnen zu sein.

Während die Zurückbleibenden ihre Ausrüstung von den Trosswagen hoben und sich von ihren Kameraden verabschiedeten, wurde die Aufstellung der Marschkolonne fortgesetzt.

Die Wölfe bildeten Anfang und Ende der Marschsäule, während die ihre Pferde am Zügel führenden Reiter aus Beda und die Wagen des Trosses die Straßenmitte einnahmen, gedeckt durch die Schildmauern der Legionäre.

Laute Kommandos ertönten, die Nagelstiefel der Soldaten und die Hufe der Zugtiere und Pferde fassten auf dem Kiesbelag der Straße Tritt, und begleitet vom Mahlen der Räder setzte sich die Marschkolonne in Bewegung.

Bis zum Nachmittag hatte sich nichts ereignet, und wir hatten uns unserem Ziel, dem Vicus Dumnissus, bis auf wenige Leugen genähert. Anfangs hatten die Augen der Männer, wenn wir ein Waldstück durchqueren mussten, voller Angst in das Dickicht aus Blättern und Unterholz gestarrt. Hatte sich dort nicht etwas bewegt? Würde jetzt der tödliche Pfeil heranschwirren oder ein eiserner Bolzen Schild und Kettenhemd durchschlagen? Gegen den Beschuss mit Pfeilen stellte der Rundschild der Legion aus Leder und Lindenholz eine wirksame Schutzwaffe dar, gegen das Geschoß einer Arcoballista half nur das Glück und der Beistand der Götter.

Traten wir aus dem Halbdunkel des Waldes in das Licht des Tages, war das Aufatmen der Männer deutlich zu spüren. Die Reiter bestiegen die Pferde und ließen sie am Wegesrand grasen, während die Männer die Marschkolonne verließen, um ein drängendes Bedürfnis zu verrichten. Die Unteroffiziere waren aber gehalten, ihre Leute nicht allzu weit von der Straße wegzulassen. Hastig wurde die Tunika gehoben, die Notdurft verrichtet und sich sofort wieder in die Marschkolonne eingereiht. Die Angst, zurückzubleiben, stand dabei jedem Legionär ins Gesicht geschrieben. Durchquerten wir eine große Freifläche, von der aus der Blick weit in die Landschaft fiel, legten wir eine Ruhepause ein, in der die Männer aßen, tranken oder einfach nur die Beine auf dem Grasboden ausstreckten.

Im Verlauf des Marsches hatte sich die Angst des Vormittags in stumpfe Schicksalsergebenheit gewandelt, und die Männer wurden gereizt und mürrisch, weil der Himmel sich bezogen und es leicht zu nieseln begonnen hatte.

Wieder hatten wir ein Waldstück durchschritten und ich war in den Sattel gestiegen und musterte die aus dem Wald heraus tretenden Kolonnen. Auf der Hochfläche wehte ein kühler Wind und ich war in die Paenula geschlüpft und hatte mir die Kapuze über den Kopf gezogen.

„Das gefällt mir nicht", knurrte Charietto, der sein Pferd neben mir zügelte und sich mit dem Halstuch über das regenfeuchte Gesicht fuhr. „Ulf wartet nur darauf, dass wir uns in Sicherheit wiegen, um uns aus dem Hinterhalt zu attackieren."

„Heute nicht", versicherte Viatorinus, der ebenfalls herangekommen war. „Morgen müssen wir uns vorsehen. Der Wald wird dann dichter und es gibt kaum noch freie Flächen."

Ich ließ meinen Blick von der Höhe herab über karge Wiesen und vereinzelte Felder schweifen ohne einen Hof oder wenigstens eine Hütte zu sehen. Wir mussten im Ansiedlungsgebiet der Sarmaten sein, die ihre Behausungen den Blicken der Menschen entzogen.

„Centenarius", wandte sich Charietto an Titus Venator, der sich mit der Hand über die Stoppeln seines Zweitagebartes fuhr.

„Achte darauf, dass Tiere und Männer so wenig Wasser wie möglich verbrauchen. Außer von oben", blickte er in den verhangenen Himmel, „gibt es hier keins. Wie weit ist es noch bis Dumnissus?"

„Eine und eine halbe Leuge, wenn die Angabe auf dem Leugenstein stimmt, an dem wir eben vorbei gekommen sind", antwortete ich und trieb mein Pferd von dem Gaul des Viatorinus weg, der nervös wieherte und die Zähne bleckte.

„Titus", befahl Charietto dem Centenarius aus Beda, „nimm die Hälfte deiner Reiter und schau nach, ob es Feinde in Dumnissus gibt."

Als die Reiter der Ala Constantins die Straße herab donnerten, nahmen wir unseren Marsch wieder auf und gelangten kurz vor der Dämmerung in das verlassene Dumnissus.

Es nieselte die ganze Nacht und während die Offiziere einen halbwegs trockenen Schlafplatz in den heruntergekommenen Streifenhäusern des Ortes zugewiesen bekamen, krochen die Mannschaften unter die bald durchnässten Lederplanen ihrer Zelte. Aus Furcht vor dem Feind und wegen des die ganze Nacht andauernden Regens wurden keine Feuer entzündet und der Proviant kalt herunter geschlungen. Charietto hatte die Anzahl der Wachen verdreifacht und monoton drangen ihre Rufe durch das Dunkel, weil sie sich in kurzen Abständen melden mussten.

Viele fanden keinen Schlaf in jener Nacht, in der wir keinen Mann verlieren sollten.

Am nächsten Morgen regnete es immer noch, und fluchend luden Legionäre und Reiter mit klammen Fingern die nassen Zeltplanen auf die Wagen. Wenn der Regen anhielt, würden sie bald zu stinken und zu faulen beginnen.

Gedeckt durch die Wölfe trotteten Titus Venator und ich, die Pferde am Zügel haltend, an der Spitze des Zuges. Bis auf das Rollen und Stampfen der marschierenden Kolonnen und dem Rauschen der Baumkronen war kein Laut zu vernehmen. Die Tiere des Waldes hatten sich vor den alles durchfeuchtenden Regenschleiern in ihre Schlupfwinkel zurückgezogen. Es roch nach feuchtem Gras, moderndem Holz und sprießenden Pilzen. Seit

Stunden hatten wir keine Lichtung betreten und zu beiden Seiten drohte die grüne Mauer der Eichen und Buchen des Hochwaldes. Waren wir in der Frühe zumeist bergab marschiert, stieg das Gelände nun kontinuierlich an, was die Beine schwer und den Atem kürzer werden ließ.

Mit dem Instinkt des Soldaten sog ich die Luft in die Nase und musterte die Farne und Büsche des Unterholzes jenseits der Straßengräben, die den gewölbten Damm der Straße zu beiden Seiten begrenzten. Keine zehn Schritte vom Rand des Kiesbelages bis zum Reich der Feen und Waldgeister.

„Da vorne ist etwas, Marcus", fuhr die Hand meines Kameraden an den Griff der Spatha. Ich folgte der Richtung seines Blickes, konnte aber nichts erkennen. Oder doch? Hatten sich nicht eben die Wedel eines Farnes bewegt?

„Du siehst Gespenster Titus…", konnte ich meinen Satz nicht beenden, weil etwas über unsere Köpfe surrte, den Kamm meines Bügelhelmes um wenige Fingerbreiten verfehlend. Dumpf klangen die Schilde der Legionäre, als Pfeile in sie hinein fuhren und zitternd stecken blieben. Keine fünf Schritte von mir durchschlug der Bolzen einer Arcoballista krachend einen Schild und zerfetzte seinem Träger die Kehle, dass das Blut in einer Fontäne aufspritzte. Der Unglückliche fuhr sich mit beiden Händen an den Hals, stürzte rücklings nieder und wälzte sich erstickt gurgelnd auf dem sich rot färbenden Straßenkies. Weitere Bolzen und Pfeile schwirrten über die sich duckenden Männer hinweg und fuhren ohne Schaden anzurichten in das Dickicht des gegenüber liegenden Waldsaumes.

„Überfall" brüllte Titus, ließ seine Zügel fahren und stürzte sich mit einer Handvoll Männer, Reitern und Wölfen, durch den am Boden kauernden Flankenschutz hindurch, auf die Stelle im Unterholz, aus der das Verderben in unsere Reihen geschlagen war.

Feuchte Zweige und Blätter schlugen mir ins Gesicht als ich, den Schild hochhaltend, drei Schritte hinter ihm in das Unterholz brach.

Vor uns sprangen Schattenwesen auf, schleuderten uns Beile und Wurfspieße entgegen, die ohne eine Wirkung zu erzielen auf Schilde und Baumstämme trafen, kehrten uns den Rücken zu und flohen tiefer ins Gehölz hinein. Aus den Augenwinkeln sah ich, wie Rufus weit ausholte und im Laufen einem Feind den Mattiobarbulus in den Rücken schmetterte. Der Getroffene breitete beide Arme aus, stand kurz da wie der gekreuzigte Gott der Christen und brach zusammen. Ein anderer war auf einer Baumwurzel ausgeglitten, gestürzt und augenblicklich von mehreren Klingen in eine schreiende, blutige Masse verwandelt worden. Die anderen, zwei oder drei Mann, verschwanden im Unterholz.

„Runter", schrie ich den Männern zu, und wir warfen uns auf den Waldboden als eine Salve von Pfeilen und Bolzen über uns hinweg zischte.

„Zurück" hörte ich meine sich überschlagende Stimme und mit der Disziplin gedrillter Elitesoldaten gehorchten die Männer dem Befehl, ehe die Feinde ihre Bogen erneut spannen und ihre Arcoballisten schussbereit machen konnten. Wir waren keine zehn Schritte gelaufen, als die zweite Reihe der Wölfe uns entgegen kam und unseren Rückzug deckte. Zwei tollkühne Verfolger, die uns mit dem Schwert in der Hand nachgeeilt waren, gingen in ihrem Geschoßhagel zu Grunde. Der Feind hatte genug, denn am Brechen des Unterholzes erkannten wir, dass er sich zurückzog.

Keuchend lagen oder kauerten wir neben der Straße, jeder bemüht, seine noch vom Rausche des Kampfes zitternden Glieder zu beruhigen.

Ich blickte auf und schaute nach dem Getroffenen, der tot war. Zwei Legionäre und ein Reiter waren leicht verwundet, konnten aber ohne Probleme den Marsch fortsetzen. Dagegen hatte der Feind vier Männer verloren und sollte es nun nicht mehr wagen, die Wölfe des Charietto direkt anzugreifen.

Der Verlauf des Scharmützels bewies wieder einmal die Überlegenheit der Comitatenses gegenüber dem Feind. Wurden sie straff geführt, zahlten sich in solchen Augenblicken Drill und Übungen aus, denen die murrenden Elitesoldaten des Bewegungsheeres unterworfen waren.

Noch dreimal schlug der Feind an diesem Tag an anderen Stellen zu.

Zwei Überfälle, die in der gleichen Art vorgetragen wurden, stifteten Verwirrung bei den Soldaten des Flankenschutzes, konnten aber durch den Einsatz der in der Straßenmitte postierten Reiter aus Beda niedergekämpft werden.

Beim letzten Überfall versuchte es der Feind wie am Vortag mit einer Baumsperre, die jedoch wirkungslos blieb, weil die Höhe der Knickstellen falsch berechnet war und sich die stürzenden Riesen wirkungslos im Gehölz der gegenüber liegenden Straßenseite verfingen. Lediglich ein herunter brechender Ast in der Stärke eines Männerbeines zerstörte einen unter ihm fahrenden Wagen des Trosses.

Beklagten wir zwei Tote und acht Verwundete durch Pfeil- und Bolzenschüsse, hatte der Feind acht Kämpfer verloren, die Verletzten nicht eingerechnet.

Am späten Nachmittag, wir hatten keine zehn Leugen zurückgelegt, lichtete sich der Wald und wir konnten unser Marschlager aufschlagen.

Nebelschwaden und Schleier von Nieselregen zogen über die weite Lichtung und verwehrten den Blick auf die umliegenden Höhen und Täler. Überall tropfte es und nur unter Schwierigkeiten gelang es den Soldaten, Unterstände zu bauen, in deren Schutz ein Feuer entzündet werden konnte. Die um die wärmenden Flammen zusammengeballten Männer waren bis auf die Haut durchnässt und mühten sich, Getreidebrei aufzuwärmen und Kleidungsteile zu trocknen.

„Es wird Zeit, dass wir endlich aus diesem verfluchten Wald heraus kommen", wies Charietto auf eine auf Pergament gezeichnete Karte, die den Tisch im Kommandeurszelt ausfüllte. Farbige Striche und Linien kennzeichneten Straßen und Wasserläufe, während unterschiedlich große Symbole auf Siedlungen, Straßenstationen, Befestigungen und Städte hinwiesen.

„Wir befinden uns hier", bohrte sich der Finger des Wolfes in das Pergament, „und müssen dort hin". Die Hand wanderte weiter bis zu dem Zeichen einer Festung, neben der das Wort Bingium in ziselierter, leicht geneigter Schrift zu lesen war. „Ab hier", wanderte der Finger zurück, „sind wir aus dem Wald heraus und es geht bergab bis zum Rhenus. Wenn es keine Verzögerungen gibt, haben wir es am Mittag hinter uns."

Stumm beugten sich die Köpfe der anwesenden Offiziere über die Karte, wobei Regentropfen aus Bart- und Haupthaar auf das Pergament herab tropften.

„Genug geschaut", rollte Charietto die Karte ein und übergab sie Viatorinus.

„Mit dem Verlauf des Tages bin ich zufrieden", schaute er wohlwollend in die Runde. „Der Feind hat mehr Männer verloren als wir und dürfte damit in seiner Operationsfähigkeit immer eingeschränkter werden."

„Balbus" wendete er sich dem Tribun aus Divodurum zu, „du und deine Männer, ihr habt euch heute bewährt. Gut gemacht." Stolzesröte überzog das Gesicht des gestern gescholtenen, der einen Verband um den Oberarm trug.

„Aber fürchtet die Nacht", grollte die Stimme des Wolfes. „Der Tod wird um das Lager schleichen und den holen, der unaufmerksam wird. Bleibt dicht zusammen und kontrolliert die Wachen. Der Feind weiß, dass er nur noch heute Unheil anrichten kann."

„Warum ziehen sie sich nicht zurück und lassen uns in Frieden", hing die Stimme des Titus Venator im Raum. „Was treibt sie an? Bei diesen Verlusten hätte ich längst anders entschieden."

„Es ist Ulf, der sie führt", gab Charietto zurück. „Er will Marcus, hasst alles Römische und insbesondere mich. Was mit dem Alemannen Makrian ist, weiß ich nicht. Ihre Männer sind freie Germanen, die mit der Muttermilch Treue und Gefolgschaft aufgenommen haben. Die sterben eher, als dass sie aufbegehren oder davon laufen."

Ein heftiges Niesen, dem ein krampfhaft unterdrücktes Husten folgte, entrang sich der Brust des Viatorinus.

„Das fehlt mir noch, dass ihr krank werdet", hing sorgenvoll die Stimme des Wolfes im Raum. „Sorgt für trockene Kleidung und wärmt euch auf. Es ist kalt, obwohl wir Sommer haben."

Stunden später, die Nacht war hereingebrochen, lag ich unter einem aus Zeltbahn und Ästen notdürftig hergestelltem Unterschlupf der ersten Postenreihe. Missmutig starrten drei Männer in das Dunkel und sehnten ihre Ablösung herbei. Ich hatte keinen Schlaf finden können und deshalb mein Zelt verlassen, um die Kette der Vorposten zu kontrollieren. Außer dem Geräusch der Regentropfen, die auf Blätter und Gräser der Lichtung klatschten, war kein Laut zu hören. Da brach eine Wolkenlücke auf und silbrig ergoss sich das Mondlicht über die von drohenden Wäldern umstandene Fläche der Lichtung. Aus den Niederungen stiegen Nebelschwaden auf und legten sich auf die Spitzen der Bäume, bis ein Windstoß sie zerriss und auseinander trieb. Dann verschwand der Mond hinter einer Wolkenbank und man konnte kaum die Hand vor den Augen erkennen. Mich fröstelte und ich wickelte mich in den klammen Mantel.

Aus dem Lager klang das Schnäuzen und Husten der Männer, die wie ich keinen Schlaf finden konnten. Wenn der Regen weiter fiel, würde es in den nächsten Tagen viele krankheitsbedingte Ausfälle geben. Mochten die Götter die Regenwolken zerstreuen und einen wärmenden Wind schicken.

Ein Schrei, schrill und spitz, drang aus dem nahen Wald und ging in ein jammervolles Heulen über, das auf dem höchsten Ton abbrach.

„Was war das?", stieß mich einer der Posten an und wies mit dem Kopf in die Richtung, aus der der Schrei erklungen war.

„Ich weiß es nicht", antwortete ich und erschauderte im gleichen Moment, als der Schrei wieder in der Luft hing.

„Bei Mars und Pluto", fluchte ich und wusste im gleichen Moment, was geschehen sein musste.

„Sie haben einen von uns erwischt und quälen ihn zu Tode. Armer Kerl."

Wieder heulte es auf und die Hände der Männer krallten sich um die Waffen, bereit aufzuspringen und dem Kameraden zu helfen.

„Lasst das bleiben", drohte ich den Soldaten. „Sie warten nur darauf und dann seid ihr die nächsten, denen man die Haut in Streifen vom Fleisch zieht."

Einer der drei, ein Christ, holte sein Amulett hervor, ein eingefasstes Christogramm aus Bronze, küsste es und murmelte ein Gebet.

Ein leichtes Knacken in meinem Rücken ließ mich zusammenfahren und herumschnellen.

„Kein Feind", erkannte ich die Stimme des Centenarius aus Beda. „Ich bin es, Titus Venator, Charietto schickt mich."

„Und?", gab ich gepresst zurück, weil im gleichen Moment das Heulen wieder anschwoll.

Es zuckte im Gesicht des Titus, als er den Kopf aus der Richtung des Schreiens mir zudrehte.

„Eine Schinderei ist das", stieß Titus hervor und seine Stimme zitterte vor Wut. „Sie haben drei von Chariettos Leuten erwischt und verschleppt. Zwei andere liegen mit durchschnittener Kehle im Gras. Pluto alleine weiß, wie das geschehen konnte."

„Charietto tobt" fuhr Titus nach einer Pause fort, in der er sein Halstuch abnahm und sich darin schnäuzte. „Zehn Wölfe haben sich ohne seinen Befehl aufgemacht, um ihren Kameraden zu helfen. Der Wolf fürchtet um seine Welpen."

Wieder begann das Schreien, bis es unerträglich, in einem letzten Aufbäumen abriss und Stille herrschte. Aus dem hinter uns liegenden Wald erklang das Heulen eines Wolfes und klagend strich eine Eule über uns hinweg. „Er hat es überstanden", vernahm ich die Stimme des Christen. „Möge Gott ihm Frieden geben."

„Ich bleibe hier", raunte Titus mir zu. „Geh zu deinem Zelt und versuche ein paar Stunden zu schlafen."

Ich erhob mich, streckte die tauben Glieder, nahm die Spatha auf, die griffbereit neben mir gelegen hatte, und ging durch die Kette der hinter uns wachenden Posten zum Lager zurück. Traumlos und schwer kam der Schlaf über mich, bis mich die Strahlen einer warmen Sonne weckten und ich die Augen aufschlug.

„Gut geschlafen?", schaute mich Viatorinus an und hielt mir seine Hand hin. „Komm, steh auf. Es gibt Unerfreuliches. Ich denke, Charietto will ein Exempel an einigen ungehorsamen Wölfen statuieren."

„An wem?", fragte ich den Freund, der aber zum Kommandeurszelt eilte, ohne weiter auf mich einzugehen.

Vor dem Zelt hatte sich eine Menschenmenge zu einem Halbkreis aufgestellt und in der Mitte standen Charietto und die zehn Männer, die in der Nacht eigenmächtig zur Rettung ihrer Kameraden aufgebrochen waren.

„Wie viele Männer habt ihr verloren, Rufus?", brüllte der Wolf meinen rothaarigen Bekannten an, der seinem Blick standhielt.

„Keinen, Tribun", lautete die kurze Antwort.

„Wie viele Feinde habt ihr getötet?"

„Drei, Tribun."

„Habt ihr eure Kameraden gerettet?"

„Nein", blickte Rufus mit starrem Blick zur Erde.

„Ihr habt eigenmächtig und ohne Befehl gehandelt", kanzelte der Wolf seine Männer weiter ab. „Ich sollte euch vor dem versammelten Heer mit Stöcken schlagen lassen."

Die Männer wurden blass und sahen ihren Kommandeur in stummer Auflehnung an.

„Verzeih, wenn ich mich einmische, Tribun", ergriff Balbus das Wort und erntete einen wütenden Blick Chariettos. „Ihr hattet Recht, mich in Belginum zu tadeln, aber ich glaube, dass die Männer nichts unrechtes getan haben. Es gab keinen Befehl an die Einheiten, den Feind in einer Notlage nicht anzugreifen."

„Balbus hat Recht", nahm Viatorinus den Tribun aus Divodurum in Schutz. „Du hast bei der Lagebesprechung nur eine Empfehlung ausgesprochen."

„Wenn es einen Befehl gegeben hätte", knurrte Chlotar, der die Wölfe in Abwesenheit Chariettos befehligte, „dann hätte ich ihn weitergegeben."

Chariettos Blick wanderte von einem Offizier zum anderen und ich sah ihm an, dass sein Zorn verflogen war. Der Wolf mochte Männer, die einen berechtigten Standpunkt mit Mut vertraten.

„Ich lasse Gnade vor Recht ergehen", donnerte es über die Köpfe der Männer hinweg. „Noch einmal lasse ich so etwas nicht durchgehen. Habt ihr mich verstanden?"

Gehorsam nickten die Gerügten und stahlen sich davon, nicht ohne sich mit ihren Blicken bei Balbus und den anderen Offizieren, die für sie eingetreten waren, zu bedanken. Die übrigen legten ihre nassen Kleidungsstücke und Zeltbahnen zum Trocknen in die Augustsonne. Das Zeichen zum Aufbruch sollte erst am Mittag gegeben werden.

In der Zwischenzeit hatten sich fünf Gruppen zu zwanzig Mann aufgemacht, um nach den verschollenen Wölfen zu suchen. Als die Männer zurück waren, ohne ihre Kameraden gefunden zu haben oder auf den Feind gestoßen zu sein, sammelten sich die Truppen zum Abmarsch.

Es ging zwei Stunden steil bergan, dann hinab in eine Senke und wieder bergan.

„Wenn wir da hinauf sind, geht es nur noch bergab", erläuterte mir Viatorinus, der den Weg schon viele Male zurückgelegt hatte.

Laute Ausrufe von der Spitze, die in ein Wutgeschrei übergingen, hemmten den Marsch der Kolonnen, die zum Stillstand kamen. Wir bestiegen unsere Pferde und preschten voran, bis wir voller Entsetzen die Gäule zügelten.

„Bei allen Göttern", entfuhr es Viatorinus, der seinen Kopf zur Seite wandte.

Ulfs Männer hatten den schlanken Stamm einer Fichte über die Straße gespannt, deren Enden in den Astgabeln zweier Eichen ruhten. Daran hingen in einer Höhe von zehn Fuß die Leichen der drei vermissten Wölfe. Sie waren nicht in den Schlingen gestorben, die sich um ihre Hälse wanden. Fliegen umschwirrten ihre vom geronnenen Blut schwarzen Augenhöhlen, die ausgestochen waren und das waren nicht die einzigen Wunden. Die Männer mussten schrecklich gelitten haben. Zum Schluss hatte man ihnen die Bauchdecke aufgeschlitzt, dass die Gedärme herabhingen und das Herz herausgerissen. Die Tat eines Wahnsinnigen.

Mit Abscheu im Blick umstanden die Wölfe im Halbkreis ihre geschlachteten Kameraden, und wenn das Bild zutrifft, dass die Wut die Augen rot macht, dann war das ein solcher Moment.

„Nehmt sie ab und begrabt sie", keuchte Charietto. Wehe dem Feind, der es wagen sollte, den Weg des Wolfes in den nächsten Tagen zu kreuzen.

Schweigend zog der Heereszug an den getöteten Wölfen vorbei, die neben der Straße im Gras lagen, während Rufus und ein paar andere Kameraden die Gräber aushoben. Ein harter Zug lag auf den Gesichtern der Legionäre und Reiter, die vor drei Tagen in Noviomagus aufgebrochen waren. Die Einheiten aus Treveris und Divodurum, die den Krieg bisher nur aus Erzählungen kannten, hatten ihn jetzt mit allen Schrecken kennen gelernt und sich bewährt. Tausend Mann hatten sich auf den Weg gemacht, Caesar Julian bei der Wiedereroberung der Germanischen Provinzen zu unterstützen und weniger als 900 strebten nun dem Ende ihres Marsches entgegen.

Vier Stunden marschierten wir bergab, bis der Wald sich lichtete und der Blick auf Wiesen, Felder und Höfe im Tal des Rhenus fiel. In der Ferne glänzten das silbrige Band des Flusses und die Türme der Festung Bingium im Licht der tief stehenden Nachmittagssonne.

Liebeszauber und Todesfluch

Ungefähr sechzig Mann zügelten am Waldrand ihre Pferde und schauten den Hang in die Ebene hinab. Etwa zwei Meilen vor sich sahen sie die Marschkolonne der Römer dem Rhenus zustreben, dessen silbriges Band in der Ferne blinkte. Weit warf das Licht der tief stehenden Nachmittagssonne die Schatten von Reitern und Bäumen über den Wiesengrund.

„Wir haben es ihnen gegeben und reiche Beute gemacht", wandte sich Makrian an Ulf, der an seine Seite geritten war.

„Wieviel Mann haben wir noch?", antworte der mit einer Gegenfrage.

„Zweiundfünfzig und drei Leichtverwundete. Die Schwerverwundeten sind im Wald zurück geblieben. Mögen die Götter ihnen helfen."

„Wirst du nicht nach ihnen schauen?", verwunderte sich der Alemanne und schaute dem Franken abwartend ins Gesicht.

„Warum?", rieb sich Ulf den schmerzenden Arm. „Wer auf Raubzug geht, weiß um die Risiken. Wie lange bleibst du noch bei uns?"

„Meine verbliebenen zwanzig Männer müssen ausruhen, bevor wir in die Berge des Taunus zurückkehren. Lass uns die Beute aufteilen. Danach geht jeder seiner Wege."

„Was wirst du tun, Makrian?"

„Ich kehre nach Hause auf meine Burg, den Dünsberg zurück. Zuvor schaue ich bei Hariobaud vorbei, dem Führer der Bukinobanten. Man hat vor meinem Weggang gemunkelt, dass er eine Verständigung mit den Römern anstrebt. Hat wohl Angst vor Julian. Das muss verhindert werden." Gehässig hatte der Alemanne die letzten Worte ausgestoßen.

„Und du, was wirst du tun?"

Aus müden, unterlaufenen Augen schaute Ulf dem Waffengefährten der letzten Tage ins Antlitz.

„Ich werde den Idar nach Norden durchqueren und die Mosella überschreiten. Dort warten reiche Landvillen und wohlhaben-

de Dörfer auf mich und meine Männer. Danach führe ich sie über den Rhenus nach Hause."

„Ich dachte, du dürftest dich dort wegen des Verrates an deinem Oheim Silvanus nicht sehen lassen?"

„Siehst du die Römer?", wies Ulf auf die Truppen Chariettos hinab, die sich immer weiter entfernten. „Sie gehen nach Mogontiacum, um Julian zu verstärken. Es wird Krieg um die Colonia geben und das verändert alles. Man wird mich brauchen."

„Dann wünsche ich dir den Beistand von Tyr und Donar", murmelte Makrian und wendete sein Pferd, um sich zu seinen Männern zu begeben.

„Und was ist mit diesem Römer und seinem Schlangenreif?", verhielt er kurz sein Reittier und blickte zurück.

„Der läuft mir nicht weg, Makrian", zischte Ulf. „Wir werden uns wieder sehen. Spätestens vor der Colonia. Und dann werde ich ihn zu seinen Ahnen schicken", schrie Ulf geradezu heraus.

„Und ich werde Serena suchen", murmelte er so leise, dass keiner seine letzten Worte verstehen konnte.

„Tribun, war es so vor 300 Jahren im Saltus Teutoburgiensis?", erhob sich Rufus von seinem Platz an der Kaimauer und legte seine Angelrute zur Seite.

Die Köpfe seiner sechs Kameraden wandten sich mir zu, voller Spannung, wie ich die Frage beantworten würde. In der wiegend erhobenen Hand eines Soldaten aus der Runde blitzten einige Münzen im Sonnenlicht auf, woraus ich schloss, dass der Wolf mit den roten Haaren eine Wette abgeschlossen hatte, deren Ausgang von meiner Antwort abhing.

„Mit dem Unterschied, Rufus, dass wir mit einem blauen Auge davon gekommen sind", gab ich zurück, worauf der Mann mit den Münzen sich kurz besann, bevor er Rufus den Einsatz übergab. Protestierend erhob sich einer der Männer, erhielt aber von Rufus einen Stoß in die Seite, der ihn an die Kante der Kaimauer taumeln ließ. Er fing sich kurz, geriet in Rücklage, ruderte mit den Armen in der Luft und stürzte unter dem Gejohle seiner

Kumpane in das Hafenbecken hinab. Mitten zwischen die Köpfe der badenden Legionäre, die den freien Vormittag nutzten, sich im Rhenus den Schmutz des Marsches vom Körper zu waschen. Zwei Tage waren vergangen, seit wir das Dämmerlicht der Urwälder des Idar verlassen hatten. Ohne weiter behelligt zu werden, hatten wir kurz vor der verlassenen Festung Bingium das Nachtlager aufgeschlagen, überschritten am nächsten Tag die Brücke über die Nava und gelangten entlang des Rhenus bis nach Dimessus, dem Kriegshafen der Provinzhauptstadt. Charietto hatte noch in der Nacht Balbus und Titus nach Mogontiacum geschickt, dessen Mauern und Türme, nur wenig mehr als eine Leuge entfernt, auf unserem Ufer des Flusses zu sehen waren. Seitdem warteten wir auf ihre Rückkehr und die Legionäre taten das, was Soldaten zu allen Zeiten in solchen Situationen gemacht haben. Sie alberten herum wie Kinder, ihre Art, den Druck und die Schrecken der Vortage aus Körper und Seele zu vertreiben.

„Kein schlechter Vergleich", brummte Charietto und schaute mit einem Lächeln um die Lippen zu, wie ein nasser Wolf, eher dem begossenen Schoßhündchen einer vornehmen Dame ähnelnd, an einer hölzernen Leiter aus dem Hafenbecken heraufstieg.

„Nur mit dem Unterschied", fuhr er fort, „dass sie nie die Absicht hatten, uns zu vernichten. Dafür hätten sie an den Stellen, an denen sie uns attackierten, in der Überzahl sein müssen."

„Und warum haben sie es dann versucht?", ergriff Chlotar das Wort, um sich im gleichen Augenblick wieder auf seinen linken Daumen zu konzentrieren, unter dessen Nagel er mit der Spitze seines Dolches den Schmutz hervor kratzte.

„Weil sie das erreicht haben, was sie wollten", lautete die lakonische Antwort des Wolfes. „Sie wollten uns schädigen, Beute machen und die Moral unserer Männer untergraben. Sie wissen, dass Julian im Anmarsch ist und schwächen jeden, der zur Unterstützung des Caesars heranzieht."

„Was ihnen gelungen ist", ergänzte Viatorinus.

„Jetzt seht nicht so schwarz", entgegnete ich den Kameraden. „Zugegeben, sie haben uns erheblichen Schaden zugefügt. Aber die Männer haben sich gut geschlagen und die Legionäre aus Treveris und Divodurum haben die Kampfpraxis erhalten, die ihnen fehlte."

„Was mich beunruhigt", gab Viatorinus dem Gespräch eine Wendung, „ist das Auftreten der Alemannen unter diesem Makrian, der Ulfs Bande verstärkt hat. Ungewöhnlich, diese fränkisch-alemannische Waffenbrüderschaft. Sonst hassen sie sich bis aufs Blut."

„In diesem Krieg ist nichts mehr so, wie es einmal war", sinnierte der Wolf. „Bei früheren Einfällen haben sie sich immer mit der Beute zurückgezogen. Jetzt siedeln sich die Franken im Norden der verlassenen Germania Secunda fest an und die Alemannen bauen rechts des Rhenus im Umfeld von Argentorate Hütten und Dörfer. Sie haben der Gegend sogar schon einen Namen gegeben: Alemannensass".

Mit Hass hatte Charietto das letzte Wort hervor gestoßen und dabei in das Wasser des Hafenbeckens gespuckt. Später sollte er mir anvertrauen, dass ein Teil seiner Familie, fränkische Brukterer aus dem Grenzland an den Ufern der Logana, von einer alemannischen Bande ausgelöscht worden war.

„Und dabei ist dieser verfluchte Krieg so überflüssig wie ein Wein aus Britannien."

„ Ist das nicht jeder Krieg?", mischte Chlotar sich ein. „Es macht Spaß, aber es wird immer mehr zerstört als gewonnen."

„Bist du Christ geworden?", richtete Viatorinus seinen Blick auf den grobschlächtigen Vertreter Chariettos, der mit dem Kopf schüttelte und eine wegwerfende Handbewegung machte.

„Hätte Magnentius nicht revoltiert und sich zum Imperator erhoben", fuhr der Wolf fort, hätte es diesen verfluchten Bruderkampf nicht gegeben. 40.000 Legionäre sind gefallen, als Römer gegen Römer bei Mursa um die Vorherrschaft im Imperiun kämpften. Constantius siegte, hatte aber einen unbegreiflichen Fehler begangen. Um seinen Widersacher zu schwächen, hatte er die Germanen aufgewiegelt, die brandschatzend in die Grenzprovinzen eingefallen sind. Die Franken haben Tricensima dem Erdboden gleich gemacht und die Alemannen sind bis nach Gallien vorgedrungen, wo sie heute noch sind.

Und dann beging Constantius seinen zweiten Fehler. Er schickte Silvanus in die Colonia, dem es gelang, die Franken zurückzudrängen und die zerstörte Grenzverteidigung in der Germania Secunda zu reorganisieren. Und was macht dieser Imperator? Anstatt dankbar zu sein, hört er auf intrigante Höflinge und Militärs, die ihm einredeten, Silvanus plane einen Aufstand gegen ihn. Der verfällt in Angst und Panik, erhebt sich zum Imperator und wird von einem Mordkommando des Constantius im vergangenen Herbst umgelegt. Es dauerte keine drei Wochen, bis die Franken die Lage erfasst und die Colonia eingenommen hatten."

Ächzend lehnte Charietto sich zurück und schaute in den blauen Himmel, in dem Schönwetterwolken friedlich dahin trieben.

„Alles, was in den vergangenen Monaten geschehen ist und sich noch ereignen wird sind die Folgen von Dummheit und Selbstüberschätzung."

„Silvanus war selber schuld", brauste Viatorinus auf und erhob sich. „Musste er seinen Eid auf den Imperator brechen?"

„Hättest du dich wegen einer bösartigen Intrige umlegen lassen?", rief der Wolf meinem Freund hinterher, der mit steinernem Antlitz davon strebte.

„Was ist denn mit dem?", brummte Chlotar, entfernte den Verschluss von seinem Weinkrug und nahm einen Schluck. „Man könnte meinen, er hätte was mit der Sache zu tun." Dann erhob er sich, gab einen Rülpser von sich und strebte, die Tunika raffend, eilig der Latrine zu.

Alleine waren Charietto und ich zurück geblieben und schauten auf den Hafen, im dem ein reges Treiben herrschte. Vor und neben uns planschten übermütige Legionäre im Wasser, während andere versuchten, mit Leinen, Haken und hölzernen Schwimmern ihre kargen Tagesrationen aufzubessern. Kamen die Schwimmer ihren Jagdgründen zu nahe, wurden sie mit Flüchen und Steinen vertrieben. Aale, Karpfen und wenige Forellen zappelten und schlängelten sich in den Körben aus Weidenruten, die hinter ihnen standen. Hafengewässer sind nahrhaft, weil in ihnen die Abfälle der Schiffsmannschaften und die Überreste verdorbener Warenlieferungen für die Tagesmärkte herumtreiben.

Im Hintergrund wimmelten Hafenarbeiter und Soldaten um einen Lastkahn herum, der vor einer Stunde angelegt hatte. Fässer, Amphoren, verschnürte Ballen und Körbe stapelten sich am Hafenkai. Nachschub für die Truppen Julians, der auf dem Wasserweg über die Mosella herbei geschafft worden war. Daneben ein seetüchtiges Schiff aus Britannien mit Getreide für die hungrige Bevölkerung. Seit Beginn der Einfälle waren ganze Landstriche nicht mehr bestellt worden und der Mangel an Lebensmitteln nahm bedrohliche Formen an. Anders war es nicht zu erklären, dass diese Schiffe gegen hohe Bezahlung das Wagnis unternahmen, zuerst die raue See im Norden zu queren und dann die Sperren der Franken bei der Colonia zu durchbrechen. Der Geleitschutz, eine schnittige Rudergaleere der Rhenusflotte mit einer aufmontierten Ballista im Bug, dümpelte am Anker neben dem mächtigen Frachtensegler.

Ich blickte über den Fluss, hinter dem sich die Landschaft anhob und in der Ferne die Berge des Taunus dunkel und grau in den Dunst des Sommertages stiegen. Dort musste Bissula sein, wenn sie es nach Hause geschafft hatte.

„Denkst du an eine Frau, Marcus?", unterbrach Charietto meine Gedanken und warf einen Stein in das Hafenbecken, der plumpsend auf die Wasserfläche traf und konzentrische Kreise hinterlassend in die Tiefe sank.

„Kann man nichts vor dir verbergen?", nahm ich den Krug, den Chlotar zurückgelassen hatte und reichte ihn dem Wolf. Wie viele Gesichter hatte dieser Mann? Vor ein paar Tagen noch hatte er kaltblütig einen Gefangenen umgebracht, um die anderen zum reden zu bringen und jetzt offenbarte er mir einen zarten und mitfühlenden Wesenszug seines Charakters.

„Sie heißt Bissula", sagte ich leise.

„Erzähl mir von ihr", forderte der Wolf mich auf. „Es tut gut, über Angelegenheiten des Herzens zu sprechen, anstatt sie eingeschlossen mit sich herumzutragen."

„So viel gibt es nicht zu erzählen", antwortete ich und ließ meinen Blick weiter zu den Höhen des Taunus wandern. „Ich habe sie in Aquis kennen gelernt. Von dort hat sie mich bis Tolbiacum begleitet, wo ein Vetter von ihr stationiert war. Germanus, ein alemannischer Reiteroffizier in unseren Diensten. Der wollte sie sicher nach Rigomagus bringen, von wo aus sie den Rhenus überqueren und zu ihrem Volk zurück wollte."

„Wie kam sie nach Aquis?", ließ der Wolf nicht locker.

„Sie kam mit ihrem Mann, einem römischen Offizier, der dort an den Folgen seiner Verwundung gestorben ist."

„Und du glaubst, dass sie jetzt dort drüben ist?", setzte Charietto sein Verhör fort.

„Erschlägst du mich wie den Gefangenen von Belginum, wenn ich es dir nicht sage?"

„Du möchtest nicht weiter darüber sprechen", lachte mein Gegenüber auf und legte mir die Rechte auf die Schulter. „Es musste sein, Marcus. Von den Aussagen, die ich damit erzwungen habe, hing unser weiteres Vorgehen ab. Ich weiß, dass mich viele für einen Wüstling halten und hassen, aber meine Einheiten haben immer die wenigsten Verluste gehabt. Die Wölfe sind meine Kinder, für deren Sicherheit ich verantwortlich bin."

Aufblickend sah ich einen weichen Zug über das vernarbte Gesicht Chariettos huschen, wie ich ihn vorher nie gesehen hatte.

„Wie ging es weiter?", setzte der Wolf seine gewohnte Mine wieder auf.

„Wie gesagt, wir trennten uns in Tolbiacum, von wo aus ich alleine weiter zog. Ich hatte meine erste Begegnung mit Ulf in der Kalkbrennerei und traf dann Galerius, der mein Führer wurde. Den Rest kennst du."

„Galerius, ein netter Kerl, aber kein Soldat", sinnierte Charietto. „Was macht er?"

„Ich muss dir leider mitteilen", scherzte ich, „dass er deine Liebe nicht erwidert. Du warst ihm unheimlich."

„So, so", lachte Charietto auf, „und dabei habe ich auch ihm das Leben gerettet."

„Das wird er dir nicht vergessen", wurde ich wieder ernsthaft.

„Galerius hat für die Dauer meiner Abwesenheit die Leitung meines Weingutes übernommen."

„Das ist gut, Marcus. Du hättest keinen besseren für diese Aufgabe finden können. Wenn alles überstanden ist und wir zurück an die Mosella kommen, werde ich dich besuchen. Wir werden dann zusammen mit Galerius die Keller deiner Villa Vineta leer trinken." Er hielt mir die Rechte hin, in die ich voller Freuden einschlug. „Abgemacht, Charietto. Wenn wir zurück sind."

„Was glaubst du", nahm ich nun das Gespräch auf, „wird Ulf machen?"

„Tja", strich der Wolf sich über sein mit Bartstoppeln besetztes Kinn. „Ulf wird sich nach Norden bewegen und jede Landvilla niederbrennen, die auf seinem Weg liegt. Ich glaube er will in die Colonia um seinen Leuten gegen Julian zu helfen. Dabei wird er jede Gelegenheit nutzen, den Anmarsch des Caesars zu stören und Beute zu machen. Ein unangenehmer Gegner, vor allem, wenn er Verstärkung erhält. Wenn er unseren Nachschub unterbindet, kann es sogar gefährlich werden. Ich glaube, unsere Wege werden sich bald wieder kreuzen und dann mögen die Götter ihm gnädig sein. Wenn ich ihn erwische", ballte Charietto die Faust, „werde ich diesem Raubtier persönlich die Haut vom Leib ziehen."

Ein bitterer Zug hatte die Miene des Wolfes verzerrt, der es Ulf nie vergeben würde, was er in jener Nacht im Idar seinen Männern angetan hatte.

„Was ist mit deinem Handgelenk?", griff Charietto nach meiner Rechten und schob den Armreif ein wenig hoch. „Wie ich sehe, ist die Rötung verschwunden. Warst du bei einem Medicus, wie ich dir in Treveris geraten habe?"

„Nein, es war nicht nötig", zog ich den Arm zurück und drehte den Schlangenreif um das Gelenk. „Seit jener Zeit in Treveris ist die Rötung nicht mehr aufgetreten. Aber ich träume wieder von einer Schlange, bevor etwas geschieht, was in einem Zusammenhang mit Ulf steht. Das letzte Mal war es vor dem Überfall im Idar."

„Abergläubiger Römer", lachte der Wolf auf. „Vergiss nicht, mich zu warnen, wenn dir das Fabeltier wieder erscheint."

Er schlug mir auf die Schulter und wollte sich erheben, als das Getrappel vieler Hufe auf dem Kiesbelag der nach Mogontiacum führenden Straße seine Aufmerksamkeit weckte.

„Das werden Balbus und Titus sein", verschattete er seine Augen mit der Rechten und blickte in Richtung der Straße, auf der in Höhe der Jupitersäule eine Reitergruppe sichtbar wurde und lautes Rufen zu uns drang.

„Sind wir im Circus?" grollte der Wolf und musterte voller Verachtung den Legaten, der mit Balbus und Titus aus Mogontiacum gekommen war.

„Es ist der ausdrückliche Wunsch und Befehl des Dux Mogontiacensis, Silvanus Niger, dass die Heeresabteilung aus Noviomagus in vollem Waffenschmuck durch die Straßen der Stadt paradiert, bevor sie das Lager auf dem Gelände des ehemaligen Legionslagers aufschlägt. Die Bevölkerung dürstet nach einem Zeichen der Macht und Stärke. Vor zwei Jahren überrannten die Alemannen die Stadt, plünderten die Häuser und führten viele Bürger in die Gefangenschaft. Es sind keine sechs Monate her, dass sie wieder abgezogen sind. Kannst du dir vorstellen, wie die Bevölkerung gelitten hat?"

Quintus Regulus, oberster Repräsentant der kaiserlichen Steuerverwaltung in der Provinzhauptstadt, stützte beide Ellenbogen auf den Tisch und starrte Charietto an.

Seit einer halben Stunde stritten die beiden Männer um das „Wie" des Einmarsches und der Unterbringung unserer Truppen. Wir befanden uns in der basilikaartigen Markthalle von Dimessus, die Charietto gestern Abend zu seinem Hauptquartier gemacht hatte.

Ich war mit Chlotar einige Minuten zu spät erschienen, was uns einen tadelnden Blick des Wolfes eintrug. Wir waren am Eingang aufgehalten worden, weil die Begleitmannschaft des Quintus Regulus uns nicht passieren lassen wollte, ohne ihren Offizier zu fragen, der die Latrine aufgesucht hatte. Ein Machtwort Chlotars schüchterte die Männer ein und wir durften schließlich ohne die Erlaubnis des abwesenden Centenarius eintreten.

„Dann hätten sie sich eben wehren sollen", beharrte Charietto auf seinem Standpunkt, was nicht zur Verbesserung der Stimmung beitrug.

Von der Stirn des Regulus perlten Schweißtropfen und die Farbe seines Gesichtes wechselte in ein dunkles Rot. „Hast du noch so einen genialen Vorschlag?", fauchte er den Wolf an, der sich nur mit Mühe das Lachen verkniff. „Sie wären alle abgeschlachtet und die Stadt niedergebrannt worden, wenn sie Widerstand geleistet hätten."

„Wo waren die Truppen, die einst ruhmreiche `Legio XXII Primigenia Pia Fidelis`?" mischte sich Viatorinus ein, was ihm sofort die ungeteilte Aufmerksamkeit des Regulus verschaffte.

„Wer nicht bei Mursa gefallen ist und hierhin zurückkehrte, keine fünfhundert Mann, hat bei der Annäherung der Alemannen die Flucht ergriffen. Tausende Feinde rückten gegen die Mauern vor, die nicht verteidigt werden konnten. Die Wälle der Stadt waren in einem schlechten Zustand und im Bereich des verlassenen Legionslagers eingefallen. Ohne Widerstand zu finden sind die Alemannen dort durchgebrochen und in die Stadt hineingeströmt. Das Prätorium und andere öffentliche Gebäude gingen in Flammen auf, und durch die Straßen tobte der ´Furor Alemannicus`."

„In wenigen Tagen, höchstens zwei Wochen", unterstützte Chlotar den Wolf, „wird Julian mit wenigstens 10.000 Legionären hier sein. Warum jetzt dieses Schauspiel?"

„Weil Silvanus Niger es wünscht", wischte Regulus unsere Bedenken zur Seite. „Wir erwarten euch um die fünfte Nachmittagsstunde. Folgt der Straße und marschiert durch die Porta Bingia in die Stadt ein. Über Cardo und Decumanus geht es zur neu erbauten Porta Primigenia, hinter der sich euer Lagerplatz, das Areal der alten Legionsfestung, befindet. Die Brunnen dort sind gesäubert und wenn das nicht reicht, könnt ihr euch Wasser aus dem Sammelbecken des Aquäduktes nehmen. Denkt daran, dass ihr nicht die einzigen seid, die dort in den nächsten Tagen ihr Lager aufschlagen werden. Neben Julians Legionen werden noch Kontingente aus Argentorate erwartet. Die Offiziere vom Tribun an aufwärts werden nach der Fertigstellung des Lagers auf Quartiere in der Stadt verteilt."

Charietto nahm seinen Kammhelm vom Besprechungstisch und stolzierte, gefolgt von Balbus und Chlotar, wortlos Richtung Ausgang.

„Denkt daran", rief Regulus ihm nach, „Paradeuniform, blinkende Waffen und aufmontierte Helmbüsche."

Einen Moment verhielt Charietto im Schritt, als wolle er umkehren, machte aber nur eine wegwerfende Handbewegung in die Richtung des Legaten und verließ die Basilica.

„Charietto hat in den letzten Tagen mehr für die Sicherheit von Mogontiacum und seines Umlandes getan, als ihr im letzten halben Jahr", setzte Viatorinus seinen Helm auf und schloss den Kinnriemen. „Das hat uns hundert Mann gekostet."

Ohne den Legaten weiter zu beachten, machten wir auf dem Absatz kehrt und folgten dem Wolf.

„Maximus", wurde ich vor der Halle angerufen. „Marcus Junius Maximus."

Ich wandte den Kopf und sah einen Centenarius in voller Montur auf mich zukommen, der beide Arme nach mir ausstreckte. Energische Gesichtszüge, wehendes Blondhaar, himmelblaue Augen und mein Herz tat einen Sprung.

„Germanus", schrie ich heraus und fiel dem Mann in die Arme, der mich fest an sich drückte. Dann lachten wir uns an, ich, der Tribun aus Noviomagus und Germanus, der Centenarius aus Tolbiacum und Vetter meiner geliebten Bissula.

„Bissula", strahlte ich ihn an, „ist sie auch hier?"

„Ja, Marcus", lachten mich seine Augen an. „Sie ist in Mogontiacum und wenn ich ihr sage, dass ich dich hier getroffen habe – sie wird es nicht glauben. Wie oft haben wir von dir gesprochen. Sie hat Lebensmittel für mehrere Wochen auf den Altären verbrannt, damit die Matronen dir in allen Gefahren beistehen."

„Wann kann ich sie sehen?", brach es aus mir heraus.

„Komm heute Abend zu uns. Es ist das erste Haus neben dem Heiligtum der Mater Magna im Zentrum der Stadt. Im Erdgeschoss betreibt ein Schuhmacher seine Werkstatt und die Fenster des ersten Stockes sind mit gelben Holzläden versehen."

„Seid ihr gut nach Rigomagus gekommen?", überschlug sich meine Stimme, denn ich konnte kaum die Antwort abwarten, ehe die nächste Frage heraus drängte.

„Und wie seid ihr nach Mogontiacum gekommen? War Bissula im Taunus?"

„Komm zu dir Marcus", schüttele mich Germanus, „wir haben heute Abend genug Zeit, über alles zu reden."

„Marcus." Ich erhielt von Viatorinus einen leichten Stoß in die Seite. „Wir müssen sofort zu Charietto, bevor der eine Dummheit macht und den Legaten in die nächste Latrine werfen lässt."

„Ich bin für die Sicherheit von Quintus Regulus zuständig", lachte Germanus auf, „aber in diesem Fall würde ich wegschauen. Der Mann ist eine Plage."

Das Gemäuer der Basilica warf unser Gelächter zurück, als wir uns auf die Schultern hieben und nach einem kurzen Abschied unseren Pflichten nacheilten.

Von der Delegation des Regulus war nur noch eine Staubwolke zu sehen, die Richtung Mogontiacum zog, als die Befehle erteilt waren und sich die Legionäre und Reiter fluchend an die Arbeit machten. Heiterkeit, Ausgelassenheit und Muße des Vormittags wichen einer mürrischen Geschäftigkeit, die in Verwünschungen und Übellaunigkeit ihren Ausdruck fand. Diese Reaktion hatte Charietto vorhergesehen, als der Befehl des Statthalters der wohlverdienten Erholung der Truppen ein jähes Ende gesetzt hatte.

Und es waren nicht nur die Soldaten, die fluchten. Geschäftige Einwohner des Vicus und fliegende Händler aus Mogontiacum hatten gerade ihre Stände aufgebaut und begonnen, ihre Waren anzupreisen. Die Auslegware wanderte zurück in die Körbe, Handkarren und Lastwagen, wobei so mancher Krug mit Wein oder Öl zu Bruch ging. Auch die verderbliche Ware würde den Umzug zum neuen Standort nicht schadlos überstehen.

Aber bei Mars, Epona und Jupiter Dolichenus, es war nicht zu ändern, und mit der Ergebenheit und Gelassenheit vieler Dienstjahre begannen die Legionäre mit der Reinigung ihrer Tuniken und Mäntel, sowie dem Schleifen und Polieren der Waffen und metallenen Ausrüstungsteile. Die Scharten der Spathen und Lanzenspitzen wurden ausgemerzt, fehlende Schuhnägel ersetzt und die Überzüge der Schilde abgestreift, um schadhafte Stellen auszubessern. Zum Schluss wurden Kettenpanzer und Helme mit einem Gemisch aus Sand, Asche, Wasser und Öl auf Hochglanz poliert und die Büsche aus Rosshaar oder Federn aufmontiert.

Etwa eine Stunde vor unserer geplanten Ankunft in Mogontiacum nahmen die Kontingente auf der Straße, die durch Dimessus führte, ihren festgesetzten Platz in der sich formierenden Marschkolonne ein. Laut brüllend und Befehle ausgebend, schritten die Centurionen und Truppführer ihre Mannschaften ab und brachten Ordnung in das Chaos von Legionären, Pferden und den Ochsengespannen des Trosses.

Dann erhob sich Charietto im Sattel und reckte den rechten Arm in die Luft, das Zeichen für den Aufbruch. Die Standartenträger hoben die Feldzeichen, die Bläser von Lituus und Cornus stießen in ihre Instrumente und dumpf setzte das rhythmische Dröhnen der Trommeln ein, als die Soldaten Tritt fassten und die Kolonnen sich in Marsch setzten.

Ich ritt mit Viatorinus und Balbus hinter Charietto an der Spitze des Zuges. Dem Minenspiel des Wolfes sah man an, dass er seinen Frieden mit dieser Zurschaustellung römischer Militärpräsenz noch nicht geschlossen hatte. Chlotar, Meriobaud und Titus Venator hatten es sich nicht nehmen lassen, ihre Abteilungen selber anzuführen, während verdiente Centurionen den Verbänden der Legionäre voranschritten.

Grüßend hob Viatorinus hinter den letzten Häusern des Vicus seinen rechten Arm und zur Seite schauend, fiel mein Blick auf ein goldenes Abbild des Blitze schleudernden Jupiter, der in der Nachmittagssonne glänzend, auf einer mindestens dreißig Fuß hohen, reliefgeschmückten Säulen thronte.

„Es soll Glück bringen, Jupiter zu grüßen", raunte Viatorinus mir zu. „Ich mache es jedes Mal so, wenn ich hier vorbeikomme."

„Ich habe schon viele Jupitersäulen gesehen, Viatorinus. In Städten, Dörfern und bei großen Landvillen, aber diese hier", mein Kopf wies auf das Denkmal, „übertrifft sie alle. Sie ist unglaublich schön und schau diese Reliefs an Sockel und Säulenschaft. Das einzige, was ihr fehlt, ist eine neue Bemalung."

„Ja, Marcus", wandte sich mein Freund mir zu. „Die Bürger von Dimessus haben sie zu Ehren Neros vor dreihundert Jahren errichtet und wenn es den Göttern gefällt, wird sie noch lange hier stehen und die Vorbeiziehenden mit ihrem Anblick erfreuen."

„Wenn nicht irgendein fanatischer Priester der Christen dazu aufruft", setzte ich hinzu, „sie in der Nacht in tausend Stücke zu zerschlagen, wie es zuletzt in Treveris geschehen ist."

„Marcus", schnitt die Stimme Chariettos mir das Wort ab. „Reite unsere Marschkolonne ab und erstatte Bericht, ob alle Einheiten an ihrem vorgesehenen Platz marschieren. Eure Erörterungen über Kunst und Schönheit könnt ihr im Frieden nachholen."

Ertappt wie ein Schuljunge, der vom Rhetor beim vorzeitigen Verspeisen seines Pausenbrotes erwischt wurde, senkte ich den Kopf und scherte aus der Kolonne aus.

Mein Pferd zügelnd, wanderten meine Augen über die herannahenden Kolonnen und ein großartiges Schauspiel entschädigte mich für den kleinlichen Tadel des Wolfes.

So weit ich schauen konnte wogte das rote Meer der wippenden Helmbüsche in Viererreihen heran. Zuerst auf glänzenden Pferden mit geputztem Zaumzeug die Reiter der Ala Constantina aus Beda in ihren roten Mänteln und spiegelnden Helmen, über deren Köpfe eine Brise den Windsack der Drachenstandarte aufblähte und flattern ließ. Die am Sattelknauf hängenden Schilde klapperten gegen die Scheiden der Spathen, während die Spitzen der senkrecht gehaltenen Speere das Licht der Nachmittagssonne reflektierten.

„Du sitzt auf deinem Gaul wie der Kriegsgott persönlich", übertönte der Gruß des Titus das Donnern der Hufe, aus dem vereinzelt das Wiehern eines Pferdes aufstieg.

Dahinter wälzte sich die Masse der Wölfe heran. Den Wolfskopf auf dem Schild und die Spatha an der Seite, trugen die Männer die Franziska, den Mattiobarbulus, Pfeil und Bogen oder die Arcoballista auf der Schulter. An seinen roten Haaren erkannte ich Rufus, der mir verstohlen zuwinkte.

Zehn Legionäre, ihre Signalhörner im Arm, eskortierten einen Standartenträger, der stolz das purpurne Labarum, das Feldzeichen mit dem PX der Christen, emporreckte. Sie führten die Legionäre aus Treveris und Divodurum an, die sich sichtlich wohler fühlten als in den Wäldern des Idar. Jetzt donnerten die Nagelstiefel unserer Männer aus Noviomagus heran, alle in glitzernden Kettenhemden mit breiten Militärgürteln, deren Bronze- und Silberbeschläge blitzten.

„Tribun", wurde ich mehrfach von Legionären angerufen, mit denen ich die Wache geteilt oder einen Weinkrug geleert hatte. Viatorinus, dem einfachen Soldaten weniger verbunden als ich, hatte diese Vertrautheit anfangs kritisiert, sich aber mittlerweile damit abgefunden.

Den Schluss bildeten die Wagen des Trosses. Zwei Gespanne beförderten die Verwundeten, denen frische Verbände angelegt worden waren und die sich so weit erholt hatten, dass sie mit aufgerichtetem Oberkörper auf der strohbedeckten Ladefläche saßen.

Als der Tross vorüber gerumpelt war, drückte ich meinem Reittier die Sporen in die Seite und galoppierte im Gras des Straßenrandes zur Spitze zurück.

„Alles in bester Ordnung", machte ich meine Meldung und reihte mich wieder neben Viatorinus ein.

Es war nicht mehr weit bis zur Porta Bingia, deren Torflügel offen standen und aus der ein Trupp Reiter auf uns zu hielt. Zur Rechten und zur Linken erstreckte sich eines der Gräberfelder der Provinzhauptstadt, dessen Prunk in den letzten Jahren gelitten haben musste. Zwischen den Erdhügeln frischer Bestattungen lagen verstreut die Fundamente großer Grab- und Denkmäler, deren Steine und Quader man fort geschafft hatte. Billiges und leicht zugängliches Baumaterial für die Fundamente neuer Wehranlagen und Wohnhäuser.

„Halt", brüllte Charietto. Wie ein Echo wurde der Befehl von Offizier zu Offizier nach hinten durchgegeben und die Kolonnen kamen zu Stehen.

Ein Windstoß bauschte unsere Mäntel und Helmbüsche, als die Kavalkade aus der Stadt heran war und die Reiter ihre Tiere zügelten. Silvanus Niger, Statthalter der Germania Prima mit dem Amtssitz Mogontiacum, ließ es sich nicht nehmen, sich beim Einzug an die Spitze unseres Heeres zu stellen.

Wasserblaue Schweinsaugen, deren Blitzen verriet, dass ihnen nichts entging, musterten uns aus dem feisten Gesicht des Statthalters, dessen Kopf ein überdimensionierter Helm mit Goldauflage und eingelassenen Edelsteinen zierte. Mich störten an diesem Prunkstück die viel zu breiten Wangenklappen und der durchbrochene, vorne mit einem Christogramm versehene Kamm mit einem gewaltigen Busch aus weißen Straußenfedern. Zu schwer, ohne ausreichendes Sichtfeld und anfällig für Hiebe, die seitlich auf seinen Kamm trafen, würde er seinem Träger eher den Hals brechen als seinen Kopf schützen. Ein Schau- und Paradestück wie die silbernen Gesichtsmasken der Reiterei, die vor hundert Jahren ausgemustert wurden. Ein Muskelpanzer, dessen Wölbung einen mächtigen Bauch verriet, ein blauer Mantel, eine weiße Tunika, vergoldete Beinschienen und rote Stiefel aus weichem Ziegenleder vervollständigten die Maskerade eines Feldherrn. Dagegen wirkte der dunkelhaarige, schlanke Regulus mit der Hakennase im ausgezehrten Gesicht wie ein schmalbrüstiger Schreiberling, an dessen Fingern ich vergeblich nach den Spuren von Tinte suchte. Im Gegensatz zu seinem obersten Dienstherrn hatte der Steuerbeamte auf eine militärische Ausstaffierung verzichtet, was ihn umso schmächtiger erscheinen ließ.

„Ich danke dir Tribun", streckte Silvanus Niger dem Wolf seine Hand mit den wulstigen Fingern entgegen, „dass du mir und den Bürgern von Mogontiacum deine Truppen in diesem hervorragenden Zustand präsentierst. Das wird all denen Mut geben, die in der Stadt die Straßen säumen."

„Es ist mir eine Freude, die Macht des Imperiums zu präsentieren", verschluckte sich Charietto fast an seinen Worten und wischte die schwielige, von Waffenöl glänzende Hand an seiner Hose aus Hirschleder ab, ehe er in die angebotene Rechte einschlug. Regulus würdigte er keines Blickes, als er sein Pferd neben den Schimmel des Statthalters lenkte und das Zeichen zum Weitermarsch gab.

Die Begleitmannschaft des Niger, zehn Paradesoldaten in Phantasieuniformen, reihte sich hinter Balbus, Viatorinus und mir ein. Regulus lenkte seinen Rappen an die Seite des Balbus, der zur Seite blickte, um einem Gespräch aus dem Weg zu gehen. Direkt vor mir ragte die von Rundtürmen flankierte Porta Bingia auf, hinter der ich Bissula wusste. Hatte Germanus Gelegenheit gehabt, ihr von meiner Ankunft zu erzählen und war sie an die Straße geeilt, um einen Blick auf mich zu werfen? Ein nie gefühltes Sehnen nach dem geliebten Menschen durchzog meinen Körper und füllte ihn bis in die letzte Faser aus.

Der Torbogen warf seinen Schatten auf uns, als die Pferde im Schritt über die Platten des Pflasters ritten, die den Kiesbelag der Landstraße abgelöst hatten. Hinter dem Tor blendete mich die plötzlich wieder einfallende Helle des Sonnenlichtes und von der Menge am Straßenrand nahm ich nur undeutlich die hellen Flecken der Gesichter wahr, die uns ihr Willkommen entgegen schrieen.

Kurz schloss ich die Augen und als ich sie wieder öffnete, sah ich Blütenblätter von den Mauern und Dächern auf uns herabregnen. Sofort hängte sich ein Junge an meinen Sattel und reichte mir einen mit Wein gefüllten Becher hinauf, den ich behutsam mit seinem Besitzer zur Seite schob, als eine Frau mir einen Strauß mit Feldblumen in die Zügelhand drückte, den ich mit einer Dankesgeste annahm. Ganz Mogontiacum musste auf den Beinen sein und die Freude in den Gesichtern der Menschen, die in Dreier- und Viererreihen die Straßen säumten, war aufrichtig. Das Geschrei der Menge steigerte sich zum Orkan, als unsere Bläser ihre Instrumente erklingen ließen und das dumpfe Rollen der Trommeln im Durchgang des Stadttores einsetzte.

Mit Stäben und Schilden versuchten die Soldaten der Stadtkohorte, die jubelnden Massen zurück zu drängen und uns eine Gasse zu bahnen, durch die wir hindurch konnten. Aufgeregt tänzelten die Pferde unserer Reiter, vor denen sich die Zuschauer kreischend in Sicherheit brachten, um sofort zurückzuströmen, wenn sie vorbei waren.

Hoffnungslos, in diesem Durcheinander von Gesichtern, geschwenkten Armen und wehenden Tüchern nach Bissula Ausschau zu halten, von der ich immer weniger annahm, sich dieser

Raserei der Freude ausgesetzt zu haben. Ich wusste, wo ich sie heute sehen konnte, was mich tröstete.

„Marcus", schrie eine Stimme und noch einmal „Marcus". Ich konnte nichts erkennen, obwohl ich nach allen Seiten schaute. „Marcus", vernahm ich es diesmal aus der Nähe und ich erblickte Germanus, der aufgeregt mit beiden Armen in der Luft ruderte. „Marcus, hier sind wir."

Ich hatte keinen Blick mehr für Germanus, der in der ersten Reihe am Rand der Straße stand. Die Welt versank um mich herum und ich tauchte ein in ein paar blaugrüne Augen, die voller Zuneigung und Freude auf mir ruhten.

Wie in Aquis, als ich sie zum ersten Mal sah, trug sie unter dem Umhangtuch die am Hals hochgeschlossene Tunika, die ihren schlanken Körper so vorteilhaft zur Geltung brachte. Ich sah ihr Gesicht, umrahmt von der Pracht ihrer bis auf den Rücken fließenden blonden Locken. Hohe Wangenknochen, das ins grünliche spielende, intensive Blau ihrer Augen, die schlanke, gerade Nase, die ihrem Gesicht ein keckes Aussehen verlieh, das leicht hervor tretende Kinn und die vollen Lippen – es war Bissula, die dort, keine drei Schritte entfernt neben Germanus stand.

Sie rief mir etwas zu, was ich in dem Trubel nicht verstand, lachte auf und warf mir mit beiden Händen einen Kuss zu.

Und dann war ich vorbei, vorwärts geschoben von der Masse der nachdrängenden Reiter aus Beda und gezogen von Viatorinus, der meine Zügel, die mir aus der Hand geglitten waren, aufgenommen hatte.

Ich wandte den Kopf, konnte Bissula und Germanus aber nicht mehr sehen, da unser Triumphzug in Richtung des alten Legionslagers abgebogen war.

„Ich habe Bissula gesehen", schrie ich meine Freude dem Freund ins Gesicht, der mir die Zügel reichte und meinem Pferd einen Klaps auf den Rücken gab, dass es mit einem Satz voran schoss.

Ich war selig, fühlte mich am Ziel meiner Träume angelangt und sehnte das Ende der Parade herbei, um Bissula in die Arme schließen zu können.

Je weiter wir uns vom Stadtzentrum entfernten, desto spärlicher wurde das Spalier am Wegesrand. Silvanus Niger scherte mit seiner Begleitmannschaft aus, grüßte mit der Rechten und strebte seinem Amtssitz zu.

Verlassene Häuser, teilweise verfallen und von Brandspuren gezeichnet, ließen keinen Zweifel, dass wir uns der Porta Primigenia und dem Stadtviertel näherten, durch das die Alemannen seinerzeit marodierend eingedrungen waren.

Im Vorfeld des Tores und den im Bau befindlichen Fundamenten der neuen Befestigungsmauer war die Vorgängerbebauung sorgfältig entfernt worden. Längs der Baustelle stapelte sich das Baumaterial, bestehend aus den Spolien niedergelegter Gebäude und frisch behauenen Steinen.

Fertig gestellt ragte die Anlage des neuen Stadttores vor uns auf. Unschwer waren an gestalterischen Schmuckelementen und ausgebrochenen Kanten die Bauteile zu erkennen, die einst den Vorgängerbau, die Porta Praetoria, ausgeschmückt hatten. Über der Toröffnung, deren Flügel aus massivem Eichenholz weit offen standen, erhob sich ein mächtiger Turm, der mit Ballisten armiert war. Fünf Schritte maßen Durchfahrt und Straße, die der alten Via Praetoria entsprach und die noch den alten Belag aus rötlichen Sandsteinplatten trug, was an den eingeschliffenen Fahrspuren zu erkennen war.

Am liebsten hätte ich mich sofort zu Germanus und Bissula begeben, musste aber noch die erste Phase des Lageraufbaus und meine Einquartierung in ein unzerstörtes Wohngebäude nahe der Porta Primigenia abwarten. Charietto hatte in den verlassenen Räumen des ehemaligen Lagerbades sein Hauptquartier aufgeschlagen.

Dort entledigte ich mich meines Kettenhemdes und war gerade in meine bequeme Ausgehtunika geschlüpft, als mein Zimmergenosse Viatorinus den Raum betrat.

„Wir sind in die alten Lagerthermen zu Charietto befohlen, weil es Neuigkeiten gibt", griff die Hand des Freundes nach dem Ärmel meiner Tunika, ehe ich den Raum verlassen konnte.

„Wie lange wird es dauern?", begrub ich die Hoffnung eines sofortigen Aufbruchs.

„So lange wie nötig". Nicht zu überhören war der Tadel in der knappen Antwort des Freundes.

„Du wolltest zu Bissula? Denk daran, dass wir nebenbei einen Krieg führen."

Mehr als eine Stunde hatten Balbus, Viatorinus, Chlotar und ich in Chariettos Quartier verbracht, der zuvor von einem Tribun aus dem Stabe des Statthalters aufgesucht worden war. Wir erfuhren, dass Julian mit seinen gallischen Elitetruppen bei Argentorate den Rhenus erreicht und sich ohne längeren Aufenthalt Richtung Mogontiacum in Marsch gesetzt hatte. Man rechnete mit seiner Ankunft in vier bis fünf Tagen. Eine Vorausabteilung unter dem Magister Militum Ursicinus war mit einem Kriegsboot vorausgefahren und wurde am morgigen Tag erwartet. Als der Name des höchsten Militärs nach dem kaiserlichen Oberbefehlshabers fiel, huschte ein harter Zug über das Gesicht des Viatorinus. Der Gedanke, ihn im Anschluss an die Besprechung darauf anzusprechen, wurde im gleichen Moment von dem Wiedersehen mit Bissula verdrängt. Zuletzt setzte uns Charietto von einer alemannischen Delegation in Kenntnis, die bei Silvanus Niger um eine Unterredung für den Vormittag nachgesucht hatte. Der Wolf teilte uns mit, dass er mit Viatorinus an der Audienz teilnehmen werde und dass wir uns für den Nachmittag bereithalten sollten.

„Ich denke", hatte der Wolf sinniert, „dass die Alemannen jenseits des Rhenus vom Anmarsch Julians wissen und um eine Verständigung mit dem Caesar bemüht sind."

Es war dunkel, als ich endlich aufbrach. Eine alte Frau, auf die ich vor meinem Quartier traf, hatte mir den einfach zu findenden Weg beschrieben. Immer die Straße entlang Richtung Rhenusbrücke bis zum Heiligtum an der linken Straßenseite.

Gegen die Kühle hatte ich einen Mantel umgelegt, den meine Fibel an der Schulter schloss, die ich in Treveris anlässlich meiner Ernennung zum Tribun erhalten hatte. Im Gürtel steckte zur Vorsicht mein Dolch, obwohl ich als Offizier kaum etwas zu befürchten hatte. Zwar wimmelte es in der Stadt von Taschendieben und zwielichtigen Elementen, die es aber in der Regel nicht wagten, einen Tribun anzugehen.

Je mehr ich mich dem Heiligtum der Mater Magna und Isis im Stadtzentrum näherte, desto quirliger pulsierte das Nachtleben. Ölfeuer brannten in eisernen Becken und aus vielen Fenstern und Türöffnungen fielen Lichtkegel auf das Pflaster von Gassen und Straßen. Aus Tavernen und Garküchen hallte der Lärm der Zechenden, die das Eintreffen unserer Truppen feierten. Obwohl die Alemannen während der Besetzung der Stadt die Einwohner bis auf die Wegführung der Geiseln kaum drangsaliert hatten, war das öffentliche Leben in den Bädern, Theatern und Tavernen zum Erliegen gekommen. Damit war es jetzt vorbei, und die Hoffnung auf eine Zukunft in Sicherheit und Wohlstand war zurückgekehrt.

Die Wiedersehensfreude, die mich zu Beginn des Weges voran fliegen ließ, wich einem Sehnen, das alle Fasern meines Körpers durchdrang. Aber je näher ich meinem Ziel kam, gesellten sich dunkle Ängste und Befürchtungen hinzu. Was, wenn Bissula mich freundlich, aber bestimmt zurückwies? Es war viel Zeit seit unserer Trennung vergangen, aber wusste ich, was alles geschehen war? Gab es vielleicht sogar einen neuen Mann an ihrer Seite? Oder würde sie mir um den Hals fallen, mich nicht mehr weglassen und meinem Leben eine neue Wendung geben?

Ich verlangsamte den Schritt und spielte mit dem Gedanken, umzukehren und erst morgen hinzugehen. War es nicht besser, alles noch einmal zu bedenken und sich innerlich gegen alle möglichen Enttäuschungen zu wappnen?

Und dann sah ich abseits der Straße, umgeben von einer steinernen Einfriedung, die Fachwerkwände und Ziegeldächer des Heiligtums, zu dem eine Gasse hinführte.

Wenige Schritte noch und ich verkrampfte in banger Erwartung. Ich stand vor dem zweistöckigen Haus mit den gelben Fensterläden im ersten Stock, durch deren Ritzen ich Licht schimmern sah. Die Werkstatt war geschlossen, aber daneben sah ich eine Holztüre, durch die man wohl über eine Treppe ins Obergeschoss gelangen konnte. Unschlüssig hielt ich den Türklopfer aus Bronze in der Hand und wagte es nicht, anzuklopfen.

Ich riss mich zusammen und viel zu zaghaft schlug ich gegen das Holz der Pforte. Noch einmal klopfte ich, vernahm Geräusche hinter den Läden und hörte Schritte die Treppe herabkommen. Ich trat zwei Schritte zurück, hörte, wie der Riegel zurück geschoben wurde und war geblendet von dem Licht, das aus dem Stiegenhaus auf die Straße fiel.

„Marcus." Es war Bissulas Stimme, die dieses eine Wort ausgesprochen hatte und die Berührung ihrer Hand, die meinen Arm ergriff und mich in das Haus hineinzog. Sie umfasste mich mit beiden Händen, drückte mich und legte den Kopf an meine Brust. Dann schob sie mich ein Stück zurück und uns an den Händen fassend sahen wir uns in die Augen.

„Schön dich zu sehen, Centurio", fand sie zuerst ihre Selbstsicherheit wieder und strahlte mich an.

„Tribun", verbesserte ich sie, weil mir nichts Besseres einfiel.

Ich neigte meinen Kopf in ihre Richtung, sehnend, dass sie auf meine Geste eingehen und mich küssen würde. Leicht spürte ich den Druck ihrer Lippen auf meinem Mund, bis sie sich von mir löste, meine Rechte ergriff und mich hinter sich die Treppe hochzog.

„Germanus, er ist da", öffnete sie die Tür zur Wohnung im Obergeschoß und schob mich herein.

Ihr Vetter, der Centenarius aus Tolbiacum, erhob sich von dem Tisch, an dem er gesessen hatte und bot mir einen Stuhl an.

„Setz dich, Tribun. Möchtest du etwas trinken", hatte er schon den Weinkrug ergriffen und einen Becher gefüllt, den er mir hinschob.

Mit einem Blick dankte ich, nahm einen Schluck und setzte mich.

Bissula rückte einen Schemel an meine Seite und setzte sich, wobei sie es jedoch vermied, mich zu berühren. Linkisch griff ich nach ihrer Hand, die sie mir jedoch mit einem Blick auf Germanus sachte entzog.

„Ich glaube, ich störe", schmunzelte Germanus, erhob sich und begab sich zur Türe. „Ich besorge noch etwas Wein und Wasser zum Essen. Du bleibst doch, Marcus?"

„Gerne", antwortete ich mit einem Blick auf Bissula, die mir aufmunternd zunickte.

„Es gab heute Schweinefleisch auf dem Markt und ich habe mehrere Stunden in der Küche zugebracht", lud mich auch ihre Stimme zum Bleiben ein.

Als Germanus das Zimmer verlassen hatte und die Stufen herab gepoltert war, saßen wir eine Zeit verlegen nebeneinander, bis Bissula das Wort ergriff.

„Bei Mars und Venus, Marcus, ich hätte nicht geglaubt, dich wieder zu sehen. Schön dass du hier bist", legte sie ihre Hand auf meinen Oberschenkel, um sie gleich wieder weg zu ziehen.

Ich war wie gelähmt und wusste nicht was ich tun sollte. Wie hatte ich diesen Augenblick herbei gesehnt und jetzt saß ich einfach nur da und um mich herum schien alles in Nebel gebettet. Ich sah ihr Gesicht, ihre anmutige Figur und doch schien etwas zwischen uns zu stehen, das ich mir nicht erklären konnte.

„Wie bist du nach Mogontiacum gekommen?", brach ich endlich das Schweigen.

„Das ist schnell erzählt, Marcus", faltete Bissula ihre Hände und blickte mich versonnen aus ihren grünblauen Augen an.

„Drei Tage, nachdem Germanus dich nach Belgica gebracht hatte, bekam er den Befehl, mit seiner Einheit die Besatzung von Rigomagus zu verstärken. Die Bande, die Tolbiacum bedrängte, war in den Wäldern der Silva Arduenna verschwunden und die Festung am Rhenus wurde schwer bedrängt.

„Ich bin ihr begegnet und…", wurde ich von Bissula mit einer Bewegung ihrer Hand unterbrochen.

„Lass zuerst mich berichten, dann erzähl mir alles von dir."

Ich nickte, worauf sie mir mit einem Lächeln dankte.

„Kaum waren wir in Rigomagus angelangt", fuhr sie fort, „hatte sich die Lage entspannt. Die Festung liegt im Befehlsbereich des Dux Mogontiacensis, der Verstärkungen angefordert hatte. Der Vicarius ergriff die Gelegenheit, die angeforderten Reiter nach Mogontiacum zu schicken, ohne auf seine Leute zurückzugreifen. Er schickte einen Boten mit der Nachricht nach Tolbiacum, dass mein Vetter versetzt sei. So hatte ich das Glück, mit militärischem Geleitschutz sicher nach Mogontiacum zu kommen."

Sie unterbrach sich kurz und schüttete uns frischen Wein nach, „Seitdem bin ich hier und führe den Haushalt in dieser Wohnung, die Germanus als Quartier zugewiesen wurde."

„Wolltest du nicht zu deinen Leuten in den Taunus?"

„Ja", antwortete sie und ein Schatten glitt über ihre Gesichtszüge. „Man hat mir abgeraten, Marcus, weil das Volk der Bukinobanten in zwei Lager geteilt und die Situation verworren ist. Da gibt es die, die Krieg um jeden Preis wollen und dafür verantwortlich sind, dass Mogontiacum angegriffen und besetzt wurde. Ihre Anführer sind Rando und Makrian, fanatische Hasser Roms.

„Makrian?", entfuhr es mir. „Ich bin im Idar einem Makrian begegnet, der uns bekämpft hat. Er trug einen protzigen Goldhelm, ein silbernes Kettenhemd und maß mindestens sechs Fuß "

„Die Beschreibung passt", nahm Bissula meinen Einwurf auf, „aber ich habe nicht gehört, dass er den Rhenus überschritten hat. Der Name Makrian ist häufig bei uns Bukinobanten. Den Makrian, den ich meine, hat vor kurzem die Nachfolge seines Vaters auf dem Dünsberg angetreten. Ein schöner Mann, aber selbstverliebt und gewalttätig. Er hat mich vor Jahren begehrt und ich sah keinen anderen Ausweg, als den römischen Offizier zu heiraten und nach der Colonia zu gehen, von wo es mich nach Aquis verschlug, wo wir uns trafen. Ich hoffe, dass die Zeit und andere Frauen seine Begierden abgekühlt haben."

Mitfühlend wollte ich ihre Hände in die meinen nehmen. Bissula hob sie jedoch, als wenn sie zu den Göttern flehen wollte und fuhr fort.

„Die andere Gruppe um Hariobaud hat sich zurzeit durchgesetzt und strebt einen friedlichen Weg im Verhältnis zu Rom an. Die meisten Bukinobanten unterstützen Hariobaud, zumal Julian im Anmarsch ist."

Sie verstummte und strich sich mit beiden Händen ihre Locken zurück, um sie mit einem Lederriemen im Nacken zusammen zu binden. Ich sah, wie ihre kleinen Brüste sich unter dem

Stoff ihrer Leinentunika abzeichneten und verging vor stiller Begierde und Sehnsucht.

„Wegen der Arbeit am Herd", schenkte sie mir ein zauberhaftes Lächeln. „Ich muss gleich den Braten begießen und wenden." Sie stand auf und ging in den Nebenraum, wohin ich ihr, die Weinbecher in der Hand, folgte.

„Mein Zuhause gibt es nicht mehr", hob sie den Deckel von dem irdenen Topf, aus dem ein herrlicher Duft nach Gebratenem und frisch gepflückten Kräutern aufstieg. Mir lief das Wasser im Mund zusammen.

„Ein entfernter Verwandter hat mein väterliches Erbe an sich gerissen und sich mit seiner Familie dort niedergelassen. Übrigens ein glühender Anhänger dieses Makrian. Hilfst du mir und schneidest den Braten auf?"

Ich zog meinen Dolch, als Schritte auf der Stiege erklangen, die Türe zum Wohnraum sich öffnete und Germanus viel zu früh zurückkam. Gerade hatten wir im Gespräch und bei der Küchenarbeit unsere Scheu abgelegt.

„Hier riecht es herrlich", rief Germanus uns zu, kam in die Küche und stellte zwei Krüge mit Wein und frischem Wasser auf die gemauerte Konsole neben der Kochstelle.

„Schaut, ich habe in der Taverne sogar etwas Honigkuchen bekommen." Er schlug ein Tuch auseinander, unter dem sechs von klebriger Süße durchdrungene Gebäckteile zum Vorschein kamen.

„Lass das und deck` mit Marcus den Tisch", fuhr Bissula ihren Vetter lachend an, dessen Zeigefinger kurz davor war, sich in einen der Kuchen zu bohren.

Ich fühlte mich geborgen und zu Hause angekommen, als wir am Tisch saßen, Fleischstücke mit den Fingerspitzen zum Mund führten und Dinkelbrot in den mit Weizenmehl und Gewürzen angedickten Bratensaft tunkten. Dazu tranken wir einen weißen Wein von den Hängen des jenseitigen Ufers des Rhenus, wo immer noch Reben angebaut wurden.

„Jetzt erzähl, wie es dir ergangen ist." Bissula tauchte ihre Finger in eine kleine Schüssel mit Wasser und wischte sich die Hände mit einem Tuch ab.

Anfangs verhalten, später von den eigenen Erlebnissen mitgerissen, erzählte ich von meinem Abenteuer in der Kalkbrennerei, davon, wie ich Galerius kennen lernte, meiner Gefangenschaft und Rettung und meiner Heimkehr an die Mosella. Als ich bei den Nachstellungen Ulfs angelangt war, erbat sich Bissula meinen Armreif und betrachtete ihn von allen Seiten.

„Habe ich dir damals nicht gesagt, dass er dir Glück bringt?", reichte sie mir das Kleinod zurück, wobei unsere Hände sich berührten.

„Nicht nur Glück", erwiderte ich und berichtete, was der Verwalter Maximus mir in jener Nacht nach unserem Sieg bei Longus über meinen Großvater und meine Abstammung offenbart hatte. Ich gab wieder, was der Priester von Tabernae über das Symbol der Schlange wusste und ließ die beiden an meinen Ängsten und Befürchtungen teilhaben, die sich an die Person Ulfs und an die Folgen meiner Abstammung knüpften.

„Und du bist Ulf wirklich begegnet?", fragte ein nach Fassung ringender Germanus, als ich den Marsch und die Kämpfe in den Waldbergen des Idar schilderte.

„Ja." Ich schaute die beiden an. „Und diesem Makrian, dem Ulf die Flucht vom Schlachtfeld ermöglichte."

„Möglich, dass es sich um Makrian, dem Herrn des Dünsbergs handelt", mutmaßte Germanus und blickte auf Bissula, die mit den Schultern zuckte und ein Gähnen unterdrückte.

„Zuzutrauen wäre es ihm, sich über die Weisungen Hariobauds hinwegzusetzen und an Raubzügen im Imperium teilzunehmen."

„Sei mir nicht böse, Marcus", erhob sich Bissula, trat hinter mich und legte mir beide Hände auf die Schultern. „Ich bin müde und möchte schlafen."

Ich blickte auf, wobei sich mein Hinterkopf an ihrem warmen Bauch schmiegte und versank in ihren Augen.

„Sei nicht böse", streichelte ihre Hand meine Wange. „Lass mir etwas Zeit. Gestern noch glaubte ich, dich niemals wieder zu sehen."

Sie ging bis zur Türe, hinter der ihr Schlafgemach lag und drehte sich auf der Schwelle noch einmal um.

„Kennst du Mogontiacum und hast du morgen Zeit?"
„Nein, ich war noch niemals hier, aber Zeit habe ich bis zum Nachmittag."
„Dann komm morgen früh und ich zeige dir die Stadt", lächelte sie mir zu. „Wir treffen uns zur neunten Stunde an der Porta Primigenia. Und trink nicht mehr soviel." Sie blickte missbilligend auf Germanus. „Wir haben morgen viel vor."

„Liebt sie mich noch, oder hat sie es jemals getan?", drang ich voller Bitternis in Germanus, der mir gegenüber an dem Tavernentisch hockte. Er hatte sich angeboten, mich ein Stück zu begleiten und es war mir recht, dass wir an einer Taverne vorbei kamen, die noch geöffnet hatte.
„Was glaubst du eigentlich, wer du bist?", rückte Germanus mir den Kopf zurecht. „Du küsst ein Mädchen, mit dem du zwei Tage deines Lebens verbracht hast und erwartest von ihr, dass sie ewig auf dich wartet um dir eines schönen Tages um den Hals zu fallen und eine Familie zu gründen."
„Aber du hast mir doch in Dimessus gesagt, dass sie sich freuen wird", ließ ich nicht locker.
„Freuen, Marcus, habe ich gesagt, aber nicht lieben"
Ich wand den Kopf zur Seite und fühlte Trotz und Ernüchterung in mir aufsteigen.
„Es tut mir leid, Marcus", griff Germanus nach meinem Arm und blickte mich an. „Sie hat Gefühle für dich, sogar starke. Du hast alle Möglichkeiten bei meiner Base. Aber reiß dich zusammen und übereile nichts. Wenn du sie drängst, wirst du sie verlieren."
„Aber der Priester in Varnenum hat doch prophezeit, dass wir uns…"
„Auch Prophezeiungen muss man sich verdienen", schnitt mir Germanus das Wort ab und füllt meinen Becher auf. „Trink, du bist heute der einzige traurige Mensch in Mogontiacum und Bissula mag das nicht."
Ich lächelte meinen neuen Freund schwach an und stürzte den Becher in einem Zug herunter.

„Hat Bissula nicht gesagt, dass wir nicht so viel trinken sollen?"

„Du, hat sie gesagt", knurrte Germanus und musterte mit Interesse eine Straßendirne, die in Begleitung eines Legionärs die Taverne betreten hatte.

Stunden später, kurz vor Morgengrauen, lag ich auf der harten Bettstatt meines Quartiers und versuchte, soweit es mein weinvernebelter Geist zuließ, den Abend an mir vorüber ziehen zu lassen. Ich liebte und wusste nicht, ob ich geliebt wurde. Ich empfand tiefe Freude, Bissula wieder zu haben, aber die Furcht, sie zu verlieren, legte sich betäubend auf meine Glieder. Oder war es der Wein?

Morpheus sei Dank, hatte ich den wachhabenden Unteroffizier angetroffen, der mich in wenigen Stunden wecken würde.

„Aufstehen, Tribun", rüttelte es an meiner Schulter.

Ich zog meine Decke fest um mich und hoffte, der Störung meiner Nachtruhe durch eine Drehung zur Wand zu entgehen.

„Aufstehen", schnitt die Stimme in mein Bewusstsein und ehe ich erkannte, wer mich da geweckt hatte, flutete es grell in das Zimmer hinein, weil jemand den Fensterladen aufgestoßen hatte, dass der Flügel gegen die Außenwand meines Quartiers krachte.

Die Hände vor die Augen gepresst fuhr ich hoch und wusste im gleichen Moment, wer mich geweckt hatte.

„Germanus habe ich mit einem Eimer Wasser übergossen. Sei froh, dass so etwas nicht zur Hand war. Hier stinkt es wie in einer Taverne."

„Ich habe doch dem Offizier der Wache befohlen, dass er mich zur achten Stunde wecken soll", verteidigte ich mich und rieb mir die Augen.

„Ich bitte um Vergebung Tribun", spottete Bissula. „Bis dahin ist noch eine halbe Stunde, aber die Sonne lacht vom Himmel und schon Marcus Aurelius hat uns gelehrt, den Tag zu nutzen".

„Du hast ja recht", sprang ich auf und verließ den Raum durch die Hintertür, die zum Garten und zum Brunnen führte, wo ich mich ausgiebig wusch.

Als ich mein Zimmer wieder betrat, prallte ich gegen den Wachoffizier, der die Laken und Decken meiner Bettstatt in einem Sack verstaute. Bissula faltete meine Tunika zusammen und legte sie zu den anderen Kleidungsstücken auf das an der Wand angebrachte Holzbord. Ein Kehrichthaufen neben der Eingangstür sagte mir, dass Bissula die Stube ausgefegt hatte.

„Zieh das an", warf sie mir ein Bündel zu, das ich auffing. „Es sind die einzigen sauberen Sachen, die es hier noch gab."

Erst jetzt wurde mir bewusst, dass ich nur mit einer fleckigen Kniehose bekleidet war.

„Und die Hose gibst du auch dem netten Centurio von der Wache, der sie mit den anderen Lumpen zu einer Wäscherin bringt."

Ohne Widerspruch verließ ich den Raum, zog mich um und übergab zurückgekehrt dem Wachoffizier meine Hose.

„Tut mir leid, Tribun", griemelte der. „Ich kam zur vereinbarten Zeit, dich zu wecken."

„Steh hier nicht rum", reichte Bissula dem Mann das Paket mit meiner gefalteten Kleidung. „So, bring das alles weg und sorge dafür, dass es heute noch gewaschen wird. Und du Marcus, gib dem Mann genug Münzen für die Wäscherin mit."

„Und?", strahlte sie mich an. „So lebt es sich doch gleich besser, oder?".

Ich wagte keinen Widerspruch und musste ihr innerlich zustimmen.

„Ihr Männer seid alle gleich. Ihr kämpft, macht große Dinge, aber versinkt in Müll und Unrat, wenn man nicht auf euch achtet."

„Ich habe mich schon in Aquis gefragt, welcher Gott dich mir gesandt hat", lachte ich sie an.

„Und? Weißt du es?", konterte sie meine Attacke. „Gib es auf, großer Krieger und lass uns endlich gehen. Das ist gut für deinen weinvernebelten Kopf und bereichert deine Bildung."

Wir passierten die Porta Primigenia und durchquerten das Areal des ehemaligen Legionslagers, wobei wir an den Zelten und Feuerstellen unserer Truppen vorbei mussten. Ich genoss die bewundernden Blicke, die meiner Begleiterin galten und grüßte freundlich, wenn ich angerufen wurde. Ein Blick zur Seite offenbarte mir zweierlei. Bissula genoss es, im Mittelpunkt des Interesses zu stehen und es gefiel ihr, sich mit einem Tribun zu zeigen.

„Ich bin stolz auf dich, Marcus", hängte sie sich kurz bei mir ein, so dass wir Arm in Arm eine Strecke des Weges zurücklegten. Vereinzelte Pfiffe aus dem Hintergrund zeigten Bissula, dass man ihre Geste bemerkt hatte.

„Lassen wir das", ließ sie meinen Arm fahren und beschleunigte ihre Schritte, bis wir das Areal hinter uns gelassen hatten und die ersten Pfeiler der Wasserleitung vor uns auftauchten.

Als eine gerade Kette zweigeschossiger Bögen zogen die Pfeiler des Aquäduktes das sacht geschwungene Tal hinter dem ehemaligen Lager empor. Genau sah man die Stellen, an denen die Alemannen vor der Erstürmung der Stadt die Wasserrinne unterbrochen hatten. Eine unnötige Arbeit in einer Höhe von annähernd siebzig Fuß über dem Boden, wurde doch die Stadt an dieser Stelle nicht verteidigt. Bissula folgte meinem Blick und wies auf die bei der Instandsetzung verwendeten Ziegel, die sich von der ursprünglichen Verblendung aus handgroßen Steinquadern abhoben.

„Die Reparaturen sind erst vor zwei Monaten, lange nach dem Abzug der Alemannen, durchgeführt worden."

Vor uns hatten Arbeiter die Abdeckung des Wassersammlers aus dicken Eichenbohlen entfernt und schaufelten mit langen Forken Äste und Blätter aus dem Wasserbassin. Unterstützt wurden sie von einigen unserer Leute, die sich freiwillig zu dieser Plackerei gemeldet hatten, damit auch sie mit dem frischen Quellwasser von den Höhen über der Stadt versorgt werden konnten.

„Wolltest du mir das zeigen?", fragte ich Bissula, die heftig mit dem Kopf schüttelte.

„Nein, Marcus." Sie zeigte auf das im Sonnenlicht weiß leuchtende Denkmal des Drusus, das mir schon gestern beim Anmarsch auf die Stadt aufgefallen war. „Von dort oben haben wir einen unverbauten Blick über die ganze Stadt. Es ist zwar anstrengend, aber es lohnt sich."

Ich keuchte und der Schweiß rann mir die Stirn herab, als wir am Fuß des Denkmals angelangt waren. Dafür wurde ich mit einem unvergleichlichen Anblick belohnt. Unter uns breiteten sich die Straßen und Plätze der Hauptstadt der Germania Prima aus. Zum Greifen nahe die Stelle, an der sich die Fluten des Moenus mit denen des Rhenus vereinigten. Wie Spielzeug leuchteten unter mir die Zelte unserer Truppen. Mein Blick schweifte in die Ferne und deutlich sah ich Häuser und Hafen des Vicus Dimessus, die Brücken über Rhenus und Moenus und dahinter die Mauern und Türme der Festung Castellum. Schnittige Kriegsschiffe, plumpe Prahme und schwere Transporter durchpflügten das Wasser des Flusses, hinter dem in der Ferne die Höhen der Montes Taunensium blauten.

Trotz der herrlichen Aussicht auf Stadt und Umland kreisten meine Gedanken um die Dummheit der mit Germanus durchzechten Nacht, die mich Bissula deutlich spüren ließ. Distanziert erläuterte sie mir Geschichte und Funktion des vor uns aufragenden Denkmals, dass in den Tagen des Augustus zu Ehren des vergöttlichten Drusus aufgerichtet worden war. Nur am Rande registrierte ich, das zu Ehren des in Germanien tödlich verunglückten Feldherrn jedes Jahr eine Parade abgehalten wurde, an der Kontingente aller gallischen Verwaltungsbezirke und die in Mogontiacum stationierten Truppen teilnahmen.

Mein Nacken schmerzte, als ich den Kopf hob und den Pinienzapfen auf dem kegelförmigen Aufsatz betrachtete. Mehr als hundert Fuß, erklärte Bissula, maß das Denkmal vom quadratischen Sockel über den zylindrischen Aufbau bis zur Spitze.

Lustlos trottete ich hinter Bissula einen gewundenen Pfad bergab, der uns an eine mannshohe Mauer mit einer geöffneten Pforte führte, hinter der sich das Rund des Theaters ausbreitete.

Wir stiegen über eine Treppe zwischen den Zuschauerrängen hinab, bis Bissula sich auf einer steinernen Sitzstufe niederließ und mich mit einer Handbewegung aufforderte, neben ihr Platz zu nehmen.

Vor uns ausgebreitet lag das Halbrund des 10.000 Zuschauer fassenden Raums und die mehrgeschossige, durch Säulen, Blindarkaden und Pilaster gegliederte Wand der Orchestra. Mein Vater hatte einmal an den alljährlichen Feierlichkeiten zu

Ehren des Drusus teilgenommen. Voller Begeisterung berichtete er nach seiner Rückkehr von der Parade der Legio Primigenia, an der Würdenträger aller gallischen Bezirksstädte teilnahmen. Die Abschlusskundgebung und die feierlichen Reden hatten hier, vor den dichtgefüllten Rängen, stattgefunden. Klein wie Insekten bewegten sich Arbeiter auf dem Halbkreis der Bühne, den sie mit einer Sandschicht bedeckten. Offenbar sollte das Bühnentheater zur Unterhaltung der Truppen in eine behelfsmäßige Arena umgewandelt werden. Eine Bühne für Ring- und Faustkämpfer mit dem Höhepunkt tödlicher Zweikämpfe. Verbrecher, Gefangene und ehemalige Gladiatoren standen in genügender Anzahl bereit.

„Möchtest du etwas essen?", lächelte Bissula mir aufmunternd zu und breitete den Inhalt ihrer ledernen Unhangtasche zwischen uns aus, die sie die ganze Zeit über der Schulter getragen hatte. Wir tranken Wasser aus einem irdenen Krug und ich schnitt Hartwurst und Ziegenkäse in mundgerechte Stücke, wozu wir frisches Dinkelbrot und in Öl eingelegte Oliven aus dem Süden Galliens aßen.

„Ich habe dich", blickte Bissula zu den Höhen des Taunus hinüber, „als einen Offizier kennen gelernt, voller Stolz auf sein Vaterhaus, seine italischen Ahnen und die römische Zivilisation. Wie fügt sich da ein fränkischer Großvater in das Bild? Ist deine Welt noch die alte?"

„Ich weiß es nicht, Bissula. Anfangs wollte ich es nicht wahrhaben, bis mich Galerius in einem langen Gespräch mit meinem Ahnen aussöhnte. Ich war überzeugt, den Wurzeln meiner Herkunft nachgehen zu müssen. Dann waren da Schuldgefühle, den Tod eines Ahnen verschuldet zu haben und der unbändige Hass Ulfs, den ich tot glaubte. Ich flüchtete mich in den letzten Monaten in den Gedanken, die Verbindungen zu diesem Teil meiner Herkunft zerrissen zu haben. Ich verbannte den Armreif in das Dunkel eines Kästleins und das Wissen um meine fränkische Abstammung in den hintersten Winkel meines Bewusstseins."

Als Ausdruck meiner inneren Anspannung hatte ich beide Fäuste geballt, dass die Knöchel der Finger weiß hervor traten.

„Aber Ulf ist nicht tot" fuhr ich fort". „Wie ein Geist stand er in den Wäldern des Idar vor mir, mich daran erinnernd, dass es noch nicht vorbei ist."

„Und du bist fest davon überzeugt", setzte Bissula nach, „mit diesem Ulf verwandt zu sein?"

„Ja. Es muss eine Verbindung zwischen den Besitzern der Schmuckstücke geben. Mein Großvater besaß die Fibel mit dem Abbild der Schlange und von Ulfs Vater habe ich den Schlangenreif."

„Weißt du denn, wie viele dieser Schmückstücke von den Franken hergestellt wurden?"

„Nein. Aber der Priester in Tabernae wusste, dass nur wenige verdiente Krieger das Recht hatten, sich mit dem Abbild der Schlange zu schmücken. Und denke an meinen Zweikampf mit Ulf. Er wies den Reif ab und wollte mein Leben, obwohl ich auf meinen fränkischen Vorfahren hinwies, der wie sein Vater ein Schlangenträger war. Der Hass brach aus seinen Augen, als er meinen Ahnen als Verräter an seinem Volk bezeichnete, der zu den Römern übergelaufen war.

Glaubst du, dass es ein Zufall ist, dass er den Zweikampf überlebte und wir uns in den Wäldern des Idar wieder begegneten?"

„Könntest du ihn töten?", kam ihr die Frage stockend über die Lippen, „wenn du die Gelegenheit hast?"

„Bei Mithras und Mars, ja", stieß ich ungewollt heftig hervor. „Darauf wird es hinauslaufen. Er oder ich."

Traurig schaute Bissula mich an, und ich sah Tränen in ihren Augen schimmern.

„Ich möchte keinen Mann, den ich nach kurzer Zeit betrauern muss. Warum dieser Hass und diese Entschlossenheit, Marcus?"

„Ich weiß es nicht, Bissula. Vielleicht hast du ja Recht." Ich fühlte, wie die Verbitterung, die im Gespräch aufgeloht war, vor meinen Gefühlen zu dieser Frau in sich zusammensank.

„Bissula, ich liebe dich, aber wir sind den Ratschlüssen der Götter ausgeliefert."

„Ich weiß es, Marcus", nahm sie meinen Kopf in ihre Hände und drückte ihn an ihre Brust, dass ich betörend den Geruch ihres Körpers wahrnahm.

„Vielleicht gibt es eine Lösung, Marcus", blickte sie mich flehend an. „Lass uns heute Abend, nach deiner Lagebesprechung, gemeinsam zum Tempel der Mater Magna und Isis gehen und für uns beten."

„Gerne, Bissula. Ich komme, sobald ich kann." Der Mittag lag hinter uns und sie begleitete mich noch bis zu meinem Quartier. Wir schlugen einen Bogen vom Theater durch das vor den neuen Mauern gelegene Viertel und nahmen den kürzesten Weg zur Porta Primigenia. Portiken vor verlassenen Arkaden und Geschäftshäusern säumten zu beiden Seiten die Straße, die auf einen die Fahrbahn überspannenden Ehrenbogen zulief. Davor abgestellte Ochsengespanne und Arbeiter, die sich abmühten, Quader für Quader aus dem Bauwerk heraus zu lösen und auf die Ladeflächen der Fuhrwerke zu wuchten. Während ich die Qualität der Ausschmückungen bewunderte, die ein Steinmetz an Durchgang, Pfeilern und Front des Bauwerks angebracht hatte, gab Bissula den Inhalt der Weiheinschrift wieder.

„Dativus Victor, ein hoher Verwaltungsbeamter der Bezirksstadt Nida, welche im ersten Germanensturm vor hundert Jahren auf der anderen Seite des Rhenus untergegangen ist, hat dieses Bauwerk zu Ehren der Bürger Mogontiacums aufrichten lassen, die ihm in seiner Not beigestanden haben.

Glaubst du, dass es Dativus Victor gut heißen würde, was gerade geschieht?"

„Ich denke ja", antwortete ich nach einigem Zögern. „Der Schutz der Lebenden hat Vorrang vor den Hinterlassenschaften der Ahnen. Es ist das Schicksal dieser Steine, zur Sicherheit der Menschen dieser Stadt beizutragen. Sie werden die Fundamente der neuen Stadtmauer zu beiden Seiten der Porta Primigenia verstärken."

Als wir in meinem Quartier angelangt waren, verabschiedeten wir uns in aller Kürze bis zum Abend. Ich legte meine tribunalen Insignien, Schwert, Mantel mit Goldfibel und rot bebuschten Helm an und begab mich in die Thermen zu Charietto, wo ich erwartet wurde.

„Sind jetzt alle anwesend?", fragte ein finster dreinblickender Militär mit narbigem Gesicht.

„Ja", antwortete Charietto und stellte mich vor. „Marcus Junius Maximus, Tribun und Stellvertreter des Vicarius in der Festung Noviomagus."

„Der Magister Militum Ursicinus", wies seine Rechte auf einen der höchsten Militärs der Gallischen Präfektur.

Mit einem Blick musterte ich den legendären Heermeister, der in silbernem Brustpanzer und schwarzem Mantel vor mir stand. Den Goldhelm mit Rosshaarkamm hatte er unter den Arm geklemmt. Das also war Ursicinus, ehemals Befehlshaber im Osten, der vor drei Jahren den jüdischen Aufstand in Palästina blutig niederschlug. Bei Constantius verleumdet und in Ungnade gefallen, festigte er vor einem Jahr seine Stellung durch die Beseitigung des Silvanus in der Colonia und galt nun als verlängerter Arm des Imperators im Westen des Reiches. Ein harter, stolzer und unnachgiebiger Mann, wenn man dem Offiziersgerede Glauben schenkte. Er hatte vor Jahren einigen Prozessen wegen Hochverrats vorgestanden, von deren grausamer Durchführung nur hinter vorgehaltener Hand gesprochen wurde.

„Wir haben heute mit dem Statthalter die militärische Lage erörtert", klang die Stimme Chariettos ungewöhnlich gepresst. „In drei, spätesten fünf Tagen wird Julian mit 10.000 Mann in Mogontiacum einziehen. Mit unserer Verstärkung und den Verbänden, die noch kommen sollen, werden dem Caesar 13.000 Legionäre für seinen Feldzug gegen die Colonia zur Verfügung stehen. Unsere vornehmliche Aufgabe wird in der Sicherung der Flanken gegen fränkische Störmanöver bestehen. Der Magister setzt auf unsere Erfahrung im Grenzkrieg."

Ich musterte während der Ansprache des Wolfes die Offiziere, die mit mir an der Lagebesprechung teilnahmen. Viatorinus, der Ursicinus die ganze Zeit aufmerksam beäugte, Titus, Chlotar, Balbus, der Alemanne Meriobaud und Germanus, der mir zuzwinkerte. Auffallend, dass mit dem Steuerbeamten Regulus auch ein Nichtmilitär anwesend war.

„Da gibt es noch etwas", unterbrach Viatorinus, „was vor der Ankunft Julians erledigt werden muss."

Ohne ein Anzeichen des Unwillens trat der Wolf einen Schritt zurück und überließ dem Heermeister den Vorsitz.

„Es war eine Abordnung der am jenseitigen Rhenusufer ansässigen Bukinobanten bei Silvanus Niger, die einen Gefangenenaustausch vorgeschlagen haben. Es war richtig vom Statthalter", dabei blickte der Heermeister auffordernd in die Runde, „dem Ersuchen der Alemannen statt zu geben. Eine friedliche Übereinkunft mit den nördlichen Alemannen hält uns von dieser Seite den Rücken frei und spaltet die Allianz der Feinde. Auch wenn es der Germania Prima eine Menge Gold kostet."

Bei diesen Worten zuckte Regulus zusammen, dessen rechtes Augenlid zu zittern begann.

„Ich brauche für die Übergabe des Lösegeldes und die Heimführung der Gefangenen erfahrene Germanenkämpfer und zuverlässige Dolmetscher. Charietto wird mit einem Teil seiner Einheit das Unternehmen leiten."

Der Blick des Heermeisters musterte die Gesichter der Anwesenden, bis er bei mir verweilte.

„Tribun, du und der Centenarius Titus sollen auf Wunsch des Chariettos dabei sein." Ursicinus duldete keinen Widerspruch. Ich akzeptierte mit einem kurzen Nicken.

„Die Teilnahme des Tribunen Meriobaud war vorgesehen, kommt aber nicht in Betracht, da er in eine Blutrache gegen Angehörige seines ehemaligen Stammes verwickelt ist." Verlegen blickte der angesprochene Führer unserer treverischen Legionäre auf seine Stiefelspitzen.

„Deshalb habe ich den Centenarius Germanus mitgebracht, der mir von Silvanus Niger empfohlen wurde. Germanus stammt aus der Gegend, seine Loyalität zum Imperium ist unbestritten und er kennt viele alemannische Anführer persönlich. Gibt es Einwände?"

Kein Laut war zu hören, bis Germanus mit einem Räuspern das Wort ersuchte.

„Es wäre hilfreich, wenn die Alemannin Bissula, eine Verwandte von mir, ebenfalls mitkommen würde. Ihre Stimme hat großen Einfluss bei Hariobaud, dem Wortführer der romfreundlichen Bukinobanten."

„Eine Frau?", entfuhr es Charietto, der meinen neuen Freund aus großen Augen anblickte, wobei ein Zucken um seine Mundwinkel spielte.

„Einverstanden, wenn es nutzt", überraschte mich die Zustimmung des Heermeisters. „Aber wehe dir, Centenarius, wenn es Schwierigkeiten gibt."

Wie ein Sonnenstrahl hatten der Vorschlag meines Freundes und die Erlaubnis des Heermeisters die dunklen Wolken der bevorstehenden Trennung von Bissula durchbrochen. Was aber, wenn Germanus der unverhohlenen Drohung des Ursicinus nachgab und sein Vorhaben aufgab?

„Ich verbürge mich für die Base des Centenarius", entfuhr es mir, worauf mich Ursicinus anblickte.

„Du erstaunst mich, Tribun. Kennst du sie?"

„Ja, Magister", hielt ich seinem Blick stand. „Ich habe sie in Aquis kennen gelernt, wo ihr Mann, ein hoher Offizier, einer Verwundung erlegen ist, die er sich bei der Verteidigung der Colonia zugezogen hatte."

„Gut", lautete die knappe Antwort des Heermeisters, der Regulus mit der Rechten heran winkte.

„Dieser Mann wird euch mit zehn berittenen Garden des Statthalters begleiten. Er verwahrt das Lösegeld und führt Listen mit, auf denen die Vermissten des letzten Alemanneneinfalls verzeichnet sind."

Hatte das Gesicht des Charietto bei der Aussicht, dass uns eine Frau begleiten würde, noch gezuckt, so wandelten sich seine Gesichtszüge nun in eine Maske der Ablehnung.

„Es ist der Wille des Silvanus Niger und auch meiner", zischte Ursicinus, worauf sich der Wolf grummelnd in sein Schicksal ergab. Den triumphierenden Seitenblick des Regulus hatte er, den Göttern sei Dank, nicht bemerkt.

„Ich erwarte euch so schnell wie möglich mit den Gefangenen zurück. Die Führung der Abteilung des Charietto wird in seiner Abwesenheit mein alter Freund Viatorinus übernehmen", beendete Ursicinus die Unterredung. Er gab Viatorinus ein Zeichen, ihm zu folgen und begab sich mit einem knappen Gruß zum Ausgang, wo seine Begleitmannschaft ihn erwartete. Regulus schlüpfte unmittelbar hinter den beiden heraus, als ob der Boden unter seinen Füßen in Flammen stünde.

Sofort trat ich zu Germanus, um ihm meine Freude über Bissulas Teilnahme auszudrücken, als der Wolf zwischen uns trat. „Kennt ihr euch?", nahm seine Stimme einen drohenden Unterton an.

„Ich habe dir von ihm erzählt", erinnerte ich Charietto an unser Gespräch in Dimessus. „Germanus hat mich von Tolbiacum nach Belgica begleitet."

„Was ist das für eine Geschichte mit dieser Bissula, Marcus? Ist sie etwa dein Mädchen und steckst du hinter diesem Einfall?"

„Nein", beeilte ich mich, Charietto zu beschwichtigen. „Das eine hat nichts mit dem anderen zu tun."

„Ich habe Bissulas Teilnahme erbeten", stand mir Germanus zur Seite, „weil ich überzeugt bin, dass sie uns nutzen wird."

„Ich werde morgen mit ihr sprechen", zeigte sich Charietto unbeeindruckt. „Und wenn ich den kleinsten Zweifel an ihrer Verwendung finde, schicke ich sie zurück. Wir sind hier im Krieg und haben einen wichtigen Auftrag zu erfüllen. Ein liebeskranker Tribun auf Freiersfüßen inmitten ehemaliger Feinde, die beim kleinsten Fehler über uns herfallen können, ist das letzte, was ich gebrauchen kann. Hast du verstanden?"

Nicht Wut sondern Sorge lag im Blick des Wolfes, mit dem er mich musterte.

„Was hat Viatorinus mit Ursicinus zu schaffen", wechselte er dann unvermittelt das Thema.

„Woher kennen die beiden sich, Marcus?"

Ich schüttelte den Kopf, selber erstaunt über das stillschweigende Einvernehmen des Viatorinus mit dem Heermeister.

„Kann es sein", mutmaßte Charietto weiter, „dass die beiden sich vor kurzem begegnet sind?"

Wieder verneinte ich mit einem Zucken meiner Schultern.

„War Viatorinus in der Colonia an der Beseitigung des Silvanus beteiligt?"

„Das glaube ich nicht, er hätte mir davon erzählt", versicherte ich dem Wolf.

Indem ich die Worte aussprach wusste ich, dass ich mir nicht sicher war. Viatorinus hatte meine Fragen in den letzten Tagen zu oft mit dem Hinweis abgeblockt, dass er ohne das Einverständnis anderer nichts sagen könne. Ein Verdacht, dass er in dunkle Machenschaften verstrickt sein könnte, legte sich wie ein Schatten auf unsere Freundschaft.

„Wir brechen in der Dämmerung auf", unterbrach Charietto meine Gedanken, „und treffen bei Sonnenaufgang Rufus mit seinen Männern an der Rhenusbrücke."

Damit waren Germanus und ich entlassen und verließen als letzte das Quartier des Wolfes.

„Ich begleite dich nach Hause, wenn ich mich umgezogen habe", schlug ich Germanus auf der Straße vor. „Ich bin mit Bissula verabredet, weil wir das Heiligtum der Mater Magna aufsuchen wollen."

„Dann hat sie sich beruhigt", lächelte Germanus mir zu. „Sie hat mir wegen unseres gestrigen Trinkgelages Vorwürfe gemacht."

„Nicht nur dir", gab ich zurück.

In der Dämmerung, wir hatten in einer Taverne noch einen Imbiss zu uns genommen, wartete ich vor dem Haus mit den gelben Fensterläden auf Bissula. Mein Freund war alleine die Stiege zur Wohnung hinauf gestiegen, um seiner Base mitzuteilen, dass ich unten auf sie wartete.

Nach einiger Zeit, es kam mir vor wie eine Ewigkeit, öffnete sich die Türe und Bissula trat auf den überdachten Gehweg hinaus. Gegen die Abendkühle und wegen des anstehenden Besuches des Heiligtums war sie in einen blauen Mantel gehüllt, den eine bronzene Fibel mit einer Adlerdarstellung an der Schulter schloss.

Sie lächelte und gab mir einen flüchtigen Kuss auf die Wange.

„Verglichen mit heute morgen siehst du erholt aus", spielte sie ein letztes Mal auf meine Verfehlung der vergangenen Nacht an.

„Schön, dass du morgen mit uns reitest", ignorierte ich ihre Anspielung, was sie mit einem Hochziehen ihrer Augenbraue kommentierte.

„Schön, dass ich vorher gefragt wurde", setzte sie nach und blickte mich an.

„Ich wusste nichts davon", entgegnete ich „Germanus hat den Vorschlag gemacht."

„Ich weiß." Ihre Stimme hatte an Schärfe verloren. „Es macht auch Sinn, weil ich Hariobaud gut kenne und er mich schätzt."

„Euer Anführer, dieser Charietto", fuhr sie fort, „sieht mein Mitkommen mit Vorbehalt?"

„Ja", bestätigte ich. „Er befürchtet, dass ich Dienstliches und Privates vermenge."

„Was ich verstehen kann, Marcus", legte sie mir ihre Hand auf den Unterarm. „Lass uns unsere Angelegenheiten zurückstellen. Ich bitte dich darum."

Ein warmer Zug strich über ihr Gesicht.

„Die Teilnahme an dem Unternehmen bietet mir die Möglichkeit, nach dem Anwesen meines Vaters zu schauen. Alleine kann ich es nicht aufsuchen, weil ich dort nicht willkommen bin."

„Ich weiß", antwortete ich, „dieser Verwandte und Freund Makrians, der sich in deinem Haus niedergelassen hat."

„Komm", griff Bissula nach meiner Hand. „Lass uns Isis und Mater Magna um ihren Schutz bitten."

Hand in Hand gingen wir die wenigen Schritte bis zur bis Einmündung der Gasse, die zum Heiligtum führte. Ein stechender Geruch nach Urin als Hinterlassenschaft notdürftiger Tavernenbesucher stieg mir in die Nase, bevor wir die Holzpforte erreichten, die in den Innenhof des Heiligtums führte.

„Ein gemütlicher Ort", sog ich die Luft durch die Nase. „Wären wir nicht besser zum Heiligtum des Mithras gegangen? Ein Soldat hat mir gestern erzählt, dass die Riten dort regelmäßig abgehalten werden."

„Ein guter Einfall, Marcus", erwiderte Bissula spitz. „Du weißt doch, dass die Riten des Mithras den Frauen vorenthalten werden. Ich habe eine Frau kennen gelernt, die uns im Innern des Heiligtums erwartet."

Die Pforte quietschte in den Angeln, als Bissula sie aufstieß und mein Blick auf allerhand Unrat und Abfälle fiel, die den Boden des von Mauern und Gebäuden umstandenen Innenhofes bedeckten. Dazwischen verteilten sich Spuren von Feuerstellen und einige frisch verfüllte Gruben.

Bissula nahm mich bei der Hand und zog mich zum Eingang des Heiligtums. Das diffuse Licht einer glimmenden Feuerstelle fiel auf drei Altäre, die gegen die Frontmauer des Heiligtums gesetzt waren. Maunzend sprang eine Katze auf mich zu, rieb sich an meinem Bein und verschwand in der Dunkelheit einer Hofecke.

„Bist du dir sicher", wandte ich mich an Bissula, „dass irgendein Mensch diesen Ort in letzter Zeit aufgesucht hat?"

„Drusilla", rief Bissula in die Dunkelheit hinein, ohne meine Frage zu beachten.

Nichts rührte sich und schon wollte ich den Vorschlag machen, die unwirtliche Anlage zu verlassen, als ein Holzriegel scharrte und die Pforte des Heiligtums knarrend aufschwang.

„Wer stört die Ruhe von Isis und Mater Magna?", wehte dünn und zerbrechlich die Stimme einer Greisin aus dem Dunkel des Heiligtums.

Ich sah, wie sich ein gebückter Schatten aus der Finsternis löste und über die Schwelle hinaus tappte. Schwarzes Haar, durchsetzt mit weißen Strähnen, fiel ungepflegt bis zur Taille herab, die ein härener Strick gürtete. Magische Zeichen bedeckten Tunika und Wollmantel dieser aus den Tiefen der Unterwelt empor gestiegenen Erscheinung. Als hätte mir jemand mit einem Eiszapfen über den Rücken gestrichen, erschauderte mein Körper und ich schloss die Augen vor dem Blick, der kalt und scharf mein Innerstes durchdrang. Ich zwang mich, sie wieder zu öffnen und schaute in ein Antlitz, dessen Runzeln und Falten von Weisheit und Wahnsinn kündeten. Wie in Abwehr streckte uns die Greisin eine Hand entgegen, die, wegen der gichtigen, mit langen, verdreht gewachsenen Nägeln bewehrten Finger, dem geöffneten Fang eines Raubvogels glich.

„Du bist es, Bissula", hatte die Greisin meine Begleiterin erkannt. „Hast du deinen Offizier mitgebracht?"

„Was willst du von Isis` Dienerin?", wandte sie sich wieder mir zu. „Meine Macht erlischt, weil ich bald in den Schoss meiner Herrin zurückkehre und dann wird es in dieser Stadt niemanden mehr geben, der die Pforten zu den verborgenen Mysterien von Isis und Mater Magna aufstoßen wird. Von den Mächtigen gefürchtet und den Christen verflucht, schützt mich nur noch die Scheu der Menschen, die diesen Ort meiden. Aber sie werden bald kommen, die Altäre und Bildnisse umzustoßen und mich in den Schmutz der Gosse treten.

„Wir erbitten deinen Segen, ehrwürdige Priesterin", überwand ich meine Scheu und erwiderte den Blick der grausigen Erscheinung.

„Das ist nicht wahr, du lügst", kreischte die Frau und machte einen Schritt auf mich zu. „Du willst keinen Segen. Ich spüre Angst, Angst und Sorgen. Du willst dich schützen und dafür würdest du töten. Wenn du Hilfe willst, dann zahle einen Solidus, Offizier", streckte sie mir ihre Krallenhand entgegen. „Du hast einen mächtigen Feind und das kostet meine ganze Kraft."

Ein Solidus, das war viel, ungefähr der halbe Monatslohn eines Optios. Schon wollte ich widersprechen, als ich von Bissula einen Stoß in die Seite erhielt. Also öffnete ich meinen Beutel, den ich am Gürtel trug, entnahm ihm die gewünschte Münze und ließ sie in die Hand der Greisin fallend, darauf achtend, ihre Nägel und knotigen Fingerglieder nicht zu berühren.

„Wartet", schloss sich die Vogelkralle um die goldene Münze mit dem Bildnis des großen Constantinus.

„Ist es das wert?", fragte ich Bissula, als die Greisin im Innern des Heiligtums verschwunden war.

„Sei froh, dass sie dir helfen wird", lautete ihre knappe Antwort. „Was sie tut, macht sie nicht für jeden. Auf Hexerei und Zauberei stehen der Tod, wenn sie angezeigt werden."

Wir warteten lange, ehe sich die Türe wieder öffnete und die Priesterin heraus trat. Mit beiden Händen trug sie eine erzene Schale, in der Holzkohle glimmte und in ihre Schulter schnitt der Riemen einer ledernen Umhangtasche.

Sie stellte das Becken auf einen der Altarsteine und öffnete ihre Tasche, der sie zwei Öllampchen, ein Bleiblech, Knochen und einen Beutel mit feuchter Lehmerde entnahm. Behutsam legte sie die Sachen neben die Schale mit den glühenden Kohlen, griff erneut in die Tasche und streute Holzspäne über die Glut, die sofort Feuer fing. Dann entzündete sie die Lämpchen mit einem Holzstück und blickte sich nach allen Seiten um, wobei ihre Augen die Dunkelheit zu durchdringen schienen.

„Wir sind ungestört, Offizier", wandte sie sich wieder mir zu. „Es ist ein Mann, ein starker Feind, der dein Leben bedroht und etwas besitzen möchte, dass dir gehört. Was ist es?"

Verblüfft und nicht fähig, etwas zu erwidern, streckte ich ihr mein rechtes Handgelenk mit dem Schlangenreif entgegen. Hell leuchteten die Smaragdaugen der Schlange auf, als das Licht der brennenden Späne sie trafen.

Die Hand der Greisin schnellte vor und krallte sich um mein Handgelenk, um es sofort mit einem Aufschrei wieder fahren zu lassen. Entsetzen stand in ihren aufgerissenen Augen.

„Ich habe den Tod gefühlt, Offizier, und ich kann nicht sagen, ob es deiner ist. Im Bannkreis der Schlange sehe ich Menschen, die gestorben sind und die noch sterben werden. Ein Mann wird durch die Straßen einer großen Stadt gehetzt und fällt unter den Hieben seiner Mörder. Ein anderer stirbt mit einer Lanze im Rücken und ein weiterer…." Sie schlug sich beide Hände vors Gesicht, „wird seinen Kopf verlieren."

Es war still in dem Innenhof, dessen Mauern die Geräusche der Straße fernhielten und ich vernahm nur das Knistern der Flammen in der Eisenschale.

„Ich kann dir nicht sagen, was vergangen ist und was sich noch ereignen wird", fuhr die Greisin fort. „und ich weiß auch nicht, ob es die einzigen Bilder sind. Sei auf der Hut, denn nur der Stärkste wird sich durchsetzen.

Sei auch du auf der Hut", sprach sie nach kurzer Besinnung Bissula an. „Es wird jemand zwischen dich und den Offizier treten. Höre nicht auf ihn und folge deinem Herzen."

Wieder starrte sie auf mein Amulett und mir war, als würde ich das Brennen auf der Haut unter dem Reif wieder spüren, dass mich einst vor Gefahren warnte.

„Spricht die Schlange noch zu dir?", murmelte die Priesterin wie in Trance.

„Nur noch in meinen Träumen", lautete meine Antwort.

„Dann achte auf sie, denn sie können dein Leben retten." Ich spürte, wie Bissula erzitterte, die meinen Arm genommen und sich an mich geschmiegt hatte.

„Ich werde jetzt das machen, was ich für dich tun kann", flüsterte die Greisin und reichte mir das Bleiblech und einen Stichel aus Eisen.

„Schreibe! Guter, geheiligter Attis, mächtiger Begleiter der Mater Magna, schütze den Sender dieser Botschaft und mach, dass seinem Feind das Licht der Augen verlässt, auf das er es nicht zum Schaden gebrauchen kann. Raube ihm die Kraft des Herzens, auf das sein Arm schlaff und schwach bleibt und verkehre ins Gegenteil, was auch immer er plant."

Die Worte verhallten im Innenhof, während ich mich mühte, Wort für Wort in das weiche Metall zu kratzen.

Dann griff die Priesterin nach dem Lehmklumpen, dem sie unter dem Singsang und Murmeln heiliger Formeln eine menschliche Gestalt gab. Wie von Kinderhand geformt, lag ein Körper rücklings auf dem Altarstein, dessen Augen weit aufgerissen in den Nachthimmel starrten.

„Wickel das beschriebene Fluchtäfelchen um diesen Knochen und leg es neben das Feuerbecken", gab die Priesterin ihre nächste Anweisung, während sie eine silberne Nadel aus ihrem wirren Haupthaar zog.

Ihr Schrei schrillte durch die Nacht und brach sich an den Mauern des Heiligtums. Zweimal zuckte es im Licht der Flammen auf, als sie dem irdenen Abbild auf dem Altar in Augen und Brust stach. Dann nahm sie es auf und legte es mit dem Fluchtäfelchen in die auflodernden Flammen.

Minuten vergingen, in denen Bissula und ich es nicht wagten, etwas zu sagen. Wir wollten den Singsang der Greisin nicht stören, die mehrmals in ihren Beutel griff, um die Flammen mit weiteren Holzspänen zu schüren. Endlich schien es genug zu sein und sie schob Kohlen und Späne mit dem Metallstichel zur Seite.

Der Lehm hatte sich rötlich verfärbt und die gerollte Fluchtafel sich in eine zusammengeschmolzene Masse verwandelt, an deren Enden die Gelenke des Hühnerknochens weiß heraus ragten. Sie griff nach der heißen Figur, zerbrach sie in der Mitte und fügte die Teile verdreht wieder zusammen, wobei die Fußspitzen nach oben und das Gesicht nach unten zeigten.

„Legt das alles in dieses Kästchen und vergrabt es mit den Lämpchen im Hof", blies sie die Öllampen aus und entnahm ihrer Tasche ein hölzernes Behältnis, das sie Bissula reichte.

„Es wäre besser, das alles dem Grab eines frisch Verstorbenen anzuvertrauen, dessen Geist es in die andere Welt überbringen kann. Aber die Gefahr, entdeckt zu werden, ist zu groß. Es würde dich deine Stellung kosten, Offizier, und mich das Leben."

Ich folgte mit den Blicken ihrer ausgestreckten Hand, die auf eine Ecke des Hofes wies.

„Dort wurde vor langer Zeit die Frau eines mächtigen Mannes begraben", hing die Stimme der Priesterin in der Finsternis und als ich mich umdrehte, war sie mitsamt ihren Utensilien verschwunden.

Stumm verharrten wir vor dem Altarstein, bis Bissula mir schließlich das Kästchen in die Hand drückte, die Öllämpchen nahm und wir uns in die angezeigte Ecke vor der Einfriedungsmauer begaben. Dort scharrten wir ein Loch in den weichen Boden, groß genug, alles aufzunehmen. Bissula legte den Kasten hinein, auf den ich die Lämpchen stellte. Dann schoben wir gemeinsam die Erde darüber, erhoben uns und klopften die Erdkrümel von unserer Kleidung.

Stumm verließen wir die Anlage und verabschiedeten uns wortlos voneinander, beide noch völlig unter dem Bann des Geschehenen stehend. Ich weiß bis heute nicht, wie und wann ich in meinem Quartier anlangte.

Montes Taunensium

Am Zugang zur Rhenusbrücke stauten sich Reiter und Mannschaften, die darauf warteten, dass die letzten Nachzügler das Kontingent vervollständigten. Während die geübten Reiter, wie die Kavalleristen aus Beda, lässig im Sattel saßen, waren die übrigen abgestiegen und rieben sich, ihre Reittiere am Zügel haltend, verlegen die hintere Seite. Der Ritt vom Lager durch die Stadt bis zur Brücke hatte genügt, die ersten schmerzenden Stellen entstehen zu lassen.

Charietto hatte angeordnet, dass alle Teilnehmer mit Reittieren versehen wurden, um das Unternehmen in den Bergen des Taunus möglichst schnell zu Ende zu bringen. Neben zwanzig Kavalleristen aus Beda unter Titus Venator waren dreißig verdiente Wölfe ausgesucht worden. Hinzu kamen noch Charietto, Germanus mit fünf seiner Männer aus Tolbiacum, Bissula und ich. Der Wolf hatte darauf geachtet, dass die Männer nach ihren Erfahrungen im Umgang mit Germanen ausgewählt wurden. Deshalb verwunderte es mich nicht, beinahe ausschließlich in die Gesichter von Soldaten zu schauen, die jenseits des Rhenus geboren wurden. Franken, Goten, Langobarden und wenige Alemannen.

Ziel des Rittes sollte ein verlassenes Kastell am aufgegebenen Limes sein, wo ein hoher Pass zwischen den beiden höchsten Erhebungen der Taunusberge hindurch führte. Dort würden wir, so die Weisung der alemannischen Gesandtschaft, weitere Instruktionen erhalten.

Es nieselte und ich hatte fröstelnd die Paenula mit der weiten Kapuze angelegt. Der August neigte sich dem Ende entgegen und als Vorboten des Herbstes mischten sich erste gelbe und rote Flecke unter das Grün der Baumkronen. Bissula hielt auf einem Rotfuchs neben mir und machte eine gute Figur in ihrem blauen Umhang, der wollenen Tunika und der darunter getragenen ledernen Hose, deren Enden in ledernen Schnürstiefeln steckten. Auf dem Kopf trug sie eine Kappe aus Filz, die ihre blonden Locken vor dem Regen schützte. Charietto hatte ihr einen anerkennenden Blick zugeworfen, als er sie wie einen Mann reiten sah.

Bis auf unsere Helme, Spathen und Messer führten wir keine weiteren Rüstungsteile oder Waffen mit uns. Wir kamen zu Verhandlungen und nicht zum Töten.

Unser persönliches Gepäck wie Decken, Kleidung und Proviant hatten wir zusammen gerollt und auf die Rücken der Pferde geschnallt oder in ledernen Säcken verstaut, die zu beiden Sattelseiten herab hingen. Lediglich die sperrigen Ausrüstungsgegenstände wie Werkzeuge, Kochgeräte, Zeltstangen und Planen waren auf mehrere Packtiere verteilt worden. Wer noch fehlte war Regulus mit seiner Eskorte, der das Lösegeld mit sich führte.

Das Geräusch trabender Pferde ließ die Köpfe der Wartenden herum fahren, als Regulus und seine Begleitmannschaft über das Pflaster der Hauptstraße heran galoppierten.

„Schinder", entfuhr es Rufus, der sich hinter mir in seinem Sattel aufrichtete. „Man quält sein Pferd nicht im Eiltempo über gepflasterte Straßen, wenn ein langer Ritt bevorsteht." Deutlich sah ich die Empörung im Gesicht des Rotschopfes, der auf einem Bauernhof aufgewachsen war. Ich ließ mein Tier einige Schritte rückwärts ausführen und legte Rufus die Hand auf den Unterarm.

„Keiner freut sich, dass die dabei sind". Ich wies mit dem Kopf in Richtung der Neuankömmlinge, die Mühe hatten, ihre Pferde zu zügeln.

„Ist gut, Tribun", lächelte Rufus mir zu und rückte seinen Mantel zurecht.

Ich hatte mich gefreut, Rufus zu sehen, den ich mochte und den ich als fähigen und treuen Soldaten kennen gelernt hatte.

Was Regulus und seine Männer betraf, hielt sich meine Begeisterung in Grenzen. In vollem Waffenornat, als ginge es in die Schlacht, belasteten sie Kraft und Ausdauer ihrer Tiere, die sich eher für eine Parade als für einen langwierigen Ritt in schwierigem Gelände eigneten. Das Lösegeld schien in zwei eisenbeschlagenen Kisten mit Vorhängeschlössern verstaut zu sein, die an Regulus` Sattelknauf befestigt waren.

„Ist das dein Ernst, Regulus?", schnauzte Charietto den Vertrauten des Statthalters an, der den Tadel mit einer beleidigten Miene quittierte. „Wir ziehen nicht in den Krieg, Regulus. Wenn die Alemannen dich sehen, glauben sie, dass die Tage eines Domitian zurückgekehrt sind und rufen ihre Jungmannschaften zu den Waffen."

„Ich bin der Repräsentant des Statthalters und damit auch der des Imperators Constantius", ereiferte sich Regulus.

„Es ist dein Geld", brüllte Charietto ihn an, dass die umstehenden Pferde schnaubend zurück wichen. „Jeder Räuber im Umkreis von zehn Meilen wird durch den Anblick eurer silbernen Rüstungen und beschlagenen Holzkisten angelockt werden. Mach mir später keine Vorwürfe, ich hätte dich nicht gewarnt.

Und eines merk dir", trieb er sein Reittier durch Regulus Männer, bis er vor ihm stand. „Hier befiehlt nur einer, und der bin ich. Verstanden?"

Nach dieser Demonstration seiner Macht zog es Regulus vor, sich hinter seinen Männern in Sicherheit zu bringen und die Gegenwart des Wolfes an diesem Tag zu meiden.

Dumpf hallten die Hufe über die Holzbohlen der Rhenusbrücke, die auf achtzehn gewaltigen Steinpfeilern den Fluss überspannte. Dahinter ragten am jenseitigen Ufer in einer Entfernung von tausend Schritten die Mauern und Türme der Festung Castellum auf.

Wir passierten die Wachen, die eilig die Tore geöffnet hatten und hielten auf die Principia zu, vor der uns der Vicarius mit seinem Stab erwartete.

Die Alemannen hatten bei der Eroberung von Mogontiacum darauf verzichtet, das Kastell zu stürmen. Als die Stadt gefallen war, ließen die Eroberer die Besatzung unbedrängt abziehen, was den unzerstörten Zustand von Mauern und Innenbebauung erklärte. Die Gebäude waren zwar gründlich geplündert, aber nicht wie sonst üblich, in Brand gesteckt worden. Nach dem Abzug der Besatzer waren sie ohne großen Aufwand instand gesetzt worden.

Unser Aufenthalt währte nur wenige Augenblicke, in denen formelle Grüße ausgetauscht wurden und Charietto sich nach dem besten Weg erkundigte.

Der Vicarius riet uns, der Straße bis Mattiacum zu folgen und hinter dem Vicus Seitenwege zu benutzen, welche uns immer entlang der Ausläufer der Taunusberge zu der Straße führen würden, die zum Kastell neben der Passhöhe aufstieg. Von der Benutzung der Hauptstraße, die Mattiacum mit der ehemaligen Bezirksstadt Nida verband, riet er uns ab, da sie in einem sehr schlechten Zustand sei.

„Wir kommen an meinem Vaterhaus vorbei", raunte Bissula mir zu, die mit Germanus an meine Seite geritten war.

Nach dem Verweis des Wolfes vom Vortag hatte ich darauf geachtet, mich wenigstens zu Beginn des Rittes nicht allzu häufig in Bissulas Nähe aufzuhalten. Wir tauschten einen kurzen Blick, als Charietto das Zeichen zum Aufbruch gab und unsere Abteilung antrabte.

„Ich komme mit dir, wenn wir die Gelegenheit haben, das Anwesen aufzusuchen", rief ich ihr nach, was sie mit einem dankbaren Lächeln beantwortete.

Als wir das jenseitige Tor passiert hatten, fiel mein Blick auf die verwahrlosten Streifenhäuser des Lagervicus, die bis auf wenige Ausnahmen verlassen waren. Eine alte Frau trat an den Rand der Straße und hielt uns bittend ihre Handflächen entgegen, was ihr mit einigen zugeworfenen Kupferfolles gelohnt wurde. Es war wie überall in jenen Tagen des Krieges. Hinter den schützenden Mauern der großen Städte und Festungen ließ es sich leben, war man aber darauf angewiesen, auf dem offenen Land sein Leben zu fristen, war man auf Gnade und Ungnade den Fährnissen des Schicksals ausgeliefert. Ein einziger Überfall konnte die Mühen eines ganzen Arbeitslebens vernichten und wenn man das Glück hatte, unversehrt davon zu kommen, drohten Gefangenschaft und Sklaverei.

Ein Blick nach vorne beendete jäh meinen Gedankengang. Massig und über dreißig Fuß in die Höhe ragend sperrte ein gewaltiger Torbogen die Straße, vor dessen Durchgängen die Pferde scheuten und sich unser Zug staute.

„Der Bogen des Germanicus", raunte Titus Venator und starrte zu dem bronzenen Standbild eines Feldherrn empor, der in der Haltung eines Imperators hoch zu Ross über dem obersten Gesims des Bauwerks thronte.

„Es gibt Leute, die sagen, dass es Domitian ist, der sich dort verewigen ließ", korrigierte Germanus. „So hat es mir jedenfalls mein Vater erzählt, als er mich das erste mal nach Mogontiacum mitgenommen hat."

„Germanicus, Domitian. Ist das wichtig?", spottete Charietto, dem der Ärger über den Aufenthalt im Gesicht geschrieben stand. „Was habe ich den Göttern getan, dass meine Offiziere bei jeder Gelegenheit über die Kunst disputieren?"

Ein rohes Gelächter aus den Reihen der Mannschaften belohnte den Kommentar ihres Kommandanten, dessen Miene sich sogleich aufhellte.

„Das haben wir davon, wenn wir Barbaren zu Offizieren machen", spottete neben mir Titus Venator. „Sie retten uns vor den Barbaren, geben aber keine Ruhe, bis wir selber zu Barbaren geworden sind. Es steht nicht gut um Rom und seine Kultur." Ein Lächeln umspielte dabei die Lippen des Centenarius aus Beda, der ansonsten aus seiner Bewunderung für den Wolf keinen Hehl machte.

„Gib die Hoffnung nicht auf, Titus", erwiderte ich. „Schau dir Germanus und Bissula an. Die beiden haben mehr Kultur als mancher Römer."

„Meinst du mich?", lachte Titus auf und drückte seinem Tier die Sporen in die Seite, das einen Satz nach vorne machte und ohne zu scheuen im Durchgang des Triumphbogens verschwand.

Um das Bauwerk in Ruhe betrachten zu können, nahm ich mein Pferd zur Seite und ließ die nachfolgenden Reiter an mir vorbeiziehen. Als letzte ritten mit steinernen Gesichtern Regulus und seine aufgeputzte Eskorte an mir vorbei.

Der große, gewölbte Durchgang in der Mitte des Bauwerks bot genug Platz, um einem Wagen oder mehreren Reitern nebeneinander Durchlass zu gewähren. Die mit angedeuteten Giebeln versehenen Nebenpforten waren den Fußgängern vorbehalten.

Halbsäulen gliederten die Fassade bis zu einem Sims, über dem einst eine bronzene Inschriftentafel angebracht war, die leider entfernt worden war. Wahrscheinlich war sie in einen alemannischen Schmelzofen gewandert, um als Grundstoff für Gürtelschnallen und anderen Zierrat zu dienen. Die Frage, ob der Bogen nun zu Ehren des Germanicus oder des Domitian errichtet worden war, ließ sich somit nicht eindeutig beantworten. Für Germanicus sprachen die eindeutig julisch-claudischen Gesichtszüge der Reiterstatue, wie ich sie bei Standbildern des Augustus beobachtet hatte. Figürliche Reliefs auf den Freiflächen interpretierte ich als Darstellungen des Mars und der Rhea Silvia, den Eltern der Zwillinge Romulus und Remus, weiterhin vier Flussgöttern und Delphinen mit Eroten, die auf Venus, der Begründerin des julischen Geschlechts, hinwiesen. Sicherlich war dieses Wunderwerk römischer Baukunst hier am Ende der zivilisierten Welt errichtet worden, um die Germanen jenseits der Grenze zu beeindrucken. Wer nach Mogontiacum wollte, musste dieses Denkmal imperialer Größe durchschreiten und gewann einen bleibenden ersten Eindruck römischer Kultur und Zivilisation.

Um den Anschluss nicht zu verlieren, trieb ich mein Pferd in den Durchgang, den ein kassettiertes Gewölbe zierte und überholte auf der anderen Seite in schnellem Trab unsere Kolonne, bis ich mich hinter Charietto und Bissula einreihte, die in ein angeregtes Gespräch vertieft schienen.

Die geliebte Frau im Blick ritt ich lange Zeit hinter den beiden her. Bissula hatte das Herz Chariettos im Sturm erobert, den ich selten so aufgeräumt und fröhlich erlebt hatte. Der Wolf würde Bissula nicht zurück schicken.

Endlich, ich war in Gedanken bei Drusilla und dem Heiligtum der Mater Magna, wendete Bissula ihr Pferd und ritt an meine Seite.

„Eifersüchtig, Tribun?", lachten mich ihre Augen an.

„Auf einen stinkenden Halbgott mit Reißzähnen und räudigem Fell?", neckte ich sie und stieß ihr leicht mit der Hand in die Seite, was ihr einen spitzen Aufschrei entlockte.

„Er ist wundervoll, dein Wolf. Stell dir vor, Marcus, er ist einverstanden, dass wir heute Abend im Tal der sieben Quellen lagern, in dessen Nähe mein Elternhaus steht. Und er ist einverstanden, dass ich dort mit dir und Germanus nach dem Rechten sehe. Was sagst du?"

„Dass du eine wundervolle Frau bist, die über die Gabe verfügt, das Gute und Schöne deiner Mitmenschen zum Vorschein kommen zu lassen."

„Ich danke dir", traf mich der Blick Bissulas und ich bemerkte einen feuchten Schimmer der Rührung in ihren Augen. Ganz weich und liebevoll hatte ihre Stimme geklungen.

Ich glaube, dass sich mein Gesicht vor Stolz rötete, als ein „Tribun, komm zu mir!", mich in die Welt zurückholte.

Ich riss mich von Bissulas Anblick los und schaute auf Charietto, der mich heran winkte.

„Wir reiten bis Mattiacum, rasten dort kurz und reiten dann bis zum Tal der sieben Quellen, wo wir unser Nachtlager aufschlagen. Dort treffen wir auf eine Straße, die uns morgen zu den Höhen des Taunus hinaufführt. An ihrem Endpunkt liegt das verlassene Lager, wo wir auf Hariobaud oder einen seiner Abgesandten treffen werden."

„Ich danke dir, Charietto, dass du Bissula erlaubst, zu Hause nach dem rechten zu sehen", überraschte ich den Wolf, der sich verlegen räusperte.

„Das ist eine Ausnahme, Marcus", brummte er. „Und ich mache das nur, weil dein Mädchen eine ganz besondere Frau ist. Sie hat mir wichtige Einzelheiten zu den Bukinobanten und Hariobaud mitgeteilt. Ich bereue es nicht, sie mitgenommen zu haben."

Bevor ich antworten konnte, langte Charietto herüber und umfasste mit der Rechten meine Schulter.

„Ihr passt gut zueinander und die Götter haben gewusst, warum sie euch zusammenführten. Verdirb es nicht."

Wieder, wie vor zwei Tagen in Dimessus, hatte mich der Wolf überrascht.

Nach fünf Leugen, die wir in wenig mehr als zwei Stunden zurücklegten, ritten wir in Mattiacum, dem einstigen Verwaltungssitz der Civitas Mattiacorum, ein.

Obwohl im ersten Alemannensturm schwer getroffen, waren die Verwüstungen beseitigt und der Ort, wenn auch nicht im alten Glanz, aber dennoch ansehnlich, wieder aufgebaut worden. Lediglich das Kastell, in das sich die Bevölkerung damals geflüchtet hatte, lag in Trümmern. Längst hatten die Thermenanlagen ihren Betrieb wieder aufgenommen, in denen nach kurzer Unterbrechung die Offiziere und Legionäre aus Mogontiacum weiterhin ihre Gebrechen auskurierten. Man lag seit hundert Jahren außerhalb der Grenzen des Imperiums und hatte sich mit den alemannischen Machthabern arrangiert. Soldaten aalten sich neben germanischen Kriegern in den Wannen und Becken der Thermen. Auf den Märkten des Ortes war alles zu erstehen, was diesseits und jenseits der Grenze produziert und angebaut wurde. Sogar Münzen, Nachbildungen römischer Originale, wurden zum Leidwesen der Steuerbehörden in Mogontiacum in verborgenen Winkeln des ehemaligen Limeshinterlandes geprägt. Wir waren im Niemandsland zwischen freiem Germanien und römischem Imperium, dessen Bewohner gelernt hatten, das Beste aus ihrer Lage zu machen.

Bedingt durch seine Lage jenseits der Grenze war Mattiacum vom letzten Alemanneneinfall verschont worden. Aus ihren Häusern konnten die Einwohner beobachten, wie Kriegerscharen auf ihrem Weg nach Mogontiacum friedlich durch den Ort zogen.

In der Mitte des Ortes, neben einem aufgelassenen Heiligtums des Mithras, hatten Händler ihre Stände aufgebaut. Charietto ließ uns halten, damit wir unseren Reiseproviant mit Frischwaren ergänzen konnten. Wir stiegen aus den Sätteln und zusammen mit Bissula und Germanus führte ich mein Pferd die abschüssige Straße hinab zu einem Brunnen, der sauberes Wasser enthielt. Als die Pferde getrunken hatten, banden wir sie an ein eisernes Absperrgitter und setzten uns auf die steinerne Beckeneinfassung.

„Siehst du dort das Haus mit den drei Fenstern im Obergeschoss?", wies Bissula in eine Quergasse.

„Meinst du das Gebäude mit der Schmiede im Erdgeschoss?" Ich war mir nicht sicher, ob wir das gleiche Gebäude meinten.

„Ja, aber die Schmiede gab es damals noch nicht", klärte sie mich auf. „Ich habe dir doch damals, als wir vor Tolbiacum die Nacht im

Freien verbrachten, erzählt, dass ich einen Teil meiner Jugend bei einer römischen Familie in Mattiacum verbracht habe. Mein Vater wollte, dass ich die römische Sprache und Kultur kennen lernte."

„Ich erinnere mich", stimmte ich ihr zu.

„Siehst du das dritte Fenster von links, das war mein Zimmer. Dort war ich glücklich und lernte eine neue Welt kennen. Morgens verließ ich nach dem Frühstück das Haus durch den Laden des Kleiderhändlers, der immer eine Süßigkeit für mich hatte. Dann rannte ich die Gasse zur Schule hinab, wo ich bei einem Griechen lesen und schreiben lernte."

Bissula verhielt und wischte sich leicht mit dem Handballen über das rechte Auge.

„Willst du nicht hingehen?", fragte ich sie.

„Nein", nahm ihre Stimme einen harten Klang an.

„Dort ist keiner mehr, den ich kenne. Als ich in der Colonia war, habe ich noch einen Brief von ihnen bekommen und später erfahren, dass sie plötzlich erkrankten und kurz nacheinander starben. Es war das ansteckende Fieber, das Hilfstruppen aus Syrien nach Mogontiacum eingeschleppt hatten.

Lass uns zurückgehen", erhob sie sich und band ihr Pferd los.

An einem Marktstand erstand ich noch Fladenbrot und einen Topf mit frisch zubereitetem Moretum, die ich in meinem Proviantsack verstaute.

„Das war damals so", suchte Germanus das Gespräch mit mir. „Vermögende Alemannen gaben ihre Kinder in römische Haushalte, damit sie etwas lernen sollten. Bei meinen Eltern, meine Mutter und Bissulas Vater waren Geschwister, hat es leider nur zum nötigsten gereicht. Ich lernte römische Sprache und Lebensart erst in der Legion. Mit siebzehn Jahren habe ich mich in Mogontiacum anwerben lassen und bin über Icorigium nach Tolbiacum gekommen."

„Hier, an dieser Stelle, Charietto, müsste man eine Befestigung anlegen", dozierte Titus Venator, als ich mich in den Sattel schwang.

„Hm", brummte der Angesprochene und ließ seinen Blick umherschweifen. „Keine schlechte Idee, Titus. Von dort oben", wies seine Hand auf die Ruinen des ehemaligen Lagers über uns, „bis dort hinab, dann einen scharfen Knick nach rechts bis dort und dann wieder den Berg hinauf. Das macht Sinn."

„Glaubt ihr, dass die Alemannen das zulassen?", mischte Germanus sich ein. „Eine Festung auf ihrem Gebiet. Wollt ihr die alte Grenze wieder herstellen?"

„Nein", schnaubte Titus, „aber ein starker Brückenkopf im Vorfeld von Mogontiacum würde das Leben jenseits des Rhenus sicherer machen."

„Genug", beendete Charietto das Gespräch. „Wir können froh sein, wenn wir die Gefangenen nach Hause bringen und unsere Gebiete auf dem linken Ufer des Rhenus zurückgewinnen. Alles andere ist Wunschdenken."

Später musste ich oft an diesen Disput und an den vergeblichen Versuch des Imperators Valentinian zurückdenken, in Mattiacum eine mächtige Festung zu errichten.

Vorbei an Thermenanlagen und an von Streifenhäusern mit vorgelagerten, von Arkaden gesäumten Straßen durchquerten wir den Ort und folgten eine Zeit lang der gut erhaltenen Landstraße. Noch in Sichtweite des Ortes bogen wir dann in einen Feldweg ein, der entlang der Vorberge des Taunus nach Osten führte.

Vereinzelte Landvillen im römischen Stil, alle noch bewirtschaftet, erhoben sich zwischen den Feldern und Weinbergen zu beiden Seiten des Weges.

Am Mittag zogen die Regenwolken ab und die Sonne entfaltete ihre spätsommerliche Kraft.

Die Männer legten ihre Regenumhänge und Mäntel ab, während die Begleitmannschaft des Regulus uns mit hochroten Köpfen neidische Blicke zuwarf. Der Schweiß rann ihnen über die Gesichter, stumpfe Flecken hinterlassend, wenn er auf die blank geriebenen Glieder der silbernen Kettenpanzer tropfte.

Wir lagerten auf einer sich den Hang hochziehenden Wiese und blickten auf das silberne Band des Rhenus herab, der in der Ferne die Ebene durchzog. Ich teilte mit Bissula eines der in Mattiacum erstandenen Fladenbrote, dass wir mit dem Moretum bestrichen. Es hatte exakt die richtige Mischung aus Ziegenkäse und geriebenem Knoblauch, gehacktem Selleriegrün, bitterer Weinraute und salzigem Garum, die ich so liebte. Gesättigt lag ich im Gras, lauschte dem Gesang der Lerchen und beobachtete einen Falken, der im Blau des Himmels seine Kreise zog. Ich musste eingenickt sein, denn ich schreckte hoch, als Bissula am Ärmel meiner Tunika zupfte.

„Wach auf, Marcus, es geht weiter."

Je weiter wir Richtung Osten vorankamen, desto spärlicher verteilten sich Wiesen und Äcker zwischen Busch- und Baumgruppen. Wenig später ritten wir in die Kühle eines geschlossenen Hochwaldes hinein.

„Es ist nicht mehr weit bis zum Tal der Quellen", stellte Bissula mit einem prüfenden Blick auf den sacht ansteigenden Waldpfad fest. „In weniger als einer halben Stunde sind wir am Ziel."

Wie sie es vorhergesagt hatte, fiel das Gelände nach einer Steigung ab. Wir folgten einem Bachlauf, bis die Anhöhen zu beiden Seiten zurück traten und einer mit Gras bewachsenen Aue Platz machten.

„Wir sind da", winkte Bissula Charietto heran, der sein Pferd wendete und aus dem Sattel stieg.

„Ein guter Platz", murmelte der Wolf und riss einige Grashalme ab, die er zwischen seinen Fingern zerrieb. „Lasst die Pferde grasen, wer weiß, wann es in den nächsten Tagen so gutes Futter gibt."

„Hinter den großen Bäumen dort drüben verläuft die Straße, die wir morgen nehmen müssen", schwang sich Bissula aus dem Sattel und trat zu Charietto. Germanus, Titus und ich gesellten uns zu den beiden, während die Männer ihre Pferde auf dem Wiesengrund an langen Leinen anpflockten und die Packpferde entluden.

„Seht ihr dort am Hang die sumpfigen Stellen?", ergriff Bissula wieder das Wort. „Das sind die Quellen, die dem Tal seinen Namen gegeben haben. Probiert ihr Wasser. Einige sind salzig und andere wohlschmeckend. Die Pferde lasst besser aus dem Bach trinken, sie vertragen das Wasser der Mineralquellen nicht."

Ich winkte einen Soldaten heran, gab ihm meinen Trinkbecher und wies ihn an, das Gefäß mit dem Wasser der nächsten Quelle zu füllen. Trübe und milchig schimmerte es mir entgegen, aber als ich probierte, war ich erstaunt, wie gut das Wasser schmeckte.

Unter den Soldaten hatte es sich bald herum gesprochen, was es für eine Bewandtnis mit den Quellen hatte, und sie machten sich einen Spaß daraus, das kleine Tal mit ihren Trinkbechern zu durchstreifen und unter lautem Gejohle den jeweiligen Geschmack zu preisen oder zu verfluchen.

Ganz anders die Männer des Regulus. Sie nahmen ein Paar Schlucke aus dem Bach zu sich, entledigten sich ihrer Kettenpanzer und begannen unter dem Geheiß ihres Herrn mit der Reinigung ihrer schimmernden Wehr.

„Die Männer tun mir leid", vertraute Charietto mir an. „Ich glaube, ich muss morgen ein Machtwort sprechen."

Als die Zelte aufgebaut waren, Bissula und Charietto hatten je ein eigenes zugewiesen bekommen, während ich eines mit Germanus teilte, zogen dichte Rauchschwaden durch das Tal. Die Männer hatten Mühe, das durch den Regen angefeuchtete Holz zu entzünden.

Bissulas Blicke wanderten mehrmals auf die Anhöhe zu unserer rechten, bis sie schließlich zu Germanus und mir kam. „Kommt ihr mit? Es ist nicht weit zum Haus meines Vaters."

„Wann warst du das letzte mal dort?", wollte Germanus wissen, als er sich erhob und die Krümel seines Fladenbrotes von seiner Tunika schüttelte.

„Fünf Jahre", sinnierte Bissula, „Damals lebte mein Vater noch. Vielleicht weiß der Vetter meiner Mutter, der sich das Anwesen angeeignet hat, wo das Grab meiner Eltern ist. Meine Mutter starb, als ich noch ein kleines Mädchen war und es war der Wunsch meines Vaters, an ihrer Seite bestattet zu werden."

„Du warst nie am Grab deiner Mutter und ist es hier in der Nähe?" Mit Erstaunen sah Germanus seine Base an.

„Doch einmal", gab Bissula gereizt zurück. „Als kleines Kind. Und um deine zweite Frage zu beantworten, es ist nicht hier. Meine Mutter hat nicht gerne hier gelebt und träumte immer von einer Rückkehr in das Dorf ihrer Eltern. Es war ihr Wunsch, dort begraben zu werden. Es muss hinter den Höhen des Taunus sein."

„Und wie war der letzte Besuch?", drang Germanus weiter in Bissula.

„Seine Frau hat mich hinaus geworfen. Es war entehrend."

„Und warum möchtest du hin?", fragte ich gedankenlos und bekam sofort Bissulas Unmut zu spüren.

„Du kannst ja hier bleiben. Keiner zwingt dich, mit zu gehen."

„Er hat es nicht so gemeint", beschwichtigte Germanus seine Base.

„Tut mir leid, Marcus. Ich möchte wissen, warum ich übergangen wurde. Er kann es behalten, ich möchte nicht hier leben. Aber es gehört mir und man hätte mir wenigstens eine Abfindung anbieten können. Eine Geste hätte gereicht.

Und", fügte sie hinzu, „ich möchte das Grab meiner Eltern sehen."

„Lass uns gehen", beendete ich das Gespräch und warf mir den Lederriemen mit der Spatha über die Schulter.

„Muss das sein?", fragte Germanus und wog unschlüssig seine Waffe in der Hand.

„Es ist besser so", entschied Bissula. „Ich weiß nicht, was uns erwartet."

Es dämmerte, als wir das Tal verließen und den Hügel zu Bissulas Haus hinauf stiegen. Charietto hatte vorher unseren Ausflug mit einem Nicken genehmigt.

„Hast du noch viele Erinnerungen an die Zeit, die du hier verbracht hast?", versuchte ich unserem Gespräch eine unverfängliche Richtung zu geben.

„Nicht viele, Marcus, ich war noch sehr jung. Aber an einige Dinge kann ich mich noch gut erinnern. Ich bin oft zum Quellental gerannt, um Blumen zu pflücken und Schätze zu finden."

„Schätze?", echote Germanus.

„Was Kinder für Schätze halten", lächelte Bissula. „Mir hatten es vor allem die glänzenden Scherben angetan, die man bei den Quellen finden konnte. Es war leicht, die feuchte Erde beiseite zu räumen und mit ein wenig Glück brachte ich immer einige Stücke mit, die ich stolz meinem Vater überreichte."

„Scherben?" erstaunte sich Germanus.

„Jawohl, Scherben!"

„Ich denke", mischte ich mich ein, „dass hier Menschen ge-
siedelt haben, die den Quellnymphen kleine Opfer dargebracht
haben."

„Danke, Marcus", schenkte Bissula mir ein Lächeln. „Wenigstens einer, der seinen Verstand zum Denken gebraucht."

„Klugscheißer", raunte Germanus mir zu, was ihm von Bissula einen Stoß in die Seite eintrug.

In deutlich gehobener Stimmung erklommen wir den Hügel und sahen auf einem abgeflachten Plateau ein mittelgroßes
Wohnhaus mit angebauten Stallungen und mehreren Nebengebäuden. Typische Ständerhäuser mit lehmverputzten Wänden
und einer Bedachung aus Strohbündeln. Ein Nebengebäude stand
auf Stelzen, wahrscheinlich ein Speicher, und ein zweites war
tief in die Erde eingegraben, so dass nur das Dach sichtbar war.
Wahrscheinlich ein Grubenhaus zur Aufnahme verderblicher Lebensmittel. Ich hatte auch schon Webstühle darin gesehen, weil
die feuchte Kühle die Verarbeitung von Flachs und Leinen be-
günstigte. Dazwischen standen mächtige Kastanien, deren auf-
geplatzte Fruchtkapseln den Boden bedeckten. Ich widerstand
der Versuchung, einige der rotbraun glänzenden, schmackhaften
Früchte aufzusammeln. Im Feuer geröstet eine Köstlichkeit. Wir
Römer hatten diesen Baum aus unserer italischen Heimat mitgebracht und er wächst überall dort, wo unsere Legionen ihre Adler
aufgepflanzt haben.

„Wir nehmen gleich einige Kastanien mit", schien Bissula
meinen Gedanken erraten zu haben.

„Ihr nehmt gar nichts mit!", keifte eine Frauenstimme aus
dem geöffneten Hauseingang, dem wir uns bis auf wenige Schritte genähert hatten. „Wer seid ihr und was wollt ihr?"

Ich kräuselte die Nase und sog den penetranten Geruch nach
Schweiß, Moder und tierischen Ausdünstungen auf, der aus dem
Haus nach draußen drang. Jetzt, wo wir nahe genug heran gekommen waren und das weiche Licht der Dämmerung die Spuren
der Verwahrlosung nicht mehr schönte, fiel mir der heruntergek-
kommene Zustand des Hofes auf.

Das Stroh des Daches war an vielen Stellen moosbedeckt und faulig, während der rostrote Anstrich der Lehmwände bröckelte. Es gab faustgroße Löcher, die notdürftig mit Stroh oder Grassoden abgedeckt waren. Einzig intakt schienen die stabilen Ständer, Balken und Sparren des Daches. Der geflochtene Weidenzaun zur rechten Seite wies Lücken auf, so dass das Federvieh auf dem ganzen Areal herum lief. Gras und kümmerlicher Kräutergarten waren zerwühlt und wo man stand oder ging, musste man auf den überall herum liegen Hühnerkot achten. Ein kurzer Blick auf Bissula zeigte mir, dass sie unter dem Anblick zu leiden schien

„Ich bin es, Grisa", zitterte Bissulas Stimme, die ihre Wut mühsam unterdrückte. „Ich bin auf der Durchreise und wollte kurz nach euch sehen."

„Nach uns sehen?", kreischte Gisa auf. „Du möchtest sehen, ob wir noch leben und ob du wieder zurück kannst. Mach dass du fort kommst und nimm deine beiden Gestalten bloß mit", hatte sich die Frau mit den strähnigen Haaren und dem zahnlosen Mund in eine Wut hinein gesteigert, die ich nicht nachvollziehen konnte.

„Grisa, ich…". Bissula konnte ihren angebrochenen Satz nicht vollenden.

„Haut ab!", schrie die schreckliche Frau uns an und rief nach ihrem Mann. „Marbod, komm her und bring den Hund mit!"

Eine Bewegung im Hintergrund ließ Grisa einen Schritt zur Seite machen und ein grobschlächtiger Kerl, mindestens einen Kopf größer als ich, trat über die Schwelle. Mit seinen wallenden, blonden Haaren muss er früher gut ausgesehen haben, wenn Wein und Bier sein Gesicht nicht zerstört hätten. Wofür ich bei diesem Weib Verständnis hatte.

Marbod wurde von einem riesigen Tier begleitet, eher einem Wolf als einem Hund ähnelnd, der bei unserem Anblick die Zähne fletschte. Sein Herr, der wohl gerade bei der Stallarbeit gewesen war, trug eine Mistforke mit zwei eisernen Zinken in den Händen, die er bedrohlich auf uns richtete.

Instinktiv fuhr meine Hand an den elfenbeinernen Griff meiner Spatha, die ich zur Hälfte aus der Scheide zog, bis Bissula mich mit einer Handbewegung zurück hielt.

Der Hund, ein schönes Tier mit seinem zotteligen, gelben Fell, knurrte uns wütend an. Ich rechnete mit seinem Sprung, als er plötzlich die Ohren aufstellte, einen winselnden Ton von sich gab und zu Bissula kroch, die glücklich ihre Arme ausbreitete. „Nero, komm her. Kennst du mich noch?". Das Tier jaulte auf, bellte und sprang mit zurück gezogenen Lefzen um Bissula herum, die laut auflachte, schließlich den Kopf des Tieres zu fassen bekam und sich von ihm Hände und Gesicht lecken ließ.

„Lass den Hund", keifte Grisa und hob einen Stein vom Boden auf, um ihn nach dem Tier zu werfen. Der Hund entwand sich Bissulas Umarmung, stellte die Nackenhaare auf und kläffte seine Herrin wütend an, die sich hinter ihrem Mann in Sicherheit brachte.

„Was willst du, Bissula?". Marbod ließ die Mistforke sinken und blickte fragend auf Germanus und mich.

„Das sind Germanus, den kennst du ja noch, und Marcus, ein Freund", versuchte Bissula ihrem Onkel die Angst zu nehmen. „Ich bin hier, um zu sehen, wie es euch geht". Vorwurfsvoll schweifte ihr Blick in die Runde. „Und ich würde gerne das Grab meiner Eltern besuchen."

„Du willst uns nicht vertreiben?", drückte Marbod seine Befürchtung aus.

„Nein, aber es wäre schön, wenn ihr das Anwesen meines Vaters besser pflegen würdet."

„Das braucht dich nicht zu kümmern", keifte Grisa aus dem Hintergrund. „Makrian hat es Marbod überlassen. Du wolltest ja unbedingt diesen Offizier heiraten und dein Volk verlassen."

„Sei still", wehrte sich Marbod gegen das Gezanke seiner Frau und wand sich wieder Bissula zu.

„Was willst du dann?"

„Ich möchte das Grab meiner Eltern besuchen. Du weißt doch wo es ist, oder?"

Verlegen blickte Marbod auf die Spitzen seiner zerschlissenen Stiefel und zuckte mit den Schultern.

„Ich darf es dir nicht sagen. Makrian hat es verboten. Du sollst ihn fragen, wenn du hier bist."

„Was hat Makrian mit dem Grab von Vater und Mutter zu schaffen?", empörte sich Bissula.

„Musstest du ihn zurückweisen und diesen Römer erhören?", mischte sich Grisa wieder ein, ohne den Hund aus den Augen zu lassen, der wieder zu knurren begonnen hatte.

„Überzeugt dich das?", griff Germanus in seine Gürteltasche und hielt Marbod einige Münzen hin.

Ein Leuchten zog über das Gesicht des Mannes, der aber sogleich die nach dem Geld ausgestreckte Hand sinken ließ und mit den Schultern zuckte.

„Makrian würde uns töten. Du kennst ihn und seinen Zorn, wenn man sich seinen Anweisungen widersetzt."

„Überzeugt dich das?", zog ich die Spatha und hielt Marbod die Klinge vors Gesicht.

„Marcus!", riss Bissula meinen erhobenen Arm zurück. „Er ist der Vetter meiner Mutter. Lass es gut sein, es hat keinen Sinn."

„Es tut mir leid, Bissula", klang Anteilnahme aus der Stimme des Marbod. „Sprich mit Makrian. Vielleicht kannst du ja sein Herz erweichen. Er hat dich einmal sehr geliebt."

Verlegen standen wir uns eine Zeit lang gegenüber, bis Marbod wieder das Wort an Bissula richtete.

„Ich danke dir, dass du uns hier in Ruhe leben lässt. Es ist ein gutes Land und es ernährt uns. Ich weiß nicht, wo wir sonst hin sollen. Und, nimm deinen Hund mit, er hängt an dir."

„Du willst ihr den Hund schenken?", schrie Grisa auf, wagte aber nicht, den schützenden Schatten ihres Mannes zu verlassen.

„Er würde dich doch eines Tages zerfleischen, Weib", fuhr Marbod seine Furie an. „Du hast das Tier schlecht behandelt und das vergisst es nicht."

„Komm, Nero", drehte Bissula sich auf dem Absatz um und strebte den Hügel hinab unserem Lager zu, ohne den Blick zu ihrem ehemaligen Vaterhaus zurückzuwenden. Laut kläffend sprang das Tier um seine alte und neue Herrin herum. Der einzige, für den unser Besuch eine glückliche Wendung gebracht hatte.

„Komm, Marcus", hatte mich Bissula mit Nero aufgesucht, „lass uns ein paar Schritte gehen. Ich möchte reden."

Gerne erfüllte ich ihren Wunsch und wir ließen das Lager ein Stück hinter uns, bis wir uns an einer Quelle niedersetzten, die zwischen einigen Steinen entsprang. Leise plätscherte das Wasser in eine Einfassung aus Natursteinen, um dann als Rinnsal dem Bach im Talgrund entgegen zu streben.

Schweigend saßen wir nebeneinander im Gras und sahen Nero zu, wie er ausgelassen mit den Soldaten herum tollte. Zwischendurch jagte er immer wieder zu uns herüber, um sich zu vergewissern, ob Bissula noch da war. Auch mich begrüßte er jedes Mal freudig, umkreiste uns kläffend und sauste zu seinen neuen Spielkameraden zurück.

„Ich habe Nero in Mattiacum gekauft, bevor ich meinen späteren Mann kennen lernte. Als wir nach der Heirat in die Colonia gingen, musste ich ihn bei meinem Vater lassen, da mein Mann, er hieß Septimius, mit ihm nicht zurecht kam. Als ich nach Vaters Tod hier war, hat sich Grisa geweigert, mir das Tier zu überlassen. Ich bin glücklich, ihn wieder bei mir zu haben."

„Ein schönes Tier", pflichtete ich ihr bei. „Was für ein Glück, dass es mich leiden kann. Aber ist es nicht despektierlich, ein Tier nach einem Kaiser zu benennen?"

„Nero ist ein alemannischer Hund, Marcus. Du bist hier im Barbaricum, der Germania Libera. Rücksichten auf verblichene Kaiser gibt es hier nicht. Mit ´Nero` erschreckt man die Kinder."

Das erste Mal seit unserem Ausflug lachte Bissula und ließ es geschehen, dass ich den Arm um sie legte.

„Dass mir Makrian nach so langer Zeit immer noch zusetzt, gefällt mir nicht", sinnierte sie und schmiegte sich an mich. „Aber ich muss mit ihm sprechen, wenn ich zum Grab von Vater und Mutter will. Ich möchte ihnen und den Ahnen nach eurer Sitte ein Opfer bringen, damit sie es gut haben in der anderen Welt. Das ist meine Pflicht als Tochter. Und das weiß Makrian und nutzt es für seine Rachegelüste aus."

„Sei vorsichtig, Bissula", drang ich in sie. „Nach allem, was ich bisher von diesem Mann gehört habe, ist er nicht zu unterschätzen. Und wenn es sogar der ist, dem ich im Idar begegnet bin, ist er gefährlich. Er wird mich wieder erkennen, was für unsere Mission nicht gut ist." „Und das ist für unsere Mission auch nicht gut", wand sie sich aus meinem Arm. Oder möchtest du, dass Charietto uns so sieht?"

„Wenn ich ehrlich bin", erwiderte ich kühl, „habe ich mir unser Zusammensein anders vorgestellt. Wir haben so gut wie keine Zeit füreinander." Kaum hatte ich die Worte ausgesprochen, war mir bewusst, einen Fehler begangen zu haben.

„Du wolltest mich doch nicht drängen, Marcus, oder?", schnitten mir ihre Worte durch das Herz.

„Nein", log ich und wich ihrem Blick aus. „Lass uns schlafen gehen. Wer weiß, was uns morgen erwartet."

„Nero", rief sie den Hund herbei, erhob sich und ging zu ihrem Zelt.

Ich weiß nicht, wie lange ich noch neben der Quelle im Gras gelegen habe. Ich schalt mich einen Toren, weil ich die Warnungen des Germanus und mein eigenes Gefühl ignoriert hatte. Ich war selber schuld, dass ich mir zum wiederholten Male eine Abfuhr eingehandelt hatte. Bissula schien eher einen Freund und Seelentröster zu benötigen, als einen ungeduldigen Liebhaber. Sie suchte meine Nähe, aber nicht meine Liebkosungen. Ein bitteres Gefühl nach Niederlage und verletzter Eitelkeit durchdrang mich.

'Lass das`, sagte ich mir. `So machst du alles nur noch schlimmer`. Und ich beschloss, mich während der nächsten Tage von ihr fern zu halten. 'Sollte sie doch zuerst ihre eigenen Dinge ins Reine bringen`.

Es wurde kühl und als ich mich erhob, fühlte ich die Feuchte des Wiesengrundes auf Hose und Tunika. Fröstelnd suchte ich mein Zelt auf, wickelte mich in die Decke und brauchte lange, bis Morpheus mich in seine Arme nahm.

Ich wurde von Nero geweckt, der so lange vor dem offen stehenden Zelteingang bellte, bis ich den Kopf heraus streckte und freudig begrüßt wurde.

„Guten Morgen, Marcus", lachte Bissula mich an, als wäre die Verstimmung des gestrigen Abends nur ein böser Traum gewesen. „Hat mein ungeduldiger Tribun gut geschlafen?" Keine Stunde später war das Nachtlager abgebrochen und die Truppe bestieg die Pferde, um zum vorläufigen Ziel der Unternehmung, dem Limeskastell am Taunuspass, aufzubrechen.

Die Morgensonne warf lange Schatten über das Quellental, aus dessen Grün die schmutzigen Flecken der gelöschten Lagerfeuer hervor stachen. Sie sandten ihre letzten Rauchfähnchen in das Blau des Sommerhimmels, der einen heißen Spätsommertag ankündigte.

Wir erreichten dem Bachlauf folgend die gekieste Straße, die sich schnurgerade die Hänge des Vordertaunus empor zog. Ich sah Bissula und Germanus einen letzten Blick auf die Anhöhe werfen, die wir gestern Abend aufgesucht hatten.

Ich ritt an der Seite des Titus Venator und blieb bei meinem Vorsatz, Bissula erst einmal sich selbst zu überlassen. Sie schien mich nicht zu vermissen, denn sie scherzte zuerst mit ihrem Vetter, um dann die Gesellschaft des Wolfes zu suchen, von dessen Seite sie den ganzen Vormittag nicht mehr wich.

Titus und ich ritten am Ende des Zuges und blickten auf die schimmernde Wehr des Regulus und seiner Leute, die, dem Befehl ihres Vorgesetzten gehorchend, ihre Kettenpanzer und Helme anlegen mussten.

„Ich bin gespannt, wie lange das gut geht", warf mein Begleiter einen Blick in den Himmel, an dem die Sonne immer höher stieg.

„Ich wette einen Krug Wein", lenkte Rufus sein Pferd an unsere Seite, „dass die das keine drei Stunden mehr durchhalten."

„Und ich wette den Sold eines Monats", brummte ich, „dass du eines Tages bei den Bestien in der Arena endest, wenn du schlecht über die Garde des Statthalters und seinen ergebenen Diener Regulus redest." Das war halb im Ernst und halb im Scherz gesprochen. So sehr wir Rufus Recht gaben, desto weniger konnten wir es als Offiziere durchgehen lassen, wenn Mannschaften sich über Vorgesetzte lustig machten. So sind die Regeln in der Legion und das unterscheidet uns von den Feinden des Imperiums, die ihre

Schlachten und Kriege oft durch Disziplinlosigkeit und Ungehorsam verlieren. Der Rotschopf sah es ein, murmelte eine Entschuldigung, aber zwinkerte mir gleichzeitig aus lachenden Augen zu.

Nach wenigen Meilen, wir waren ohne Unterbrechung bergan geritten, ließ Charietto uns absitzen und die Pferde am Zügel führen. Die erfahrenen Reiter fügten sich in das Unvermeidliche, während die Männer des Regulus sich schwitzend zu Fuß weiter quälten. Alleine die Reiter, denen das Hinterteil schmerzte, atmeten erleichtert durch.

Einzig Nero schien großen Spaß zu haben, denn er jagte häufig die Reihen der Reiter entlang, immer dann verhaltend, wenn seine Nase einen interessanten Geruch aus der Tiefe des Waldes auffing.

Als wir auf halber Höhe in den Schatten des Waldes eintauchten, empfing uns keine erfrischende Kühle, sondern eine dunstige Schwüle erschwerte das Atmen und trieb den Schweiß aus den Poren. Mit ihrer ganzen Kraft brannte die spätsommerliche Sonne die Feuchtigkeit des gestrigen Regens aus dem Boden und ließ das Harz der Nadelbäume die Stämme herab rinnen. Mein Geruchsinn sagte mir, dass in wenigen Stunden die ersten Pilze die schützende Decke aus Laub und Nadeln durchbrechen würden.

Kaum durften wir wieder aufsitzen, ich blickte gerade nach hinten gewandt in die Ebene zu unseren Füßen hinab, vernahm ich vor mir das Scheppern von Metall und einen dumpfen Aufprall auf dem Boden. Direkt vor mir lag mit verdrehten Augen einer von Regulus Männern mit hochrotem Gesicht auf dem Straßenkies.

„Regulus, es ist genug", brüllte Charietto den Vertrauten des Statthalters an und trieb sein Pferd an das Ende unserer Kolonne. „Willst du deine Männer umbringen? Wenn der Unsinn nicht sofort aufhört, nehme ich das Geld an mich und du kannst nach Mogontiacum zurückkehren."

„Ich verbitte mir diesen Ton", setzte der Gemaßregelte zu einer Erwiderung an, als ihm Charietto sofort das Wort abschnitt.

„Zieht die Kettenhemden aus und setzt die verdammten Helme ab", befahl der Wolf mit einem drohenden Blick auf Regulus. „Wir rasten hier, damit die Männer wieder zu Kräften kommen."

Erleichtert rutschten die Männer aus den Sätteln, zogen sich die Kettenhemden von den schweißnassen Tuniken und sanken in das Grün des Straßenrandes.

„Das hat ein Nachspiel", keuchte Regulus, der es aber für geraten hielt, einen sicheren Abstand zu Charietto einzuhalten.

„Besser ein Nachspiel als einen Nachruf", spottete der Wolf. „Silvanus Niger wird es verschmerzen, wenn ich das Geld nehme und deinen Männern befehle, dich in Ketten nach Mogontiacum zurück zu schaffen. Der Statthalter wünscht einen Erfolg und der wird an der Anzahl der Gefangenen und Geiseln gemessen, die wir mitbringen."

„Wage es nicht", keuchte Regulus und wagte einen Blick voller Angst in Richtung seiner Männer, die mit Interesse der Auseinandersetzung folgten.

„Fordere mich nicht heraus", brüllte Charietto seinen Widersacher an und winkte Rufus und einige Wölfe zu sich.

Ein erneuter Blick auf seine Männer schien Regulus zu überzeugen, dass er von keiner Seite mit Hilfe rechnen konnte.

„Ich beuge mich der Gewalt", zischte er und zog sich entmutigt zu seinem Reittier zurück, dass einer seiner Männer am Zügel hielt.

Die Unterbrechung des Marsches tat auch den Pferden gut, denen beim letzten Anstieg der Schaum von den Mäulern getropft war. Wir hatten Glück, dass in der Nähe ein Bergbach zu Tale rieselte, an dem Männer und Tiere ihren Durst löschten. Es war Mittag, als das Zeichen zum Aufbruch gegeben wurde.

Das staubige Kiespflaster der Straße wurde schlechter, je höher wir kamen. Fehlende Unterhaltung und kalte Winter hatten den Belag aufbrechen lassen, so dass einzelne Passagen weggeschwemmt waren und tiefe Löcher uns vermehrt zum Absteigen zwangen.

Der Wald schien ebenfalls dichter zu werden und rückte bedrohlich zu beiden Seiten heran, bis wir uns wie in einer grünen Röhre zum Pass hinauf mühten. Die Gespräche der Reiter erstarben und wortlos strebten wir, jeder seinen Gedanken nachhängend, der Höhe entgegen.

Ich hielt mein Reittier an, als im Wald eine Rotte Rebhühner rauschend abhob und mit lauten Rufen dem Himmel über den Baumwipfeln zustrebte.

„Das war das dritte mal, Marcus", blickte Titus mit sorgenvoller Miene in den Wald. „Ich kann nichts sehen, habe aber das Gefühl, dass wir beobachtet werden."

„Dieses Gefühl hast du nicht alleine", zeigte ich auf Nero, der neben uns mit gesträubtem Fell und angelegten Ohren in den Wald blickte. Die Sinne des Hundes schienen etwas anderes als Kleingetier ausgemacht zu haben, denn er knurrte und zog die Lefzen zurück, was sein mächtiges Gebiss freilegte.

„Nero, zu mir", befahl ich dem Tier. Ich hatte Sorge, der Hund könnte sich in das Dickicht stürzen und damit unsere Beobachtung eines möglichen Feindes offenbaren.

„Ich reite zu Charietto und bespreche mich mit ihm", raunte ich Titus zu, befahl dem Hund, mir zu folgen und preschte zur Spitze des Zuges.

„Dass du dich auch mal blicken lässt", begrüßte mich Bissula an der Seite Chariettos.

Ich nickte ihr nur kurz zu und teilte Charietto meine und Titus` Beobachtung mit.

„Natürlich werden wir beobachtet", bestätigte der Wolf. „Bissula hat mich schon vor einer Stunde auf verdächtige Anzeichen hingewiesen. Es hätte mich auch gewundert, wenn Hariobaud keine Späher nach uns ausgeschickt hätte. Ich hätte genau so gehandelt. Teile den Männern mit, dass sie nicht darauf achten sollen. Wenn nicht irgendein Hitzkopf die Nerven verliert, wird nichts geschehen."

Wie es der Wolf vorhergesagt hatte, geschah nichts und wir erreichten am Nachmittag die Passhöhe.

Das erste, was wir vom Limes, der alten Reichsgrenze auf dem Kamm der Taunusberge sahen, waren die Überreste eines steinernen Wachtturmes, der einst den Übergang in die Germania Libera überwachte. Davor wölbte sich, halb von Buschwerk und kleinen Bäumen überwuchert, der Grenzwall empor. Kurz hinter dem Durchlass endete die Kiesschotterung der Straße, die sich als begangener Saumpfad den jenseitigen Hang hinab zog. Die Holzpalisade, die eigentliche Grenzlinie, stand nur noch in Teilen aufrecht. Hundert Jahre hatten seit der Aufgabe des Limes an den morschen Pfosten genagt und einen großen Teil umstürzen lassen. Zwischen Palisade und Erdwall zog ein Graben, der trotz seines Bewuchses in seiner ursprünglichen Tiefe erhalten war. In gutem Zustand war, weil benutzt, auch der Postenweg, der sich auf unserer Seite der Grenzanlage zu beiden Seiten im Dunkel des Waldes verlor. Das Dach des Wachtturms mit der umlaufenden Galerie des obersten Stockwerks war eingestürzt. Den ehemals weißen Wandputz mit den rostroten Fugenstrichen, nur an wenigen Stellen noch sichtbar, hatten Wind und Wetter abplatzen lassen. Als Schuttschicht bedeckten die Trümmer den Boden im Vorfeld des Gemäuers.

Wir bogen nach rechts in den Pfostenweg ein und gelangten, vorbei an den Überresten eines Gräberfeldes und den Trümmern des Lagerdorfes, vor das westliche Tor des kleinen Grenzkastells, in dem wir Hariobaud oder einen seiner Abgesandten erwarten sollten.

Über den Schutt der verrotteten Torflügel ritten wir in die einstige Kleinfestung hinein, die vor hundert Jahren einer berittenen Einheit von 150 bis 200 Soldaten Unterkunft und Schutz gewährt hatte. Die Umwallung der Festung, bestehend aus Wall, Graben und Kastellmauer mit vier Ecktürmen und ebenso vielen doppeltürmigen Toranlagen war noch weitestgehend intakt. Lediglich die Turmdächer waren eingestürzt und die massiven Holzportale aus den eisernen Angeln gerissen. Die neuen Herren hatten keine Verwendung für Steinbauten und waren nur hierher gekommen, um die Metallteile der Anlage zu bergen, die als willkommener Rohstoff in ihre Schmelzöfen wanderten. Kastelle wie diese wurden seit den Tagen der Soldatenkaiser nicht mehr gebaut, da sie den fortifikatorischen Ansprüchen nicht genügten. Schwachpunkte lagen vor allem in der geringen Höhe und Tiefe der Umwallung und den abgerundeten Ecken. Sie waren auch nicht für eine Belagerung konzipiert worden. Stand der Feind im Land, rückte die Truppe aus und bekämpfte ihn auf freiem Feld. Im ersten großen Germanensturm, der vor hundert Jahren mit dem Verlust des Limes und des rechts des Rhenus gelegenen Dekumatenlandes endete, waren einige dieser Festungen vom Feind ohne große Mühe überrannt und ihre Besatzungen massakriert worden. Daher wurden die meisten Kastelle gar nicht erst verteidigt, sondern geräumt. Von der Innenbebauung hatten sich nur die wenigen Steingebäude erhalten. Fehlende Pflege und die harten Winter der Taunushöhen hatten sie schnell einstürzen und vergehen lassen. Vom Fachwerk der Mannschaftsbaracken, Pferdeställen und den Principia kündeten nur noch Schütthügel aus Balken, Putz, Dachziegeln und Schieferplatten. Aufrecht standen die Mauern des Kommandantenhauses, ein Speichergebäude für Lebensmittel und Waffen und das Fahnenheiligtum, das Regulus zum Aufbewahrungsort seiner Geldkassetten erklärte und streng bewachen ließ. Die ereignisreiche Nacht verbrachte er bibbernd neben seinen Steuergeldern und war durch nichts zu bewegen, seinen Unterschlupf zu verlassen. Bevor er dort eingezogen war, hatte ich die Gelegenheit, den Raum einer kurzen Inspektion zu unterziehen. An seinem Standplatz befand sich noch der Sockel eines bronzenen Standbildes, von dem lediglich Fragmente herumlagen. Die Inschrift bezeugte eine Statue der Julia Mammaea, Mutter des Imperators Alexander Severus, der in Mogontiacum von meuternden Legionären in der Jauche einer Latrine ertränkt wurde. Als Stifter wurde die „Exploratio Halicanensium Alexandrina" genannt, Hilfstruppen aus Pannonien, die als Kundschafter dienten. Von dem Badegebäude vor dem Nordtor, hinter dem in einer Entfernung von hundert Schritten die Grenzanlagen verliefen, war außer einem zerwühlten Schutthügel nichts geblieben.

So gut es ging, richteten wir uns im Kastellinnern ein und schlugen unsere Zelte auf. Wasser entnahmen wir einem Bach, dessen Quellfassung wir oberhalb des Südtores am ansteigenden Berghang fanden.

Von unserer Seite war alles getan und es blieb uns nichts anderes übrig, als darauf zu warten, dass Hariobaud den Kontakt zu uns aufnahm. Zur Vorsicht stellte Charietto Wachen an die Tore, während ich, nach dem mit Germanus und Bissula eingenommenen Imbiss, die Erdanschüttung hinter dem Wall bestieg. Die Ellbogen auf die Mauerbrüstung gestützt, schaute ich zwischen zwei Zinnen auf den Durchgang der Grenzanlagen, der früher den Warenaustausch und Personenverkehr kontrollierte. Dahinter blauten im Zwielicht der einfallenden Nacht die Stämme und Kronen des nachgewachsenen Bergwaldes. Germanus hatte mir beim Essen erzählt, dass sich zu der Zeit, als die Wachtürme und Kastelle von Legionären und Hilfstruppen belegt waren, ein breiter Streifen baumlosen Geländes zu beiden Seiten des Limes erstreckte. Was mir auf den ersten Blick als Maßnahme zur besseren Beobachtung des Grenzvorfeldes erschien, hatte seinen Ursprung im immensen Holzverbrauch der Palisade, deren Stämme regelmäßig ausgetauscht werden mussten.

„Hier hast du dich versteckt", stellte Bissula fest und stieg den Erdwall zu mir empor.

„Ohne Nero unterwegs?", antwortete ich mit einer Frage, weil sie den Hund nicht bei sich hatte.

„Sehr gut beobachtet", konterte sie. „Oder siehst du ihn irgendwo."

Deutlich spürte ich die Spannung, die sich zwischen uns aufbaute.

„Sag mal, Marcus, gehst du mir aus dem Weg? Seit heute morgen hältst du dich von mir fern und sprichst nur das Nötigste mit mir. Habe ich dir etwas getan?"

Trug mein verändertes Verhalten die ersten Früchte oder bot sie mir gerade die Möglichkeit, meine selbst gewählte Isolation aufzugeben, ging es mir durch den Kopf, als sie fortfuhr.

„Es ist wegen gestern Abend, oder?" Nicht mehr forsch, sondern weich und nach Verständigung suchend, hatte ihre Stimme geklungen.

„Es ist", setzte ich an, unterbrach den angefangenen Satz, bedachte mich kurz und begann von neuem. „Ja Bissula, ich weiß nicht, wie ich mich verhalten soll. Und bevor ich einen Fehler mache, gehe ich lieber auf Distanz."

„Es ist meine Schuld", sinnierte sie und lächelte mich unsicher an. „Ich bin zu sehr mit mir und meinen Dingen beschäftigt."

In diesem Augenblick wusste ich, dass sich in dem Schutzwall, den Bissula seit unserem Wiedersehen um sich gelegt hatte, eine Bresche geöffnet hatte. Wenn nicht jetzt, wann sonst?, erkannte ich ihre Bereitschaft, mich an ihr Herz vorzudringen zu lassen. Behutsam nahm ich ihre Hand und fühlte den schwachen Druck, mit dem sie meine Berührung erwiderte. Leicht streichelte mein Daumen die Finger ihrer sich öffnenden Hand und als ich den Blick hob und in ihre Augen schaute, las ich darin den Wunsch, nur noch die richtigen Worte zu finden.

„Ich liebe dich Bissula, lass uns das fortführen, was in Tolbiacum nicht geschehen durfte."

„Ja", hauchte sie kurz. „Es ist Zeit für die Liebe."

Unsere Lippen fanden sich und anders, als damals vor dem Festungstor in Tolbiacum, war da nichts, was diesen Kuss beendete.

Und dann vergaßen wir die Welt um uns herum, liebkosten uns und tauschten Worte und Sätze voller Leidenschaft und Zärtlichkeit aus. Als wäre ein Damm gebrochen, schwemmte uns die Flut der lange aufgestauten Gefühle mit sich fort.

Bissula erzählte, wie nahe ich ihr im Heiligtum von Isis und Mater Magna war, und wie beschützt sie sich gefühlt hatte, als Germanus und ich sie zum Haus ihres Vaters begleiteten. Sie bedauerte den Ablauf unseres gestrigen Gespräches, dessen Verlauf sie sich ganz anders vorgestellt hatte. Dann gestand sie, beinahe den Verstand verloren zu haben, als Germanus in Mogontiacum zu ihr kam und ihr erzählte, mich in Dimessus getroffen zu haben.

„Ich musste mich fest an Germanus klammern, als du in Mogontiacum an mir vorüber rittest und unsere Augen sich trafen."

„Aber warum wirktest du am Abend so distanziert und kühl?", wollte ich den Grund für ihre Zurückhaltung erfahren.

„Es war alles zu viel auf einmal, Marcus. Und ich hatte Angst, dass ich aufwachen und der Traum vorbei sein könnte."

„Aber danach?", drang ich liebevoll in sie.

„Ich hatte Angst, Marcus. Angst dich wieder zu verlieren. Und der Hass in dir, als du von Ulf sprachst, hat mich zurückschrecken lassen."

„Und jetzt?", fragte ich weiter. „Hast du jetzt keine Angst mehr?"

„Ich habe heute lange mit Charietto gesprochen."

„Mit Charietto?", platzte es aus mir heraus.

„Ja, Marcus. Mit Charietto. Ein außergewöhnlicher Mensch. Er hat mich darin bestärkt, meinem Herz zu folgen und meine Bedenken abzulegen. Er sagte, dass Krieg ist und keiner weiß, ob wir nicht in wenigen Tagen in einer anderen Welt sind. Aber er sagte auch, dass jeder Tag, an dem wir es versäumen, dem Ruf unseres Herzens zu folgen, ein verlorener Tag ist."

Sie unterbrach sich, strich mir eine Haarsträne aus der Stirn und weich berührten ihre Lippen meinen Mund, bis unsere Zungen sich zärtlich berührten und mir war, als würde ich in einer Woge des Glücks versinken. Sie presste ihren Körper an mich und ich fühlte durch den Stoff der Tunika ihre Begierde, als ihre festen Brüste meinen Oberkörper streiften.

„Ich möchte bei dir sein, Marcus", hauchte sie und löste sich von mir. „Ich möchte mit dir leben und eine Familie haben."

„Ja", lautete meine kurze Antwort, die alles sagte.

Eine Ewigkeit hätten wir dort oben, auf dem Festungswall am Ende der römischen Welt, verbringen können. Wenn da nicht plötzlich dieses verhaltene Dröhnen in mein Bewusstsein getreten wäre, dass ich zuerst für den Schlag unserer klopfenden Herzen gehalten hatte.

Rhythmisch schwoll es an, wurde lauter und zwang Bissula und mich auseinander.

„Was ist das, Marcus?", hatte Bissula die gleiche Beobachtung gemacht und schaute zum Wald hinüber, aus dem es dumpf herüber schallte.

„Trommeln", ächzte ich. „das sind Trommeln, Bissula. Was im Namen Jupiters und Mars hat das zu bedeuten?"

Augenblicklich kam die Erinnerung an jene Nacht in Gelduba über mich, als das Trommeln der Franken die Erstürmung der Festung ankündigte.

Und jetzt setzten erste Stimmen ein, die sich zu einem Chor verbanden, kraftvoll, mitreißend und Furcht einflössend. Der

Barditus, Jahrhunderte alter Schlachtgesang der Germanen jenseits des Rhenus.

Im Lager zu unseren Füßen erschollen die ersten Rufe. Zelte wurden aufgerissen und schlaftrunkene Legionäre und Offiziere taumelten mit den Waffen in den Händen in die Nacht hinaus.

„Marcus", hörte ich die Stimme Chariettos. „Bist du dort oben?"

Ehe ich antworten konnte standen Charietto, Germanus und Titus neben mir und versuchten, die Köpfe dem Lärm zugewandt, mit den Augen die Finsternis zu durchdringen.

„Was soll das?", schrie Titus voller Wut heraus, „man hatte uns freies Geleit zugesichert. Das ist gegen die Abmachung."

„Keine Sorge", beruhigte der Wolf den aufgebrachten Centenarius. „Alles nur Theater. Sie wollen uns Angst machen. Uns am Schlafen hindern und ihre Stärke demonstrieren. Sie wollen uns für die anstehenden Verhandlungen weich klopfen."

„Das ist nicht zum Aushalten", stand Titus die Erregung im Gesicht geschrieben. „Wir müssen die Männer beruhigen. Die drehen sonst durch und verlieren den Kopf."

„Geh runter, sammele die Männer bei den Principia und sag ihnen, dass sie sich keine Sorgen machen müssen. Ein bewaffneter Zwischenfall ist das letzte, was wir gebrauchen können. Ich komme gleich nach und spreche zu ihnen."

Und zu uns gewandt: „Ich kenne das, habe das schon mal erlebt. Alemannen sind Angeber und Aufschneider. Um einen bühnenreifen Auftritt nie verlegen."

„Dafür beschmieren sich Franken mit übel stinkenden Tinkturen, wenn sie kleine Kinder und alte Frauen erschrecken wollen", entgegnete ein in seiner alemannischen Ehre sichtlich gekränkter Germanus dem Wolf.

Es hatte etwas skurriles, wie zwei römische Offiziere, Alemanne und Franke, ihre jeweiligen Vorurteile bedienten.

„Seit ihr noch bei Sinnen?", schüttelte Bissula ihren Kopf, dass die Locken flogen. „Das ist genau das, was die da draußen erreichen wollen."

„Ich gehe, die Männer zu beruhigen. Und ihr bleibt hier oben und benachrichtigt mich sofort, wenn etwas geschieht", ordnete der Wolf an. „Du kommst mit, Bissula. Ich will nicht, dass dein Hund in den Wald läuft und einen Alemannen beißt. Außerdem wird es beruhigend auf die Männer wirken, wenn sie dich ruhig und gefasst erleben." Die beiden waren Titus zur Principia nachgeeilt, als erste Lichter zwischen den Bäumen entzündet wurden, die wie Irrlichter zwischen den Stämmen gaukelten.

„Wie im Circus", bemerkte ich, was Germanus nicht kommentierte.

An Ruhen oder Schlafen war nicht mehr zu denken, und wir verbrachten beobachtend die Nacht auf dem Wall, ob sich nicht doch noch etwas ereignete, was die Situation verschärfen würde. Mit Bedauern und stillem Ärger dachte ich daran, dass Bissulas Stammesbrüder die sich anbahnende Liebesnacht verdorben hatten. Je länger Schlachtgesang und Trommeldröhnen andauerten, desto mehr zog auch mich die Wirkung des Schauspiels in ihren Bann. Wie mochte es erst um die einfachen Legionäre bestellt sein, die eine solche Darbietung zum ersten Mal über sich ergehen lassen mussten. Ich sorgte mich nicht um Chariettos Wölfe oder die Reiter des Germanus oder Titus'. Aber Regulus und seine Paradesoldaten mussten Höllenqualen leiden, wie die Christen zu sagen pflegen. Wenn bloß keine Dummheit geschah!

Bei den ersten Anzeichen der Dämmerung stieg eine übernächtigt aussehende Bissula den Erdwall zu uns hoch. Sie hatte Nero bei sich, der ein provisorisches Halsband trug und mit einem Lederriemen angeleint war.

Wir lächelten uns gequält an, worauf sie bedauernd mit den Schultern zuckte und mir mit der Rechten durch die vom Morgennebel feuchten Haare fuhr.

Da setzten mit einem Schlag Barditus und Trommeln aus und eine lähmende Stille legte sich über das verlassene Kastell auf den Höhen des Taunus. Im Zwielicht des grauenden Morgen zogen Dunstschleier über Wiesen, Wälder und verfallene Grenzanlagen, deren Konturen sich im Dämmerlicht des aufziehenden Tages abzeichneten.

Dann, als ein Windhauch die Nebel bewegte, erblickte ich keine fünfzig Schritte vor dem Nordtor einen dunklen Schatten. Eine massige Gestalt in weitem Mantel, auf dem Kopf einen Helm mit Wangenklappen, Nasenschutz und Aussparungen für die Augen, der sich auf einen gewaltigen Speer stützte, dessen blanke Spitze das erste Morgenrot einfing.

„Rando", entfuhr es Bissula und ich las Erstaunen und Verärgerung in ihrer Stimme.

„Wer ist Rando?", bat ich um eine Erklärung, alarmiert vom Unterton ihrer Stimme.

„Rando", antwortete Germanus an Stelle seiner Base, „unversöhnlicher Feind Roms und bester Freund Makrians. Er war es, der beim Fall von Mogontiacum eine mit Menschen angefüllte Christenkirche stürmte. Er brannte das Gebäude nieder, brachte die Alten um und verschleppte die übrigen auf seine Bergfestung."

„Wenn er etwas mehr liebt als den Krieg, ist es das Geld", fuhr Bissula in der Charakterisierung ihres Vetters fort. Wo er ist, sind Habsucht und Gewalt. Hariobaud hätte außer Makrian keinen besseren Unterhändler schicken können, wenn es ihm darum ging, uns einzuschüchtern."

Wir stiegen den Wall hinab, informierten Charietto und begleiteten ihn mit Titus vor das Nordtor, wo Rando uns erwartete.

„Bissula, was für eine Freude dich zu sehen", begrüßte uns der Hüne, wobei ein anzügliches Lächeln über sein verschlagenes Gesicht glitt. „Das wird Makrian aber mächtig freuen, wenn er zurück ist."

Es war eine wohl berechnete Respektlosigkeit, den vor ihm stehenden Tribunen und Centurionen einem Nichtmilitär vorzuziehen, der außerdem eine Frau war.

„Lass das schwatzen, Alemanne, und sag, was du willst." Selten hatte ich den Wolf so erbost erlebt, wie in diesem Augenblick. „Und damit du weißt, mit wem du es zu tun hast: Charietto, Bevollmächtigter des Statthalters Silvanus Niger und Befehlshaber der treverischen Truppen in Mogontiacum."

Ein Zucken durchlief das Gesicht Randos, dem der Name Charietto geläufig sein musste. Im Gegensatz zu den Alemannen, die ich kannte, fiel sein schwarzer Haarschopf ungebändigt auf seinen mit silbernen Applikationen geschmückten Mantel aus dunkelbrauner Filzwolle herab. Die Augen standen zwischen seinem abgeplatteten Nasenrücken zu weit auseinander und verliehen dem Gesicht einen brutalen Zug. Kräftig und mich um einen halben Kopf überragend, zeichneten sich mächtige Muskelstränge unter seinem Kettenhemd ab, als er den Mantel zurück schlug und das Heft seiner Spatha mit der Faust umschloss. Ein Mann, schoss es mir durch den Kopf, dessen Bekanntschaft ich nicht gesucht hätte.

„Mein Volk kennt mich als Rando, Eroberer von Mogontiacum", zischte der Alemanne. „Habt ihr gut geschlafen?"

„Wenn du die Katzenmusik der letzten Nacht ansprichst, Rando? Ja. Wo sind deine Helden? Ich habe keinen gesehen."

„Sieh es als meine Art der Begrüßung, Tribun", gab Rando zurück, wobei der spöttische Unterton seiner Stimme nicht zu überhören war. „Ich wollte dir nur den nötigen Respekt erweisen."

Es arbeitete im Gesicht des Wolfes, der seinem Gegenüber am liebsten die Faust in das Gesicht gerammt hätte. Aber Charietto ließ sich nicht provozieren.

„Noch einmal, Alemanne, was willst du?"

„Ich soll euch zu Hariobaud bringen", gab Rando seine Provokationen auf. „Er erwartet euch am Mittag."

„Gut", lautete die knappe Erwiderung. „Wie weit ist es?"

„Zwei Stunden den Limes entlang." Die Hand des Alemannen wies auf den Postenweg in Richtung Osten. „Hariobaud hält sich im alten Kohortenkastell auf."

„Dann komme in drei Stunden wieder", drehte sich Charietto auf dem Absatz um und schritt zum Lagertor.

Jetzt war es Rando, der dem Wolf am liebsten seinen Speer in den Rücken geschleudert hätte. Er schien nicht damit gerechnet zu haben, eine Weisung zu erhalten und darauf wie ein Rekrut stehen gelassen zu werden. Als auch wir ihm wortlos den Rücken kehrten, blieb ihm nichts anderes übrig, als sich zu seinen Männern zu begeben, die jenseits des Limes auf ihn warteten.

„Das wird Rando nicht vergessen", raunte Bissula mir zu, als wir zum Lager zurück schritten. „Größer als seine Dummheit ist sein Stolz und den hat Charietto gerade verletzt."

„Wir werden es überleben", knurrte Germanus.

„Vergiss bitte nicht, dass ich Vaters Grab besuchen möchte", erwiderte Bissula.

„Deshalb sind wir nicht gekommen, Bissula. Du bist hier, weil Charietto sich von deiner Anwesenheit Vorteile verspricht."

„Schon gut", gab sie nach und ich sah Tränen in ihren Augen, als sie mir einen Hilfe suchenden Blick zuwarf.

Wie Fortuna und Venus, zuständig für Glück und Liebe, uns in der Nacht zusammen gebracht hatten, so schien es ihnen nun zu gefallen, ihr launiges Spiel zu treiben. Kaum vereint, trieben uns die Fährnisse des Schicksals wieder auseinander. Was mir gerade noch als leichte Aufgabe erschienen war, hatte durch die Ereignisse der Nacht und das Auftreten Randos eine Wendung zum Schlechten genommen. Die anstehenden Verhandlungen würden schwierig werden. Charietto hatte sich einen Feind gemacht und auf mir lastete der Schatten Makrians.

Der Abbau des Lagers nahm nur wenig Zeit in Anspruch, so dass wir noch ein paar Stunden Ruhe finden konnten. Was aber nicht ausreichte, denn nur Wenigen gelang die Flucht in Morpheus Arme. Besonders Regulus und seine Männer machten einen völlig übernächtigten Eindruck, als sie ihre Pferde bestiegen. Seine Bitte, der Begleitmannschaft das Anlegen der Paradeuniformen zu erlauben, hatte Charietto brüsk abgelehnt. Er wollte Rando nicht noch mehr reizen. Ohne Widerstand zu leisten, hatte sich der Bevollmächtigte des Statthalters damit abgefunden. Zur verabredeten Zeit verließen wir das Kastell durch das Nordtor und stießen auf Rando, der uns mit fünfzig schwer bewaffneten Alemannen zu Pferde erwartete.

Kurz fiel die Begrüßung der beiden Anführer aus, während die Mannschaften finstere und drohende Blicke austauschten. Selbst Nero begrüßte den Aufbruch nicht wie gewohnt mit Umhertollen und Gebell, sondern suchte mit aufgestellten Ohren und leicht gesträubtem Nackenfell die Nähe seiner Herrin. Rando gab den Befehl zum Abmarsch und wir reihten uns hinter seinen Reitern ein. Entlang an Wall und Graben und den zumeist eingefallenen Palisaden der Grenzsicherung ging es auf dem Postenweg Richtung Osten. Die alte Grenze verlief leicht abfallend an den Hängen unterhalb der Berggipfel der Taunusberge. Hin und wieder hatten ein Bach oder ein Bergrutsch den Pfad unbrauchbar gemacht, so dass wir aus den Sätteln mussten, um das Hindernis zu umgehen. Wir passierten insgesamt siebzehn Türme, unterschiedlich erhalten, und zwei Kleinfestungen, die einem verstärkten Posten Schutz und Unterkunft geboten hatten.

Germanus, am Limes aufgewachsen, erklärte mir die Funktion der Grenzsicherungen, die ich immer als durchgehende Befestigung angesehen hatte. Wall und Graben stellten ein Annäherungshindernis dar, das von den bemannten Wachtürmen beobachtet wurde. Die vier bis fünf Legionäre der Turmwache hielten sich in der Wachstube des obersten Stockwerks auf, das über eine Leiter von außen zu ersteigen war. Bei Gefahr wurde diese heraufgezogen und der Turm von der umlaufenden Galerie verteidigt. Alle Türme waren auf Sichtweite erbaut, so dass eine feindliche Annäherung sofort durch optische oder akustische Signale gemeldet und weitergegeben werden konnte. Die alarmierten Kastelle schickten daraufhin Truppen, die den Feind an der Einbruchsstelle abwehrten oder im Hinterland stellten und aufrieben. Die Limesdurchgänge, in der Nähe von Türmen oder Kastellen angelegt, ermöglichten einen kontrollierten Grenzverkehr. Besonderes Augenmerk lag dabei auf der Durchsicht der das Imperium verlassenden Waren, die strengen Bestimmungen unterlagen. Es war verboten, Waffen auszuführen, um ein Aufrüsten der Stämme der Germania Libera zu unterbinden. Ein Vorsatz, der häufig genug umgangen wurde. Korruption oder geschickt angelegte Verstecke in Wagen und Warenballen ebneten dem Stahl der römischen Manufakturen den Weg in die Hände feindlicher Stämme.

Nach den angegebenen zwei Stunden lichtete sich der Wald, und vor uns lag neben der Passstraße, die aus dem untergegangenen Nida herauf zog, unser Ziel. Auf den ersten Blick schien es, als wäre die Festung erst vor kurzem verlassen worden. Selbst der weiße Putz von Mauern und Türmen, dessen Fugenstrich mächtige Steinquader imitierte, wies nur wenige schadhafte Stellen auf. Bedeutend größer als das Kastell, in dem wir die Nacht verbrachten, hatte hier eine ganze Kohorte gelegen. Selbst Bad, Magazine und Streifenhäuser des Lagervicus, schienen bis auf vereinzelte eingestürzte Dächer unversehrt.

Aufgeschlagene Zelte und eine große Anzahl Frauen, Männer und Kinder im Vorfeld des Kastells unterstrichen die Illusion, einhundert Jahre früher angekommen zu sein. Das erwartete Lösegeld und die Neugier auf unsere Delegation hatten Menschen der nahen und weiteren Umgebung angelockt. Vielleicht wollten einige auch den Gefangenen aus Verbundenheit das letzte Geleit geben, schließlich hatte man gemeinsam mehrere Jahre unter einem Dach verbracht. Es gab viele Beispiele dafür, dass Gefangene sich nur widerwillig auslösen ließen, wenn sie gut behandelt worden waren und ihren Platz in der Dorfgemeinschaft gefunden hatten.

Auf einer platzartigen Verbreiterung hieß Rando uns zu warten und begab sich mit wenigen Männern in das Innere des Kastells. Ich blickte auf die durch zwei Türme verstärkte Doppeltoranlage, die noch die Weiheinschrift trug. Als stationierter Truppenteil wurde die Cohors II. Raetorum genannt, Hilfstruppe aus den Bergen nördlich des Alpenkammes.

„Wo sind die Gefangenen?", fragte mich Bissula, die ihr Pferd an meine Seite gelenkt hatte.

„Ich denke im Innern", antwortete ich und griff nach ihrer Hand.

„Wir sollten das lassen." Nur kurz erwiderte sie meine Berührung, um sogleich ihre Hand zurück zu ziehen. „Sollte Makrian hier sein, wird ihm das nicht gefallen. Ich ahne Schwierigkeiten."

Hätte ich damals gewusst, was Bissula und mich erwartete und welcher Belastungsprobe unsere junge Verbindung ausgesetzt werden sollte, ich hätte mein Pferd gewendet und wäre mit ihr die Hänge des Taunus hinab galoppiert.

Man ließ uns warten. Endlich trat ein Krieger in vollem Waffenschmuck vor das Tor und winkte uns heran.

„Schau, was er will", befahl Charietto dem nächststehenden Soldaten. Der Mann, es war Rufus, begab sich zu dem Alemannen und die beiden redeten kurz miteinander. Zurückgekehrt richtete Rufus aus, dass Hariobaud bereit sei, eine Abordnung zu empfangen. Charietto bestimmte Germanus, Titus und mich, ihm zu folgen. Schon im Gehen besann er sich, drehte sich um und gab auch Bissula mit einem Wink zu verstehen, mit uns zu kommen.

Wir querten die mit Planken instand gesetzte Holzbrücke über den das Kastell umgebenden Doppelgraben und betraten das Innere der Festung. Der Alemanne hatte uns hinter dem Tor erwartet. Er schritt voran und vorbei am Lagerbad und zwei Speichergebäuden gelangten wir zum Eingang der Principia, deren Vorhalle wir ohne Aufenthalt durchquerten. Vom Boden waren Schieferschindeln und Dachbalken beseitigt worden, deren zerborstene Reste sich in den Ecken türmten. Dahinter erstreckte sich, umrahmt von den Gebäuden der Kommandantur, ein Innenhof, dessen Mitte zum Schutz gegen die Sonne eine Plane überspannte.

Darunter saßen auf hölzernen Schemeln vier Männer, unter denen sich auch Rando befand, der uns unfreundlich entgegenstarrte.

„Nehmt Platz", wies ein Mann in blauem Unhang auf eine Anzahl leerer Schemel, die im Halbkreis vor ihm standen. Da ihre Anzahl nicht ausreichte, hob er den Arm, worauf zwei Diener die fehlenden Sitzgelegenheiten herbei schafften. Dass der Mann Hariobaud war, hatte mir Bissula kurz zugeflüstert.

Der dem Imperium wohl gesonnene Wortführer der Bukinobanten hatte ein gewinnendes Äußeres. Blond und blauäugig zierte ein Oberlippenbart ein schmales Gesicht, dessen ebenmäßige Züge Geschmack und Kultur offenbarten. Seine Hände waren gepflegt und das Haupthaar kurz gehalten. Armreife, Ringe und ein Halsring aus Gold korrespondierten mit dem Blau seines

Umhangs, den eine gotische Fibel in Adlerform verschloss. Darunter war er mit Tunika, engen Hosen und halbhohen Stiefeln aus feinem Leder römisch gekleidet. Im Vergleich zu seinen im barbarischen Prunk gekleideten Volksangehörigen eine wohltuende Erscheinung.

„Seid willkommen, Charietto und Regulus", nickte er den Genannten zu. Fragend richtete er den Blick auf mich, worauf der Wolf meinen Namen nannte.

„Den Mann, den ihr Germanus nennt und Bissula kenne ich seit meiner Jugend. Ich denke, dass ihre Anwesenheit ein gutes Vorzeichen bezüglich unserer anstehenden Übereinkunft darstellt. Seid ebenfalls herzlich bei eurem ehemaligen Volk willkommen."

Bei der Erwähnung von Bissulas und Germanus' Herkunft murrten die Alemannen, was ihnen einen tadelnden Blick ihres Anführers eintrug.

„Ich habe Tyr und Donar, den Göttern des Krieges und von Blitz und Donner, die ihr Mars und Jupiter nennt, einen Hengst und einen Stier geopfert, auf dass sie unsere Übereinkunft mit Wohlgefallen betrachten."

„Wir hätten besser einen Römer genommen", unterbrach ihn Rando, wobei ein Grinsen über die Gesichter der Alemannen zog. Ein Blick auf das erstarrte Antlitz des Regulus offenbarte dessen Befürchtungen, auf einem Altar geschlachtet zu werden, während Charietto in den Nachmittagshimmel starrte und über die Züge Hariobauds ein Schatten des Unmuts glitt.

„Rando, ich dulde solches Gerede nicht", wies er unseren Widersacher zurecht.

„Erinnere dich an die große Versammlung aller edlen und freien Bukinobanten. Vier Monate sind vergangen, seit ich zum Wortführer bestimmt wurde. Wir hatten beschlossen, mit dem Imperium den Weg der Verständigung zu suchen und uns aus dem Krieg, den die Stämme und Könige des Südens mit Rom führen, heraus zu halten. Schlimm genug, dass Makrian diese Vereinbarung einseitig gebrochen hat und auf eigene Faust einen Raubzug in die Gallia Belgica unternommen hat. Er wird in diesen Tagen zurück erwartet und sich dafür verantworten müssen."

Hariobaud warf einen strengen Blick auf Rando, der sich vor Hariobaud zu ducken schien. Darauf wies er einen der Diener an, die Anwesenden mit Wein und Wasser zu versorgen, was ihm ein beifälliges Kopfnicken des Wolfes eintrug.

„Wir wünschen keinen Krieg mit Rom", fuhr er fort, „weil wir nicht zwischen zwei Mühlsteinen zerrieben werden wollen. Der Friede mit den Stämmen der Franken im Norden ist brüchig, seit sie vor Jahrzehnten begonnen haben, ihre Wohnplätze nach Süden auszudehnen. Sie haben an mehreren Stellen die Logana erreicht, die seit Urzeiten durch das Gebiet unserer Stämme floss.

Wer steht an unserer Seite", richtete er seinen Blick fragend auf Rando, „wenn Constantius und Julian ihre Feinde zurückgedrängt haben und sich dann mit Macht uns zuwenden? Würdest du einen solchen Krieg um die Existenz der Bukinobanten verantworten wollen? Glaubst du etwa, dass uns dann Franken und Alemannen des Südens zu Hilfe eilen würden?"

Das beifällige Murmeln der anwesenden Männer ließ keinen Widerspruch Randos zu, der zwar mit dem Kopf schüttelte, aber in hilfloser Geste beide Hände hob und mit den Schultern zuckte. Wie schon am Morgen gesehen, verfügte der Widersacher Hariobauds über die Gabe zu provozieren, einer wohl durchdachten verbalen Attacke war er jedoch nicht gewachsen.

„Ich freue mich, heute mit den Abgesandten Roms zu sprechen." Einen nach dem anderen lächelte Hariobaud uns zu, bevor er fort fuhr.

„Besonders freue ich mich über die Übereinkunft, die ich mit Silvanus Niger, dem Statthalter der Germanis Prima und mit Ursicinus, Heermeister des Caesar Julian, getroffen habe. Demnach kehren die Römer, die sich bei uns befinden, in ihre Heimat zurück und bilden damit das Fundament unseres weiteren Nebeneinanders in Frieden und Verständigung."

„So kann man es auch sagen", raunte der Wolf mir zu, dessen Augen den Alemannen fixierten.

„Wir werden unseren Teil der Übereinkunft erfüllen", ergriff der Wolf das Wort und wies mit der Rechten auf Regulus, der, die beiden Holzkassetten zu seinen Füßen, der Verhandlung gespannt gefolgt war. „Zwei Goldsolidi für jeden Gefangenen, der heimkehrt. Regulus!"

Der Angesprochene beugte sich herab, rückte beide Kästen ein Stück in Richtung der Alemannen und öffnete bedächtig die Schlösser, ehe er die Laden zurück schlug.

Es blitze in den Augen unserer Verhandlungspartner, als die Münzen im Sonnenlicht aufleuchteten. Voller Gier beugten sie sich voran und starrten auf den Schatz zu ihren Füßen und sanken mit einem Seufzer zurück, als Regulus die Deckel wieder zuschlug. Der oberste Steuerbevollmächtigte des Statthalters verstand sein Geschäft.

Und er hielt noch eine Überraschung für Hariobaud bereit. Dem gingen die Augen über, als Regulus eine handtellergroße Medaille mit dem Bildnis des Constantius aus seiner ledernen Umhangtasche nahm, sich erhob und dem Wortführer der Bukinobanten ein Vermögen in purem Gold überreichte.

„Das schickt dir Silvanus Niger mit den besten Wünschen unseres christlichen Imperators Constantius."

Hatte gerade noch die Gier aus den Augen Randos gesprochen, so waren es jetzt Missgunst und Neid, die seinen Blick verdunkelten.

Umständlich, als wäre das edle Metall zerbrechlich, legte sich Hariobaud die an einer goldenen Kette hängende Medaille um den Hals und blickte voller Stolz um sich.

Charietto schaute voller Anerkennung auf Regulus, als der an seinen Platz zurückgekehrt war. Eine vorteilhafte Vereinbarung zu schließen war das Eine. Aber Missgunst und Zwietracht in die Reihen ehemaliger Feinde zu pflanzen, das war die hohe Schule römischer Politik. Sollten sich doch die Stämme jenseits des Rhenus gegenseitig und untereinander zerfleischen, der Sieger hieß in jedem Fall Constantius.

„Wann können wir die Gefangenen sehen und wie geht der Austausch von Statten?" Charietto ließ Hariobaud wenig Zeit, seinen Triumph zu genießen.

„Lasst das Gold hier und nehmt sie mit", ergriff Rando nach langer Zeit wieder das Wort. „Sie sind in den alten Pferdeställen im hinteren Teil des Kastells untergebracht."

Er war im Begriff sich zu erheben und die Kassetten an sich zu nehmen, als Charietto sich aufrichtete und Hariobauds Rechte ihn sachte auf seinen Schemel zurückzog.

„Für jeden Römer, der an uns vorbei durch diese Türe zu unseren Leuten geht, gibt es zwei Solidi." Charietto wies auf die Pforte, durch die wir den Innenhof betreten hatten. „Gibt es einen Kessel, der die Münzen aufnimmt?"

„So soll es sein", eilte sich Hariobaud, seine Zustimmung zu geben. „Bringt das verlangte herbei, damit wir anfangen können." Einer der Diener sprang davon, den Wunsch seines Herren zu befolgen. Dann wandte sich Hariobaud uns wieder zu und öffnete mit einer jovialen Geste beide Arme.

„Reitet morgen zurück nach Mogontiacum und seid meine Gäste. Die Halle, durch die ihr gekommen seid, wird heute Abend ein Gastmahl sehen, wie ihr es noch nicht erlebt habt."

Keinem von uns gelüstete es nach Völlerei und Besäufnis, aber die Höflichkeit verbot eine Absage.

„Gerne essen und trinken wir mit unseren neuen Freunden", erwiderte Charietto und damit war es entschieden.

Inzwischen stand der gewünschte Kessel, ein römisches Beutestück aus reliefierter Bronze, an seinem Platz, und die Übergabe der Gefangenen konnte beginnen.

Es dauerte, bis Rando die notwendigen Weisungen Hariobauds umgesetzt und der erste Gefangene den Weg von den Pferdeställen in den Hof zurückgelegt hatte. Endlich kam der Erste, ein Mann in den Fünfzigern herein und wurde zu uns geführt.

Regulus hatte seiner Tasche zwischenzeitlich mehrere eng beschriebene Pergamente, einen Stilus und ein Gefäß mit Tinte entnommen. Umständlich breitete er die Blätter auf seinen Knien aus und tauchte das mit einer Kehle versehene, bronzene Schreibutensil in die schwarzbraune Flüssigkeit.

„Dein Name?", fragte er den Mann, suchte den Eintrag und strich ihn sorgfältig durch. Erst dann klirrte es metallisch, als Charietto die ersten beiden Solidi in den Kessel warf.

Einhundertvierundziebzig Mal wiederholte sich dieser Vorgang. An uns vorbei zogen Männer und Frauen jeden Alters, die ihre Kinder auf dem Arm trugen oder an der Hand mit sich führten. Den meisten standen Glück und Vorfreude über ihre Heimkehr im Gesicht geschrieben. Manche fielen auf die Knie und dankten uns unter Tränen, was von den Alemannen mit Murren zur Kenntnis genommen wurde. Einigen sah ich aber an, dass sie gerne hier waren und bei erster Gelegenheit zurückkehren würden. Vielleicht hatten sie Bande der Freundschaft oder Liebe zu den Bukinobanten geknüpft oder einen Platz in der Volksgemeinschaft erworben, der ein sorgenfreies Leben versprach. Die Alemannen schätzten Handwerker und Bauern, deren Fertigkeiten den ihren überlegen waren. Dann kam keiner mehr und das Klirren hörte auf.

„Waren das alle?", fragte Regulus und blickte von seinen Pergamenten auf.

„Das kann nicht sein", hielt er die Listen mit der Rechten hoch und wies mit der Linken auf die zweite Kassette, die noch zu einem guten Teil gefüllt war. „Es fehlen dreiundachtzig Personen. Sechsundvierzig Männer, neunundzwanzig Frauen und acht Kinder."

„Wie kannst du dir dessen so sicher sein?", fragte ein verblüffter Hariobaud.

„Weil Listen von allen Personen erstellt wurden, deren Anwesenheit bei euch bekannt ist. Es gibt noch eine weitere Liste", griff Regulus in seine Tasche und kramte ein weiteres, eng beschriebenes Pergament hervor. „Das sind noch einmal hundertvier Namen von Personen, die seit der Eroberung von Mogontiacum vermisst sind. Das Wissen um ihren Verbleib liegt Silvanus Niger besonders am Herzen, befinden sich doch zwei Angehörige seiner Familie darunter."

„Das ist nicht wahr", schrie Rando mit hochrotem Kopf und sprang von seinem Schemel auf, der umstürzte. „Es gibt keine weiteren Gefangenen."

„Und es gibt kein weiteres Lösegeld, wenn die Gefangenen nicht vollzählig zurück kehren", knallte Regulus den Deckel auf die Kassette.

„Hast dich wohl nicht von einem schönen Mädchen trennen können", spottete Germanus.

Rando sprang auf und zog die Spatha. Wären ihm Hariobaud und ein weiterer Alemanne nicht in den Arm gefallen, wäre er Bissulas Vetter mit der blanken Waffe angegangen.

„Wage es nicht, das Gastrecht zu verletzen", brüllte er den heißblütigen Rando an, dem man inzwischen das Schwert entrungen hatte. Hariobaud bückte sich, hob die Waffe vom Boden und reichte sie mit dem Heft voran zurück.

„Steck das ein und wage nicht mehr, sie gegen einen Gastfreund zu gebrauchen, wenn du nicht ohne Waffe nach Hause zurückkehren möchtest."

Ungezügelte Wut stand in den Augen Randos, als er die Spatha in die Scheide zurück schob. Einem freien Alemannen die Waffe zu nehmen, war der größte Schimpf, den man ihm antun konnte. Ich blickte auf den blassen Germanus, dem es bewusst sein musste, mit seiner unbedachten Äußerung fast einen bewaffneten Zwischenfall ausgelöst zu haben.

„Wir können ja die Gefangenen befragen, wer noch fehlt?", kam Charietto zum Gegenstand der Missstimmung zurück.

„Warten wir doch ab, ob sich noch Gefangene einfinden", lenkte Hariobaud ein, dem es unangenehm war, der Zurückhaltung von Verschleppten verdächtigt zu sein. Seiner Unsicherheit und Verblüffung merkte ich an, dass ihn die Wendung der Angelegenheit überrascht hatte und er guten Glaubens gewesen war, die Übergabe vereinbarungsgemäß durchgeführt zu haben. Mit einem Betrug seiner Männer hatte er nicht gerechnet.

„Daran glaube ich nicht." Kalt und schneidend hatte die Stimme Chariettos geklungen.

„Dann mache ich euch einen Vorschlag", gab Hariobaud nach.

Voller Interesse wendeten sich ihm die Blicke aller Anwesenden zu, die gespannt waren, wie er die Situation meistern würde.

„Ich sende noch heute Boten in jedes Dorf, die die Herbeischaffung aller verbliebenen Gefangenen auf meinen Herrschaftssitz, den Glauberg, anordnen. Wir brechen Morgen dorthin auf und ihr seid solange meine Gäste. Ich garantiere euch die Rückkehr aller

Gefangenen und die Aufklärung über das Schicksal der Vermissten. Die Gefangenen, die übergeben wurden, können von einem Teil eurer Männer nach Hause gebracht werden." Er blickte Charietto an, der zustimmend nickte.

„Der Augustus Constantius und sein Caesar Julian sollen wissen, dass der Bukinobante Hariobaud ein ehrlicher und vertrauenswürdiger Freund des Imperiums ist. Darüber hinaus erwarte ich von euch", bedachte er sich kurz, „dass die vereinbarten Summen in voller Höhe ausgezahlt und erhöht werden, wenn Vermisste aufgespürt werden."

Trotz eines Knurrens, dass Regulus ausgestoßen hatte, hielt Charietto dem Alemannen die Rechte hin, in die dieser beherzt einschlug.

„So soll es sein", bekräftigte der Wolf.

„Und heute Abend werden wir feiern", rief Hariobaud mit Freude und Erleichterung aus.

Bissula nahm die Nachricht von dem bevorstehenden Gastmahl, an dem freie Frauen nicht teilnehmen durften, und dem morgigen Ritt zum Glauberg mit Gelassenheit auf.

„Ich werde Charietto bitten, dass wir die ausgelösten Gefangenen nach Mogontiacum zurück bringen."

„Untersteh` dich", lachte Bissula und fuhr mir mit beiden Händen durch die Haare. „Wenn der Wolf uns braucht, dann auf dem Glauberg. Außerdem muss ich Makrian sprechen, wenn ich das Andenken meiner Eltern ehren möchte."

„Makrian!", platzte ich heraus. „Er wird heute oder morgen von einem Raubzug zurück erwartet und muss sich dafür vor Hariobaud verantworten. Weißt du, was das bedeutet?"

„Ja, Marcus", seufzte sie. „er scheint der Mann zu sein, der gemeinsam mit Ulf gegen dich im Idar gekämpft hat. Wenn er heraus bekommt, dass wir zusammen sind, gibt es Schwierigkeiten und ich werde vielleicht das Grab meiner Eltern nicht sehen."

Wir schwiegen und sahen der Sonne zu, wie sie hinter einer Wolkenbank im Westen verschwand und der Himmel sich rötete.

Dann schlang Bissula inmitten aller Soldaten, Alemannen und der befreiten Gefangenen ihre Arme um meinen Hals und schmiegte sich fest an mich.

„Ich habe mich gestern für unsere Liebe entschieden und werde mich nicht vor ihr verstecken, auch wenn ich das Grab meiner Eltern nicht zu Gesicht bekomme. Es werden friedliche Tage kommen, an denen wir es nachholen können."

Ich ahnte, wie schwer ihr dieser Liebesbeweis fallen musste.

„Ich danke dir Bissula", antwortete ich und empfand zu gleichen Teilen Glück und Schuld.

„Was ist mit deinem Arm?", fuhr sie erschreckt zurück und nahm meine Hand.

Jetzt sah ich es auch. Die Haut unter dem Schlangenreif hatte sich gerötet und im gleichen Moment fühlte ich wieder das leichte Brennen, das mich früher vor Gefahren gewarnt hatte. War die Kraft des Amuletts zurückgekehrt, oder spielte ein Gott ein närrisches Spiel mit mir?

„Du sagtest doch, dass seit deinem Kampf mit Ulf der Reif nicht mehr zu dir gesprochen hat?" Sorge und Angst lagen in Bissulas Stimme. „Gib Acht auf dich und höre auf die Warnung der Schlange. Es hat dir mehr als einmal das Leben gerettet."

„Tribun", unterbrach uns Rufus, der herangetreten war. „Charietto schickt mich. Du sollst mit den anderen Offizieren zu ihm kommen. Er will sich mit euch vor dem Gastmahl besprechen."

„Sofort, Rufus?", schnauzte ich den Mann an, der nicht wissen konnte, in welchem Gemütszustand er mich angetroffen hatte.

„Danke, Rufus", schenkte Bissula dem treuen Soldaten ein Lächeln, dem ich ein „tut mir leid" hinzufügte.

„Geh, Marcus". Wieder schmiegte Bissula sich an mich, dass ich mein Verlangen nach ihr bis in die letzte Faser meines Körpers spürte. „Ich werde bei den befreiten Frauen übernachten. Das ist sicherer, wenn Makrian zurückkehrt. Vielleicht erfahre ich von ihnen etwas über die letzte Ruhestätte meiner Eltern. Wir werden uns morgen sehen."

Sie gab mir einen Kuss, dass mir die Knie zitterten, als wir uns voneinander lösten.

„Gib auf dich acht, Tribun", lachte sie mir zum Abschied zu, und ich sah den Schalk in ihren Augen. „Die Feste der Alemannen werden gerühmt wegen ihrer Enthaltsamkeit in philosophischer Runde."

Sie rief nach Nero, der bellend und schweifwedelnd heranfegte. Sie bekam ihn am Halsband zu fassen, liebkoste seinen Kopf, und ich folgte ihnen mit Blicken, bis sie zwischen den Häusern des ehemaligen Lagerdorfes verschwanden, wo die ehemaligen Gefangenen ihre erste Nacht in Freiheit verbringen durften.

Charietto gab uns genaue Instruktion, wie wir uns während des Festmahls zu verhalten hatten. Er warnte Germanus, sich mit Rando anzulegen und gab auch mir zu verstehen, dass meine Beziehung zu Bissula, die kein Geheimnis mehr war, Anlass zu Streitereien sein könnte.

„Sie ist eine Alemannin, Tribun, und nicht jeder sieht eure Verbindung mit Wohlwollen. Mir wäre es lieber gewesen, ihr hättet euch zurück gehalten."

Ich sah die Erleichterung in den Augen des Wolfes, als wir am Eingang der Principia unsere Waffen aushändigen mussten, die von Hariobauds Leibwache verwahrt wurden. Der Alemanne hatte vorgesorgt, dass es zumindest keine blutigen Auseinandersetzungen geben konnte.

Provisorisch zusammengenagelte Böcke und Planken waren als Tische zu einem Rechteck zusammengefügt worden, dessen Mitte den Getränken vorbehalten war. Mägde, die einzigen Frauen, die zugelassen waren, schöpften Bier und Wein aus hölzernen Trögen und Fässern in Becher, die sie den Zechenden kredenzten. Im Innenhof waren Feuer entzündet worden, über denen sich Schweine und Ziegen am Spieß drehten. Verführerisch zog der Bratenduft durch die Halle, die von unzähligen Kienspänen erleuchtet war. Da kein Regen zu erwarten war, hatte man darauf verzichtet, das fehlende Dach durch Planen zu ersetzten, und ich sah über mir die Sterne glitzern, wenn ich den Kopf hob. Wir saßen auf roh gezimmerten, langen Bänken, die zu beiden Seiten der Tische aufgestellt waren. Vor uns lagen aus Holz gedrechselte

Teller, Holzlöffel und Messer, die zu einem Kampf nicht taugten und lediglich dem Zerteilen des Fleisches dienen sollten. Frisch gebackenes Brot dampfte in riesigen Schüsseln und gebratene Fleischstücke häuften sich auf silbernen Platten, die vor langer Zeit einen römischen Haushalt geziert haben mussten. Vermutlich Kriegsbeute aus den gallischen Provinzen. Ich saß zwischen Germanus und Charietto, neben dem unser Gastgeber Platz genommen hatte. Uns gegenüber hatte man Regulus, Titus und Männer aus Hariobauds Gefolge platziert. Rando hatte sich mit mürrischem Gesicht weit entfernt niedergelassen.

Wenn dass Brennen an meinem Handgelenk nicht gewesen wäre, das mich zur Vorsicht mahnte, hätte ich mich unbeschwerter der gelösten Stimmung ergeben.

Zu Beginn wurden Reden gehalten, die von zukünftiger römisch-alemannischer Freundschaft sprachen. Dann traten Sänger auf, die von den Kriegen und Heldentaten der Vergangenheit sprachen.

Anfangs hielt ich mich bei Bier und Wein zurück und das bitter und säuerlich schmeckende Met aus vergorenem Honig hatte ich noch nie gemocht. Je länger aber das Festmahl währte, desto mehr legte ich meine Zurückhaltung ab. Ich lächelte den blonden Mädchen mit den blitzenden blauen Augen zu, die meinen Becher immer wieder auffüllten und kein Gewissen plagte mich, wenn mein Blick sich an ihren üppig wogenden Brüsten verfing. Einer hatte ich es besonders angetan, die sich beim Eingießen so tief herab beugte, dass der gelockerte Stoff ihres Ausschnitts nach unten rutschte und ihre prallen Brüste freigaben. Wäre Bissula nicht gewesen, ich hätte die Nacht mit ihr verbracht. So durfte ich erleben, dass sie sich meiner Zurückhaltung wegen Germanus zuwandte. Noch Wochen später sollte er von dieser Liebesnacht mit der schönen Griselda schwärmen. So streng die moralischen Prinzipien im Alltagsleben auch befolgt wurden – eine untreue Ehefrau spielte mit ihrem Leben – desto freizügiger handhabe man den Umgang mit Sklavinnen, Angehörigen anderer Völker und halbfreien, unverheirateten Mägden.

Ich riss mich von den Brüsten Griseldas los und lauschte dem anfeuernden Donnern der Kriegsgesänge, die in den Nachthimmel stiegen.

Eine Bewegung an meinem Arm ließ mich zusammen zucken und vergeblich versuchte ich, Charietto die Hand zu entziehen, der wie gebannt auf mein Handgelenk und den Schlangenreif starrte.

„Hast du mir nicht in Dimessus erzählt, dass die Rötung nicht mehr aufgetreten ist?"

„Sie ist heute das erste Mal wieder aufgetreten". Endlich hatte ich dem Wolf meinen Arm entwunden und rieb das schmerzende Gelenk.

„Dann geh in Mogontiacum endlich zu einem Medicus", bedrängte mich Charietto. „Ich habe von einem Mann gehört, dem sein goldener Torques Schwierigkeiten bereitete. Er bekam oft einen schmerzenden Hautausschlag, bis eine böse Entzündung daraus wurde, an der er fast gestorben wäre. Der Mann vertrug das Metall nicht."

„So viel ich weiß, verträgt jede Haut die Berührung mit Gold", erwiderte ich.

„Weißt du, was der Kunstschmied hinein gemischt hat? Reines Gold ist biegsam wie Bienenwachs im Sonnenlicht."

„Mag sein", gab ich gereizt zurück. „Vielleicht ist es eine Warnung."

„Glaubst du immer noch an diesen Unsinn?" Diesmal war es Charietto, der die Geduld zu verlieren schien.

„Oder hast du wieder von der Schlange geträumt?" Traumbilder gehörten zu den Mysterien, denen der Wolf vertraute.

„Nein, das letzte Mal im Idar. Aber das hat nichts zu bedeuten. Ich werde zu dir kommen, wenn es soweit ist."

Tumultartiger Lärm am Eingang zur Principia lenkte unsere Aufmerksamkeit auf eine Gruppe von Männern, die sich gewaltsam Zutritt verschafft hatten und auf Hariobaud zuhielt. Vorneweg stürmte ein blonder Hüne, dessen langes Blondhaar auf Schultern und silbernes Kettenhemd herab wallte. Stechend blaugraue, kleine Augen und ein mächtiger Oberlippenbart über fleischigen Lippen und energischem Kinn verstärkten den Eindruck von unbändiger Willenskraft und Tücke. Hatte dieses Gesicht im Idar ein Prunkhelm zur Hälfte verdeckt, so wusste ich dennoch, wer vor mir stand.

Makrian war zurückgekehrt.

Die blanke Spatha in der Hand baute er sich vor Hariobaud auf und schmetterte die Klinge mit der flachen Seite auf die Planken des Tisches, dass Becher, Schüsseln und Teller umstürzten oder zur Seite geschleudert wurde.

„Nehmt diesem Verrückten das Schwert weg", brüllte Hariobaud, der sich mit einem Sprung nach hinten in Sicherheit gebracht hatte.

Sofort sprangen die Männer seiner Leibwache herbei, wanden dem sich sträubenden die Waffe aus den Händen und hielten ihn fest.

„Wer hat dir erlaubt, mit deiner Spatha vor mir zu erscheinen?", heulte Hariobaud in größter Wut.

„Keiner, ich mir selbst", brüllte Makrian zurück.

„Was tust du hier?" Unser Gastgeber hatte sich längst noch nicht gefangen.

„Und was machst du?", überschlug sich die Stimme des Hünen. Gesang und Grölen der Zecher waren verstummt und im Kreis umstanden sie unseren Teil der Festtafel. Die hintersten drückten nach vorne und reckten die Hälse, um jede Einzelheit der Auseinandersetzung zu verfolgen.

„Wie ein Hund winselst du vor dem Feind und verkaufst die Früchte unseres Sieges." Die Augen Makrians schienen aus den Höhlen zu treten, als er Hariobaud seine Verachtung ins Gesicht schrie.

„Hört mich an Alemannen", bezog er die Umstehenden mit ein. „Während dieser Feigling vor dem Feind winselt, habe ich im Idar gekämpft. Gelaufen sind sie. Tausend Mann hatten die Hosen voll und sind vor einer Hand voll Alemannen und Franken ausgerissen."

„Das wüsste ich aber". Wütend sprang Charietto auf und fixierte den tobenden Alemannen mit einem Blick, den ich nur zu gut kannte. Hätte der Wolf eine Waffe zur Hand gehabt, der Alemanne wäre ein toter Mann gewesen und mir vieles erspart worden.

Verblüfft glotzte Makrian auf Charietto, bis sein Blick zu mir wanderte und auf meinem Armreif verharrte. Mit einer ungeheuren Kraftanstrengung riss er sich los und bekam einen Arm frei, den er auf mich richtete.

„Verflucht bist du, Römer. Ich erkenne dich. Wir standen uns vor wenigen Tagen gegenüber und wenn deine Leute nicht gewesen wären, hätte ich dich getötet."

Das war des Guten zuviel. Ich fühlte die Wut hoch lohen und sprang ebenfalls auf.

„Davon gelaufen bist du. Du Angeber. Gebt mir ein Schwert und ich schlage dich in Stücke."

Ich war wie von Sinnen und wollte den Mann anspringen, dessen Schatten seit Tagen auf Bissula und meiner Liebe gelegen hatte.

„Bist du verrückt, Marcus?", schrie Charietto und riss mich mit Germanus zurück.

„Seht seinen Armreif", versuchte Macrian die Umstehenden aufzustacheln. „Er ist ein feiger Mörder. Er hat einen Franken von hinten gemeuchelt und das Schmuckstück geraubt."

„Diesen Unsinn hast du von Ulf", schrie ich zurück. „Wärst du nicht davon gelaufen, hätte jeder gesehen, wem die Götter den Sieg geschenkt hätten."

„Den Kampf kannst du haben", brüllte Makrian auf.

„Hier kämpft keiner", ging Hariobaud dazwischen. „Eine Herausforderung beim Gelage hat keine Gültigkeit." Es war das eingetreten, was der Alemanne befürchtet hatte. Aber er ließ es nicht zu, dass sein Verhandlungserfolg von zwei Hitzköpfen gefährdet wurde.

„Bringt Makrian weg, ich will ihn heute nicht mehr sehen", befahl er seinen Männern, die den Widerstrebenden hinaus schleiften.

„Ist da was an der Geschichte mit dem Armreif?", fragte mich der Allemanne, als die Gemüter sich beruhigt hatten.

„Er hat ihn im ehrlichen Kampf erworben. Dafür verbürge ich mich", antwortete Charietto an meiner Statt und die Angelegenheit war für das erste bereinigt.

Die unbeschwerte Stimmung, die vor dem Eintreffen Makrians geherrscht hatte, wollte sich nicht wieder einstellen. Ich war froh, als Charietto das Zeichen zum Aufbruch gab und wir die zechenden Alemannen sich selbst überließen. Nur Germanus schien seinen Spaß zu haben, als er, Griselda im Arm, hinter den Streifenhäusern des Vicus im Wald verschwand.

Ich ging nicht zu Bissula ins Lager der befreiten Frauen und Kinder, sondern suchte mir, weit weg von den anderen, einen Schlafplatz unter den Ästen einer Eiche. Ich wollte alleine mit mir und meinen Gedanken sein. Zu viel war heute geschehen.

Eine volle Stunde lag ich noch wach. Was würde Bissula sagen, wenn sie von meinem Zusammenstoß mit Makrian erführe? Welche Folgen würden sich aus dem Streit ergeben? War unsere Liebe in Gefahr? Warum hatte der Armreif seine Kräfte wieder erlangt? Bestand ein Zusammenhang zum Erscheinen Makrians? Was würde der morgige Tag bringen?

Fragen über Fragen, die Morpheus daran hinderten, sein Werk zu tun. Endlich musste mich der Schlaf doch gefunden haben.

Ich kämpfte meinen Kampf mit Ulf, dem es immer wieder gelang, dem tödlichen Streich zu entgehen. Endlich lag er vor mir, aber die Kraft meines Armes erlahmte und ich schaffte es nicht, die Klinge in seinen Körper zu treiben. Hohn lachend stand Makrian daneben und schimpfte mich einen Mörder und Schwächling. Dann war da diese Frau in einem weißen Kleid, um deren Hüfte sich eine Schlange wand. Die Smaragdaugen des Tieres funkelten, als der Kopf vorschnellte, um nach mir zu schnappen. Die Frau beugte sich herab und ihr schwarzes Haar umhüllte meinen Todfeind, um ihn mir zu entrücken. Und im Hintergrund weinte ein Kind bittere Tränen neben dem leblosen Körper eines Blut besudelten Mannes, um dessen Schläfen sich ein Kranz aus Lorbeer wand.

Barbaricum

Ich wurde in der Früh von Rufus geweckt, der auf Geheiß Chariettos nach mir gesucht hatte. Der Wolf wollte keinen erneuten Zusammenstoß riskieren. Eine unbegründete Sorge, hatte der Alemanne doch bis zum Morgengrauen mit seinen Kumpanen gezecht. Als Hariobaud kurz nach uns das Fest verlassen hatte, war die Wache abgezogen, was Makrian die Rückkehr in die Principia ermöglichte.

Ich erfrischte mich mit frischem Brunnenwasser und suchte das Lager der ausgelösten Gefangenen auf, wo mich Bissula mit sorgenvoller Miene erwartete. Die Nachricht von Makrians Ankunft und unser gestriger Zusammenstoß hatten sich längst herum gesprochen. Nero schien die düstere Stimmung seiner Herrin nicht zu stören, denn er begrüßte mich schweifwedelnd.

„Musstest du ihn derart provozieren, Marcus?"

„Er hat angefangen", war das einzige, was mir zur Verteidigung in den Sinn kam.

„Was immer vorgefallen ist, ich möchte nicht, dass ihr kämpft." Bissula schien verärgert.

„Meinst du, er würde mich schlagen?"

„Jeder Kampf ist ein Risiko. Und glaube nicht, dass Makrian ein leichter Gegner ist." Die Zornesröte verdunkelte ihr Gesicht, als sie fortfuhr. „Dich wegen dieses Streites zu verlieren wäre das Dümmste und Überflüssigste, was ich mir vorstellen kann!"

„Ja", gab ich nach und nahm sie in den Arm.

„Ich verspreche dir", fuhr ich fort, „eine Herausforderung in jedem Fall abzulehnen."

„Danke", flüsterte sie und ich fühlte ihre Erleichterung, als sie sich an mich drückte.

„Vielleicht sollten wir das unterlassen", bot ich Bissula an, die heftig mit dem Kopf schüttelte.

„Wenn er es nicht schon weiß, wird er es bald erfahren. Rando hat uns gestern sicherlich gesehen."

In der Zwischenzeit hatten die ehemaligen Gefangenen begonnen, ihre Habseligkeiten zusammen zu packen. Unruhig wandten sich die Leute Charietto zu und öffneten ihm eine Gasse, als er mit wuchtigen Schritten auf mich zueilte.

„Haben dich gestern alle Götter verlassen?", fuhr er mich an.

„Es wird keine Wiederholung geben", antwortete Bissula an meiner statt.

„Gut", gab sich der Wolf zufrieden und wendete sich mir wieder zu.

„Titus wird mit seinen Reitern aus Beda die Gefangenen nach Mogontiacum bringen. Die Ehrengarde des Statthalters wird ihn begleiten. Regulus ist nicht begeistert, ohne seine Männer zum Glauberg zu reiten."

„Muss er mit?" Es war die zweite überflüssige Frage, die ich an diesem Morgen stellte.

„Im Gegensatz zu dir hat er keinen Streit angefangen", blaffte der Wolf zurück. „Er war gestern eine große Hilfe und wird es auch in Zukunft sein. So übel ist er nicht, wenn es um geschäftliche Angelegenheiten geht."

Ich verzichtete auf eine Antwort und nickte zustimmend mit dem Kopf.

„In einer Stunde brechen wir mit Hariobaud und seinen Leuten auf. Und noch einmal", hob Charietto drohend den rechten Zeigefinger, „keine Provokationen."

Innerhalb der angegebenen Stunde war Titus nach Mogontiacum aufgebrochen. Die befreiten Gefangenen blickten sich noch einmal besorgt nach ihren ehemaligen Herren um, als sie, eskortiert von unseren Reitern, auf der abschüssigen Straße zurück in die Freiheit marschierten.

Vor der Brücke des Kastelltores sammelten sich die Teilnehmer des Rittes zum Glauberg, während die übrigen ihren heimatlichen Dörfern zustrebten. Die Anzahl der uns begleitenden Alemannen überstieg die der Wölfe und die der wenigen Reiter des Germanus um mehr als das Doppelte.

Makrian hatte sich mit seinen Männern in unserer Nähe postiert und beäugte Bissula und mich mit unverhohlener Wut. Neben ihm hatte sich Rando eingereiht, der mit dem Finger auf uns zeige und seinem Freund etwas zuflüsterte, was einen heftigen Gefühlausbruch zur Folge hatte. Sein hasserfüllter Blick traf mich, als er an den Zügeln seines Pferdes riss, um aus der Kolonne auszuscheren. Sofort drängten ihn Reiter zurück, die Hariobaud zum Schutz des fragilen Friedens in seiner Nähe postiert hatte. Dem neben mir verhaltenden Charietto war der Vorgang nicht entgangen. Er legte seine Rechte auf meine Zügelhand und gab mir mit einem Blick zu verstehen, dass ich mich ruhig verhalten sollte.

Der Tag begann nicht gut und meine Gedanken waren bei Titus, der mit den Befreiten nach Mogontiacum marschierte. Wie gerne hätte ich ihn mit Bissula begleitet. Stattdessen wartete auf uns ein beschwerlicher Ritt von zwanzig Leugen zum Glauberg, der Bergfestung Hariobauds. Der Ritt war es nicht, der meine Stimmung drückte. Es war die Anwesenheit des vor Eifersucht und Missgunst kochenden Makrian, die mir den Tag verdunkelte. Das konnte nicht gut gehen und durch meinen Kopf schossen alle erdenklichen Provokationen und Schikanen, derer der wilde Alemannenfürst fähig war.

„Das gefällt mir nicht", raunte ich Bissula zu, als die Kolonne sich in Bewegung gesetzt hatte.

„Mir auch nicht", bestätigte sie meine Befürchtungen. „Ich rede mit ihm".

Ehe ich es verhindern konnte, scherte Bissula aus und lenkte ihr Pferd an die Seite Makrians, der sie mit einem hämischen Grinsen empfing.

Sie waren zu weit entfernt, als dass ich etwas verstehen konnte, aber ich sah Bissulas Gesichtsausdruck an, dass es kein Gespräch war. Sie stritten und als Makrian seinen Arm um ihre Schulter legen wollte, schüttelte sie ihn angewidert ab. Ein letztes Wortgefecht endete, als Bissula an den Zügeln ihres Pferdes riss, das darauf einen Satz zur Seite machte und zu mir zurück trabte.

„Und?", konnte ich meine Neugier nicht mehr zügeln, als wir lange Zeit schweigend nebeneinander geritten waren.

„Wie ich es erwartet habe", schüttelte Bissula den Kopf. „Er nennt mich eine Römerhure und dich einen Mörder."

„Das reicht", rief ich voller Empörung, dass unsere Nebenleute mir zublickten. „Ich rede mit Hariobaud, er soll das unterbinden."

„Tu das", wandte sich Germanus im Sattel um. „Hariobaud und Makrian lassen keine Gelegenheit aus, sich zu streiten. Aber sie sind Brüder."

„Wie bitte?", brach es aus Charietto heraus.

„Sie haben verschiedene Mütter, aber der Vater ist derselbe. Makrian herrscht auf dem Dünsberg jenseits der Logana, während Hariobaud das väterliche Erbe auf dem Glauberg angetreten hat."

„Wieso weiß ich davon nichts?" Der Vorwurf in der Stimme des Wolfes war nicht zu überhören.

„Ich hielt es nicht für wichtig", blickte Germanus verlegen zur Seite. "Makrian war ja bis gestern nicht hier."

„Gut", antwortete der Wolf sarkastisch. „Wenigstens weiß ich jetzt Bescheid."

„Obwohl sie sich nicht mögen", fuhr Germanus fort, „würde Hariobaud seinen Bruder im Ernstfall immer in Schutz nehmen."

„Umgekehrt auch?", wollte Charietto wissen.

„Da bin ich mir nicht sicher", ergriff Bissula das Wort.

Charietto zuckte mit den Schultern richtete seine Aufmerksamkeit wieder nach vorne.

„Das hättest du mir sagen sollen", setzte ich unser Zwiegespräch fort.

„Ja" sinnierte Bissula. „Aber ich habe nicht damit gerechnet, dass unser Aufenthalt länger dauert. Ich dachte, wir wären heute Morgen nach Mogontiacum aufgebrochen."

„Und das Grab deines Vaters?"

„Glaubst du, ich krieche vor Makrian im Staub?" Voller Wut blickte Bissula mich an. „Ich habe ihm erzählt, dass wir bei Merobaud und Grisa waren und dass sie mir die Auskunft verweigert hätten. Er lachte mich aus."

„Ich dachte, er hätte dich geliebt und deinen Vater geschätzt?"

„Er hat vor allem geglaubt, dass ich ihm gehöre."

Tränen der Wut und Verzweiflung schimmerten in Bissulas Augen.

„Er sagt es mir", fuhr sie flüsternd fort, „wenn ich heute Abend zu ihm komme."

„Was?", fuhr ich im Sattel hoch.

„Ich gehe nicht alleine", legte sie mir beschwichtigend die Hand auf den Unterarm. „Ich bitte Germanus, mit zu kommen. Dich würde er nicht akzeptieren. Es würde alles noch ärger machen."

„Nimm auch den Hund mit", schlug ich ihr vor und sah nach Nero, der lustlos neben uns trottete.

„Gut, dass du an Nero denkst", lenkte Bissula ab. „Nimm ihn gleich zu dir vor den Sattel. Er ist nicht mehr der jüngste. Die ganzen zwanzig Leugen würden ihn überanstrengen."

Sie lächelte mir zu und schloss zu Germanus auf, um sich mit ihm zu besprechen.

Der Vormittag war schon weit vorgeschritten, als wir die Wälder hinter uns ließen und über freies Gelände ritten. Es ging jetzt schneller voran, da wir weite Strecken auf abgeernteten Feldern zurücklegten und so den Weg verkürzten. Gut die Hälfte der Höfe und Landvillen, die wir passierten, waren von ihren romanischen Eigentümern in den letzten Jahren verlassen worden. Dunkel blickten die leblosen Fensterhöhlen auf die bescheidenen Pfostenhäuser der neuen Besitzer, die mit geringem Aufwand errichtet worden waren. Wenn die Zeiten sich nicht besserten, würden bald die letzten Siedler ihre Wohnstätten verlassen haben.

Gegen Mittag rasteten wir und ließen die Pferde an einem Bach trinken. Hariobaud achtete sorgsam darauf, dass Makrian uns nicht zu nahe kam. Ich bemitleidete den Alemannen, dass das Schicksal ihm einen solchen Bruder an die Seite gestellt hatte.

Bald ging es weiter und ich nahm Nero immer häufiger zu mir in den Sattel, da er sich die Pfoten blutig gelaufen hatte. Es wurde wenig geredet und jeder sehnte das Ende des anstrengenden Rittes herbei.

Am Nachmittag querten wir die Pfostenreihe des Limes an einem Durchlass und Germanus deutete mir an, dass es nicht mehr weit bis zum Glauberg sei.

Er hatte Recht. Die angespannten Gesichter der Alemannen glätteten sich, als in der Ferne ein langgestreckter Bergrücken vor uns lag.

„Der Glauberg", riefen mehrere Stimmen gleichzeitig und die Männer richteten sich in den Sätteln auf. Es gab keinen, der nicht froh war, das Ziel des Gewaltrittes vor sich zu sehen. Ein letztes Mal keuchten die Pferde den gewundenen Weg zur Toranlage der Bergfestung hinauf, während die Reiter sie mit lauten Rufen vorantrieben. Wir passierten einen zerfallenen Vorwall, den ein unbekanntes Volk lange vor unserer Zeit angelegt hatte und näherten uns dem mit Erdwällen verstärkten Hauptzugang.

Die Kelten hatten ihre Bergstädte in dieser Weise befestigt, bis sie von unseren Legionen in den Zeiten des großen Julius Caesar erstürmt und dem Erdboden gleichgemacht wurden. Auf den Höhen der Silva Arduenna und des Idar gibt es noch viele dieser Anlagen, in die sich die Bevölkerung bis auf den heutigen Tag vor einfallenden Germanen in Sicherheit bringt. Ursprünglich wurde ein Gerüst aus Balken und Planken errichtet, das auf der Feldseite eine mit Zinnen bewehrte Palisade abschloss. Die Konstruktion wurde mit Steinen verfüllt und an der Innenseite eine Erdrampe aufgeschüttet. Palisaden und Balken sind längst zerfallen und nur die übrig gebliebenen Steinwälle künden von den gewaltigen Festungswerken der Vorzeit.

Das Vorfeld des Tores war instand gesetzt und die Kanten des Bergplateaus mit einer neu aufgeschichteten Trockenmauer gesichert worden. Das musste in den letzten Jahrzehnten entstanden sein, denn als unsere Legionen noch den Limes schützten, wäre eine alemannische Befestigung des nahe gelegenen Berges nicht geduldet worden.

Zehn Schritte vor dem Tor, dessen Flügel aus massiven Eichenbohlen weit offen standen, zügelte ich mein Pferd vor einer seltsamen Steinplastik. Sie stellte in merkwürdigen Proportionen einen Krieger in Rüstung dar, der eine seltsame Kopfbedeckung trug. Zuerst dachte ich an übergroße Ohren, erkannte aber beim näheren Hinschauen eine Kappe mit halbkreisförmigen Aufsätzen, die entfernt einem Eichenblatt ähnelten.

„Als ich das letzte Mal hier war", erklärte Bissula, „ist man beim Brunnenbau auf diesen seltsamen Krieger gestoßen. Es muss ein Gott oder Häuptling des alten Volkes sein, das die Bergfestung erbaute. Hariobaud ließ ihn hier aufstellen, um den Geistern der Vorzeit den Eintritt zu verwehren."

„Vielleicht schützt der Krieger unsere Mission", grüßte ich die Stele mit einem Neigen des Kopfes.

Es war Abend geworden und im Innern der Festung waren Feuer entzündet worden, die das lang gestreckte Plateau ausleuchteten. Über der Fläche erkannte ich in ihrem Licht eine Anzahl größerer und kleinerer Gebäude. Holzkonstruktionen auf steinernen Fundamenten oder Pfostenhäuser mit weit ausladenden Strohdächern, die sowohl Wohn- als auch Gewerbezwecken dienten. Ich erkannte mindestens eine Schmiede. Neben Waffen und Werkzeugen des täglichen Lebens wurden dort die wegen ihrer Gestaltung begehrten alemannischen Beschläge und Gürtelschnallen hergestellt. Ein langer Pfostenbau, das größte Haus der Ansiedlung, musste Hariobaud und sein Gefolge beherbergen. Auffallend viele Menschen schienen ihren andauernden Wohnsitz auf dem Glauberg genommen zu haben. Die meisten standen hinter dem Tor, um die Fremdlinge zu bestaunen, die mit Hariobaud und seinen Männern gekommen waren.

Wie es abzusehen war, bekamen Bissula und ich getrennte Quartiere zugewiesen. Sie wurde bei einer Familie untergebracht, deren Frau sie aus früheren Tagen kannte, während ich mit Nero eine abgelegene Hütte bezog, deren einziger Raum mit Feuer- und Schlafstelle ausgestattet war. Ähnliche Behausungen warteten auf Germanus und Regulus, während Charietto eine luxuriösere Unterkunft erhielt. Unsere Männer schlugen ihre Zelte auf einer Freifläche im hinteren Teil der Festung auf. Makrian und Rando sah ich mit Hariobaud in dem großen Langhaus verschwinden.

Ich strich mit Germanus durch die Siedlung, um etwas Essbares zu besorgen. Es blieb noch genug Zeit, da die beiden sich erst zur zehnten Abendstunde zu Makrian begeben wollten. Sie hofften, den wilden Alemannen zu dieser späten Stunde in einer versöhnlichen Gemütsverfassung anzutreffen, da Bier oder Wein bis dahin ihre Pflicht getan haben würden. Bei den Wölfen des Charietto erhielten wir frisch gebratenes Wildbret und Wein. Wenn Hariobaud sich auch mit seinen engsten Beratern zurückgezogen hatte, so war doch dafür gesorgt worden, dass es uns an nichts fehlte. Zu den Alemannen setzten wir uns nicht, da unser Befehlshaber davon abgeraten hatte. Trotz des friedlichen Bildes der an Feuern und Kochstellen lagernden Männer und Frauen lag eine spürbare Spannung über dem weiten Platz.

Was würden die nächsten Tage bringen, bis die fehlenden Gefangenen sich einfänden? Warteten Provokationen oder noch schlimmere Übergriffe auf uns?

Charietto und Regulus bekamen wir nicht zu Gesicht. Der Wolf wollte sich einmal gründlich ausschlafen und Regulus hockte alleine über seinen Listen, wobei er die Geldkassette nicht aus den Augen ließ.

Wir schauten einem Töpfer bei der Arbeit zu, der im Schein seines Herdfeuers ein Gefäß mit den Händen aufbaute. Als Werkzeug diente ein Holzspatel, den er in einer Wasserschale feucht hielt. Die Vorlage, ein Gefäß aus den Werkstätten der südlichen Silva Arduenna, das seinen Weg in diesen entlegenen Winkel gefunden hatte, stand auf einem Schemel neben ihm. Immer wieder nahm er mit den Fingern Maß und passte die Laibungen dem Original an. Weitere Musterstücke, Glanztonware aus den Argonnen und Becher aus Treveris, ruhten auf einem hölzernen Wandbrett. Mir fiel auf, dass in seiner Werkstatt keine Töpferscheibe zu sehen war, wie sie unseren Keramikern die Arbeit erleichtert. Wir überließen den fleißigen Handwerker seinem Tagewerk und gingen zu einem Schmied, bei dem ich für mehrere Folles eine bronzene Gürtelschnalle erstand, die mein Interesse geweckt hatte. Kunstvoll verschlungene Linien und Kreise stellten ein Fabeltier dar, das einem Wolf ähnelte. Dem Mann erschien die Summe zu hoch und erbot sich, mir einige Münzen zurück zu geben. Ich betrachtete die Stücke, die er einer Holzlade entnahm und reichte sie zurück. Unbeholfene Nachbildungen römischer Nominale, auf denen der Kopf des Magnentius kaum zu erkennen war.

Fälschungen aus dem ehemaligen Dekumatenland tauchten in regelmäßigen Abständen in den Grenzprovinzen auf und wurden von den Steuerbehörden ersatzlos eingezogen.

Kurz vor der verabredeten Zeit brachte Germanus mich zu meiner Hütte, wo uns Nero freudig begrüßte.

„Nimm den Hund mit", bat ich den Freund, der ablehnend seinen Kopf schüttelte.

„Bissula ist dagegen", bedauerte er. „Makrian mag keine Hunde. Schlimm genug für ihn, dass er mich ertragen muss."

„Kommt ihr zu mir, wenn das Treffen beendet ist?"

„Ich kann es nicht versprechen, Marcus. Es hängt davon ab, wie spät es wird und in welcher Verfassung sich Bissula befindet."

Ich sah Germanus nach, bis sein Schatten in die Dunkelheit eintauchte und wusste, dass es Schwierigkeiten geben würde. Ein leichtes Brennen am Handgelenk und die rote Verfärbung der Haut unter dem Schlangenreif waren kein gutes Omen.

Ich ließ die Türe zu meiner Hütte offen und legte mich auf die Bettstatt aus Stroh und übergelegter Wolldecke, wobei Nero mir Gesellschaft leistete. Ich breitete eine Decke über mich, weil die herein strömende Kühle den nahen Herbst ankündigte. Lange lag ich wach, sah zu den Sternen, die in der Türöffnung funkelten und lauschte den langsam ersterbenden Geräuschen des Lagerlebens.

Ich musste eingenickt sein, denn ich schreckte hoch, als ein Schatten die Hütte verdunkelte und das Poltern eines umstürzenden Schemels an mein Gehör drang.

Vor mir stand Bissula und ich entnahm dem geröteten Gesicht und ihrem stoßweisem Atem, dass sie sich in höchster Aufregung befinden musste.

„Marcus", schluchzte sie und ich fühlte ihre Tränen auf meinem Gesicht, als sie ihren blauen Mantel abwarf und sich in meine Arme stürzte.

„Makrian?", fragte ich, worauf sie heftig mit dem Kopf nickte und mich fest umklammerte.

Nero, der alles für in Spiel hielt, sprang um uns herum und versuchte meine Decke mit den Zähnen zu fassen und sie fort zu zerren.

„Bring bitte den Hund raus und binde ihn an", bat Bissula mit Tränen erstickter Stimme und ich beeilte mich, ihren Wunsch zu erfüllen. Nero verstand nicht, was ihm geschah, als ich ihn an einem Pfosten hinter der Hütte anleinte und blickte aus großen Augen traurig zu mir hoch. Ich kraulte ihm kurz den Nacken und begab mich zurück zu Bissula, die sich in meine Decke gewickelt hatte und mit leerem Blick die lehmverschmierte Flechtwand anstarrte.

„Was ist geschehen?". Ich legte mich zu ihr und nahm sie in den Arm.

„Es war entwürdigend und verletzend", brach es aus ihr heraus. „Wir gingen zu Hariobauds Haus und wurden in einen Raum geführt, wo Makrian mich erwartete. Er war ungehalten, dass Germanus mich begleitete, bot uns aber Met und Honigkuchen an, die auf der Erde standen. Er zog mich neben sich auf die stinkenden Felle seiner Bettstatt, während Germanus mit einem Hocker vorlieb nehmen musste. Sofort versuchte er, seinen Arm um mich legen, den ich fort stieß. Er schien verärgert, bemühte sich aber, die Situation zu überspielen.

Am Anfang redeten wir noch normal miteinander und ich hoffte, zu einer Einigung zu kommen. Dann begann Makrian, Bedingungen zu stellen. Er wollte mich zu dem Gräberfeld führen und mir die Stelle anzeigen, wo sie begraben wurden, wenn ich alleine mit ihm käme. Es wäre ein Ritt von mehr als einem Tag gewesen und die Lüsternheit sprang aus seinen Augen, als er davon sprach, die Nacht mit mir in einem Zelt zu verbringen. Ich lehnte empört ab, was ihn in Wut versetzte. Obwohl Germanus anwesend war, wollte er zudringlich werden."

„Ich bringe ihn um", brüllte ich heraus. Wut und Hass hatten mich die Beherrschung verlieren lassen.

„Nein", schluchzte Bissula auf. „Es wäre unser Tod und der aller Männer, die guten Glaubens auf den Glauberg gekommen sind. Hariobaud und seine gemäßigten Anhänger könnten keinen mehr schützen."

„Dann lass uns gehen", bedrängte ich sie. „Am Morgen, wenn die Sonne aufgeht. Ich gehe zu Charietto, er wird uns verstehen."

„Tu das", flehte Bissula mich an. „Makrian gibt keine Ruhe, bis er bekommt, was er will. Und er will mich."

„Du bleibst hier und morgen gehen wir gemeinsam zum Wolf."

„Ja, Marcus. Ich bleibe bei dir", schmiegte sie sich fest an mich und ich fühlte unter dem Stoff ihres Kleides jede Einzelheit ihres Körpers.

„Und wie ging es weiter?" Ich hatte mich wieder gefasst und strich zärtlich mit den Fingern über Bissulas Gesicht.

„Germanus sprang auf und ging dazwischen. Das Umstürzen des Schemels und das laute Gebrüll der beiden ließen Hariobaud und zwei Männer herein stürmen, die sich auf Makrian warfen und ihn niederhielten. Er wies uns an, sofort das Haus zu verlassen, bevor sein Bruder zu toben begann. Er brüllte mir nach, dass ich ihm gehöre und er mich bekommen und dich töten würde. Es war fürchterlich."

Lange herrschte Stille, in der nur das Rauschen der Bäume am Hang des Burgberges zu hören war.

„Es ist vorbei", flüsterte ich ihr zu. „Hier bist du sicher und morgen gehen wir."

„Halt mich ganz fest und lass mich nie wieder los", hauchte Bissula. Sie presste sich an mich und als ich spürte, dass sich ihre Beine leicht öffneten, wusste ich es. Jetzt würde das geschehen, wonach ich mich seit unserer ersten Begegnung in Aquis gesehnt hatte. Der Anblick ihrer entblößten Brüste, der mir an jenem Morgen vor Tolbiacum vergönnt gewesen war, stieg in mir auf, als ich ihre Schultern entblößte.

Leise stöhnte sie auf, während sie den Stoff herabstreifte und begann, meinen Gürtel zu lösen und mir die Tunika über den Kopf zu ziehen. Kein Gott hätte mehr verhindern können, was jetzt geschah. Die Fluten der Begierde rissen uns fort und ließen alles vergessen, was an Sorgen und Verzweiflung auf uns lastete. Niemals wieder sollte ich einen solchen Rausch der Gefühle erleben. Als wäre es das letzte, was uns in diesem Leben noch blieb, gaben wir uns hin, wurden eins und lebten Glück und Erfüllung unserer Liebe.

Schwer atmend hielten wir uns fest umschlungen, als die Leidenschaften uns freigegeben hatten. Ich lauschte dem sich beruhigenden Herzschlag meiner Gefährtin, die in dieser Nacht auch ohne den Beistand eines Priesters zu meiner Frau geworden war.

Sachte breitete ich die Decke über unsere verschwitzten Körper und gab Bissula einen Kuss, den sie mit nie gekannter Zärtlichkeit erwiderte. Dann flüsterten wir Worte und Sätze der Liebe und Vertrautheit, bis diese erstarben und Morpheus uns in seine weit geöffneten Arme nahm.

„Tribun", riss mich eine Stimme aus kurzem Schlaf und es kostete Mühe, in die Welt der Wachenden zurückzukehren. „Tribun, komm heraus, es ist wichtig", drängte sie diesmal fordernder. „Komm, es ist ein Unglück geschehen. Charietto schickt mich."

Der alemannische Tonfall, in dem die Worte ausgestoßen wurden, kam mir erst später zu Bewusstsein. Auch missachtete ich das wütende Kläffen Neros, der verzweifelt an seiner Leine riss und den Schmerz in meinem Handgelenk, dessen Haut sich unter dem Reif feuerrot verfärbt hatte.

„Was ist?", schmiegte Bissula sich an mich, als ich behutsam unsere Umarmung löste.

„Ich weiß es nicht", flüsterte ich und gab ihr einen Kuss. „Charietto schickt nach mir."

„Gib auf dich acht", war das letzte, was ich von ihr hörte, als ich Tunika und Mantel übergezogen und mich durch den Eingang der Hütte hinaus gezwängt hatte.

Der Schlag kam unverhofft und traf mich am Hinterkopf. Wäre es nicht dunkel gewesen und hätte der Mann besser gezielt, wäre es mein Tod gewesen. Ich stürzte in schwarze Finsternis und hörte nicht, wie Männer in die Hütte drangen, die nackte Bissula ins Freie zerrten, ihr den blauen Mantel überwarfen und zu Makrian hinauf reichten, der sie vor sich über den Sattel legte. Während ein weiterer Krieger Bissulas restliche Kleider zusammen raffte, versetzte ihr der blonde Hüne einen Schlag mit der Faust, der sie verstummen ließ und galoppierte mit seiner Beute dem offen stehenden Festungstor zu. Die Reiter achteten nicht auf die Rufe der erwachenden Burgbewohner. Ihre Tiere antreibend, passierten sie die Pforte mit dem steinernen Wächter und tauchten in die schwarze Nacht hinein.

Das wahnsinnige Bellen Neros und das Geschrei unserer Männer, die herbei geeilt kamen, ließen mich aus der Ohnmacht erwachen. Rufus kniete, meinen Kopf abtastend, neben mir und ein stechender Schmerz durchzuckte mich wie ein Blitz, als er die getroffene Stelle berührte.

„Es ist nichts gebrochen, nur eine böse Platzwunde", drang es wie aus dichtem Nebel zu mir.

„Er hat Bissula", schrie Germanus aus der Hütte, wo er nach seiner Base gesucht hatte.

Sofort war ich wieder bei mir und vergaß den durch meinen Kopf tobenden Schmerz. Ich sprang auf die Beine, strauchelte und fiel in Chariettos Arme, der mich behutsam zu Boden gleiten ließ.

„Ruhig, Tribun", versuchte mich der Wolf zu beruhigen. „Komm erst wieder zu dir und bei allen Göttern, schau dir dein Handgelenk an."

Ich starrte auf den Schlangenreif, unter dem die Haut blutige Blasen gebildet hatte.

„Hat denn keiner einen Schluck Wein?", schrie er die Umstehenden an, die sich beeilten, das Gewünschte herbei zu schaffen.

Ich nahm einen tiefen Schluck, verspürte die belebende Wirkung des Getränks und setzte mich vorsichtig auf.

„Was ist geschehen?", fragte ich, meinen Arm massierend, als im gleichen Moment die Erinnerung einsetzte.

„Du hast Glück gehabt", schaute Charietto mir in die Augen. „Und einen dicken Schädel, bei allen Göttern."

„Makrian hat Bissula entführt", füllte Germanus die Lücke meiner Ohnmacht aus. „Wir haben ihn und vier seiner Männer wegreiten sehen, als wir auf das Geschrei hin, das aus deiner Hütte drang, unsere Zelte verließen."

„Wir müssen ihr nach!", sprang ich auf und schaute mich nach einem Pferd um. Vor Wut und unterdrückter Verzweiflung zitterte mein Unterkiefer und Tränen stiegen mir in die Augen.

„Reiß dich zusammen", fuhr Charietto mich an. „So wird das nichts. Wo können sie hingeritten sein, Germanus?"

„Zum Dünsberg. Makrians Bergfestung im Norden." Nur kurz hatte Bissulas Vetter sich bedacht.

„Können wir sie einholen, Germanus?", fragte der Wolf.

„Es sind mehr als zwanzig Leugen, es ist dunkel und sie müssen die Logana überschreiten." „Dann können sie vor dem Nachmittag nicht dort sein", folgerte Charietto. „Wie viele sind es genau?"

„Mit Makrian fünf Männer. Unter ihnen auch unser Freund Rando."

„Marcus, Germanus, sucht euch die zwanzig besten Männer und Pferde aus. Wasser und Proviant für zwei Tage. In einer halben Stunde reitet ihr los."

Mir ging das alles nicht schnell genug von statten. Während der letzten Worte des Wolfes war ich in die Hütte geeilt, um meine Waffen an mich zu nehmen.

„Marcus", hielt Charietto mich auf, als ich Spatha und Dolch in den Händen aus der Hütte trat. „Stellt es klug an und vermeidet es, Makrian oder Rando zu töten. Über die Folgen möchte ich nicht nachdenken."

„Wer soll getötet werden?", schnitt die Stimme Hariobauds durch die Dunkelheit, der mit einem Dutzend Männer herbei eilte.

„Makrian hat Bissula verschleppt und ist mit ihr auf dem Weg zum Dünsberg", informierte der Wolf in ruhigem Tonfall, ehe es aus ihm heraus brach. „Was ist das für eine Gastfreundschaft? Bissula steht unter meinem Schutz und der Tribun hätte tot sein können. Ist das der Dank der Alemannen für unser Vertrauen?"

Einen Augenblick schien es, als würde Hariobaud die Fassung verlieren. Er schwankte, so dass zwei seiner Männer herbei sprangen und ihn stützten.

„Es darf keine Toten geben, Charietto. Verstehst du?" Mehr als Bitte brachte der Alemanne seine Forderung vor.

„Dann hilf uns mit Pferden und wegekundigen Führern", drängte der Wolf in unseren Gastgeber.

Ein Murren aus den Reihen der umstehenden Alemannen hinderte Hariobaud an der Zustimmung und sein Gesicht nahm einen blassen, abweisenden Ausdruck an, als einer der Männer ihm etwas zuflüsterte. Unsicher wanderte sein Blick von uns zur Gruppe seiner Leute und wieder zurück.

„Makrian hat eine schreckliche Dummheit begangen", begann der Führer der Alemannen mit belegter Stimme zu sprechen. „Das Gastrecht ist uns heilig, aber noch mehr gilt die Treue zu unserem Volk."

Ich starrte Hariobaud in die Augen und fühlte, wie Wut und Verzweiflung in mir hoch krochen.

„Was soll das heißen?", zischte Charietto und hielt mich gleichzeitig mit festem Griff zurück.

„In den Augen unseres Volkes hat Makrian nichts Unrechtes getan. Es ist das Recht eines Mannes, seine Auserwählte auch mit Gewalt in sein Heim zu holen."

„Ich sage es noch einmal. Bissula ist Alemannin und Römerin. Sie steht unter meinem Schutz. Und der Angriff auf den Tribun ist ein klarer und brutaler Verstoß gegen das Gastrecht."

„Dann nenn mir einen Preis. Ich werde damit die Tat meines Bruders sühnen", entgegnete Hariobaud.

„Mein Preis sind zwanzig Ersatzpferde und Proviant für zwei Tage." Charietto streckte dem Alemannen die Hand entgegen. Dieser schlug ein, nachdem er sich das Einverständnis seiner Männer eingeholt hatte, die zustimmend die Köpfe senkten.

„Aber kein Blutvergießen, Charietto. Sonst kann ich für nichts garantieren."

„Bitte Tyr und Wodan darum, wenn dir etwas am Frieden liegt. Es ist an Makrian, die Frau herauszugeben", grollte der Wolf.

Es schien, als wollte Hariobaud noch etwas sagen. Er besann sich jedoch anders und begab sich mit seinen Leuten in sein Haus zurück.

Mich hatte das Geschacher um Bissula schier zur Verzweiflung gebracht und ich atmete durch, als ich sah, dass Männer und Pferde sich früher einfanden, als ich erwartet hatte.

„Mach den Hund los, wir können ihn brauchen." Germanus wies auf Nero, der immer noch bellend an der Leine zerrte. Ich band das Tier los, hielt den Lederriemen aber in der Hand. Nero schaute mit traurigen Augen zu mir auf und zog dorthin, wo seine Herrin verschwunden war.

Wir bestiegen die Tiere, ich machte Nero los und keine halbe Stunde, nachdem Makrian und Rando mit Bissula die Festung verlassen hatten, jagten auch wir, jeder ein Ersatzpferd am Zügel haltend, hinter dem Hund und Germanus in die Nacht hinaus. Sie waren die einzigen, auf deren Ortskenntnis beziehungsweise Geruchsinn wir uns verlassen konnten.

„Hol dir dein Mädchen, Tribun", hallte der Schrei des Wolfes, als wir das Tor und seinen steinernen Wächter passierten.

Nero schien die Witterung Bissulas aufgenommen zu haben, denn er eilte uns so weit voraus, dass wir ihn nicht sehen, aber umso besser hören konnten.

"Solange es dunkel ist, müssen wir uns alleine auf das Tier verlassen", rief Germanus, als ich zu ihm aufgeschlossen hatte. „Und treibt eure Pferde nicht zu stark an. Sie brechen sich sonst in der Finsternis die Beine."

Schneller ging es voran, als der Wind die Wolken auseinander trieb und der Mond die Wälder und Wiesen mit seinem silbrigen Licht übergoss.

Kurz darauf verloren wir das erste Tier, dessen rechter Vorderhuf sich in einer Wurzel verfing. Dem Reiter blieb nichts anderes übrig, als dem Tier mit der Spatha den Gnadenstoß zu geben und das Ersatzpferd zu besteigen. Ein Reiter fiel aus, dem ein fingerdicker Ast ins Gesicht gepeitscht war. Er schrie auf und wankte im Sattel, während das Blut durch die vor das Gesicht gepressten Hände sickerte. Der Mann musste zurück bleiben und sich alleine zurück zum Glauberg durchschlagen.

Je näher es dem Morgen zuging, desto kühler wurde es. Aus den Nüstern der Pferde, von denen die ersten Anzeichen von Ermattung zeigten, quoll weiß die kondensierende Atemluft. Noch eine Stunde trieben wir sie voran, bis Germanus das Zeichen zum Pferdewechsel gab.

Zwei Mann nahmen sich der ermatteten Tiere an und trieben sie nach einer ausgiebigen Pause zum Glauberg zurück.

Wir anderen bestiegen die wenig geforderten Ersatztiere und setzten unsere wilde Jagd fort. Von nun an mussten wir behutsamer mit unseren Pferden umgehen, da wir sie nicht mehr wechseln konnten. Deshalb stiegen wir immer wieder ab und führten die Tiere eine Strecke des Weges am Zügel. Ich konnte es jedes Mal kaum abwarten, bis wir wieder aufstiegen und voran galoppierten. Nero nahm ich jetzt häufiger zu mir in den Sattel, da es längst hell geworden und Germanus die Führung übernommen hatte.

„Das halten die nicht lange durch", knurrte Germanus und wies mit der Hand nach vorne. „Ich spüre es, dass sie keine halbe Leuge vor uns sind."

Je näher wir den Flüchtenden kamen, umso mehr verdichteten sich die Anzeichen, dass sie dicht vor uns waren. Feuchte Pferdeäpfel, tief in den Waldboden eingetretene Hufspuren, die sich noch nicht mit Wasser gefüllt hatten und vereinzelte Teile von Kleidung und Ausrüstung. Kein Feind wagte es, wegen dieser Dinge zurück zu bleiben und den schrumpfenden Vorsprung zu verspielen. Sie schienen den Atem der Verfolger im Nacken zu spüren.

Unruhe und Angst um meine geliebte Bissula schnürten mir die Kehle zu und immer häufiger spähte ich voraus, ob sie nicht schon in Sichtweite waren.

Das Handgelenk unter dem Armreif wechselte in ein tiefes Rot, dass sich zu Blasen aufwarf. Tückisch blitzen die Smaragdaugen des Reptils, mir wie früher anzeigend, dass die Gefahr näher kam.

Gegen Mittag hielten wir an einem Bach und ließen die Pferde ein wenig trinken und verschnaufen. Mir schmerzten vom Ritt alle Glieder, das Handgelenk brannte und mein lädierter Kopf brummte wie ein Korb voller Bienen. Den Spuren nach, hatten die Feinde ebenfalls an diesem Bach gerastet und waren uns keine zehn Minuten voraus.

„Aufsitzen, jetzt gilt es", brüllte Germanus und trieb sein Tier zu letzter Anstrengung voran.

Eine halbe Stunde lang jagten wir durch Wiesen und Felder, bis wir sie endlich vor uns hatten. Gerade hatten wir ein Waldstück durchquert und galoppierten bergab, als sich die Gejagten den Hang des jenseitigen Anstiegs hinauf quälten. Ich sah Bissulas blauen Mantel hinter dem Kamm verschwinden und trieb mein Pferd unbarmherzig voran. Die Feinde hatten sich nicht nach uns umgeblickt, da sie wussten, dass wir dicht hinter ihnen waren. Mein Herz raste, als ich mit feuchten Fingern die Spatha aus der Scheide riss und mein stöhnendes Tier über den Kamm trieb. Wenn ich die Augen schließe, kann ich das, was jetzt geschah, bis auf den heutigen Tag vor meinem inneren Auge abrufen, ohne eine Einzelheit auszulassen.

Keine hundert Schritte vor uns strebten die sich auffächernden Alemannen der Logana zu, die sich als silbriges Band durch die Wiesen einer weiten Aue schlängelte. Makrian hatte Bissulas widerstrebendes Reittier am Zügel gepackt und zerrte es hinter sich her.

Neben mir schrie Germanus auf, als Bissula Makrian einen Stoß gab, dass der den Lederriemen fahren ließ. Sie riss ihr Pferd herum und galoppierte uns mit weiten Sätzen entgegen, verfolgt von ihrem Peiniger, der die Kontrolle über sein Tier zurück gewonnen hatte. Aber so sehr der Alemanne sein Pferd prügelte, der Abstand war zu groß und sie musste uns vor ihm erreichen, wenn nicht…

Mein Handgelenk brannte im Feuer, als Makrian seinen Gaul parierte, etwas von seiner Schulter riss und auf die heran jagende Bissula anlegte. Ich schrie, als es im Sonnenlicht metallen aufblitzte und der Bolzen der Arcoballista die Flanke des Tieres zerfetzte. Grell schrillte der Todesschrei des Pferdes, als es einknicke und sich, Bissula überrollend, mehrfach überschlug.

Die Welt versank und ich sah nur Bissulas bleiches Antlitz, aus dessen Mundwinkel ein Rinnsal aus Blut hervor trat. Ich warf mich über sie und schrie meine ganze Wut und Verzweiflung heraus.

Ich nahm nicht wahr, wie Germanus den herbei gestürzten Makrian hinderte, mit dem Schwert auf mich einzudreschen, sah nicht Rando, der seinen Freund zurückriss und ihm die Zügel seines Pferdes in die Hand drückte. Ich hörte auch nicht das Aufheulen Neros, der von Rando mit einem Tritt zur Seite geschleudert wurde. Dann waren die Wölfe da, vor denen die Feinde in kopfloser Flucht davon stoben.

„Was ist mit ihr?", brüllte mein Freund mich an, als unsere Männer ihnen nachsetzten und in die Fluten der Logana trieben. Hoch spritzte das Wasser der Furt, als Makrian und seine Männer sich hindurch kämpften und das andere Ufer erklommen, über dem in der Ferne der Dünsberg blaute.

„Sie lebt", rief Rufus, der sich neben Bissula niedergelassen und nach ihrem Puls getastet hatte.

In diesem Augenblick schlug sie ihre Augen auf, in denen sich das Blau des Himmels spiegelte.

„Marcus", hauchte sie fast unverständlich, „du bist gekommen."

„Beweg dich nicht."

„Keine Sorge, Tribun", legte mir Rufus die Hand auf die Schulter. „Ich habe ihren Hals abgetastet. Sie hat sich nicht das Genick gebrochen. Sie muss sich beim Sturz auf die Zunge gebissen haben. Deshalb das Blut."

Sachte drückte ich Bissula zurück, die ihren Kopf heben wollte.

„Bleib liegen", flüsterte ich. „Wir müssen erst sehen, ob etwas gebrochen ist."

„Ein Sturz von einem Pferd bringt eine Alemannin nicht um" lächelte sie mich an und drückte meine Hand, mit der ich die ihre umschlossen hielt. Die andere leckte Nero, der sich neben seiner Herrin nieder gelassen hatte. Dann stöhnte sie auf, als Rufus ihr den rechten Fuß und den Rücken abtastete.

„Gebrochen ist nichts, Tribun", beruhigte mich Rufus. „Aber Prellungen im Rücken und der Fuß ist gestaucht. Sie kann auf keinen Fall reiten."

Erleichterung und Freude ließen mich die mahnenden Worte des rothaarigen Wolfes ignorieren.

„Verdammt", fluchte Germanus. „Bei Mars und Pluto. In weniger als drei Stunden wird Makrian mit vielen Männern vom Dünsberg zurück sein."

Niemand sagte mehr etwas, aber alle blickten auf die Konturen des dunklen Berges am Horizont.

„Versteckt mich im Wald und macht, dass ihr fort kommt", stöhnte Bissula auf. „Lasst mir nur genügend Proviant da. Hariobaud ist kein schlechter Kerl. Er wird Hilfe schicken."

„Ich bleibe bei dir", beschwor ich Bissula, die mit dem Kopf schüttelte.

„Wenn Makrian uns findet, sind wir beide tot, Marcus."

„Keiner bleibt zurück", schüttelte Germanus seinen Kopf. „Es muss einen Ausweg geben."

„Tribun", ergriff Rufus nach langem Schweigen als erster das Wort „Nicht weit von hier liegt das Dorf, in dem ich aufgewachsen bin. Etwa zwei Tagesreisen mit dem Boot die Logana herab. Es ist die erste Ansiedlung der Brukterer auf fränkischem Boden. Meine Leute werden dir und deiner Frau nichts tun."

„Wir bauen ein Floß", brüllte Germanus seine Freude über den Einwurf des Wolfes heraus. „Ihr fahrt in das Dorf, pflegt Bissula gesund und kommt so schnell es irgend geht über Logana und Rhenus nach Bodobrica, wo wir euch entweder erwarten oder Nachricht hinterlassen, wo wir sind. Julian muss dort durchkommen, wenn er zur Colonia will. Und wo der Caesar ist, sind wir auch."

„So machen wir das", strahlte ich Bissula an, die zurück lächelte.

„Ich werde Charietto dein Fortbleiben erklären", legte mir Germanus die Hand auf die Schulter. „Dem Wolf wird schon etwas einfallen, dein Entfernen von der Truppe zu rechtfertigen."

Ich nickte zustimmend und drehte meinen Schlangenreif um das Handgelenk. Der Schmerz war verschwunden und die Rötung zurückgegangen.

„Beeilt euch mit dem Floß", befahl Germanus in ruhigem Ton. „Und hinterlasst keine Spuren, die Makrian unseren Plan verraten können."

„Bissula, darf ich deinen Mantel haben?" Ein schalkhafter Zug zog über das Antlitz des Freundes. „Ich lass dir dafür meinen. Sollte Makrian uns nahe kommen, soll er sicher sein, dich vor sich zu haben."

„Lass es nicht auf einen Kampf ankommen, Germanus", beschwor Bissula ihren Vetter, der mit einem Lächeln antwortete.

„Makrian will dich und Marcus. Er wird es nicht wagen, sich an uns zu vergreifen. Das würde ihm Hariobaud nicht verzeihen."

Es dauerte keine Stunde, bis Bissulas Fuß geschient, ihre Prellungen und Schürfungen verbunden und das Floss fertig gestellt war. Die zum Bau notwendigen Stämme hatten die Wölfe so weit abseits des Weges geschlagen, dass keine Spuren sichtbar waren. Die Hölzer wurden mit Riemen verbunden, auf denen eine zweite Lage Querhölzer befestigt wurde, die den Boden aus dünneren Fichtenstämmen trug. Stangen zum Staken und zwei improvisierte Ruder sorgten für Antrieb und Steuerung des Gefährts.

Ich trug Bissula auf das Floß und bettete sie auf eine trockene Unterlage aus Tannenreisern, über die eine Decke gebreitet war. Nero beobachtete vom Ufer aus unsere Reisevorbereitungen und sprang mit einem Satz an Bord, wo er sich neben seine Herrin legte. Der Abschied von Germanus und den Wölfen fiel kurz aus, weil sowohl wir auf dem Floß, als auch die Reiter einen möglichst großen Vorsprung vor Makrian herausarbeiten wollten. Die Pferde, genügsame und ausdauernde Tiere, hatten sich während des Aufenthaltes zu einem guten Teil erholt und waren mit Wasser und Grünfutter versorgt worden.

Ein letzter Gruß und Rufus und ich stakten unser Fluchtgefährt in die Mitte des träge dahin gleitenden Flusses. Dort erfasste uns die Strömung und gesteuert von den Ruderblättern, trieben wir unserem Ziel, dem Dorf der Brukterer, entgegen.

Solange wir in Sichtweite der Aufbruchsstelle waren, hielten wir nach Makrian und seinen Leuten Ausschau. Den Flussgöttern sei Dank, erwiesen sich unsere Berechnungen hinsichtlich der zu erwartenden Rückkehr des Alemannenfürsten als richtig und jede Flussbiegung, die sich zwischen uns und die Verfolger legte, verringerte die Spannung der Reisenden.

Mehrere Stunden glitten wir dahin, bis die Dämmerung einsetzte und Nebelschwaden über das Wasser zogen. Dichte Wälder bedeckten die Ufer des tief eingeschnittenen Flusstales. Wenn die felsigen Abhänge bis an das Ufer heranreichten und die Fahrrinne verengten, schoss das Floß mit doppelter Geschwindigkeit voran.

Es bestand jedoch nie die Gefahr zu kentern oder aufzulaufen, da der Fluss genügend Wasser führte und sich Rufus als umsichtiger Steuermann erwies. Wir waren übereingekommen, in der Nacht nicht anzulegen. Obwohl sie es nicht zugab, hatte Bissula Schmerzen und es war angeraten, sie so schnell wie möglich in heilkundige Hände zu bringen. Rufus und ich wechselten uns am Steuer ab, wodurch wir etwas Schlaf finden konnten. Wir hatten alle die vergangene Nacht mehr oder weniger durchwacht und waren seit den frühen Morgenstunden auf den Beinen gewesen. Anspannung und Strapazen der Verfolgungsjagd forderten nun ihren Tribut.

Der Morgen kam mit Nebelschleiern und einer kühlen Brise, weshalb wir uns fröstelnd in Decken packten, die wir in genügender Anzahl an Bord hatten. Es war Ende August gewesen, als wir in Noviomagus aufgebrochen waren und die Iden des Septembers lagen hinter uns. Noch ein oder zwei Wochen und die ersten Nachtfröste würden Herbst und Winter ankündigen. Jupiter sei Dank, war das schöne Spätsommerwetter stabil geblieben und hatte uns vor ausgiebigem Regen und Sturm bewahrt. Noch wenige Tage und Galerius würde auf der Villa Vineta mit Maximus und den Knechten in die Weinberge ziehen und mit der Lese beginnen. Heimweh nach meinem Weingut und dem geruhsamen Leben an den Ufern der Mosella erfasse mich und ließ Traumbilder in mir hochsteigen. Ich sah Bissula mit den Kindern im Garten spielen und hörte, wie in der Kelter die Knechte mit bloßen Füßen die Trauben zu Maische stampften. In Momenten wie diesem hatte ich es satt, dieses Soldatenleben. Dieser Krieg noch, der um die Heimat geführt wurde, und dann musste es genug sein.

„Schau Tribun, siehst du die Häuser am Ufer?"

Ich schreckte aus dem Halbschlaf hoch und rieb mir die Augen, ehe ich zu der Stelle am Ufer blickte, auf die Rufus mit seiner Hand deutete. Ich sah verfallene Häuser und Schutthügel, aus denen geschwärzte Balken wie verkrümmte Finger in den Morgenhimmel wiesen.

„Das letzte Dorf der Alemannen, das die Brukterer vor mehr als zehn Jahren niedergebrannt haben. Wir befinden uns jetzt auf fränkischem Gebiet. Noch vier Stunden und wir erreichen mein Dorf. Wir haben es geschafft."

Ich erhob mich mit steifen Gliedern und stakste zu Bissula, ihr die gute Nachricht zu überbringen.

Sie lächelte mich aus strahlenden Augen an, als ich sie mit einem Kuss weckte, der Rufus verlegen zur Seite blicken ließ.

„Also doch kein Traum", flüsterte sie und kraulte Nero am Kopf, der vor Freude winselte.

Sie hatte eine ruhige Nacht verbracht, viel geschlafen und sich sichtbar gut erholt. Das Fußgelenk war jedoch dick angeschwollen und bedurfte dringend einer sachkundigen Behandlung.

Wir stärkten uns an dem mitgeführten Proviant und tranken dazu Wasser der Logana, das nach Freiheit schmeckte.

„Wie wirst du uns bei deinen Leuten einführen, Rufus?" Seit unser Gefährte das nahende Ende der Flucht angekündigt hatte, wurde es Zeit, nach einer glaubhaften Erklärung für unser Kommen zu suchen.

„Du hast die Legion verlassen, um dein Mädchen zu finden, dass von Alemannen entführt wurde, Tribun." Verschmitzt kniff Rufus ein Auge zusammen, ehe er fortfuhr.

„Ich stehe in deinen Diensten und habe mich verpflichtet, dich nach Hause zu bringen. Das hören meine Leute gerne und werden euch bereitwillig helfen. Einen hohen Offizier und einen treu zum Imperator stehenden Legionär würden sie trotz des Gastrechtes nur ungern bei sich dulden."

„Und was ist mit mir?", empörte sich Bissula. „Auch wenn Franken und Alemannen Bündnisse gegen die Römer abschließen, lieben sie sich nicht."

„Sprich romanisch, Herrin, du hattest eine alemannische Mutter und stammst aus Mogontiacum."

„Das ist wenigstens zur Hälfe richtig", scherzte Bissula und biss herzhaft in einen Apfel, den sie in dem Proviantsack gefunden hatte.

„Sollte Marcus nicht den Armreif ablegen?"

„Ich weiß nicht", zuckte Rufus mit den Schultern. "Muss darüber nachdenken."

Ich schaute auf mein Handgelenk. Seit gestern hatte es nicht mehr geschmerzt und wies auch keine Rötung mehr auf. „Wenn Gefahr drohte, hätte mir die Schlange längst eine Warnung zukommen lassen. Sie schweigt." Es war Mittag geworden, als wir das Floss an einem Bootsanleger festmachten. Auf dem hoch gelegenen Ufer erhoben sich vor dem Waldrand die mit Stroh gedeckten Dächer eines stattlichen Dorfes.

Unsere Flucht vor Makrian hatte ein gutes Ende gefunden.

Spielende Kinder hatten unsere Ankunft beobachtet und waren johlend den Weg zum Anleger heruntergerannt, um die harmlos wirkenden Fremden zu betrachten. Der Umstand, dass eine junge Frau an Bord war, ließ sie alle Vorsicht vergessen. Lärmend bildeten sie ein Knäuel lachender Gesichter, knielanger Kittel und fuchtelnder Arme, durch das sich Rufus mit sanfter Gewalt eine Gasse zum Dorfweg bahnte. Erkannt wurde er noch nicht, da die Anwesenden nach seinem Weggang das Licht dieser Welt erblickt hatten.

„Lebt Hatto, der alte Dorfvorsteher noch?", fragte er ein kleines Mädchen mit schmutzigem Gesicht und blonden Zöpfen, das in die Dorfmitte auf ein geräumiges, mehrschiffiges Hallenhaus zeigte.

„Mein Großvater ist zu Hause", antwortete sie schüchtern, nahm dann aber unseren Gefährten bei der Hand und führte ihn zum Haus.

Obwohl ich seit langer Zeit kein Fränkisch mehr gesprochen hatte, verstand ich fast jedes Wort. Nach meiner Zeit in Tricensima hatte ich in Juliacum eine Einheit fränkischer Auxiliare kommandiert. In diesen zwei Jahren hatte ich ihre Sprache zwar nur schlecht sprechen, sie aber umso besser verstehen gelernt. Vielleicht ein verschüttetes Erbe meines Großvaters, der als Franke geboren wurde.

Ich blieb bei Bissula auf dem Floß, um Rufus Rückkehr abzuwarten. Es rührte mich an, wie meine Geliebte die Herzen der Kinder gewann. In wenigen Augenblicken hatten sie unseren gesamten Vorrat an saftigen Äpfeln und holzigen Birnen verteilt, die zwischen den Kiefern der Kleinen verschwanden. Mir fiel auf, dass sie unaufgefordert teilten und jedes seinen Teil bekam. Immer zutraulicher wurden sie, nachdem sie ihre Scheu vor dem großen Hund abgelegt hatten, der wie Zerberus seine Herrin bewachte. Schließlich kletterten einige auf das Floß und setzten sich zu Bissula, auf die eine Flut fränkischer Wortfetzen niederging. Da sie diese Sprache kaum beherrschte, entwickelte sich eine einseitige, gestenreiche Unterhaltung. An mir schienen die Rotznasen nur wenig Interesse zu haben. Die ersten Erwachsenen, in der Mehrzahl Frauen, hatten sich mittlerweile eingefunden und beäugten voller Neugier das Floß der Neuankömmlinge. Es fiel mir auf, dass sich nur wenige Männer im Dorf aufzuhalten schienen. Meine Überlegungen, die ich bezüglich ihrer Abwesenheit anstellte, wurden durch die Ankunft Rufus' beendet, der mit dem Dorfvorsteher Hatto zurückgekehrt war.

Der Franke, ein Mann am Anfang der sechziger, war in landesüblicher Art gekleidet. Über Hose und gegürtetem Kittel trug er einen weiten Mantel aus rostroter Wolle, den an der Schulter eine mit Halbedelsteinen verzierte Fibel in Scheibenform zusammenhielt. Das silbrige Haar wallte bis auf die Schultern herab und ein gleichfarbiger Schnauzbart zierte seine Oberlippe. Darüber blickte ein blaues Augenpaar, aus dem Weisheit und Güte sprachen, als er mit einer Geste andeutete, zu ihm ans Ufer zu kommen.

„Ich helfe euch", sprach er mit sonorer Stimme und beugte sich herab, um das Floß mit beiden Händen ruhig zu halten.

„Kannst du auftreten?", wandte ich mich an Bissula.

„Nein", schüttelte sie den Kopf und ergriff meine Hand, an der sie sich hochzog.

Ich stützte sie, bis sie aufrecht stand und nahm sie dann, vorsichtig auf dem schwankenden Gefährt balancierend, auf die Arme und betrat mit einem weiten Schritt festen Boden. Dort ließ ich sie herab und schüttelte dem Dorfvorsteher die hingestreckte Hand.

„Kommt in mein Haus", ruhte sein Blick voller Güte auf Bissula. „Dort kannst du dich legen und hast es bequemer. Ich schicke sofort nach der Heilkundigen Gunda, die sich deinen Fuß ansehen wird. Sie kennt alle Heilkräuter, die in unseren Wäldern wachsen und wird dich bald wiederhergestellt haben."

Einige Schritte humpelte Bissula, von mir an der Taille umfasst, neben uns her, bis es nicht mehr weiterging und ich sie wieder auf den Arm nahm. Hatto eilte voran, hielt die eichene Eingangstür geöffnet und wies auf das mit Fellen bedeckte Gestell einer Lagerstatt. Vorsichtig bettete ich Bissula nieder, wofür sie mit einem Blick dankte.

Sofort schickte unser Gastgeber nach Wasser, Brot und Eintopf, was eine bemühte Alte von der Kochstelle herbeischaffte. Sie vergaß auch nicht, Nero eine Schüssel mit Wasser hinzustellen, der sich neben Bissulas Lager ausgestreckt hatte. Der Hund schien es zu genießen, festen Boden unter seinen Pfoten zu verspüren.

Der von zwei Pfostenreihen in drei Längsschiffe geteilte Innenraum nahm die Hälfte des Gebäudes ein und mochte dem Dorf bei festlichen Anlässen auch als Fest- und Versammlungshalle dienen. Er enthielt alles, was einen germanischen Hausstand ausmacht: Eine mit flachen Steinen ausgelegte Koch- und Feuerstelle, über der an einer eisernen Kette ein Bronzekessel hing. Und einem langen Tisch, an dem gegessen und kleine, handwerkliche Arbeiten verrichtet wurden. Ihn umstanden mehr als ein Dutzend hölzerner Schemel. Truhen an den Längswänden für Kleidung und Decken, während das irdene Koch- und Essensgeschirr auf Wandborden untergebracht war. Holzlöffel, ebensolche Schüsseln und Messer zum Zerteilen von Brot und Fleisch lagen auf dem Tisch, den eine römische Reliefschale aus purem Silber krönte. Entweder eine teure Anschaffung oder ein Beutestück aus den zurückliegenden Grenzkriegen. Eine halbhohe Trennwand aus geflochtenen Weidenruten trennte den Schlafbereich im Hintergrund des Raumes ab. An den Wänden hingen die Waffen des Hausherrn. Ein Rundschild mit eisernem Buckel, Schwerter, Lanzen und ein Spangenhelm ohne Wangen- und Nackenschutz, den ein herabhängender Rossschweif zierte, zeugten von der kriegerischen Vergangenheit Hattos. Die beiden einzigen Fensteröffnungen füllten Rahmen aus, die mit pergamentdünnem Leder bespannt waren, durch die milchig das Tageslicht eindrang. Der angrenzende Teil des Hauses beherbergte das Vieh. Ein Vorteil in der kalten Jahreszeit, wenn die Körperwärme von Rindern und Schweinen für wohlige Wärme im ganzen Haus sorgte und das Heizen mit Holz und Kohle auf die kühlsten Tage beschränkte. Aus dem Bronzekessel, den die Alte vom Feuer genommen und auf den Tisch gestellt hatte, verteilte sie mit einer Schöpfkelle eingedickten Eintopf auf die Holzschalen. Hierauf zerteilte sie ein frisches Gerstenbrot in handliche Stücke und goss aus einem Krug Brunnenwasser in unsere irdenen Trinkbecher.

Wir hatten seit drei Tagen nichts Gekochtes zu uns genommen und machten uns mit Heißhunger über den Eintopf her. Mohrrüben, Graupen, Bohnen, Kohlblätter und Wildkräuter hatten sich dank der Kochkunst der Alten in einem nahrhaften Brei verwandelt, der köstlich mundete. Die saftige Fleischeinlage aus Rindfleisch zerfiel im Mund. Mehrmals musste die Alte nachlegen, bis wir am Tisch und Bissula auf ihrem Krankenlager dankbar die letzte Flüssigkeit mit Brotstücken aufgetunkt und die leeren Schüsseln von uns geschoben hatten.

„Rufus, der Vetter meiner früh verstorbenen Schwester, hat mir erzählt, was euch in diesen entlegenen Winkel geführt hat". Aus Höflichkeit bediente sich Hatto des Romanischen, das er leidlich beherrschte.

„Wir danken dir für deine Gastfreundschaft", erwiderte ich mit einer angedeuteten Verbeugung in Richtung unseres Gastgebers.

„Bleibt in meinem Haus, bis ihr weiterziehen könnt." Hatto dankte meine Geste durch ein Neigen seines Kopfes. „Ich freue mich über Gesellschaft, weil viele aus unserem Dorf in den Krieg gezogen sind."

Ein Schatten von Wehmut glitt bei diesen Worten über das Gesicht Hattos.

„Einige verstärken die fränkischen Scharen in der Colonia, während andere in der Legion dienen. Es ist nicht gut, wenn die Jungmänner unseres Dorfes beiden Seiten verpflichtet sind. Ich bete jeden Tag zu Wodan, dass unsere Krieger die Waffen nicht gegeneinander führen müssen."

„Ihr habt mich rufen lassen", unterbrach eine weibliche Stimme unseren Gastgeber von der offen stehenden Tür her. „Komm herein, Gunda!", rief Hatto der Frau zu. „Deine Heilkunst ist gefragt."

Eine Frau in den Vierzigern, das Haar von grauen Strähnen durchzogen, betrat grüßend den Raum. Hübsch konnte ich sie nicht nennen, aber mich faszinierte ihr ausdrucksstarkes Gesicht mit den stechenden Augen, denen nichts zu entgehen schien. Frauen wie diesen sagt man zu allen Zeiten einen Zugang zur Welt des Verborgenen nach. Sie ging leicht gebückt und um ihre Beine strich eine schwarze Katze, die keiner hinauszujagen wagte. Selbst Nero ließ es bei einem leisen Knurren bewenden. Eine Umhangtasche, in der sie ihre Heilmittel verwahrte, nahm sie von der Schulter und lehnte sie gegen den Pfosten der Bettstatt.

Gespannt umstanden wir Bissulas Lager, während Gunda die Binden vom Gelenk wickelte und mit aller Vorsicht die blaue Schwellung mit den Fingern abtastete.

„Versuch, deinen Fuß zu bewegen", munterte sie Bissula auf, die mit zusammengebissenen Zähnen der Aufforderung Folge leistete.

„Sehr gut", erhob sich die Frau und warf ihr einen wohlwollenden Blick zu. „Gebrochen oder gerissen ist nichts: Es ist nur eine böse Prellung, gegen die ich etwas tun kann. In wenigen Tagen wirst du wieder laufen. Wichtig ist, die Schwellung heraus zu bekommen."

Gunda entnahm ihrer Tasche einen irdenen Tiegel, der eine streng riechende Salbe enthielt, die sie fingerdick auftrug. Beschwörungsformeln murmelnd, wickelte sie dann den Fuß mit einer sauberen Binde ein.

„Halte die nächsten beiden Tage Ruhe und beweg dich so wenig wie möglich. Ich komme am Morgen und am Abend zu dir, um die Prozedur zu wiederholen."

„Ich danke dir", murmelte Bissula und kraulte Gundas Katze den Kopf, die sich an ihrem gesunden Bein gerieben hatte.

„Sorge dafür", wand sich die Heilerin an Hatto, „dass die Alemannin und ihr Mann eine ruhige Unterkunft bekommen, damit die Natur ihr Werk tun kann."

„Nehmt das leer stehende Gesindehaus am Bootsanleger, es ist vor wenigen Tagen neu hergerichtet worden. Rufus, den wir einst Karlmann nannten, kann bei meinem Bruder Ludowech am Rande des Dorfes nächtigen. Die alte Sächsin, die mir den Haushalt macht, wird euch mit Essen versorgen." Hatto winkte mich zur Tür und zeigte auf einen schmucken, kleinen Bau aus lehmverputztem Flechtwerk mit stabilem Strohdach. „Komm zu mir, wenn deine Frau schläft. Ich möchte mit dir reden. Gäste wie euch bewirte ich nur selten und ich bin begierig zu erfahren, wie es in der Welt zugeht."

„Wie kann ich dir danken?", fragte ich Hatto, der abwehrend beide Hände von sich streckte. „Ihr seid meine Gäste und ich freue mich über jeden Tag, den ihr hier verbringt."

Gerne stimmte ich zu und trug Bissula zu unserer Unterkunft, die über alles verfügte, uns einen bequemen Aufenthalt zu ermöglichen. Rufus half mir noch, unsere Sachen in der Hütte unterzubringen, bevor er sein Quartier aufsuchte.

„Ist alles zu deiner Zufriedenheit geregelt?", fragte ich Bissula, die mir zärtlich über die Wange fuhr.

„Es könnte nicht besser sein Marcus. Die Salbe kühlt und der Schmerz hat nachgelassen. Geh beruhigt zu Hatto und mach dir einen schönen Abend. Mir geht es gut."

Entweder war es der Wirkung von Gundas Heilsalbe oder der Dramatik von Verschleppung und Flucht zuzuschreiben, die Bissula bald in einen heilenden Erschöpfungsschlaf gleiten ließ. Ich stellte ihr noch einen kleinen Imbiss und einen Krug mit Wasser neben das Bett, bevor ich unser Refugium der nächsten Tage verließ, um Hatto aufzusuchen. Ein eisernes Becken für die Notdurft hatte Gunda vorbei gebracht, als sie wie versprochen am Abend vorbei gekommen war.

Unser Gastgeber schien mich bereits zu erwarten, denn auf dem Tisch standen irdene Becher in Glockenform und ein hölzerner Zuber, aus dem der Stiel eines Schöpflöffels heraus ragte. Hatto erhob sich bei meinem Eintreten, wies mir den Platz zu seiner Rechten zu und schöpfte Bier in meinen Becher.

„Es ist frisch angesetzt und schmeckt vorzüglich" zwinkerte er mir zu und hob seinen Becher.

Mit uns am Tisch hatten Rufus und sein Gastgeber Ludowech Platz genommen, die vor mir gekommen waren. Ludowech, wesentlich jünger als Hatto und von kräftiger Statur, verfügte noch über die ganze Pracht seines blonden Schopfes, dessen Strähnen nach allen Seiten abstanden. Die Erscheinung eines arbeitsamen Bauern mit abgearbeiteten Händen und einem freundlichen Gesicht. Nach germanischer Sitte stießen wir die Becher aneinander und nahmen einen tiefen Schluck, der leicht bitter und kühl hinunter rann. Die Gärung hatte perlende Bläschen und etwas Schaum entstehen lassen, den wir uns vom Mund wischten. Wer dieses Bier angesetzt hatte, verstand etwas von seiner Arbeit.

„Rufus hat mir nur in knappen Worten erzählt, wie ihr zu mir gekommen seid", forderte mich Hatto zum Erzählen auf. „Eine gute Geschichte schlägt Brücken und verkürzt den Abend."

Mir war bewusst, dass Hatto sicher gehen wollte, sich keine unliebsamen Gäste ins Haus geholt zu haben, deren Anwesenheit ihm Schwierigkeiten machen konnte. Also erzählte ich eine Geschichte, die der Wahrheit sehr nahe kam.

Ich begann damit, dass Rufus und ich uns in der Legion kennen gelernt hatten, als ich zum Kommandeur seiner Einheit bestimmt wurde. Kurz bevor ich den Dienst quittierte und auf mein Weingut an der Mosella zurückkehrte, rettete ich ihm das Leben in einem Gefecht gegen marodierende Alemannen. Wir trafen uns zufällig in Mogontiacum wieder, wohin ich aufgebrochen war, um nach dem Verbleib meiner Frau zu forschen. Bissula war von einem Verwandtschaftsbesuch nicht zurückgekehrt. Ich erfuhr, dass während ihrer Anwesenheit die alemannischen Bukinobanten die Stadt überfallen und viele Einwohner verschleppt hatten. Mit Rufus Hilfe und dank des Umstandes, dass ich als Centurio gedient hatte, wurde mir erlaubt, mich einem Unternehmen zur Auslösung der Gefangenen anzuschließen. Jupiter sei Dank, sah ich Bissula wieder und schloss sie glücklich in meine Arme. Wir wähnten uns schon auf dem Heimweg, als der Alemannenfürst

Makrian erschien und die Freigabe Bissulas verweigerte, auf die er ein Auge geworfen hatte. Rufus verhalf uns unter der Mithilfe seines Kommandeurs Charietto zur Flucht, bei der Bissula vom Pferd stürzte und sich am Fuß verletzte. Wir konnten aber dem wütenden Makrian auf einem Floß entkommen. Es war Rufus Plan gewesen, zuerst in dieses Dorf zu kommen, Bissula gesund zu pflegen und dann die Logana abwärts zum Rhenus und zur Festung Bodobrica zu gelangen. Er würde von dort zu seiner Einheit stoßen und wir an die Mosella zurückkehren.

Mit Interesse und Anteilnahme waren Hatto und Ludowech meiner Erzählung gefolgt. Ihre Miene verfinsterte sich, als ich auf Makrian zu sprechen kam, dessen Kriegslust und Jähzorn im fränkisch-alemannischen Grenzgebiet bekannt waren.

„Macht euch keine Sorgen", griff Hatto nach meinen Arm. „Ihr seid hier sicher vor seinen Nachstellungen. Seit der Zerstörung des alemannischen Dorfes, wenige Stunden stromaufwärts, geht er uns aus dem Weg. Es war eine Vergeltungsaktion der hier ansässigen Brukterer gegen einen Raubzug, den dieser tollwütige Makrian in unserem Gebiet unternommen hatte."

Ein schneller Blick zu Rufus zeigte mir, dass er mit meiner Version unserer Erlebnisse zufrieden war. Er musste nicht befürchten, bei Rückfragen in Widersprüche verstrickt zu werden.

„Mein Großvater war übrigens Franke", lenkte ich die Aufmerksamkeit der Anwesenden auf ein anderes Thema. „er kam als junger Legionär an die Mosella und heiratete die Mutter meiner Mutter. Leider starb er früh und ich lernte ihn nie kennen."

Mit diesem Geständnis hatte ich die Zuneigung der anwesenden Brukterer vollends gewonnen.

„Woher stammte er?", fragte Ludowech.

„Er war wie ihr vom Stamm der Brukterer, kam aber aus dem Norden."

„Der Stamm der Brukterer ist groß", belehrte mich Hatto. „Unsere Wohngebiete reichen rechts des Rhenus von den Ufern der Lupia bis hierher. Meine Vorfahren kamen vor mehreren Generationen ebenfalls aus dem Norden."

„Dann sind wir vielleicht blutsverwandt", scherzte ich unter dem Beifall der Anwesenden.

Das Bier begann seine Wirkung zu entfalten, und unser Beisammensein gestaltete sich fortan ungezwungener und offener.

„Warum führt ihr Krieg gegen uns?", drehte ich meinen Becher zwischen den Händen und fixierte Hatto über den Rand meines Gefäßes hinweg.

„Warum überfallt ihr unsere Dörfer und brennt alles nieder, was euch in den Weg kommt", konterte unser Gastgeber meinen Vorwurf.

„Wir wehren uns nur, wenn wir angegriffen werden", setzte ich nach. „Die Tage eines Varus oder Germanicus sind Geschichte. Wir haben es längst aufgegeben, dem Imperium die Gebiete der Germania Libera einzuverleiben."

„Es ist müßig zu streiten, wer angefangen hat", mischte sich Ludowech ein. „Es ist eine Spirale der Gewalt, die sich immer weiter dreht."

„In diesem Fall war es aber anders", kritisierte Hatto die Schlussfolgerung seines Bruders. „Waren es nicht die Gesandten eures Imperators, die Franken und Alemannen zum Krieg gegen den Usurpator Magnentius aufgestachelt haben?"

„Das war eine nicht wieder gut zu machende Torheit", stimmte ich Hatto zu. „Aber musstet ihr mit Feuer und Schwert einfallen und ganze Provinzen entvölkern?"

„Das sind die Gesetzmäßigkeiten des Krieges", sinnierte Ludowech und schenkte allen neues Bier ein.

„Es kommt mir vor, als ob ihr alles Römische hassen würdet", verbiss ich mich in unseren Gesprächsgegenstand.

„Da irrst du dich", antwortete Hatto. „Wir hassen nur das, was man uns vorenthält. Ich kenne keinen Franken, der nicht voller Bewunderung für eure Kultur und Zivilisation ist. Jeder von uns träumt davon, in einem beheizten Haus zu leben, im Überfluss zu schwelgen und Senator in Rom oder Offizier in der Legion zu werden. Ihr schließt uns aus, weil ihr uns fürchtet."

Hatto legte eine kurze Pause ein, bevor er fortfuhr. „Wir könnten dem Imperium die Kraft geben, die es braucht, um sich zu reorganisieren."

„Wie stellt ihr euch das vor?", fragte ich die anwesenden Franken. „Würdet ihr friedlich euer Land bearbeiten und pünktlich die Steuern entrichten?"

„Was sind das, Steuern?", ließ sich Ludowech vernehmen.

„Feste Abgaben in Geld oder Sachleistungen, die aufgrund der Vermögenslage eingefordert werden", antwortete Rufus an meiner statt.

„Wir führen unseren Führern einen kleinen Teil unserer Erträge ab, damit sie ihre Aufgaben für die Gemeinschaft wahrnehmen können", ereiferte sich Hatto. „Aber wir lassen uns nicht einschätzen und unfrei machen. Wichtiger sind uns Treue und Gefolgschaft. Was wir einmal gelobt haben, halten wir auch. Bei euch bedarf es komplizierter Verträge und nie endender Nachträge."

„Siehst du", triumphierte ich. „Mit diesen Steuern unterhalten wir all die Dinge, die ihr begehrenswert findet. Ohne Steuern bleiben die Bäder kalt und die Straßen können nicht ausgebessert werden. Es gäbe keine Spiele und keinen militärischen Schutz vor angriffslustigen Nachbarn. Und ein Zusammenleben ohne feste Regeln ist nicht denkbar."

Vom berauschenden Bier angefeuert, hatte ich alle Rücksichten außer Acht gelassen, was mein Gastgeber jedoch nicht übel aufnahm.

„Wir haben vieles gemeinsam, was die Zeit zusammenwachsen lässt", glättete Hatto die hochgehenden Wogen der Unterhaltung. „Noch gibt es so vieles, was wir aneinander nicht verstehen. Mit diesen Steuern beginnt es und bei der Rechtsprechung endet es."

Er goss den Rest des Zubers in unsere Becher und schickte die Magd, ihn im Vorratshaus wieder aufzufüllen.

„Wer weiß schon", sinnierte Ludowech, „was in hundert oder zweihundert Jahren sein wird?"

„Fühle dich bei uns wie Zuhause und erzähle deinen Leuten an der Mosella, dass man mit uns reden kann", beendete Hatto diesen Teil des Gespräches. Aus dem Mann hätte ein guter Vermittler zwischen unseren Völkern werden können, wenn Fortuna ihn an einen anderen Ort gestellt hätte.

Ich hatte das Gefühl, erstmalig einen tiefen Einblick in die fränkische Seele erhalten zu haben. Rufus ließen unsere philosophischen Erörterungen auf seinem Schemel hin und her rücken. Ihm war unbehaglich zumute, weil das Gespräch seinen geradlinigen soldatischen Verstand überforderte.

Auch meinen Geist begann das Bier unseres Gastgebers zu vernebeln und ich war froh, dass sich Hattos Interesse dem Anbau der Reben zuwandte. Angefangen bei der Anlage eines Weinbergs, weiter über Lese und Kelter und endend bei der Lagerung des fertigen Weines prasselten seine Fragen auf mich herab. Immer wieder stockte das Gespräch, wenn sich einer von uns auf die Latrine begeben musste, die in einem Verschlag an der Rückseite des Hauses untergebracht war. Die Legionärsweisheit, die besagte, dass einem, den die Notdurft das erste Mal hinaustrieb, jeder weitere Becher einen erneuten Gang abverlangte, erfuhr an diesem Abend ihre beeindruckende Bestätigung.

Ich begann schläfrig zu werden und suchte nach einer passenden Gelegenheit, dem Gelage, was mich betraf, ein Ende zu setzen.

„Marcus", setzte Hatto meinen Bemühungen ein jähes Ende. „Was ist das für ein Armreif, den du trägst? Woher hast du ihn?"

Mit Mühe ordnete ich meine Gedanken, um ihm eine plausible Antwort zu geben.

„Als junger Legionär habe ich das Schmuckstück von einem Händler erworben. Es ist mein Glücksbringer, der mich schon oft vor Schaden bewahrt hat."

„Flunkere mich nicht an", schnitt mir Hatto das Wort ab. „Das Symbol der Schlange ist nicht käuflich. Meinem Volk ist es heilig. Darf ich es betrachten?"

Ich löste den Reif vom Gelenk und ließ ihn in seine ausgestreckte Hand gleiten.

„Die Alten erzählen sich wundersame Geschichten über die Schlangen", flüsterte Hatto und betastete mit den Fingerspitzen mein Schmuckstück bis in die letzte Einzelheit.

„Spürst du ein Brennen auf der Haut, wenn Gefahr droht?"
Ich war im ersten Augenblick so verblüfft, dass ich Hatto mit offenem Mund anstarrte.
„Schickt sie dir Träume?", schien er mich aus Fassung bringen zu wollen.
„Ja", gestand ich und nahm den Armreif wieder an mich.
„Erzählst du mir jetzt, woher du ihn hast?" Nicht feindselig, aber drängend hatte die Frage des Franken geklungen.
„Ich habe ihn im Kampf gewonnen, als der Vorbesitzer mich angriff."
„Dann wollte die Schlange zu dir", folgerte Hatto. „Man erzählt sich, dass ihre Träger unbesiegbar seien. Du hättest nicht siegen dürfen."
Hätte ich ihm jetzt offenbart, dass mein fränkischer Großvater, der mir die Fibel mit der Schlange hinterließ, ebenfalls ein Heilsträger war, wäre mir vielleicht vieles erspart geblieben. Ich ließ es aber unerwähnt.
„Trage die Schlange in Ehren. Schließlich fließt das Blut unseres Volkes auch in deinen Adern."
Sorgsam füllte er meinen Becher, bevor er fortfuhr.
„Aber eines bedenke, Römer: Die Schlange hat Macht, viel Macht. Am Tage der Götterdämmerung wird sie alles verschlingen, damit eine neue Zeit beginnen kann.
Und deine Schlange", wies er auf das Schmuckstück, „wird auch dich eines Tages verderben, wie sie ihrem Vorbesitzer den Tod gebracht hat. Sage dich von ihr los, wenn du das Gefühl hast, dass sie sich gegen dich wendet."
Ich torkelte mehr als ich ging, als ich mich auf den Heimweg machte. In der Hütte schlug ich meine Schlafstatt weit genug von Bissulas Lager auf, um ihren Genesungsschlaf nicht zu stören.
Wirre Gedanken schossen mir durch den Kopf, als ich die Augen schloss.
Wollte die Schlange ihren Besitzer wechseln, als ich mit Ulf auf der Tempelhöhe über Tabernae kämpfte? Verblasste ihr Schutzzauber in der Nähe meines Todfeindes? War es an der Zeit, mich von ihr zu trennen?

Am nächsten Tag erzählte ich Bissula von Hattos Wissen um die Bedeutung des Schlangenreifs. Sie überlegte lange, ehe ich ihre Antwort erhielt. „Jeder, ob gefragt oder nicht, teilt dir seine Meinung mit. Und das ist nicht gut. Jeder, ob Freund, Kamerad, Priester oder Fremder, rät dir ab, ihn zu tragen. Auch ich habe kein gutes Gefühl. Die Schlange wird dir eines Tages schaden, da bin ich mir sicher. Trenn dich von ihr, bevor es zu spät ist. Und wenn ich an die Schlangenfibel deines Großvaters denke, ahne ich nichts Gutes. Du bist in Ereignisse verstrickt, die vor deiner Zeit geschahen und in die du schicksalhaft verwoben zu sein scheinst. Musst du alles wissen?", drang die Geliebte weiter in mich. „Wir werden auch ohne eine Lösung dieses Geheimnisses ein erfülltes und glückliches Leben führen können. Überlege dir reiflich, was du zu tun gedenkst. Ich schließe mich der Meinung der Menschen an, die es gut mit dir meinen."

Den ganzen folgenden Tag ging ich in mich, konnte mich aber zu keiner Entscheidung durchringen. Also setzte ich mir eine Frist, die mit unserer Ankunft in Bodobrica ihr Ende finden sollte. Eine Last schien von mir gewichen, als ich mich zu dieser Entscheidung durchgerungen hatte.

Die nächsten Tage zählten zu den schönsten, die ich seit meiner Kindheit erleben durfte. Wie ein Ehepaar lebten Bissula, der es von Tag zu Tag besser ging, und ich in unserer Hütte. Ich umsorgte sie, wir redeten viel und so gut es ihr Fuß zuließ, schliefen wir des Nachts miteinander. Ich liebte und wurde geliebt. Wäre eine Wahl gewesen, hätten die Tage an den Ufern der Logana niemals ein Ende gefunden.

Ich hatte Zeit im Überfluss und strich mit Rufus oder unserem Gastgeber durch das Dorf und die angrenzenden Ackerfluren, um mir alles genau anzusehen. Hatto trug zu diesen Anlässen einen bis auf die Brust reichenden kragenartigen Überwurf aus Rehfell und einen mit Tierschnitzereien versehenen Eichenstab, der seine Stellung Vorsteher der Ansiedlung hervorhob.

In der Dorfmitte standen die Häuser dichter beieinander. Hier lebten und arbeiteten die Handwerker wie Schmied, Zimmermann oder Töpfer. Etwas abseits stand der gemeinschaftlich genutzte Backofen, aber eine Mühle konnte ich nicht entdecken. Die Frauen mahlten ihr Mehl auf Reibsteinen und wenigen Handmühlen römischer Bauart im eigenen Haushalt, bevor sie die gekneteten Fladen und Brotlaibe in Flechtkörbe packten und zum Backofen brachten, der zu festgelegten Zeiten beheizt wurde.

Dahinter erstreckten sich, an ihre Felder angrenzend, die Einzelgehöfte der Bauern mit Wohnstallhäusern und Nebengebäuden. Die Knechte und wenigen Sklaven waren in Hütten untergebracht, die Bissulas und meiner Unterkunft glichen. Eingetiefte Grubenhäuser dienten wegen ihrer erdfeuchten Kühle der Aufnahme verderblicher Lebensmittel und des Webmaterials aus Flachs und Wolle. Hier standen auch die Webstühle, die in ihrer einfachen Machart mit den unseren nicht zu vergleichen sind. Getreide und Feldfrüchte lagerten in Speicherbauten, die zum Schutz vor Kleingetier und Nässe auf hölzerne Pfosten gesetzt waren. Sowohl die Anwesen im Zentrum des Dorfes als auch die Gehöfte der Ackerbauern waren von geflochtenen Weidenzäunen umgeben, deren Pflege viel Zeit in Anspruch nahm. Alles machte einen sauberen und geordneten Eindruck.

Auf den Feldern wuchsen Gerste, wenig Roggen und etwas Hafer. Nuss- und Obstbäume sowie Gemüsebeete befanden sich innerhalb der Hofeinfriedungen. Auffallend waren die fußhohen Begrenzungswälle, die Pflugrichtung und Lesesteine im Laufe der Jahre hatten entstehen lassen. Wie bei uns wurden Felder in Fruchtfolge bewirtschaftet. Wo heute Getreide wuchs, würden im nächsten Jahr Rinder und Pferde grasen. Die Schweine trieb man in den Wald, wo sie von Hütejungen beaufsichtigt wurden. Einige Schafe zur Gewinnung von Wolle und wenige Ziegen vervollständigten den Viehbestand. Hühner wurden auch gehalten, jedoch weniger zum Zwecke des Verzehrs, als vielmehr zur Gewinnung von Eiern und Federmaterial. Untergebracht waren die Tiere in den Stallbereichen der Wohnhäuser, von wo aus sie täglich auf die Weiden getrieben wurden. Mehrmals betrat ich am Abend einen Stall, um mir die Tiere anzusehen. Gedrungener und kleiner als unsere, standen sie in voneinander abgegrenzten

Verschlägen aus Flechtwerk, deren Futterkrippen sich die Hauswand entlang zogen. Die Längsgasse zwischen den Stallreihen war mit handgroßen Steinen gepflastert und wies ein leichtes Gefälle zum Eingang auf, um Mist und Tierdung leichter hinaus zu schaffen. Fischen stellte man vom Boot oder Einbaum aus mit Reusen und Netzen und zum Vergnügen auch mit Angelruten nach.

Mein größtes Interesse galt aber der Herstellung des Bieres. Keiner konnte es dabei mit Ludowech aufnehmen, der immer dann seinen Braukessel hervor holte, wenn eine größere Festlichkeit nahte. Auf einer feuchten Unterlage wurde Gerste zum Keimen gebracht, in Teilen geröstet und dann mit Wasser in den Gärkessel gegeben. Darin wurde die Mischung erhitzt, aber nicht gekocht, und so lange stehen gelassen, bis die Maische in Gärung überging. Es blieb Ludowechs Geheimnis, welche Wildkräuter oder Früchte er hinzufügte und wann er den Zeitpunkt für gekommen hielt, die festen Bestandteile abzuseihen und die verbliebene Flüssigkeit in fest verschlossene Fässer oder Bottiche zu füllen. Dort ruhte das junge Bier mehrere Tage bis zu zwei Wochen, ehe es geöffnet und ausgeschenkt werden konnte.

Im Laufe der Tage verbesserte sich Bissulas Gesundheitszustand so weit, dass sie sich immer häufiger mit Nero, der auch seine Freundschaften mit einigen Dorfkötern geschlossen hatte, an unseren Rundgängen beteiligen konnte. Diese endeten stets an der am Waldrand gelegenen Nekropole des Dorfes, deren Brand- oder Körpergräber an kleinen Grabhügeln mit aufgesetzten Steinen oder Holzidolen kenntlich waren.

Dahinter begann das Heiligtum des Dorfes, ein dichter Eichenhain, in dem Wodan, Odin und die Fruchtbarkeitsgöttin Nerthus verehrt wurden. Inmitten des Waldes sollte in einem hölzernen Turm Veleda hausen, die ihren Hain nie verließ und nur selten einen Besucher zu sich ließ. Ihr Essen und was sie zum täglichen Leben brauchte, legten die Dorfbewohner an einem dafür bestimmten Ort ab. Keiner konnte mir sagen, wie lange sie schon dort lebte. Die einzige, die in regelmäßigem Kontakt zu ihr stand, war Gunda, die in ihrem Hain Heilpflanzen und berauschende Pilze sammeln durfte. Wir akzeptierten die Bitte Hattos, den Wald während unseres Aufenthaltes nicht zu betreten.

Wenn Bissula schlief, verließ ich oft unsere Hütte und begab mich zu Hatto oder Ludowech, wo wir bis zum Anbruch der Dämmerung mit den Männern des Dorfes zusammen saßen. Es wurde erzählt, getrunken und zu voran geschrittener Stunde hallte wilder Gesang in die Dunkelheit hinaus. Keiner schloss mich, den fremden Römer, aus und bald schon waren wir in die Gemeinschaft des Dorfes integriert. Man hatte auch aufgehört, auf meinen Armreif zu starren, was mir nicht unangenehm war. Offenbar hatten sich die Dorfbewohner an seinen Anblick gewöhnt.

Auf Bissulas Bitten hin mied ich das Glücksspiel, dem die Männer des Dorfes mit großer Leidenschaft frönten. Fasziniert schaute ich den Männern zu, die, wenn es darauf ankam, mit knöchernen Würfeln und ledernen Bechern große Teile ihres Vermögens in einer einzigen Nacht verspielten. Hatto sah das nicht gerne, da es in der Vergangenheit zu harten Auseinandersetzungen gekommen war, und er hatte die Einsätze auf ein erträgliches Maß herabgesetzt. Trotzdem erlebte ich, wie eine hübsche Magd in einer Nacht zweimal ihren Besitzer wechselte.

So hatte ein Teil meiner Vorfahren das Leben gelebt, und ich begann, Gefallen daran zu finden. Von Tag zu Tag fühlte ich mich heimischer und vermisste die Segnungen unserer Zivilisation zu keiner Stunde. Den Gedanken an unsere Abreise, die kurz bevor stand, schob ich sofort zurück, wenn er in mir hoch drängte. Vieles ging mir durch den Kopf, wenn ich zur Ruhe kam und mit mir alleine in den nächtlichen Sternenhimmel blickte.

„Was würde ich tun, wenn der Befehl erginge, ein germanisches Dorf niederzubrennen? Würde ich mich weigern und meine Laufbahn als römischer Offizier aufs Spiel setzen?"

Ich fand keine Antwort und bin Mars und Jupiter noch heute dankbar, dass mir dieser Gewissenskonflikt erspart blieb.

Dann kam der Abend, an dem wir zu Hatto gingen, um uns zu verabschieden. Bissulas Fuß war wieder hergestellt und unsere Abreise nicht mehr aufzuschieben.

„Es war eine schöne Zeit mit euch", begann unser Gastgeber seine Abschiedsrede. „Ich wünsche euch eine glückliche Heimkehr, und ihr seid immer in unserem Dorf willkommen. Die Götter mögen es geben, dass friedliche Zeiten zwischen unsere Völkern kommen und wir als Freunde miteinander leben werden." „Ich danke dir, Hatto". Ich nahm wahr, wie meine Stimme vor Rührung zittrig wurde und verhielt eine Weile, ehe ich fortfuhr. „Wir stehen tief in deiner Schuld und werden dich und dein Dorf niemals vergessen. Was du getan hast, geht weit über das hinaus, was ein Gastgeber einem Besucher schuldig ist. Durch deine Hilfe wurde Bissula geheilt, und ich habe Einblicke in eine Welt erhalten, die mir bis vor kurzem verschlossen war. Wäre ich nicht an der Mosella geboren und aufgewachsen, ich hätte mir gewünscht, bei euch geboren zu sein."

Ein feuchter Schimmer glitzerte in Hattos Augen, so sehr hatten ihn meine Worte angerührt.

„Ich habe noch ein Abschiedsgeschenk für euch", riss er sich zusammen und wischte sich kurz mit der Rechten über die Augen. „Am Anleger liegt ein Kahn vertäut, den ich für euch in Auftrag gegeben habe. Er wird euch schnell und sicher die Logana herab zum Rhenus befördern."

„Das kann ich nicht annehmen", murmelte ich und suchte in meinem Lederbeutel nach einem Geldbetrag, der mir angemessen schien.

„Nein", lächelte Hatto mich an und beendete damit meine Suche, ehe sie erfolgreich abgeschlossen war. „Schick mir ein Fass von deinem Wein, wenn die Zeiten besser sind. Wir werden ihn trinken und an euch denken."

„Abgemacht", strahlten wir uns an. „Ich verspreche es dir."

Und bei Mercurius und Bacchus, ich habe mein Versprechen gehalten. Jedes Jahr, wenn ein Handelsschiff nach der Logana abging, trug es ein Fass mit dem Wein der Villa Vineta zu Hatto, der mir als Gegengabe einen kostbaren Pelz oder eine schöne Gürtelschnalle aus Bronze zukommen ließ. Bis zu dem Tag, als das Fass zurückkam, weil es den Abnehmer nicht mehr gab. Hatto war tot und Alemannen hatten mein Dorf, in dem ich glücklich war, dem Erdboden gleich gemacht.

„Römer!", unterbrach eine schneidende Frauenstimme unseren Abschied. Es war die heilkundige Gunda, die das Haus betrat. „Ich habe eine Nachricht für dich. Komm morgen, bevor du aufbrichst, mit deiner Frau in den heiligen Hain zu Veleda. Sie erwartet euch."

„Warum morgen, am Tag unserer Abreise?" Ich scheute mich, dem Wunsch der Priesterin nachzukommen.

„Enttäusche Veleda nicht", lautete die knappe Antwort Gundas, die sich zu Bissula setzte und ein letztes Mal ihr verheiltes Fußgelenk untersuchte.

In der Nacht träumte ich wieder von der Schlange. Diesmal war es aber kein Albtraum, der mich ängstigte. Sie rollte sich zusammen, hob den züngelnden Kopf und schien mich fragend aus ihren Smaragdaugen anzublicken.

Mächte des Schicksals

Trotz blauen Himmels und Sonnenscheins war es kalt an jenem Morgen, der unserer Abreise voran ging. Fröstelnd hüllten wir uns in die Mäntel, während Rufus begann, den Kahn mit unseren Habseligkeiten zu beladen. Unser Floß, mit dem wir gekommen waren, hatten einige Dorfbewohner auf das Ufer gezogen, um es zu Brennholz zu verarbeiten. Mir tat es nicht leid, hatten wir doch als Abschiedsgeschenk Hattos den Kahn erhalten, der uns mit doppelter Geschwindigkeit an das Ziel unserer Reise, der Festung Bodobrica, bringen würde.

Ein letztes Mal nahmen wir unseren Weg durch das noch verschlafene Dorf, überschritten erstmalig die Grenzen des Gräberfeldes und betraten den heiligen Hain und Tempel der Veleda. Die Germanen bauen ihren Göttern keine festen Häuser, sondern verehren sie in Wäldern und an markanten Örtlichkeiten der freien Natur, wie Quellen, Seen oder auffälligen Felsformationen. Wir schritten vorbei an roh gezimmerten Altären, an denen die Dorfbewohner dem Himmelsgott Wodan und der Frucht bringenden Nerthus ihre Opfer darbrachten. Dunkle Flecken von Opferblut und zerbrochene Schalen kündeten von dargebrachten Gaben. Plump gearbeitete Götterstelen, oft nur ein geglätteter Baumstamm mit Zweigansätzen oder eine verwachsene Astgabel, die ein Gesicht trugen, ragten aus dem Unterholz in die Höhe. Starr und düster blickten die Fratzen uns entgegen, die ein unbekannter Dorfbewohner oder Priester in das Holz geschnitten und unbeholfen bemalt hatte. Ich sah zerbrochene Waffen, eingeschlagene Schilde und die grinsenden Schädel getöteter Feinde, die an die Stämme der Bäume genagelt waren. Mir graute vor den barbarischen Götzen unserer Freunde und den Hinterlassenschaften ihrer Verehrung.

Gunda hatte uns den Weg so genau beschrieben, dass wir den Wohnturm der Priesterin bald vor uns sahen. Als Turm hätte ich die Behausung der Priesterin nicht geschildert. Die auf übermannshohen Pfosten über dem Waldboden errichtete Hütte mit dem Spitzdach ähnelte eher den Vorratsspeichern des Dorfes als einem wehrhaften Turm, von dessen Plattform man weit in das Land schauen konnte. Ein gezimmerter Nutzbau, der seine Bewohnerin vor den Tieren des Waldes und ungebetenen Besuchern schützte. Den Zugang bezeichnete eine Türöffnung, an die eine Leiter gelehnt war.

Unschlüssig blickten wir auf die Wohnstätte der Priesterin und wagten nicht, sie anzurufen. Der düstere Götterhain der Brukterer hatte uns in seinen Bann geschlagen.

„Ich sah euch kommen", klang eine Stimme aus der Höhe zu uns herab, „ehe ihr aufgebrochen ward. Wartet auf Veleda, sie wird bald bei euch sein."

Das den Eingang bedeckende Fell wurde zurück geschlagen und eine schmächtige Frau stieg mühsam die Sprossen der windschiefen Leiter herab.

In meiner Vorstellung waren die Priesterinnen der Germanen zahnlose, verwahrloste Greisinnen mit schneeweißem Harr, wallenden Gewändern und krallenartig verbogenen Fingernägeln, die, hysterisch kreischend, ihre schartigen Messer in die Herzen unglücklicher Menschenopfer stießen. Als Kind hatte mich dieses Schreckensbild unseres Hauslehrers geängstigt und unser Ausbilder in der Legion hatte das seinige getan, uns junge Rekruten mit den fürchterlichsten und abscheulichsten Geschichten über die Riten unserer Gegner zu ängstigen. Ich hatte mir damals geschworen, niemals lebend in die Hände des Feindes zu fallen.

Vor uns stand aber eine ansehnliche und gepflegte Frau in den Dreißigern, der das kastanienbraune Haar bis auf den Rücken herab wallte. Ihr Gesichtausdruck war streng, aber durchaus hübsch zu nennen und den Blick ihrer rehbraunen Augen werde ich nie vergessen. Wie ein Messer durch Butter, schnitt er tief in mein Innerstes, alles entschleiernd und aufdeckend, was verborgen bleiben sollte.

„Ich habe dich erwartet, Römer", schenkte sie mir ein warmes Lächeln. „Auch du bist willkommen, schöne Alemannin", strahlte sie Bissula an und berührte mit einer Bewegung der Hand leicht ihre Wange.

Veleda sprach ein mit fränkischen Worten durchsetztes Romanisch, wie ich es aus dem Norden der Germania Secunda gewohnt war. Da das Fränkische und das Alemannische sich nicht allzu sehr unterschieden, wenn man die beiden Sprachen sauber aussprach, hatte auch Bissula keine Mühe, sie zu verstehen.

„Warum hast du uns rufen lassen?", sprach ich die Priesterin an, was mir ein zorniges Aufblitzen ihres Blickes eintrug.

„Geduld, Römer", wies sie mich zurecht. Dann entnahm Veleda ihrer leinenen Umhangtasche eine Decke, die sie zwischen uns ausbreitete.

„Setzt euch zu mir", forderte sie uns auf und ließ sich nieder.

Als wir ihr gegenüber Platz genommen hatten, griff sie noch einmal in die Tasche und entnahm ihr einen Lederbeutel, den sie zwischen uns stellte.

„Gib mir deinen Armreif, Römer", forderte sie mit strengem Blick. „Das ist der Grund, weshalb du hier bist."

Ich warf einen kurzen Blick zu Bissula, die mir aufmunternd zunickte. Umständlich löste ich darauf das Schmuckstück vom Gelenk und reichte es der Priesterin.

„Woher weißt du von dem Reif?"

„Es verging kein Tag, an dem sich nicht mindestens ein besorgter Dorfbewohner bei mir einfand und mir von dem Schlangenreif erzählte. Du hast die Menschen beunruhigt."

„Keiner hat mich darauf angesprochen und alle waren freundlich zu mir", widersprach ich.

„Die größte Verunsicherung verspürte ich bei Hatto", ignorierte sie meinen Einwand. „Er hat mir von eurem Gespräch erzählt. Warum hast du ihn angelogen?"

Hart ruhten Veledas Augen auf mir und ein bitterer Zug umspielte ihre Mundwinkel.

„Hat er das gesagt?" platzte es aus mir heraus. Trotz und Widerstand lagen in meiner Stimme, was Bissula veranlasste meinen Arm zu nehmen und ihn beruhigend zu streicheln.

„Nein", funkelte sie mich an. „Hat er nicht. Er zweifelte, hat dir aber schließlich geglaubt."

Sie ließ ihre Worte auf mich einwirken, bevor sie fortfuhr.

„Ich glaube dir nicht, Römer und ich möchte die Wahrheit hören."

„Sag ihr alles, Marcus, ich bitte dich darum", flehte Bissula mich an.

„Deine Frau ist klüger als du, Römer", spottete Veleda, um sogleich ihre Stimme zu senken und in versöhnlichem Ton weiter zu sprechen.

„Ich werde dir helfen und alle Fragen beantworten, die dich quälen, seit die Schlange ihr Spiel mit dir treibt."

In diesem Augenblick zerbrach mein Widerstand vor der Macht und dem spirituellen Wissen dieser Frau, die, meinen Schlangenreif in den Händen, vor mir saß. In der nächsten halben Stunde vertraute ich ihr alles an, was sich zugetragen hatte, seit die Schlange an jenem schicksalhaften Morgen in mein Leben getreten war.

„Dann höre jetzt, was ich dir zu sagen habe", unterbrach Veleda die Stille, die nach dem Ende meiner Erzählung eingetreten war.

„Hundert Jahre sind vergangen, seit im Lande der Brukterer ein großer Stammeshäuptling zum König erhoben wurde. Er nannte sich Chlodio und herrschte in dem Gebiet, das der Germania Secunda am nächsten lag. Zum Symbol seiner Macht erkor er die Schlange, deren Bestimmung es ist, die Welt mit ihrem Schuppenkörper zusammen zu halten und eines fernen Tages die Götter zu verschlingen, um einem neuen Zeitalter den Weg zu ebnen. Wie die Weltenschlange den Erdkreis, sollte seine Schlange den Bund der Franken gürten und unter der Herrschaft seiner Nachkommen vereinen. Im Kriege gewaltig und im Frieden gerecht, zeugte er drei Söhne, denen eine große Zukunft zugedacht war.

Es kam der Tag, da ließ er die drei zu sich kommen und trug ihnen auf, in die Welt hinaus zu ziehen, um sich im Krieg zu bewähren. Zuvor hatte er einen kunstfertigen Schmied beauftragt, aus Gold und Smaragden drei Schlangen zu formen, die er den jungen Kriegern im heiligen Hain der Brukterer an den Ufern der Lupia aushändigte.

Würde und Besonnenheit liegen im Symbol der Fibel, die er seinem erstgeborenen Sohn Theudebert an den Mantel heftete.

Die Gürtelschliesse, Zeichen für Vereinigung und Bewahrung, übergab er dem zweitgeborenen Chlotar. Den Schlangenreif, als Symbol für Wagemut und Tapferkeit, erhielt Hatto, der Jüngste." War ich bei der Erwähnung der Fibel zusammengezuckt, so schien sich bei der Erwähnung des Schlangenreifs der Boden unter mir aufzutun. Mit einer Handbewegung unterband Veleda die in mir hoch drängenden Fragen und fuhr in ihrer Offenbarung fort: „Versehen mit ihren Heilsbringern, zogen die jungen Männer in einen Kampf, den Tyr, der Gott des Krieges, nicht gesegnet hatte. Tief nach Gallien drangen sie vor, bis sie in der Nähe des Westmeeres von den Legionen der Römer gestellt und aufgerieben wurden. Unter den Gefangenen befanden sich die drei Brüder, deren Lebenswege sich fortan trennten.

Vor die Wahl gestellt, in der Arena zu kämpfen, oder dem Heer der Römer beizutreten, entschied sich der erstgeborene Theudebert für die Legion. Er nannte sich fortan Flavius Probus, brachte es zum Offizier und kehrte nach seiner Dienstzeit in die Heimat zurück. Aber nur für kurze Zeit, denn längst war der König gestorben und ein anderer saß auf seinem Thron. Weil er um sein Leben fürchten musste, überquerte er wieder den Rhenus, heiratete eine Romanin von der Mosella und starb, als deine Mutter noch ein Kind war."

Wie ein Schlag in die Magengrube traf mich die Erkenntnis, dass sie gerade von meinem Großvater gesprochen hatte. Ein funkelnder Blick Veledas unterband meine Fragen, als sie fortfuhr.

„Der zweitgeborene, Chlotar, wählte ebenfalls die Legion, machte als Tribun Karriere und nannte sich fortan Bonitus. Er verdrehte einer reichen Römerin aus senatorischem Adel den Kopf, heiratete sie und lebte fortan, seinen Reichtum genießend, auf ihren gallischen Besitzungen. Sein Sohn Silvanus wuchs als reicher Römer heran und brachte es zum Statthalter der Germania Secunda. Es war jener Silvanus, der sich gegen Constantius erhob, in der Colonia den kaiserlichen Purpur nahm und vor einem Jahr vom Magister Ursicinus und seinen Komplizen ermordet wurde.

Der jüngste Sohn, der ungestüme Hatto mit dem Schlangenreif, verschmähte den Dienst bei den Römern und schlug sich als gefeierter Gladiator durch die Arenen Galliens. Nach vielen Jahren gelang ihm die Flucht und er kehrte in die Heimat zurück. Dort nahm er den Kampf um sein väterliches Erbe auf, bis ein gedungener Mörder seinem wilden Leben ein Ende setzte. Unerkannt wuchs sein Sohn Chlotar bei Freunden heran und schwang sich als berühmter Krieger zum Häuptling seines Dorfes auf.

Das Schicksal wollte es so, dass du, Nachkomme des Flavius Probus, deinem eigenen Fleisch und Blut an jenem schicksalhaften Morgen entgegen treten musstest. Chlotar verlor sein Leben und du gewannst den Schlangenreif, der seitdem dein Leben bestimmt. Du stehst unter dem Schutz der Schlange, deren Zauber nur einer brechen kann. Und das ist Ulf, Sohn des Chlotar und dein unversöhnlicher Feind. Auch er unterliegt dem Zauber der Schlange und wird nicht eher ruhen, bis er dich getötet und die Schlangen seiner Ahnen vereinigt hat.

Die Schicksalsgötter haben entschieden, dass sich der Stärkere von euch durchsetzen soll, um die Kraft der Schlangen auf sein Geschlecht zu vereinigen."

Ich weiß nicht mehr, wie lange ich, beide Hände vor das Gesicht geschlagen, im heiligen Hain der Veleda zugebracht habe. Was ich soeben vernommen hatte war ungeheuerlich. Kein Zweifel, dass jedes Wort Veledas der Wahrheit entsprach. Alles ergab einen Sinn und fügte sich zu einem Ganzen zusammen. Mein Schicksal und mein ganzes Leben schien auf diesen Ort ausgerichtet zu sein, an dem ich jetzt war.

Aber wie sollte es weiter gehen? Sollten es die Götter wollen, dass Ulf mich, sich als der Stärkere erweisend, töten würde? Was würde geschehen, wenn ich mein Schicksal nicht annahm?

Ich ließ die Hände sinken und schaute Veleda an, die mir voller Güte zulächelte.

„Ich möchte die Schlangen nicht vereinen und ich möchte auch nicht König der Franken werden", brach es aus mir heraus.

„Es sind nicht deine Entscheidungen, die den Lauf der Dinge bestimmen." Sanft hatte der Widerspruch aus dem Mund der Priesterin geklungen.

„Wir Menschen müssen uns mit dem abfinden, was uns bestimmt ist. Was uns bleibt, ist die Entscheidung, ob wir die Gaben der Götter zum Guten oder zum Bösen gebrauchen."

„Was ist, wenn ich die beiden Schlangen, die in meinem Besitz sind, Ulf zukommen lasse oder sie im tiefsten Gewässer versenke?"

„Du wirst deiner Bestimmung nicht entgehen, Römer. Oder möchtest du den Zorn der Götter auf deine Nachkommen laden?" Die Stimme der Priesterin hatte zu alter Schärfe zurückgefunden.

„Deine Götter sind nicht meine Götter", entgegnete ich voller Trotz.

„Wer weiß schon, welche Götter die richtigen sind. Vielleicht gibt es ja auch nur einen, wie die Christen glauben. Es geht um die Bestimmung, die uns jemand aufbürdete, den wir nicht fassen können. Und du musst kein König der Franken werden, um den Willen der Götter zu erfüllen. Vielleicht bist du nur der Mittler, der das bewahren soll, was spätere Generationen zum Heil der Menschen nutzen werden."

„Woher hast du dein Wissen? Wieso bist du in Dinge eingeweiht, die lange vor meiner Zeit geschahen und die mein Leben bestimmen?"

„Vielleicht bin ich nur ein Glied in der Kette der Zufälligkeiten, die irgendwann einen Sinn ergeben werden", lächelte mich Veleda an. „Meine Eltern hatten mich als junges Mädchen zur Priesterin der Nerthus bestimmt. Mein Wissen verdanke ich einer alten Seherin, die aus dem Norden zu uns kam, und mich in den Riten unterwies."

Veleda beugte sich zu mir und ihre Stimme klang brüchig und verletzlich, wie die einer alten Frau.

„Mir wurde geweissagt, dass ich eines Tages dem Schlangenträger begegnen würde, der meines Wissens und meines Rates am meisten bedarf."

„Und was rätst du mir?"

„Stelle dich nicht gegen den Willen der Götter. Gehe in dich und du wirst eines Tages wissen, was zu tun ist. Mehr kann ich dir nicht sagen, weil ich es nicht weiß."

Ein Anflug von Bitternis erfüllte mich, als ich diese Worte Veledas vernahm. Warum vertraute sie mir das alles an, um mich dann doch mir selbst zu überlassen.

„Kannst du mir sagen, warum mich in den Stunden der Gefahr ein Ausschlag befällt und starke Schmerzen mein Handgelenk peinigen?"

„Ich kenne die Prophezeiungen und Überlieferungen unseres Volkes", antwortete sie langsam, als würde sie jedes Wort abwägen. „Und Nerthus lässt mich hin und wieder einen Blick in die Zukunft werfen. Wenn du eine Heilerin suchst, musst du dich an Gunda wenden."

„Aber es ist doch der Schlangenreif, der die Rötungen und Schmerzen hervor ruft", ließ ich nicht locker.

„Die Schlange hat Macht über dein Tun und Wollen", sinnierte Veleda. „Vielleicht besteht eine Beziehung zwischen den durch sie ausgelösten Ahnungen und Träumen und den Reaktionen deines Körpers. Bist du als Kind von einer Otter gebissen worden, deren Gift dein Geist nicht vergessen kann?"

„Nein", antwortete ich nach längerer Überlegung, aber ich war mir nicht sicher. Ich erinnerte mich bruchstückhaft, dass ich eines Tages am Handgelenk blutend nach Hause kam und mich meine Mutter nach Verabreichung eines bitter schmeckenden Trankes zwei Tage im Bett verbringen ließ.

„Warum warnte mich der Armreif bis zu dem Augenblick, wo Ulf und ich uns im Kampf gegenüberstanden? Ein Priester des Hercules sagte mir in Tabernae, dass die Schlange sich zwischen uns beiden nicht entscheiden kann." Ich war nicht gewillt, mich mit Vermutungen zufrieden geben zu müssen und wollte allem auf den Grund gehen, was ich mir nicht erklären konnte.

„Du meinst den Priester, von dem in deiner Erzählung die Rede war und der sein Wissen von einer alten fränkischen Seherin hatte?"

„Ja", antwortete ich ungeduldig.

„Er mag von dem Mythos der Schlangen gehört, aber vieles falsch verstanden haben", wiegte Veleda unschlüssig den Kopf. „Der Wille der Schlangen strebt nach Vereinigung und nicht nach dem Wohl einzelner Personen. Sie wollen, dass der Stärkste sich durchsetzt. Vielleicht ist es das Wissen um eure Blutsverwandtschaft, die deinen Körper davon abhält, die gewohnten Signale auszusenden."

„Jedenfalls kann ich mich nicht mehr auf die Signale des Armreifs verlassen", entgegnete ich voller Bitternis.

„Du musst ihn nicht mehr tragen." Zu gleichen Teilen tröstend und bedauernd klang Veledas Stimme in diesem Augenblick. „Der Reif hat dich zu mir geführt und du hast alles erfahren, was du wissen musstest. Du solltest ihn ablegen, wenn du seine Zeichen nicht mehr deuten kannst. Hüte und ehre ihn und vertraue seiner Bestimmung. Deshalb musst du ihn nicht ständig bei dir tragen."

„Also rätst du mir wie alle anderen, mich von ihm zu trennen", antwortete ich mit einem schnellen Blick auf Bissula.

„Wenn dir viele das Gleiche raten, solltest du wenigstens darüber nachdenken". Leicht belustigt hatte Veleda geklungen, bevor sie ernsthaft werdend fortfuhr: „Der Krieg wird dich dorthin führen, wo man die alten Geschichten über die Symbole der Schlangen kennt. Das kann dir zum Nachteil gereichen."

Veleda verschränkte die Arme hinter dem Nacken und streckte ihren Oberkörper.

„Möchtest du sonst noch etwas von mir wissen?"

„Kannst du mir die Zukunft vorhersagen?", drang ich in voller Ungeduld in sie.

„Wir können die Stäbe der Buchen werfen, aus denen ich das herauslesen kann, was sich mir offenbart."

Ohne meine Antwort abzuwarten griff sie in ihren Lederbeutel und entnahm ihm eine Hand voll Hölzer in die magische Zeichen geschnitten waren. Rituelle Formeln murmelnd, streckte sie die Stäbchen auf geöffneten Handflächen dem Licht der Sonne entgegen und ließ sie auf die Decke zwischen uns fallen. Lange betrachtete sie die Lage der heiligen Hölzer, bis sie den Kopf hob und mich ansah.

„Ich sehe einen harten und steinigen Weg, den du gehen wirst. Deinen Tod sehe ich nicht, aber hüte dich vor der weißen Schlange. Mehr kann ich dir nicht sagen. Das ist alles, was Nerthus mir zu sehen erlaubt hat."

Veleda lehnte sich zurück und wandte sich Bissula zu, die unserem Zwiegespräch und der anschließenden Zeremonie aufmerksam gefolgt war.

„Auch dir habe ich etwas zu sagen, schöne Alemannin. Nerthus hat dich gesegnet und du wirst im nächsten Jahr, wenn die Bäume grünen, einen Sohn gebären."

Bissula nickte bei diesen Worten und schaute erst mich und dann die Priesterin an.

„Ich danke dir, Veleda", war das einzige, was sie sagte.

„Jetzt geht", erhob sich die Priesterin und gab mir den Schlangenreif zurück, den sie bis auf die Zeremonie die ganze Zeit in der Hand gehalten hatte.

„Ich wünsche euch eine gute Reise und Glück und Geschick bei der Bewältigung der auf euch harrenden Aufgaben."

Meinen angebotenen Goldsolidus lehnte Veleda mit einem Schütteln ihres Kopfes ab. Sie legte die Buchenstäbchen in den Beutel zurück, verstaute ihn mit der Decke in ihrer Umhangtasche und stieg die Leiter zu ihrer luftigen Behausung hinauf.

Wir sollten sie eines Tages wieder sehen, denn als wir ihren Beistand am nötigsten brauchten, fand sie sich ein und erwies sich als Retterin aus höchster Not. Aber davon werde ich später berichten.

Bissula nahm meinen Arm, und jeder seinen Gedanken nachhängend verließen wir schweigend den Hain der Nerthus.

Am Anleger wurden wir von Rufus und den Bewohnern des Dorfes erwartet. Unser Gefährte hatte den Kahn beladen, und nach einem kurzen, aber herzlichen Abschied stießen wir ab, tauchten die Ruderblätter in die Fluten der Logana und strebten mit kräftigen Schlägen der Mündung des Rhenus und der Festung Bodobrica entgegen. Unsere Freunde winkten uns zu, bis sie unseren Blicken in der nächsten Flussbiegung entschwanden.

Wir kamen sehr viel schneller als mit unserem Floß voran und hatten am Abend eine große Strecke zurückgelegt. Rufus erklärte uns erfreut, dass wir in zwei Tagen unser Ziel erreichen würden, wenn das Wetter hielt und wir nicht gezwungen würden, einen längeren Aufenthalt einzulegen.

Am Abend legten wir an der ruhigsten Stelle einer Flussschleife an und errichteten aus Decken und Planen unser Nachtlager. Verschwenderisch hatte uns Hatto mit Ausrüstung und Proviant versehen, so dass wir nicht gezwungen waren, uns etwas Essbares aus der Natur zu besorgen. Rufus hantierte geschickt mit Schlageisen und Zunder, bis ein wärmendes Feuer aufflackerte, an dem wir Fleisch und frische Fische brieten. Dazu aßen wir Brot und tranken etwas Bier, von dem uns Ludowech ein kleines Fässchen mitgegeben hatte.

Es wurde dunkel und als Rufus sich in seine Decke wickelte, suchten Bissula und ich uns eine Stelle am Flussufer, wo wir uns ungestört niederlassen konnten. Nero ließen wir in der Obhut unseres Gefährten zurück, was das Tier mit einem traurigen Blick und einem leichten Winseln beantwortete. Mit Rücksicht auf Rufus hatten wir kein Wort über unseren Besuch bei Veleda und Bissulas Schwangerschaft verloren und es drängte uns, das Erlebte gemeinsam zu besprechen.

„Du hast den Armreif nicht abgelegt?", strich mir Bissula eine Haarsträhne aus der Stirn, als wir uns niedergelassen hatten.

„Wusstest du, dass du schwanger bist?", überging ich ihre Frage. Mehr als die Offenbarung Veledas hatte mich der Umstand beschäftigt, dass meine Gefährtin ein Kind erwartete.

„Ich habe es geahnt", antwortete sie leise und schmiegte sich an mich, worauf ich sie in beide Arme nahm. „Es muss in jener Nacht auf dem Glauberg geschehen sein."

„Ich freue mich."

„Auch ich freue mich auf unser Kind", äußerte sie mit einem Zittern in der Stimme.

„Aber wie geht es weiter, Marcus. Ich kann dich nicht in den Krieg begleiten, auch wenn ich es wollte. Ich trage jetzt Verantwortung für einen weiteren Menschen in mir. Was soll geschehen?"

Ganz fest presste ich die geliebte Frau an mich und lauschte dem Schlag ihres Herzens.

„Soll ich nach Mogontiacum zurückkehren?"

„Auf keinen Fall", empörte ich mich. „Damit du, wenn ich länger fort bin, unser Kind alleine zur Welt bringen musst. Niemals!"

„Dann sag mir bitte, was ich tun soll." Das war nicht meine schlagfertige Bissula, sondern eine Frau, die sich Sorgen um die Zukunft machte.

Den ganzen Nachmittag hatte ich nachgedacht und suchte jetzt nach den richtigen Worten, ihr meine Lösung des Problems vorzuschlagen.

„Ich wäre glücklich, wenn du dich zur Villa Vineta in die Obhut von Galerius begibst. Es gibt keinen Menschen, dem ich mehr vertraue. Germanus kann dich nicht schützen, er ist wie ich im Krieg. Und wenn alles gut verläuft, weiß ich, wo ich dich finden kann."

„Werden sie mich denn mit offenen Armen empfangen, Marcus? Da könnte ja jede kommen und behaupten, sie wäre von dir schwanger."

„Du unterschätzt meinen Freund Galerius", lachte ich auf und gab ihr einen Kuss. „Auch darüber habe ich mir Gedanken gemacht. Ich werde dir ein Schreiben mitgeben, das alles enthält, was mein Freund wissen muss. Er wird dich mit Freuden aufnehmen."

„Er kennt mich doch nicht", gab Bissula zu bedenken.

„Ich habe ihm genug von dir und unseren gemeinsamen Tagen in Aquis und dem Weg nach Tolbiacum erzählt."

„Und wie gelange ich zur Villa Vineta?"

„Vielleicht kann ich mit dir reisen, wenn die Umstände und Charietto es gestatten. Ansonsten besorge ich in Bodobrica ein Schiff, das dich sicher hinbringt."

„Dann werden wir noch zwei, vielleicht drei gemeinsame Tage haben, Marcus", bedauerte Bissula das nahende Ende unseres Zusammenseins.

„Ich werde früher zurück sein, als dir lieb ist", neckte ich meine Gefährtin. „Wir haben noch ein ganzes Leben vor uns, in dem wir uns lieben und einen Stall voller Kinder großziehen können."

„Marcus", unterbrach sie mich. „Versprich mir bitte, keinem zu erzählen, was du heute von Veleda erfahren hast."

„Warum nicht?", lautete meine erstaunte Antwort. „Bei Germanus oder Viatorinus wäre das Geheimnis meiner Abstammung sicher aufgehoben."

„Versprich es mir", beharrte Bissula. „Deine Feinde würden es gegen dich verwenden und deine Freunde würdest du damit belasten. Der Sohn deines Oheims ist ein berüchtigter Feind des Imperiums und dein anderer Oheim starb als selbst ernannter Imperator und Hochverräter. Wehe uns, wenn Constantius davon erführe. Unser Leben wäre nicht mehr sicher und dir bliebe nichts anderes übrig, als gemeinsam mit mir zu Hatto in das Dorf an der Logana zurück zu kehren. Und selbst dort würden uns die Häscher des Imperators aufspüren."

Zum ersten Mal wurde mir bewusst, welche Auswirkungen die Offenbarungen Veledas auf mein Leben nehmen konnten. In meinen Gedanken hatte ich nur Ulf und die ausstehende Auseinadersetzung gesehen. Jetzt wünschte ich mir, nie in den Besitz des Schmuckstücks gelangt zu sein und Ulf niemals wieder begegnen zu müssen.

Als könnte sie meine Gedanken lesen, wand sich Bissula aus meinen Armen und richtete sich auf, so dass ich zu ihr hochblicken musste.

„Gibst du mir den Armreif, Marcus? Ich habe Angst, dass er dir Schaden bringt, wenn du ihn weiter trägst. Ich werde ihn an die Mosella bringen und zusammen mit der Fibel des Flavius Probus an einem sicheren Ort verwahren. Wir werden uns später Gedanken machen, was mit den Schlangen zu tun ist. Ich bin mir sicher, im Sinne Veledas zu sprechen."

Noch einmal blitzten die Smaragdaugen des Reptils auf, als das Licht des vollen Mondes auf sie fiel. Ganz leicht, als wäre eine Last von ihm genommen, fühlte ich mein Handgelenk, nachdem ich den Schlangenreif abgestreift und Bissula übergeben hatte, die ihn in einer Tasche ihres Kleides verbarg.

Im Licht des Vollmondes schrammte oberhalb des Vicus Cardena ein roh zusammen gezimmertes Floß über die Kiesel des Uferstrandes. Die Steine spritzten unter den schweren Stiefeln des Mannes zur Seite, der mit einem Satz an Land gesprungen war. Sofort folgten ihm andere, die das Gefährt an Seilen aufs Trockene zogen.

Der Mann mit der Narbe im Gesicht, der als erster festen Boden betreten hatte, ließ seinen Blick über die anderen Flöße schweifen, von denen das letzte die Mitte des Stromes erreicht hatte. Dann blickte er flussauf und flussab, ohne etwas Verdächtiges zu bemerken. Wenn nicht doch noch im letzten Augenblick ein römisches Patrouillenschiff auftauchte, war der Übergang über die Mosella geglückt.

Einige Minuten noch und ein Lächeln huschte über Ulfs Gesichtzüge. Dem letzten Gefährt war ebenfalls die Überfahrt geglückt und der Wagen mit der Beute, die sie in den letzten Wochen im Idar zusammengerafft hatten, rollte von derben Männerfäusten geschoben, die Uferböschung empor. Auf dem Uferkies tänzelten triefend vor Nässe die Pferde, die den Fluss, angebunden an die Flöße, durchschwommen hatten.

„Reibt die Gäule trocken und gebt ihnen was zu fressen“, herrschte Ulf die Umstehenden an, bevor er das Ufer hinauf stieg und der Straße ein Stück in Richtung des Vicus folgte.

„Greifen wir die Siedlung an?“, fragte ein untersetzter Krieger im Lederkoller seinen Anführer, der energisch den Kopf schüttelte.

„Zu riskant“, murmelte Ulf und strich sich mit der Hand über das unrasierte Kinn. „Mit den Bewohnern werden wir fertig, aber was ist, wenn das Patrouillenschiff kommt? Wir müssten uns zurückziehen und würden unnötig viele Männer und vielleicht die Beute verlieren.“

„Und was machen wir?“, fragte der Mann in dem Lederpanzer.

„Wir machen es wie abgesprochen und umgehen das Dorf in aller Stille. Dann ziehen wir über die Straße zum Heiligtum des Lenus Mars, wo es leichtere Beute gibt. Die Priester und die

wenigen Einwohner, die im angrenzenden Vicus verblieben sind, werden uns keine Schwierigkeiten machen. Die Wälle des alten Volkes, die das Bergplateau einst schützten, sind verfallen und es gibt dort oben kein Militär, das eingreifen kann."

Die beiden Männer kehrten zu dem Landeplatz zurück und bemerkten den Schatten nicht, der hinter ihnen die Straße überquerte, durch die Büsche des Talgrundes huschte und zu laufen begann, als er die Straße erreichte, die in Kehren zum Heiligtum hinauf stieg.

Das Blut rauschte in den Ohren des Mannes und die Lungen schmerzten beim Einatmen. Als es nicht mehr weiter ging, verhielt er nur kurz, wand sich unter Seitenstichen und schaute ins Tal herab, ob ihm jemand gefolgt war. Dem Mars sei Dank war nichts zu sehen. Er atmete noch einmal tief durch, wischte sich mit dem Ärmel seiner Tunika über das schweißnasse Gesicht und hastete weiter den Berg hinauf. Auch wenn es ihn das Leben kostete, die Menschen auf dem Berg mussten vor dem Feind gewarnt werden, der bald über ihnen sein würde.

Am Ufer spannten Ulfs Männer den Wagen mit dem Beutegut an und schwangen sich auf die Pferde. In gemächlichem Tempo wand sich die auseinander gezogene Schlange der Reiter unter dem Licht des Mondes bergan, das lange Schatten von Mensch und Tier auf die kahlen Abhänge zauberte.

Vierundachtzig Berittene zählte Ulf, als er an der Spitze der Kolonne ausscherte und seine wilde Schar vorüberziehen ließ. Die Verluste, die er im Idar im Kampf gegen Charietto erlitten hatte und die Trennung von Makrian und seinen Männern waren beinahe ausgeglichen worden. Versprengte Trupps früherer Raubzüge und der Zuzug entlaufener Kriegsgefangener hatten seine Mannschaft kontinuierlich verstärkt. Besonders wertvoll waren die fünf Reiter, die, aus der Colonia kommend, zu ihnen gestoßen waren. Sie hatten ihn gesucht, weil der Ruf seiner Überfälle bis an den Rhenus gedrungen war. Bauto, König der salischen Franken, hatte sie ausgesandt, den wilden Brukterer zurück zu rufen, um die Verteidiger der Colonia gegen den erwarteten Angriff Julians zu verstärken. Er sollte sich Zeit lassen, *das Hinterland verwüsten und die Nachschubwege der römischen Legionen stören, bis er der Übermacht weichen müsste. Jede Aktion, die Julian aufhielt, bedeutete gewonnene Zeit für die Besatzer der Colonia. Nach der Eroberung der Stadt im letzten Herbst hatten sich die Heerhaufen der Sieger bis auf ein Restkontingent verlaufen und es konnte noch Wochen dauern, bis sie wieder zur Stelle waren. Es war Erntezeit und kein Franke verließ freiwillig seine Scholle, ehe die Früchte der Felder eingebracht waren. Ehemalige Parteigänger des Silvanus brauchte er nicht mehr zu fürchten, da diese bei der Erstürmung der Stadt gefallen waren, oder sich zu den Römern geflüchtet hatten. Und Folgen wegen des Totschlags in der Silva Arduenna und des Verrats an seiner ehemaligen Bande waren nicht zu erwarten. Dass er den Mann tötete, war sein gutes Recht gewesen und von seiner ehemaligen Bande, die Charietto bei Beda ausgelöscht hatte, durfte kaum einer überlebt haben.*

Und spätestens vor der Colonia musste er auch wieder auf diesen römischen Tribun treffen, der immer noch den Armreif trug, wie er im Idar gesehen hatte. Er musste ihn töten, den Mord an seinem Vater rächen und den Schlangenreif, das Vermächtnis seiner Ahnen, an sich bringen.

Er schaute in den Mond und ein weicher Zug milderte seine starren Gesichtszüge. Vielleicht war ja auch Serena in der Stadt oder würde nach ihm suchen, wenn die Römer endgültig besiegt wären. Er kannte sie und er wusste, dass sie keine Skrupel haben würde, die Sache ihres Volkes zu verraten. Sie hatte wegen ihrer Liebe zu ihm an dem Verrat gegen ihren Ehemann teilgenommen. Alleine das musste die Franken für sie einnehmen, weil mit Silvanus ein gefürchteter Gegner ausgeschaltet worden war. Mit Sicherheit würde sie kommen und sehen, was sie vom Vermögen ihres Mannes für sich retten konnte. Sie hatte ihm erzählt, dass ihr Mann, bevor er sich zum Imperator aufschwang, einen beträchtlichen Teil seines Vermögens vergraben hatte. Wahrscheinlich hatte sie nach dem Mord keine Zeit gehabt, den Hort zu heben, da sie wie er die Rache der ehemaligen Parteigänger ihres Mannes fürchten musste. Außerdem hatten sie verabredet, sich nach einem Jahr wieder zu sehen und das Jahr war in wenigen Wochen verstrichen.

Wie zur Bekräftigung stieß Ulf seinem Pferd die Fersen in die Seite und jagte an den Anfang der Kolonne zurück.

Etwa eine Stunde mochten sie geritten sein, als sie die Höhen über der Mosella erklommen hatten und der Weg auf das lang gestreckte Plateau des Tempelbezirks zuführte, wo früher ein Oppidum der Treverer die Höhen beherrscht hatte.

Ulf zügelte sein Pferd, besprach sich kurz mit seinen Unterführern und wenige Augenblicke später preschten zwei Reiter auf die Öffnung im Schuttwall zu, der einst der Siedlung Schutz geboten hatte. Quälend langsam verstrichen die Minuten, bis die Reiter wieder auftauchten und heran galoppierten.

„Und?", fragte Ulf.

„Es ist alles ruhig", antwortete der Mann im Lederkoller, der seinen Anführer auf der Straße bei Cardena begleitet hatte. „Einige herunter gekommene Gebäude und armselige Hütten, in denen sich nichts regte. Das Tor in der Einfriedungsmauer ist geschlossen, aber mit ein paar Axthieben leicht aufzubrechen. Dahinter liegen die Tempel und die Nebengebäude, die höchstens von ein paar Priestern bewacht werden."

Die Späher wussten nicht, dass ihr Anmarsch längst gemeldet und alle Wohnungen außerhalb des Tempelbezirks geräumt worden waren. Ebenso wenig wussten sie von den Wagen und Balkenhindernissen, die hinter dem Tor den Zugang sicherten. Ihren Augen verborgen, hatten sich mehr als hundert Männer hinter den Mauern postiert, die mit Pfeil und Bogen, Arcoballisten und Wurfspeeren in den Händen den Angriff der Plünderer erwarteten. Die Frauen, Kinder und Alten hatten sich in die Cella des größten Heiligtums geflüchtet, hinter deren geschlossener Tür sie den Schutz der Götter herbei flehten.

„Bei Tyr und Wodan", rief Ulf und schreiend ergoss sich die Flut der Angreifer gegen die schwachen Bohlen der Pforte, die unter ihren wuchtigen Axthieben zersplitterte.

Dann ging es nicht mehr weiter. Vor Überraschung und Wut brüllend, starrten sie auf das Hindernis von dem aus Bolzen und

Pfeile in ihre dicht gedrängten Reihen schlugen. Ehe sie sich gefasst hatten, wälzten sich mehr als ein Dutzend Männer auf dem Boden.

„Zurück", kreischte Ulf und riss seinen Gaul zurück, um der Todeszone vor dem zerborstenen Tor zu entkommen. In diesem Augenblick erhoben sich die Verteidiger hinter der Mauer und sandten den Angreifern einen Geschosshagel hinterher. Wieder gingen mehr als zehn Pferde mit ihren Reitern zu Boden, bis der Rest der Angreifer sich hinter den Mauern und Hütten des Vicus in Sicherheit gebracht hatte und sammelte. Sie hörten, wie die getroffenen Pferde unter schrillen Schreien verendeten und sahen verwundete Kameraden sich erheben und auf sie zu wanken. Keiner schaffte es, sich in Sicherheit zu bringen, denn einer nach dem anderen wurden sie von den Verteidigern wie verängstigte Hasen abgeschossen. Es nutzte wenig, dass Ulfs Männer den Beschuss erwiderten. Ihre Pfeile prallten wirkungslos gegen die Steine der Schutzmauer.

Ulf raste vor Zorn, als man die beiden Späher zu ihm brachte, die wussten, was ihnen bevor stand. In ihr Schicksal ergeben senkten sie die Köpfe und ließen sich widerstandslos abschlachten. Wie von Sinnen schlug Ulf mit der Franziska auf sie ein, bis sich keiner der beiden mehr regte. Auf Feigheit und Versagen stand der Tod, das wusste jeder, der mit dem tollen Franken marschierte.

Ulf schleuderte sein Schlachtbeil zur Seite starrte grimmig zum Tempelbezirk, von dessen Mauern ihm das Triumphgeschrei der siegreichen Verteidiger entgegen schlug.

Endlich war der Blutrausch von ihm gewichen, und er konnte wieder einen klaren Gedanken fassen.

„Wie viele Männer haben wir verloren?", herrschte er die nächststehenden an.

„Mehr als zwanzig", ermannte sich einer von ihnen. „Greifen wir wieder an?"

„Damit wir noch einmal so viele Männer verlieren?", dröhnte Ulfs Stimme. „Sie sind zu stark. Es macht keinen Sinn. Brennt alles nieder."

Er griff sich einen brennenden Kienspan, den einer der Um-
stehenden entzündet hatte und schleuderte ihn in das Strohdach
einer Hütte, das sofort in Flammen aufging. Seine Spießgesellen
taten es ihm gleich und wenig später zogen dunkle Schwaden aus
Qualm und Rauch über das Plateau des Mons Martis.
In ihrem Schutz zogen die geschlagenen Angreifer ab und
wandten sich nach Norden. Wehe dem Römer, der in ihre Hände
fiel und wehe der Landvilla, die ihren Weg kreuzte.

Am nächsten Morgen war es kalt, und es kostete mich viel
Überwindung, mich aus den Decken zu schälen, unter denen ich an
meine Gefährtin geschmiegt die Nacht verbracht hatte. Der Geruch
von gebratenem Fleisch ließ mir das Wasser im Mund zusammen
laufen, denn Rufus hatte nach fränkischer Sitte in einer eisernen
Pfanne Speck erhitzt und mit frischen Eiern verrührt. Zum Abschluss streute er eine Hand voll Kräuter darüber und servierte uns
ein köstliches Morgenmahl, von dem Nero auch seinen Teil erhielt.

„Wenn wir weiter so schlemmen, wird der Vorrat nicht reichen", scherzte ich und warf dem Hund einen Speckstreifen zu,
den dieser im Flug fing und mit einem Schnappen herunterschlang.

„Ludowech hat mir Angelschnüre und Schwimmer aus Ho-
lunderstengeln mitgegeben. Wenn wir uns im Wald gute Ruten
schneiden und nach Ködern graben, können wir unterwegs vom
Boot aus fischen." Das Jagdfieber leuchtete aus den Augen unseres Gefährten, als ich ihm zunickte. Behände sprang er auf, und
ehe wir unsere Sachen im Kahn verstaut hatten, kam er mit zwei
Stecken und einem Becher voller Regenwürmer zurück.

„Traust du mir nicht zu, einen Fisch zu fangen?", schmollte
Bissula beim Anblick der beiden Ruten.

„Doch, doch", antwortete der Gescholtene. „Aber einer von
uns muss schon an den Rudern bleiben. Wenn wir zum Fischen
anlegen, kommen wir heute nicht weit."

„Rufus hat Recht", lobte ich die Umsicht des Gefährten. „Es
wird Zeit, zu unseren Freunden zurück zu kehren. Sonst geben
sie uns noch auf."

Der Wolf mit den roten Haaren errötete vor Stolz und betätigte mit doppelter Kraft die Riemen, als wir vom Ufer abgestoßen hatten.

Es war ein herrlicher Tag, den wir auf der Logana verbrachten. Schnell glitt unser Kahn unter dem Druck der Ruder und der sachten Strömung dahin. Dichte Wälder säumten die Ufer des Flusses, der in leichten Windungen dem Rhenus zustrebte. Wenn die Talwände mit steilen Abhängen und schroffen Felsen das Bett der Logana verengten, schossen wir nur so dahin und waren froh, wenn das Sonnenlicht zurückkehrte und die Gewalten der Wasser sich beruhigten. Nachdem ich Rufus an den Rudern abgelöst hatte, schaute ich den beiden beim Fischen zu. Geschickt warfen sie die Schnüre gegen die Fahrtrichtung und ließen Köder und Schwimmer an sich vorüber treiben, bis sie das Gerät einholten und die Prozedur von neuem begann. Es war Bissulas Schwimmer, der als erster zuckte und abtauchte. Ein scharfer Ruck an der Rute und ein handgroßer Flussbarsch zahlte seine Neugier und Fresssucht mit dem Leben. Aufgeregt und hektisch reagierte Rufus auf Bissulas Jagdglück, bis auch seine Rute zuckte. Mit stolzgeschwellter Brust hievte er eine kapitale Forelle an Bord und machte ihren Zuckungen mit einem schnellen Hieb seines Dolchgriffes ein Ende. Die Stunden vergingen wie im Flug, bis ich, des Ruderns überdrüssig, dem fröhlichen Treiben ein Ende bereitete.

„Es ist genug, ihr beiden", begehrte ich auf und wies auf die silbrig glänzenden Fischleiber zu unseren Füssen. „Wer soll das alles essen?"

„Soll ich dich an den Rudern ablösen, Tribun?", fragte Rufus mit schuldbewusstem Blick und legte seine Angel ab.

„Ich bitte darum", schmollte ich mit einem Augenzwinkern.

Wir wechselten die Plätze und Rufus legte sich mit doppelter Kraft in die Riemen, dass der Kahn nur so dahin schoss. Währenddessen erbarmte sich Bissula der Beute und nahm sie mit meinem Messer aus, dass sie sich erbeten hatte.

Als die Schatten länger wurden und die Sonne hinter den Uferbergen versunken war, fegte ein kühler Windstoß durch das

Tal der Logana. Seine Kraft reichte aus, herbstbuntes Laub von den Zweigen zu reißen und in den Fluss zu wehen, wo es unser Gefährt auf dem Weg zum Rhenus begleitete. Wir holten unsere Mäntel hervor, in die wir uns einhüllten. Es war noch zu früh, das Nachtlager aufzuschlagen, weil wir noch einige Leugen zurücklegen wollten. Als es selbst dem Rudernden zu kalt wurde und unsere Hände unter dem Druck der Riemen zu schmerzen begannen, hielten wir nach einem Platz Ausschau, an dem wir unser Nachtlager aufschlagen konnten.

Ein prasselndes Feuer hatte bald unsere klammen Glieder aufgewärmt und wir machten uns daran, die Beute des Tages auf Stöcke zu spießen, die wir nahe der Glut in den Boden steckten. Mit Brot und dem Rest des Bieres genossen wir den Fang des Tages. Äpfel und ein Stück Hartkäse, von Bissula in mundgerechte Stücke zerteilt, bildeten den Abschluss des abendlichen Mahles. Nero begnügte sich mit ein paar Speckschwarten vom Vortag, die er hinunterschlang. Schon im Boot hatte er die Fische kurz beschnüffelt, den Kopf schräg gestellt und sie als nicht fresswürdig eingestuft.

Asklepios und Apollo Grannus sei gedankt, dass Gunda meiner Gefährtin einen Tiegel zugesteckt hatte, der eine heilende Salbe enthielt. Rufus und ich trugen sie auf unsere Handflächen auf, was uns sofortige Linderung verschaffte.

Als ich erwachte, war es zwar nicht so kalt wie am gestrigen morgen, aber ich sah den Regen in langen Fäden die Plane herab rinnen. Wir warteten einige Stunden auf eine Besserung des Wetters. Diese trat aber nicht ein, und wir mussten den Kahn mit unseren durchnässten Sachen beladen. Warm verpackt und die Kapuzen der Cuculla tief in die Stirn gezogen, wechselten Rufus und ich uns missmutig beim Rudern ab. Was uns antrieb, war die Aussicht, mit jedem Ruderschlag dem Rhenus und einem trockenen Quartier näher zu kommen.

Tief hingen die Regenschleier im Tal und die Gipfel der höchsten Uferberge waren in der Wolkendecke verschwunden. Es roch nach modrigem Laub und sprießenden Pilzen. Hatte der gestrige Sonnentag unsere Gemüter erheitert und mit Zuversicht erfüllt, so brüteten wir heute stumm vor uns hin.

Um die Mittagszeit legten wir an einer Sandbank an und suchten im feuchten Proviantsack nach etwas Genießbarem. Wir machten uns nicht die Mühe, unsere Ruderbänke zu verlassen und kauten lustlos an feuchtem Brot und ranzig schmeckendem Käse. Als ich mich schließlich doch noch erhob, um mit Nero im Gefolge meine Notdurft zu verrichten, musste ich kurz innehalten, da mir vom langen Sitzen schwindelig wurde. Die Gefährten taten es mir gleich, bis Bissula als letzte aus dem Wald zurückkehrte und wir unsere Reise fortsetzten.

Und die Natur tat das ihrige, unsere Stimmung weiter zu verschatten. Der Dauerregen wollte kein Ende nehmen, und immer dichter traten die Talwände heran, um das Licht des Tages in Dämmerung zu verwandeln.

„Wir haben es bald geschafft", war das erste, was Rufus seit unserer Mittagsrast von sich gab.

Voller Hoffnung schaute ich umher, konnte aber nichts erkennen, was den optimistischen Ausbruch unseres Gefährten rechtfertigte.

„Tribun", beharrte der Wolf mit den roten Haaren. „Hinter der nächsten Flussbiegung erreichen wir den alten Limes und eine Ansiedlung, in der noch Romanen leben. Wir werden heute Nacht ein trockenes Dach über dem Kopf haben und unsere Sachen am Feuer trocknen."

„Geben die Götter, dass du Recht hast, Rufus", brummte ich gereizt vor mich hin.

„Sei nicht ungerecht, Marcus", wurde ich von Bissula getadelt. „Diesen sarkastischen Unterton hat Rufus nicht verdient. Er hat uns sicher bis hierher geführt und ich sehe keinen Grund, seine Angaben anzuzweifeln."

„Es ist gut, Rufus", lenkte ich ein und dann sah ich den Wachtturm, der sich hoch über uns im Wolken verhangenen Himmel verlor. Deutlich erkannte ich jetzt im Wald die mit Busch bestandene Schneise der ehemaligen Grenzsicherungen. Folgte ich ihr mit den Augen, trat oben auf der Höhe der nächste Turm in mein Gesichtsfeld. Der gleiche Anblick bot sich mir auf der anderen Flussseite, wo die Bergwände noch steiler empor stiegen und die

Ruine eines Wachtturms auf uns herab schaute. Noch ein paar Ruderschläge und wir hatten das Barbaricum hinter uns gelassen und befanden uns auf römisch kultiviertem Boden.

„Wo befindet sich die Ansiedlung?", fragte ich Rufus, der mit der Hand stromabwärts wies.

„Dort hinten Tribun, oberhalb der Stelle, wo ein Bach in die Logana mündet."

Helle Wolken, wie von Wasserdampf, stiegen auf dem rechten Ufer hinter den Resten von Palisade und Grenzwall in die Höhe und erweckten meine Aufmerksamkeit.

„Heiße Quellen, Tribun. Wie in Aquis und in Mattiacum."

„Warum werden sie nicht genutzt?" Die aufsteigenden Dampfschwaden hatten auch Bissulas Interesse geweckt.

„Ich glaube, sie befinden sich zu dicht hinter den Grenzanlagen", vermutete ich. „Weitläufige Gebäude an dieser exponierten Stelle würden den Gegner geradezu zu einem Durchbruch einladen."

„Und warum hat man Wall, Graben und Palisade nicht weiter vorne errichtet?"

„Weil an dieser Stelle die Logana am leichtesten zu überwachen ist. Siehst du, wie dicht die Talwände an den Fluss herantreten? Man könnte ihn sogar mit einer Kette sperren."

Bissula kräuselte die Nase und schaute zur Seite. In ihrer derzeitigen Gemütsverfassung schien sie es nicht zu mögen, belehrt zu werden.

„Du hast mich gefragt", stellte ich nüchtern fest.

„Ist schon gut", lächelte sie mir zu. „Und vergiss bitte nicht zu rudern. Ich habe keine Lust auf ein Vollbad im Regen. Auch wenn es dir gut täte. Du riechst wie ein Fischotter."

Ich sah aus den Augenwinkeln, wie Rufus sich mühsam das Grinsen verkniff und hatte selber Mühe, nicht laut heraus zu lachen. Das war meine Bissula, wie ich sie liebte und schätzte. Schlagfertig, bissig und immer das letzte Wort behaltend.

„Siehst du die Ruinen am linken Ufer?", beendete der Gefährte unseren Schlagabtausch. „Dort befand sich bis vor kurzem eine Ziegelei."

„Und auf der Anhöhe darüber?". Ich wies auf die Reste von Mauern und Türmen, die bis in Kniehöhe abgetragen waren. „Ein befestigter Posten für die Flusswache", bestätigte Rufus meine Vermutung. „Die Bewohner des Vicus haben die Steine abgetragen und anderweitig verbaut. Ohne militärische Besatzung macht eine Kleinfestung keinen Sinn."

Wir hatten die Enge passiert und blickten auf einen Anleger, den wir in einer Viertelstunde erreichen mussten. Als wir näher kamen, sah ich Männer in römischen Tuniken und Waffen in den Händen zum Ufer eilen.

Rufus richtete sich im schwankenden Kahn auf und formte beide Hände vor dem Mund zu einem Trichter.

„Ein Tribun, seine Frau, ein Legionär und ein Hund", schrie er herüber, was die Männer am Ufer von unserer friedlichen Absicht überzeugte.

Sie halfen uns, das Boot zu vertäuen und reichten uns beim Aussteigen die Hände. Ein bärtiger Mann in den Vierzigern, das schwarze Haar sorgfältig geschnitten, stellte sich uns als Septimius Probus, Vorsteher des Vicus vor, zu dem es weniger als hundert Schritte waren. Ausführlich beantworteten wir seine Fragen nach Zweck und Ziel unserer Reise, was ihn zufrieden stellte. Unserer Bitte nach Unterkunft und Verpflegung entsprach er erfreut, als ich ihm einige Münzen in die Hand drückte.

Wir wechselten unsere nassen Kleider gegen trockene Tuniken und Decken, die hilfsbereite Menschen zur Verfügung gestellt hatten. Trocken und gewaschen sollten wir unsere Sachen am nächsten Morgen zurück erhalten.

Bissula hatte die Reise mehr angestrengt, als sie zugegeben hätte. Deshalb zog sie sich nach dem Essen mit Nero in unsere Unterkunft zurück und schlief bis zum Beginn des neuen Tages.

Während Rufus die kleine Taverne des Vicus aufsuchte, nahm ich die Einladung des Dorfvorstehers zu einem Rundgang durch die Ansiedlung an. Es waren höchstens hundert Menschen, die in diesem Außenposten römischer Zivilisation ausharrten und vom Warenaustausch zwischen der Germania Libera und der Germania Secunda profitierten. Sie bewohnten die typischen

Streifenhäuser der germanischen Grenzprovinzen mit gemauerten Sockeln und aufgehenden Aufbauten aus Holz. Werkstätten und Geschäfte waren zur Straße ausgerichtet. Man musste sie durchqueren, um in die Wohnräume zu gelangen. Hinter diesen schlossen sich Schuppen, Latrinen und Kleingärten an, in denen Gemüse und Obst gezogen wurden. Ein Idyll friedfertigen Gewerbefleißes am Ende der römischen Welt. Auffällig war der gute Zustand eines Teiles des an den Vicus anschließenden Grenzkastells, das ein Spitzgraben in zwei Bereiche teilte. Offenbar reichte die Zahl der Männer im Vicus nicht aus, das gesamte Refugium im Falle eines feindlichen Angriffs wirkungsvoll zu verteidigen.

„Wie ist es euch gelungen, die Germaneneinfälle unbeschadet zu überstehen?"

Septimius Probus hatte mich nach unserem Rundgang auf einen Becher Wein in die Taverne eingeladen, in der Rufus die letzte Stunde verbracht hatte.

„Gar nicht", antwortete Probus. Der sarkastische Unterton war nicht zu überhören. „Ich glaube, die Alemannen haben uns vergessen, als sie Confluentes und Antunacum überrannten."

„Alemannen?", fragte ich erstaunt. „Das Dorf, aus dem wir gekommen sind, ist fränkisch und liegt zwei Tagesreisen stromaufwärts."

„Fränkisch, Alemannisch", strich sich Probus mit der Hand über die Stirn. „Wer kennt sich da aus? Jenseits der Höhen und bis hinab zum Rhenus siedeln jedenfalls Alemannen. Das kann sich aber bald wieder ändern. Wenn sie nicht gemeinsam gegen uns Römer kämpfen, fallen sie übereinander her und machen sich die Siedlungsräume streitig. Was habt ihr bei den Franken gemacht?"

In aller Kürze berichtete ich ihm das, was er wissen musste, um sich unsere Anwesenheit zu erklären.

„Was glaubst du, Tribun?", lehnte sich Probus nach vorne und warf mir einen Blick zu, der seine bekümmerte Gemütsverfassung widerspiegelte. „Wenn Julian die Franken und Alemannen besiegt, wird das Militär dann hierhin zurückkehren?"

Das war also der Grund für die hilfsbereite Zuwendung, die Probus uns seit unserer Ankunft zukommen ließ. Er hoffte, dass ich mich als Tribun für die Sicherheit seines Vicus einsetzen würde. Sollte ich ihn mit einem leichtfertigen `Ja` in Sicherheit wiegen, oder war es besser, ihm die Wahrheit zu sagen. Ich entschied mich für das Zweite.

„Das Imperium hat seinen Anspruch auf das Dekumatenland jenseits des Rhenus nie aufgegeben. Aber weder Constantius, noch Julian werden Legionen schicken, was einen erneuten Germaneneinfall provozieren würde. Arrangiert euch mit den Germanen. In Mattiacum und anderen Orten des Grenzvorlandes dulden die Alemannen die eingesessene romanische Bevölkerung. Sie profitieren von deren Fähigkeiten in Handwerk und Handel. Das ist eure einzige Möglichkeit, weiterhin im Tal der Logana zu siedeln."

„Ich hatte es mir gedacht", resignierte Probus und zuckte mit den Achseln. „Die Hälfte der Bevölkerung hat unser Dorf bereits verlassen und sich jenseits des Rhenus eine neue Heimat gesucht. Was glaubst du, warum wir das Areal des alten Kastells durch den Spitzgraben halbieren. Wenn die Palisade fertig ist, reichen unsere Männer gerade aus, diesen Teil bei einem Überfall zu halten. Ich glaube nicht, dass dieser Vicus eine Zukunft hat. In einigen Jahren werden alle weggezogen sein."

„Vielleicht kommen ja friedliche Zeiten", versuchte ich den Dorfvorsteher zu trösten.

„Ich möchte mich bei dir bedanken", versuchte ich dem Gespräch eine andere Wendung zu geben, „dass du uns so freundlich und hilfsbereit aufgenommen hast. Was sind wir dir noch schuldig?"

„Nichts", lächelte Probus mich an. „Wir halten hier an der Grenze zusammen."

Wir beredeten noch unsere morgige Weiterfahrt zum Rhenus und nach Bodobrica, deren Stationen mir Probus in allen Einzelheiten erklärte. Dann erhob er sich und ließ mich mit Rufus zurück, der sich zu mir setzte. Der Patron hatte im Hintergrund des Raumes seinen Kopf auf die Tischplatte gebettet und schlief, als wir, ein paar Folles zurücklassend, die Taverne verließen. Es war eine kalte Nacht und ich eilte zu unserer Unterkunft, wo mich Nero freudig begrüßte. Ohne Bissula zu wecken, schlüpfte ich unter die Decken und war sofort eingeschlafen.

Der dritte und zugleich letzte Tag unserer Rückkehr hatte begonnen. Es war der siebte Tag nach den Iden des Septembers. Neun Tage hatten wir im Dorf unserer Freunde zugebracht, und seit unserem Aufbruch in Noviomagus hatte Sol sechsundzwanzigmal auf seiner Quadriga das Firmament durchquert.

Wir ließen uns mit der Strömung treiben und gebrauchten die Ruder nur sporadisch, weil wir uns nicht frühzeitig verausgaben wollten. Wir sparten unsere Kräfte für den Rhenus auf, denn nach der Einmündung der Logana hätten wir uns gegen den Strom bis Bodobrica durchkämpfen müssen. Dazu sollte es aber nicht kommen.

Vor einer Flussbiegung war es Nero, der plötzlich die Ohren spitzte und sich aufsetzte. Dann vernahm auch ich den rhythmisch auf und abschwellenden Chor einer gut aufeinander eingespielten Rudermannschaft. Rufus ließ die Riemen sinken und gebannt starrten wir voraus, nicht wissend, was da hinter dem Gürtel aus Schilf und Ufergebüsch auf uns zukam. Das Ufer anzulaufen und uns zu verstecken, dazu war es zu spät.

Zuerst sah ich den Mast mit dem gerefften Segel, dann den schlanken Vordersteven mit dem aufmontierten Scorpio und schließlich den tief liegenden Rudergang. Ein Patrouillenboot der römischen Flotte, wie es zu Dutzenden auf den Wassern von Rhenus und Mosella eingesetzt wurde.

Wir rissen die Arme hoch und schrien unsere Freude heraus, als die Rudergaleere mit schäumendem Bug heran rauschte. Scharfe Kommandos ertönten, als das Kriegsschiff auf unserer Höhe mit eingestemmten Riemen ein schnittiges Wendemanöver durchführte und sich an unsere Seite legte.

„Marcus, Bissula", brüllte es herüber und dann erkannte ich den Mann, der an das Bordgeschütz gelehnt mit beiden Händen winkte. Es war Germanus, den Charietto ausgesandt hatte, nach uns zu suchen.

Die Jagd der Wölfe

Mit dem schnellen Patrouillenboot legten wir die Strecke nach Bodobrica in einem Drittel der Zeit zurück, die wir mit dem Ruderboot benötigt hätten. Ein Legionär hatte es ans Heck gebunden, wo es fest vertäut über die Wogen hüpfte. Wenn ich von unserem Platz in Fahrtrichtung schaute, schweifte mein Blick über die muskulösen Rücken der Legionäre. Als die Sonne den Dunstschleier zerstreut hatte, der über dem Tal der Logana lag, hatten sie ihre Tuniken bis zur Hüfte herabstreifen dürfen. Das Knirschen der Riemen und das Auf und Ab ihrer schweißglänzenden Schultern übertönte hin und wieder ein Kommando des Steuermanns, der Takt und Geschwindigkeit vorgab. Beschleunigte das Schiff, wurde jeder Ruderschlag von der Besatzung angezählt. Bei „eins" tauchten die Ruderblätter ins Wasser und bei „zwei" wurden die Riemen kräftig durchgezogen. Dieser monotone Choral war dem Schiff vorausgeeilt, bevor wir es gesehen hatten.

Längst hatten wir die Mündung der Logana erreicht und nach Bodobrica war es nicht mehr weit, als wir uns unsere gegenseitigen Geschichten erzählt hatten.

Voller Spannung rückten Bissula, Rufus und ich zusammen, als Germanus den Teil der Geschichte schilderte, den wir nicht erlebt hatten.

Nachdem unser Floss in der ersten Flussbiegung außer Sicht geraten war, hatte sich Germanus mit den Wölfen auf die Anhöhe über der Logana zurückgezogen, um nach Makrian und seinen Männern Ausschau zu halten. Es dauerte drei Stunden, bis die ersten Reiter in Sicht kamen. Als sie so nahe heran gekommen waren, dass sie von Makrian gesichtet werden mussten, warf sich Germanus Bissulas blauen Mantel über die Schulter und gab den Befehl zum Aufbruch.

Wie beabsichtigt, jagten die Alemannen durch die Furt und hetzten hinter unseren Leuten her. Die Ruhepause hatte die Pferde soweit gekräftigt, dass die Verfolger zwar in Sichtweite blieben und näher kamen, aber bis zum Einbruch der Dunkelheit nicht entscheidend aufholen konnten. Bei Einbruch der Nacht ließ Germanus die Männer absitzen und die Pferde zu Fuß am Zügel führen. Er schlug einen Haken nach Osten und orientierte sich nach einer Leuge Richtung Süden zum Glauberg. Gegen Mitternacht ließ er auf einer bewaldeten Kuppe halten, wo die Männer erschöpft ins Gras sanken und mit Ausnahme der Wachen bis zum Morgengrauen durchschliefen. So schnell es das Tageslicht zuließ, bestiegen sie die Pferde und strebten dem Glauberg zu, den sie am Mittag zu erreichen gedachten. Nach zwei Stunden hatten die Alemannen ihre Fährte aufgenommen und waren so weit herangerückt, dass sie am Fuß eines lang gezogenen Hanges in Sicht kamen. Germanus zählte doppelt so viele Reiter wie Wölfe und wusste, dass er es auf einen Kampf nicht ankommen lassen durfte. Er ließ angaloppieren, aber als der Glauberg schon in Sichtweite vor ihnen lag, war der Feind so dicht hinter ihnen, dass sie es nicht schaffen würden. Zwei Mann auf den besten Tieren jagten weiter, um Hilfe herbei zu holen, während sich die übrigen im Unterholz eines Wäldchens verschanzten.

Mit gespannten Bögen und Arcoballisten lagen sich die beiden Gruppen gegenüber. Makrian wusste, dass ihm ein Sturmangriff zwar den Sieg bringen, er dabei aber über die Hälfte seiner Männer verlieren würde. Ganz zu schweigen von den Schwierigkeiten, die ihm sein Bruder wegen dieses kriegerischen Aktes bereiten würde. Er schickte einen Unterhändler, den Germanus nicht herankommen ließ. Der sandte dem Mann einen Wolf entgegen, der mit Makrians Botschaft zurückkehrte. Noch brauchte der Alemanne nicht zu wissen, dass Bissula und ich einen anderen Fluchtweg eingeschlagen hatten. Mehr als eine Stunde wurden zwischen den beiden Gruppen auf diese Weise Botschaften ausgetauscht. Dann erschien Makrian persönlich vor der Stellung unserer Männer. Er hatte sowohl die Geduld, als auch die Beherrschung verloren und drohte mit dem sofortigen Angriff, falls Bissula ihm nicht unverzüglich ausgeliefert würde.

In diesem Augenblick brach eine Reiterschar aus der Tiefe des Waldes hervor, über den Hang zwischen den beiden Stellungen. Charietto und Hariobaud waren gekommen, den unsinnigen Kampf zu verhindern. Außer sich vor Wut rückte Makrian ab und die Gruppe um Germanus erreichte den Glauberg, ohne einen Mann verloren zu haben.

Der Erzählung ihres Vetters war Bissula, fest an meinen Arm geklammert, voller Spannung gefolgt. Erst in diesem Augenblick ließ sie durchblicken, welche Qualen sie in jener Nacht und dem folgenden Tag ausgestanden hatte, als sie sich in der Gewalt des wilden Alemannen befand.

Charietto war erschrocken gewesen, als er von Bissulas Sturz vom Pferd erfuhr, setzte aber eine Miene der Zufriedenheit auf, als ihm unsere gelungene Flucht geschildert wurde.

Noch zwei Tage blieben sie auf dem Glauberg, bis alle Gefangenen sich eingefunden hatten und der Rückmarsch angetreten werden konnte. Das freundschaftliche Nebeneinander von Römern und Alemannen war jedoch einer gespannten Ruhe gewichen und sowohl Charietto, als auch Hariobaud waren erleichtert, dass sich keine weiteren Störungen oder Provokationen ereigneten. Acht Tage, nachdem unsere Gruppe zur Auslösung der Gefangenen aufgebrochen war, zogen der lange Tross von Legionären und Befreiten unter dem Jubel der Bevölkerung in Mogontiacum ein.

Dort hatte sich Wichtiges ereignet. Der Magister Militum Severus war mit zweitausend Mann der Legio VIII Augusta aus Argentorate dem Caesar Julian vorausgeeilt. Neben den Verbänden des Charietto, der Leibwache des Magisters Ursicinus und weiteren fünfhundert Mann aus der Augusta Raurica hatten sie in der alten Legionsfestung ihr Lager aufgeschlagen. Viertausend Soldaten aller Waffengattungen vertrieben sich die Zeit mit Übungen und ausgedehnten Tavernenbesuchen, darauf wartend, dass Julian und seine Zehntausend eintreffen und sie vor die Mauern der Colonia führen würde.

Viel Zeit blieb den Männern, die das Unternehmen in den Montes Taunensium durchgeführt hatten, nicht, um sich von den Anstrengungen zu erholen. Charietto wurde zu Ursicinus befohlen, um neue Instruktionen zu empfangen. Am nächsten Tag brachen die Truppen aus Treveris und Dividurum ihre Zelte ab und marschierten entlang des Rhenus nach Norden. Der Befehl lautete, die Festung Bodobrica wieder in Besitz zu nehmen und bis Confluentes aufzuklären. Ursicinus hatte besonderen Wert darauf gelegt, alle im Hinterland operierenden fränkischen Plündererhaufen zu stellen und zu vernichten. Der Anmarsch Julians sollte ungestört von statten gehen.

Ohne Feindberührung waren sie in Bodobrica einmarschiert und hatten die Festung wieder in den Verteidigungszustand versetzt. Viatorinus und Balbus stellten einen Haufen versprengter Franken, den sie bei Confluentes aufrieben und die Reste bis Antunacum verfolgten, ehe sie zurückkehrten. Das war gestern gewesen.

Was Bissulas, meinen und Rufus' Verbleib betraf, hatte man begonnen, sich Sorgen zu machen. Zu lange waren wir ausgeblieben und keiner konnte wissen, dass uns Bissulas Verletzung so lange aufhalten würde. Germanus erhielt schließlich die Erlaubnis, ein Patrouillenboot der uns begleitenden Mosellaflotte abzukommandieren, um nach uns zu suchen. Keiner hatte erwartet, dass die Suche so schnell zum Erfolg führen würde.

Es war Mittag geworden, als wir am Ende eines lang gezogenen Flussbogens das wuchtige Festungsgeviert von Bodobrica vor uns sahen. Transportkähne und Patrouillenschiffe lagen am Anleger vertäut. Menschen wimmelten zwischen den Schiffen und der Festungsmauer umher. Soldaten strömten zum Ufer, als sie uns bemerkten, voller Spannung, warum das Schiff schon zurückkehrte.

Über die Köpfe der Menge hinweg sah ich Titus Venator und Balbus aus dem Tor eilen und sich einen Weg durch die Menge bahnen. Ich schrie ihre Namen heraus, bis sie uns bemerkten und wir uns Augenblicke später in den Armen lagen. Es tat gut, wieder bei den Freunden und Gefährten zu sein.

Bewegend war das Wiedersehen mit meinem alten Freund Viatorinus, der, von einem Erkundungsritt zurückgekehrt, von unserer Ankunft erfahren hatte und sofort herbeigeeilt kam.

240

„Habt ihr endlich zueinander gefunden?", wies er mit dem Kopf auf Bissula, die unsere Begrüßung mit einem Lächeln beobachtete. „Kommt mit", fuhr er fort. „Ich bringe euch zu Charietto. Er muss wissen, dass ihr zurück seid." Der Wolf geriet außer sich, als wir ihn in seinem Quartier, dem ehemaligen Lagerbad, aufsuchten. Zuerst hieb er Rufus auf die Schulter, dass dieser einen unterdrückten Seufzer ausstieß, dann umarmte er Bissula und drückte schließlich mich an sich, dass mir die Luft weg blieb.

Im Nu deckten Wein, Brot, Käse und gepökeltes Fleisch den breiten Eichentisch mit den gekreuzten Beinen, als ob uns Germanus nicht schon genügend bewirtet hätte. Angelockt von der Aussicht, von unseren Erlebnissen zu hören und an Chariettos Gastfreundschaft teilzuhaben, fanden sich in kurzer Zeit Titus, Balbus und Chlotar ein.

Ich sprach vor allem dem Wein zu und der Abend brach herein, als ich, angefeuert von seiner Wirkung, unsere Abenteuer erneut in allen Einzelheiten schilderte. Während die Freunde bewegt der Gesundung Bissulas und unserer Flussfahrt folgten, galt Chlotars und Chariettos Interesse vor allem den Lebensumständen im Dorf der Brukterer. Eingedenk Bissulas Mahnung unterließ ich es jedoch, von Veleda und ihrer Prophezeiung zu berichten. Meine Gefährtin hatte sich zwischenzeitlich verabschiedet, um das uns beiden zugewiesene Quartier einzurichten und ein Bad zu nehmen.

„Was wird mit Bissula?", wandte sich Charietto mir schließlich zu. „Sie kann uns nicht weiter begleiten."

„Sie wird bei nächster Gelegenheit zur Villa Vineta aufbrechen und dort auf meine Rückkehr warten."

„Eine gute Entscheidung", lobte Charietto. „Ich werde mich umhören, wann das nächste Schiff nach Treveris abgeht."

„Welche Befehle hast du für mich?", fügte ich mich wieder in mein Dasein als untergeordneter Offizier ein.

„Ich erwarte morgen Nachrichten und neue Weisungen aus Mogontiacum," sprach Charietto alle Anwesenden an. „Ein gewisser Sextus Pomponius soll mit seiner Truppe zu uns stoßen, um uns zu verstärken."

„Sextus Pomponius", platzte Viatorinus heraus. „Das bedeutet nichts Gutes. Sextus gilt als engster Vertrauter und Wachhund des Ursicinus. Der Magister scheint zu befürchten, dass unsere Wölfe mit den Feinden gemeinsame Sache machen könnten. Anders kann ich mir sein Kommen nicht erklären."

„Na, na", rüffelte Charietto das offenherzige Bekenntnis meines Freundes. „Sextus Pomponius ist Tribun bei den Protectores Domestici und mit aller Höflichkeit zu behandeln."

„Darf ich mich zurückziehen?", bat ich um die Erlaubnis, mein Quartier aufzusuchen. Ich musste mit Bissula ihre Weiterreise zur Villa Vineta besprechen, die in Kürze erfolgen konnte.

Germanus begleitete mich und nahm meine Einladung an, dem Gespräch beizuwohnen.

Bissula hatte mich bereits erwartet und freute sich, dass ihr Vetter mitgekommen war. Ihre bevorstehende Abreise quittierte sie mit einem bedauernden Achselzucken, begann jedoch umgehend, mich nach allen Einzelheiten meines Vaterhauses zu befragen. Ich erzählte von meinem Freund und Gefährten Galerius, der in meiner Abwesenheit das Weingut führte, von dem alten Verwalter Maximus und von der hübschen Alemannin Flavia, auf die Galerius bei meinem letzten Aufenthalt ein Auge geworfen hatte. Trotz des Altersunterschieds gaben die beiden ein gutes Paar ab.

Es war spät, als Germanus uns verließ und ich mich niedersetzte, um das Schreiben an Galerius zu verfassen. Darin bat ich den Freund, sie herzlich aufzunehmen und der zukünftigen Herrin der Villa Vineta seinen Schutz zukommen zu lassen. Er war der erste unserer Freunde, der von Bissulas Schwangerschaft in Kenntnis gesetzt wurde.

Bevor ich das Pergament faltete und versiegelte, die Utensilien hatte ich beim Heimweg mit Germanus in der Schreibstube besorgt, gab ich Bissula das Schreiben zu Lesen. Zuerst weigerte sie sich, willigte dann aber ein und verbarg den Brief mit Anzeichen der Rührung unter ihren Habseligkeiten.

„Sollte etwas Unvorhergesehenes geschehen und der Brief geht verloren", drang ich in sie, „dann zeige Galerius den Schlangenreif und berichte ihm von Einzelheiten unserer Abenteuer in der Silva Arduenna und in Treveris, damit er dir Glauben schenkt. „Darf ich mit ihm über Veleda und die Prophezeiung sprechen?"

„Ja", lautete meine kurze Antwort. „Er wird aber alles für Unfug und Aberglauben halten. Galerius glaubt nur das, was er sieht. Für Mysterien ist er nicht empfänglich, aber er wird Spaß an Nero haben." Ich kraulte dem Hund den Kopf, der mir freudig mit der Zunge über die Hände fuhr.

Am nächsten Morgen fand ich mich bei Charietto ein, der mir auftrug, unsere Abteilungen zu inspizieren und eine Liste der Dinge zu erstellen, die ersetzt oder ausgebessert werden mussten. Die Männer freuten sich über meine wohlbehaltene Rückkehr aus dem Barbaricum und ein von allen Seiten zugerufenes „Tribun" folgte meinem Weg.

Titus begleitete mich und beschrieb mir die Festung in allen Einzelheiten. Im Gegensatz zu den mir bekannten konstantinischen Anlagen von Beda, Icorigium, Iuliacum und Noviomagus, die alle über einen kreisrunden Grundriss verfügten, war Bodobrica als rechteckiges Bollwerk konzipiert worden, dessen Längsseite zum Rhenus ausgerichtet war. Achtundzwanzig vorstehende Halbrundtürme, im Abstand von dreißig Schritten ausgeführt,. verstärkten Ecken, Flanken und Tore. Die Ausmaße der Mauer zählen zu den gewaltigsten, die ich je gesehen habe. Drei Schritte mächtig ragten die Bastionen dreißig Fuß in die Höhe. Die Besatzung, die Milites Balistarii, hatten Bodobrica auf Befehl des Vicarius vor der Übermacht der anrückenden Franken geräumt und sich abgesetzt. Ihnen blieb damit das Schicksal der Verteidiger Geldubas erspart, die mit ihrer Festung untergingen. Die unbeweglichen Geschütze auf den Türmen waren vor dem Abmarsch zerstört worden, damit sie dem Feind nicht in die Hände fielen. Ein kaiserliches Gericht entlastete zwar später den Kommandeur, einen gewissen Gratus, vom Vorwurf der Feigheit, seine militärische Karriere hatte er aber mit dem Befehl zur Räumung verspielt. Das Innere der Festung, ein Geviert von vierhundert auf dreihundert Schritten, war mit den Fachwerkbauten der Unterkünfte und Magazine bebaut. Das einzige in Stein ausgeführte Gebäude war das Kastellbad, in dem Charietto sein Quartier aufgeschlagen hatte. Die Franken hatten die Mauern und Einrichtungen des Lagers nicht zerstört, sondern lediglich geplündert. Nur die hölzernen Tore und Brustwehren hatten unter dem zweijährigen Leerstand gelitten. Der einwöchige Aufenthalt unserer Truppen hatte ausgereicht, die Festung wieder in den Verteidigungszustand zu versetzen.

Ich hatte gerade mit Titus die Nahrungsvorräte überprüft, als uns beim Verlassen der Baracke donnernde Pferdehufe vor der Eingangstüre zur Seite springen ließen. Flüche und Verwünschungen hinter sich herziehend krachten zwanzig Elitesoldaten mit goldblitzenden Helmen und Paraderüstung durch die Gassen Bodobricas und bahnten sich ihren Weg zum Stabsquartier Chariettos.

„Bei Pluto, sind die noch bei Verstand?", verwünschte Titus das rücksichtslose Auftreten des Sextus Pomponius. „Was haben wir getan, dass Mars uns mit diesem Gesindel straft."

Aus dem Gefährten sprach der ganze Abscheu, der sich bei gestandenen Legionären und Grenzkämpfern gegen die arrogante und selbstgefällige Elitetruppe des Imperators aufgestaut hatte.

Als uns Germanus wenig später zu Charietto rief, lungerten die Gardekavalleristen mit ihren Pferden vor dem Zugang zum Kastellbad herum, in dem ihr Kommandeur seine Aufwartung machte. Nur widerwillig traten sie zur Seite und ließen uns passieren, was ihnen einen Rüffel meinerseits eintrug.

In dem zum Besprechungsraum Chariettos umfunktioniertem Caldarium hatten sich vor uns Chlotar und Viatorinus eingefunden, der in ein Gespräch mit Sextus Pomponius vertieft war.

„Wenn deine Männer nicht lernen, einen Tribunen und einen Centenarius ordnungsgemäß zu grüßen, lasse ich sie vor der angetreten Mannschaft peitschen", machte ich meinem Unmut Luft.

„So, haben sie das nicht?", spottete Sextus, in dessen Mundwinkel ich ein verächtliches Zuckern wahrnahm. „Es wird nicht wieder vorkommen."

„Ruhe", brüllte Charietto und schob einen Landmann nach vorne, der eingeschüchtert die im Raum befindlichen Offiziere beäugte.

„Victorinus, so lautet doch dein Name?", stellte uns der Wolf den Mann vor. „Victorinus hat Neuigkeiten mitgebracht, die mir nicht gefallen. Und dir auch nicht", wendete er sich mir zu. „Berichte, was du mir soeben erzählt hast!"

Umständlich wischte sich der Mann mit feuchten Handflächen über die Tunica und begann leise und stockend zu reden.

„Es war vor vier Nächten, als ich bei Cardena Zeuge wurde, wie eine große Schar Franken vom Idar kommend, auf Flößen die Mosella überquerte."

„Lauter", brüllte Sextus den Mann an, der ängstlich zusammenzuckte.

„Wenn hier einer schreit, bin ich es", herrschte Charietto den Protector an, der einen Schritt zurück wich.

„Fahre fort und lass dich nicht von der Ungeduld meiner Offiziere beeindrucken", munterte Charietto den Landmann auf. „In der Schlacht, im Angesicht des Feindes, beweist sich ein Mann und nicht im Umgang mit Untergebenen oder Zivilisten."

Der Tribun der kaiserlichen Leibwache tat so, als hätte er die Verachtung in der Stimme des Wolfes nicht vernommen und Victorinus konnte seinen Bericht ungestört zu Ende bringen.

„Ich zählte zweiundachtzig Männer und ebenso viele Pferde. Sie hatten es nicht auf den Vicus an der Mosella abgesehen, weil dort die Flusspatrouille vor Anker lag, sondern auf das Heiligtum des Lenus Mars, das auf dem Berg liegt.

Unbemerkt eilte ich zum Heiligtum und konnte die schlafenden Priester und Einwohner des Tempelvicus vor der Gefahr warnen. Wir verbarrikadierten das Tor und zogen uns bewaffnet hinter die Mauern des heiligen Bezirkes zurück. Wir hatten gerade unsere Vorbereitungen abgeschlossen, als die Feinde angriffen. Wir konnten sie abwehren und vierundzwanzig Franken töten, ehe sie abzogen. Ich befürchte, dass sie zum Vicus der Töpfer ziehen, dort wo man die Mühlsteine bricht. Entlang der dorthin führenden Straße sind in den letzten Nächten vier Landvillen überfallen worden. Der Feind hat keine Gefangenen gemacht und alle Einwohner getötet. Das ist alles, mehr weiß ich nicht."

Eine eisige Stille lag über der Versammlung, bis Viatorinus das Wort ergriff.

„Hast du ihren Anführer gesehen?"

„Ja, Herr."

„Kannst du ihn beschreiben?"

„Ja. Ein dunkler, mittelgroßer Mann, über dessen Gesicht sich eine große Narbe zieht. Er scheint direkt aus der Hölle zu kommen, denn er hat vor Wut über den fehlgeschlagenen Angriff zwei seiner eigenen Leute mit dem Beil erschlagen. Ich habe es mit eigenen Augen von der Mauer aus gesehen."

„Ulf", entfuhr es mir und meine Rechte umspannte den Griff der Spatha,

Der Landmann, ein Christ, bekreuzigte sich und murmelte ein kurzes Gebet.

„Nimm das für deine Nachricht." Charietto öffnete ein mit Bronzenägeln verziertes Kästchen und reichte dem Mann einige Folles.

„Kauf dir etwas zu essen und sag deinen Leuten, dass sie keine Angst mehr zu haben brauchen. Die Wölfe des Charietto werden die Franken jagen, bis wir sie gestellt und vernichtet haben."

Mit diesen Worten war der tapfere Landmann Victorinus entlassen, der an Sextus Pompnius vorbei zur Türe hinaus huschte.

„Wieso warnt ein Christ die Priester des Lenus Mars?" spöttelte Sextus.

„Sollte er das nicht?" Breitbeinig und die Arme über der Brust verschränkt, fixierte Titus den Protector. Ich kannte den Centenarius aus Beda, der nur darauf wartete, dem Neuankömmling beim kleinsten Fehler die Faust in das Gesicht zu rammen. Der schien zu ahnen, was ihm drohte, denn er wich dem Blick meines Freundes aus und trat einen Schritt zurück.

„Unterlasst diese Kindereien", zischte Charietto die beiden Streithähne an. „Die Lage ist ernst. Dieser Ulf bringt es fertig, die linke Flanke unseres Aufmarschgebietes zu beunruhigen und die Bewohner des Hinterlandes in Panik zu versetzen. Wisst ihr, was das bedeutet?"

Betreten starrten wir auf den Boden. Der Wolf hatte sich in Rage geredet und in einem solchen Augenblick war es geraten, ihn nicht zu erzürnen.

„Das bedeutet", wütete er weiter, „von Flüchtlingen verstopfte Strassen, geplünderte Vorratslager und verlassene Felder, die noch nicht abgeerntet sind. Wollt ihr das?"

Charietto holte tief Luft und wischte sich mit dem Handrücken über die schweißnasse Stirn, ehe er ruhiger fortfuhr.

„Wir müssen das verhindern. Wir werden die Bestie jagen, bis sie erlegt ist. Ich selber werde die Wölfe anführen. Marcus und Germanus kommen mit. Ich brauche auch Titus und fünfzig seiner Reiter."

„Meine Männer und ich reiten ebenfalls mit." Alle Anwesenden schauten auf Sextus, der vor Charietto getreten war. „Ich habe von Ursicinus den Auftrag erhalten, alle deine Schritte zu überwachen. Der Magister ist beunruhigt, wenn Franken gegen Franken antreten."

Als wäre der Blitz Jupiters eingeschlagen, starrte der Wolf den Wachhund des Magisters mit geballten Fäusten an. Es kostete ihn eine schier unmenschliche Anstrengung, dem unverschämten Tribunen nicht die Spatha in den Bauch zu rammen. Die Schläfenadern schwollen an und die Augen schienen aus den Höhlen zu treten, als der Wolf mit heiserer Stimme seine Anweisung gab.

„Dann komm mit, aber wenn du versagst, werde ich dich am nächsten Ast aufhängen. Und das ist keine leere Drohung. Hast du verstanden?"

Ohne eine Antwort abzuwarten, wandte der Wolf sich seinem Stellvertreter zu, der neben ihm stand.

„Chlotar, begleite den Tribun Sextus Pomponius in sein Quartier. Ich will ihn heute nicht mehr sehen. Und sorge dafür, dass er bei Sonnenaufgang mit seinen Leuten zur Stelle ist. Wer zu spät kommt, bleibt hier."

Wir atmeten durch, als Chlotar mit Sextus den Raum verlassen hatte. Auch das Gesicht des Wolfes nahm wieder eine gesunde Hautfarbe an.

„Wir reiten morgen auf dem kürzesten Weg an die Mosella und dann nach Cardena. Ich möchte mir den Ort des Überfalls auf dem Mons Martis ansehen.

Marcus, sag Bissula, dass sie packen soll. Sie begleitet uns bis Cardena, wo sie ein Schiff flussaufwärts nehmen kann. Es gibt einen täglichen Patrouillendienst nach Treveris.

Und jetzt lasst mich alleine."

Der Wolf würde jetzt seinen Ärger mit mehreren Weinkrügen herunter spülen und morgen, als wäre nichts vorgefallen, das Zeichen zum Aufbruch geben. Aber wehe Sextus Pomponius, wenn er noch einmal den Zorn des Wolfes auf sich zöge. Hatte ihn heute die Rücksichtnahme auf den Magister Militum gerettet, würde es ein zweites Mal nicht geben.

Bilder der Vergangenheit und Gedanken an morgen bedrängten mich, als ich der Unterkunft zustrebte. Es war die letzte Nacht mit Bissula und nur die Götter wussten, wann wir uns wieder in die Arme nehmen würden. Und es ging gegen Ulf. Obwohl das Blut der Vorfahren durch unser beider Adern floss, wünschte ich nichts sehnlicher, als den Tod des Mannes, der mir so lange er lebte ein unversöhnlicher Todfeind sein würde. Würde der Schrecken bald ein Ende haben?

Die Sorgen verblassten, als ich Bissula in die Arme nahm. Wir liebten uns in dieser Nacht, als wäre es das letzte Mal.

Seit Stunden harrten Ulf und seine Männer auf der Anhöhe aus, unter der sich zu beiden Ufern eines kleinen Flüsschens ein stattlicher Vicus erstreckte. Sie hatten in der Dämmerung die lange Kette der Männer und Wagen gesehen, die aus den Steinbrüchen in ihre Behausungen zurückkehrten. Die Zugtiere leisteten Schwerstarbeit, denn auf den Ladeflächen stapelten sich die

Rohlinge frisch gebrochener Mühlsteine. In Form gebracht und geglättet würden sie in wenigen Tagen auf einem solchen Floß zum Rhenus gebracht werden, wie sie es nach ihrer Ankunft beobachtet hatten. Bis zum Anbruch der Dunkelheit qualmten und glühten die Brennöfen im Töpferviertel des Ortes, wohin sie wegen der Feuergefahr ausgelagert wurden.

Megina, hatte ein einheimischer Bauer den Vicus bezeichnet, was in der Sprache der Treverer `auf den Wiesen` oder 'unter der Ebene` bedeutet. Reich mussten sie sein, dort unten, denn die Erzeugnisse ihrer Steinbrüche und Brennöfen wurden im gesamten Nordwesten des Imperiums verhandelt.

„Fleißige Leute", brummte ein knorriger Krieger im Kettenhemd. „Die müssen todmüde ins Bett sinken."

„Gut so", murmelte Ulf. „Ist der Ort befestigt?"

„Nein. Zwei Männer habe ich vorgeschickt, die heute Mittag im Ort waren. Unter dem Vorwand, Lebensmittel und Reibschalen zu kaufen, haben sie alles ausgekundschaftet. Sie haben es besser angestellt als die beiden Versager vom Mons Martis. Es gibt keine Mauern und Tore, die uns aufhalten werden. Die einzige Befestigung liegt dort drüben."

Der Mann wies auf die Silhouette eines Berges, der sich eine Leuge vor dem Ort im Licht des Mondes abzeichnete.

„Wir begnügen uns heute mit der Westhälfte des Vicus", grinste Ulf. „Dort wohnen die wohlhabenden Leute, die am Handel verdienen und sich ihre Hände nicht schmutzig machen. Wir galoppieren hinunter, queren den Fluss und brennen sofort einige Häuser nieder. Das wird die Einwohner auf das andere Ufer treiben. Dann raffen wir zusammen, was wir kriegen können und setzen uns über den Fluss in Richtung unseres Stützpunktes ab. Alles darf nicht länger als eine Stunde dauern. So lange braucht es, bis das Militär auf dem Berg alarmiert ist und ausrücken kann. Gefangene werden keine gemacht. Tötet so viele wie möglich. Das wird den Rest davon abhalten, Widerstand zu leisten. Noch Fragen?"

„Nein, Ulf".

„Dann geh und unterweise die Männer. Sag mir Bescheid, wenn sie bereit sind."

Zufrieden lehnte Ulf sich auf die Ellbogen zurück und streckte die Beine aus.

Die Männer waren guter Stimmung und würden heute Erfolg haben. Die Schlappe auf dem Mons Martis war ihnen eine Warnung gewesen. Leichtfertig und unzureichend vorbereitet, waren sie in ihr Verderben gerannt. Es war richtig gewesen, die Schuldigen an diesem Debakel umgehend zu bestrafen. Es gibt keine leichten Überfälle, denn es geht immer gegen Menschen, die, wenn sich ihnen eine Möglichkeit bietet, verzweifelt um Leben und Besitz kämpfen. Und die würden sie heute nicht bekommen.

Die Römer sollten sich überhaupt wundern. Wie Geister würden sie in den nächsten Wochen auftauchen und wieder verschwinden. Nie hatten sie einen besseren Stützpunkt besessen. Das alte Bergwerk, in dessen Stollen und Hallen Tuffquader gebrochen wurden, war seit langem stillgelegt, so dass sich kaum einer daran erinnerte. Durch einen Zufall hatte es einer der Kameraden bei einem Raubzug der letzten Jahre entdeckt. Es gab mehrere Zugänge, so dass man bei Gefahr ungesehen entkommen konnte und ein Angreifer musste sich in dem Labyrinth der Stollen verirren. Sie waren dort so sicher wie der Fuchs in seinem Bau. Und es lag an der richtigen Stelle. Wie eine Spinne in ihrem Netz, saßen sie inmitten des fruchtbaren Berglandes, in dem sich Landgüter und Dörfer aneinanderreihten. Antunacum, Confluentes und die kleineren Ansiedlungen am Rhenus und der unteren Mosella waren in weniger als einem halben Tag zu erreichen. Heute würden sie den reichen Vicus angreifen, morgen eine Villa und übermorgen vielleicht das Umland der großen Städte verwüsten. Die Beute sollte sich in den Gängen der unterirdischen Burg stapeln und wenn Julian käme. würden sie sich rechtzeitig absetzen und in Richtung der Colonia zurückziehen.

Wenn nur diese Entzündung in seinem rechten Auge nicht wäre. Immerfort klopfte, schmerzte und tränte es, so dass er die Welt wie durch einen nebligen Schleier wahrnahm, wenn er das gesunde Auge schloss. Jetzt, in der Dunkelheit, war es besser, weil kein Sonnenstrahl reizte.

„*Ulf*", *wurde er in seinen Gedanken aufgestört. „Die Männer sind bereit und warten auf das Signal zum Angriff.*"

Mühsam erhob sich Ulf, dessen Schulter noch immer schmerzte, ging zu seinem Pferd und schwang sich ächzend in den Sattel. Vorsichtig ritt er an den Rand des Abhangs und sah den Vicus vor sich liegen, in dem nur noch wenige Lichter schimmerten. Langsam hob er die rechte Hand, als die Meute sich hinter ihm versammelt hatte.

Dann riss er den Arm herunter, und wie eine Lawine raste der Tod auf den schlafenden Vicus herab.

Die friedlich in ihren Betten ruhenden Menschen hatten keine Chance. Die Attacke schreckte sie hoch, als die Angreifer schon kurz vor dem Fluss waren. Laut spritzte die Gischt, als die Pferde das seichte Gewässer durchpflügten. Einen Augenblick nur, und sie preschten die Uferböschung hinauf und warfen sich auf ihre Beute.

Den ersten Bewohner, der sein Heim verließ, fuhr ein Wurfspieß in den Bauch. Er schrie gellend, als er rücklings zurückstürzte und sich in Todesqualen auf dem Fußboden wand. Zwei Schatten sprangen über ihn hinweg, rafften an Beute zusammen, was sie zu tragen vermochten und schleuderten ihre Fackeln in die Decken der Bettstatt. Feuer loderte auf und ergriff rasch Möbel und Dachstuhl, bis das Haus in Flammen stand. Die Angreifer hatten das Haus verlassen, als es zusammenstürzte und den Todwunden unter sich begrub, der unter den Trümmern seines Besitzes sein Grab fand. Später sollten die Trümmer des Hauses eingeebnet werden und als Fundament eines neuen Gebäudes dienen. Kein Bewohner späterer Zeiten würde ahnen, dass wenige Zentimeter unter ihm ein unglücklicher Vorfahre in die Ewigkeit hineinschlief.

Schreien, Brüllen, Waffenklirren und das Prasseln der Feuer machten die Nacht zum Inferno. Menschen irrten umher, bis sie von Schwert- und Axthieben gefällt oder gar von scharfen Lanzen aufgespießt wurden. Trotzdem sollte vielen aus diesem Chaos von wimmelnden Menschen und wallenden Rauchschwaden die Flucht gelingen.

Ein letztes Mal zuckte Ulfs Spatha auf eine schreiende Frau herab, die ihr Kind mit den Armen schützte. Dann richtete sich der Franke im Sattel auf und gab mit lauter Stimme den Befehl zum Aufbruch. Beutebeladen querten die Marodeure den Fluss und ritten durch die Gassen des verschonten Viertels am anderen Ufer. Laut jauchzend schwenkte ein blutbesudelter Krieger mit der rechten Hand ein abgetrenntes Haupt über seinem Kopf, bis er der schaurigen Trophäe überdrüssig wurde und sie in hohem Bogen von sich warf. In der Jauche einer Abfallgrube versinkend, verschwand das Gesicht einer jungen Frau vom Antlitz dieser Welt.

Als die Signalhörner zum Sammeln bliesen, hatten Bissula und ich unsere Habseligkeiten längst zusammengepackt und dem Rücken eines Lastpferdes aufgebürdet. Auf die übliche Mitnahme von hinderlichen Transportwagen war verzichtet worden, weil Beweglichkeit und Geschwindigkeit die Grundvoraussetzungen für das Gelingen unseres Unternehmens darstellten.

Zweihundert Wölfe, fünfzig Reiter aus Beda, die Männer des Germanus und zu unserem Verdruss die zwanzig Protektoren des Sextus Pomponius mussten ausreichen, dem Spuk des wilden Franken und seiner Bande ein Ende zu bereiten. Charietto führte persönlich das Kommando, dem neben den beiden vorgenannten Offizieren noch Titus Venator und meine Person angehörten. Die Leitung der zurückbleibenden Männer war Viatorinus anvertraut worden, der von Chlotar und Balbus unterstützt wurde.

Charietto verzichtete auf eine Ansprache, hob lediglich den Arm und wies in Richtung der Berge, worauf sich die Truppe in Bewegung setzte. Dreihundert Elitesoldaten traten an, die Schmach des Idar zu rächen. Die Jagd der Wölfe hatte begonnen.

Hinter der Spitze der übrigen Offiziere hatten Bissula und ich uns eingereiht. Nero, der zu ahnen schien, dass der Abschied bevorstand, trottete missmutig neben uns her. Auch mir war nicht zum Reden zumute, da der Trennungsschmerz mir jetzt schon die Kehle zuschnürte. Beinahe drei Wochen hatten Bissula und ich miteinander verbracht und nur die Götter wussten, wann wir uns wiedersehen würden. Zu viele Gefahren und Unwägbarkeiten konnte der Krieg mit sich bringen, was eine erwartungsvolle Vorfreude auf glückliche Tage nicht zuließ.

Ohne zu rasten zogen wir die Kehren der Uferberge hinauf, querten die Höhen zwischen den beiden Flüssen und stiegen die Hänge des engen Tales der unteren Mosella herab, wo wir die Straße erreichten. Wir nutzten die erste Möglichkeit, unsere Truppe auf einer ausladenden Fähre überzusetzen, was mehr als drei Stunden in Anspruch nahm. Fünfzehnmal musste der überforderte Fährmann mit seinen Knechten die Mosella queren, bis auch die letzten Reiter mit ihren Pferden das jenseitige Ufer betraten. Ungeduldig rasteten die zuerst übergesetzten im Gras der Landestelle, bis es endlich weiter ging.

Eine Stunde zogen wir am Ufer der Mosella entlang. Es war, als würde die Natur all ihre Schönheit aufbieten, um Bissula und mir einen glänzenden Abschied zu bereiten. Es war kurz vor den Kalenden des Oktobers und die tief stehende Nachmittagssonne beschien das herbstlich bunte Laub von Blättern und Reben. Wie die Ränge eines Theaters stiegen vom Grunde des Flusstales die Wein tragenden Terrassen in den blauen Himmel. Ich schloss die Augen und wünschte nichts sehnlicher, als mit Bissula einfach weiter zu reiten, den Krieg hinter uns zu lassen und nach der letzten Kehre und Schleife der Mosella die Villa Vineta vor mir zu sehen.

„Wir sind da", rief Germanus und mein Tagtraum zerplatzte wie die Blasen des gärenden Mostes.

Vor mir lagen zum Greifen nahe die Gemäuer von Cardena und vertäut am Anleger ein Patrouillenboot der Mosellaflotte. Jetzt war es unwiderruflich. Bissula würde das Schiff besteigen und die Reise ohne mich fortsetzen.

„Ich gebe euch eine halbe Stunde", hörte ich die Rührung in Chariettos Worten mitschwingen. „Gerade Zeit genug, dass wir die Pferde tränken und die Glieder strecken können."

Er schwang sich aus dem Sattel, half Bissula beim Absteigen und nahm sie fest in die Arme.

„Leb wohl, tapferes Alemannenmädchen. Ich verspreche dir, dass du deinen Tribun gesund zurückbekommst."

Nach ihm verabschiedete sich Germanus von seiner Cousine und die anderen Freunde kamen herbei, um ihr Lebewohl zu sagen. Selbst Rufus wischte sich verstohlen mit dem Handrücken über die Augen, nachdem er ihr die Hand gereicht hatte.

Dann waren wir alleine und ich begleitete sie zum Schiff, dessen Kapitän unruhig auf dem Anleger hin und her stolzierte, da ihn unsere Ankunft am Auslaufen gehindert hatte. Mürrisch ließ er es geschehen, dass ich zuerst Bissula einen Platz suchte und darauf ihr Reisegepäck verstaute.

„Bring meine Frau sicher zu Villa Vineta", trug ich ihm auf und drückte ihm einen Goldsolidus in die Hand. „Für Passage und Verpflegung."

Ein Strahlen zog über das Gesicht des Flottensoldaten, als er den Wert der Münze erkannte.

„Sei unbesorgt, Tribun. Ich werde sie sicher ans Ziel bringen."

Und jetzt war er da, der Moment des Abschieds und mein Herz zog sich vor Trauer und Wehmut zusammen.

„Leb wohl, Geliebter", zog Bissula mich an sich und wir gaben uns einen letzten Kuss. Es war wie in Tolbiacum, als wir uns damals, am Beginn meiner Heimreise durch die Silva Arduenna, trennen mussten.

Das Jaulen Neros, der neben seiner Herrin an Bord des Schiffes stand und mir aus traurigen Hundeaugen nachblickte, ließ mich noch einmal zurückschauen. Ein letzter Gruß mit der Hand und ich schwang mich auf mein Pferd.

Wir ritten die Kehren zum Mons Martis hinauf, als mir an einer Biegung des Weges ein letzter Blick auf das ablegende Patrouillenboot vergönnt war.

Wie hatte Veleda geweissagt? `Deinen Tod sehe ich nicht und Bissula wird im nächsten Jahr euren Sohn gebären´.

Den Tempelbezirk des Lenus Mars auf dem Mons Martis erreichten wir bei Sonnenuntergang. Hier, am Ort des gescheiterten Überfalls, wollte der Wolf die Spur der Franken aufnehmen.

Es war so, wie es der Landmann beschrieben hatte. Das eingeschlagene Tor der Umfriedungsmauer hatten die Bewohner notdürftig ausgebessert. Rauchgeschwärzt ragten die Mauerreste und Balken der verbrannten Hütten in den grauen Abendhimmel. Von den Bewohnern des Vicus und den Priestern wurden wir freudig willkommen geheißen. Auf einer Freifläche schlugen wir unser Lager auf und versorgten die Pferde.

Kaum hatten wir uns eingerichtet, lud Charietto zur Lagebesprechung. Diese sollte in einem Versammlungshaus des heiligen Bezirks stattfinden, vor dessen Portal uns ein Diener des Lenus Mars in seinem weißen Umhang erwartete. Das Innere des geräumigen Baus war mit einem langen Tisch und davor gestellten Schemeln ausgestattet, auf denen wir uns niederließen. Charietto hatte eine auf Pergament gezeichnete Karte der Umgebung aufgetrieben, auf der alle wichtigen Ortschaften und Straßen eingetragen waren. Charietto und ein ehrwürdiger Greis, wohl der Oberpriester, hatten vor dem Kopfende der Tafel Platz genommen.

Charietto ließ dem ehrwürdigen Greis den Vortritt, der die Unterredung eröffnete. Der graue Bart wallte ihm bis auf den Gürtel herab, den eine goldene Schnalle mit dem Abbild des Kriegsgottes schloss. Der schneeweiße Überwurf über der gleichfarbigen Tunika war mit einer blauen Borte versehen, die das Gold der Sterne und Mondsymbole hervorhob. Zusammengehalten wurde der Mantel von einer Fibel aus purem Gold, die mit Steinen in Farbe der Borte besetzt war. Ich musste unwillkürlich an den Priester aus Varnenum denken, als der Alte mit verblüffend jugendlicher Stimme zu sprechen begann.

„Ich danke euch für euer Kommen. Groß ist die Not, die über unserem Land liegt, seitdem die Franken die Mosella überschritten haben. Wir haben es dem Mut eines Bewohners Cardenas zu verdanken, dass es uns gelang, den Feind zurückzuschlagen. Seitdem brennen aber die Villen des Umlandes und gestern kamen zwölf Familien aus Megina hier durch, das bei einem Überfall zerstört wurde. Was sie von ihrem Hausrat retten konnten, lagerte auf den Ladeflächen ihrer Wagen. Sie sind es überdrüssig, in ständiger Angst um Besitz und Leben zu sein und wollen sich eine Existenz im Innern der gallischen Provinzen schaffen. Wem sollen die Winzer von der Mosella und die Bauern in den fruchtbaren Ebenen und Tälern noch ihren Wein und ihr Getreide verkaufen, wenn die Bevölkerung ihre Wohnstätten verlässt? Jahrhunderte haben wir in Frieden und Wohlstand unser Leben gemeistert. Und so soll es auch in der Zukunft wieder sein. Ich bete zu Lenus Mars, dass er dem Caesar Julian den Sieg schenkt und euch die Pest vertreiben lässt, die auf dem Land liegt."

Ehrfürchtige Stille lag über dem Raum, als der Priester zu einem eisernen Becken mit einem dreibeinigen Untergestell schritt, dessen Füße als Löwenköpfe ausgebildet waren. Er warf etwas in die glühenden Kohlen, dass weißer Rauch empor wallte und ein süßlich schwerer Wohlgeruch die Halle durchdrang. Dann hob er beide Arme, rief seinen Gott an und verließ uns durch das geöffnete Portal.

„Ihr habt den Priester vernommen", dröhnte der Bass des Wolfes durch den Raum. „Uns gehört die Rache für den Frevel, den Ulf unseren Kameraden im Idar angetan hat. Und den Menschen der germanischen Provinzen gebührt ein Leben in Frieden und Sicherheit. Ulf und seine Mordgesellen werden den Tag verfluchen, an dem sie ihre Waffen gegen uns und das Imperium erhoben."

Selten habe ich unseren Befehlshaber aufgewühlter erlebt als in diesem Augenblick. Ulf hatte seine Seele verletzt, als er seinen Wölfen im Idar die Haut vom Körper schinden ließ.

„Wie fangen wir es an?", fragte Titus und blickte unseren Anführer voller Spannung an.

„Losreiten und alle niedermachen", mischte sich Sextus Pomponius ein, was ihm augenblicklich einen vernichtenden Blick des Wolfes eintrug.

„Dass er uns aus dem Hinterhalt anfällt und Stück für Stück auseinander nimmt?" Mit beißendem Spott hatte Germanus dem selbstgefälligen Protektor geantwortet.

„Wir machen es so", überdröhnte Charietto das Murmeln im Raum, „wie wir es in den Wäldern der Silva Arduenna mit allen Eindringlingen gemacht haben. Die Hälfte meiner Wölfe wird in Zweiergruppen die Gegend durchstreifen und jeder Spur und jedem Hinweis nachgehen. Alle Meldungen werden wie ein Mosaik zusammengesetzt und der Franke wäre mit Pluto im Bunde, wenn es uns nicht gelänge, seinen Schlupfwinkel ausfindig zu machen."

Charietto lehnte sich zurück und nahm einen Schluck aus dem schweren Glaspokal, der vor ihm stand. Wundervoll glitzerte das Licht der Öllampen und Bronzebecken in den ausgeschliffenen Ornamenten des Trinkgefässes, das in allen Farben aufleuchtete.

„Wir brechen morgen zur Bergfestung über Megina auf", erhob sich Charietto und trat an die Karte.

„Hier werden wir unser Standlager errichten", presste er seinen Zeigefinger auf die Stelle des Pergamentes, wo das Symbol einer Festung eingetragen war.

„Von dort werden die Kundschafter ausgesandt, um uns mit den Nachrichten zu versorgen, die wir benötigen. Haben wir seine Spur, werden größere Abteilungen alle Stellen besetzen, die er nicht umgehen kann. Wir werden den Ring immer enger ziehen, bis ihm die Luft zum Atmen fehlt. Und dann werden wir zuschlagen."

Mit diesen Worten kehrte er an seinen Platz zurück und hieb mit der Faust auf den Tisch, dass die Gläser wankten und ihren Inhalt über die hölzernen Bohlen der Tafel spritzten.

Ich teilte mir in dieser Nacht ein ledernes Zelt mit Germanus, da für die Offiziere wegen der Verwüstungen, die Ulf bei seinem Überfall angerichtet hatte, kein Platz in einem festen Quartier zur Verfügung gestellt werden konnte. Einzig Charietto übernachtete in dem Versammlungsraum, der unsere Besprechung gesehen hatte. Gegen die Kühle der Nacht in Decken gehüllt, saßen wir uns auf den zu Sitzkissen gefalteten Schildbezügen gegenüber. Mit den Rücken gegen die hüfthohen Seitenwände unserer luftigen Behausung gelehnt, ließen wir einen Weinkrug zwischen uns kreisen, bis er geleert war und wir einen zweiten öffneten. Die Priester hatten uns verschwenderisch mit dem Saft der Reben ausgerüstet und mir war nach Trinken zumute.

Wir redeten wenig in dieser Nacht, aber es war gut, einen Freund an meiner Seite zu haben. Endlich gelang es Bacchus, meinen liebeskranken Geist zu vernebeln und ich glitt bereitwillig in Morpheus Arme. Ich träumte von einem riesigen Wolfsbau, dessen Gänge sich zu einem Labyrinth verästelten, je näher ich dem Zentrum zu kommen glaubte. Endlich stieß ich eine Türe auf und fiel in eine Grube zuckender Schlangenleiber. Wild hieb ich mit dem Schwert um mich, konnte aber keines der Untiere treffen, deren giftzahnbewehrte Mäuler nach mir schnappten. In einer letzten Anstrengung schleuderte ich den massigen Körper der größten Natter beiseite, die mich aus glühend grünen Augen anstarrte.

„Marcus", hörte ich es rufen und durchstieß quälend langsam die Oberfläche meines Bewusstseins.

„Du reißt das Zelt ein. Willst du, dass wir im Freien übernachten müssen?"

Immer noch betäubt und unter dem Eindruck des Albtraums stehend, glotzte ich Germanus aus Wein schweren Augen an.

„Tut mir leid", murmelte ich und sank in Morpheus Arme zurück.

Der nächste Morgen kam mit brennendem Durst und verquollenen Augen.

„Geh zum Brunnen und tauche deinen Kopf in einen Wassereimer", griente mein Freund mich an und reichte mir einen Becher, dessen Inhalt ich in einem Zug hinunter stürzte.

„Geh zum Teufel der Christen", brummte ich und stolperte zum Zelt heraus, um augenblicklich über eine der Seitenverspannung zu stürzen. Es gab einen Ruck und das schwere Lederzelt sank über Germanus zusammen.

„Das ist die letzte Nacht, die ich mit dir verbrachte habe", giftete er mich, sich aus der Zeltbahn befreiend, an und rieb sich die Stirn, die der herab stürzenden Firststange im Weg gewesen war.

Es zuckte in seinem Gesicht, bis auch ich nicht mehr an mich halten konnte und laut heraus lachte. Es war schön, einen Freund wie Germanus zu haben.

Nach Beseitigung der Verwüstung und der morgendlichen Wäsche schlang ich das Legionärsfrühstück aus Gerstenbrei und wässrigem Essigwein herunter, was die Lebensgeister belebte.

Mir blieb bis zum Aufbruch noch etwas Zeit, und ich suchte den Haupttempel des heiligen Bezirkes auf, dessen Torflügel weit geöffnet standen. Ich trat ein und war geblendet von der farbigen Helligkeit, die mir entgegenströmte. Das Tageslicht flutete grünlich durch die verglasten Fenster und brachte die Farben der Ausmalung zum leuchten. Kandelaber und Medusenhäupter schmückten die grün gehaltenen Pilaster, die in regelmäßigen Abständen das Rot der Wände gliederten. Darunter war der Sockel in mattem Gelb mit roten Rauten ausgeführt. Den Abschluss bildete unter dem Dachansatz ein weißes Band, in dem sich die Fenster befanden.

Die Raummitte war dem Marmorbildnis des Lenus Mars auf seinem Sockel vorbehalten. Grimmig empfingen seine starr blickenden Augen den eintretenden Besucher.

Ich verharrte vor dem Bildnis, bis mich eine Hand auf meiner Schulter zurück zucken ließ.

„Du wirst sie wiedersehen, Tribun", erkannte ich die Stimme des alten Priesters. „Die Götter haben eure Verbindung gesegnet und werden euch reich mit Nachwuchs beschenken."

Ehe ich meiner Verblüffung Herr geworden war, hatte der Greis auf leisen Sohlen die Cella verlassen.

Grell drang das Hornsignal durch das Portal an mein Ohr und ließ mich zurückeilen.

„Da bist du ja endlich", schnauzte Charietto mich an und warf mir den Zügel meines Pferdes zu.

„Abmarsch", brüllte der Wolf mit erhobener Faust und die Reitergruppen trabten an.

In strengem Galopp ging es über Höhen und Senken, bis wir an ein Flüsschen gelangten, dem wir so lange folgten, bis der Festungsberg mit seinen Mauern und Türmen vor uns aufstieg.

Charietto ließ kurz halten und schickte zwei Reiter voraus, die unsere Ankunft melden sollten.

„Würde mich nicht wundern, wenn die uns für Feinde halten und mit ihren Scorpios beschießen", grantelte er und schaute der davon eilenden Vorhut nach. In gemäßigtem Tempo folgten wir dem Weg, der sich einen sachten Hang zum Festungstor hinaufzog.

Ein doppelter Wall aus weißverputzten Mauern schützte diesen angreifbaren Punkt der Anlage, während die steilen Abhänge zu den Seiten von einem einfachen Mauerring umgeben waren. Die Spitze des Berges krönte ein massiger Steinbau, während die sich den Hang herab ziehenden Gebäude aus Fachwerk bestanden. Menschen strömten in Massen auf das freie Feld und bejubelten unsere Ankunft, als wir herangekommen waren.

Den größten Eindruck machte Sextus mit seinen Protectores. In Paradeformation donnerten sie über das Feld und zügelten kurz vor dem Tor ihre Pferde.

„Angeber", murmelte Titus, als sie eine Gasse bildeten, an deren hinterem Ende ihr Anführer auf seinem Rappen thronte.

Offenbar geblendet vom Widerschein der Sonne auf ihren mit Gold- und Silberblech überzogenen Helmen hielt der aus der Festung eilende Kommandant mit seinem Gefolge auf Sextus zu, um seine Aufwartung zu machen.

„Der Tribun Sextus Pomponius hat seine Garde zu meinen Ehren antreten lassen", berichtigte Charietto den eigenmächtigen Auftritt des Untergebenen.

Der Kommandant, ein untersetzter Centurio mit tief liegenden Augen und ausgezehrten Gesichtszügen, blickte erschreckt zum Wolf auf, der sich aus dem Sattel schwang.

„Was haben die vielen Zivilisten zu bedeuten?", wies Charietto auf die Menge der uns umstehenden Männer und Frauen.

„Es sind die Einwohner Meginas, die den Schutz der Festung aufgesucht haben. Eine fränkische Raubschar hat vor drei Nächten den Vicus überfallen, viele Menschen getötet, einige Häuser niedergebrannt und fortgeschleppt, was ihnen wertvoll erschien."

Der Centurio griff sich an den Magen und verzog sein Gesicht. Er musste starke Schmerzen leiden, riss sich aber zusammen und fuhr in seinem Bericht fort.

„Wir sahen von hier oben die Flammen und hörten das Geschrei, konnten aber nicht helfen. Ich habe zum Schutz des Vicus nur noch fünfundzwanzig Männer. Der Rest ist gestorben oder geflohen. Das reicht gerade aus, die Mauern gegen einen feindlichen Angriff zu verteidigen. Ich konnte nichts anderes tun, als die flüchtenden Dorfbewohner in den Schutz der Mauern einzulassen."

„Deshalb sind wir hier", unterbrach Charietto den Centurio. „Wir werden die Gegend von den Feinden säubern." Beifälliges Murmeln flammte aus der Masse der Umstehenden auf.

„Wir bleiben hier und brauchen Unterkünfte, Platz für die Zelte unserer Reiter und Futter für die Pferde. Proviant haben wir selber für drei Tage. Danach werden wir weitersehen."

„Ich stelle dir mein Dienstgebäude auf dem Hügel zur Verfügung", eilte sich der Centurio, den Wünschen des Charietto nach zu kommen. „Es ist fest gebaut und verfügt sogar über eine Bodenheizung. Für deine Offiziere werde ich zwei Hütten räumen lassen. Die Mannschaften und ihre Pferde müssen sich den Platz mit den Dorfbewohnern teilen. Es wird eng werden, aber ich werde sie nicht bewegen können, den Schutz der Festung zu verlassen."

„Ich danke dir, Centurio", antwortete Charietto und legte dem Offizier die Hand auf die Schulter. „Wir werden nur so lange bleiben, bis unser Auftrag erfüllt ist."

Kaum war unser Lager aufgebaut, erteilte Charietto die ersten Instruktionen. Hundert Wölfe schwärmten in Zweiergruppen aus, um die Spur der Mordbrenner aufzunehmen. Ich erhielt den Auftrag, mit zwanzig Reitern eine Gruppe Zivilisten zu begleiten, die in den leer stehenden Häusern und Ruinen Meginas nach getöteten Angehörigen und zurückgelassenen Wertgegenständen suchen wollten.

In den Straßen Meginas schlug mir der Gestank verbrannten Holzes und verwesenden Fleisches entgegen. Ich band mir das Halstuch vor Mund und Nase und inspizierte die Aufräumarbeiten, bis es mir zu viel wurde. Unter Weinen und Wehklagen wurden die Leiber der in Verwesung übergehenden Toten auf die mitgebrachten Wagen gelegt und zum Gräberfeld gefahren, das im Norden des Vicus lag. Ich bestieg mein Pferd, lenkte es eine Anhöhe hinauf und suchte den Schatten einer ausladenden Buche auf.

Kaum hatte ich mich gesetzt, als ein Mann in mittleren Jahren zu mir aufstieg und sich an meine Seite setzte.

„Ich danke dir, Tribun. Es bedeutet uns viel, dass wir endlich unsere Toten begraben können."

Ich schaute in das von Gram zerfurchte Gesicht eines einfachen Mannes, der Schweres durchgemacht hatte.

„Drei Bewohner werden noch vermisst. Sie sind sicherlich unter den eingestürzten Mauern ihrer Häuser begraben worden. Von der Frau meines Bruders haben wir den Körper gefunden. Nur Pluto wird wissen, was mit dem Kopf geschehen ist. Heute werden viele Menschen trauern, wenn wir ihnen Gewissheit über das Schicksal ihrer Angehörigen bringen."

Ich blickte zum Gräberfeld hinüber, über dem die schwarzen Schwaden der ersten Scheiterhaufen in den Himmel stiegen.

„Wir können den Toten kein aufwendiges Begräbnis ausrichten. Wir müssen sie sofort verbrennen, um Krankheiten zu verhindern."

„Hast du auch Angehörige verloren?", fragte ich den schwermütigen Mann.

„Nein, Tribun. Meine Frau ist im Winter am Fieber gestorben."

„Wirst du hier bleiben? Ich habe auf dem Mons Martis von Familien gehört, die euren Vicus verlassen haben, um sich an einem anderen Ort anzusiedeln."

„Nein, Tribun", sinnierte der Mann und schaute auf die Häuser des Vicus. „Ich habe alles verloren. Ich werde bleiben und von vorne beginnen. Ich bin Töpfer und so gute Erden wie hier werde ich nirgendwo finden. Bis nach Britannien habe ich meine Erzeugnisse verhandelt. Gutes Geschirr für Küche und Tafel. Unsere Produkte sind zwar nicht schöner, aber haltbarer und dichter als die Erzeugnisse anderer Regionen. Schau auf die Berge!"

Er wies mit dem Arm auf die umliegenden Berge, deren Gipfel den Spitzen abgerundeter Pyramiden glichen. Dann griff er in den Boden und hielt mir seine mit grauschwarzer Erde gefüllte Handfläche entgegen.

„Solche Erden kommen nur dort vor, wo es erloschene Feuerberge gibt. Ich traf einen Legionär, der aus Neapolis, der Stadt am Fuße des Vesuvius, stammte. Er erzählte mir vom Untergang der Stadt Pompei und sagte mir, dass unser Boden mit dem seiner Heimat zu vergleichen ist. Vor langer Zeit müssen auch die hiesigen Berge Feuer und Lava gespieen haben."

Ich nahm einige Körner von seiner Handfläche und zerrieb sie zwischen den Fingern.

„Man sagt, dass schwarze Erden sehr fruchtbar sind."

„Das sind sie, Tribun. Im Vergleich zu den Gegenden südlich und nördlich von hier ernten wir das Doppelte."

„Lebt deine Familie schon lange an diesem Ort?" Ich wollte mehr wissen vom Leben und Arbeiten dieser Menschen, deren Heimat unter dem Würgegriff meines fränkischen Verwandten und Todfeindes stöhnte.

„Meine Vorfahren waren alle Töpfer. Sie kamen vor vielen Generationen an den Rhenus und siedelten sich in den Töpferorten zwischen Confluentes und Antunacum an. Auch sie bauten blühende Unternehmen auf, bis vor hundert Jahren die Alemannen im ersten Germanensturm den Rhenus überschritten und alles in Schutt und Asche legten. Sie zogen sich hierhin zurück und schufen sich eine neue Existenz. Die Götter mögen geben, dass wir unsere Heimat behalten."

Mit diesen Worten erhob er sich und schloss sich seinen Leuten an, die vom Gräberfeld zurückgekommen waren. Der Mann tat mir leid. In seiner Verzweiflung hatte er sich an einen Fremden gewandt, um sich den Kummer von der Seele zu reden.

Am Abend gab es in der Festung die ersten Nachrichten von einigen zurückgekehrten Kundschaftern. Ein Dutzend verbrannter Höfe, deren Trümmer vereinzelt noch rauchten, hatten sie gefunden. Eine Gruppe hatte sogar die Feinde zu Gesicht bekommen, als sie Richtung Osten ritten. Es waren höchstens sechzig Mann.

Ein Geschenk der Götter schien der Gefangene, den zwei Wölfe gebunden mit sich führten. Leider wurde er beim Eintritt in die Festung von einer Frau erkannt. Der Mann hatte vor ihren Augen den Ehemann massakriert. Die Menge entriss den beiden Wölfen die Beute und schlug den Gefangenen auf der Stelle mit Knüppeln und Steinen tot. Charietto erlitt einen Wutanfall und untersagte auf der Stelle diese Form der Selbstjustiz. Nicht, dass der Wolf den Mann am Leben gelassen hätte. Aber er hätte ihn gerne vernommen. Die Zurückgekehrten begaben sich ins Lager, während andere an ihrer Stelle ausschwärmten.

Den Abend verbrachten Germanus und ich mit Dorfbewohnern, die uns Geschichten vom Leben und Sterben unter den Feuerbergen erzählten.

Der Regen trommelte auf die Ziegeldächer der Weinkelter, in der die Schiffsbesatzung vor dem Unwetter Schutz gesucht hatte. Hinter Regenschleiern waren die Konturen des Patrouillenbootes zu erkennen, das im Sturm an den Leinen zerrte. Sturzbäche rannen zu beiden Seiten des Gebäudes über die Straße und ergossen ihre braunen Fluten in die Mosella. Sie kamen von den steil aufragenden Terrassen der Weingärten, die bis an die Rückwände der Kelter heran reichten.

Bissula und Nero hatten in dem überfüllten Gebäude neben einem mit Kalk gefüllten Fass einen trockenen Platz gefunden. Neben der Schiffsbesatzung hatten sich auch Arbeiter aus den Weinbergen vor dem Unwetter hierhin geflüchtet. Tropfnass entledigten sie sich ihrer Cucullas und hängten die Umhänge zum trocknen über eine gespannte Leine.

„Hoffentlich wird es nicht hageln", hörte sie einen der Männer ausrufen, der sein sichelförmig gebogenes Winzermesser mit einem Tuch trocken rieb. „Das kann einen Teil des Lesegutes vernichten."

„Bacchus und Sucellus mögen dieses Unheil verhüten", fügte ein anderer Mann hinzu. „Es wird dieses Jahr einen guten Wein geben, wenn die Trauben eingebracht werden können. Das Frühjahr war heiß und im Sommer gab es genug Regen."

„Lasst uns ein Opfer bringen", ergriff ein dritter das Wort und schleppte einen eisernen Dreifuss herbei, in dessen Schale glühende Holzkohlen glühten.

Eine Handvoll Trauben verzischte in der Glut, als der monotone Singsang eines uralten Ritus durch die Kelter zog, dessen Worte die Alemannin nicht verstand. Es war die Sprache der keltischen Treverer, wie sie von der alt eingesessenen Bevölkerung gesprochen wurde und Bissula erst später geläufig werden sollte.

Tief sog sie mit der Nase den säuerlich, modrigen Geruch ein, der in allen Räumen hing.

Dann kramte sie aus ihrer Tasche den Schlangenreif hervor und begann, ihn zwischen ihren Händen zu drehen.

„Beschütze meinen Geliebten vor allen Gefahren des Krieges und lass ihn gesund zurückkehren", flehte sie stumm und packte den Reif zurück.

„Wir werden die Nacht hier verbringen müssen." Der Kapitän war zu ihr getreten und überreichte ihr ein Bündel.

„Das sind trockene Decken, damit du nicht frierst. Eine wärmende Suppe bekommst du dort drüben." Er wies auf ein Feuer, über dem ein großer eiserner Kessel hing, aus dem Dampfschwaden zum Gebälk des Daches emporstiegen.

„Wann werden wir bei der Villa Vineta sein?"

„Wir können es morgen schaffen, wenn das Unwetter sich ausgetobt hat." Der Flottenoffizier kratzte sich am Kopf, murmelte einen Gruß und zog sich zu der Mannschaft zurück, die neben den Kelterbecken mit der hölzernen Pressvorrichtung ihre Decken ausgebreitet hatte.

Als der Mann gegangen war, erhob sich Nero und strebte durch die geöffnete Pforte nach draußen, um sein Geschäft zu verrichten.

Bissula stand auf und trat an eine Fensteröffnung, die einen Blick über die Mosella und auf die sanften Hänge des anderen Ufers erlaubte. In weiter Ferne sah sie in der Dämmerung einen hellen Lichtstreif durch die Wolkendecke glimmen. Das Unwetter würde sich bald ausgetobt haben

*„Was wird mich morgen erwarten?", murmelte sie in den fal-
lenden Regen hinein. „Werde ich willkommen sein?"*

Am nächsten Morgen begleitete ich einen Trupp Arbeiter zu
den Steinbrüchen im Nordosten des Vicus. Auf dem linken Ufer
trafen wir im unzerstörten Teil des Dorfes auf Germanus, der
heute die Begleitmannschaft des Bergungskommandos führte.
Wir hielten uns nicht auf und rumpelten mit den schweren Lastkarren die Anhöhe zu den Steinbrüchen hinauf.

Oben angekommen stockte mir der Atem, als ich in die von
Menschenhand geschlagene Wunde blickte. Jahrhunderte mussten vergangen sein, dass man begonnen hatte, sich durch Erde
und Fels zu wühlen.

Vorsichtig rollten die Lastwagen die enge Rampe herab, bis
sie zu den Abbaustellen gelangten, wo die Zugochsen ausge-
schirrt und zu den Weiden heraufgeführt wurden.

Ich ließ mich mit den Soldaten des Begleitschutzes an der Ab-
baukante nieder, um sowohl die Arbeiten zu beobachten, als auch
nach eventuell auftauchenden Feinden Ausschau zu halten. Die
Abbauzonen teilten sich in rechteckige Arbeitsbereiche, zwischen
denen das Gestein als trennende Mauer ausgespart worden war.
An der mir zugewandten Trennwand war es möglich, den Aufbau des Basaltgesteins zu beobachten. Auf die Deckschicht aus
Humus folgte verwitterter Basalt, der in die gewachsenen Säulen
des Urgesteins überging. Ideales Grundmaterial der Mühlsteine,
die von hier aus ihren Weg in die nordwestlichen Provinzen des
Imperiums antraten. Dem Durchmesser der Basaltsäulen entsprechend, wurden mit schweren Hämmern und eisernen Meißeln
Keiltaschen in das Gestein gestemmt, bis eine halb- oder drei-
viertel runde Kette von quadratischen Aussparungen den Säulenschaft umschloss. Jetzt folgte die Arbeit der Spezialisten, die mit
aller Vorsicht ihre Eisenkeile in die Taschen trieben. Wurde der
Druck an einer Stelle zu groß, würde das Gestein nicht waage-
recht abgesprengt und das gewonnene Material taugte lediglich
noch zur Herstellung kleiner Handmühlen oder faustgroßer Mau-

erquader. Sorgsam wurde mit dem Holzhammer gearbeitet und auf den Klang jedes Schlages geachtet. Endlich platzte der Basalt an der beabsichtigten Stelle, worauf die gewonnene Steinscheibe zum Abschlagplatz gebracht wurde. Hier wurden Unebenheiten geglättet und Rundungen, Vertiefungen oder Wölbungen herausgearbeitet. Den Abfall der Abschläge schichteten zwei Männer zu Mauern, um möglichst viel Arbeits- und Abbaufläche zu bewahren. Viele Arme wurden jetzt benötigt, den entstandenen Rohling auf die Ladefläche des Lastkarrens zu wuchten. Zwei, maximal drei Mühlsteine füllten die Wagen, die von den angeschirrten Zugtieren unter Zurufen und Stockschlägen die Rampe hinauf geschleppt wurden. Später, in den Werkstätten, würden die Rohlinge mit Rundlöchern und Querrippen versehen werden und damit ihre endgültige Gestalt erhalten. Auf Lastkähnen würden sie dann den Fluss herab zum Rhenus geschafft, wo im Hafen von Antunacum die Handelsschiffe auf ihre Fracht warteten. Mochten Jupiter und Juno doch endlich friedliche Tage bringen, damit Fleiß und Geschick der Arbeiter von Megina wieder belohnt würden.

Es dauerte bis zum frühen Abend, als die mitgeführten Lastwagen beladen und die Rückkehr zur Bergfeste angetreten werden konnte. Feinde hatten sich den ganzen Tag nicht blicken lassen.

Unruhe hatte bei unserer Rückkehr die Menschen innerhalb der Festung erfasst und ich spürte, dass sich etwas Wichtiges ereignet hatte. Ohne mich aufzuhalten begab ich mich in Chariettos provisorisches Standquartier auf dem Hügelgipfel, wo die Lagebesprechung gerade begonnen hatte.

„Schön dass du hier bist, Tribun", begrüßte mich der Wolf mit einem aufmunternden Nicken. „Meine Wölfe haben den Aufenthaltsort der Feinde bis auf wenige Leugen bestimmt. Die Hatz kann beginnen."

„Wo befinden sie sich?", fragte Titus und rückte vor Spannung einen Schritt an den Tisch heran, an dem Charietto sich über eine Landkarte beugte.

„Etwa hier", tippte Charietto auf eine Stelle des Pergamentes, das ihm der Centurio mit dem leidenden Magen zur Verfügung gestellt hatte.

„Zwei Späher sind einem Trupp von Plünderern gefolgt, die nicht weit vom Grabtumulus des Silvanus Ategnisa eine verlassene Landvilla niedergebrannt haben. Bei einer Lichtung ließen sie ihre Pferde zurück und waren plötzlich verschwunden. Die Späher verzichteten darauf, Verstärkung herbei zu holen, die Wachen nieder zu machen und die Reittiere zur Festung zu bringen. Meine Wölfe wissen, worauf es ankommt. Der Feind darf nicht attackiert werden, solange nicht genügend Truppen in der Nähe sind."

„Wohin sind die Franken verschwunden?" Allen Anwesenden lag diese Frage auf den Lippen, die Germanus gestellt hatte.

„Es soll dort einen unterirdischen Steinbruch geben, in dem Tuff abgebaut wurde. Von einem Bauern wissen wir, dass die Eingänge vor mehr als dreißig Jahren verschlossen wurden. Es dürfte Ulf leicht gefallen sein, sich dort Zugang zu verschaffen. Ein ideales Versteck für lichtscheues Gesindel."

„Dann lass uns reiten und das Nest ausnehmen." Die Stimme des Sextus vibrierte vor Ungeduld und unverhohlene Mordlust brach aus seinen Augen.

„Ein unbedachter Angriff wird die Bande aufschrecken und vertreiben. Wir müssen mit aller Vorsicht vorgehen, unsere Einheiten ungesehen heranbringen und einen undurchdringlichen Ring um das Versteck legen."

Sextus zuckte mit den Schultern, verzichtete jedoch auf eine Entgegnung.

„Wir gehen folgendermaßen vor", dozierte Charietto.

„Ich werde mit fünfzig Wölfen und den Männern des Germanus der Straße nach Confluentes bis zum großen Grabhügel folgen. Ein Teil der Späher hat sich dorthin zurückgezogen. Von dort rücke ich zur nächsten Erhebung in Richtung Bergwerk vor.

Der Rest der Kundschafter versammelt sich im Norden beim Tumulus des Silvanus.

Marcus und Titus, ihr reitet mit hundert Mann nach Norden, teilt die Wartenden unter euch auf und rückt auf eure Ausgangsstellungen vor. Titus verlegt die Straße nach Antunacum, während sich Marcus zur Landvilla begibt, die gestern zerstört wurde. Gebt ein Zeichen, wenn ihr eure Positionen erreicht habt."

„Was für ein Zeichen?" Sextus schien sich zu amüsieren.

„Drei Brandpfeile in Folge", ließ sich Charietto nicht aus der Ruhe bringen. „Ich erwarte die Signale der einzelnen Gruppen vier Stunden nach unserem Aufbruch. Orientiert euch nach den Sternen. Wir haben eine klare Nacht."

„Und weiter?". Das Jagdfieber hatte Germanus gepackt.

„Wenn alle Gruppen ihr Eintreffen angezeigt haben, werden euch die Kundschafter zum vermuteten Versteck der Bande führen."

„Was ist, wenn Ulf die Brandpfeile sieht?", fragte Titus.

„Das ist nicht zu ändern. Er wird nicht wissen, dass die Signale ihm gelten."

„Warum reiten wir nicht einfach hin, umstellen das Bergwerk und stürmen das Rattennest."

Eine Unmutsfalte teilte die Stirn des Wolfes, als er sich Sextus zuwandte.

„Wir brauchen die Kundschafter, weil nur sie wissen, wie wir zum Versteck gelangen. Bist du schon einmal dort gewesen oder kennst die Gegend?"

„Nein", gab der Tribun kleinlaut zu.

„Außerdem verstärken die Späher uns um hundert Mann", folgerte Charietto.

Jede Gruppe hat jetzt zwei Stunden Zeit, das Bergwerk zu erreichen. Das reicht. Ich lasse zwei weitere Brandpfeile steigen, auf die ihr antwortet." Der Wolf streckte zwei Finger nach oben.

„Wenn Ulf jetzt erkennt, was sich gegen ihn zusammen braut, ist es zu spät.

Ein letzter Pfeil und ihr greift an. Die Späher führen euch. Alle, bis auf Germanus, der mit seinen Männern die Pferdewache überwältigt und die Tiere fortschafft."

„Und was ist mit mir und meinen Protectores?", begehrte Sextus auf.

„Du kommst mit mir und bewachst unsere Pferde, wenn es losgeht."

„Das tue ich nicht". Wut und Empörung verzerrten das Gesicht des Sextus Pomponius.

„Was glaubst du, wird der Magister Ursicinus sagen, wenn du seinen Bevollmächtigten zum Pferdeknecht machst?"

„Was glaubst du", polterte der Wolf los, „wird Ursicinus mit dir machen, wenn du alles verdirbst? Nach dem Vorfall vom Nachmittag traue ich dir alles zu. Alles außer überlegtem Handeln und Disziplin."

„Was ist denn geschehen?", fragte ich in die Runde. „Ich habe beim Kommen die Unruhe der Leute bemerkt."

„Nichts besonderes, Marcus." Titus grinste und besah sorgfaltig die Fingerspitzen seiner Hand, bevor er fortfuhr. „Eine Gruppe Späher traf mit drei Gefangenen ein, die sie in der Nacht gemacht hatten. Charietto besprach sich gerade mit dem Centurio und konnte die Gefangenen nicht verhören. Unser tapferer Gardetribun nahm die Sache in die Hand und geriet in Wut, als seine Befragung zu keinem Ergebnis führte. Er ließ die Männer vor die Mauer schleifen und mit Arcobalisten zusammen schießen. Die angetrunkenen Protectores haben mindestens fünfzig Bolzen ruiniert und ein scheußliches Blutbad angerichtet. Und es hat Sextus Spaß gemacht. Die Flüchtlinge haben alles mit angesehen und sind seitdem beunruhigt. Ihr Blutdurst wurde gestern gestillt und heute haben sie Angst, dass die Franken sich rächen werden, wenn wir sie nicht erwischen."

„Darüber ist das letzte Wort noch nicht gesprochen", fuhr Charietto den Protector an. „Es gab keinen Befehl, die Gefangenen zu exekutieren. Und die Art, wie es geschah, hat die Menschen Meginas gegen uns eingenommen.

Bei Pluto, ich hätte sie nicht am Leben gelassen, wenn sie an den Morden im Idar beteiligt waren. Aber es macht mir keine Freude, Menschen zu töten. Und vorher hätte ich von ihnen alles erfahren, was wichtig für uns ist."

Sextus lachte auf und beging den Fehler, alle Anzeichen der Gefahr außer Acht zu lassen.

„Bist du ein Christ, der seine Feinde liebt?"

Mit einem Krachen schlug die Faust des Wolfes im Gesicht des Sextus Pomponis ein, dass es ihn von den Beinen riss. Die blutende Nase mit der Hand bedeckend, erhob sich der Protector und wankte zur Türe hinaus.

„Wage es nicht noch einmal, meine Befehle und Anweisungen in Frage zu stellen", schrie Charietto ihm nach. Kurze Zeit nach diesem unliebsamen Zwischenfall brachen die einzelnen Gruppen auf. Die Hatz auf Ulf war eröffnet.

Von einem der Späher geleitet, die mit den Gefangenen gekommen waren, ritten Titus und meine Gruppe in die Nacht hinaus. Charietto und Germanus, die einen kürzeren Weg hatten, verblieben noch in der Festung. Unser Führer vorneweg galoppierten wir ohne Unterbrechung zu dem großen See im Norden. Auf dem schmalen Uferpfad ritten wir im Schritt und ließen die Pferde verschnaufen. Nebelschwaden lagen auf dem Wasser, in dem es brodelte und zischte.

„Ein Bauer hat mir in der letzten Nacht erzählt, dass die Einheimischen dieses Gewässer für den Eingang der Unterwelt halten."

Rufus war an meine Seite geritten und zeigte auf einige Blasen, die neben dem Pfad empor stiegen.

„Die Menschen meiden diesen Ort. Nur die frühen Christen versammelten sich hier, um ihre Riten zu feiern. Der Ort schützte sie vor Nachstellungen. Riechst du es, Tribun?"

Ich zog Luft durch die Nase und nahm den Geruch faulender Eier wahr.

„Schnell weiter", rief ich aus und drückte dem Pferd die Hacken in die Seiten. Dieser Ort war mir nicht geheuer.

Endlich, die dritte Stunde war noch nicht vorüber, sprangen wir am Tumulus aus den Sätteln, wo wir von mindestens dreißig berittenen Kundschaftern erwartet wurden, die sich im Laufe des Abends eingefunden hatten.

Titus beorderte die Hälfte der Männer in seine Gruppe und brach sofort auf, um die Strasse nach Antunacum an der verabredeten Stelle zu sperren.

Wir hielten uns nicht lange auf, besprachen uns kurz und schlugen den Weg zur zerstörten Landvilla ein. Eine halbe Stunde später waren wir am Ziel und lagerten im Gras des einstigen Obstgartens. Von dem Anwesen war nicht viel geblieben. Ein zugeschütteter Brunnen und ein gemauerter Keller, bis an den Rand mit dem Brandschutt des über ihm zusammen gestürzten Wohnhauses verfüllt. Es roch nach Verwesung und kaltem Rauch, wenn ein Luftzug in unsere Richtung wehte.

Um die Wartezeit zu überbrücken, unterhielt ich mich mit Rufus. Es tat gut, den Gefährten der letzten Wochen an meiner Seite zu wissen.

Dann sagten mir die Sterne, dass es Zeit war, unser Signal vorzubereiten. Rufus entzündete ein kleines Feuer und ein Soldat umwickelte die Schäfte der Pfeile unterhalb der Spitze mit Leinenstreifen, die mit Öl getränkt waren. Ein kräftiger Mann mit imponierenden Oberarmen spannte seinen Bogen und legte den ersten Pfeil auf die Sehne.

Mehr als sechzig Augenpaare starrten gebannt Richtung Süden, wo in der Dunkelheit das Signal des Wolfes erscheinen musste.

Quälende Minuten verstrichen, bis in der Ferne ein Lichtpunkt nach oben stieg, dem zwei weitere folgten. Sofort hielt Rufus einen Kienspan an den Pfeil, der Schütze zog die Sehne durch und von der Gewalt des Reflexbogens getrieben, schwirrte unsere Antwort in den Nachthimmel. Als der letzte Pfeil verschossen war, wandten wir die Augen Richtung Osten, aus der die Antwort des Titus folgte.

„Aufsitzen, es geht weiter", kommandierte ich in ruhigem Ton.

Ab jetzt vermieden wir jedes unnötige Geräusch, um den Feind nicht frühzeitig zu alarmieren.

Kurz vor dem Ziel stiegen wir ab und ließen die Pferde zurück. Im Osten kündigte ein heller Streifen den neuen Tag an.

An den Boden gedrückt, die Waffen in den Händen, krochen wir eine flache Anhöhe herauf, von der wir auf das Gelände des Bergwerks herab schauten. Oder das, was von ihm zu sehen war. Im trüben Licht des aufziehenden Morgens erkannte ich vor uns einen dunklen Fleck, den mir ein Späher als einen von drei Eingängen bezeichnete. Über die Fläche verteilt erkannte ich mehrere Schächte an ihren oberirdisch sichtbaren Mauerkränzen, die einem Mann bis zur Hüfte reichten. Diese Öffnungen dienten einst der Bergung der Steine. War tief in der Erde ein Tuffquader aus dem Gestein gebrochen, wurde er unter einen der Schächte gebracht und mit einem hölzernen Kran nach oben gezogen. Die Kräne waren vergangen und an ihrer Stelle starrten nur noch die runden Öffnungen in den Himmel. Bis auf einen, aus dem ein schwacher Lichtstrahl drang.

„Sie sind da", flüsterte Rufus neben mir. „Siehst du das Licht?"

„Ja. Sie sind da." Meine Linke schloss sich um den Schildgriff und ich zog die Spatha, während Rufus mit seiner Arcoballista hantierte. Er überprüfte die Spannung der verdrillten Seilstränge in den Druckhülsen und zog die Sehne mit beiden Händen nach hinten, bis sie mit einem Klicken einrastete. Die Halbbögen der Torsionsvorrichtung bogen sich durch und das Gerät war schussbereit. Dann fingerte er einen Bolzen aus der im Innern seines Schildes angebrachten Halterung und legte das gefiederte Geschoss mit der flügellosen Eisenspitze in die Führungsrinne.

„Haben die keine Wachen aufgestelllt?", wisperte mein Gefährte und schaute nach allen Seiten.

„Soll mir recht sein", knurrte ich und fühlte die Anspannung aller Glieder, die einem Gefecht voraus geht.

„Glaubst, du Tribun, dass die anderen schon da sind?"

„Worauf du den Sold eines Monats verwetten kannst", beendete ich das Gespräch.

In diesem Augenblick stiegen zwei Lichter in den Himmel, die von unserer und der gegenüberliegenden Seite beantwortet wurden.

„Es geht los." Mein Herz raste. Kurz schloss ich die Augen und presste Luft in die Lungen, um meinen Puls und das leichte Zittern der Hände zu beruhigen.

`Töte Ulf`, dröhnte es in meinem Kopf. `Töte Ulf und der Albtraum hat ein Ende`.

Plötzlich flackerte Licht im Eingang und mehrere Personen traten vor die Öffnung. Keine dreißig Schritte vor mir erkannte ich Ulf an seiner Narbe, auf die das Licht einer Fackel fiel.

„Da vorne ist Ulf", verhaspelte sich meine Stimme vor Erregung.

„Soll ich ihn abschießen?", hauchte Rufus und hob die Arcoballista.

„Warte auf das Signal zum Angriff", zügelte ich meine Ungeduld.

*„Komm hoch Ulf", rief der Krieger im Kettenpanzer in das
Bergwerk hinein. „Jetzt war es deutlich zu sehen. Lichtsignale."
„Mach die Fackel aus, Schwachkopf", fuhr Ulf den Mann
mit dem brennenden Kienspan an, der mit ihm herauf geeilt war.
Er entriss dem Mann die Fackel und schleuderte sie in den Ein-
gangsstollen.*

„Willst du, dass wir wie die Hasen abgeschossen werden?"

*„Da, schon wieder ein Lichtsignal. Siehst du es in den Him-
mel steigen?"*

*Mit den Augen verfolgte Ulf die Flugbahn des Lichtes, das
langsamer wurde, als es sich dem Scheitelpunkt näherte, dann in
der Luft zu stehen schien und im Herabfallen verlöschte.*

*Er wusste nicht, warum er zusammen zuckte und einen Schritt
zur Seite tat. Er spürte den Luftzug auf der Wange und hörte
das Krachen, mit dem der Bolzen das Panzerhemd des Mannes
durchschlug, der nach ihm gerufen hatte. Das Geschoss musste
das Herz getroffen haben, denn der Franke war tot, bevor er auf
dem Boden aufschlug.*

„Bei Tyr und Odin, ich habe ihn verfehlt", schrie Rufus hinter
mir auf. Ich war beim Anblick des Angriffssignals aufgesprungen
und stürmte zum Stollen.

Das Geschrei der mir folgenden Männer trieb mich voran. Von
rechts brandete Gebrüll herüber, als Titus angriff und weiter hinten fluteten Chariettos und Germanus Scharen aus ihren Verstecken.

Ich war heran, ehe die Franken den Schock des Überraschungs-
angriffs überwunden hatten. Ulf starrte aus großen Augen, als
ich den vor ihm stehenden Mann mit dem Schild zur Seite stieß

und mit der Spatha ausholte. Mein Todfeind schien geschwächt, denn ich schlug ihm seine zur Abwehr erhobene Klinge aus der Hand. Der zur Seite geschleuderte Krieger schrie auf, als ihn Rufus Schwert durchbohrte. Ich stieß mit dem Schild nach Ulf, der über eine erloschene Fackel zurück taumelte und die in den Tuff geschlagene Treppe hinab strauchelte. Auch ich verlor auf der ersten Stufe das Gleichgewicht, prallte gegen den Franken und riss ihn fallend mit. Ich war der erste, der nach sechs oder sieben Stufen auf die Beine kam. Ulf lag auf dem Rücken und der gegen mein Schienbein zielende Tritt ging ins Leere.

Sein rechtes Auge war blutig geschwollen und unwillkürlich jagte mir der Gedanke durch den Kopf, ob der Fluch der Priesterin von Isis und Mater Magna seine Sehkraft beeinträchtigt hatte. Ungeschützt bot seine Brust ein unfehlbares Ziel, als ich zum Stoß ansetzte. Doch ich konnte nicht. War es unser gemeinsames Blut, was mir den Arm hemmte? Dann war der Moment verstrichen. Mir fast den Schild herunter reißend, knallte eine aus dem Hintergrund geworfene Franziska in das splitternde Lindenholz. Zugleich zerrten kräftige Arme den Franken zurück, der auf die Beine kam und nach hinten flüchtete.

Mit der Spatha schlug ich das fest sitzende Wurfbeil herunter und musste mich im gleichen Moment ducken. Ein Pfeil zischte über meinen Kopf, während zwei andere den Schild trafen und zitternd stecken blieben. Ich riskierte einen Blick über den Rand meiner Schutzwaffe und sah, dass der Stollen vor mir leer war. Der Feind hatte sich hinter die erste Biegung zurückgezogen.

„Bist du verletzt, Tribun?", hörte ich Rufus Stimme dicht neben mir.

„Fackeln, wir brauchen Licht!", schrie ich statt einer Antwort.

Es verstrichen quälende Augenblicke, bis das Gewünschte herbei geschafft war. Lichtreflexe tanzten über die Wände des Stollens, ein Relief bescheinend, das einen Arbeiter mit einer Spitzhacke darstellte.

Gerade zwei Mann fanden nebeneinander Platz, als wir in knöcheltiefem Abraumstaub zur Biegung vorrückten. Die Decke des Ganges hing so tief, dass wir einige Male den Kopf einziehen mussten. Kein Ort, um mit Speeren oder der Spatha zu kämpfen. Die Sax, der Dolch oder der kurze Mattiobardulus waren die Waffen, die man hier unten gezielt führen konnte. Wir warfen unsere Fackeln um die Biegung und gingen in die Knie, um ein möglichst kleines Ziel zu bieten. Wieder nichts. Der Feind schien sich weit ins Innere zurückgezogen zu haben. Im Licht der im Staub blakenden Flammen erkannte ich eine schadhafte Spitzhacke und zwei Meißel. Vor langer Zeit zurück gelassenes Arbeitsgerät. Weiter voran in einer Nische ein Haufen Keramikscherben und ein intakter Wasserkrug. Ob sie den ehemaligen Benutzern des Bergwerks oder den Franken zuzuschreiben waren, konnte ich nicht sagen.

„Vorsicht, Tribun", brüllte eine Stimme aus dem Hintergrund, als auch ich das Poltern vor mir vernahm.

Eine den ganzen Gang ausfüllende Staubwolke raste auf mich zu, als eine aus Gesteinsbrocken aufgeschichtete Füllwand zusammenbrach. Würgend und hustend pressten wir die Halstücher vor Nase und Mund, um nicht zu ersticken. Endlich hatte sich der Staub so weit gelegt, dass unsere brennenden Augen das Halbdunkel durchdringen konnten. Der Stollen war mit Geröll verstopft und es musste Stunden dauern, das Hindernis beiseite zu räumen. Der Feind hatte sich eingemauert und eine letzte Gnadenfrist heraus geschunden.

„Nach oben", brüllte ich die hinter mir stehenden Männer an und drängte die ersten zurück.

Ein Chaos schiebender Leiber und wütender Rufe war die Folge, weil immer noch Soldaten von außen in das Bergwerk eilten.

Endlich waren wir heraus und taumelten durch den Eingang in den jungen Tag. Soldaten eilten mit Fackeln, belaubten Zweigen und Grasbüscheln über das Gelände, die sie in die Förderschächte warfen. Charietto hatte angeordnet, die Franken auszuräuchern.

„Was machen Sextus und seine Protektoren hier?", schrie ich den Wolf an, als ich die goldenen und silbernen Helme zwischen unseren Männern aufblitzen sah.

„Die sollen doch die Pferde bewachen."

Die Antwort kam von dort, wo die Wachen unsere Reittiere zusammengetrieben hatten. Vereinzeltes Wehgeschrei mischte sich unter das Wiehern aufgeregter Pferde und das Trommeln hunderter Hufe. Mitten durch uns hindurch jagten Ulf und etwa vierzig Reiter die durchgehende Herde, alles zertrampelnd und niederwerfend, was sich in den Weg stellte. Die Füchse hatten den Bau durch einen geheimen Fluchttunnel verlassen und sich über unsere Pferde hergemacht.

„Sextus", schrie Charietto und bei allen Göttern, er hätte ihn auf der Stelle umgebracht, wenn er seiner habhaft geworden wäre.

Der pflichtvergessene Protektor besann sich nicht lange, rief seinen Männern etwas zu und schwang sich auf das erste vorüber rasende Pferd. Seine Männer taten es ihm gleich und schlossen sich ihrem Tribun an. Ulf und den Franken hinterher, den Fehler wenn eben möglich wieder gut zu machen.

„Hol mir den Schwachkopf zurück", brüllte Charietto Germanus an, dessen Männer die wenigen noch über die Fläche irrenden Pferde einfingen. Der Rest der Herde, auch unsere Tiere, hatte sich weit über das Gelände zerstreut und es sollte Stunden dauern, sie wieder einzufangen.

„Bring Sextus zu Vernunft und lass dich auf keinen Fall auf einen Kampf mit den Franken ein." beschwor Charietto meinen Freund.

„Die massakrieren euch alle. Halte Kontakt und gib mir Nachricht. Ich schicke Verstärkung."

Es war taghell geworden, als Germanus und seine Männer den beiden Staubwolken nachjagten, die sich rasch entfernten. Die größere die der Franken, und dahinter Sextus mit seinen Protektoren.

„Titus", zitierte der Wolf als nächstes den Centenarius aus Beda herbei.

Der Angerufene humpelte heran. Ein durchgehendes Pferd hatte ihn mit den Hufen am Oberschenkel gestreift.

„Nimm dir hundert Mann und hol die restlichen Franken aus ihrem Bau. Es müssen noch mehr als zwanzig dort unten sein. Räuchere sie aus und mach die Eingänge frei."

Der Centenarius sammelte seine Truppe, während die übrigen sich daran machten, die Pferde einzufangen.

„Und nun zu dir, Marcus", wandte sich Charietto mir zu. „Du nimmst die ersten fünfzig Männer, die mit ihren Pferden hier eintreffen und jagst hinter Germanus her. Er wird deine Unterstützung brauchen. Ulf wird sich wehren."

„Ich hätte ihn fast gehabt, Charietto. So dicht hatte ich ihn vor mir." Ich beschrieb mit den Händen die Distanz zwischen der Spitze meiner Spatha und Ulfs ungeschützter Brust.

„Der Franke ist mit den Mächten der Finsternis im Bunde" murmelte der Wolf. Dann ballte er die Fäuste, dass die Knöchel der Finger weiß hervortraten.

„Hätte Sextus seinen Posten nicht verlassen, wäre Ulf nicht weit gekommen. Meine Wölfe hätten ihn längst gestellt und zu seinen Ahnen geschickt."

Charieto nickte mir kurz zu und begab sich zu Titus, der mit der Ausräucherung des Schlupfwinkels begonnen hatte.

Es hatte mir einen leichten Stich versetzt, als der Wolf Ulfs Ahnen erwähnte. Es waren auch meine Ahnen.

Einzeln kehrten die Männer mit den ersten Pferden zurück, aber es sollte noch mehr als eine Stunde dauern, bis Rufus meldete, dass die von Charietto befohlene Anzahl zusammen war.

Umgehend bestiegen wir die Pferde und verließen den Ort, der eigentlich Ulfs Grab hatte werden sollen.

Deutlich hielt die breite Spur der vor uns reitenden Gruppen auf die Straße nach Confluentes zu, der wir uns im spitzen Winkel annäherten. Einige der mit uns reitenden Wölfe waren als Späher eingesetzt worden und verfügten über gute Ortskenntnisse.

„Ulf will nach Confluentes", rief ich Rufus herbei, der zu mir aufschloss. „Eine Fähre über den Rhenus gibt es nicht mehr, aber er hofft auf eine andere Möglichkeit, überzusetzen. Auf dem anderen Ufer ist er vor uns sicher."

„Kann sein", antwortete der Gefährte von der Logana. „Meine Männer sagen, dass wir die Strasse bald erreichen. Dann ist es noch eine Stunde bis Confluentes."

„Da vorne sind Reiter", lenkte ein Wolf meine Aufmerksamkeit auf drei Punkte, die rasch größer wurden.

„Das ist Germanus", schrie Rufus und preschte den Ankömmlingen entgegen. „Da ist was passiert."

Wir jagten Germanus entgegen, zügelten die Pferde und sprangen aus den Sätteln.

Ein Begleiter meines Freundes, ein Gote namens Wulfila, rutschte vom Pferd und kniete, die Hände vor den Bauch gepresst, auf der Erde. Der andere trug einen notdürftigen Verband um den Kopf. Germanus Schild hing zerschlagen am Sattel und sein Kettenpanzer war mit Blut besudelt.

„Beim Mars, was ist geschehen, Germanus?" Ich kniete neben dem Freund nieder, der im Gras des Wegesrandes kauerte und reichte ihm meine lederumwickelte Feldflasche. Gierig nahm er einen Schluck und reichte sie dem Mann mit dem Kopfverband.

„Sie sind tot, Marcus", ächzte Germanus. „Sextus, die Protectores und meine Männer. Alle tot."

„Wie…", begann ich, wurde aber sofort unterbrochen.

„Es war in einem Hohlweg, Marcus, keine drei Leugen vor uns."

Wieder nahm Germanus einen Schluck.

„Bist du verwundet?" drang ich in ihn und warf einen besorgten Blick auf das blutige Panzerhemd.

„Nein", lachte er bitter auf. „Das ist nicht mein Blut. Wir sind geritten wie Rachegötter und schlossen kurz vor dem Hohlweg zu Sextus auf. Ich schrie ihm zu, stehen zu bleiben, aber er ließ sich nicht aufhalten. Uns blieb nichts anderes übrig, als hinterher zu jagen.

`Ohne den Kopf des Franken bringt der Wolf mich um`, brüllte er und prügelte sein Pferd voran.

Dann waren wir im Hohlweg und die Unterwelt brach über uns herein. Die Hälfte der Männer fegte eine Salve von Pfeilen und Bolzen aus den Sätteln. Dann waren die Franken mit Kriegsgeschrei über uns.

Beim Mars, wir haben uns gewehrt, aber es waren zu viele. Meine beiden Männer und ich schlugen uns durch, alle anderen sind gefallen. Gute und treue Soldaten, die zehn Jahre unter mir gedient haben. Dieser verdammte Franke hat uns gestellt und wie ein todwunder Bär angefallen. Vierunddreißig unserer Männer und mindestens die Hälfte der Franken sind tot. Ein fürchterliches Gemetzel."

„Bei allen Göttern", stöhnte ich auf und half dem Freund, sich zu erheben.

„Wie groß ist Ulfs Vorsprung?"

„Zwei Stunden Marcus. Nachdem wir aus dem Schussbereich der Franken heraus waren, kamen wir wegen der Verwundeten nur langsam voran. Ulf hatte genug mit sich selbst zu tun und ist uns nicht gefolgt."

„Rufus", rief ich den Rotschopf herbei. „Suche drei Wölfe aus, die die Verwundeten nach Megina bringen."

Und zu Germanus gewandt. „Kannst du mit uns reiten?"

„Es muss gehen, Marcus. Dieser von den Göttern verfluchte Franke darf nicht entkommen."

Germanus erhielt ein frisches Pferd und weiter jagten wir der Straße nach Confluentes zu. Zwei Stunden Vorsprung, vielleicht weniger, hatte Ulf. Aber die Franken hatten durch den Überfall gelitten und wir konnten Zeit aufholen. Ich schickte ein Stoßgebet zu den Flussgöttern, dass er in der Stadt kein geeignetes Boot zum Übersetzen vorfinden würde.

Dann kamen wir an den Hohlweg, den Ort des Massakers. Fürchterlich der Anblick, der sich uns bot. Überall wo man hinsah, entstellte Leichen, tote Pferde, und feuchte Blutlachen. Den toten Protectoren hatte man die Prachthelme genommen und die versilberten Buckel von den Schilden geschlagen. Der Schimmel des Sextus, ein schönes Tier, humpelte über die Wallstatt und zog ein Bein nach, in dem der Schaft eines Bolzens steckte.

Schnaubend und ängstlich darauf bedacht, keine Leiche mit den Hufen zu berühren, passierten unsere Reittiere den Ort des Grauens. Die Hände der Reiter schlossen sich um die Griffe der Spathen und Dolche. Das Schicksal der Protektoren kümmerte sie wenig, aber mit den Männern des Germanus hatten sie sich in den letzten Wochen angefreundet.

Wie von einer Last befreit, griffen die Pferde aus, nachdem wir das Schlachtfeld passiert hatten. Nach einer Leuge erreichten wir die Landverbindung von Megina nach Confluentes und galoppierten donnernd unserem Ziel entgegen. Leicht geneigt zog die Straße in die Ebene hinab. In der Ferne glitzerten die Bänder von Rhenus und Mosella, an deren Zusammenfluss ich die Silhouette der Festungsstadt ausmachte.

Je näher wir kamen, desto höher wuchsen am anderen Ufer der Mosella die zinnenbewehrten Rundürme und Mauern des Befestigungsringes, dem ein breiter Wassergraben vorgelagert war. Nicht höher, aber wuchtiger und um ein vielfaches größer, erschien mir die Festung im Vergleich zu Bodobrica. Die Hufe trommelten über die hölzernen Bohlen der Mosellabrücke der offen stehenden Porta Antunaca entgegen.

Die Torflügel waren vor zwei Jahren von der Bevölkerung entfernt worden, nachdem die Besatzung vor den anstürmende Alemannen abgezogen war. Die verängstigten Menschen, die in der Stadt verblieben waren, befürchteten einen blutigen Sturm auf die Stadt. Eine Rechnung, die aufging. Die Alemannen plünderten die ihres Schutzes beraubte Einwohnerschaft zwar gründlich aus, zogen aber weiter, ohne den Menschen ein Leid angetan zu haben.

„Ist hier eine Bande Franken durchgekommen?", rief Rufus einer Gruppe am Straßenrand zu, die unserem Einritt mit sorgenvollen Blicken folgten.

„Sie sind dort hinten." Der älteste von ihnen, ein Mann in den Fünfzigern, wies mit der Hand die Straße herab. Sie müssen noch im letzten Haus vor der Porta Rhenana sein."

Noch einmal spornten wir die Pferde an und zogen im Galopp die Spathen. Wir flogen über das Pflaster, querten die Stadt und sprangen vor dem Ziel aus den Sätteln. Im Halbkreis, die Schilde vor den Körper gehalten und die Schwerter oder Arcoballisten in den Händen, stürmten wir zum Eingang, dessen Türe sich öffnete.

Ich hob die Spatha zum Schlag, als ein mit beiden Armen in der Luft rudernder Greis auf die Straße trat.

„Sind die Franken hier?", fuhr ich den Mann an, ohne die Waffe zu senken.

Der Mann erbleichte, als er die auf sich gerichteten Waffen und schussbereiten Arcoballisten realisierte.

„Ich habe nichts getan", jammerte er kläglich und streckte zur Abwehr beide Hände nach vorne. Eine Schramme überzog seine Stirn, von der Blut in den weißen Bart tropfte.

„Sie haben mich geschlagen Herr. Kommt, ich muss euch etwas zeigen."

Die Waffen im Anschlag folgten wir ihm durch einen dunklen Flur zu einer Seitenpforte, die zu einem ummauerten Kräutergarten führte.

„Schaut euch das an", wies er auf eine frisch ausgehobene Grube inmitten eines Beetes.

Ich trat heran und blickte auf ein Gewirr verbogener und zerschlagener Helmteile und Schildbuckel herab, deren kostbare Gold- und Silberauflagen man mit Gewalt entfernt hatte. Die kläglichen Überreste der schimmernden Wehr des Sextus Pomponius und seiner Protektoren.

„Sie warfen die Eisenteile in die Grube, um sie später zu bergen. Als sie das Loch zuschaufeln wollten, kam einer ihrer Männer und meldete viele Reiter, die auf die Stadt zuhielten. Sie schlugen mich, packten Gold und Silber in einen Sack und stürmten in Panik aus dem Haus."

„Konntest du das nicht eher sagen?", brüllte ich den Greis an, der vor Angst zusammen zuckte.

„Wo sind sie hin?"

„Durch die Porta Rhenana zum Anleger der Fischer. Nicht weit von hier."

„Wie lange sind sie fort?", schrie ich.

„Keine zehn Minuten, Herr."

Wir stürzten aus dem Haus, sprangen auf die Pferde und jagten zum Tor hinaus Richtung Ufer.

Die Reittiere der Franken kamen uns vor dem Anleger mit leeren Sätteln entgegen. Ein Kahn schwamm schon auf dem Wasser, während das zweite Boot hinein geschoben wurde.

Zu spät. Die Wölfe waren über ihnen und erschlugen die sieben Insassen, bevor sie abstoßen konnten. Aber Ulf war im ersten

Kahn und schlug auf die Ruderer ein, die verzweifelt die Strommitte zu erreichen suchten.

„Mir nach", schrie ich. „Vielleicht erwischen wir sie an der Mündung. Es soll dort eine Furt geben.

Wir holten alles aus unseren Pferden heraus, kamen auf und überholten das flussabwärts schießende Gefährt. Im fliegenden Galopp ging es zur Landzunge, die weit in den Rhenus hineinragte. Wir umrundeten einen kleinen Umgangstempel und jagten die Tiere in das seichte Wasser.

Wir waren vielleicht fünfzig Schritte weit gekommen, als das Boot mit den Franken zum Greifen nahe vorbei schoss. Ulf richtete sich auf, schrie mir etwas zu und legte eine Arcoballista auf mich an. Ich warf mich über den Hals des Pferdes, als ich die eiserne Spitze des Bolzens aufblitzen sah. Es zischte über mich hinweg und der Bolzen klatschte hinter mir ins Wasser.

Wieder brüllte Ulf mir etwas zu, was ich nicht verstand. Ich sah noch, wie die Strömung den Kahn drehte und Richtung Norden mit sich riss.

Wieder war mir Ulf um Haaresbreite entkommen.

Niedergeschlagen ritten wir zum Ufer, fingen die umher irrenden Pferde ein und verließen Confluentes auf dem Weg, den wir gekommen waren.

Als wir die Anhöhe erreichten, drehte ich mich noch einmal im Sattel um und schaute auf Fluss und Stadt hinunter.

Eine riesige Staubwolke näherte sich der Porta Mogontiaca von Süden her. Caesar Julian war gekommen, seine Legionen vor die Colonia zu führen.

Liebling der Götter

„Soll ich jemanden abstellen, der dein Gepäck hinaufträgt?"
*„Nein, aber ich danke dir." Bissula lächelte dem Schiffsführer
zu und hob die rechte Hand zum Gruß, als das Schiff vom Anleger
ablegte.*

*Dann wandte sie sich um und legte den Kopf leicht zurück.
Oben auf der Uferterrasse, keine zweihundert Schritte von ihrem
Standpunkt entfernt, sah sie die roten Ziegeldächer und frisch
getünchten Mauern ihres neuen Zuhauses.*

*Zwei Tage waren sie aufgehalten worden. Als sie vor dem Un-
wetter in die Weinkelter flüchteten, hatten sie das vertäute Schiff
am Anleger zurück gelassen. Keiner hatte mit der Gewalt des
Sturmes gerechnet, der die Taue zerriss und die Rudergaleere auf
das steinige Ufer warf. Mehrere Planken zerbarsten und mussten
von einem Zimmermann ausgewechselt und abgedichtet werden.*

*Fortuna hatte es gut mit ihr gemeint, denn die Frau eines Win-
zers schaute in der Kelter nach dem Rechten. Nero und sie durften
ihr auf das andere Ufer folgen, wo sie eine Unterkunft in einem
kleinen Winzerbetrieb fand. Entweder strich sie mit Nero durch
die Flussaue oder saß bei den Frauen des Ortes und lauschte
den Geschichten der Mosella. Schien die Sonne, suchte sie eine
Terrasse in der Nähe des Fähranlegers auf und beobachtete das
geschäftige Treiben an dem anderen Ufer. Klein wie Ameisen sah
sie Männer und Frauen in die steilen Weingärten ziehen, wo sie
sich über die Terrassen verteilten und das Lesegut einbrachten.
Die Tage endeten damit, dass große Lastkarren vorfuhren und
die Ernte des Tages in die Kelterbecken umgefüllt wurde. Deutlich unterschied sie von ihrem Standpunkt aus zwei Anlagen, die
dicht nebeneinander erbaut worden waren. Ein Umstand, der ihr
während ihres Aufenthaltes auf der anderen Seite nicht aufgefallen war.*

*Am Morgen des zweiten Tages konnte sie ihre Ungeduld nicht
mehr zügeln, ließ sich herüber rudern und stieg in die Weinberge
ein. Es wurde ein beschwerlicher Weg, bis sie endlich die Talkante*

in luftiger Höhe erreicht hatte. An besonders steilen Stellen waren hölzerne Stiegen und Leitern angebracht und zweimal musste sie einen Abhang queren, was nur durch die Inanspruchnahme fester Seile möglich war, die längs der Felswand gespannt waren. Entschädigt wurde sie mit einem Ausblick, wie sie ihn selten genossen hatte. Klein wie Spielzeug erschienen die Weinkelter und der Vicus der Weinbauern. Nach Westen beschrieb die Mosella einen weiten Bogen. Aneinandergereiht wie Perlen einer Kette begleiteten hübsche Dörfer den Lauf des Flusses. Nach Osten hin verlor sich die Mosella in bergumstandenen Schleifen und Windungen. Und überall wo sie hinblickte, Weinberge im herbstlichen Farbenrausch.

`So muss es im Arkadien der Römer oder im Paradies der Christen sein`, schoss es ihr durch den Kopf und ein Sehnen erfüllte ihre Brust. `Hier würde sie im späten Frühjahr ihren Sohn zur Welt bringen, und sie würde für den Rest des Lebens dazu gehören. Zu dieser Landschaft und ihren Menschen. Und mit Marcus ein erfülltes Leben führen. `

Hoch steigende Ängste und Sorgen um den Geliebten wischte sie mit einem Lächeln zur Seite. `Veleda hatte es versprochen, und die Prophezeiungen der Priesterinnen erfüllen sich immer. `

Am Abend des zweiten Tages erschien der Kommandant des Patrouillenbootes und teilte ihr mit, dass die Reparaturen abgeschlossen seien und die Reise morgen fortgesetzt werde.

Sie stand früh auf, verabschiedete sich von ihren Gastgebern und ließ sich zur Kelter hinüberrudern.

Das Wetter war günstig, und die Schiffer konnten sogar das Segel hissen, so dass Bissula am Nachmittag unterhalb der Villa Vineta abgesetzt werden konnte.

Mit Nero an der Seite stieg sie den gewundenen Pfad zur Villa empor. Der Hund schien zu ahnen, dass sie am Ziel ihrer Reise waren, denn er stellte aufmerksam die Ohren auf und achtete auf jede Kleinigkeit am Wegesrand.

Das Tor der Umfassungsmauer stand offen und ihre Schuhe knirschten auf dem Kies des Obstbaum gesäumten Zugangsweges, der in gerader Linie zur Portikus der Eingangshalle führte.

Wild pochte ihr Herz, als sie ihre Umhangtasche abnahm, den bronzenen Klopfer in Form eines Delphins betätigte und einen Schritt zurück trat.

Sie hörte, wie von innen der Riegel zurückgeschoben wurde, sah, wie der Türflügel aufschwang und stand Galerius gegenüber, neben dem Flavia den Neuankömmling neugierig musterte.

„Ich bin Bissula und bringe Grüsse von Marcus", kam es über ihre Lippen. Den ganzen Tag hatte sie sich diesen Satz zurechtgelegt.

Über das gutmütig breite Bauerngesicht des Galerius strich ein warmer Zug. Dann breitete er die Arme aus und drückte die ihm fremde und doch vertraute Frau an sich.

„Genau so hat Marcus dich beschrieben", lachte er seine Freude heraus.

„Sei willkommen in diesem Haus."

„Und wer ist das?", kraulte Flavia den Kopf Neros, der freudig aufwinselte und wild mit dem Schwanz wedelte.

„Du musst Flavia, die Alemannin sein", lächelte Bissula ihre Landsmännin an. „Der Hund heißt Nero und ist ebenfalls Alemanne."

Flavia lachte auf und schloss Bissula in die Arme, die ihre Umarmung herzlich erwiderte.

„Komm ins Haus, Bissula", beendete das nüchterne Wesen des Galerius die Begrüßung. „Es wird gleich kühl werden, und du hast sicherlich Hunger und Durst. Und ich bin neugierig, von Marcus zu hören."

Stunden später saßen sie vor dem prasselnden Feuer der geräumigen Wohnhalle. Galerius hatte aufmerksam den Brief gelesen, den Bissula mitgebracht hatte.

„Dir und deinem Kind wird es an nichts fehlen, solange ich Marcus Stellvertreter auf der Villa Vineta bin. Hoffen wir alle, dass er gesund zurückkommt. Ich werde darum beten."

„Dein Kind?" fragte Flavia mit großen Augen.

„Sie wird in acht Monaten Marcus' Kind gebären."

Flavia erhob sich und sagte etwas in der alemannischen Mundart, was Galerius nicht verstand. Fragend blickte er die beiden Frauen an.

„Ich habe ihr Glück gewünscht und meine volle Unterstützung angeboten", bezog sie Galerius wieder in das Gespräch mit ein. „Es ist nur, dass ich so lange nicht mehr in der Sprache meines Volkes sprechen konnte."

„Es ist dir gegönnt", schmunzelte Galerius. „Aber bitte dann, wenn ihr unter euch seid."

Er strich Flavia über das blonde Haar und wandte sich wieder Bissula zu.

„Dass Marcus und Ulf wieder aneinander geraten sind, beunruhigt mich. Ich war dabei, als die beiden sich in Treveris bis auf den Tod bekämpften."

„Was ist mit dem Schlangenreif?"

Statt einer Antwort holte Bissula das Schmuckstück aus ihrer Tasche und reichte es Galerius.

„Er trägt es nicht mehr und hat es mir bis zu seiner Rückkehr anvertraut."

„Hat er mehr darüber in Erfahrung bringen können?" Voller Spannung hatte sich Galerius nach vorne gebeugt und den Reif in die Hand genommen.

„Ja", lautete Bissulas knappe Antwort. „Aber wir sind übereingekommen, darüber Stillschweigen zu wahren. Marcus wird mit dir sprechen, wenn er zurück ist."

Behutsam nahm Bissula den Schlangenreif wieder an sich und verbarg ihn in ihrer Tasche.

„Die Götter haben bestimmt, dass er aus dem Krieg zurückkehren wird. Dann wird die Zeit kommen, den Reif seiner Bestimmung zuzuführen. Frage nicht weiter. Es wäre nicht in Marcus' Sinne."

Es wurde Abend, als wir in die Festung von Megina zurückkehrten. Der Masse der vor den Mauern grasenden Pferde zu Folge, musste Charietto zurückgekehrt sein.

Kaum hatten wir das Tor passiert, wurden wir von Zivilisten umringt, die uns mit Fragen bestürmten. Jubel brandete auf, als sich das Ende der Plünderer herumgesprochen hatte. Vom Lärm herausgelockt, trat Charietto vor die Kommandantur und winkte mich heran.

„Habt ihr Ulf erwischt?", rief er mir von weitem zu.

Ich ritt heran, stieg vom Pferd und eilte die letzten Meter hinauf.

„Nein, er ist uns wieder entwischt", bedauerte ich. „Aber seine Bande ist vernichtet. Er konnte sich mit fünf Männern über den Rhenus absetzen."

Freude und Enttäuschung wechselten im Mienenspiel des Wolfes.

„Komm herein und berichte."

Inzwischen war auch Germanus bei uns angelangt und folgte uns in das Dienstgebäude. Bei unserem Eintritt sprang Titus erwartungsvoll auf, der sich in der Gesellschaft eines mir fremden Offiziers bei Charietto aufgehalten hatte.

„Das ist Martinus", deutete der Wolf auf den jungen Tribun, der seinen Gold verzierten Bügelhelm auf dem Tisch abgestellt hatte.

„Tribun Marcus Junius Maximus und Centenarius Germanus", stellte unser Kommandeur uns kurz vor, bevor er fortfuhr.

„Martinus dient wie Sextus bei den Protectores Domestici. Er kommt vom Magister Ursicinus. Wir sollen so schnell wie möglich zu Julian und seinen Truppen stoßen."

„Ich habe sie von weitem gesehen, als wir Confluentes verlassen hatten. Sie sind im Anmarsch auf Antunacum, falls sie nicht schon dort sind."

Bestätigend nickten Charietto und Martinus mit den Köpfen.

„Die Masse der Truppen hat Bodobrica heute Mittag verlassen. Ich bin auf direktem Weg zu euch geritten."

Aus der Erinnerung kann ich Martinus nur als einen angenehmen Menschen schildern. Blonde Locken umspielten ein hübsches und freundliches Gesicht, aus dem Tatkraft und Entschlossenheit sprachen. Seine blauen Augen nahmen bisweilen einen verträumten Ausdruck an, wenn er sprach. Die protzige Aufmachung der Leibwächter passte nicht zu dem Mann, dem jegliche Aufschneiderei und Grobheit abging. Sein Helm schmückte das

PX der Christen und um den Hals trug er ein Kettchen mit dem Symbol des Kreuzes.

„Wo ist Sextus Pomponius, den euch Ursicinus zur Verstärkung geschickt hat?"

„Tot", platzte Germanus heraus. „Mit allen seinen und den meisten meiner Männer."

„Was?" Die Bestürzung stand Charietto und Titus im Gesicht geschrieben.

Martinus bekreuzigte sich und murmelte leise ein kurzes Gebet. „Möge Jesus Christus ihm und seiner Seele gnädig sein."

„Wenn euer Gott etwas taugt", unterbrach ihn Germanus rüde, „dann verbannt er ihn in den hintersten Winkel eurer Hölle."

„Was ist geschehen?", forderte der Wolf den Bericht meines Freundes.

„Es war seine Schuld", presste Germanus mit geballten Fäusten heraus. „Er hat meine Warnungen ignoriert und ist blind in sein Verderben gerannt. Ich konnte ihn nicht aufhalten. Die Franken hatten einen Hinterhalt gelegt und machten alles nieder. Er ist schuld am Tod seiner und meiner Männer."

„Er war kein guter Mensch und Offizier", unterbrach ihn Martinus. „Aber Gott ist in seiner Gnade allmächtig und wird ihm vergeben."

„Ich nicht", schnitt die Stimme des Titus durch den Raum. „Er war ein Angeber und Sadist, der aus Freude und Lust tötete."

Martinus schloss die Augen und schüttelte den Kopf.

„Was ist mit Ulf?", drängte Charietto und fixierte mich aus zusammen gekniffenen Augen.

„Wir hätten ihn in Confluentes fast erwischt. Wir haben alles versucht. Er hatte einfach Glück."

„Was er nicht ewig haben kann", klopfte der Wolf mir auf die Schultern. „Wir werden ihn eines Tages erwischen. Du hast dein Möglichstes getan."

Charietto trat an das Fenster und ließ seinen Blick über Festung und Berge in Richtung Rhenus schweifen.

„Wir brechen bei Tagesanbruch nach Antunacum auf, um uns mit Viatorinus, Balbus und den Kontingenten aus Treveris und

Divodurum zu vereinen. Martinus kommt mit uns. Befehlt den Männern, sich marschbereit zu machen."

„Bist du in Bodobrica einem Tribun namens Viatorinus begegnet?", fragte ich Martinus im Gehen.

„Ja", blieb er stehen und schaute mich an. Sein Gesicht hatte bei meiner Erkundigung einen angestrengten Ausdruck angenommen.

„Ich kenne ihn, wir haben bei den Protectores in der gleichen Einheit gedient."

„Wie geht es ihm?"

„Gut", lautete die lapidare Antwort des Martinus.

Als wir die Kommandantur verließen, strebten die ersten beladenen Wagen zum Tor hinaus. Die Einwohner Meginas schienen keine Zeit verlieren zu wollen, die Überbleibsel des Überfalls zu beseitigen und in ein geordnetes Leben zurück zu kehren.

Ich besorgte zwei Weinkrüge und zog mich mit Germanus und Titus an einen stillen Ort zurück. Es war ein müdes Zusammensein, das wir bald beendeten. Wir hatten in der vergangenen Nacht kein Auge zugetan.

Der Sonnenaufgang versprach einen herrlichen Herbsttag. Weiße Nebelbänke lagen über den Feldern und Niederungen, während die Kuppen und Gipfel der uns umgebenden Hügel in herbstlichem Bunt erstrahlten. Über allem wölbte sich ein stahlblauer Himmel, wie es ihn nur im Monat der Weinlese gibt.

Als Charietto sein Dienstgebäude verließ, waren die Soldaten vollzählig zur Stelle. Angetreten in drei Reihen, harrten sie, ihre Tiere am Zügel haltend, auf das Signal zum Aufsitzen.

Leider sah ich einige gesattelte Pferde, die heute keinen Reiter tragen würden. Titus Sturm auf das Bergwerk und die Vernichtung der dort verbliebenen vierundzwanzig Franken, hatten zehn unserer Männer mit dem Leben bezahlt. Frische Erdhügel unter dem Abhang des südlichen Festungswalls zeigten die Stellen, wo sie begraben wurden. Die beiden Verwundeten, die mit Germanus dem Wüten Ulfs entkommen konnten, würden es zwar überstehen, waren aber nicht marschfähig. Sie blieben in der Obhut des Dorfmedicus und sollten sich später nach Rigomagus begeben.

Hinter der Front unserer Reiter hielten drei angeschirrte Lastwagen. Sie trugen Ulfs Beute, die dem Wolf bei der Durchsuchung des gestürmten Schlupfwinkels in die Hände gefallen war. Was den Bürgern Meginas gehörte, war abgezweigt worden, der Rest würde unsere und Julians Kriegskassen füllen.

Der Centurio, froh darüber, sein Dienstgebäude auf dem Festungshügel wieder beziehen zu können, verabschiedete uns freundlich. Sein Gesicht hatte eine gelbliche Färbung angenommen und er sollte den Winter nicht mehr erleben. Vier Wochen später erlag er seinem Leberleiden.

Charietto und wir Offiziere bestiegen unsere Pferde und ritten die Front unserer aufgesessenen Verbände ab. Dann stießen die Cornubläser in ihre Instrumente und die Kolonnen setzten sich in Bewegung. Hinter dem Tor hatte sich ein Teil der Bevölkerung Meginas auf dem Festungsvorfeld versammelt und begleitete unseren Abmarsch unter Dankesbezeugungen und Jubel.

Rasch ging es auf der Landstraße voran, und nach nicht einmal drei Stunden senkte sich die Fahrbahn zum Rhenus und unserem Etappenziel Antunacum herab.

Die umwehrte Stadt ähnelte in vielem dem mir bekannten Confluentes. Ein mächtiger Mauerring, hervortretende Rundtürme und befestigte Toranlagen. Die Straße von Treveris zum Rhenus führte entlang ausgedehnter Gräberfelder direkt in den Ort hinein, wo sie auf die Uferstraße von Mogontiacum zur Colonia traf. Im Ort fiel mir die große Anzahl fester Steinbauten auf, die aus dem Material der Steinbrüche Meginas errichtet waren. In der Hauptsache Basalt und Tuff.

Die wenigsten wiesen Spuren von Plünderung oder Zerstörung auf, denn die an der Nahtstelle fränkischer und alemannischer Interessenzonen gelegene Stadt war vom Germanensturm kaum berührt worden. Die Festungstruppen hatten sich kampflos in das leichter zu verteidigende Rigomagus zurückgezogen, so dass, ähnlich wie in Confluentes, ein Angriff auf die Mauern unterblieb. Zuerst hatten einige Alemannen vorbeigeschaut, die sich nach wenigen Tagen vor einer Schar Franken zurückzogen. Diese blieben einige Wochen in der Stadt und machten sich über die Vorräte der Einwohner und den Inhalt der Lagerschuppen am Hafen her. Als alles aufgezehrt und fortgeschafft war, packten sie ihre Sachen und zogen Richtung Norden ab. Eine Bevölkerung zurücklassend, die zwar ihr Eigentum eingebüsst, aber Leben, Freiheit und Gesundheit behalten hatte.

Das Dröhnen hunderter Pferdehufe lockte die Menschen aus ihren Häusern. Mehr teilnahmslos als begeistert verfolgten sie unseren Durchmarsch. Wir waren nicht die ersten Truppen, die seit gestern hier durchkamen.

„Marcus", rief Charietto mich heran. „Finde heraus, wann Viatorinus mit unseren Verbänden hier durchgekommen ist."

„Wen soll ich fragen?", zuckte ich mit den Schultern. „Für Zivilisten sehen alle Truppen, egal ob Legionäre, Protektoren oder Hilfsverbände, gleich aus. Einen Stadtkommandanten, den man fragen könnte, gibt es hier nicht."

„Versuch es am Hafen", konterte der Wolf. „Wenn Nachrichten sich verbreiten, dann dort. Nimm Germanus und zwei Männer mit. Wenn ihr euch beeilt und keine Hafenschenke aufsucht, werdet ihr uns schnell eingeholt haben."

Charietto hob die Hand, und während unsere Reiter auf die Uferstraße einschwenkten, ritten wir geradeaus zur Porta Rhenana.

Tavernen und Geschäfte, zum guten Teil erst gestern mit Waren versehen, säumten die Straße. Angetrunkene Legionäre einer syrischen Einheit lungerten unter den Kolonnaden herum und belästigten die Einwohner mit ihren Zoten. Zwischen den Häusern konnte ich einen Blick auf die Thermen werfen, die einen verwahrlosten und geschlossenen Eindruck machten.

Als wir gerade das Stadttor passieren wollten, um zu den Hafenkais zu gelangen, rumpelte ein Reisewagen mit hölzernem Kastenaufbau auf uns zu. Die Durchfahrt war mit fünf Schritten in der Breite zu eng, um das Gefährt und uns zugleich passieren zu lassen. Wir lenkten die Pferde an den Straßenrand und ließen den Wagen vorüber rollen. Auf der Kutschbank hockte ein verdrießlich dreinschauender Schwarzer, der die beiden Zugpferde mit der Peitsche vorantrieb. Ich fragte mich, was den Mann wohl in den Norden des Imperiums verschlagen hatte, als etwas anderes meine Aufmerksamkeit auf sich zog.

Das hölzerne Schiebfenster war geöffnet und heraus blickte ein Junge von vielleicht zehn Jahren, dem die Strapazen einer langen Reise im Gesicht geschrieben standen. Dann war der Wagen vorüber gerollt und wir konnten passieren.

War die Anzahl der Menschen innerhalb der Mauern Antunacums überschaubar gewesen, wimmelten hier draußen hunderte von Legionären, Handlangern und Flussschiffern über die steinernen Kaianlagen.

In aller Eile waren von Pioniereinheiten hölzerne Kräne errichtet worden, deren Ausleger schwere Warenladungen aus den Bäuchen der Transportschiffe an Land hievten. Sie waren an den Kais verankert worden, weil sie für das weiter stromaufwärts gelegene Hafenbecken zu groß waren. Dort ankerten flache Lastkähne mit geringem Tiefgang, die zum Transport der Tuff- und Basaltblöcke aus den Steinbrüchen Meginas verwendet wurden. Auf dem Fluss kreuzten dutzende Kriegsgaleeren und schnittige Patrouillenboote der Rhenus- und Mosellaflotte. Wie Hütehunde ihre Herde, schienen sie die unbeweglichen und angreifbaren Transportschiffe zu bewachen.

Einen Hafenarbeiter, den ich nach Viatorinus und unseren Einheiten befragte, wusste zwar nichts über ihren Verbleib mitzuteilen, erklärte uns aber den Grund des geschäftigen Treibens. Julian hatte Antunacum zum Versorgungshafen erkoren, wo der eintreffende Nachschub gelagert werden sollte. Er hatte sogar den Bau großer Speicherhallen in Auftrag gegeben. Eine Maßnahme, die in der kommenden Friedenszeit viel zum Aufblühen des Ortes beitragen sollte.

Gerade wollte ich das Zeichen zum Aufbruch geben, um Charietto hinterher zu eilen, als eine bekannte Stimme an mein Ohr drang.

„Ich habe gesagt: drei Wagenladungen Brotgetreide, eine Wagenladung Wein und Öl und je hundert Spathen, Rundschilde und

Wurfspeere. Was mit den Pfeilbündeln und Schussbolzen noch einmal eine Wagenladung ausmacht. Ist das so schwer zu behalten. Für das, was du mir zusammengestellt hast, zahle ich keinen einzigen Denar."

„Regulus", rief ich den obersten Steuerbevollmächtigten des Statthaltes von Mogontiacum an. „Was machst du hier?"

„Ach du bist es, Tribun." Ein flüchtiges Lächeln der Wiedersehensfreude überzog sein mürrisches Gesicht. „Habe schon gehört, dass du mit deinem Mädchen wohlbehalten aus dem Barbaricum zurückgekehrt bist."

„Und was hat dich in diesen Hafen getrieben?", wiederholte ich meine Frage.

„Der Statthalter hat mich zu euch abkommandiert. Ich soll den Nachschub eurer Truppe organisieren. Ich freue mich jetzt schon darauf, nach Hause zurückzukehren. Der Krieg ist nichts für mich, viel zu unberechenbar."

„Das kann noch eine Weile dauern", ergriff Germanus das Wort. „Du auch hier?", staunte Regulus. „Ein Unglück kommt selten alleine."

Wir lachten herzlich über den trockenen Humor des Steuerbevollmächtigten, dem ich anfangs in Mogontiacum mit Vorbehalten begegnet war. Die gemeinsamen Tage in den Montes Taunensium hatten mir gezeigt, dass Regulus gar nicht so übel war.

„Viatorinus hat mich beauftragt, den notwendigen Nachschub anzukaufen und nach Rigomagus schaffen zu lassen. Er ist heute früh abmarschiert und wartet dort auf Charietto."

„Danke dir Regulus, das war das, was ich wissen wollte. Wir sehen uns in Rigomagus."

Wir wendeten die Pferde, grüßten mit erhobener Rechten und trieben die Pferde durch die sich teilende Menge zum Stadttor zurück. Noch einmal ging es an den Tavernen vorbei, auf die Germanus und die beiden Reiter sehnsüchtige Blicke warfen. Dann bogen wir in die Hauptstraße ein und verließen Antunacum durch die Porta Colonia.

Wir waren nicht weit gekommen. Zu unserer Linken lagen am Hang die Trümmer des im ersten Frankensturms zerstörten Tempel der Rosmerta und ihres Gefährten Merkur, als wir am Straßenrand den Reisewagen sahen, dem wir an der Porta Rhenana begegnet waren.

Je näher wir kamen, desto mehr hatte ich das Gefühl, dass etwas nicht stimmte, denn der offenbar liegen gebliebene Wagen wies eine unnatürliche Neigung auf. Vor dem Gefährt stand eine junge Frau, die den Jungen mit dem traurigen Gesichtsausdruck schützend vor ihren Bauch gedrückt hielt. Um sie herum eine Gruppe sarmatischer Bogenschützen auf ihren struppigen Pferden, die gestenreich auf sie einredeten.

„Was geht hier vor?", herrschte ich die Männer an, die vor mir zurück wichen.

„Nichts Tribun", heuchelte ein schmieriger Circitor im typischen Schuppenpanzer, wie er von den Steppensöhnen nördlich und östlich des Pontus Euxinus, des schwarzen Meeres, getragen wird.

„Was ist geschehen?", fragte ich die Frau, die den Jungen immer noch wie einen Schutzschild vor sich hielt.

Selten habe ich in meinem Leben eine attraktivere Frau gesehen. Sie war das, was man sich unter einer rassigen Römerin vorstellt. Von schlanker und graziler Gestalt reichte sie mir bis zur Schulter. Ihr Gesicht schön zu nennen, wäre einer Untertreibung gleichgekommen. Hohe Wangenknochen, bronzene Haut, eine gerade Nase, ein energisches Kinn und Augen, wie sie grüner nicht sein können. Was dem Antlitz fehlte, war die Anmut. Vielleicht lag es an der Farbe der Augen, die mich augenblicklich an meinen Schlangenreif denken ließen. Das schwarze Haar war aufwendig frisiert und fiel, an den Schläfen zu kunstvollen Locken verdreht, bis auf die Schulter herab. Zusammengehalten wurde die Pracht von einem Netz golddurchwirkter Fäden und prachtvoller Haarnadeln. Ihren Mantel, in der Farbe des Südmeeres und geschlossen von einer rubinbesetzten Goldfibel, hielt sie mit der Linken über der Brust zusammen. Das weiße Kleid aus glänzender Seide fiel im Faltenwurf bis auf die Knöchel herab. An den Füßen trug sie zierliche Reisestiefelchen aus gelbem Rehleder, die mit purpurnen Bändern geschnürt waren. Alleine die Kleidung dieser Frau musste ein Vermögen gekostet haben. Ihr Schmuck, goldene Ringe und Armreife, alles mit Smaragden und Rubinen besetzt, überstieg den Wert eines Landgutes. Umgeben von rauen Legionären auf einer staubigen Heerstraße war sie genau so fehl am Platz, wie ein Panzerreiter zu Pferd im beheizten Caldarium einer Thermenanlage.

Die Ähnlichkeit von Mutter und Sohn beschränkte sich auf den geraden Schnitt der Nase und das Grün der Augen. Hübsch anzusehen, wie seine Mutter, fehlten die harten und herrischen Züge. Ein verträumtes und sensibles Kind, das man nicht mit Strenge und unsinnigen Verboten führen dufte. Die blonden Haare und weichen Gesichtszüge schienen ein Erbe seines Vaters zu sein. Ein aufgeweckter und lieber Junge, den man auf den ersten Blick gern haben musste.

„Ein Wagenrad ist gebrochen", antwortete sie kurz angebunden und warf den Kopf mit einer herrischen Bewegung nach hinten.

Ihre Stimme stand im Widerspruch zu ihrer eleganten Erscheinung. Hart und kalt, ohne einen warmen Unterton, drang sie an mein Ohr. So sprach jemand, der zeit seines Lebens befohlen und bestimmt hatte, ohne sich um die Befindlichkeiten anderer zu scheren.

„Als die Reiter vorbei kamen, befahl ich meinem Kutscher, sie anzuhalten, um das Rad auszuwechseln."

Mit äußerster Geringschätzung streifte ihr Blick die Bogenschützen.

„Zuerst schlugen sie den Nubier, dann wollten sie Geld für ihre Gefälligkeit und machten anzügliche Bemerkungen."

„Ganz so war es nicht, Tribun", versuchte der Zugführer, ein Circitor, sich zu rechtfertigen.

„Habt ihr das Kind geschlagen?", unterbrach ich den Mann.

Die Spuren vergossener Tränen im Gesicht des Knaben waren unübersehbar und auf der rechten Wange glühte deutlich sichtbar der Abdruck dreier Finger.

„Das war seine Mutter", widersprach der Circitot. „Der Junge wollte mein Pferd streicheln."

„Schert euch weg", fuhr ich die Männer an und wandte mich der Frau zu.

„Wo ist der Kutscher?"

„Vor Angst weggelaufen. Ich bezweifle, dass er zurückkehrt."

„Tribun Marcus Junius Maximus", stellte ich mich vor. Dann wandte ich mich an die beiden Reiter, die mit Germanus die Szene beobachtet hatten. Mein Freund hatte die ganze Zeit geschwiegen.

„Wechselt das Rad und sorgt dafür, dass der Wagen sicher nach Rigomagus kommt."

„Ich danke dir, Tribun", schenkte mir die Frau ein Lächeln. „Ich würde mich sicherer fühlen, wenn du mich begleitest. Bei dieser Soldateska kann man nie wissen."

Sie streckte mir beide Hände entgegen, so dass der sie umhüllende Mantel aufschwang.

Was mir den Atem nahm waren nicht die perfekt geformten Brüste, die sich in allen Einzelheiten unter dem straff sitzenden Seidenkleid abzeichneten, sondern der Gürtel, der ihre Taille umschloss. Aus rotem Leder mit silbernen Beschlägen, schloss ihn eine Schnalle aus purem Gold. Gegossen in der Form eines sich windenden Reptils mit Augen aus grünen Smaragden.

`Hüte dich vor der weißen Schlange`, dröhnten die Worte Veledas durch meinen Kopf.

Regungslos starrte ich auf das Fabeltier, das dem meines Armreifes zum Verwechseln ähnlich sah. Auch Germanus brachte kein Wort heraus und verlor sich wie ich in dem Glitzern der smaragdenen Augen.

„Schön, nicht?", drang aus weiter Ferne die Stimme der Frau an mein Ohr.

„Ich habe mich noch nicht vorgestellt. Serena, Witwe des Silvanus, des zu Unrecht ermordeten Statthalters der Germania Secunda und rechtmäßigen Imperators. Unterwegs zum Caesar Julian, um mein Recht und das meines Sohnes Clodius einzufordern."

Wäre der Blitz Jupiters neben mir eingeschlagen, ich hätte nicht überraschter sein können. Gedanken jagten durch meinen

Kopf, wie ich sie unheilvoller und schicksalhafter nie erdacht hatte.

Die Prophezeiung der Veleda, die dritte Schlange zum Greifen nahe vor mir und der Junge, wie Ulf durch ewige Blutsbande mit mir verbunden.

`Keiner darf davon erfahren`, blitze es in mir auf. ´Kein Germanus, Charietto oder Viatorinus. Keiner darf auch nur ahnen, worin ich verstrickt bin.

Ich, hier auf der Straße zur Colonia, zusammen mit der Witwe eines toten Kaisers, der ein Neffe meines Großvaters war. Schlangenträger wie der Vater des Silvanus und der Großvater Ulfs.

Hätte ich den Schlangenreif nicht Bissula übergeben, läge meine Verbindung zu Silvanus offen vor aller Welt. Ich wäre meines Lebens nicht mehr sicher. Es muss ein Gott gewesen sein, der damals in Aquis Bissula zu mir geschickt hatte.

Und welcher Gott hatte mir Serena geschickt? Ein grausamer und missgünstiger Gott oder ging es um Clodius, Blut meines Blutes, der meines Schutzes bedurfte`?

„Geht es dir nicht gut, Tribun?" Serena trat einen Schritt heran und berührte leicht meine Hand, mit der ich die Augen bedeckt hatte.

„Nein, es ist nichts". Ich hatte wieder Gewalt über mich gewonnen und blickte Serena offen in die Augen. „Ich hatte wenig Schlaf in den letzten Tagen."

Ich trat zur Seite, weg von Serena, um den beiden Reitern bei der Auswechslung des Rades nicht hinderlich zu sein.

„Du siehst nicht gut aus", trat Germanus zu mir und neigte seinen Kopf in die Nähe meines Ohres.

„Hüte dich vor dieser Frau, Marcus. Sie macht mir Angst."

„Nicht nur dir", raunte ich ihm zu und schaute zu unseren Reitern, die das Ersatzrad auf die Achse des Reisewagens wuchteten. Das gebrochene Rad hatten sie in Einzelteilen in den Straßengraben geworfen.

„Hast du ihren Gürtel gesehen?", drang der Freund in mich. „Wie dein Armreif."

„Reiner Zufall", versicherte ich ihm.

„Wenn du meinst?" Germanus schien nicht überzeugt. „Reite zu Charietto und sage ihm, warum ich mich verspäte. Wir können die Frau nicht ohne Schutz lassen." „Ja", murmelte mein Freund, schwang sich auf sein Pferd, grüßte kurz in Richtung Serena. und galoppierte den Bogenschützen nach, die schon ein gutes Stück Weges hinter sich gelassen hatten.

Wenig später bestiegen Serena und Clodius den Wagen, einer der Reiter schwang sich auf den Kutschbock und das Gefährt ruckte an. In gemächlichem Tempo, wir wollten sichergehen, dass das frisch montierte Ersatzrad die Belastung aushielt, ging es Richtung Rigomagus. Ein Reiter bildete die Spitze, während ich mich neben dem Wagen hielt. Das Pferd des Wagenlenkers hatten wir am hinteren Teil des Wagens angebunden.

Es war mir Recht, dass sich Serena im Innern des Wagens aufhielt und nicht auf den Gedanken gekommen war, das ledige Reittier zu benutzen. Was bei ihrer Ausstaffierung ohnehin schlecht möglich gewesen wäre. So hatte ich ausreichend Gelegenheit, meinen Gedanken nachzuhängen.

„Wie sollte es weitergehen? Ich wusste jetzt, wo sich das dritte Schlangensymbol befand. Sollte ich es mir aneignen und mich, einer alten Prophezeiung nachkommend, zum Herrscher der brukterischen Franken aufschwingen? Absurd.

Besser, ich würde die Frau, die so plötzlich in mein Leben getreten war, in Rigomagus abliefern, wo sich unsere Wege dann wieder trennen würden. Ich ahnte, dass es damit nicht getan war. Das Symbol, das sich wie ein Faden durch mein Leben zog, war zurückgekehrt und wohl nicht ohne Grund, hatte mich Veleda vor der weißen Schlange doch gewarnt. Es galt, wachsam zu sein und das Kommende abzuwarten.

Und dann war da noch der kleine Clodius. Nichts außer dem Schmuckstück verband mich mit seiner Mutter. Aber mit dem Jungen verhielt es sich anders. Er war Teil meiner Familie. Nicht der Teil, der mich töten wollte, sondern ein hilfloses Kind, das vielleicht meiner Hilfe bedurfte. Und die Gürtelschnalle war sein Eigentum. Was seine Mutter mit sich trug, war das Vermächtnis seines Vaters und unserer gemeinsamen Ahnen, auf das er einen Anspruch hatte.

Egal aus welcher Sicht ich die Sache betrachtete, ich gelangte immer zu dem gleichen Ergebnis. Die Parzen oder Nornen, wie die Germanen die Göttinen des Schicksals nennen, hatten entschieden. Die Schlange würde sich weiter durch mein Leben winden. Hätte doch der Wolf nicht entschieden, mich nach dem Verbleib des Viatorinus zu erkundigen. Warum hatte er keinen anderen damit beauftragt. Vielleicht wäre ich Serena nie begegnet. In diesem Augenblick wünschte ich, bei Bissula in der Villa Vineta zu sein."

„Tribun", riss mich die schneidende Stimme Serenas in die Wirklichkeit zurück. „Wann werden wir in Rigomagus sein?"

Sie hatte das Schutztuch des Wageneinstiegs zurückgeschlagen und lehnte, sich mit beiden Händen seitlich abstützend, in der Öffnung.

„Vier Stunden", schätzte ich die noch verbleibende Fahrtzeit. „Wenn wir uns beeilen vielleicht drei. Wir werden die Festung im Laufe des Nachmittags erreichen."

„Bei welcher Einheit dienst du und wer ist dein Vorgesetzter?"

„Ich gehöre den Verstärkungen aus Treveris an, die von Charietto geführt werden."

„Ein tapferer Mann", setzte sie das Gespräch fort. „Ich habe von ihm gehört."

Serena schien nicht gewillt, ihren Sitzplatz wieder einzunehmen.

„Kennst du den Caesar Julian?" In ihrem Blick lag etwas Lauerndes, was mir nicht gefiel.

„Nein, ich habe ihn noch nie gesehen."

„Wirst du ihm vorgestellt werden?"

„Vielleicht", antwortete ich gereizt. Sie fragte mich aus wie einen Schuljungen, der vergessen hatte, seine Aufgaben zu machen.

„Schon gut", lenkte sie ein.

„Wo kommst du her?"

„Ich komme aus Noviomagus, wo ich als Stellvertreter des Vicarius Viatorinus meinen Dienst tue."

„Ach, Viatorinus", klang es gedehnt. „Aelius Viatorinus?"
„Ja. Kennst du ihn?"
„Flüchtig", antwortete sie und ich wusste, dass sie nicht die Wahrheit sprach.

„Hast du ein Mädchen an der Mosella?" Die Art, wie sie mich aus gesenkten Lidern anschaute, hatte etwas Lüsternes. „Ja." Herausfordernd erwiderte ich ihren Blick. „sie ist sehr schön und im Frühjahr wird sie unser Kind zur Welt bringen."
Deutlich sah ich die Enttäuschung in ihren Augen, bevor ich zur Seite schaute. Im Seitenfenster des Wagens erschien das Gesicht ihres Sohnes, der mich und meinen Rappen, den ich seit einigen Tagen ritt, neugierig betrachtete.
„Erlaubst du, dass ich deinen Sohn für eine Weile zu mir auf das Pferd nehme? Ich glaube, er braucht etwas Abwechslung."
Eine Ablehnung wäre herzlos gewesen und hätte einen ungünstigen Eindruck erwecken können.
„Von mir aus", schmollte sie und setzte sich, um Clodius an den Eingang zu lassen.
Ganz nahe ritt ich an den Wagen heran, griff mit einem Arm um die Taille des Jungen und hob ihn zu mir in den Sattel.
„Aber nicht zu lange", hörte ich noch Serenas Stimme, ehe ich das Pferd zur Seite lenkte.
Und wieder hatten die Parzen entschieden. Ich spürte die Wärme des kleinen Körpers an Brust und Armen, mit denen ich ihn vor mir hielt. Da war nichts Unangenehmes, was mich befremdete oder abstieß. Ich hielt meinen kleinen Verwandten im Arm und genoss jede Minute, die seine Mutter gestattete.
Clodius zeigte sich als aufgeweckter Junge, der sich für alles interessierte, was um ihn herum geschah. Er wollte alles über mein Pferd wissen, ließ sich die Reitertruppen erklären, die uns im leichten Galopp überholten und freute sich, als ich ihn aus meiner Feldflasche trinken ließ. Ich gestattete ihm sogar, meine Spatha zur Hälfte aus der Scheide zu ziehen.
„Es reicht", beendete Serena unser Zusammensein. „Es wird kühl und er wird sich erkälten."

Ich hob ihn zurück in den Wagen, worauf seine Mutter das Schutztuch vor dem Einstieg niedergehen ließ. Nur hin und wieder erhaschte ich durch das Fenster einen Blick auf Clodius, dessen Augen traurig an mir und meinem Pferd hingen. Serena suchte nicht mehr das Gespräch und ich war wieder mir und meinen Gedanken überlassen. Vielleicht war sie ja in ihrem gefederten Reisegefährt eingeschlafen und träumte von glücklicheren Tagen, an denen sie in der Colonia als Ehefrau des Imperators residierte.

Das Dröhnen der eisenbeschlagenen Räder auf der Brücke der Aha, wie die Franken das Flüsschen südlich von Rigomagus nennen, muss sie aufgeweckt haben. Das Schutztuch wurde beiseite geschoben und ihr verschlafenes Gesicht erschien in der Öffnung.

„Wie weit ist es noch, Tribun?"

„Höchstens eine Leuge", schätzte ich die Entfernung. „Wenn du nach rechts schaust, kannst du die Mauern von Rigomagus sehen."

Serena schaute kurz in die angegebene Richtung und zog sich in das Wageninnere zurück. Dem Poltern zu entnehmen, das aus der Kabine zu mir drang, packte sie ihre Sachen und richtete Frisur und Schminke.

Je näher wir kamen, desto mehr belebte sich die Straße. Reiter preschten mit Meldungen zu den ersten Zeltdörfern, die rechts und links der Fahrbahn entstanden waren und sich bis zum Festungsvicus hinzogen. Schwere Wagen, beladen mit Proviant und Ausrüstung, rollten vom Ufer des Rhenus heran, an dem Lastkähne und Flussgaleeren vor Anker gegangen waren. Die hölzernen Kais des kleinen Hafens, den eine künstlich angelegte Mole vom Strom trennte, waren völlig überladen. Julian hatte weitsichtig gedacht, als er Antunacum zum Basishafen bestimmt hatte, von dem aus der Nachschub über Land stromabwärts gebracht werden konnte. Die Möglichkeiten der hiesigen Anlagen reichten nicht aus, eine Armee von mehr als zehntausend Soldaten zu versorgen.

Bis in die Gassen des Vicus zogen die Rauchfahnen der Kochstellen, an denen Legionäre und Hilfstruppen ihre kargen Mahlzeiten zubereiteten. Alle Truppengattungen des Bewegungsheeres waren vertreten. Die Balistarii hatten ihre schweren Wagen, auf denen die zerlegten Geschütze transportiert wurden, zu einem Geviert zusammengefahren. Bogenschützen aus den Steppen Asiens und den Weiten Arabiens fochten mit Übungspfeilen einen Wettkampf auf Scheiben aus. Allgegenwärtig war das Klirren und Klingen hölzerner Übungswaffen, mit denen die Infanterie sich übte. An den Torques, die viele Legionäre um den Hals trugen, erkannte ich die Eliteregimenter Galliens, mit denen Julian gekommen war. Die Prachtzelte der Protectores Domestici sah ich dicht beim Festungstor. Einem vorgeschobenen Schutzwall gleich, schützten sie die hohen Offiziere, die sich im Innern aufhielten. Vielleicht war auch Julian anwesend, wenn er nicht ein besseres Quartier gefunden hatte. Verloren wirkten in dem Durcheinander die wenigen Einwohner des Vicus, die aus Angst vor den rohen Sitten der Soldateska in ihren Behausungen blieben. Die Pferde der Kavallerie weideten zu tausenden auf den Wiesen der Rhenusauen.

Vor der Festung beschrieb die Straße einen scharfen Knick, um den Durchgangsverkehr um das Kastell herum zu leiten. Hinter dem Westtor vereinigte sie sich wieder mit der Via Principalis, die in gerader Linie den Ort querte. Auch dort mussten sich Richtung Westen die Zeltdörfer von Julians Armee aneinanderreihen. Ich vermutete unsere treverischen Truppen in diesem Teil des Feldlagers, da ich sie bisher noch nicht zu Gesicht bekommen hatte.

An der Straßenbiegung hielten wir geradewegs auf das streng bewachte Osttor zu.

Mauern, Türme und Tore glichen denen der anderen Festungen, die ich am Rhenus aufgesucht hatte. Zinnenbewehrtes Blendmauerwerk aus Grauwacke und regelmäßigen Ziegelbändern umkleidete von beiden Seiten den massiven Kern aus Gussbeton mit Steinzuschlag. Die Spitzdächer von Türmen und Toranlagen waren mit Ziegeln oder Schiefer gedeckt.

Kaum hatten wir die Umgehungsstraße verlassen, verlegten uns grimmig dreinschauende Protectores mit gefällten Lanzen

den Weg und ein empörter Centurio in Prunkrüstung und Goldhelm eilte im Laufschritt heran.

„Hier kommt keiner durch", brüllte er mich an. „Nehmt wie
alle anderen die um Rigomagus herum führende Straße." Wegen
des Wagens hielt er uns offensichtlich für Reisende.

Als er vor mir stand und mich als Tribun erkannte, hob er die
rechte Hand zum Gruß.

„Verzeih mir Tribun, du darfst passieren. Aber der Wagen
bleibt hier."

„Willst du einer vornehmen Dame vom Hofe mit ihrem Kind
den Zutritt verwehren?", keifte Serena den Mann an. Sie hatte
sich ihrer ganzen Pracht in der Wagentüre aufgebaut und schaute
voller Verachtung auf den verlegenen Offizier herab.

„Du darfst mit dem Tribun passieren, aber der Wagen bleibt
hier. Du findest sicherlich einen Legionär, der für ein paar Folles
dein Gepäck trägt."

„Das ist mehr, als du erwarten kannst", bremste ich die Empörung Serenas. „der Centurio kommt nur seiner Pflicht nach."

Sie warf mir einen bösen Blick zu, zerrte Clodius aus dem
Wagen und herrschte einen unserer Reiter an, das Gepäck aufzunehmen.

Der Mann blickte mich an und nahm erst dann die Gepäckstü-
cke auf, als ich ihm zunickte.

„Wo finde ich Charietto und ein Quartier für die Frau?"

„Charietto müsstest du im Prätorium antreffen und ein Zimmer für deine Begleitung findest du auf der linken Straßenseite.
Es sind die ehemaligen Principia mit der Portikus."

Ich dankte, übergab mein Pferd der Obhut des Reiters, der den
Wagen geführt hatte und schlug den Weg zur Herberge ein.

Vor zehn Jahren war der ehemalige Verwaltungsbau verkauft
und in ein Gästehaus mit Taverne umgebaut worden. Die Räumlichkeiten des Prätoriums reichten aus, alle anfallenden adminis-
trativen Aufgaben zu gewährleisten. Die Cohors I Hispanorum,
eine hispanische Reitereinheit, die zuletzt das Kastell belegt hatte, war im ersten Frankensturm untergegangen. Unter dem großen Constantinus wurden die Mauern in Breite und Höhe ver-

stärkt und mit einer neu aufgestellten, berittenen Festungseinheit belegt. Die Grenzsicherung beschränkte sich ausschließlich auf den Dienst in Rigomagus. Aufgaben jenseits des Stromes wurden seit dem Fall des Limes nicht mehr wahrgenommen. Doppelt geschützt durch die erhöhte Lage über dem Rhenus und der neuen, gewaltigen Zwingmauer, reichten zweihundert Soldaten aus, den Platz gegen jeden Feind zu behaupten. Was die Besatzung in den vergangenen Monaten eindrucksvoll unter Beweis gestellt hatte. Die frei gewordenen Baracken und Dienstgebäude waren abgerissen oder umgebaut, um Wohnraum für Zivilisten zu schaffen.

Der Patron riss die Augen auf, als er Serena und mich eintreten sah. Eine solche Frau bekam er in Rigomagus nicht alle Tage zu sehen. Gegen den Wucherpreis von einem Denar ließ er ein Zimmer räumen. Dem fluchenden Vormieter ließ er gegen Preisnachlass eine Bettstadt im Raum eines Waffenhändlers herrichten.

Als ich sah, dass Serena und Clodius gut untergebracht waren, verabschiedete ich mich und eilte zum Prätorium, um Charietto meine Aufwartung zu machen.

Ich musste fast eine Stunde warten, ehe ich zu dem Wolf durchgelassen wurde. Hohe Offiziere und Meldegänger gingen in dem Gebäude ein und aus, dessen Diensträume den hohen Militärs entsprechend ihres Ranges zugeteilt worden waren. Ich hatte das Glück, einen Schemel zu ergattern, so dass ich es leidlich bequem hatte. Nach und nach gesellten sich Balbus, Chlotar, Titus und Germanus zu mir, die zum Rapport bestellt waren.

„Da kann ich dich ja lange suchen, wenn du dich hier versteckst."

Mit einem breiten Grinsen kommentierten die Kameraden die gespielte Empörung meines Freundes.

„Wie lange dienst du schon in der Legion, Germanus?" Ich mühte mich, die Frage im ernsten Ton vorzubringen.

„Zwölf Jahre, Marcus. Worauf willst du hinaus?"

„Dass du immer noch nicht verstanden hast, was das Erfolgsgeheimnis unserer Armee ist."

„Jetzt bin ich aber gespannt." Germanus verschränkte die Arme vor der Brust und schaute mich herausfordernd an.

„Mehr als zehn Offiziere ergeben einen Stab und ein Stab benötigt ein Prätorium. Das nennt man Verwaltung, mein alemannischer Freund. Und die Verwaltung hat Rom zu dem gemacht, was es heute ist."

Offiziere anderer Einheiten, die ebenfalls vor den Zimmern ihrer Kommandeure warteten, bauten sich im Halbkreis um uns auf, um den amüsanten Dialog zu verfolgen.

„Beim Sol Invictus", konterte Germanus. „Wozu benötigt ihr uns, wenn ihr so viel Spaß mit eurer Verwaltung habt?"

„Natürlich zum Verwalten", mischte Balbus sich ein.

„Wer hat dich denn gefragt?", ging Germanus den neuen Gegner an.

Viatorinus, der in unserer Runde noch fehlte, betrat den Flur und beendete das Wortgefecht.

„Ist der Bote Julians immer noch beim Wolf?"

„Scheint so", mutmaßte Titus.

In diesem Moment wurde die Türe aufgerissen und ein Centurio stürzte an uns vorbei zum Ausgang.

„Der hat es aber eilig", kommentierte Viatorinus den hastigen Aufbruch.

„Kommt herein", dröhnte der Bass des Charietto zu uns hinaus.

Wir drängelten in den stickigen Raum, der von einem kleinen, zum Innenhof gelegenen Fenster und einigen Öllampen erhellt wurde, die an Wandhalterungen hingen. Durch meine Caligae konnte ich trotz der Wollstrümpfe die Wärme der Bodenplatten fühlen. Dienstbare Geister mussten das Heizsystem aktiviert haben, hatten des Guten aber zuviel getan. Uns brach der Schweiß aus allen Poren, kaum dass wir einen Platz gefunden hatten.

Dem Wolf schien die Hitze nichts auszumachen. Er trug nur einen leichten Mantel über der Tunika, während wir noch feldmarschmäßig mit Unter- und Obertunika, Hosen und Kettenpanzer bekleidet waren.

„Ruhe", donnerte Charietto uns an, um sofort einen verbindlicheren Ton anzuschlagen.

„Ich habe Nachricht von Julian erhalten. Er hat sein Quartier in der Landvilla am Mons Argentarius aufgeschlagen, etwa zehn Leugen von hier. Als Kommandeur der treverischen Einheiten soll ich ihm Bericht erstatten. Viatorinus wird mich begleiten und...."

Er machte eine Pause und schaute mich an.

„Auf besonderen Wunsch des Magister Equitum Severus, soll auch ein gewisser Tribun Marcus Junius Maximus mitkommen. Du scheinst ihm damals gefallen zu haben, als der Statthalter dich in seiner Anwesenheit öffentlich beförderte."

Die Erinnerung an die Würdigung meiner Verdienste in der Palastaula zu Treveris erfüllte mich mit Stolz und Genugtuung.

„Freu dich nicht zu früh, Tribun", lächelte Charietto mich an. „Die Gunst der Götter ist unstet wie die Launen einer schönen Frau und hat immer seinen Preis. Wer weiß, was er von dir will?"

Die Anwesenden brachen in Gelächter aus, was mich nicht störte. Ich sollte Julian treffen, und das war das einzige, was wichtig war.

„Wir brechen am Vormittag auf. Denkt daran, wenn ihr euch heute Abend betrinkt."

Das galt Viatorinus und mir.

„Tribun Charietto", klang es von der Türe her, die aufgestoßen wurde. Ein Centurio trat herein und salutierte vor dem Wolf.

„Da ist eine Frau, die dich sprechen will."

„Ich höre du gehst zu Julian." Serena war, ohne die Antwort des Centurios abzuwarten, über die Schwelle getreten und zwängte sich zwischen Balbus und Chlotar in die Mitte des Raumes.

„Wer hat dir erlaubt herein zu kommen." Unmut dräute in der Stimme des Wolfes.

„Ich mir selbst, Serena, der Witwe des Imperators Silvanus."

„Ich habe deinen Mann gekannt", sinnierte Charietto. „Ein guter Soldat und Statthalter, bis er seinen Imperator verriet."

„Er hat ihn nicht verraten. Er wäre ihm heute noch treu ergeben, wenn andere nicht gegen ihn intrigiert und zu der Usurpation gedrängt hätten."

Irritiert beobachtete ich Viatorinus, der beim Eintritt Serenas zusammengezuckt war und der bei ihren Worten ungläubig mit dem Kopf schüttelte.

„Wie schön, dass du auch hier bist, Viatorinus", schenkte sie ihm ein zauberhaftes Lächeln, das seine Gesichtszüge vereisen ließ.

„Und der nette Tribun ist auch hier, der mir heute so geholfen hat", wandte sich Serena mir huldvoll zu.

„Und der schweigsame Centenarius ist auch anwesend, der…"

„Was willst du?" Der Wolf stand kurz davor, die Geduld zu verlieren.

„Ich will zu Julian, um mein Recht einzuklagen."

„Welches Recht?" Der Wolf wurde neugierig.

„Das Recht einer Witwe auf ihr Erbe, das ihr gestohlen wurde."

„Ein Hochverräter hat nichts zu vererben. Er hat alles durch seine Tat verwirkt. Außerdem hat Julian jetzt keine Zeit, sich mit derartigen Angelegenheiten zu befassen. Es ist Krieg."

„Lass das meine Sorge sein", widersprach Serena heftig. „Ich will und muss…"

„Es ist genug, Serena", brüllte der Wolf. „Es ist entschieden. Du kannst nicht mit. Das ist mein letztes Wort."

Tränen der Wut und Scham funkelten in Serenas Augen. Sie ballte die Fäuste, besann sich aber eines Besseren und verließ den Raum.

Charietto hatte grob gehandelt und sie tat mir leid. Sicherlich hatte er Recht, aber er hätte es ihr auch schonender mitteilen können. Diplomatie war nie die Stärke Chariettos gewesen.

„Was für ein Auftritt", brummte der Wolf und schüttelte den Kopf, bevor er uns mit einer Geste entließ.

Auf der Straße, vor dem Eingang zum Prätorium, sprach ich Viatorinus an.

„Woher kennst du die Frau?"

„Serena?", half er sich mit einer Frage über die erste Verlegenheit hinweg.

„Von früher", log er offensichtlich. „Es ist nicht wichtig, aber hüte dich vor ihr. Sie ist eine gefährliche Schlange." Das war ehrlich gemeint.

„Hast du schon ein Quartier?", unterbrach uns Germanus. „Nein", antwortete ich wahrheitsgemäß. „Ich hatte noch keine Zeit, mir eines zu suchen."

„Dann komm zu mir", schlug der Freund vor. „Ich habe ein großes Zimmer, in dem Platz für zwei ist."

„Wo ist es?", fragte ich.

„Es ist die große Herberge mit der Portikus, keine hundert Schritte die Straße hinab."

„Ich habe Serena dort untergebracht", eröffnete ich ihm.

„Ich mag sie nicht", lautete seine ehrliche Antwort. „Aber irgendwo muss sie ja wohnen."

Der Wirt schaute erstaunt, als ich mit meinem Gepäck im Arm, sein Haus in Begleitung meines Freundes betrat. Alles zwei Stunden, nachdem ich es verlassen hatte.

„Ich glaube, Germanus, Viatorinus kennt Serena besser, als er zugeben wollte."

Seit Anbruch der Dunkelheit saßen mein Freund und ich in der geräumigen Gaststube der Taverne. Sofort war der Wirt an unseren Tisch gekommen und kredenzte uns den besten Wein seines Kellers. Er sagte es wenigstens. Dann pries er mit blumigen Worten die Vorzüge seines Hauses und offenbarte uns unter dem Siegel der Verschwiegenheit, dass er beabsichtige, einige Gästezimmer für die Anlage eines kleinen Bades zu opfern. Wie er meinte, würde ihn das von der Mansio abheben, die vor dem Südtor im Vicus lag. Endlich waren weitere Gäste gekommen, was uns eine ungestörte Unterhaltung ermöglichte.

„Und wenn schon, Marcus, was interessiert es dich?"

„Germanus, jeder warnt mich vor ihr, aber keiner scheint sie zu kennen."

Mein Freund schaute von seinem Weinbecher auf, den er zwischen den Händen drehte.

„Was mich angeht Marcus, ich kenne und ich mag sie nicht. Schau dir diese Schlange doch an. Und dann dieses arrogante Getue. Sie glaubt, dass ihr jeder Wunsch erfüllt werden muss, weil ihr Ehemann sich den Purpur des Imperators angemaßt hat.

Was für eine Provinzposse. Wenn du mich fragst, geht es ihr nur ums Geld. Der Wolf hat gut daran getan, ihr die Grenzen aufzuzeigen."

„Vielleicht tun wir ihr Unrecht, Germanus", widersprach ich meinem Freund. „Vielleicht gibt es einen wichtigen Grund für sie mit Julian zu sprechen."

„Was interessierst du dich so für diese Frau?"

„Tue ich nicht", log ich. „Mir hat es nicht gefallen, wie Charietto mit ihr umgesprungen ist. Und Clodius, ihr Junge, tut mir leid. Sie behandelt ihn nicht gut."

„Sag mal Marcus." Germanus neigte sich zu mir herüber und schaute mir in die Augen. „Muss Bissula sich Gedanken machen?"

„Sei nicht albern", fuhr ich ihn verärgert an.

Im Stillen musste ich ihm Recht geben. Wie ich bei Viatorinus, so spürte er bei mir, dass ich ihm meine wahren Beweggründe nicht mitteilte. Dazu hätte ich ihm meine Verbindung zu Clodius und Serena offen legen müssen, was ich nicht wollte. Hatte Viatorinus ähnliche Gründe, mir auszuweichen?

„Kaum spricht man von ihr, schon ist sie da."

Ich schaute mich um und sah Serena die Gaststube betreten. Sie bemerkte uns, winkte mir zu und kam an den Tisch.

„Ich glaube", sprach Germanus gedehnt, „ich lasse euch jetzt alleine."

Er erhob sich und bot Serena seinen Platz an, die ihn ohne Umschweife annahm.

„Viel Spaß noch, ihr beiden." Deutlich vernahm ich den Spott in seiner Stimme.

„Ich wollte ihn nicht vertreiben." Serena winkte dem Wirt, der sofort zu uns eilte.

„Es ist nicht üblich, dass Frauen sich in die Gaststube setzen." Verlegen wischte er mit einem speckigen Tuch über die Tischplatte, hoffend, dass Serena sich erheben und auf ihr Zimmer gehen würde.

„Lass das meine Sorge sein", gab sie eisig zurück. „Ich habe für Unterkunft und Verpflegung gezahlt und möchte hier meinen Wein trinken. Hast du etwas dagegen?"

„Nein, nein", gab der Wirt es auf und brachte ihr das Gewünschte.

„Wie geht es Clodius?", eröffnete ich das Gespräch. „Ich hatte das Gefühl, dass er sehr erschöpft war."

"Was interessiert dich so an dem Jungen?" Es schien nicht möglich zu sein, mit Serena eine unverfängliche Unterhaltung zu führen. Sofort setzte sie nach und brachte mich in Verlegenheit.

„Dein Junge hat mir gefallen. Er ist ein aufmerksames und wissbegieriges Kind", antwortete ich.

„Er ist anstrengend und wehleidig", widersprach sie. „In allem wie sein Vater."

„Warum hast du ihn dann mitgenommen?" Jetzt war ich es, der sein Gegenüber in sichtbare Verlegenheit brachte. Serena rang nach einer Antwort, wozu ich es nicht kommen ließ. Ich war verärgert, dass sie Germanus vertrieben hatte.

„Hast du ihn geschlagen, bevor wir zu euch stießen?" Deutlich erinnerte ich mich an die Striemen auf Clodius` Wange.

Wütend funkelte Serena mich an.

„Das geht dich nichts an", giftete sie zurück.

„Wenn du Streit suchst, gehst du besser auf dein Zimmer", antwortete ich ungerührt. Ich wollte diese Unterhaltung nicht, die ich am liebsten auf der Stelle beendet hätte.

Serenas Mundwinkel zuckten und ich war mir sicher, im nächsten Augenblick eine Ohrfeige zu erhalten. Aber mit Mühe zügelte die Frau ihre Wut und schlug einen versöhnlichen Ton an.

„Ich werde leicht ungehalten", gestand sie ein. „Es tut mir leid, dass der Junge dann unter meinen Launen leidet."

„Serena, was willst du von mir?" Meine Hoffnung auf ein abruptes Ende unserer Unterhaltung hatte sich nicht erfüllt. Also versuchte ich, das Beste aus der Situation zu machen. Es interessierte mich, warum sich eine schöne und offensichtlich sehr reiche Frau mit ihrem Kind den Gefahren einer Reise ins Kriegsgebiet aussetzte. Ein hoher Preis schien zu locken und die Risiken zu rechtfertigen. Serena war nicht dumm oder leichtfertig. Was sie tat, geschah mit kühler Überlegung.

Und da war die Verbindung, die das Schicksal zwischen uns und vor allem zu ihrem Sohn Clodius geknüpft hatte. Wenn Germanus Recht hatte, dass es ihr nur ums Geld ging, dann war Clodius in Gefahr, ein Opfer der Habgier und des Ehrgeizes seiner Mutter zu werden.

„Ich bitte dich um Hilfe", gestand sie offen ein. „Um den Beistand eines Offiziers, dessen Stimme von Bedeutung ist. Mir und meinem Sohn ist großes Unrecht geschehen."

„Ich bin nur ein unbedeutender Tribun ohne eigenes Kommando. Ich bin nur stellvertretender Vicarius der Festung Noviomagus. Was könnte ich für dich tun?"

„Mach dich nicht geringer, als du bist", antwortete sie ungerührt. „Der Magister Severus will dich sehen und Severus steht Julian sehr nahe. Er ist der wichtigste Mann im Stab des Caesars."

Ganz nahe rückte Serena an mich heran, so dass ich den Druck ihres Schenkels spürte. Leicht beugte sie Kopf und Oberkörper mir zu, was einen Blick in ihren sich öffnenden Ausschnitt unumgänglich machte. Ein atemberaubender Anblick, den mir ihre zur Hälfte entblößten Brüste boten.

`Bissula` schoss mir warnend der Gedanke an die Geliebte durch den Kopf und ich rückte von Serena ab. Die Frau verstand es, ihre Waffen gezielt einzusetzen.

„Entschuldige, ich vergaß", lächelte Serena süffisant. „Man ist verliebt."

Sie setzte sich zurück, ordnete ihr Obergewand und wandte sich mir wieder zu.

„Vielleicht hat mein Gatte Silvanus falsch gehandelt, aber es ist nicht gerecht, dass mich die größere Last seiner Schuld trifft."

„Bist du dir da sicher?", widersprach ich. „Du lebst und dein Mann ist tot."

„Mein Vater wollte, dass ich ihn heirate", überging sie meinen Einwand. „Wir hatten das Geld, große Ländereien und Bergwerke, Silvanus aber den Namen und politischen Einfluss. Bei dieser Ehe ging es um die Aufwertung meiner Familie und nicht um Liebe. Warum sonst sollte eine reinblütige Römerin einen halben Barbaren heiraten. Meine Gefühle waren unwichtig.

Der größte Teil meines Vermögens, Tribun, die Besitzungen und Reichtümer der ganzen Familie, sind durch die Tat des Silvanus verspielt worden. Ist das gerecht? Habe ich das verdient?" Tränen blitzten in den Augen, mit denen Serena mich ansah. „Diese Heuchler und Intriganten haben alles an sich gerissen", fuhr sie fort. „Es war von Anbeginn an ihre Absicht gewesen, den ungeliebten Konkurrenten und beliebten Feldherrn auszuschalten." „Wessen Absicht?", fragte ich. Die Möglichkeit, die Usurpation des Silvanus aus einer anderen Sicht als der Offiziellen dargelegt zu bekommen, faszinierte mich. Zumal es sich um das Schicksal des Sohnes meines Großonkels handelte. „Die des Magisters Flavius Arbetio und des Kämmerers Eusebius. Arbetio ließ einen Brief fälschen, der Silvanus die Absicht unterstellte, nach dem Purpur zu greifen. Eusebius, der Constantius sehr nahe steht, ließ keine Möglichkeit aus, die Intrige weiter zu spinnen. Obwohl die hohen Stabsoffiziere Malarich und Mallobaudes das Schreiben entlarvten, war es zu spät. Constantius schenkte ihnen keinen Glauben und Silvanus, der unser aller Leben in Gefahr sah, unternahm genau das, was man ihm unterstellt hatte. Seine Freunde wandten sich jetzt von ihm ab und Constantius schickte Ursicinus, meinen Mann zu beseitigen. Ich verließ die Colonia und ging zurück nach Hause, wo ich erfuhr, dass Arbetio und Eusebius das elterliche Vermögen an sich gerissen hatten. Der Dank des Constantius für die Aufdeckung eines vermeintlichen Verrates. Mir blieben nur mein Vaterhaus und bescheidene Geldmittel, um mein Leben zu fristen. Ich glaube, dass Ursicinus auch an dem Komplott beteiligt war, konnte er doch kurz darauf seine Schulden begleichen und einen Prozess wegen Amtsmissbrauch abwehren. Das gleiche gilt für Barbatio, der zum Magister Peditum ernannt wurde und den Posten des Statthalters in der Colonia übernehmen soll, wenn die Stadt zurückerobert ist."

„Und was willst du von Julian?", fragte ich, nachdem ich Serenas Darstellung überdacht hatte.

„Der Caesar ist meine letzte Rettung. Man sagt, er sei gerecht und hasse den intriganten Hofstaat seines Onkels Constantius. Wenn mir einer Gerechtigkeit widerfahren lassen kann, dann er."

„Und du glaubst", gab ich zu bedenken, „dass sich Julian jetzt um deine Angelegenheit kümmern wird, wo es nur darum gehen kann, alle Kräfte gegen die Franken zu bündeln? Glaubst du, dass er sich jetzt deinetwegen mit Constantius und seinem Hofstaat anlegt?"

„Er wird es tun, wenn ich die Gelegenheit habe, mit ihm zu sprechen", beharrte Serena.

„Ich sehe im Moment keine Möglichkeit. Außerdem befindet sich Ursicinus bei Julian. Ich bin ihm in Mogontiacum begegnet."

Mit dieser Möglichkeit hatte Serena nicht gerechnet. Starr ruhte ihr Blick auf der Tischplatte, ehe sie den Kopf hob und mich anflehte.

„Bitte Severus oder Julian um eine Unterredung. Das Kind wird sie gnädig stimmen."

„Hast du ihn deshalb mitgenommen?"

„Es ist auch sein Erbe, Tribun, um das ich kämpfe."

Ich zuckte mit den Schultern und blieb eine Antwort schuldig.

„Versprich es, ich bitte dich darum", drängte Serena weiter.

„Ich versuche es, wenn sich eine Gelegenheit bietet", gab ich nach. Ich war müde und wollte mich zu Germanus begeben, der sicherlich schon schlief.

„Ich danke dir." Verführerisch bohrte sich ihr Blick in mein Innerstes. Sie nahm meine Hand und begann sie sachte mit ihren Fingerspitzen zu streicheln.

„Eine Frage habe ich noch, Serena, woher kennst du Viatorinus?"

Sie ließ meine Hand fahren und lehnte sich zurück.

„Von früher, Tribun. Es ist nicht wichtig."

Beim Sprechen führte Serena ihre Hand zum Mund und ich war mir sicher, angelogen zu werden.

„Serena, war er an dem Komplott gegen Silvanus beteiligt? Ich muss es wissen."

„Frag ihn doch selber", gab sie gereizt zurück und erhob sich. „Begleitest du mich nach oben? Wir haben den gleichen Weg."

Ich warf einige Münzen auf den Tisch und folgte ihr durch die gefüllte Gaststube zur hölzernen Treppe, die zu den Schlafgemächern führte.

An ihrer Zimmertür angelangt, drehte sie sich zu mir um, schlang die Arme um meinen Nacken und presste sich an mich. Wie mein Handgelenk unter dem Schlangenreif brannte trotz des dicken Stoffes der Tunika die Stelle meines Bauches, in die sich die Konturen der goldenen Gürtelschnalle Serenas eingruben. Ehe ich mich aus ihrer Umarmung befreien konnte, hatten sie ihren Kopf gehoben und ich fühlte ihre Lippen auf Kinn und Wangen, ehe sie meinen Mund fanden. Betörend das Spiel ihrer Zunge, das ich gedankenlos erwiderte, bis ich sie sachte, aber bestimmt, zurückschob. Deutlich wölbten sich ihre lustvoll erregten Brustwarzen unter der seidenen Hülle ihres Kleides.

„Komm und bleibe bei mir. Clodius schläft und wird nicht aufwachen."

Mit aller Macht kämpfte ich meine Erregung nieder und wehrte ihren neuerlichen Versuch ab, mich zu umarmen.

„Wenn du möchtest, dass ich mich für dich verwende, dann versuche das nicht wieder."

„Du hast es genossen und wirst dich nach mir verzehren", lachte sie mich an. „Ihr Männer seid alle gleich."

Lange lag ich wach und fand keinen Schlaf.

Sie hatte Recht damit, dass ich nach ihrem Körper verlangte. Wofür ich mich hasste. Ich durfte eine solche Situation nicht mehr zulassen. Bissula war meine Zukunft und nicht die Witwe des Silvanus und ihr Sohn Clodius.

Aber hatte ich nicht die Verpflichtung, mich um Clodius zu kümmern?

Endlich gewann Morpheus die Oberhand und schickte mich in das Land der Träume, wo ich Bissula fand.

Am nächsten Morgen bekam ich vor unserem Aufbruch weder Serena noch Clodius zu Gesicht. Entweder schliefen sie in den Tag hinein, oder waren ausgegangen, um im Vicus einige Besorgungen zu machen. Der Reisewagen, der tags zuvor am Tor stehen geblieben war, hatte einen Stellplatz in einem nahe gelegenen Schuppen gefunden, wie mir ein Wachsoldat der Protektoren versicherte.

Charietto, Viatorinus und ich wurden von zwanzig berittenen Wölfen begleitet. Für ihren Ritt zum Caesar hatten die wilden Krieger sich und ihre Pferde mit neuen Tuniken und Zaumzeug herausgeputzt. Waffen und Rüstungen waren so lange mit Scheuersand und Wasser bearbeitet worden, bis sie blinkten.

Bewusst hielt ich mich zu Beginn des Rittes hinter Charietto und Viatorinus, die in ein angeregtes Gespräch vertieft waren. Mich beschäftigte das gestrige Gespräch mit Serena, das mir neue Einblicke in die Intrigenwelt des kaiserlichen Hofes gewährt hatte.

Wie Recht Bissula doch hatte, den Schlangenreif an sich zu nehmen. Zumindest Serena hätte mögliche Parallelen zwischen mir und Silvanus erkannt, was unvorhersehbare Folgen nach sich gezogen hätte. Selbst wenn sie nicht um die Bedeutung des Schlangensymbols wusste, hätte sie zumindest unbequeme Fragen gestellt, die mich in ein Lügengespinst getrieben hätten, in dem ich mich hätte verlieren können.

Viatorinus noch einmal auf seine Bekanntschaft auf Serena anzusprechen, unterließ ich. Ich wusste, dass es keinen Sinn machte, den Freund zu drängen.

Kurz vor der Holzbrücke über die Aha bogen wir in die flussaufwärts führende Uferstraße ein. Vor uns öffnete sich ein Tal, dessen Berghänge immer näher heranrückten. An den sanft ansteigenden Höhen reihte sich im Abstand von tausend Schritten Landvilla an Landvilla, eine schöner und prächtiger anzusehen als die andere. Zwischen ihnen bestellte Felder und vereinzelte Weinberge, die mich wehmütig an die Heimat denken ließen. Seltsam geordnet, wie von Menschenhand angelegt, erschienen die Wälder, die sich die oberen Hänge und Hügelkuppen herauf zogen. Ähnliches hatte ich an der Mosella gesehen, wenn Wälder abgeholzt und künstlich wieder aufgeforstet wurden.

An einem neben der Straße gelegenen Brunnen legten wir eine Rast ein, welche mir ein Gespräch mit einem Winzer ermöglichte, der sein Lesegut auf einem einspännigen Lastkarren nach Hause brachte.

Ich erfuhr von dem Mann, dass es nur noch eine Stunde bis zur Villa am Mons Argentarius war. Er kannte den Patron, der das zur Herberge ausgebaute Anwesen in zweiter Generation führte. Sein Vater, ein reicher Eisenschmelzer, hatte die seit dem ersten Frankeneinfall leer stehenden Gebäude aufgekauft und zu einem florierenden Übernachtungsbetrieb mit Taverne umgestaltet. Leider war der Zustrom durchreisender Gäste seit der neuerlichen Bedrohung durch die Franken abgerissen und der Patron überlegte, zum Gewerbe seiner Vorfahren zurück zu kehren. Nicht der Erste, der sich darauf besann, sich wieder Erzabbau und Eisengewinnung zuzuwenden, die die Gegend einst reich gemacht hatten. Auf meine Frage, ob es hier Silber gäbe, was man der Bezeichnung „Mons Argentarius" entnehmen könnte, zuckte der Winzer nur mit den Schultern. Schmunzelnd teilte er mir mit, dass diese Bezeichnung den Vater des Patrons zum Kauf des Anwesens verleitet hatte. Seine Schürfversuche waren aber nicht von Erfolg gesegnet und er stellte sie bald ein, um sich gänzlich dem Herbergsgewerbe zuzuwenden.

„Es geht weiter, Tribun", rief mir Rufus zu, der zu den zwanzig ausgesuchten Ehrenwölfen zählte. Ich verabschiedete mich von dem mitteilsamen Talbewohner und schloss mich den anderen auf unserem Weg zum Caesar an.

Ich spürte Unruhe und gespannte Vorfreude in mir hochsteigen. Es war das erste Mal, dass ich einem Angehörigen des Herrscherhauses gegenübertreten sollte.

Was für ein Mensch war dieser Flavius Claudius Julianus, Sohn des Stiefbruders des großen Constantinus und Vetter des Imperators Constantius? Ich wusste, dass er als einer der wenigen seiner Familie die Wirrungen und Thronstreitigkeiten nach dem Tode des Constantinus überlebt hatte und im Osten des Reiches aufgewachsen war. Es wurde erzählt, dass er den alten Göttern nahe stand und sein christliches Bekenntnis lediglich aus Vorsicht und Rücksichtnahme auf seinen kaiserlichen Vetter noch nicht widerrufen hatte. Wie die Kaiser des goldenen Zeitalters, sollte er trotz seines jugendlichen Alters von fünfundzwanzig Jahren einen langen Bart tragen. Luxus und höfischer Prunk waren ihm verhasst, und er arbeitete Tag und Nacht an seinen kaiserlichen Pflichten und eigenen philosophischen Studien. Constantius hatte ihn zu seinem Stellvertreter im Westen erkoren, weil er um sein militärisches Genie wusste und seine offenkundige Loyalität schätzte. Vor allem galt er als Liebling der Ehefrau des Imperators, die ihn protegierte und gegen Anfeindungen des Hofes in Schutz nahm. Die Hoffnungen der Provinzen des Westens ruhten auf diesem Mann, der im Herbst des letzten Jahres von Mediolanum aufgebrochen war, die Flut der Franken zu bändigen und die Colonia zurück zu gewinnen.

Mein Herz schlug bis zum Hals, als wir die Straße verließen und auf die Villa am Mons Argentarius zuhielten, die Julian zum kurzfristigen Feldquartier erkoren hatte.

Ein Ring schwer bewaffneter Protektoren in Prachtrüstungen umgab das Areal und ließ keinen passieren, der nicht bei Julian oder einem anderen hohen Militär einbestellt war.

Zum Leidwesen Chariettos mussten wir zusammen mit unseren Reittieren auch die Waffen abgeben. Entlang der Nebengebäude zur Rechten und Linken, in denen die Wachmannschaften untergebracht waren, näherten wir uns dem Hauptgebäude.

Eine zweite Wache stand am Tor der Einfriedungsmauer und hielt uns ein weiteres Mal auf, bis der uns anmeldende Centurio mit Martinus zurückkehrte.

Der junge Tribun mit den blonden Locken und dem sanften Gesicht strahlte, als er uns erkannte.

„Schön, dass ihr da seid. Ihr werdet erwartet und es dauert nicht lange, bis ihr vorgelassen werdet. Kommt mit.“

Er schritt voraus zur weißen Freitreppe, die zur Portikus führte, die die gesamte Vorderfront des Gebäudes einnahm.

Je näher wir kamen, desto mehr fielen die Schäden ins Auge, die Wind, Wetter und mangelnde Pflege hinterlassen hatten. Der einst weiße Anstrich des herrschaftlichen Anwesens bedurfte einer gründlichen Übermalung, und durch den Putz der Fassade zogen sich dunkle Risse. An einigen Stellen waren ganze Placken heraus gebrochen, unter denen das Mauerwerk zum Vorschein kam. Unter der Portikus wurde es nicht besser, weil sich in den schadhaften Stellen der Wandbemalung Moose und Flechten angesiedelt hatten. Ich bedauerte den Zustand der ruinierten Wandfresken, die Szenen der Jagd und des ländlichen Lebens darstellten. Wir hielten uns rechts und gelangten durch die hinterste Eingangstür in einen Korridor, dem wir bis zum links abgehenden Treppenhaus folgten. Die an den Flur grenzenden Zimmer und Räume waren voller Menschen, die geduldig auf Schemeln, Bänken oder gar dem Boden ausharrten, bis sie aufgerufen wurden.

„Wir warten im Treppenhaus", munterte Martinus uns auf. „Es gibt dann keinen Aufruhr, wenn wir vor den anderen zu Julian gerufen werden."

„Wohin führt die Treppe?", fragte Viatorinus, der neugierig die Bohlenstufen hinauf blickte. „Dort oben wohnen die Magistri mit ihrem engsten Gefolge", gab Martinus den Fremdenführer. „Die Räume Julians befinden sich im Erdgeschoss neben dem beheizten Empfangsraum. Der Caesar kann von dort aus über einen kleinen Korridor ungesehen in die Baderäume gelangen. Er braucht dazu nur einen kleinen, ummauerten Hof zu queren."

Die Wände von Korridor und Treppenhaus waren mit Marmorinkrustationen und geometrischen Mustern bemalt. Ähnlich waren die Zimmer ausgestaltet, an deren geöffneten Türen wir vorbei gekommen waren.

„Setzt euch auf die Stufen", forderte Martinus uns auf. „Ich schaue nach, wie lange es noch dauert."

Als er im hinteren Korridor verschwunden war, lagerten wir uns auf die ausgetretenen Stufen, wobei sich jeder bemühte, die bequemste Haltung einzunehmen.

Keinem von uns war nach Reden zumute, da wir sicherlich von den allgegenwärtigen Agentes in Rebus, der von Diokletian geschaffenen Geheimpolizei, belauscht wurden. Ein unbedachtes Wort hatte schon manche Karriere beendet, bevor sie das angestrebte Ziel erreicht hatte.

Mein Blick wanderte über die Wände, bis er an einer krakeligen Handschrift haften blieb, mit der ein Villenbewohner seinem Mitteilungsbedürfnis freien Lauf gelassen hatte. Ich las die Zeilen und konnte ein Schmunzeln nicht unterdrücken. Die in den roten Putz geritzten Verse erinnerten mich an meine Schulzeit, die ich unter der Aufsicht eines Hauslehrers verbracht hatte. `Wer nicht gut gelernt hat, pflegt ein Schwätzer zu sein`, antwortete die Hand des Pädagogen seinem Schützling, der seinem Unmut mit dem Spruch `Die Peitsche des grausamen Gratus hat mich die Schrift gelehrt`, freien Lauf gelassen hatte.

„Ihr könnt mitkommen", unterbrach Martinus meine amüsante Lektüre.

Hastig erhoben wir uns und klopften den Staub der Stufen von unseren Tuniken und Mänteln. Dann richteten wir unsere Kleidung und überprüften den Sitz von Gürteln und Fibeln, ehe wir Martinus in den hintern Korridor folgten, den ein in heiteren Blau- und Rottönen abgesetztes Tonnengewölbe zierte.

Charietto schritt voran und ich sah, wie er vor der Türe kräftig durchatmete, ehe er anklopfte.

„Kommt herein", antwortete eine Stimme, während die Türe aufschwang.

Flavius Claudius Julianus, Caesar des Westens und Liebling der Götter, stand persönlich auf der Schwelle und lud uns mit einem Lächeln ein, den Empfangsraum zu betreten.

Mittelgroß, aber von kräftiger Statur, wirkte er älter, als es seine fünfundzwanzig Lebensjahre vermuten ließen. Schuld daran trugen das seit längerer Zeit ungeschnittene Kopfhaar und der Hals- und Kinnpartie verdeckende Vollbart, welches ihn reifer erscheinen ließ. Das Reiterstandbild des Marcus Aurelius erschien vor meinem inneren Auge, das ich in Roma gesehen hatte. Die leicht gebogene Nase, der sinnliche Mund und die blitzenden, graublauen Augen vereinten visionäres Vorstellungsvermögen mit präziser Entschlusskraft. Ein träumender Realist, der angetreten war, eine schier unlösbare Aufgabe mit einem Lächeln zu meistern. Kein Anwesender war schlichter gekleidet als der Caesar. Über der Tunika eines einfachen Soldaten trug er einen wollenen Mantel, der einzig und allein dem Zweck diente, seinen

Träger zu wärmen. Er trug keinen Schmuck, weder um den Hals noch an den von Tinte fleckigen Händen.

„Charietto", grüßte er den Wolf mit festem Händedruck. „Ich freue mich, dich endlich zu sehen." In ähnlicher Art begrüßte er Viatorinus, ehe er sich mir zuwandte.

„Du musst der kürzlich ernannte Tribun aus Noviamagus sein, von dem mir Severus nur Gutes berichtet hat. Meinen Glückwunsch für deinen Sieg über die Barbaren bei Treveris."

„Danke", murmelte ich und fühlte mich vor Stolz erröten, als Julian mir beide Hände auf die Schultern legte.

„Darf ich euch die Anwesenden vorstellen?" Lächelnd wies er auf den Magister Equitum, der mir aufmunternd zunickte.

Ich erwiderte den Gruß des hoch gewachsenen Kavalleriegenerals mit dem kurz geschnittenen Blondhaar und dem kantigen Gesicht. Als wäre es gestern gewesen, stand mir die Szene vor Augen, wie er mich nach meiner Auszeichnung und Beförderung durch Sextus Aurelius, den Statthalter der Belgica, beglückwünscht hatte. Immer noch trug er seinen Bart, was ihn als Anhänger der alten Götter und Freund Julians auswies.

„Severus, Führer meiner Reiterei.

Der grimmig dreinschauende Mann zu seiner Rechten ist der Magister Ursicinus, den mir Constantius als Aufpasser an die Seite gestellt hat."

Julian nahm kein Blatt vor den Mund, was dem Magister einen säuerlichen Gesichtsausdruck verlieh.

„Der Magister Peditum Barbatio". Seine Hand wies auf einen blonden Hünen in himmelblauer Dalmatica und rotseidener Tunika, der uns kurz zunickte. Seine übertrieben stutzerhafte Aufmachung störte das Bild, das der Rest der Anwesenden in seinen schlichten Felduniformen bot.

„Der Finstermann am Fenster heißt Ammianus Marcellinus und stammt aus Syrien. Achtet auf eure Worte, denn ich habe ihm aufgetragen, alles niederzuschreiben, was von Belang ist. Sein schriftstellerisches Genie wird es für die Nachwelt bewahren."

Ich sah dem schmächtigen Orientalen mit der bronzenen Haut in die schwarzen Augen und hatte Mühe, seinem prüfenden Blick standzuhalten. Obwohl er einer der großen Literaten seiner Zeit werden sollte, mied ich seine Gesellschaft, wann immer es möglich war.

„Ich habe euch kommen lassen", eröffnete Julian den offiziellen Teil unseres Besuches, „um euch meine Beschlüsse bezüglich der treverischen Truppen mitzuteilen. Die Legionäre der Infanterie unterstelle ich dem Oberbefehl des Barbatio. Die Reiter aus Beda und die Einheit der Wölfe werden unter dem Befehl des Charietto besondere Aufgaben übernehmen. Ich denke dabei an Kundschafterdienste und Kommandounternehmen. Ihre legendäre Tapferkeit und sprichwörtliche Gerissenheit stellt ein unverzichtbares Element meiner Planungen dar. Ich bin froh, euch an meiner Seite zu wissen."

Niemals zuvor hatte ich Charietto stolzer und glücklicher erlebt als in diesem Augenblick.

„Was ist mit Sextus Pomponius geschehen?", schnitt die Stimme des Ursicinus durch den Raum und ließ alle Anwesenden zusammenfahren.

„Nichts, was er nicht selbst verschuldet hat", raunzte Charietto zurück.

„Er hat seinen Posten verlassen und damit die Flucht der Feinde ermöglicht. Eigenmächtig und ohne Befehl setzte er den Franken nach und tappte blind in ihre Falle. Hätte er meine Weisungen befolgt, wären er und seine Männer noch am Leben."

Mit einer geringschätzigen Handbewegung begegnete der Magister dem offenen Tadel des Wolfes, ließ es aber dabei bewenden. Der Verlust seines treuesten Handlangers schien ihn getroffen zu haben.

„Ich bedaure den Tod des Sextus Pomponius", überspielte Julian die Missstimmung. „Er ist als Held gefallen."

„Wie willst du gegen die Colonia vorgehen?", leitete Severus auf das alles bestimmende Thema über.

Julian kraulte erst mit der Rechten seinen Bart, ehe er an die Karte trat, die auf die rückwärtige Wand gespannt war. In feinen

Strichen und farbig waren auf dem Pergament alle Straßen, Orte, Befestigungen und Flüsse der Germania Secunda und eines Teiles der Germania Prima abgebildet.

„Ich werde den Legionen und Hilfstruppen noch einen Tag der Ruhe gönnen, bis wir gegen die Colonia antreten. Übermorgen", verhielt er kurz und legte seine Hand dorthin, wo Rigomagus verzeichnet war, „brechen wir auf. Zuerst werden die Wölfe ausschwärmen und bis hier aufklären." Mit der Rechten bezeichnete er ein Gebiet, das hinter den Mauern Bonnas endete.

„Nach einigen Stunden folgen ihnen die Truppen und rücken vor die alte Legionsfestung. Meinen Informationen zufolge, haben die Franken Bonna geräumt und sammeln sich in der Colonia."

„Und wenn Bonna doch besetzt ist?", unterbrach Barbatio den Caesar.

„Dann erfahren wir es frühzeitig, schließen die Festung ein und stürmen die Mauern. Wenn überhaupt, rechne ich nur mit geringem Widerstand. Die Wälle sind veraltet und mit denen von Rigomagus oder Antunacum nicht zu vergleichen.

Wenn wir Bonna besetzt haben, richten die Truppen sich dort ein und warten die weitere Entwicklung ab. Jetzt wird wieder die Stunde der Wölfe schlagen, die dann bis vor die Mauern der Colonia aufklären."

Julian ließ seinen Blick über die Versammelten schweifen, bis er mit einem anerkennenden Lächeln auf Charietto verweilte.

„Wenn die Götter uns gewogen sind, werden wir in spätestens fünf Tagen vor den Mauern der Colonia stehen."

Ein Raunen zog durch den Raum, hatte sich Julian doch soeben zum alten Glauben bekannt. Barbatio, ein überzeugter Christ, verzog das Gesicht zu einer Grimasse, während Severus dem Caesar offen applaudierte.

Als die Unruhe abgeklungen war, legte Ammianus Wachstafel und Stilus zur Seite, um das Wort zu ergreifen. Es war seine Angewohnheit, zuerst auf die Schnelle zu dokumentieren und die Notizen später auf Pergament zu übertragen.

„Was ist Caesar, wenn die Franken sich stellen und eine Entscheidung in der offenen Feldschlacht suchen?"

„Wenn sie so dumm sind, werde ich dem Sol Invictus fünfzig Stiere opfern. Wir würden sie zermalmen und der Krieg wäre in wenigen Stunden entschieden. Sie können höchstens zehntausend Mann gegen unsere dreizehntausend schwer bewaffneten Elitetruppen ins Feld führen."

Das beifällige Gemurmel der Umstehenden bestätigte den Caesar.

„Schickt Boten nach Rigomagus, die den Abmarsch für Übermorgen bei Sonnenaufgang befehlen."

Erregtes Stimmengewirr folgte den Ausführungen Julians, der zurückgetreten war und in aller Ruhe die miteinander diskutierenden Gruppen betrachtete.

„Hat noch jemand etwas zu sagen oder ein Anliegen an den Caesar?" Es war die übliche Formel, mit der Ammianus eine Lagebesprechung zu beenden pflegte.

„Ja, der Tribun Marcus Junius Maximus", hörte ich mich sagen.

Alle Köpfe wandten sich mir zu, als ich vor den Caesar trat.

„Eine Frau von vornehmer Herkunft möchte vom Caesar empfangen werden."

Kaum waren meine Worte verhallt, bereute ich es, sie ausgesprochen zu haben. Bis heute weiß ich nicht, was mich dazu gedrängt hat. Hätte ich geschwiegen, wäre vieles vielleicht von dem nicht geschehen, was sich in den nächsten Tagen ereignen sollte.

„Wer ist diese Frau?" Ein süffisantes Lächeln umspielte die Lippen Julians.

„Es ist Serena, die Witwe des Silvanus."

Ein Aufschrei der Empörung, ausgestoßen von Barbatio, Ursicinus, Ammianus und Viatorinus folgte meinen Worten.

Julian breitete beide Arme aus und wartete, bis Ruhe eingekehrt war.

„Was will Serena von mir?"

„Sie glaubt, dass ihr schweres Unrecht widerfahren ist."

„Silvanus hat Constantius verraten", brüllte Barbatio, während Viatorinus mich aus schreckgeweiteten Augen anstarrte.

„Glaubst du es?" schrie Ursicinus mich an.

„Ich habe keine Meinung", versuchte ich zu retten, was möglich war. „Ich erfülle lediglich den Wunsch einer vornehmen Frau."

„Hat sie dir dieses Versprechen im Bett abgenommen", spottete Ammianus, dem die Schreibtafel aus der Hand geglitten war.

„Ich bitte um Ruhe", verschaffte Julian sich Gehör. „Was ist so schlimm an dem Begehren dieser Frau?"

„Sie ist die Frau des Usurpators", verschaffte sich Barbatio Gehör. „Du darfst sie nicht empfangen. Constantius würde das nicht verzeihen."

„Lass das meine Sorge sein", entgegnete Julian scharf. Dann bedachte er sich kurz. „Die Sache beginnt mich zu interessieren."

Jetzt lachte er seine aufgebrachten Untergebenen an.

„Leider fehlt mir die Zeit. Sag Serena, dass ich sie gerne empfangen werde, wenn die Franken besiegt sind. Ich bin gespannt, was sie zu sagen hat."

Julian hob die rechte Hand und wies zur Tür. Ein unmissverständliches Zeichen, dass die Zusammenkunft beendet war.

„Schwachkopf", zischte Viatorinus mir zu, als er an mir vorbei zur Türe schritt. Barbatio und Ursicinus blitzten mich stumm an, während Ammianus meinem Blick auswich.

„Auf einen Moment, Tribun", hielt mich Julian an der Türschwelle zurück.

„Das war mutig, Tribun, aber ich glaube, dass du dir einige der Anwesenden zum Feind gemacht hast. Gib auf dich Acht. Ich schätze Männer wie dich."

Damit war auch ich entlassen und lief im Korridor Charietto und Severus in die Arme, die auf mich gewartet hatten.

„Konntest du dich nicht zurückhalten?" fuhr der Wolf mich an. Trotz seines rauen Tones spürte ich die Sorge, die in seiner Stimme lag. „Konntest du nicht vorher mit mir sprechen?"

„Sei vorsichtig, Tribun", spannte sich die Rechte des Severus um meine Schulter. „Es geht für einige der Anwesenden um sehr viel Geld."

„Haben sie sich wirklich an dem Vermögen der Witwe bereichert?", platzte ich heraus.

„Halt den Mund, Marcus." Hochrot hatte sich das Antlitz des Wolfes verfärbt und seine Stimme klang heiser. „Halte dich aus der Sache heraus, wenn du überleben willst."

Unsere Rückkehr nach Rigomagus verlief unter eisigem Schweigen, bis Viatorinus sein Pferd an meine Seite lenkte. „Warum setzt du dich für diese Schlange ein, Marcus? Ich habe dich doch eindringlich vor dieser Frau gewarnt. Was hast du an ihr?"

„Nichts, Viatorinus, aber sag mir endlich, was du weißt", bedrängte ich in den Freund, der eine abweisende Miene aufsetzte.

„Dann renn doch in dein Unglück", fuhr er mich an. „Ich habe dich gewarnt."

„Gib es auf, Serena, und warte eine günstigere Gelegenheit ab." Serena hatte mich bei meiner Rückkehr abgepasst und um ein Treffen am Ufer des Rhenus gebeten, wo wir vor ungebetenen Lauschern sicher waren. Kurz hatte ich mir den Staub der Reise aus dem Mantel geschüttelt und eine frische Tunika angelegt, bevor ich in der beginnenden Dämmerung durch das Osttor schritt und den Uferhang herab eilte.

„Nein, Tribun", widersetzte sie sich und funkelte mich wütend an. „Versprich mir, es noch einmal bei Julian zu versuchen. Er muss mich anhören."

„Ich denke nicht daran, mich wegen dir in Gefahr zu begeben. Schwierigkeiten habe ich jetzt schon genug."

„Sind das die Worte eines tapferen Offiziers?", spottete Serena und maß mich mit einem abschätzenden Blick.

„Gib es auf", bemühte ich mich, ruhig zu bleiben. „Du bringst nicht nur dich, sondern auch deinen Sohn in Gefahr. Nimm Clodius und verlasse Rigomagus noch heute. Julian wird dich erst empfangen, wenn die Franken aus der Colonia vertrieben sind."

„Dann muss ich selber nach einer Möglichkeit suchen. Glaube nicht, dass ich aufgebe."

„Mach was du willst. Aber höre damit auf, andere in Schwierigkeiten zu bringen!" Langsam begann ich, die Geduld zu verlieren.

„Hat der tapfere Soldat Angst?", höhnte sie.

„Denk an deinen Sohn", ignorierte ich ihren Angriff. „Er hat sein Leben noch vor sich."

„Und was für ein Leben?", kreischte Serena auf. „Ein Leben in Armut, abhängig von den Almosen anderer."

„Es geht dir nicht um Clodius", schrie ich zurück. Sie hatte mich dazu gebracht, die Beherrschung zu verlieren.

„Es geht dir einzig und alleine um deinen Vorteil. Und dafür bist du bereit, andere zu opfern."

Schon dachte ich, sie würde mir ins Gesicht schlagen, als sie sich umdrehte und schluchzend die Uferböschung hinauflief. Hatte ich sie zu hart behandelt?

Langsam schritt ich hinter Serena die Uferböschung empor, als ich aus den Augenwinkeln eine Bewegung wahrnahm. Ich schaute zu den Büschen herüber, die links von mir den Hang bedeckten und sah den Schatten eines Mannes zwischen ihnen verschwinden. Unauffällig, als wollte ich einen Stein entfernen, schnürte ich meinen Stiefel auf und schüttelte ihn aus. Dabei ließ ich das Gebüsch nicht aus den Augen, konnte aber nichts Verdächtiges mehr wahrnehmen. Trotzdem schlug ich, auf der Hangkrone angekommen, einen Haken und schlich mich von hinten an das Gebüsch heran. Außer ein paar Fußspuren, die sich im weichen Boden abzeichneten, ließ nichts auf den Mann schließen, den zu sehen ich geglaubt hatte.

Hatten Ursicinus und Barbatio schon ihre Häscher ausgesandt, um Serena und vielleicht auch mich aus dem Weg zu räumen? Jedenfalls beschloss ich, in den nächsten Tagen besonders wachsam zu sein.

In meiner Unterkunft wurde ich von Germanus empfangen, der auf mich zu warten schien.

„Habe schon von deiner Heldentat bei Julian gehört", empfing er mich mit Vorwürfen.

„Glaubst du, dass das im Sinne Bissulas ist?"

„Nein", antwortete ich wahrheitsgemäß. „Aber jetzt ist es zu spät und ich muss sehen, wie ich aus der Sache heraus komme. Es tut mir leid."

„Reichlich spät, diese Erkenntnis. Wenn du Hilfe brauchst, sag es mir." Germanus hielt mir die Hand hin, in die ich einschlug. Es tat gut einen Freund zu haben, der keine unnötigen Fragen stellte, und bedingungslos zu mir stand. Wenn ich jemandem meine Beweggründe offen legen würde, dann zu allererst ihm.

Wir löschten das trübe Licht der Öllampen und suchten zeitig unsere Bettstätten auf. Lange lag ich wach und starrte mit hinter dem Nacken verschränkten Armen durch das Kammerfenster zum Himmel, an dem hell die Sterne funkelten.

Ich hätte bei Julian schweigen sollen. Dabei ging es mir nicht um Serena. Clodius war es, dem ich mich verbunden fühlte und dem ich zu seinem Recht verhelfen wollte.

Oder war ich nur selbstgefällig und eitel. Der Junge gehörte zwar wie ich zur Familie meines Ahnen, aber rechtfertigte diese entfernte Blutsverwandtschaft ein solches Risiko? Was hatte es mich zu interessieren, ob das Kind in verschwenderischen Reichtum oder unter bescheidenen Verhältnissen heran wuchs? War es nur mein Gerechtigkeitssinn, der mich angetrieben hatte?

Es war unerheblich, von welcher Seite ich die Sache betrachtete, das Ergebnis blieb das gleiche. Erreicht hatte ich nichts und nicht nur mich, sondern auch Serena und vor allem Clodius in Gefahr gebracht. Wenn Serenas Sicht der Dinge zutraf, hatte ich in einem Hornissennest gestochert. Keiner dieser Männer würde auch nur einen Bruchteil seiner Beute herausgeben, die ihnen von Constantius zugestanden war. Sie mussten sich sogar im Recht fühlen, hatten sie doch einen Feind des Imperators aus dem Weg geräumt.

Und Julian? Warum setzte Serena ihre Hoffnungen auf den Gerechtigkeitssinn des Caesars? Glaubte sie wirklich, dass er sich ihr zuliebe gegen seinen Vetter stellen würde, dessen Argwohn und Missgunst jeder fürchtete?

Und Viatorinus? Gehässig und aggressiv war er mir heute begegnet. Wie war er in die Angelegenheit verstrickt? Er und Serena kannten sich, das war sicher. War er etwa an dem Mordkomplott gegen Silvanus beteiligt? Es schien so und wie ich meinen Freund kannte, musste es ihn beschämen. Vielleicht hatte er nur Befehle befolgt, die seinem Ehrgefühl widersprechen mussten?

Sicherlich hatten Ursicinus und Barbatio ihn nicht an der Beute beteiligt, aber sie setzten auf seine Loyalität. Bevor er zum Vicarius von Noviomagus ernannt wurde, hatte er lange Zeit bei den Protectores gedient, deren Ehrencodex nur mit dem der aufgelösten Prätorianergarde zu vergleichen war. Gab es einen Zusammenhang zwischen seiner Beförderung und der Liquidierung des Silvanus?

Wenn mir etwas an seiner Freundschaft lag, musste ich mich aus dieser Sache heraushalten.

Und welchen Part hatte das Schicksal mir zugedacht? Ich sah mich mit Bissula bei Veleda und lauschte ihrer Prophezeiung. Die dritte Schlange, Serenas Gürtel, war aus dem Nichts in mein Leben getreten.

War sie es, die mich zu Serena hinzog, mich ihren Körper verlangen ließ? Ich liebte Bissula, konnte mich aber dem Einfluss dieser Frau auf meine Begierden nur schwer entziehen. Drängte sich nicht die Frau, sondern die Schlange in Gestalt Serenas in mein Leben? Erfüllte sich die Weissagung von der Zusammenkunft der Schlangen in meiner Person? War ich zu anderem bestimmt, als mein Leben als Weinbauer an der Mosella zu beschließen?

„Nein", blitzte es in mir auf. Es muss Clodius sein, den das Schicksal auserwählt hat. Mir war nur die Rolle eines Sachwalters zugeteilt.

Endlich glitt ich in den Schlaf und fand mich auf einer dunklen Lichtung wieder, umringt von Wölfen, die ihre Beute gestellt hatten. Zu meinen Füßen hockte ein verängstigtes Kind und im Arm hielt ich eine weiße Schlange, die sich Schutz suchend an meine Brust drückte. Dann duckten sich die Wölfe und sprangen mich knurrend an.

Gellende Schreie und das Gepolter umstürzender Möbel ließen mich aus dem Schlaf fahren.

„Das ist bei Serena", schrie ich Germanus an, der ebenfalls hoch geschreckt war.

Hellwach packte ich die Spatha, zog die Klinge aus der Scheide und stürzte in den Korridor, wo Serenas Türe weit offen stand. Im Licht des durch das Fenster scheinenden Mondes sah ich einen maskierten Mann, der Serena an den Haaren gepackt hielt und mit einem Messer auf sie einstach. Ich warf mich auf den Mörder, stieß mit der Klinge ins Leere, konnte den Mann aber abdrängen. Ein Tritt gegen mein Schienbein ließ mich straucheln, was dem Mann die Gelegenheit gab, sich auf das Fenstersims zu schwingen und auf die Straße herab zu springen. Als ich mich aufgerappelt hatte und zum Fenster hinaus schaute, sah ich ihn, zehn Fuß unter mir, in Richtung des Nordtores entschwinden.

Ich schaute mich um und sah im Licht der Öllampe, die Germanus in der Hand hielt, Serena auf dem Boden knien. Ihre Tunika war blutbefleckt und mit der Rechten presste sie ein Tuch gegen den stark blutenden Oberarm, den das Messer des Mörders getroffen hatte.

Auf seinem Bett lag Clodius, der sich hemmungslos weinend in die Decke gewühlt hatte.

„Was ist geschehen?", stammelte der Patron, der mit einem weiteren Licht in der Hand, in die Stube geeilt kam.

„Hol einen Medicus", schrie ich ihn an. „Ein Mordversuch, die Frau ist verletzt. Bring etwas zum Verbinden."

Entsetzt schlug der Mann das Zeichen des Kreuzes auf seiner Brust und wollte meinem Befehl nachkommen, als Germanus ihn zurück hielt.

„Es ist nichts, nur eine kleine Fleischwunde. Die Frau hat Glück gehabt."

Ich ging zu Clodius, der den verzweifelten Kampf seiner Mutter angesehen haben musste. Der Junge zitterte am ganzen Körper und schluchzte krampfhaft, als ich ihn hochhob und an meine Brust drückte. Behutsam sprach ich auf ihn ein und streichelte seinen Kopf, bis der Tränenstrom endlich versiegte und ich ihn absetzte.

„Verstehst du jetzt, was ich dir sagen wollte?" Serena schaute mich aus Schreck geweiteten Augen an und schüttelte mit dem Kopf.

„Ich danke dir, Marcus." Es war das erste Mal, dass sie mich bei meinem Namen nannte, „aber sie können mich nicht einschüchtern."

„Es hat keinen Sinn", drängte mich Germanus, den Verband in der Hand, zur Seite. „Spar dir deine Mühe. Die Frau gibt erst Ruhe, wenn sie tot ist."

Serena stöhnte auf, als mein Freund ihre Wunde mit einer entzündungshemmenden Paste bestrich, die der Patron ebenfalls mitgebracht hatte.

„Geh und bitte den Wachhabenden Offizier um zwei Männer", trug ich dem zitternden Patron auf, der sofort den Raum verließ und wenig später mit zwei friesischen Söldnern zurückkehrte, die ich vor der Kammer postierte.

„Ich nehme den Jungen diese Nacht zu mir", sprach ich Serena an, die bleich auf einem Schemel hockte.

„Tu das", murmelte sie tonlos und starrte aus dem geöffneten Fenster.

„Dir wird diese Nacht nichts mehr geschehen", warf ich ihr noch zu, als ich die Türe hinter mir zuzog.

Es dauerte lange, bis der kleine Körper neben mir nicht mehr zitterte und endlich seine Ruhe fand. Clodius schlief durch bis zum Morgen, den ich wachend heraufziehen sah.

Mein erster Weg führte zu Charietto, den ich über die Ereignisse der Nacht in Kenntnis setzte.

„Die Frau ist in allerhöchster Gefahr, Marcus."

„Es ist das Beste, sie geht mit Clodius nach Hause", setzte ich hinzu.

„Das wäre ihr sicherer Tod", widersprach mir der Wolf. „Was glaubst du, wie weit Ursicinus sie kommen lässt?"

Daran hatte ich nicht gedacht.

„Bist du sicher, dass Ursicinus dahinter steckt?"

„Wer denn sonst, Marcus. Barbatio ist zu feige und Ammianus tut, was der Magister ihm sagt. Mehr waren nicht anwesend, als du deinen Mund nicht halten konntest."

„Wenn ich es ungeschehen machen könnte…"

Mit einer Handbewegung gebot der Wolf mir zu schweigen.

„Ich habe Silvanus gekannt, er war ein guter Mann, mutig, loyal und tapfer. Leider war er zu gutgläubig, was ihn den Kopf gekostet hat."

„Wie meinst du das?", unterbrach ich ihn.

„Zum einen vernarrte er sich in diese Frau, die viel zu jung und schön für ihn war. Der alte Trottel war ihren Launen und Eskapaden hilflos ausgeliefert, was ihn zum Gespött des gesamten Offizierskorps machte. Zum Schluss hat sie ihm noch Hörner aufgesetzt und ein Verhältnis mit dem Führer seiner Leibgarde angefangen, die nicht zur Stelle war, als die Mörder kamen.

Zum anderen vertraute er falschen Freunden und Ratgebern, die ihn zur Usurpation gegen Constantius drängten. Sie haben ihn fallen gelassen, als es gefährlich wurde."

„Glaubst du, dass Ursicinus den Willen des Constantius erfüllt hat?"

Die letzten Worte hatte ich geflüstert, weil man vor den Lauschern des Imperators nirgends sicher sein konnte.

„Sprich ruhig lauter", brummte Charietto. „Ich habe meine Männer im Griff. Du kennst die Wölfe. Sie machen mit einem ungebetenen Gast kurzen Prozess, ohne zu fragen, woher er kommt oder wer ihn geschickt hat."

„Also glaubst du es?"

„Unbedingt, obwohl ich es nicht beweisen kann."

„Ist Viatorinus darin verwickelt? Kann er den Häscher geschickt haben?"

„Ihr versteht euch nicht mehr?" Charietto schaute mich aus traurigen Augen an und legte mir die Hand auf die Schulter.

„Wenn er darin verstrickt ist, dann gegen seinen Willen. Er ist ein ganzer Kerl, aber sich Ursicinus oder Barbatio in den Weg zu stellen, ist ein Spiel mit dem Tod.

Ich werde nach ihm schicken und mit ihm reden."

Der Wolf erhob sich und verließ kurz den Raum, um mit einem Krug Wein, sowie Fladenbrot und Hartkäse zurückzukehren.

„Schon gefrühstückt?", lächelte er mir aufmunternd zu.

„Ich habe Viatorinus herbefohlen. Ich will nicht, dass mein Quartier zum Tummelplatz gedungener Mörder wird."

„Was soll mit Serena und Clodius werden?", überbrückte ich die Zeit bis zum Erscheinen des Freundes.

„Ich werde ihnen eine Wache zur Seite stellen, solange sie bei uns sind.

Am besten wäre es für Serena", fügte er hinzu, „wenn sie sich mit Ursicinus und Barbatio vergleichen würde."

„Das wird sie niemals tun", entgegnete ich.

„Warum setzt du dich so für diese Frau ein, Marcus? Was würde dein Mädchen dazu sagen?"

Mit dem Gespür des Jägers hatte Charietto meinen wunden Punkt getroffen. Beinahe hätte ich mit meinem Vorsatz gebrochen und dem Wolf alles anvertraut. Dann dachte ich an Bissula und das Versprechen, dass ich ihr gegeben hatte.

„Charietto, es ist der Junge, an dem mein Herz hängt. Ich werde es dir erzählen, aber nicht jetzt. Ich habe es Bissula versprochen."

„Es ist gut", gab sich der Wolf zufrieden. Die Erwähnung Bissulas hatte mich vor einer weiteren Auseinandersetzung bewahrt.

„Du hast mich rufen lassen?", betrat Viatorinus den Raum.

Er stutzte kurz und warf mir einen misstrauischen Blick zu, als er den Wolf begrüßte.

„Du auch hier?"

„Ich habe mit dir zu reden." Charietto nahm den Krug und füllte die Becher.

„Käse und Brot?" Fragend blickte er Viatorinus an.

„Ja, aber du hast mich nicht kommen lassen, um mit mir zu frühstücken."

„Richtig", nickte Charietto ihm zu.

„Auf Serena ist diese Nacht ein Mordanschlag verübt worden. Marcus und Germanus haben im letzten Moment das Schlimmste verhindert."

Betroffen schaute Viatorinus uns an.

„Hast du etwas damit zu tun?"

„Nein", schüttelte er den Kopf, „aber es verwundert mich nicht. Sie legt sich mit gefährlichen Gegnern an."

„Ursicinus, Barbatio?" Schneidend und scharf hatte der Wolf die Namen ausgestoßen.

„Selbst wenn ich wollte, ich kann und darf nichts sagen", stöhnte Viatorinus.

Es tat mir leid, den Freund in höchster Gewissensqual zu erleben. „Ich unterstehe dem Schweigegelübde der Protectores", presste er heraus und verschränkte die Hände, bis seine Fingergelenke knackten.

„Ich habe es beim Lenus Mars und Sol Invictus geschworen."

„Verdammt, Viatorinus", ächzte der Wolf.

„Ich schwöre euch, ich weiß nichts von einem Anschlag."

„Dann versuchen wir es auf eine andere Art", lächelte der Wolf, was mich Unheil ahnen ließ.

„Wem immer du verpflichtet bist, sag ihm, dass er sich mit mir anlegt, wenn er meinen Freunden und Schutzbefohlenen nachstellt."

„Ich glaube nicht, dass du sie damit beeindrucken kannst", entgegnete Viatorinus.

„Es wird dem Caesar nicht gefallen, wenn ich ihm die Machenschaften seiner engsten Mitarbeiter offen lege."

„Das kannst du nicht machen", stöhnte Viatorinus gequält auf. „Du wendest dich gegen die Vertrauten des Imperators. Sie handeln in seinem Auftrag. Du hast Constantius und nicht Julian Treue geschworen. Das ist Hochverrat."

„Nein!", bellte der Wolf. „Ich habe nicht geschworen, an der Seite von Verbrechern und Mördern zu kämpfen."

Aschfahl wurde das Gesicht meines Freundes, als Charietto seine Drohung ausstieß.

„Ich schätze dich, Viatorinus und ich achte dein Schweigegelübde", lenkte Charietto ein. „Aber tu, was in deiner Kraft steht, weiteres Unheil zu verhüten."

„Ich schwöre es bei allem, was mir heilig ist", atmete Viatorinus durch und ich wusste, dass er es ehrlich meinte.

„Es tut mir leid, Marcus", wandte er sich nun mir zu. „Ich möchte keinen Streit mit dir und ich würde niemals etwas unternehmen, was sich gegen dich richtet."

„Ich habe dich mehrmals auf Ulf angesprochen", wechselte ich zu einer weiteren, unsere Freundschaft belastenden Angelegenheit.

„Ulf", straffte sich der Körper des Wolfes, als er Viatorinus mit starrem Blick fixierte.

„Ich wünsche seinen Tod wie ihr", erwiderte er Chariettos Blick. „Er ist ein Untier, eine tollwütige Bestie. Ja, ich bin ihm begegnet, aber auch darüber musste ich zu schweigen geloben."

„Lassen wir es dabei bewenden", schloss Charietto unsere Zusammenkunft. „Wir haben einen Krieg zu gewinnen und jeder weiß, was er zu tun hat."

Als ich das Prätorium verließ, begab ich mich nicht gleich in mein Quartier, sondern nutzte das milde Sonnenlicht des Oktobertages zu einem Gang vor das Südtor. Ich wollte mit mir und meinen Gedanken alleine sein, als mich das Trommeln von Pferdehufen auf dem Kiesbelag der Rhenusstraße aufblicken ließ. Ich erkannte Viatorinus, wie er tief über die Kuppe seines Pferdes gebeugt Richtung Osten galoppierte.

Zurück in meinem Quartier, legte ich mich auf die Bettstatt und versuchte einen Teil des Schlafes nachzuholen, der mir auf Grund der Ereignisse der letzten Nacht fehlte.

Charietto hatte Wort gehalten, denn am Eingang und vor Serenas Kammer hatte sich je eine Wache postiert.

Ich wurde von Germanus geweckt, der in die Stube polterte und mit einem Fluch seine Spatha in die Zimmerecke schleuderte.

„Bist du von allen Göttern verlassen?", fuhr ich ihn an, denn meiner Meinung nach hatte ich erst gerade die Augen geschlossen.

„Was machen die Wachen hier?", schnauzte er zurück und ließ sich auf einen Schemel fallen.

„Charietto hat die Männer zu Serenas Schutz abgestellt."

„So, so, hat er das. Dann ist ja alles gut."

„Kannst du mir sagen", unterdrückte ich ein Gähnen, „was dir die Laune verdorben hat?"

„Kann ich", brummte er. „Charietto hat mich zur Aufsicht der Nachtwache bestimmt. Er meint, dass es wichtig ist. Das ist die zweite Nacht, in der ich kaum schlafen werde. Ist das gerecht? Habe ich das dem Anschlag auf Serena zu verdanken?"

„Das ist gut", feixte ich ihn an. „Dann kann ich ja heute Abend machen, was ich will und werde nicht gestört."

„Schön, dass sich wenigstens einer freut", brummte er verdrießlich und begann zu lachen. „Wärst du so freundlich, das Zimmer zu räumen, damit ich noch etwas schlafen kann?"

Ich warf die Decken von mir und streckte mich. Jetzt fühlte ich mich erfrischt, und ein Blick auf die schräg stehende Sonne sagte mir, dass ich mehr als drei Stunden geruht hatte. Schnell wechselte ich die Tunika, überließ Germanus seinem Ruhebedürfnis und klopfte an Serenas Kammer, die mir sogleich öffnete.

„Ich danke dir für die Wachen", sagte sie und lud mich ein, herein zu kommen.

„Nein, nein", wehrte ich ab. „Die Wache hat Charietto gestellt. Er meint, dass du vorerst in seiner Obhut bleiben sollst. Es ist sicherer."

„Darf ich das Haus verlassen?", fragte sie mit einem Seitenblick auf den Soldaten, der es sich neben der Schwelle gemütlich gemacht hatte.

„Warum nicht", antwortete ich ihr. „Aber nur in Begleitung."

„Würdest du mich begleiten?" Sie hatte wieder das frivole Glitzern in den Augen und ich lehnte ab.

„Erlaubst du, dass ich mit Clodius einen kleinen Ausritt mache? Ich denke, er kann etwas Zerstreuung gebrauchen."

„Wenn du willst", gab sie ihre Einwilligung erstaunlich schnell.

„Auf einen Becher Wein, heute Abend?"

Mein Gefühl sagte mir, dass es ein Fehler wäre, den Abend mit ihr zu verbringen. Ich wusste, dass sie die Gelegenheit nutzen würde, einen erneuten Annäherungsversuch zu machen. Nichts würde sie unversucht lassen, mich für ihre Ziele zu gewinnen.

„Ja", hörte ich mich zustimmen. „Aber nur einen."

Sie ging zu Clodius und zog ihm einen Kapuzenmantel, die Paenula, über, weil es kühler wurde, je näher es dem Abend zuging.

Bis zum Einbruch der Dämmerung streifte ich mit Clodius durch die Auen und Wälder, die Rigomagus wie ein Ring umgaben. Das Reittier für den Jungen hatte ich mir von einer rätischen Einheit erbeten, denn die Pferde der Berge sind klein, genügsam und verfügen über einen weichen Gang. Er machte auf seinem Pferd eine gute Figur, so dass wir eine weite Strecke zurücklegten. Am Ufer des Rhenus bereitete es Clodius besonderen Spaß, aus dem Sattel heraus den Versorgungsschiffe und Flussgaleeren zuzusehen.

Als wir zur Stadt zurückkehrten, klang Hufgetrappel hinter mir auf, das schnell näher kam. Ich wandte mich um und erblickte Viatorinus, der sein schweißnasses Tier neben uns zügelte.

„Ich habe mein Bestes getan", raunte er mir mit einem Blick auf Clodius zu, der ängstlich zur Seite blickte.

Viatorinus drückte seinem Tier die Fersen in die Seite und galoppierte auf das Osttor zu.

„Was ist mit dir?", fragte ich besorgt, denn die Augen des Kindes hatten sich mit Tränen gefüllt.

„Ich habe den Mann gesehen, als man den Vater tötete."
Ich beschloss, diese Tatsache für mich zu behalten.

Zwei Stunden, nachdem ich Clodius abgeliefert hatte, klopfte seine Mutter an meine Türe. Einen großen Weinkrug und frisches Obst im Arm, trat sie herein und setzte sich zu mir an den kleinen Holztisch, den ich an das Fenster gerückt hatte.

„Weißt du", fragte sie mich, „was Clodius erschreckt hat?"
„Nein", log ich. „Ich denke es war ein anstrengender Ritt und der Anschlag letzte Nacht beschäftigt ihn noch. Schläft er jetzt?"

„Ja", antwortete sie und schnitt mit einem kleinen Messer, dessen Griff aus purem Silber zu bestehen schien, eine Birne in mundgerechte Stücke.

„Viatorinus hat sich für dich verwandt." Ich hoffte, ihr damit einen Teil der Angst zu nehmen, die der unheimliche Angreifer zurückgelassen hatte. Sie war zwar bemüht, sich nichts anmerken zu lassen, trotzdem wanderten ihre Blicke zur Türe oder zum Fenster, wenn sie nicht mit mir sprach.

„Viatorinus hat Vieles versprochen, was er nicht halten konnte."

Ich verzichtete, darauf einzugehen, weil ich sicher war, keine Antwort zu erhalten.

„Was wirst du jetzt tun?", fragte ich stattdessen.

„Ich weiß es nicht", zuckte Serena mit den Achseln. „Was rätst du mir?"

„Charietto meint, du sollst dich mit Ursicinus und Barbatio vergleichen."

„Und was meinst du?"

„Versuche es."

„Nein, auf keinen Fall." Der Trotz war in ihre Augen zurückgekehrt.

Sie öffnete den Weinkrug, füllte die Becher und stürzte den Inhalt ihres Gefäßes in einem Zug hinunter.

„Das ist keine Lösung, Serena."

„Dann sag mir eine!"

Ich zuckte mit den Schultern und leerte ebenfalls meinen Becher.

Erneut schenkte sie ein und meinen schwachen Versuch, sie daran zu hindern, unterband sie mit einer Handbewegung.

„Ich danke dir, dass du dich für mich eingesetzt hast." Serena legte ihre Hand auf meinen Arm und schaute mich aus großen Augen an.

In diesem Augenblick war mir Serena näher, als jemals zuvor. Stolz und Habgier, die in meiner Wahrnehmung ihr Wesen bestimmten, schienen abgelegt wie die tönerne Maske der Schauspieler. Es war das erste Mal, dass sie aufrichtig ihre Dankbarkeit zeigte. Waren es der Anschlag in der Nacht und die Sorge um ihr Leben, die einen anderen Zug ihres Wesens offenbarten?

„Ich bin gerne bei dir, Marcus. Hier fühle ich mich sicher."

Weich und nach Hilfe suchend hüllte ihre Stimme mich ein. Kein Trotz und keine Forderung lagen mehr darin. Eine Frau, schön wie Venus, gab sich in meine Hände.

Es erregte mich, als sie ihr Knie behutsam an meinen Oberschenkel rieb. Ich ließ sie gewähren, als sie heran rückte und unsere Arme sich auf der Tischplatte berührten. Drängender wurde der Druck ihres Beines, den ich vorsichtig erwiderte. Ich genoss ihr werbendes Spiel, wissend, dass ich es gleich unterbinden musste.

`Noch ein wenig`, schwand mein Widerstand und Eros nahm sich meiner an.

Unsere Blicke trafen sich, als sie den geleerten Becher absetzte.

„Ich brauche den Schutz eines starken Mannes, Marcus." Langsam öffnete sie die goldene Fibel, die ihren blauen Mantel zusammen hielt.

Der kostbare Stoff glitt von ihren Schultern auf den ungefegten Estrich des Bodenbelages. Darunter das Nichts eines seidenen Unterkleides, alles erahnend und doch verhüllend. Grell blitzte es aus den smaragdenen Augen der goldenen Schlange über dem dunklen Dreieck ihres durchscheinenden Schoßes.

„Deinen Schutz". Sie griff nach ihrem Becher und leerte ihn erneut. Eng spannte die Seide über ihrem Busen und ließ ihre erregten Brustwarzen hervortreten.

Ich schluckte, schaute zur Seite, aber die Lust, diesen Körper zu besitzen, zu berühren, mich ihm hinzugeben, wurde übermächtig.

Noch einmal schenkte Serena nach und ich spürte, wie Bacchus zur Unterstützung Eros` heraneilte.

Sachte legte Serena ihre Hand an meine Wange, fuhren ihre Finger zärtlich über Stirn, Nase und Mund, der sich öffnete um mit den Lippen nach ihr zu haschen.

Sie löste sich von mir, erhob sich und trat vor meine Bettstatt.

Ein Stöhnen entrang sich meiner Brust, als sie den Gürtel aufhakte, ihr Kleid herabfloss und sie im Flackern der Öllampen nackt vor mir stand. Ich ertrank beim Anblick ihrer formvollendeten Brüste und ihres mich hingebungsvoll erwartenden Schoßes.

Es zog mich vom Schemel weg zu ihr hin, wo sie mit fliegender Hast begann, mir die Tunika vom Körper zu streifen. Im Rausch fanden und öffneten sich unsere Lippen, begann das Liebesspiel unserer Zungen.

„Komm", stöhnte sie, „die fruchtbaren Tage liegen hinter mir. Venus, nicht Proserpina, führt uns zusammen."

Ich verlor den Verstand, als ihre Rechte nach meiner Männlichkeit tastete. Sie zog mich herab, öffnete die Schenkel und ihre Finger krallten sich in meinen Rücken.

In diesem Augenblick wusste ich, dass ich Bissula nicht mehr unter die Augen treten konnte; dass es vorbei wäre.

Mit aller Gewalt löste ich mich von Serena, streifte die an einer Schulter zerrissene und bis auf die Taille herab gerutschte Tunika wieder hoch und stürzte zum Fenster. Schwer atmend stützte ich beide Hände auf das Fenstersims, sog gierig die kühle Nachtluft in mich hinein und drehte mich um.

Tränen der Wut und Enttäuschung in den Augen, raffte Serena ihre Sachen zusammen und rannte aus dem Zimmer.

Minuten vergingen, bis ich mich beruhigt hatte und die wenigen Schritte bis zur Türe machte, die weit offen stand. Ich wollte sie schließen, als ein goldenes Glitzern meinen Blick nach unten lenkte. Ich bückte mich und hielt Serenas Gürtel mit der Schlange in den Händen.

Colonia

„Keine Sorge", starrte Serena an mir vorbei. „Es wird unser Geheimnis bleiben."

Sie hielt den Gürtel mit der Schlange in der Hand, den ich ihr übergab. Lange hatte ich mit mir gerungen, ihr das Schmuckstück zurück zu geben. Schließlich siegte das Gefühl, mich nicht durch einen Diebstahl oder eine Unterschlagung in den Besitz der dritten Schlange zu bringen.

„Es tut mir leid, Serena. Ich habe dir gesagt, dass ich gebunden bin. Ich wollte dich nicht verletzen."

„Geh bitte." Kalt und brüchig klang ihre Stimme, jedes weitere Gespräch unterbindend.

Es versetzte mir einen Stich, aber was hatte ich erwartet? Ich hätte es niemals so weit kommen lassen dürfen. Bis zum letzten Moment hatte ich es ausgekostet, ehe ich sie brüsk zurückwies. Ich hatte ihren Stolz verletzt und mir die Frau zur Feindin gemacht.

„Was sind deine Pläne?", drehte ich mich an der Zimmertüre noch einmal zu ihr um.

„Ich muss mit euch ziehen", schrie sie mich an. „Mir bleibt ja keine andere Wahl. Oder weißt du einen Ort, wo ich vor Ursicinus sicher bin?"

„Nein", gab ich zu und verließ den Raum.

„Hat Serena schlecht geschlafen?", wurde ich in der Stube von Germanus begrüßt, der von seiner Nachtwache zurückgekehrt war und seine Sachen zusammen packte.

„Es scheint so", antwortete ich knapp und setzte mich an den Tisch.

„Bist du von allen Göttern verlassen?", staunte mein Freund. „Vor einer halben Stunde ist der Befehl zum Aufbruch ausgegeben worden. Und du sitzt hier rum, als ob dich das nichts anginge."

„Zum Aufbruch?" fragte ich geistesabwesend und schaute zum Fenster hinaus. Unter mir wimmelten Soldaten aller Truppengattungen über das Pflaster der Hauptstraße.

„Ja, zum Aufbruch", ahmte Germanus mich nach. „Hast du es vergessen? Es geht nach Bonna. Wir rücken den Franken auf den Leib. Julian wird in Kürze hier erwartet. Bis dahin müssen alle Truppen marschfertig sein. Charietto hat schon nach dir gefragt" „Es ist gut", lachte ich ihn an und erhob mich von meinem Schemel. Ich war froh, den Gedanken an Serena und den Schlangen entfliehen zu können. Kraftvoll pulsierte das Leben durch meine Adern und wie ein kräftiger Windstoss die Morgennebel vertrieb erwartungsvolle Spannung die Geister der Nacht.

Da die Heeresabteilung unter dem Kommando des Charietto die Nachhut bilden sollte, war ich in Begleitung des Wolfes und von Viatorinus ein Stück des Weges Richtung Westen geritten. Eine halbe Leuge hinter Regiomagus zügelten wir unsere Pferde und lenkten sie die Straße herunter. Den Anblick des vorbei marschierenden Heeres wollten wir uns nicht entgehen lassen.

Innerhalb kurzer Zeit waren die weißen Zelte abgebaut und die Flussauen von Pferden und Tross geräumt worden. Überall längs der Rhenusstraße warteten die Truppen darauf, sich an den ihnen zugeteilten Plätzen in die Marschkolonne einzureihen.

Ich verhielt neben Viatorinus, der mich beim Aufbruch freundlich gegrüßt hatte. Stillschweigend waren wir übereingekommen; ein kurzer Blick hatte genügt, weder Serenas Anliegen noch unser letztes Zusammentreffen zum Gegenstand eines Gespräches zu machen.

Zuerst zogen drei Reitergruppen, unter ihnen die Abteilung des Titus Venator, im Trab an uns vorbei. Ihnen oblag es, die Feindlage bis zu den Mauern der Legionsfestung Bonna aufzuklären. Wie weit der Vormarsch heute gehen würde, hing davon ab, ob die Späher Feindberührung haben würden. Charietto rechnete mit einer geräumten Festung und einem ungestörten Vormarsch.

Morgen würden die Wölfe diese Aufgabe übernehmen. Julian hatte entschieden, uns diesen weitaus riskanteren und bedeutungsvolleren Teil der Operation zu übertragen.

Nach den Aufklärern, die sich rasch entfernten, rückte im Schritttempo die berittene Vorhut heran. Gallische Kavallerie,

Eliteeinheiten in schwarzen Mänteln und silbern blitzenden Helmen. Deutlich waren die an den Helmkämmen angebrachten Christogramme zu erkennen. Mit diesen Männern, einigen hundert, war Julian im vergangenen Spätherbst von Mediolanum zum Winterquartier bei Lutetia aufgebrochen.

Es folgte die golden glänzende Mauer der Protektoren unter der Führung des Barbatio. Ausgesuchte Kämpfer des comitatensischen Bewegungsheeres. Zusammengestellt, das Leben des Caesars bis zum letzten Blutstropfen zu verteidigen.

Zwischen ihnen erblickte ich Caesar Julian, umgeben von Männern seines engsten Stabes. Ich erkannte alle, die in der Villa am Mons Argentarius zugegen gewesen waren. Den grimmigen Ursicinus, Severus, Ammianus und etwas dahinter das verträumte Antlitz des Martinus.

Ein freundliches Erkennen huschte über die Züge des Julian. Grüßend hob der Caesar die Hand und nickte uns zu. In diesem Augenblick war ich bereit, mich für ihn in Stücke hauen zu lassen.

Hinter den Protektoren rückten im Eilmarsch unsere Legionen in unterschiedlicher Mannschaftsstärke heran. Tausende Legionäre in rostroten Tuniken, genagelten Stiefeln, einfachen Bügelhelmen und leichten Kettenpanzern. Die besten, die im Westen des Imperiums im Feld standen. Laut riefen wir uns die Namen der Einheiten zu, wenn wir sie an ihren Feldzeichen oder Schildbemalungen erkannten.

Ihnen folgten die Wagen des Trosses, unter denen ich, in Begleitung zweier Wölfe, den Reisewagen Serenas ausmachte. Sie sah ich nicht, dafür aber Clodius, der neben dem Kutscher auf dem Bock saß und mir begeistert zuwinkte.

Schwer rumpelten die Ochsengespanne der Belagerungs- und Feldartillerie heran. Onager, Ballisten und Scorpione, sorgsam in ihre Einzelteile zerlegt und durch Regen abweisende Planen vor den Unbilden des Wetters geschützt. Andere Wagen trugen die Munition, Schleudersteine in allen Größen, gefiederte Schleuderspeere und Fässer voll eisenbewehrter Bolzen.

Den Abschluss bildeten die Reitergeschwader der numidischen und syrischen Bogenschützen in ihren Schuppenpanzern und spitz zulaufenden Spangenhelmen, gefolgt von den Kontingenten berittener und unberittener germanischer und britannischer Hilfstruppen.

Endlich nahten die Nachhut, unsere Wölfe und die Kohorten aus Treveris und Divodurum unter Chlotar und Balbus, die ihre Feuertaufe im Idar erhalten hatten.

Wir reihten uns ein und folgten dem gewaltigen Aufgebot, das der Caesar Julian zur Befreiung der Colonia aufgeboten hatte.

Monoton, langsam, aber stetig ging es voran. Bald schon musste ich das Halstuch aufknoten, um Mund und Nase damit zu bedecken.

Beliebt war er bei der Legion nicht, unser Platz im aufgewirbelten Straßenstaub der vor uns marschierenden Kolonnen. In unregelmäßigen Abständen wehte, den Männern die Eintönigkeit des Marsches erleichternd, der Barditus, der Schlachtgesang der germanischen Auxiliaren, zu uns herüber.

Näher und steiler rückten die Hänge heran und verengten das Tal des Rhenus, bevor es sich in die große Ebene öffnete. Auf dem rechten Ufer erhoben sich die schroffen Höhen der sieben Berge, die einst ein Geschlecht von Giganten aufgetürmt haben soll. So jedenfalls erzählen es die Alten.

Deutlich sah ich die Wunden, die von Menschenhand in die Flanken des Drachenberges geschlagen wurden. Bis in die Tricensima und weiter den Rhenus hinab, verstärkte das hier gebrochene Gestein Mauern und Türme unserer Festungen. Obwohl im freien Germanien gelegen, konnten die Arbeitskommandos ungehindert ihrer Arbeit am anderen Ufer nachgehen. Deutlich hoben sich am Flusssaum die Kaianlagen ab, an denen die Transportschiffe festmachten, um die gebrochenen Blöcke aufzunehmen. Zwei Jahre ist es her, dass die Festung Bonna in die Hand der Franken fiel und die Arbeiten eingestellt werden mussten.

Auf dem Fluss tummelten sich die schnittigen Galeeren unserer Flotte. Jederzeit bereit, bewaffnete Kommandos an Land zu lassen, um kleinere Feindgruppierungen zu bekämpfen. Auf dem Wasser hatte uns der Feind nichts entgegenzusetzen, was unseren Unternehmungen der nächsten Tagen zu Gute kommen sollte.

Die erwartete Nachricht erreichte uns fünf Leugen vor dem erhofften Marschziel in Gestalt eines abgehetzten Meldereiters. „Die Franken haben die Mauern Bonnas geräumt und ziehen sich hastig auf die Colonia zurück. Es waren keine zweihundert Krieger." Der Bote sprengte davon und Charietto rief alle Offiziere zusammen. Umständlich entfaltete er das Pergament, das er vom Boten erhalten hatte, und begann mit stockender Stimme zu lesen.

„Die Masse der Truppen richtet sich in den Ruinen der ehemaligen Lagervorstadt und im Vorfeld der Festung ein. Julian lagert mit den Protectores im Schutz der Mauern. Die Wölfe errichteten ihr Lager auf dem Gebiet des aufgegebenen Vicus Bonnensis."

„Gibt es schon Befehle für morgen?" Viatorinus hatte diese Frage an den Wolf gerichtet.

„Für den frühen Abend ist eine Lagebesprechung beim Caesar angesetzt. Du wirst mich begleiten."

„Rufus", rief er meinen Gefährten von der Logana herbei.

„Reite vor zum Tross und veranlasse, dass Serena ihren Wagen inmitten unseres Lagers abstellt. Ich möchte sie nicht in der Nähe des Magisters Ursicinus wissen."

„Eine kluge Entscheidung", pflichtete Viatorinus dem Wolf bei.

Die Sonne stand schon tief, am Ende dieses milden Tages an den Iden des Oktobers, als das Lager errichtet war und wir unsere steifen Glieder streckten. Serenas auffälliger Reisewagen stand in Sichtweite des trockenen Kellers, den Germanus und ich neben der Straße bezogen hatten. Ein gutes Quartier. Ein paar Wölfe halfen uns, den Boden zu entschutten und mit einer Plane abzudecken.

„Darf ich zu dir kommen?", unterbrach mich eine helle Kinderstimme, während ich meine Decken ausrollte. Es war Clodius, der am Fuße der Treppe stand und mich voller Erwartung aus großen Kinderaugen anblickte.

„Weiß deine Mutter, dass du hier bist?"

„Ich habe ihr gesagt, dass ich dich suche."

„War sie einverstanden?"

„Sie sagte, ich soll sie in Ruhe lassen. Das sagt sie immer, wenn sie Kummer hat."

Der Junge tat mir leid, wie er da stand und mit den Spitzen seiner Kindercaligae über den Boden scharrte.

„Hast du Hunger?", fragte ich ihn.

„Ja", strahlte er mich an. „Ich habe seit heute morgen nichts mehr gegessen."

„Dann lass uns nachschauen, was die Legionäre an ihren Kochstellen treiben. Vielleicht finden wir ein schönes Stück Fleisch, das wir am Strand des Rhenus braten können."

„Ja." Voller Vorfreude griff Clodius nach meiner Hand und zerrte mich die Treppe hinauf.

Wir querten die Rhenusstraße, auf der reger Verkehr herrschte und bogen auf eine kiesgepflasterte Nebenstraße ein. Eine rinnenartige Senke ausnutzend, führte der Weg zum Anleger, der, anders als der Vicus, immer noch genutzt wurde. Das erklärte auch den guten Zustand der Straße, deren Pflaster in jüngerer Zeit ausgebessert worden war. Kies- und Sandhaufen zeugten am Straßenrand von den alljährlichen Bemühungen, die Fahrbahn ständig in Betrieb zu halten.

Vorbei an verfallenen Streifenhäusern, wohl das gewerbliche Zentrum der ehemaligen Siedlung, gelangten wir zu einem geräumigen Steingebäude, dessen Dach zum größten Teil eingestürzt war. Das hatte die Reiter des Titus Venator jedoch nicht gehindert, in unmittelbarer Nähe ihre Zelte zu errichten. Titus hatte einen Teil der Pferde in der Ruine unterbringen lassen, was sie zwar nicht vor Regen, aber vor dem kühlen Nachtwind schützte.

Herzlich wurde ich von den Männern gegrüßt, die bereitwillig Clodius` Wunsch entsprachen, den Stall zu betreten. Der Junge war vernarrt in Pferde und ließ sich die Gelegenheit nicht entgehen, die berühmten Tiere aus treverischer Zucht in Augenschein zu nehmen.

Vorsichtig betrat ich das Halbdunkel der Raumfluchten und vermied es, den Stellen zu nahe zu kommen, an denen der Fußboden eingebrochen und in den darunter liegenden Heizraum gestürzt war. Ich schloss die Augen und vermeinte Plätschern und Stimmgewirr zu vernehmen. Badende, die vor vielen Generationen diesen Ort aufgesucht hatten. Ein Zweckbau ohne Mosaikschmuck, in dem Kaltbad, Warmbad und Heißbad hintereinander angeordnet waren. Ihrem Zweck entfremdet dienten die Sitzbecken des Caldariums der Aufnahme von Streu und Futter. Die Umkleideräume und Latrinen vermutete ich in den Anbauten der Thermen.

Ich hatte genug gesehen und kehrte zu den Männern aus Beda zurück, von denen ich zwei schöne Fleischstücke gegen einige Kupferfolles einhandelte. Ihre Einladung, mich an ihrem Feuer zu lagern, lehnte ich dankend ab.

„Gibt es am Ufer einen ruhigen Platz, wo ich mit dem Jungen ein Feuer anzünden kann?", fragte ich einen der Soldaten. Ich hatte gestern gesehen, mit welcher Begeisterung mein kleiner Freund den Schiffen zugesehen hatte.

„Folgt der Straße, die zum Tempel hinauf führt", erhielt ich die gewünschte Antwort. „Dort, siehst du die eingestürzte Portikus und die Stützmauer? Da müsst ihr vorbei. Du kannst es nicht verfehlen. Dann nach rechts die Anhöhe entlang, bis ihr einen Fußweg findet, der zum Ufer hinab führt. Am Strand liegt genug Treibholz zum Feuer machen. Hast du Zünderschwamm und Schlageisen?"

„Ja, danke", antwortete ich dem Mann, nachdem ich in meiner ledernen Umhangtasche nachgesehen hatte.

Wir verabschiedeten uns und erstiegen, die Stützmauer aus Säulenbasalt zur Linken, die Anhöhe. Vor uns erhoben sich die Überreste eines kleinen Umgangstempels, wie sie zu Hunderten in den Ansiedlungen der beiden Germanien und der Belgica erbaut worden waren.

Der von Menschenhand geschaffenen Hochfläche folgend, gelangten wir zu einem Bau von wahrhaft monumentalen Ausmaßen. Ein solches Bauwerk hatte ich am Rand dieser bescheidenen Ansiedlung nicht erwartet. Weit schweifte mein Blick über den Strom bis zu den Höhenzügen, die sich im Hinterland des jenseitigen Ufers erhoben.

Neugierig umschritten wir den mindestens dreißig Fuß hohen Bau, dessen Rückseite eine vorgelagerte Portikus zierte. Eine gewaltige Säulenhalle bildete die zum Rhenus orientierte Sichtfront des Gebäudes. Die Rückwand aus mächtigen Quadern gliederte sich in einen vorspringenden Mittelteil, an den sich zu beiden Seiten zwei symmetrisch angeordnete Nischen anschlossen. In der linken entdeckte ich inmitten zertrümmerter Steinfragmente den relativ unversehrten Sockel einer Kolossalstatue. `Divus Drusus` entzifferte ich den lesbaren Teil der verwitterten Inschrift. In der anderen fanden wir einen Kopf, den ich dem Germanicus zuordnete.

Beide, Vater wie Sohn, große Feldherren in glorreichen Zeiten, hatten die Legionen zum Sieg gegen die Barbaren geführt. Eine stumme Botschaft für jeden, der von der gegenüberliegenden Seite des Flusses auf unser Ufer blickte.

„Mir ist unheimlich", flüsterte Clodius und zerrte an meiner Tunika.

Ich folgte seinem ausgestreckten Zeigefinger und gewahrte, keine zwanzig Schritte von unserem Standort entfernt, den frisch aufgehäuften Hügel eines Grabes.

„Lass uns gehen", nahm ich ihn bei der Hand. Wir folgten einem Fußpfad, der durch flaches Ufergebüsch zum Strom hinab führte, dessen Strand wir nach wenigen hundert Schritten betraten.

Clodius begann sofort, trockenes Holz zu sammeln, das der Fluss auf den Uferkieseln abgelagert hatte. Ich schichtete große Steine zu einem Ring zusammen, der das bald auflodernde Feuer vor der auffrischenden Abendbrise schirmte.

Das fetttriefende, herrlich duftende Fleisch in den Händen, blickten wir auf die Galeeren und die ihnen folgenden Lastkähne unserer Flotte, die den Nachschub an Waffen und Verpflegung heranbrachten.

Als wir unsere Mahlzeit beendet hatten, wuschen wir uns die Hände im Wasser des Flusses.

„Schau, was ich hier habe", zeigte ich Clodius einige flache Kiesel. Ich nahm einen der Steine, warf ihn flach über das Wasser und zählte jeden Sprung, den er bis zum Versinken auf der Oberfläche vollführte.

„Ich auch", schrie der Junge begeistert und versenkte in der Folge mehrere Hände voller Steine, bis er das kleine Kunststück leidlich beherrschte.

„Marcus", sprach er mich am Feuer an, in dessen Wärme wir uns zurückgezogen hatten. „Stimmt es, dass die Mutter den Caesar sprechen will?"

„Wer hat das gesagt?"

„Ein Soldat in goldener Rüstung. Und er hat dabei gelacht."

„Deine Mutter wird den Caesar treffen, wenn wir den Feind besiegt haben. Solange bleibt ihr bei uns."

„Werden wir in die Colonia zurückkehren?".

Nicht zu überhören waren Sorgen und Ängste, die Clodius mit dieser Frage verband.

„Du möchtest nicht dorthin zurück?"

„Nein", antwortete Clodius. „sie haben dort den Vater getötet. Ich werde ihn rächen, wenn ich so groß und stark bin wie du."

Unwillkürlich musste ich an den jungen Ulf denken. Zum zweiten Mal wurde ich Zeuge, wie ein Junge derselben Sippe einen Todesschwur leistete. Ich schauderte bei dem Gedanken, dass der Fluch des Ulf mir gegolten hatte und immer noch seine Gültigkeit besaß.

„Warum heiratest du nicht meine Mutter und wir gehen zu dir?"

„Weil ich schon eine Frau habe, die ich sehr liebe", antwortete ich mit dem leisen Anflug eines schlechten Gewissens.

„Die Mutter hat mich nicht lieb und schlägt mich, wenn es ihr nicht gut geht. Darf ich mit zu dir und deiner anderen Frau?"

Mein Herz zog sich bei dem Gedanken zusammen, dass ich den Jungen bald der Obhut Serenas überlassen musste. Er war der Enkel vom Bruder meines Großvaters. Ein entfernter Vetter, dessen Bitte um Hilfe ich früher oder später enttäuschen musste.

`Oder hatte die Schlange anders entschieden und es würde sich ein völlig anderer Weg öffnen?´

„Es wird dunkel und deine Mutter erwartet dich. Lass uns gehen."

Clodius war so müde, dass ich ihn auf beide Arme nahm, wo er, den Kopf an meine Schulter gelehnt, während des Rückweges einschlief.

Zurück in meinem Quartier, Serena hatte kein Wort mit mir gewechselt, als ich den schlafenden Jungen abgeliefert hatte, wurde ich von Germanus und Martinus erwartet.

„Ursicinus will mit dir sprechen, Tribun. Er erwartet dich um Mitternacht bei dem großen Monument auf der Anhöhe."

„Was will der Magister von mir?", fragte ich voller Misstrauen.

„Er sagt, dass du es dir denken kannst." Verlegen zuckte Martinus mit den Schultern. Ich sah, dass er gehalten war, mich im Unklaren zu lassen.

„Ich begleite dich", sprang Germanus auf. „Mir ist nicht wohl bei dem Gedanken, dich allein mit dem finsteren Magister zu wissen."

„Der Tribun hat nichts zu befürchten", murmelte Martinus. „Ich werde auch dort sein."

„Das beruhigt mich in der Tat", entgegnete Germanus. Selten hatte ich meinen Freund so sarkastisch erlebt.

„Ich gelobe es bei Jesus Christus", versicherte Martinus mit ernster Miene.

„Lass mich mit deinem Gott in Frieden", fuhr Germanus ihn an.

„Germanus", trennte ich die beiden Streithähne. „Geh zu Charietto und sage ihm, wann und wo ich mich mit Ursicinus treffe." Und zu Martinus gewandt, fuhr ich fort.

„Wenn mir etwas zustößt, bekommt ihr es mit den Wölfen zu tun. Richte das deinem Magister aus."

„Ich dürfte dir das nicht sagen", flüsterte der junge Tribun. „Viatorinus wird auch dort sein. Sorge dich nicht."

Ich legte mein Kettenhemd an und gürtete mich mit der Spatha, bevor ich zur angegebenen Zeit aufbrach. Germanus war mir vorausgeeilt, den Wolf zu informieren.

Ich nahm den gleichen Weg, wie am Nachmittag mit Clodius und sah schon von weitem den Widerschein des Feuers zwischen den Säulen des Monumentes.

„Ich grüße dich, Tribun", wurde ich von Ursicinus empfangen, der sich erhoben und mir einige Schritte entgegen gekommen war.

„Setz dich zu uns." Er wies auf das Feuer, um das sich mehrere Männer im Halbkreis lagerten. Alles bekannte Gesichter, die bei der Audienz des Caesars anwesend waren.

„Ammianus, Martinus, Barbatio und Viatorinus", stellte er sie mir der Reihe nach vor.

„Du kommst in Waffen?"

„Man kann nicht wissen, wer sich hier alles in der Dunkelheit herumtreibt", antwortete ich dem Magister und setzte mich auf den freien Platz zwischen Viatorinus und Ammianus.

Viatorinus blickte mich kurz an und murmelte einen knappen Gruß.

„Du hast nichts zu befürchten", fuhr Ursicinus fort, „wenn du mit uns zusammen arbeitest."

Bis auf meinen Freund und Martinus, die in die Flammen starrten, wendeten sich mir die Köpfe der übrigen Anwesenden voller Spannung zu.

„Schwöre mir, dass du Schweigen bewahren wirst. Über alles, was heute besprochen wird."

„Ich gehöre nicht den Protectores Domestici an", erwiderte ich unerschrocken. „ich bin eurem Schweigegelübde nicht verpflichtet."

„Hüte deine Zunge", zischte Ammianus mir zu, während Viatorinus aufseufzte.

„Wer sich mir und der Sache des Imperators Constantius in den Weg stellt, hat sein Leben verwirkt." Eine unmissverständliche Drohung, die der Magister soeben ausgesprochen hatte.

„Dann lass mich gehen und behalte deine Weisheiten für dich." Ich fühlte keine Angst, da ich der einzige war, der eine Waffe trug.

„Sei doch vernünftig, Marcus", drang Viatorinus in mich.

„Hör dir doch an, was Ursicinus dir zu sagen hat."

„Du solltest den Rat deines Freundes befolgen", mischte Barbatio sich ein. „es geht nicht um dich, es ist die Hure des Silvanus, die alles durcheinander bringt."

„Die Witwe Serena", korrigierte ich den Magister, der mich aus großen Augen anstarrte.

Ich fühlte keine Angst, wusste ich doch, das Charietto unterrichtet war.

„Das führt zu nichts", übernahm Ursicinus wieder das Wort. „Gelobe zu schweigen, oder mach dich davon. Ich werde mich dann persönlich um das Weibsstück und ihren Jungen kümmern." Mein Schweigen gegen das Leben des Jungen. Ein wohl kalkulierter Handel, den mir der Magister vorschlug. Er wusste, dass ich nicht ablehnen konnte. Hatte man Clodius und mich am Nachmittag beobachtet?

„Was kann ich für dich tun?", lenkte ich ein.

„Na, also", entfuhr es Ammianus, der mir kalt zulächelte.

„Was hast du mit diesem Weib zu schaffen?", begann der Magister. „Warum setzt du dich für sie ein?"

„Ich habe nichts mit ihr zu schaffen", antwortete ich. „Ich habe lediglich ihre Bitte um eine Audienz beim Caesar weiter geleitet."

„Dann macht es dir sicher nichts aus, meine Botschaft an die Witwe weiterzuleiten?" Bewusst wählte Ursicinus meine Worte. Ein ungemein geschicktes Vorgehen seitens des Magisters, dem ich nichts entgegen setzen konnte.

„Ich höre", bewahrte ich einen Rest von Widerspruch.

„Die Witwe", überging der Magister meine Respektlosigkeit, „soll sich aus Dingen heraus halten, die sie nichts mehr angehen. Sie wird mit dem zehnten Teil ihres früheren Vermögens entschädigt und gibt dafür alle weiteren Ansprüche auf."

„Darauf wird sie sich nicht einlassen", tat ich den Vorschlag ab.

„Dann werden sie und der Junge sterben", schrie Barbatio mich an, der die Geduld zu verlieren schien.

„Nicht der Junge", entsetzte sich Martinus. „Er trägt keine Schuld."

„Ist denn hier keiner, der diesem Christen den Mund verbietet?", spottete Ammianus. „Er hätte es schon damals fast verdorben."

„Es war Mord", empörte sich Martinus, „Mord im Angesicht des Herrn."

„So was schimpft sich Tribun", brach Barbatio in Lachen aus. „Warst du es nicht, der dieser Hure die frohe Botschaft vom Ableben ihres Ehegatten überbrachte?"

„Wie bitte?", entfuhr es mir.

Meine Frage ignorierend, fuhr Barbatio fort, Martinus zu verhöhnen.

„Hast du mit ihr gebetet oder hat sie dich vor lauter Freude in ihr Bett gelassen?"

Martinus ballte die Fäuste und fast schien es, als wollte er sich auf den Magister stürzen. Stattdessen erhob er sich und wandte sich zu gehen.

„Martinus", brüllte Usurcinus ihm nach.

„Ich habe nichts mehr mit euch zu schaffen", schrie der junge Tribun zurück.

„Denke an den Schwur, den du uns geleistet hast. Wer unsere Sache verrät, ist des Todes."

„Wenn der Herr diese Strafe für meine Sünden vorgesehen hat, nehme ich sie mit Freuden an."

Die Dunkelheit verschluckte den jungen Mann, der später als Bischof der Christen von sich reden machen sollte.

„Soll ich ihm nach?" Ammianus erhob sich und blickte fragend in die Runde.

„Lasst ihn in Ruhe. Er wird nichts verraten", wiegelte Viatorinus ab. „Er ist nur sich und seinem Gott verpflichtet. Er will bald die Legion verlassen und in ein Kloster der Christen gehen. So hat er es mir jedenfalls gestern erzählt."

„Und vorher seine letzte Tunica an den ersten hergelaufenen Bettler verschenken", bog sich Ammianus vor Lachen, in das die übrigen brüllend einstimmten.

„Was ist damals wirklich geschehen?". Ich stellte Viatorinus diese Frage, der darauf Usurcinus anblickte.

„Erzähl deinem Freund, was damals geschehen ist. Nur zu."

Ich hatte eine Ahnung, dass das, was Viatorimus mir zu sagen hatte, unsere Freundschaft schwer belasten musste.

„Ich versichere dir", begann mein Freund, „in allem was ich tat, handelte ich nur auf allerhöchsten Befehl."

„Nun mach schon", bellte Ammianus, „Der Tribun ist kein zarter Rekrut."

„Ich gehörte den Männern an, die Silvanus im letzten Herbst liquidierten. Ich…"

„Und Ammianus, Martinus, meine Person und zwanzig andere" wurde er von Ursicinus unterbrochen. „Und vergiss nicht, deine besonderen Verdienste hervor zu heben."

„Mir oblag es", wog mein Freund jedes Wort sorgfältig ab, „den Kontakt zu denen im Umfeld des Silvanus herzustellen, die dem Usurpator feindlich gesinnt waren. Einige Tavernenbesuche und wenige Gespräche mit Angehörigen der Wache reichten aus, die gewünschte Person ausfindig zu machen. Ich brachte heraus, dass der Führer der Leibwache ein Verhältnis mit Serena hatte und den Rest kannst du dir denken."

„Kann ich nicht", entgegnete ich scharf. Ich ahnte, dass mein Freund an dem Punkt angelangt war, der sein mitunter seltsames Verhalten der letzten Wochen erklären würde.

Viatorinus schluckte, bevor er fortfuhr.

„Du erinnerst dich daran, dass Ulf mich im Idar wieder erkannte?"

„Ja, aber was hat das mit…?" Ich verstummte, weil eine Befürchtung in mir aufstieg, wie ich sie mir fürchterlicher nicht vorstellen konnte.

„Er war es, Ulf der Franke, Führer der Leibgarde und Liebhaber der Ehefrau des Usurpators. Für fünfzig Goldsolidi verriet er seinen Herrn, den Vetter seines Vaters, und zog zum vereinbarten Zeitpunkt die Wachen zurück."

Als wäre der Blitz Jupiters vor mir eingeschlagen, starrte ich den Freund an. Schlimmer hätte es nicht kommen können. Doch ich sollte mich irren.

„Serena", fuhr er fort, „war ebenfalls eingeweiht und hatte ihren Gatten in Sicherheit gewiegt. Sie war es, die uns das Versteck des Usurpators anzeigte, der sich nach dem ersten missglückten Zugriff in seine Privatgemächer geflüchtet hatte. Wir stöberten ihn auf und hetzten ihn bis zur Christenkirche am Nordtor, wo er den verdienten Lohn für seinen Verrat am Imperator empfing."

„Hast du Serena etwas versprochen?" Ohne Rücksicht auf den Zustand meines Freundes hatte ich die Frage hervorgestoßen. Viatorinus erbleichte und schien nicht fähig, weiter zu sprechen.

„Er sicherte ihr zu, das Vermögen des Silvanus unangetastet zu lassen", antwortete Barbatio an seiner statt.

„Ihr habt es an euch gerissen." Voller Verachtung blickte ich die Magistri an.

„Der Lohn des Imperators Constantius für unseren Dienst", dräute die Stimme des Ursicinus.

„Du hast es der Frau versprochen", drang ich in Viatorinus.

„Der Lohn des Verräters", donnerte Barbatio mich an. „Verräter haben keine Rechte."

Mich schauderte vor dem Abgrund aus Bosheit, Habgier und Verderbtheit, der sich vor mir auftat. Ulf ein Komplize meines Freundes und Serena, mit der ich beinahe das Bett geteilt hätte, eine Mörderin.

„Höre mich an", drang aus weiter Entfernung die Stimme des Ursicinus zu mir.

„Bring die Frau dazu, Ruhe zu geben und sie erhält so viel, dass sie ohne Sorgen leben kann. Es soll dein Schaden nicht sein."

„Behaltet euer schmutziges Geld", fuhr ich den Magister an. „Ich werde ihr eure Botschaft ausrichten. Mir graut vor euch."

Ich erhob mich, rückte mein Kettenhemd zurecht und legte eine Hand an die Spatha.

„Wer garantiert mir", fixierte ich Ursicinus mit den Augen, „dass der Junge und ich unversehrt bleiben?"

„Mein Wort und dein Schweigen", lautete die lapidare Antwort des Magisters.

„Ihr habt auch das Serena gegebene Wort gebrochen."

„Ich habe ihr nichts versprochen. Viatorinus tat es."

„Charietto weiß um unser Treffen", drohte ich nun meinerseits. „Er wird sich seinen Teil zusammen reimen, wenn mir etwas geschieht. Und Hände weg von dem Jungen. Ich fühle mich dann an kein Wort mehr gebunden."

Ein gefährliches Glitzern erschien in den Augen des Ursicinus. Hatte ich soeben seine Absichten durchkreuzt?

„Marcus", hörte ich Viatorinus hinter mir rufen. „Warte auf mich."

Der Freund war mir nachgeeilt und holte mich wenige Augenblicke später ein.

„Schöne Freunde, die du hast. Warst du auch an dem Schacher um Serenas Erbschaft und Vermögen beteiligt?"

„Du beleidigst mich", empörte er sich.

„Wie konntest du dich daran beteiligen?"

„Glaube mir, ich hatte keine Wahl. Ursicinus hat mich für dieses Unternehmen angefordert. Wir haben zusammen in Palästina gedient."

„Ist schon gut", beantwortete ich seine Rechtfertigung.

„Und Ulf", fuhr ich fort. „hattet ihr Spaß, als ihr das Komplott gegen Silvanus ausheckted?"

„Mach dich nicht lächerlich", fuhr er mir über den Mund. „Ulf wird mich töten, wenn er die Gelegenheit dazu hat. Silvanus hatte auch Freunde und Anhänger im Lager der Franken. Erschwerend kommt hinzu, dass keiner aus seinem Volk den Verrat an seinem eigenen Blut billigen würde. Ulf wäre vogelfrei und seines Lebens nicht mehr sicher. Er wird erst dann Ruhe geben, wenn alle Mitwisser tot sind. Ich bin der einzige, der Kontakt zu ihm hatte. Nicht nur du hast einen Todfeind."

„Warum dieses Schweigegelübde, das Ursicinus jedem abverlangt, der um die Umstände der Liquidierung des Silvanus weiß?"

„Eine Anordnung des Imperators. Außerdem fürchtet der Magister den Gerechtigkeitssinn Julians, wenn dieser im Laufe der Jahre an Einfluss gewinnen sollte."

Mein Freund hatte Recht. Ihn und Martinus traf die geringste Schuld an dem Verbrechen. Auch ich hätte mich einem Befehl des Imperators nicht zu widersetzen gewagt. Und wie ich Viatorinus und seine Vorstellungen von Rechtschaffenheit und Ehre kannte, musste er unter den Ereignissen des letzten Herbstes leiden.

„Lass es gut sein", legte ich ihm meinen Arm um die Schulter. „Mir steht der Gang zu Serena bevor und nebenbei haben wir noch einen Krieg zu gewinnen." „Etwas Gutes hatte der heutige Abend." Viatorinus strich sich über die Augen, bevor er fortfuhr. „Es ist alles ausgesprochen, was zwischen uns stand. Keine Heimlichkeiten mehr." Zum Abschied umarmten wir uns.

Bevor ich meinen schweren Gang zu Serena antrat, kehrte ich in meinen Keller zurück, um das Kettenhemd abzulegen und einen warmen Mantel gegen die Kühle überzustreifen. Nachdem, was mir Viatorinus und die anderen Verschwörer offenbart hatten, verspürte ich nicht die geringste Lust, der Frau gegenüberzutreten, die maßgeblich am Tode des Silvanus beteiligt war. Aber ich hatte Ursicinus mein Wort gegeben. Außerdem drängte es mich, etwas für Clodius zu tun, dessen Sicherheit nicht gewährleistet war, solange Serena auf ihrem Standpunkt beharrte. „Gab es Probleme?", empfing mich Germanus, dem die Erleichterung über meine Rückkehr ins Gesicht geschrieben stand. „Keine", antwortete ich kurz, „die nicht ausgeräumt wurden. Ich muss zu Serena, um ihr etwas Wichtiges auszurichten." „Jetzt?", wunderte sich mein Freund. „Es geht auf Mitternacht zu." „Ja, jetzt. Und hoffentlich das letzte Mal." „Das ist eine gute Nachricht", strahlte Germanus mich an. „Kann ich etwas für dich tun?" „Ja.", nahm ich sein Angebot an. „Geh bitte zu Charietto und richte ihm aus, dass mir im Moment keine Gefahr mehr droht. Er soll die Wache bei Serenas Wagen aber noch nicht abziehen." Gemeinsam verließen wir unseren Unterschlupf und trennten uns, als wir den auffälligen Reisewagen erreicht hatten. „Was willst du?", wurde ich von Serena vor dem Zelt empfangen, das sie sich von den Wölfen ausgeborgt hatte. „Hast du es dir anders überlegt und willst da weitermachen, wo du gestern Nacht aufgehört hast?" „Ich war bei Ursicinus und habe mit ihm gesprochen."

„So, hast du das?"

„Verzichte auf den Besuch bei Julian und er findet dich mit einem Zehntel des konfiszierten Vermögens ab."

„Das ist lächerlich", fuhr sie mich an. „Deswegen hättest du nicht zu kommen brauchen."

„Denke an den Jungen", beschwor ich sie.

„Das geht dich nichts an."

„Du widerst mich an", verlor ich die Beherrschung. „Zuerst begehst du Ehebruch mit dem Anführer seiner Leibwache und lieferst deinen Mann dann seinen Mördern aus."

Sie starrte mich an, als wäre ich ein Geist, heraufgestiegen aus der Welt der Schatten, ihren Frevel zu rächen.

Dann setzte sie sich auf einen Säulenstumpf und schlug beide Hände vors Gesicht. Ihr Stolz und Hochmut waren mit einem Schlag gebrochen. Tränen quollen zwischen ihren Fingern hervor, als sie haltlos zu zittern begann.

„Ich wollte diesen Mann niemals heiraten", schluchzte sie. „Man hat mich gezwungen, weil mein Vater einen großen Militär in der Familie brauchte."

Ich wusste, dass jetzt eine andere Serena zu mir sprach. Eine verletztes und gekränktes Mädchen, das um Liebe und Verständnis bettelte.

„Silvanus hätte mein Vater sein können. Dreißig Jahre lagen zwischen uns. Und ich war gerade sechzehn, als ich sein Lager teilen musste. Er hat mir wehgetan, mich verspottet, mich geschlagen und wann immer er Lust hatte, mit mir geschlafen. Wenn ich nicht wollte, hat er mich vergewaltigt. Es war so furchtbar. Und diese Eifersucht. Hinter alles und jedem fürchtete er einen möglichen Nebenbuhler. Wer ein längeres Gespräch mit mir führte, konnte sicher sein, aus dem Palast entfernt zu werden. Es wurde einsam um mich herum, weil jeder meine Nähe mied.

Mir ist kalt, gibst du mir deinen Mantel?"

Zögernd gab ich ihr das Gewünschte, was ihr Zittern beendete. Aus großen, wegen der sich auflösenden Schminke schwarz verheulten Augen schaute sie mich voller Verzweiflung an.

„Und dann wurde Clodius geboren, was mich erst recht zur Gefangenen meines Gatten machte. Ich durfte das Haus kaum noch verlassen, bis das Kind entwöhnt war. Silvanus vergötterte den Kleinen, las ihm jeden Wunsch von den Lippen ab, während er mich weiterhin als Spielzeug seiner körperlichen Begierden ansah."

„Du liebst den Kleinen nicht, oder?"

„Wundert dich das?", brach es aus Serena heraus. „Er war anstrengend, häufig krank und überforderte mich. Das hat sich bis heute nicht geändert."

Ich verzichtete, ihr darauf eine Antwort zu geben.

„Und dieser Anführer der Leibwache?"

„Ulf, ein Verwandter meines Gatten, kam vor meiner Zeit als Waise in die Colonia. Silvanus mochte den in sich gekehrten Jungen nicht und gab ihn mit fünfzehn Jahren in die Obhut eines sächsischen Centurio, der als Ausbilder der Palastwache fungierte. Dieser erkannte das militärische Geschick Ulfs und förderte ihn nach Kräften. Schließlich wurde ihm das Kommando über die Palastwache übertragen, was ihn in meine Nähe brachte.

Silvanus vertraute Ulf, weil er sich nicht vorstellen konnte, dass ihm ein Blutsverwandter die Frau nehmen könnte. Beide waren wir einsam und fanden unter aller Vorsicht zueinander. Das erste Mal seit Jahren, dass ich wieder glücklich war. Wir liebten uns in aller Heimlichkeit und schmiedeten Pläne, die Colonia zu verlassen und uns mit meinem Vermögen, mein Vater war inzwischen verstorben, an einem weit entfernten Ort niederzulassen. Ich wäre sogar bereit gewesen, mit Ulf in die „Germania Libera" zu gehen, trotz des Kindes, das wir zurücklassen wollten. Dann kam der Tag, an dem Silvanus unser Verhältnis zugetragen wurde und Ulf seines Lebens nicht mehr sicher war. Was nun begann, war ein Wettlauf mit dem Tod.

Ich heuchelte Besserung und versprach meinem Gatten, mich von Ulf fernzuhalten. Dann kam uns das Schicksal zur Hilfe. Silvanus stolperte über eine Intrige, die einflussreiche Männer am Hof des Imperators gegen ihn gesponnen hatten. Er war zu dumm und naiv, angemessen zu reagieren. Er schlug die Ratschläge seiner Freunde aus, die Beweise für seine Unschuld gesammelt hatten und folgte stattdessen den Einflüsterungen ehrgeiziger Militärs. Diese drängten ihn zur Usurpation, und er beging den tödlichen Fehler, den Purpur zu nehmen. Die Beseitigung Ulfs verschob er auf einen späteren Zeitpunkt. Er brauchte ihn, weil die Leibwache ihrem Führer treu ergeben war. Ihn zu beseitigen, hätte ihn allen Schutzes beraubt.

Im Herbst des vergangenen Jahres kam das als Gesandtschaft getarnte Mordkommando unter der Führung des Ursicinus in die Colonia. Während der Magister zum Schein mit Silvanus verhandelte, nahm dein Freund Viatorinus Kontakt zu Ulf und mir auf. Die einmalige Gelegenheit, unsere Liebe doch noch leben zu können. Mehrmals trafen wir uns mit Viatorinus und der Heuchler versprach Ulf reichen Lohn und mir den Erhalt meines Vermögens."

Serena blickte auf und schnäuzte kurz ihre Nase bevor sie fortfuhr.

„Es kam der Tag, an dem Ulf die Wache zurückzog und Silvanus starb."

„Du hast den Mördern sein Versteck offenbart", unterbrach ich sie.

„Ich tat, was ich tun musste", entgegnete Serena ungerührt.

„Wir hatten verabredet", fuhr sie fort, „dass Ulf sich erst einmal in Sicherheit bringen und wir uns nach Ablauf eines Jahres treffen sollten. Ich blieb alleine zurück und musste erfahren, dass das Wort des Viatorinus nichts galt. Mein Vermögen und das Erbe des Silvanus teilten die Mörder unter sich auf und ich durfte froh sein, wenigstens mein Vaterhaus zu behalten. Das einzige, was sie mir in der Colonia ließen, war das da."

Sie wies mit der Hand auf den Gürtel mit der goldenen Schlange, von dem sie nicht wusste, welche schicksalhafte Bestimmung sich dahinter verbarg.

„Ein junger Offizier hat ihn mir als Beweis der gelungenen Tat überbracht."

„Er steht Clodius zu", warf ich ein. „Es ist das einzige Andenken, das ihm von seinem Vater bleibt."

„Wenn es ihn glücklich macht", zuckte sie mit den Schultern. „Ich ging dann mit Clodius in mein Vaterhaus, um die weitere Entwicklung und Nachrichten von Ulf abzuwarten, die nicht kamen. Seit einem Jahr habe ich nichts mehr von ihm gehört. Wahrscheinlich lebt er nicht mehr, sonst hätte er mich gefunden oder mir eine Nachricht zukommen lasen."

Bewusst unterließ ich es, ihr das Überleben meines Todfeindes mitzuteilen.

Was für ein Mensch war diese Frau? Zugegeben, sie hatte gelitten und schweres durchgemacht. Ein junges Mädchen, zerbrochen unter den Händen eines alternden Wüstlings. Dass sie ihn hinterging und sich nach Liebe und ein wenig Glück sehnte, war verständlich. Aber diese Kaltblütigkeit, die Silvanus den Tod brachte, zeigte eine andere Seite ihrer Persönlichkeit. Und die fehlende Liebe und Fürsorge, die sie ihrem Sohn entgegen brachte, stießen mich ab. Ihre Liebe zu Ulf schien aufrichtig. Nur um ihren Zielen zu dienen, hatte sie mich umgarnt und betört. Indem ich sie zurückwies, hatte ich nicht ihre Gefühle, sondern lediglich ihren Stolz verletzt.

„Und du hoffst jetzt, von Julian dein Eigentum zurück zu erhalten?"

„Ja", antwortete sie kühl.

„Und dafür bringst du dein und das Leben des Jungen in Gefahr?"

„Wenn du es so siehst, ja."

Ich wollte dieses Gespräch beenden, ihr nicht mehr zuhören müssen. Ich hatte genug.

„Ein letztes noch", gab mir Serena meinen Mantel zurück. „So herzlos und grausam wie du denkst, bin ich nicht. Ich habe Clodius in die Obhut einer Magd gegeben, die mit dem Tross reist. Dort ist der Junge sicher, weil keiner ihn kennt. Wenn du Clodius sehen willst, die Frau heißt Cornelia."

„Du missbrauchst den Jungen zur Durchsetzung deiner Ansprüche. Wenn du etwas für ihn tun willst, dann geh mit ihm nach Hause."

„Denke von mir, was du willst."

Serena erhob sich und betrat ihr Zelt, dessen Eingang sie von innen verschloss. Sie hatte den Anfall der Schwäche und Aufrichtigkeit überstanden, der sie in meiner Gegenwart Tränen der Verzweiflung und Reue vergießen ließ.

Es nieselte, als wir im trüben Licht des Morgens die Pferde bestiegen. Gehüllt in unsere Paenulas, die Köpfe unter der weiten Kapuze verborgen, ließen wir den Vicus im Schritt hinter uns. Wir, das waren Germanus, zehn Wölfe und ich, die ihrem ersten Einsatz zur Befreiung der Colonia entgegen sahen.

Tief und die Weitsicht nehmend, hingen die Wolken über der sich öffnenden Ebene. Zur Rechten wälzte sich das graue Band des Stromes gen Norden, während die Hügel des Vorgebirges im Dunst verborgen blieben.

Abteilungen ähnlicher Größe, jede mit einer besonderen Aufgabe betraut, schlossen sich uns an. Sorgsam achteten die Zugführer darauf, einen gebührenden Abstand zur vorreitenden Gruppe einzuhalten. Unsere Aufgabe bestand darin, sich der Colonia so weit wie möglich zu nähern und den in die Stadt strömenden Verkehr zu überwachen. Charietto hoffte, daraus Rückschlüsse auf die Anzahl der hinter den Mauern zusammengezogenen Feindverbände zu ziehen.

Eindringlich hatte er es untersagt, uns leichtsinnig in Gefahr zu begeben. Bei der kleinsten Feindberührung sollten wir die Aktion abbrechen und zurückkehren. Der Wolf hasste sinnlose Heldentaten, die das gesamte Unternehmen gefährden konnten, weil der Feind dadurch frühzeitig alarmiert wurde.

Keine tausend Schritte hinter den letzten Häusern des Vicus erreichten wir die Ausläufer der ehemaligen Lagervorstadt. Ein Bild der Verwüstung bot sich unseren Augen. Was der nagende Zahn der Zeit verschont hatte, war von den Franken zerstört worden. Die wenigen bewohnbaren Streifenhäuser inmitten des Trümmerfeldes waren an den Fingern beider Hände abzuzählen. Das einzige neu erbaute Gebäude, eine Cella Memoriae, erhob sich inmitten frisch angelegter Gräber. Wo einst das Leben pulsierte, hatte das Reich der Toten seine Herrschaft angetreten.

Die überwiegende Mehrheit der Bewohner hatte nach dem ersten Frankensturm vor achtzig Jahren ihre Häuser verlassen und sich im Innern der alten Legionsfestung angesiedelt. Sie betrieben ihr Handwerk nun im Schutz der Mauern oder rückten jeden Morgen aus, die Felder im Umland zu bestellen. Die stark verkleinerte Besatzung beschränkte sich auf einen Burgus, der in einer Ecke des nördlichen Lagerareals aus den Trümmern der ruinösen Innenbebauung errichtet worden war. Auf tausend Mann wurde die Stärke der Legio I Minervia reduziert, was ausreichend war, den Schutz der verkleinerten Anlage zu gewährleisten. Die übrigen waren entweder gefallen, oder als Einheiten des neu geschaffenen Bewegungsheeres auf die festen Kastelle im Hinterland verteilt worden.

Wenig besser war der Eindruck, den die alte Legionsfestung auf mich machte. An vielen Stellen rauchgeschwärzt und eingestürzt, boten sich ihre Mauern meinem Blick dar. Nur Stunden brauchten vor drei Jahren die Franken, um die Wälle Bonnas zu ersteigen. Mordend und brennend überschwemmten sie die Wohnviertel und machten alles nieder, was ihnen vor die Klinge kam. Es hatte sich gerächt, dass man versäumt hatte, die Mauern zu erhöhen und mit wehrhaften Türmen zu verstärken. Einzig der Burgus, jetzt das Quartier Julians, hielt den Angriffen stand. Gegen freien Abzug ergab sich die Besatzung am nächsten Tag und durfte ungehindert abziehen.

Wir passierten die Festung auf der um sie herum führenden Straße. Hinter dem Nordtor trennten sich unsere Gruppen, von denen jede ihrem jeweiligen Operationsgebiet zustrebte.

Fünf Leugen vor der Colonia, wir hatten noch keinen Feind gesichtet, verließen wir die Straße und schlugen einen Bogen Richtung Westen. Kein Haus und keine Villa waren dem Wüten der Franken entgangen. Viel härter als andere Gegenden, hatte der Krieg das Umland der Colonia getroffen.

Wir gingen, jede Erhebung oder Waldfläche als Deckung nutzend, sehr vorsichtig vor. Es wurde Nachmittag, ehe wir die große Straße erreichten, die von der Colonia über Juliacum und Coriovallum in den Norden der Belgica und weiter zu den Häfen des Meeres führte.

In einem Waldstück ließen wir die Pferde unter der Bewachung zweier Wölfe zurück und pirschten uns vorsichtig heran. Keine fünfzig Schritte lagen zwischen dem schützenden Gebüsch, unter dem wir verborgen lagen, und dem grauen Band der Reichsstraße, auf der Wagen, Viehherden und Menschen in Richtung der Colonia vorbei fluteten. In der Mehrzahl fränkische Flüchtlinge, die den Schutz der Mauern suchten. Dazwischen berittene Kriegergruppen, die versuchten, Ordnung in das Chaos zu bringen.

„Siehst du das?", flüsterte Germanus mir zu. „Das wird den Caesar interessieren. Das sind Neusiedler mit ihren Familien. Die Franken haben die eroberten Gebiete unter ihren Leuten aufgeteilt, was sie in der Vergangenheit nicht gemacht haben. Sie wollen diesmal bleiben."

„Wir könnten uns in einem günstigen Moment unter sie mischen und so in die Stadt gelangen." Germanus schien den Atem anzuhalten, als ich ihm meinen Vorschlag zuflüsterte.

„Keine Heldentaten, hat Charietto gesagt", raunte mein Freund mir zu.

„Wo ist das Risiko?", ließ ich nicht locker. „Wir reihen uns ein und schwimmen mit dem Strom in die Stadt. Wir sind beide blond und könnten uns als Alemannen ausgeben, die bei einem Raubzug versprengt wurden."

„Guter Einfall, Marcus. Du sprichst ja auch perfekt die Sprache meines Volkes", spottete mein Freund.

„Du sprichst und ich stelle mich stumm", entgegnete ich.

Dann, nach einigem Zögern, brachte ich einen Einwand hervor, den ich noch nicht bedacht hatte.

„Die Frage ist nur, wie wir wieder aus der Stadt herauskommen?"

„Das lass meine Sorge sein", verblüffte mich Germanus. Er schien Gefallen an dem Abenteuer gefunden zu haben.

„Ich kenne mich in der Colonia gut aus. Als ich in Tolbiacum stationiert war, sind wir oft in die Stadt geritten, um uns einige schöne Tage zu machen. Besonders zur Zeit der Saturnalien. Ich kenne den Patron einer Taverne, bei dem wir immer abgestiegen sind. Ein Mann aus dem Süden Galliens, absolut vertrauenswürdig und kein Freund der Franken. Er wird uns hinaus helfen."

Aber was ist mit Charietto? Der Wolf wird toben."

„Anfangs vielleicht", widersprach ich. „Aber wir werden mit wichtigen Informationen zurückkehren, was ihm gefallen wird."

„Und was ist, wenn wir Ulf in die Arme laufen? Er kennt uns." Mit Bedacht hatte Germanus diesen Einwand hervor gebracht.

„Ich glaube nicht, dass er hier ist. Er wird irgendwo seine Wunden lecken."

„Mögen die Götter dir Recht geben", schüttelte mein Freund leicht den Kopf.

„Abgemacht?", streckte ich Germanus die Hand hin, in die er nach kurzem Zögern einschlug.

„Abgemacht, Marcus. Wann brechen wir auf?"

„Ich denke, dass der Vormittag die beste Zeit ist. Dann dürfte der Verkehr am größten sein, weil in der Nacht keiner eingelassen wird. Wir schicken Rufus und die anderen zu Charietto zurück und suchen uns in der Nähe einen Schlafplatz."

„So machen wir es", strahlte Germanus, dem der Unternehmungsgeist aus den Augen sprach.

Rufus war außer sich, als wir ihm unser Vorhaben mitteilten. Zuerst brachte er alle Bedenken vor, die ihm einfielen, dann verwies er auf den Befehl des Charietto und äußerte am Ende den Wunsch, mit zu kommen. Ich lehnte sein Angebot ab, weil einer die Gruppe mit unseren Pferden zurückführen musste. Ohne Verdacht zu erregen, konnten wir die Tiere nicht mitnehmen.

Wir trennten uns von allen Dingen, vor allem unseren Rangabzeichen, wie meiner goldenen Fibel, die uns als Angehörige der römischen Armee ausgewiesen hätten. Selbst meine Spatha händigte ich Rufus aus, der mir dafür ein fränkisches Messer zusteckte, das er im Bergwerk einem Gefallenen abgenommen hatte.

Als Rufus und die Männer abgerückt waren, warteten wir noch einige Zeit, bis wir uns auf den Weg machten. Wir hielten uns von der Straße fern, auf der es immer ruhiger wurde, je näher es auf den Abend zuging. Bei Einbruch der Dunkelheit setzte der Regen wieder ein, und wir begannen, uns nach einem trockenen Unterschlupf umzusehen.

„Bist du dir sicher?", fragte Germanus, als ich auf einen Grabbau zeigte, der sich auf der anderen Straßenseite erhob.
„Siehst du etwas Besseres?" Wir querten die inzwischen men-
schenleere Straße und betraten das tempelartige Gebäude.
Das Innere bestand aus einem Raum, dessen Mitte ein auf-
wändig gearbeiteter Sarkophag aus weißem Marmor einnahm.
Aus einem Block gearbeitet und mit figürlichen Reliefs geschmückt, verschloss ihn ein Deckel, der ursprünglich einem
größeren Kastensarkophag zugedacht war. Landwirtschaftliche
Szenen mit Darstellungen aus vier Jahreszeiten zierten die Wände des Kunstwerkes. Die Mitte der Längsseite nahmen zwei Sie-
gesgöttinnen, Viktorien ein, die ein Medaillon mit den Portraits
eines Paares in den Händen hielten. Wohl die verstorbenen Besitzer eines reichen Landgutes, dessen Gebäude sich in unmittelbarer Nähe befinden mussten. Eines der kostbaren Einzelstücke,
wie sie nur in Italien hergestellt wurden und vom Besitzer unter
großen Kosten und Schwierigkeiten angeschafft und hierher gebracht worden war.
Dann sah ich in einer Raumecke den Absatz einer nach unten
führenden Treppe.
„Hier ist es feucht". Germanus wies auf einige schadhafte
Stellen im Dach, durch die Regen hineintropfte.
„Lass uns schauen, wo die Treppe hinführt. Vielleicht ist es
unten trockener."
„Willst du wirklich da hinunter", stöhnte Germanus, „und die
Nacht unter Toten verbringen? Ein schlechtes Omen."
„Viele denken wie du und meiden diesen Ort", entgegnete ich
dem verzagten Freund." Ein Grund mehr, unser Lager hier aufzu-
schlagen. Wir werden ungestört sein."
Ich folgte den Stufen, die um zwei Seiten des Gebäudes herum
nach unten führten und in einem Absatz vor einer Türe endeten,
die eine Platte aus Sandstein verschloss.
Ich betätigte den Schließmechanismus, indem ich den in der
Mitte der Platte eingelassenen Griff aus Bronze nach oben drückte, worauf die Steintüre in ihrer Fassung nach oben schwang und
den Zugang zu einer geräumigen Grabkammer frei machte.

Ein düsterer, mit Blöcken aus Tuffstein ausgekleideter Raum, nur notdürftig von einem mitgebrachten Kienspan ausgeleuchtet, lag vor uns. Wir schritten über die Schwelle und dann noch einmal zwei Stufen hinab und blickten uns um. Drei mit Marmor verkleidete Liegen waren in Wandnischen angebracht, die der Kammer das Aussehen eines Speisezimmers gaben. Verstärkt wurde der Eindruck durch zwei in Stein gemeißelte Korbsessel, die an einer der Stirnwände aufgestellt waren. Tönerne Schalen und Becher mit den Resten geopferter Speisen deckten den Boden. Es sollte den Verstorbenen in der jenseitigen Welt an nichts fehlen. Gemessen am Zustand der Opfergaben konnte nicht viel Zeit vergangen sein, dass der Toten gedacht wurde. Kleinere Nischen im oberen Wandbereich enthielten Urnen und Portraitbüsten vieler Generationen. Den oberen Abschluss der Gruft bildete ein gemauertes Tonnengewölbe, das erste Risse aufwies.

Es roch feucht und muffig, weshalb ich die Türe nicht schloss, sondern einen Spalt offen ließ, so dass frische Atemluft hereindringen konnte.

Wir wickelten uns in die Decken und versuchten ein paar Stunden Schlaf zu finden, als unsere Fackel erlosch.

Grau fiel ein wenig Tageslicht durch den Türspalt, als wir am frühen Morgen erwachten. Froh, unser selbst gewähltes Gefängnis verlassen zu können, öffnete ich die Tür und stieg die Treppen herauf. Oben taten wir ein paar kräftige Atemzüge, die unsere Lungen mit unverbrauchter Luft füllten und die Lebensgeister zurück brachten.

Mit aller Vorsicht riskierten wir aus dem Grabbau einen Blick auf die Straße, die sich zu beleben begann.

Jetzt, wo unser Abenteuer begann, fühlte ich eine gespannte Nervosität, die sich legte, als wir unser Vorgehen noch einmal in allen Einzelheiten durchsprachen.

Dann war es soweit. Eine Lücke im Strom der Flüchtlinge nutzend, schritten wir auf die Straße hinaus und schlossen zur vorausgehenden Gruppe auf. Eine Bauernfamilie, die ihren gesamten Hausrat auf zwei hölzernen Lastkarren verstaut hatte.

Die Kapuzen unserer Paenulas über die Köpfe gezogen, trotteten wir in kurzem Abstand hinter ihnen her, der Colonia und dem Ziel unseres Erkundungsganges entgegen.

Bewaffnete Reiter zogen an uns vorbei, musterten uns kurz und ritten weiter. Wir hatten keinen verdächtigen Eindruck erweckt, was mich aufatmen ließ und mit Zuversicht erfüllte.

Fünf Leugen ging es entlang ausgedehnter Gräberfelder und prächtiger Landvillen der Stadt entgegen, bis sich im Grau eines erneuten Regentages die Konturen der Porta Juliaca vor uns abzeichneten.

Der Strom der Flüchtlinge stockte, als wir uns den Torwachen bis auf fünfzig Schritte genähert hatten. Eine Barriere aus Holzbalken versperrte den Durchgang. Ich reckte den Kopf und sah, wie jeder Ankömmling kurz begutachtet und weitergewinkt wurde.

Schritt für Schritt rückte die Kolonne der auf Einlass Wartenden vor, bis wir endlich an der Reihe waren.

„Halt", hielt uns einer der Wachen mit seiner erhobenen Lanze auf. „Wo kommt ihr her und was wollt ihr in der Stadt?"

„Alemannen aus der Silva Arduenna", antwortete Germanus in einem alemannisch gefärbten Fränkisch.

„Willst du mich für dumm verkaufen?", herrschte der Franke ihn an.

„Nein", gab mein Freund gelassen zurück. „Wir nahmen an einem Plünderungszug teil, den die Römer nördlich der Mosella gestellt und zerschlagen haben. Wir konnten fliehen und uns bis hierher durchschlagen. Wir möchten Proviant kaufen und auf der anderen Seite des Flusses zu unserem Stamm zurückkehren."

„Gilt das auch für deinen Begleiter?"

„Ja. Wenn er könnte, würde er dir das gleiche sagen. Er beherrscht aber die fränkische Sprache nicht."

„Nehmt die Kapuzen ab und lasst mich euch anschauen."

Ein Blick in unsere unrasierten und übernächtigten Gesichter schien ihn zu überzeugen. Er winkte uns durch und wandte sich der nächsten Gruppe zu.

Wir passierten die Sperre und schritten auf die weit geöffneten Portale der von zwei Türmen flankierten Toranlage zu, die ein in Halbbögen und Pilaster gegliedertes Fenstergeschoß krönte. Bögen und vorstehende Mauerteile des Baus waren in weißem Kalk- oder rotem Sandstein ausgeführt, während die Mauerflächen mit handgroßen Grauwackeblöcken verkleidet waren. Über fünfundzwanzig Fuß hoch und sieben Fuß in der Breite schloss zu beiden Seiten des Tores die Stadtmauer an. Auffällig die kürzlich erneuerte Plattenauflage der breiten Zinnen aus rötlichem Sandstein. Die Außenmauern der im Abstand von dreihundert Schritten vorstehenden Türme schmückten in regelmäßigen Abständen mosaikartige Bänder aus Naturstein. Halbkreise oder Vollkreise aus weißem Kalkstein, abgesetzt vom übrigen Mauerwerk durch eine Steinlage gleichen Materials.

Ein Graben, vierzig Fuß breit und zehn tief, umgab die gewaltigste Festung, die ich je gesehen hatte.

CCAA, Colonia Claudia Ara Agrippinensium, die Initialen der Stadt, prangten auf beiden Torbögen, die wir auf der basaltgepflasterten Straße durchschritten.

Unübersehbar die Schäden, die der Stadt bei der Eroberung im letzten Herbst zugefügt worden waren. Rauchgeschwärzte Ruinen zwischen gut erhaltenen Häuserzeilen und teilweise gänzlich niedergelegte Stadtviertel, in denen die Bewohner in Bretterverschlägen und Zelten hausten, säumten unseren Weg.

Wir wunderten uns, dass trotz der Menschenmassen, die in die Stadt strebten, nur wenig Verkehr auf den Straßen herrschte. Ein Rätsel, das wir bald lösen sollten. Die meisten strebten ohne Umweg der Brücke über den Rhenus zu, um sich auf dem anderen Ufer in Sicherheit zu bringen oder ihre Heimatdörfer aufzusuchen.

„Wo gehen wir hin?", fragte ich Germanus, der wie selbstverständlich die Führung übernommen hatte.

„Ich möchte zuerst Gaius Verus aufsuchen, den Patron der Taverne zum „Glücklichen Ubier". Es ist am „Cardo Maximus" kurz vor der Porta Bonna. Wer weiß, vielleicht kann er uns schon viele Fragen beantworten."

„Dann lass uns auf dem schnellsten Weg hingehen. Du sagtest doch, dass er uns auch wieder aus der Stadt herausbringen kann."

„Ist dir die Colonia schon verleidet?", lachte mein Freund.

„Nein, aber ich möchte zuerst den Rückzug sichern, ehe wir uns auf Erkundigung begeben."

„Du hast recht", stimmte Germanus zu. „Ich werde uns auf dem kürzesten Weg hinführen." Wir verließen den Decumanus und bogen nach links in die erste Querstraße ein. Wie den Cardo, säumte auch die wesentliche schmalere Querstraße eine beidseitige Portikus. Wegen des Regens waren wir froh, dass die meisten Straßen vom Zerstörungsschutt geräumt und auch die überdachten Säulengänge notdürftig wiederhergestellt waren. Die Nässe färbte den Basaltbelag der Straßen noch dunkler, als er ohnehin schon war, was der Stadt ein düsteres Aussehen gab.

„Die Colonia ist eine riesige und mit vielen Repräsentationsbauten ausgestattete Stadt, aber sie ist nicht schön. Die Treveris oder Mogontiacum sind heiterer."

Germanus nahm meine Bemerkung zum Anlass, mir seine Sicht der Hauptstadt Niedergermaniens mitzuteilen.

„Aber", entgegnete er, „die Bewohner der Stadt tragen die Sonne im Herzen. Nirgendwo ist der Spaß größer, als in den Tavernen dieser Stadt. Zur Zeit der Saturnalien, in der zweiten Hälfte des Dezembers, findest du kein freies Zimmer in den Herbergen und Tavernen. Alles ist belegt und in den Gassen und Straßen tobt das ausgelassene Volk. Bier und Wein fließen in Strömen und mancher Legionär verschlief das Ende seines Urlaubs in den Armen eines schönen Ubiermädchens."

„Dann lass uns in Friedenszeiten zurückkehren", bemerkte ich mit einem kritischen Blick in die Runde.

„Bei Bacchus und Sucellus, das machen wir." Lachend legte er seinen Arm um meine Schultern und schob mich ein Stück vorwärts.

Mehrmals wechselten wir die Straße, bis wir den Cardo erreichten und bald vor der Fassade der unzerstörten Taverne standen.

In der Gaststube lärmten einige betrunkene Frankenkrieger, die Germanus nicht beachtete. Vorbei an der verblüfften Bedienung, zog er mich am Arm durch den Raum und betrat einen Flur, der in den rückwärtigen Teil des Gebäudes führte. Vor einem Zimmer verhielt er und klopfte energisch gegen die hölzerne Tür. „Wer da?", rief eine Stimme von der anderen Seite und die Türe öffnete sich einen Spalt. Ein mürrisches Gesicht erschien, das zuerst mich und dann meinen Freund kritisch musterte, ehe ein Leuchten über die übernächtigte Miene des untersetzten Patrons zog. Er hatte Germanus erkannt und riss die Türe auf, um uns herein zu lassen.

„Beim Mars, Germanus! Bist du nicht mehr bei der Legion?"

„Sei bitte ruhig", legte mein Freund seinen Finger auf die Lippen und schloss die hölzerne Kammertür.

„Kannst du uns helfen? Wir sind in der Stadt, um Informationen über den Feind zu sammeln. Julian wird in spätestens zwei Tagen vor den Mauern stehen. Wir müssen heute Nacht wieder von hier verschwinden."

„Deshalb die vielen Menschen auf den Durchgangsstraßen."

Gaius Verus strahlte vor Vergnügen, schob von Innen den Riegel vor die Tür und verschwand durch eine Bodenklappe nach unten, von wo er mit zwei Weinkrügen im Arm wieder herauf stieg.

„Allen Göttern sei Dank, dass der Spuk bald ein Ende hat. Noch einmal Saturnalien unter der Herrschaft der Franken hätte das Fest nicht überlebt. Lass uns darauf trinken."

Er nahm drei Weinbecher von einem Wandbord, wischte sie mit einem Lappen sauber und goss uns ein.

„Darauf, dass Julian die Franken zum Teufel jagt."

„Bist du Christ?", fragte ich.

„Und wenn schon", antwortete Gaius. „Leben und leben lassen."

Sein feistes Gesicht mit den dunklen Augenrändern strahlte vor Vergnügen, als er den Inhalt des Bechers in einem Zug herunter stürzte.

„Das tut gut", stieß er kurz auf. „Habe seit gestern Abend nichts mehr getrunken. Wollt ihr was essen?"

Dann strich er sich mit der Hand über den imponierenden Kugelbauch und zwinkerte uns verschmitzt zu.

„Ja", schaute Germanus mich an, was ich mit einem Nicken beantwortete.

„Gelben, batavischen Käse, frische Zwiebeln und Dinkelbrot von gestern?"

Wieder nickten wir, was Gaius zur Treppe watscheln und die Stiege hinauf verschwinden ließ. Kurz darauf kehrte er keuchend mit einem Korb zurück, der das Angepriesene enthielt. „Nehmt reichlich und vergesst das Bezahlen. Die Franken fressen sowieso alles weg und zahlen selten. Die wenigsten sind mit Geld ausgestattet. Und das, was sie erbeutet haben, tragen sie als Schmuck um den Hals."

Gaius schälte die Rinde vom Käseleib und schnitt ihn in dicke Scheiben, die wir mit Lauchzwiebeln und dem Brot verspeisten, das mir etwas zu hart war.

„Was weißt du von den Franken?", fragte Germanus mit vollem Mund. „Wie viele Krieger haben sie in der Colonia?"

„Also", spülte Gaius den letzten Bissen mit Wein herunter. „Das Prätorium haben sie gründlich verwüstet und verbrannt. Bauto, der König der Rhenusfranken, der die Colonia eroberte, haust mit seinem Gefolge in einer alten Prachtvilla nahe der Porta Novaesia, wo er das Anwesen ruiniert. Ein Freund, der die Franken mit Wein beliefert, hat mir erzählt, dass die Hunde der Franken auf die Mosaiken scheißen, den Philosophen direkt auf den Kopf." Er bog sich vor Lachen, ehe er fortfuhr.

„Sicher weiß ich, dass im Kastell Divitia, am anderen Ende der Rhenusbrücke, dreihundert Franken liegen. Hier in der Stadt sind es vielleicht zwei bis dreitausend. Und die sind schlecht gelaunt, weil es wenig zu essen gibt. Es kommen aber täglich mehr. Bauto wird wissen, dass Julian anrückt."

„Wie kommen wir wieder aus der Stadt heraus?", fragte ich den Wirt, der den zweiten Krug öffnete.

„Da gibt es zwei Wege", griemelte Gaius. „Zum einen könnt ihr durch die Abwasserkanäle bis zum Auslass in der Stadtmauer kriechen und euch abseilen. Dazu rate ich nur im äußersten Notfall. Ihr werdet die nächsten Wochen wie die Kanalratten stinken." Er schlug sich vor Vergnügen auf die Schenkel, als hätte er einen großartigen Scherz gemacht. Dann wollte er Germanus und mir nachschenken, was wir mit einem Hinweis auf unser Vorhaben ablehnten.

„Und die zweite Möglichkeit?", fragte mein Freund.

„Ich kenne einen Franken, übrigens ein brauchbarer Kerl, der die Wachen am Turm der Ubier befehligt. Ich habe mit ihm schon so manchen Schmuggel durchgeführt. Gegen Bezahlung will er nicht wissen wer ihr seid und lässt euch hinaus."

„Wir werden sehen, was wir machen", antwortete ich und forderte Germanus zum Gehen auf.

„Wartet", rief Gaius uns zu und verschloss den halb geleerten Krug. Er kletterte die Stiege hinauf und wandte sich im Korridor zur Rückseite des Hauses.

„Nehmt diesen Weg", öffnete er eine Pforte, die in einen verwilderten Garten führte. „Hier bemerkt euch keiner. Gerade am Abend habe ich viele Krieger in der Schankstube. Sie müssen euch nicht sehen."

Dankbar schüttelten wir dem Mann die Hand und schlugen den Weg zum Kapitol ein, von wo aus wir uns zum Forum begeben wollten.

Wir querten den Decumanus, über den der Flüchtlingsstrom aus dem Süden in die Stadt drängte, und nahmen die Querstraße, die vorbei an zwei Insulae zur Stadtmauer und zum Eingang des Kapitols führte. Außer Flüchtlingen war kaum jemand in dem ruhigen Viertel unterwegs. Die Menschen zogen es wegen des Regens vor, in ihren Häusern oder Unterständen zu bleiben.

Franken sahen wir wenige, konnten aber an der Zahl der vor den Häusern oder in den Gärten angebundenen Tiere abschätzen, wie viele Reiter sich in den jeweiligen Gebäuden aufhielten. Wir zählten pro Insula ungefähr zwanzig Tiere. Rechneten wir das auf die Zahl der sechzig Wohnbezirke hoch, die öffentlichen Gebäude wie Tempel, Foren und unbebauten Plätzen nicht berücksichtigend, ergaben das etwa 1500 Pferde. Gingen wir davon aus, dass nicht jeder Krieger ein Pferd besaß, die meisten aber wegen der weiten Entfernung zu ihrem Heimatdorf beritten waren, ergab das eine Summe von zwei- bis dreitausend Kämpfern. Alleine die Besetzung der Stadtmauer erforderte mehr als tausendfünfhundert Mann. Eine unbekannte Größe stellten die in den Thermenanlagen oder dem Theater untergebrachten Franken dar, die wir nicht näher begutachten wollten. Zu groß wäre dort die Gefahr einer Entdeckung gewesen. Rechneten wir unserem Ergebnis tausend weitere Kämpfer hinzu, durften wir nicht falsch liegen.

Vor der Stadtmauer, deren Wehrgänge und Türme nur spärlich mit Wachen besetzt waren, hielten wir uns links. Entlang der Einfriedungsmauer gelangten wir an den Durchlass, hinter dem eine gewaltige Freitreppe zum Tempel der kapitolinischen Trias, Jupiter, Juno und Minerva, hinauf führte. An der uns zugewandten Giebelseite zählte ich acht und an den Seiten je neun monumentale Säulen, die das Dach des unter Titus und Vespasian vor dreihundert Jahren errichteten Kultbaus trugen. Auf fünfzig Fuß schätzte ich die Höhe bis zur Spitze des mit Figurenschmuck überladenen Giebels.

Weiter zogen wir, ohne angesprochen zu werden, die Stadtmauer entlang, bis hinter einer stadteinwärts führenden Straße die geschwärzten Ruinen des Prätoriums vor uns lagen.

An der nächsten Straßenecke besorgte Germanus in einer herunter gekommen Taverne zwei Becher voll saurem Wein, mit denen wir uns auf einer Bank unter der Portikus niederließen.

Unser Blick fiel durch das geöffnete Rhenustor über das vorgelagerte Hafenviertel zur Rhenusbrücke. Deutlich auch hier die Spuren der Verwüstung an den Speichern und Lagerbauten des Hafenquartiers.

Fast eine Stunde verbrachten wir unter der Portikus und sahen dem Verkehr zu, der in die Stadt hinein und hinaus floss. Lautes Geschrei aus Richtung der Brücke und das Stocken der die Stadt verlassenden Menschen lenkten meine Aufmerksamkeit aud den Rhenus. Ich sah eine Galeere unserer Flotte in der Mitte des Flusses kreuzen. Offensichtlich wurden die Passanten aus dem Buggeschütz beschossen, denn alles drängte fluchtartig zum Ufer zurück. Nach einer halben Stunde hatte die Bedienungsmannschaft wohl alle Bolzen verbraucht, denn die Galeere drehte bei und fuhr mit weit ausgreifenden Ruderschlägen Richtung Bonna zurück.

Langsam normalisierte sich der Verkehr wieder. Was mir Sorgen bereitete, waren die berittenen Gruppen, die zu zweit, fünft oder mehr Mann über die Brücke kamen. Verstärkung für die Verteidiger der Colonia. Während unseres Aufenthaltes kamen vierundzwanzig neue Kämpfer in die Stadt. Jeder Tag, den unsere Truppen untätig verstreichen ließen, musste unsere Stellung schwächen. Ich machte Germanus, der zustimmend mit dem Kopf nickte, auf einen erneuten Reitertrupp aufmerksam. Wir beschlossen, noch das Forum aufzusuchen, bevor wir unseren Erkundungsgang abbrechen wollten. Dem Decumanus Maximus mit seinen repräsentativen Portiken stadtauswärts folgend, passierten wir den Tempel des Mars, als mich ein Gefühl der Unruhe erfasste. Immer wieder schaute ich mich um, konnte aber nichts Verdächtiges entdecken.

Schließlich öffnete sich ein weiter Platz, den im Hintergrund eine halbkreisförmige Säulenhalle begrenzte. In der Mitte des belebten Platzes ein Altar, von dem, trotz des Nieselregens, die Rauchfahne eines Opferfeuers in den Himmel flatterte. Die „Ara Ubiorum", heiligster Ort der Colonia. Den Christen ein Gräuel, aber den Altgläubigen Trost- und Zufluchtstätte zugleich.

Wieder verspürte ich dieses Gefühl im Rücken, als wenn sich etwas zwischen meine Schulterblätter bohrte. Ich wand mich um und…

„Verdammter Regen", fluchte Ulf und zog den Mantel fester um seine Schultern.

Er und seine fünf verbliebenen Kameraden waren auf dem Weg zum Frankenkönig Bauto, den sie mit hundert weiteren Reitern nach Bonna begleiten sollten. Die Versammlung der Krieger und Fürsten, dem Thing ähnlich, hatte beschlossen, Julian aufzusuchen, um Verhandlungen mit dem Caesar zu führen.

Mehr als eine Woche war vergangen, seit er Charietto und seinen Wölfen entkommen war. Dieser Römer mit dem Schlangenreif, Marcus, hatte dabei die Gelegenheit verspielt, ihn zu töten. Grimmig dachte er an den Kampf im Bergwerk zurück, der ihm alles genommen hatte, was er in Monaten zusammengerafft hatte.

Mit leeren Händen, verwundet und entstellt, musste er König Bauto seine Aufwartung machen. Sein Eintreffen in der Colonia vor drei Tagen hatte sich schnell herumgesprochen und der König hatte nach ihm verlangt. Als einstiger Führer der Leibgarde wusste er mehr um die Stärke des Gegners und die Möglichkeiten einer erfolgreichen Verteidigung der Stadt, als alle Teilnehmer des Kriegsrates zusammen.

In aller Offenheit hatte er Bauto am Morgen erklärt, in Verhandlungen keinen Sinn zu sehen. Was ihn reizte, war die Möglichkeit, sich ein Bild von Julian und der Stärke des Römerheeres machen zu können.

Geschehen konnte ihm dabei nichts, musste sich doch selbst dieser verrückte Charietto an das Recht des freien Geleites halten. Er freute sich, seinen Todfeinden gegenüber zu treten. Diesem Marcus, den er töten würde, Charietto und Viatorinus, der Serena um ihr Vermögen gebracht hatte. Sie alle mussten sterben, wozu ihm dieser Krieg die Gelegenheit geben würde.

Dringend musste er Bauto davon überzeugen, die Besatzung des Kastells Divitia auf der anderen Seite des Rhenus zu verstärken. Die Festung war der Schlüssel zum Besitz der Stadt. Nicht auszudenken, wenn es den Römern gelänge, ihnen Divitia wegzunehmen. Die Colonia wäre sofort von Nahrung und Verstärkung abgeschnitten und würde sich nach wenigen Tagen ergeben müssen. Bisher hatte Bauto seine Einlassungen in dieser Sache mit dem Hinweis auf seine geringen Möglichkeiten abgetan.

„Dreitausend Männer unter Waffen, mehr stehen mir nicht zur Verfügung", hatte er ihm geantwortet. „Sie reichen gerade aus, eine notdürftige Verteidigung der Stadtmauern zu gewährleisten. Wo soll ich die Männer hernehmen, um die Besatzung Divitias aufzustocken?"

Aber hatte nicht vor einer halben Stunde der Vorfall mit der Galeere gezeigt, wie verletzlich die Verteidigung der Colonia an gerade dieser Stelle war und wie leicht man ihre Lebensader durchtrennen konnte? Tyr und Wodan sei Dank, kamen jetzt jeden Tag fünfzig bis hundert Männer über den Fluss, die Scharen Bautos zu verstärken. Mit ihnen musste der König die Besatzung Divitias auffüllen.

Das Pferd des Franken scheute vor einem Holzkarren, den ein Bauer über die Straße lenkte. Ärgerlich rief er dem Mann einen

Fluch zu, der eingeschüchtert zusammen zuckte und sein Gefährt nun erst recht zum Hindernis machte.

Der Betrieb hatte zugenommen, je näher sie dem Forum kamen, dessen Kolonnaden und rauchenden Opferaltar er sehen konnte. Der König, der ihn an der Porta Juliaca erwartete, würde sich noch etwas gedulden müssen, bis alle an dem Zug beteiligten Männer anwesend sind.

„Was sind das für seltsame Gestalten?", erregten die beiden vor ihm gehenden Männer in ihren weiten Paenulas und den über den Kopf gezogenen Kapuzen seinen Verdacht. Er trieb sein Tier an, um sie sich von vorne anzusehen.

Da drehte sich einer der beiden um und den Bruchteil eines Augenblicks trafen sich ihre Blicke.

Er erkannte seinen Todfeind, war aber nicht fähig zu reagieren, weil der Schmerz wie ein Blitz in sein krankes Auge fuhr und ihn beinahe vom Pferd warf.

…erkannte Ulf, der beide Hände vor das Gesicht riss, als wäre ihm der Bolzen einer Arcoballista ins Auge gefahren.

„Weg", schrie ich Germanus zu und pflügte durch die Menge der mir entgegen kommenden Flüchtlinge.

Ich spürte, wie mich etwas nach links riss.

„Dort, in die Gasse", brüllte mein Freund und jagte voran.

Ein irrsinniger Schrei, und ich warf den Kopf zur Seite. Ulf hatte sein Pferd wieder unter Kontrolle gebracht und ließ seine Blicke fieberhaft nach allen Seiten schweifen, um uns zu entdecken. Dann hatten wir die Gasse erreicht und unsere Schritte hallten von den Wänden der eng stehenden Häuser und Mauern, an denen wir vorbei hasteten.

„Hier lang", schrie Germanus und setzte über eine niedrige Mauer. Wir fanden uns wieder in einem verwilderten Garten, und verbargen uns unter den tropfenden Zweigen eines dichten Gebüschs, dessen rostbraune Blätter der Wind noch nicht davon gerissen hatte. Das Trommeln galoppierender Pferdehufe füllte die Gasse, als Ulf mit seinen Männern vorbei jagte, an der nächsten

Ecke verhielt und ein Stück in Richtung unseres Verstecks zurück ritt.

Die Hand um das Messer gekrallt, das Rufus mir gegeben hatte, war ich bereit, mein Leben zu verteidigen.

Bis auf unsere Höhe ritt der Franke heran, starrte in den Garten, schien aber unserem Gebüsch keine Aufmerksamkeit zu zollen. Mein Herz pochte bis zum Hals und kalter Schweiß bedeckte beide Handflächen, so dass ich das Messer aus der Hand nahm und an der Paenula trocken rieb. Es wäre mir beim ersten Stoß aus der Hand geglitten, wozu es aber nicht kommen sollte.

Ein Anruf von der nächsten Straßenkreuzung veranlasste Ulf, sein Pferd herum zu reißen und zurück zu preschen.

„Das war Glück. Fortuna war mit uns." Erleichtert stieß Germanus seinen verhaltenen Atem aus.

„Kein Glück", flüsterte ich. „Der Fluch der Priesterin hat sein Auge getäuscht. Hast du gesehen, wie er eben die Hände vor das Gesicht riss und unser Versteck einfach übersah?"

„Der Fluch der was?", schaute mein Freund mich verständnislos an.

„Ich erzähle es dir später. Bissula hat uns gerade das Leben gerettet."

Ohne Ulf oder einen anderen Franken zu Gesicht zu bekommen, schlugen wir uns durch Gärten, Hinterhöfe und finstere Gassen zum Cardo Maximus durch. Im Schutz der Portikus beobachteten wir die Fahrbahn, bis die Gelegenheit kam, die Hauptstraße ungesehen zu überqueren. Im Halbdunkel der Kolonnaden eilten wir zu unserer Herberge, die wir durch den Hintereingang betraten.

„Sie suchen zwei Römer", empfing uns ein aufgeregter Gaius Verus. „Ihr habt die ganze Stadt aufgeschreckt. Kommt mit, ich bringe euch in ein vorläufiges Versteck."

Ohne ein weiteres Wort folgten wir dem Wirt in den Kellerraum, wo noch unsere geleerten Weinbecher auf dem Tisch standen.

„Helft mit", forderte Gaius uns auf.

Schon hatte er begonnen, einen Haufen Bretter und Gerümpel zur Seite zu räumen, die in einer Ecke aufgestapelt lagen. Mit vereinten Kräften legten wir eine kleine Holzpforte frei, die der Wirt umgehend öffnete. Kühl und modrig schlug es uns aus dem brusthohen Gang entgegen.

„Dreißig Schritte weiter gelangt ihr an einen Wartungsschacht, der zum Abwassersammler unter dem Cardo hinab führt. Flieht auf diesem Weg, wenn das Versteck entdeckt wird."

„Und wohin?", ergriff ich ein brennendes Öllämpchen und leuchtete in den Gang hinein.

„Haltet euch rechts, wenn ihr im Kanal seid. Er ist hoch genug und ihr könnt aufrecht stehen. An der ersten Einmündung haltet euch wieder rechts. Ihr müsst ab dort kriechen, bis ihr den Auslass in der Stadtmauer erreicht. Die Sperrsteine sind gelockert, so dass ihr sie leicht heraus nehmen könnt. Dann braucht ihr Glück, um ungesehen heraus und zum südlichen Anleger zu gelangen, wo ihr einen Kahn nehmen könnt. Die Flussschiffer haben sie dort vertäut."

„Gibt es eine andere Möglichkeit?" Mir gingen alle Risiken eines Scheiterns durch den Kopf, die dieser fragwürdige Fluchtweg bot.

„Wenn die Franken das Haus durchsuchen und die Holzpforte nicht finden, hole ich euch in der Nacht heraus. Wir machen es dann wie beim Warenschmuggel. Ihr werdet ungesehen über die Stadtmauer abgeseilt."

„Pluto, wir kommen", stöhnte Germanus und zwängte sich in den Gang, so viel Raum lassend, dass ich mich direkt hinter der Pforte niederlassen konnte.

Gaius reichte uns noch Wein, Käse und mehrere Öllämpchen hinein. Dann schloss er die Pforte und wir hörten, wie er die Bretter wieder aufstapelte.

Stunden verbrachten wir in unbequemer Körperhaltung und lauschten angestrengt jedem Geräusch, das gedämpft in unser Versteck drang. Von Zeit zu Zeit wechselten wir unsere Stellung, indem wir uns auf die andere Körperseite drehten und die Beine ausstreckten. Mehr war in der Enge nicht möglich.

Wir hatten viel Zeit, die wir mir Reden verbrachten. Ich erzählte Germanus von der Verfluchung Ulfs im Tempel der Isis und Mater Magna zu Mogontiacum. Ich war mir nicht mehr sicher, unser Abenteuer unbeschadet zu überstehen und weihte deshalb den Freund in alle Geschehnisse ein, die ich mir von der Seele reden wollte. Ich berichtete von Serena, der Prophezeiung Veledas und der Verschwörung des Ursicinus gegen das Leben des Silvanus.

Das letzte Öllämpchen war zur Hälfte leer gebrannt, als ich hörte, wie hinter der Pforte die Bretter zur Seite geräumt wurden. Ein kurzer Moment der Spannung und der Bereitschaft, in den Gang hinein zu fliehen, bis uns Gaius Stimme erlöste und die Türe aufschwang.

„Kommt heraus. Die Flucht ist vorbereitet."

Wir verließen unser übel riechendes Gefängnis und sogen gierig die Kellerluft ein, die köstlich wie eine Brise im Hochgebirge unsere Lungen füllte.

„Vergesst nicht, euch zu waschen und die Kleider zu wechseln, wenn ihr zurück seid. Ihr riecht nach Abfall und Scheiße."

„Waren die Franken hier?", konnte Germanus seine Ungeduld kaum zügeln.

„Ja", stillte der Wirt seine Neugierde. „Sie haben das Haus oberflächlich durchsucht. Ich habe sie ausgiebig mit Bier versorgt, so dass sie bald in der Schankstube hockten und ihren Auftrag vergaßen."

„Wo geht es jetzt hin?", fragte ich.

„Zum Turm der Ubier am alten Hafen. Unser Mann ist informiert und wird euch heraus helfen. Ich komme zur Sicherheit mit."

„Bekommst du etwas für die Bewirtung der Franken?" Ich griff in die Innentasche meiner Tunika, um einige Münzen hervor zu holen, was Gaius ablehnte.

„Jagt das Pack in die Hölle, wie wir Christen sagen. Wenn wir hier wieder freie Luft atmen, werden die Geschäfte besser werden."

Wir verließen das Haus durch den Garten und legten die Entfernung zur südöstlichen Ecke der Stadtbefestigung im Laufschritt zurück.

Ein Blick auf den Mond verriet mir, dass Mitternacht lange vorbei, es bis zur Dämmerung aber noch zwei bis drei Stunden waren. Die Zeit, in der der Schlaf am tiefsten und die Müdigkeit der Wachen am größten sein musste.

„Die Stadt hat sich beruhigt und die Franken haben es aufgegeben, nach euch zu suchen. König Bauto ist mit seinem Gefolge aus Bonna zurückgekehrt, wo er eine Unterredung mit Julian hatte. Überall brodeln Gerüchte, von denen ich keines glaube. Julian wird nicht so dumm sein, sich mit einem Kompromiss zufrieden zu geben."

„Das glaube ich auch nicht", bestätigte ich die Einschätzung des Wirtes. „Wenn überhaupt, wollen die Franken Zeit gewinnen, um mehr Verstärkungen in die Colonia zu bringen."

„Wir sind da", beendete Gaius das Gespräch.

Von der Mündung der Gasse bis zum Fuß der Mauer waren es nur einige dutzend Schritte. Auf dem Wehrgang brannten Fackeln, aber ich konnte nur zwei Wachen ausmachen, die stadtauswärts blickten.

„Wo ist der Turm der Ubier?", flüsterte Germanus und schaute sich um.

„Ihr könnt ihn nicht sehen, weil er die Mauer nicht überragt. Er steht genau vor der Ecke und seine Plattform ist vom Wehrgang über einen hölzernen Steg zu erreichen. Er ist der einzige Rest der alten Stadtumwehrung und dient als vorgeschobene Bastion."

Gaius ließ uns im Dunkel der Gasse zurück und überquerte die Freifläche mit eiligen Schritten. Dann tauchte er in den Schatten der Mauer ein und war nur noch als Schemen zu erkennen. Wir hörten ihn mehrmals leise pfeifen, ehe sich eine der Wachen herunterbeugte und kurz mit ihm sprach.

„Ihr könnt kommen", rief er gedämpft und zeigte auf einen hölzernen Aufgang zu unserer Linken.

Behände eilten wir die Stufen herauf und wurden von Gaius und einer Wache empfangen. Der Mann trug einen eisernen Haken in der Hand, an dem ein Seil befestigt war. Er forderte uns auf ihm zu folgen, während der zweite Franke angestrengt in die entgegengesetzte Richtung starrte.

Ein Stück folgten wir dem Wehrgang, bis die Mauer scharf nach Osten abknickte. Der Mann führte uns auf den von Gaius beschriebenen, leicht geneigten Holzsteg, und wir standen auf der Plattform des Ubierturmes. Armiert war die vorgeschobene Bastion mit einer Ballista, die einen stark vernachlässigten Eindruck machte. Wahrscheinlich war sie seit der Eroberung der Stadt nicht abgedeckt worden. Die Witterung hatte ihr derart zugesetzt, dass ich es nicht gewagt hätte, einen Schuss mit ihr zu tun. Wahrscheinlich wäre der Geschützbedienung der komplizierte Spannmechanismus um die Köpfe geflogen.

Der Franke verkeilte den Haken an der Brüstung des aus Tuffquadern errichteten Turmes und warf das Seil hinunter.

„Keine Abschiedsreden", schob unser tapferer Tavernenwirt meinen Freund nach vorne, der sich flink abseilte. Währenddessen gab ich dem Franken einen Solidus, den der Mann mit einem anerkennenden Lächeln einsteckte.

„Direkt am Wasser liegt ein Kahn mit Rudern", sprach er mich auf fränkisch an. „Bleibt in der Nähe des Ufers. Dort ist die Strömung am wenigsten zu spüren und ihr kommt leicht stromaufwärts."

„Wir sehen uns bald wieder", drückte ich Gaius die Hand und kletterte hinab. Dabei hielt ich das Seil mit beiden Händen und stemmte die Füße gegen die Buckelquader der Außenmauer.

Germanus nahm mich in Empfang, und während der Franke das Seil hochzog, huschten wir zu dem Kahn, schoben das Gefährt ins Wasser und sprangen hinein. Nebeneinander setzten wir uns auf die Ruderbank und stemmten die Riemen ins Wasser. Angetrieben von der Kraft zweier Männer brachten wir den Kahn schnell auf Kurs.

Wie uns die Wache geraten, hielten wir uns dicht am Ufer und gewannen an Fahrt. Bald hatten wir den unmittelbaren Gefahrenbereich der Stadtbefestigung hinter uns gelassen und arbeiteten uns Richtung Süden voran.

Nach einer Stunde hatten wir mehr als die Hälfte der Strecke zum zerstörten Flottenlager zurückgelegt, dessen Ruinen auf dem erhöhten Ufer deutlich zu sehen waren. Wir nahmen uns vor, die ehemalige Basis der Rhenusflotte möglichst weit hinter uns zu lassen. Im Morgengrauen wollten wir an Land gehen und uns in einem Ufergebüsch verstecken. Wir hofften, im Laufe des Vormittags eines unserer Patrouillenboote anzurufen, die ständig im Umfeld der Colonia kreuzten.

Früher als erwartet nahm unsere Reise ein Ende. Plötzlich rauschte es von links heran. Ein mächtiger Schatten und weiß aufspritzende Gischt, wenn die Ruderblätter im Takt das Wasser peitschten. Letzte Zweifel beseitigten Kommandos in unserer Sprache.

Wir schrien, so laut wir konnten, die Galeere ging längsseits und wir enterten unter den argwöhnischen Blicken der Besatzung an Bord. Jubel brandete auf, als wir dem kommandierenden Offizier unsere Namen genannt und einen kurzen Bericht gegeben hatten.

Es konnte nicht mehr weit bis zur Colonia sein, als Serena die dunklen Umrisse einer Rudergaleere auf sich zuhalten sah. Sie lenkte das Pferd und den Packesel von der Straße weg in den Schatten einer Baumgruppe, um einer Entdeckung vorzubeugen. Sie schüttelte den Kopf, als sie den Jubel vernahm und ritt erst dann weiter, als das Schiff vorbei gerauscht war.

Serena schätzte die Entfernung zu den Lichtern, die sie in der Ferne sah und vermutete, dass es noch zwei Leugen bis zur Porta Bonna waren. Die dunkle Masse des ehemaligen Flottenlagers hatte sie passiert, bevor sie den Blicken der Besatzung des Postenbootes ausweichen musste.

In aller Hast waren ihre Sachen zusammengepackt, nachdem Viatorinus bei ihr gewesen war. Ursicinus hatte ihn geschickt, um sie mit Nachdruck davon zu überzeugen, dass Angebot des Magisters anzunehmen. Obwohl er es nicht aussprach, war sie sicher gewesen, die nächsten Tage nicht zu überleben, wenn sie nicht einwilligte. Daran hätten auch die Wachen des Charietto nichts ändern können. Sie erbat sich Bedenkzeit, um die Zeit zu gewinnen, die sie für die Vorbereitung ihrer Flucht benötigte.

Der Besuch des Mannes, der sie vor einem Jahr betrog, hatte ihr den letzten Anstoß gegeben, den sie noch benötigte.

Alles hatte sich an diesem Nachmittag verändert, als die Delegation der Franken in Bonna eintraf.

Sie war in der Festung gewesen, um sich nach Marcus zu erkundigen, den sie zwei Tage nicht mehr gesehen hatte. Plötzlich erklangen Hornsignale. Die Protectores zogen auf und bildeten hinter dem Nordtor eine waffenstarrende Gasse, durch die König Bauto mit seinem Gefolge herein sprengte. Einer inneren Stimme folgend, hielt sie sich nicht abseits, wie die übrigen Zivilisten. Auf Armes Länge trat sie von hinten an die Ehrengarde heran, bis sie zwischen zwei Legionären den Einritt der Franken beobachten konnte.

Zweimal musste sie hinschauen, bis sie Ulf erkannt hatte, der seltsam verkrümmt auf seinem Pferd saß, das linke Auge unter einer Binde verborgen. Als hätte er ihren Blick gefühlt, drehte er sich im Sattel um und ihre Blicke trafen sich einen kurzen Moment. Ein Augenblick nur, in dem alles lag, was Menschen sich zu sagen haben, die sich lange vermisst haben. Freudiges Erschrecken, Sehnsucht, Glück und der Wille, dem anderen in die Arme zu fallen.

Dann wurde sie von einem Soldaten am Arm gepackt und zur Seite gezerrt. Sie hatte sich gewehrt, Ulfs Namen heraus geschrieen und war unter Begleitschutz des Lagers verwiesen worden.

Sie kehrte zum Vicus und ihrem Reisewagen zurück, um ihre nächsten Schritte zu überdenken, als Viatorinus kam und ihren Entschluss beschleunigte.

Kaum war er gegangen, packte sie ihre wertvollste Habe und tauschte von den treverischen Reitern ein Pferd und einen Packesel gegen zwei goldene Fibeln ein.

Dann setzte sie einen Brief an Marcus auf, indem sie ihm mitteilte, dass sie sich entschlossen habe, die Seiten zu wechseln. Kurz legte sie ihm dar, dass sie sich dem Willen des Ursicinus nicht unterwerfen und ihr Vermögen nicht aufgeben würde. Ulf wäre zurückgekehrt, schrieb sie, und er würde ihr helfen, zu ihrem Recht zu kommen und mit den Verrätern und Dieben abzu-

rechnen. Der Sieg der Franken sei ab jetzt der Schlüssel ihres Glücks.

Dann hatte sie kurz innegehalten, bevor sie ihren nächsten Entschluss niederschrieb.

Nein, sie würde ihre Meinung nicht mehr ändern. Sie hätte den Jungen gar nicht erst mitnehmen sollen. Ihre Hoffnung, durch seine Anwesenheit die Herzen Julians und ihrer Gegner zu erweichen, hatte sich nicht erfüllt. Clodius war ihr hinderlich geworden und musste in Sicherheit gebracht werden. Selbst Marcus, den sie mit allen Mitteln auf ihre Seite ziehen wollte, hatte sich von ihr abgewandt. Aber er schien den Jungen aufrichtig zu mögen und würde sich um ihn kümmern. Diesen letzten Dienst musste er ihr leisten.

Sie setzte den Federkiel an und schrieb weiter. Sie bat Marcus, sich um den Jungen zu kümmern und ihn sicher nach Hause zu schicken.

Zufrieden überflog sie das Geschriebene, ehe sie das Pergament faltete und mit ihrem Ring versiegelte.

Dann wartete sie die Dunkelheit ab, bevor sie sich zu der Magd begab, in deren Obhut sie den Jungen gestern gegeben hatte. Sie wollte ihn nicht sprechen, sondern strich dem schlafenden Kind nur kurz über das Haar. Dann händigte sie Cornelia den Brief mit der Bitte aus, ihn Marcus zu übergeben, wenn er zurück sei. Kurz entschlossen hakte sie dann den Gürtel mit der goldenen Schlange auf und legte ihn zu dem Brief. Sollte der Junge damit glücklich werden, das Schmuckstück erinnerte sie sowieso nur schmerzlich an den verhassten Gatten.

Sie kehrte zum Reisewagen zurück, sattelte das Pferd und belud den Esel. Beide Tiere am Zügel haltend verließ sie den Vicus, stieg hinter den letzten Zelten in den Sattel und ritt der Colonia und ihrem Glück entgegen.

Divitia

Die Wächter der Porta Bonna mochten anfangs nicht glauben, was ihnen der Ankömmling in den frühen Morgenstunden abverlangte. Die Frau, offenbar eine vornehme Romanin, wollte zu Ulf, dem Schrecken der Grenzprovinzen, gebracht werden. Erst die Androhung schwerster Konsequenzen stimmte den Führer der Wachmannschaft nachdenklich, und er sandte einen seiner Männer zu Ulf. Der erschien höchstpersönlich in Begleitung zweier Krieger.

„Wer will mich sehen?", herrschte er den Anführer der Wachmannschaft an, der einen Schritt zurück wich und stumm auf Serena deutete.

„Eine schöne Begrüßung ist das", spottete Serena lachenden Auges. „Ist das alles, was dir nach einem Jahr einfällt?"

„Ich dachte...", stotterte Ulf, sprang aus dem Sattel und stürzte sich auf Serena. Mit der Urgewalt eines wilden Tieres riss er sie an sich, suchte ihren Mund und küsste sie voller Leidenschaft. Dann stöhnte er auf und vergrub sein Antlitz in ihren Haaren.

„Wie siehst du bloß aus?", hielt sie seinen Kopf mit beiden Händen. „Diese Furchen um das Kinn und dein Auge. Außerdem stinkst du wie ein räudiger Köter."

Wieder senkte Ulf den Kopf, um sie ein zweites Mal zu küssen.

„Nicht hier vor den Männern, Ulf. Gehen wir zu dir."

Schwer atmend ließ er von ihr ab und wandte sich den Wachen zu.

„Haltet den Mund, ihr habt nichts gesehen. Wenn mir morgen irgendetwas zu Ohren kommt, seid ihr tot."

Die Männer grinsten. Das war der Ulf, den sie kannten.

Bevor die beiden zum Prätorium aufbrachen, wo Ulf in einem unzerstörten Seitentrakt eine Unterkunft bezogen hatte, ging Serena zu den Wachen, um Ulfs Drohung mit ein paar Münzen zu unterstützen.

„Geh zu der Taverne", übergab der Wachführer einem jungen Krieger das Geld. „Hol den Patron aus dem Bett und komm mit Wein wieder."

Längst war es hell, als die beiden immer noch im vertrauten Gespräch beisammen saßen.

„Und Viatorinus, dieser wortbrüchige Hund, hat dir mit dem Tode gedroht?", fragte Ulf.

„Ja, und es war keine bloße Einschüchterung. Sie hätten mich getötet, wenn ich nicht zu dir gekommen wäre."

„Dann muss ich ihm am Ende noch dankbar sein", lächelte der Franke.

„Dummkopf!", schalt ihn Serena. „Hättest du dich früher sehen lassen, wäre ich erst gar nicht in die Verlegenheit gekommen, die Römer um meine Rechte anbetteln zu müssen."

„Ich wollte nach dir sehen", rechtfertigte sich Ulf, „aber die Nornen hatten anders entschieden. Hätte Tyr nicht schützend seine Hand über mich gehalten, wäre ich nicht hier und meine Gebeine würden irgendwo in den Wäldern der Silva Arduenna oder des Idar vermodern."

Erschrocken strich Serena über sein zernarbtes Gesicht. „Erzähle, was dir widerfahren ist."

Und Ulf teilte ihr alles mit, was seit ihrer Trennung geschehen war. Ohne ihn beim Namen zu nennen, berichtete er von dem römischen Offizier, der seinen Vater tötete, von Charietto, der seinen Tod wollte und von dem Vermögen, dass er im Bergwerk verloren hatte.

Als er geendet hatte, fuhr Serena in ihrer Schilderung fort. Ein Gefühl riet ihr, die Rolle des Tribunen Marcus nicht zu erwähnen. Sie wollte Ulfs Eifersucht nicht herausfordern.

„Was ist mit Clodius?", unterbrach er Serena, als sie bei ihren Fluchtvorbereitungen angelangt war.

„Ich musste ihn zurücklassen", sprach sie gedehnt. „Ich habe ihn in die Obhut eines Offiziers gegeben."

„Clodius in der Obhut eines Offiziers?"

„Ja, ein Tribun namens Marcus Junius Maximus", gestand Serena, jede Vorsicht vergessend. „Er hat mich anfangs bei der Verteidigung meines Vermögens unterstützt, kein schlechter Kerl."

Sie bemerkte nicht, wie sich Ulfs Gesichtsfarbe veränderte und er keuchend nach Luft rang.

„Ich habe ihm einen Brief geschrieben und den Schlangengürtel des Silvanus dazu gelegt. Soll der Kleine damit glücklich werden. Er hat ohnehin nur seinen Vater und nicht mich geliebt."
„Weißt du, was du da getan hast?" schrie der Franke, worauf Serena angstvoll zurückwich und den Kopf schüttelte.
„Du hast dem Mörder meines Vaters dein Kind ausgeliefert. Er ist der Mann, den ich seit Monaten jage. Bist du von Sinnen?"
Vor Zorn außer sich, war Ulf aufgesprungen, und es fehlte nicht viel und er hätte die geliebte Frau geschlagen.
„Woher sollte ich wissen", begehrte Serena auf, „dass er dein Todfeind ist?"
„Hast du nicht seinen Schlangenreif gesehen, den er am Arm trägt! Er hat ihn meinem Vater geraubt. Es ist die gleiche Schlange, die auf Silvanus Schnalle abgebildet ist."
„Bei allen Göttern, Ulf, er trug keinen Armreif", verteidigte sie sich. „Den Gürtel mit der Schlange habe ich die ganze Zeit getragen, bis ich ihn gestern dem Jungen gelassen habe."
„Du hast dem Römer den Schlangengürtel gegeben?", schrie der Franke und hob die Hand.
„Wage es nicht, mich zu schlagen", zischte Serena ihn an.
„Warum ist das so wichtig? Der Gürtel ist das einzige, was dem Jungen von seinem Vater geblieben ist."
„Es gibt eine Geschichte", hatte Ulf sich wieder in der Gewalt, „dass die Schmuckstücke mit dem Abbild der Schlange ein heiliges Symbol unseres Volkes sind."
„Ich bin eine Römerin und kenne eure Geschichten nicht", unterbrach ihn Serena.
„Die Schlangen sollen geheimnisvolle Kräfte haben", fuhr Ulf fort. „Und wer sie alle besitzt, soll König werden."
„Wie viele gibt es denn?", forschte Serena interessiert.
„Ich weiß es nicht", schüttelte der Franke den Kopf. „Ich weiß nur, dass dieser Römer jetzt Dank deiner Hilfe zwei in seinem Besitz hat. Es gibt eine Seherin an der Logana, die alles über diese Schlangen weiß."
„Dann lass uns hingehen, wenn das hier vorbei ist", schlug Serena vor.

„Aber vorher verhilfst du mir zu den Schlangen, die dieser Mörder besitzt. Du scheinst ihn ja gut zu kennen.“

„Wenn du mir den Kopf des Viatorinus bringst“, antwortete Serena, die Anspielung ihres Geliebten übergehend.

Erschöpft vom Rudern und völlig übermüdet schlief ich ein, kaum dass ich mich an Bord niedergelassen hatte. In meinen Mantel gehüllt und den Kopf an ein Fass gelehnt, wurde ich wach, als laute Kommandos das Anlegemanöver einleiteten. Kurz musste ich mich orientieren, ehe ich wusste, wo ich mich befand.

„Gut geschlafen?“, sprach mich Germanus an, der hinter der letzten Ruderbank an der Reling lehnte. Mit tapsigen Schritten ging ich zu ihm und hielt mich am Rand eines der buntbemalten Schilde fest, die an der Bordverkleidung befestigt waren. Das Schiff hatte ein ruckartiges Wendemanöver ausgeführt und hielt direkt auf den Anleger der Legionsfestung zu.

„Wie lange habe ich geschlafen?“, gähnte ich meinen Freund an.

„Die ganze Fahrt, Marcus. Fast drei Stunden.“

„Ihr bleibt am besten hier“, trat der Schiffsführer, ein Centurio der Rhenusflotte, zu uns.

„Für den frühen Vormittag ist eine Lagebesprechung bei Julian anberaumt. Euer Bericht wird ihn interessieren.“

Es war hell geworden und immer noch stob ein feiner Nieselregen aus dem eintönigen Grau des Himmels herab. Der Centurio geleitete uns durch das Lagertor zu einer Taverne, die der Versorgung der Offiziere diente. Wir schickten je einen Legionär zum Hauptquartier des Caesars im Burgus und zu Charietto in den Vicus, bevor wir uns niederließen und etwas Moretum mit Fladenbrot und einen Becher gesäuerten Weins zu uns nahmen.

Die Antwort Julians ließ nicht lange auf sich warten. Martinus trat in den Schankraum, blickte suchend umher und kam freudestrahlend an unseren Tisch.

„Julian lässt ausrichten, dass ihr euch in einer Stunde zur Lagebesprechung einfinden sollt. Ich freue mich“, fuhr er fort, „dass ihr wohlbehalten zurück seid.“

Er setzte sich zu uns, und wir warteten gemeinsam auf den Beginn der Audienz.

„Habe ich nicht angeordnet, sich nicht in Gefahr zu begeben?", donnerte es von der Türe her.

Charietto polterte herein, riss mich hoch und schloss mich in seine kräftigen Arme, dass mir die Luft wegblieb.

„Höllenhunde, ihr beide", ließ er mich los, um Germanus seine Rechte auf die Schulter zu knallen.

„Ich hoffe für euch, dass ihr brauchbare Nachrichten mitbringt."

„Worauf du dich verlassen kannst", erwiderte ich nicht ohne Stolz.

„Dann lass hören", forderte er meinen vorläufigen Bericht, dem er aufmerksam folgte.

„Alle Achtung", sparte er nicht mit Anerkennung. „Das verändert die Lage. Julian wird erfreut sein. Und dieser Ulf ist wirklich in der Stadt?"

„Ist er", bestätigte Germanus. „Ein gefährlicher Gegner und verdammt guter Stratege, der uns viele Schwierigkeiten bereiten kann."

„Ich will ihn haben", knurrte der Wolf. „Wenigstens läuft er nicht wieder vor uns weg."

Unruhe auf der Lagerstraße vor der Portikus und Hornsignale kündigten den nahenden Beginn der Audienz beim Caesar an.

„Noch eines, Marcus", griff Charietto nach meinem Arm. „Serena hat sich diese Nacht in Richtung der Colonia abgesetzt. Die Wache hat sie gesehen, konnte sie aber nicht aufhalten, da sie beritten war. Ich glaube, sie ist übergelaufen."

„Wenigstens etwas, worüber Ulf sich freuen kann", bemerkte ich trocken.

„Gibt es etwas", blicke Charietto mich verwundert an, „was ich nicht weiß?"

„Frag Ursicinus", bemerkte ich trocken, worauf der Wolf mit den Schultern zuckte.

„Hat sie den Jungen mitgenommen?"

„Nein", klang diesmal lakonisch die Antwort Chariettos. „Sie hat ihn bei einer Magd des Trosses gelassen, die einen Brief für dich hat."

„Wir müssen gehen", drängte Martinus zum Aufbruch.

In den Principia des Burgus herrschte reges Gedränge, und der Versammlungsraum war völlig überfüllt, als wir eintraten und uns einen Platz suchten. Aufmerksam verfolgten mich die Blicke des Ursicinus, der Barbatio anstieß und auf mich aufmerksam machte. Der Caesar ließ noch etwas auf sich warten, ehe er in Begleitung von Ammianus den Raum betrat.

„Ich danke euch für euer Kommen", begann Julian die Unterredung. „Ich bin gespannt auf die Neuigkeiten, die der Tribun Marcus Junius Maximus aus der Colonia mitgebracht hat. Komm nach vorne und berichte."

Ich erhob mich, trat an die Lagekarte und wurde vom Caesar mit einem Handschlag begrüßt.

„Ich war nicht alleine in der Colonia. Der Centurio Germanus von den Exploratores aus Tolbiacum hat mich begleitet."

„Ich weiß", lächelte der Caesar. „Auch ihm schulde ich Dank."

Ein Blick auf meinen Freund, dem sich die Blicke der Anwesenden zuwendeten, offenbarte seine Freude über das Lob von höchster Stelle.

Ich bekämpfte meine anfängliche Nervosität und wurde immer selbstsicherer, je länger ich sprach. Einen vollständigen Bericht unserer Beobachtungen gebend, nannte ich Zahlen und erwähnte auch den Angriff der Galeere, was den Anwesenden ein beifälliges Gemurmel entlockte.

Als ich geendet hatte, unterbrach Julian die ausgebrochene Unruhe. Stimmen flogen durch den Raum, die entweder unseren Mut lobten oder die persönliche Einschätzung des Sprechers wiedergaben.

„Einer nach dem anderen", rief Julian, während Ammianus zu einer neuen Wachstafel griff. Die erste, auf der er meinen Bericht festgehalten hatte, war einem Legionär übergeben worden, der sie sorgfältig in einer bronzeverzierten Holzschatulle barg.

„Was meinst du, Severus", rief der Caesar den Magister der Kavallerie auf.

„Wir müssen sofort vor die Colonia ziehen und angreifen, ehe es zu viele werden. Die Franken dürfen ihre Kräfte nicht zusammenziehen."

„Wir sollten abwarten und weitere Kundschafter schicken", widersprach Barbatio mit geringschätziger Miene. „Ich würde den Bericht des Tribuns nicht überbewerten. Wir brauchen mehr Informationen."

„Unsinn", donnerte die Faust des Ursicinus auf den Tisch. „Du bringst uns mit deiner Unentschlossenheit noch einmal in große Schwierigkeiten."

„Charietto?", wandte sich der Caesar an den Wolf.

„Angreifen", antwortete er ruhig, bevor er lospolterte. „Und ich verbitte mir, dass das Urteil meiner besten Männer in Frage gestellt wird. Geh doch selber in die Colonia, Barbatio."

Beifälliges Scharren und offenes Gelächter zwangen den Magister, der wütend aufgesprungen war, auf seinen Platz zurück.

„Ich bitte euch", stand der Caesar mit ausgebreiteten Armen im Raum. „Ich glaube den Worten des Tribuns."

Mit einer Handbewegung wies Julian auf die Karte.

„Wie würdest du vorgehen, Tribun?"

Ich sammelte mich kurz und überschlug im Kopf meine Strategie, die ich mir seit unserem Eintreffen zurechtgelegt hatte. Ich war überzeugt, dass die Schlacht um die Colonia mit meinem Vorschlag zu gewinnen war.

„Ein Angriff auf die Mauern der Stadt wird ein sehr verlustreiches Unternehmen. Und wenn er nicht direkt gelingt, wird es von Tag zu Tag schwerer. Ich schlage vor, die Stadt einzuschließen und dort zuzuschlagen, wo der Feind es am wenigsten erwartet."

Gespannt ruhten die Blicke der Anwesenden auf mir, als ich kurz verhielt und an die Karte trat.

„Wir brauchen sechshundert Mann, um den Franken Divitia wegzunehmen."

„Was soll das", entgegnete Barbatio. „Für solche Kindereien haben wir weder Zeit noch Männer."

„Haben wir Divitia", fuhr ich unbeirrt fort, „werden die Franken aufgeben müssen. Wir kontrollieren dann den einzigen Weg, auf dem der Feind Nachschub an Lebensmitteln und Kriegern erhält. Der Angriff der Galeere hat gezeigt, wie verwundbar sie an dieser Stelle sind."

„Meinen Respekt, Tribun", trat Julian neben mich und blickte auf die Karte. „Wie willst du Divitia einnehmen?"

„Durch einen Überraschungsangriff, Caesar. Sobald wir vor der Stadt liegen, reiten wir nach Norden, bis wir über Durnomagus bei Burungum den Rhenus erreichen. Wir werden die Strecke in der Nacht zurücklegen, um keine Aufmerksamkeit zu erwecken. Den Tag verbringen wir im Kastell, das noch in unserer Hand ist. In der folgenden Nacht benötigen wir zehn Galeeren und Lastkähne, um in weniger als zwei Stunden über den Rhenus zu setzen. Die Schiffe schleichen sich nach Anbruch der Dunkelheit an der Colonia vorbei. Sie müssen spätestens um Mitternacht in Burungum eintreffen. Wenn wir in der zweiten Morgenstunde auf dem anderen Ufer stehen, werden wir Divitia vor der Dämmerung erreichen. Dort warten wir den Morgen ab."

„So weit, so gut", warf Ursicinus ein. „Wie willst du in die Festung gelangen?"

„Etwa hundert Legionäre werden sich als fränkische Verstärkung ausgeben und Einlass begehren. Wir haben genügend fränkische Auxiliare, die diese Aufgabe übernehmen können. Ist das Tor erst geöffnet, müssen sie es so lange halten, bis die im Hinterhalt liegenden Truppen zu Hilfe kommen. Wir werden es mit weniger als dreihundert Feinden zu tun bekommen, wenn wir spätestens morgen aufbrechen."

Beifallsrufe und Trampeln begleiteten das Ende meiner Ausführungen. Nur Barbatio und Ursicinus saßen regungslos auf ihren Schemeln.

„Warum diese Umgehung im Norden? Wäre es nicht besser, im Süden Divitias überzusetzen? Wir würden einen Tag gewinnen. Und was ist, wenn die Schiffe entdeckt werden, wenn sie an der Colonia vorbei fahren?" Barbatio gab es nicht auf, vermeintliche Schwachstellen meines Planes anzuzeigen.

„Das südliche Vorfeld der Festung ist nicht bewaldet und gut einzusehen", erwiderte ich überlegt. „Selbst in der Nacht würden sie uns entdecken und hätten Zeit genug, hunderte Krieger in die Festung zu verlegen."

„Die Franken werden sofort versuchen, die Festung wieder in ihre Hand zu bekommen", bemerkte der Magister Severus.

„Sobald wir Divitia haben", ergriff ich wieder das Wort, „werden wir ein stark rauchendes Feuer entzünden. Das Zeichen für euch, uns umgehend Verstärkungen zu schicken. Zieht alles an Galeeren zusammen, was wir haben. Bauto wird von allen Seiten angreifen. Von Land, zu Wasser und über die Brücke."

„Wer soll deiner Meinung nach das Unternehmen führen?", giftete Barbatio mich an. Er hoffte natürlich, dass ich mich selbst benennen würde. Ein Kommando, dass mir als frisch befördertem Tribun nicht zustand.

„Da Charietto nicht abkömmlich sein wird, schlage ich den Tribun und Vicarius von Noviomagus, Aelius Viatorinus, vor." Ich wusste, dass Barbatio und Ursicinus keinen Einspruch erheben konnten, hatte mein Freund doch eine erfolgreiche Karriere als Protector Domesticus absolviert.

„Sehr geschickt, Tribun", lächelte Julian mir zu. „So soll es sein."

Viatorinus bestätigte das Kommando mit einem Nicken.

„Wen nimmst du mit?", sprach Julian ihn an.

„Zweihundert Wölfe unter dem Kommando des Tribuns Marcus Junius Maximus, die Ala Constantina aus Beda unter Titus Venator, hundert berittene Legionäre aus Treveris und Divodurum unter Balbus und eine berittene Abteilung der Protectores unter dem Kommando des Tribuns Martinus. Zusätzlich brauche ich hundert numidische Bogenschützen, die ich dem Centurio Germanus aus Tolbiacum unterstelle."

„Eine gute Wahl", lobte Severus. „Wenn die es nicht schaffen, gelingt es keinem."

„Magistri", unterband Julian die entstehende Unruhe. „Wir warten nicht bis morgen sondern brechen in zwei Stunden auf. Severus, du gehst mit tausend Legionären der Legio III Italica und der Legio VI Victrix gegen das alte Flottenlager im Süden der Colonia vor. Du wirst von Charietto und dem Rest der Wölfe unterstützt. Sollte es verteidigt werden, nimmst du es im Sturm. Ich brauche den Stützpunkt unbedingt. Unsere Flotte wird dort ankern. Nach Auskunft der Kundschafter haben sich höchstens zweihundert Franken hinter den maroden Wällen verschanzt. Ursicinus und Barbatio, ihr führt das restliche Heer vor die Colonia und schließt die Stadt von allen Seiten ein. Die Balistarii sollen sofort mit dem Beschuss der Mauern beginnen, um den Feind von Viatorinus Umgehungsmanöver abzulenken.

Die Flotte hält ab sofort zehn Schiffe bereit, die, sobald es dunkel ist, nach Burungum aufbrechen.

Gibt es noch Fragen?"

Alle Anwesenden schüttelten den Kopf, worauf der Caesar uns entließ.

„Bittet die Götter oder Jesus Christus um ihren Beistand. Roma Victor."

„Roma Victor", brüllten die Anwesenden im Chor und erhoben sich von ihren Schemeln.

Umgehend eilte ich mit Germanus zum Vicus, um sowohl die Wölfe zu sammeln, als auch nach Clodius zu sehen.

Die zweihundert Wölfe, die ich Viatorinus zuführen sollte, verblieben noch eine Weile im Vicus, während der Rest sofort nach Bonna aufbrach, um sich Charietto und der Hauptmacht anzuschließen. Germanus ritt mit ihnen zum Lager der Numider, das sich außerhalb des Vicus befand. Alle an unserem Unternehmen beteiligten Truppenteile sollten sich in zwei Stunden vor dem Südtor des Legionslagers versammeln.

Ein wenig Zeit blieb mir noch, Cornelia und den Jungen aufzusuchen. Clodius schien untröstlich, alleine mit einer ihm fremden Frau zurückgelassen worden zu sein. Er klammerte sich an mich, als wäre ich der letzte Halt, der ihm verblieb. Womit er auch nicht Unrecht hatte.

„Marcus", hob er sein verweintes Gesicht. „ Was habe ich der Mutter getan?"

„Nichts, Clodius. Sie muss etwas sehr Wichtiges tun, ehe du sie wiedersiehst."

Was sollte ich dem Kind sagen, ich verstand selber nicht, wie eine Mutter ihr Kind so einfach zurücklassen konnte.

„Was wird jetzt aus mir? Bleibst du bei mir?"

„Ich muss die Franken besiegen", lehnte ich seine Bitte ab und drückte ihn fest an mich. Mitleid mit dem Kind und Wut auf Serena wechselten einander ab. Wie konnte sie ihm das antun?

„Wann kommst du zurück?"

„So schnell ich kann, Clodius."

In diesem Moment trat Cornelia, eine dralle Treverin, zu uns und händigte mir das Schreiben Serenas und einen in Stoff verpackten Gegenstand aus.

„Ich soll dir das geben. Es gehört dem Jungen."

Ich öffnete den Brief, las ihre Worte und faltete das Pergament kopfschüttelnd zusammen.

„Was schreibt die Mutter?" Zitternd und voller Furcht klang die Stimme des Kindes.

„Sie grüßt dich", log ich. „Du sollst bei mir bleiben, bis ich Zeit habe, dich zu eurem Haus zu bringen, wo du das letzte Jahr verbracht hast."

„Ich möchte nicht zurück", trotzte der Junge. „Ich will bei dir bleiben."

„Wir sprechen darüber, wenn ich zurück bin."

„Ich will nicht", brach das Kind jetzt in Tränen aus.

Ich nahm ihn auf den Arm und versuchte ihn zu trösten.

„Ich werde nichts tun, was du nicht willst."

„Dann nimm mich mit zu dir."

„Wenn es keine andere Möglichkeit gibt, kommst du mit an die Mosella."

„Versprich es mir."

„Ich verspreche es."

Ob der Junge mir glaubte, wusste ich nicht.

„Cornelia", rief ich nach der Magd und setzte den Jungen ab. Ich gab der Frau etwas Geld, um sich und Clodius in den nächsten Tagen gut zu versorgen.

„Du bleibst mit dem Kind in Bonna und suchst dir eine Unterkunft im Legionslager. Sobald ich Zeit habe, sehe ich nach euch. Behandle das Kind gut, wenn du keinen Ärger mit mir haben möchtest."

Das war deutlich. Cornelia versprach mir, alles für den Jungen zu tun, was in ihrer Macht stand.

Der Abschied von Clodius, der mich nicht gehen lassen wollte, war schmerzlich, aber unumgänglich. Ich sah den beiden nach, wie sie sich zu dem Reisewagen begaben. Immer wieder blickte Clodius sich um und winkte mir zu.

`Was wird Bissula sagen, wenn ich mit einem Kind zurückkehre? Sie wird es verstehen`, wusste ich in diesem Augenblick.

Dann blickte ich auf Serenas Paket, dass ich die ganze Zeit in der Hand gehalten hatte. Ich löste die Schnur, faltete das Seidentuch auseinander und musste mich auf die nächststehende Mauer setzen.

Was ich sah, war der Gürtel mit der Schlange. Die Prophezeiung der Priesterin hatte sich erfüllt. Die drei Schlangen, Armreif, Fibel und Gürtel, waren nun in meiner Hand. Aber gehörte nicht der Schlangengürtel Clodius, als letzte Erinnerung an seinen Vater Silvanus? Und standen ihm nicht auch der Reif und die Fibel zu? War er es, den das Schicksal ausgewählt hatte?

Ich löste die Schnalle vom Gürtel und barg das Kleinod in meiner Tunika. Gürtel und Tuch legte ich zu meinem Reisegepäck, das ein Legionär abholen wollte. Voller Schadenfreude dachte ich an Serena.

Wie würde Ulf toben, wenn er von dem Verbleib der dritten Schlange erführe? Wusste er überhaupt um die Bedeutung der Symbole?

Unser zusammengewürfeltes Kommando aus Protektoren in ihren Prachtrüstungen, eisenstarrenden Reitern aus Beda, Legionären in roten Tuniken, fränkisch gekleideten Wölfen und den Numidern in ihren flatternden Umhängen hielt sich hinter der Marschsäule des Ursicinus.

Als wir die Straße nach Juliacum erreichten, schwenkte Ursicinus nach Nordosten, um seine Stellungen an der Rhenusstraße einzunehmen. Die Legionen Barbatios, unter denen sich der Caesar befand, rückten bis auf eine Meile gegen die Stadt vor und begannen, feste Schanzen zu errichten. Am Abend würden die ersten Ballisten und Onager bis auf dreihundert Schritt an die Mauern herangebracht werden und mit ihrem Beschuss beginnen. Meldereiter versorgten uns halbstündlich mit Neuigkeiten. Severus und Charietto hatten die Flottenbasis im Süden der Colonia überrannt und mehr als zweihundert Feinde niedergemacht. Der Angriff war so schnell erfolgt, dass sich keiner in die Colonia retten konnte. Ein erster Sieg.

Für die Franken in der Colonia nicht zu erkennen, rückten wir bei einsetzender Dämmerung hinter dem schützenden Schleier der Kolonnen des Ursicinus in gerader Linie auf Durnomagus vor, das wir kurz vor Mitternacht erreichten.

Die Rhenusstraße führte mitten durch das Areal des ehemaligen Reiterkastells, das aus ungeklärter Ursache vor zweihundert Jahren niedergebrannt war. Man entfernte daraufhin die Trümmer der Innenbebauung, um durchziehenden Truppen Platz zu schaffen. Die umlaufenden Gräben wurden in der Folgezeit mit Abfall und Schutt gefüllt. Nur die Kastellmauern waren notdürftig ausgebessert und instand gesetzt worden. Unter dem großen Konstantin legte man schließlich die Türme und Toranlagen vollständig nieder, um mit diesem Material die Kleinfestung zu errichten, die heute eine Ecke des alten Areals einnimmt.

Eine schwache Anlage, die einen Vergleich mit Rigomagus oder Bodobrica nicht Stand hielt. Zu klein, um schweren Geschützen Platz zu bieten, traten die Türme an der Feldseite auch nicht hervor, so dass ein Feind mühelos bis zum Fuß der Mauern vordringen kann, ohne von der Seite beschossen zu werden.

Einer Schar Plünderer mochten die Wälle trotzen, aber einem ernsthaften Angriff waren sie nicht gewachsen. Weshalb die Besatzung sich auch fluchtartig in das nahe gelegene Burungum zurückzog, als die Franken vor drei Jahren erneut den Rhenus überschritten.

Nur wenige Zivilisten des nahe gelegenen Vicus, die hier Zuflucht gesucht hatten, verließen neugierig den Schutz der Mauern und bestaunten den Vorbeimarsch unserer Streitmacht. Ich sprach einen von ihnen an, ob fränkische Krieger in der Nähe seien. Er zuckte mit den Schultern und erzählte mir, dass vor drei Wochen ein Reitertrupp durchgekommen sei, der nach versprengten römischen Soldaten gesucht habe. Ansonsten wären sie in Ruhe gelassen worden. Ich dankte, drückte meinem Pferd die Fersen in die Seite und ritt an die Spitze unserer Kolonne zurück.

Je näher wir dem Rhenus kamen, desto unbewohnter und unwirtlicher wurde die Gegend. Im Frühjahr ‚wenn die Schmelzwasser von den Bergen in den Rhenus strömen, stehen hier ganze Landstriche unter Wasser und verwandeln die Ebene in einen riesigen See. Gehen die Fluten zurück, ist es immer ein Wunder, dass der Fluss, als sei nichts geschehen, sein altes Bett wieder einnimmt.

Endlich, nach Tagen des Dauerregens, zerriss ein aufkommender Wind die Wolkendecke und ein voller Mond beschien die Mauern und Türme Burungums, das vor uns aus der nebelverhangenen Flussaue auftauchte. Ammianus Marcellinus, der niemals dort war, bezeichnete die Festung später als Turm, der einzig neben Rigomagus den Sturm der Franken unzerstört überstanden hatte.

Titus Venator, der uns vorausgeeilt war und der Vicarius der Festung, ein stämmiger Enddreißiger, erwarteten uns vor dem Tor. Ich ritt mit Viatorinus zu ihnen und stieg vom Pferd, als unsere Streitmacht polternd über die Planken der Grabenbrücke in die Festung strömte.

„Quintus Sabinus", stellte der Vicarius sich vor und reichte jedem die Hand. „Seid willkommen und richtet euch ein, so gut es geht. Titus Venator hat mir mitgeteilt, warum ihr gekommen seid. Kommt mit in meine Diensträume. Sie sind beheizt, weil ich sie vor kurzem in das Kastellbad verlegt habe."

Unsere Truppen hatten begonnen, ihre Zelte auf den Freiflächen zu Kreisen zusammenzustellen, in deren Mitte wegen der Nachtkälte riesige Feuer brannten. Müde und durchfroren krochen die Männer unter ihre Decken, ohne eine Mahlzeit eingenommen zu haben. Dazu war morgen, während unseres erzwungenen Ruhetages, mehr als genug Zeit vorhanden.

„Was hast du gesagt?", wandte sich der Vicarius an Viatorinus, „die Schiffe sollen gegen Mitternacht hier sein und euch in zwei Stunden über den Fluss setzen?"

„Ja", antwortete unser Kommandeur. „Reicht die Zeit aus, in der Dunkelheit bis Divitia vorzustoßen?"

„Ich gebe euch einige meiner Legionäre mit, die euch führen werden. Es wird schwer werden, aber ihr werdet es schaffen."

„Wie habt ihr euch hier halten können?", fragte Germanus.

„Alle anderen Festungen wurden bis auf Rigomagus überrannt oder aufgegeben."

„Mit den Verbänden, die aus Durnomagus herüber kamen, zählten wir mehr als vierhundert Kämpfer. Auf die Länge der Mauern verteilt sind das pro Schritt zwei Mann. Die Franken haben sich drei Tage lang die Köpfe eingerannt, bis sie in den feuchten Wiesen absoffen. Sie mussten sich zurückziehen. Im Frühjahr haben sie es noch einmal versucht. Da kam das Hochwasser und sie mussten wieder unverrichteter Dinge abziehen. Du siehst, die Gewalten der Natur stehen an unserer Seite."

„Woher bekommt ihr euren Proviant?", erkundigte sich Titus.

„Es kommen in unregelmäßigen Abständen Galeeren der Rhenus- oder Mosellaflotte herauf, die uns mit dem Nötigsten versorgen. Trotzdem ist es gut, dass Julian endlich gekommen ist. Länger hätten wir nicht mehr durchhalten können. Die Vorräte sind knapp und Krankheiten haben mehr als hundert Männer dahin gerafft. Ihre Gräber wird das nächste Hochwasser mitnehmen."

Ich empfand Hochachtung vor dem tapferen Vicarius, der so lange auf verlorenem Posten ausgeharrt hatte. Dem knorrigen Gesicht mit den vorstehenden Wangenknochen und den dunklen Haaren nach, musste er ein Bataver sein. Ein verbündeter Volksstamm im Norden der Germania Secunda, der für seine unerschrockenen Reiter berühmt war.

Wir Offiziere richteten uns für die Nacht im ehemaligen Warmbad ein, während unser Gastgeber für diese Nacht mit dem ungeheizten Vorraum vorlieb nahm.

Ausgestreckt auf den warmen Fliesen, schlief ich rasch ein.

Ein weißer Hirsch graste friedlich am Ufer eines dunklen Gewässers. Er sah nicht die riesige Schlange, die züngelnd ans Ufer kroch und von Büschen verdeckt, todbringend heranschlich. Ein weißer Schwan schwamm heran und fesselte die Aufmerksamkeit des stolzen Tieres. Endlich hob er witternd den Kopf, aber da war es zu spät. Wie ein Blitz stieß mit geöffnetem Maul das Reptil zu und verbiss sich im Hals des Hirsches. Rot färbte sich das weiße Kleid des Königs der Wälder, der in die Knie brach und zitternd verendete.

Es war eine andere Welt, in die ich an diesem Morgen, dem dritten Tag vor den Iden des Novembers, hinausblickte. Die klare Nacht hatte die Temperaturen sinken lassen und Wälder und Wiesen mit weißem Reif überzogen. Pfützen und stehende Gewässer bedeckte eine dünne Eisschicht. Darüber beschien aus blauem Himmel eine strahlende Sonne die winterliche Pracht. Sie besaß noch genug Kraft, dieses grandiose Schauspiel der Natur in weniger als einer Stunde verschwinden zu lassen. Der nächste Sturm würde jedoch die welken Blätter, denen der Frost die letzten Lebenskräfte geraubt hatte, von den Bäumen und Büschen herab wirbeln. Der Winter stand vor der Tür.

In gespannter Erwartung verbrachten die Truppen den Tag. Nichts ist der Kampfmoral eines Legionärs abträglicher als Müßiggang und Langeweile. Deshalb befahlen wir den Männern, ihre Waffen und Rüstungen zu überprüfen und zu säubern. Also saßen die Männer vor ihren Zelten und schärften ihre Spathen und die Blätter ihrer Lanzen. Die Arcobalistarii kontrollierten und wechselten die Torsionsseile in den Spannbuchsen. Die Bogenschützen erneuerten die Sehnen ihrer Bögen und veranstalteten ein Wettschiessen mit stumpfen Übungspfeilen. Zur Überraschung der Wüstensöhne gewann ein Kavallerist von der Ala Constantina des Titus Venator.

Wir Offiziere standen in den Principia über die Karten gebeugt und prägten uns jede Einzelheit des nächtlichen Marsches genau ein. Ein wegekundiger Legionär des Sabinus hatte sie mit neuesten Einträgen versehen.

Gespannt sahen wir am Mittag vom Ostwall auf den Rhenus hinaus. Ein Kahn, bemannt mit fränkischen Spähern, fuhr dicht am Ufer entlang, ohne etwas von den zusammen gedrängten Massen unseres Kommandos im Innenraum der Festung zu erahnen. Mehr als achthundert Männer und sechshundert Pferde machten sich gegenseitig jeden Meter der überfüllten Innenfläche streitig. Es wurde Zeit, dass die Dunkelheit kam, ehe Streitigkeiten zwischen den zusammengepferchten Legionären und Auxiliaren ausbrachen.

Mit Germanus begab ich mich auf einen Rundgang durch das Kastell, um die einzelnen Abteilungen zu inspizieren.

Zwanzig Fuß vom Erdboden bis zu den Zinnen maßen die mächtigen mit Grauwacke und Ziegelbändern verkleideten Mauern. Zwölf vorstehende Rundtürme und zwei Toranlagen verstärkten den Schutz des Bollwerks, das allen feindlichen Angriffen getrotzt hatte. Mir fiel auf, dass die Spitzdächer von vier Türmen mit frischen Holzschindeln gedeckt waren. Spuren zurückliegender Angriffe, bei denen die Franken versucht hatten, die Anlage in Brand zu schießen. Die an den Mauerrand gedrückten Innenbauten aus Holz konnten von den Brandpfeilen nicht erreicht werden und wiesen keine Schäden auf. Einzig die Principia, das ehemalige Kastellbad, war aus Stein errichtet und trug ein Ziegeldach.

Quälend langsam verrannen die Stunden, bis die Dämmerung hereinbrach und die Männer begannen, Zelte und Ausrüstung auf die Packpferde zu laden.

Ungeduldig machte ich stündlich den kurzen Weg zum Schiffsanleger und suchte auf der vom Mond beschienenen Wasserfläche nach den ersten Anzeichen unserer Flotte. Den Göttern sei Dank, bezog sich der Himmel mit einem dünnen Wolkenschleier. Er nahm mir zwar die Sicht, ermöglichte es aber unseren Galeeren, unbemerkt an der Colonia vorbei zu kommen.

Eine halbe Stunde vor Mitternacht war es endlich soweit. Ein dunkler Schatten glitt auf mich zu, dem andere folgten. Dann sah ich auch das Aufspritzen der Gischt, wenn die Ruder ins Wasser tauchten. Auf der Höhe der Colonia hatten die Schiffsführer befohlen, die Riemen einzuziehen und sich treiben zu lassen. Hier konnten sie jede Vorsicht außer Acht lassen und rauschten in voller Geschwindigkeit heran. Die Lastkähne waren von einigen Galeeren ins Schlepptau genommen worden, um nicht zurück zu bleiben.

Zuerst schickte ich einen Boten und eilte dann selber in die Festung, um die Nachricht vom Erscheinen der Flotte zu verkünden.

Hinter dem Tor waren die einzelnen Gruppen, Pferde und Packtiere am Zügel und die Offiziere vor der Front in voller Mannschaftsstärke angetreten.

Was ich erlebte, war die packende Ansprache meines Freundes und Kommandeurs, des Tribuns Aelius Viatorinus. Eine Rede, wie er sie in diesem Leben nicht mehr halten sollte.

„Legionäre und Reiter der Belgica, Kämpfer Germaniens und Wüstensöhne Afrikas."

Ein Raunen lief durch die Reihen der Angesprochenen.

„Ich, Aelius Viatorinus, erwarte von jedem, dass er in den nächsten Stunden sein Letztes zum Ruhm des Imperiums geben wird.

Nicht alle werden die Heimat wieder sehen, aber gemeinsam werden wir in die Geschichte eingehen.

Es ist an uns, diesen Krieg zu beenden. Tötet den Feind, jagt ihn in die Fluten des Rhenus, kennt keine Gnade. Es geht um alles. Er oder wir.

Jesus Christus und die Götter Roms stehen auf unserer Seite. Roma Victor."

„Roma Victor", donnerte die Antwort der Männer über den Hof und brach sich an den Mauern Burungums.

„Roma Victor."

Ein Schauer lief mir über den Rücken, als die Männer ihre Waffen zogen. Schwerter und Speerschäfte schlugen im schneller werdenden Takt gegen dumpf klingende Schilde, bis es wie Gewittergrollen in den Nachthimmel stieg.

Dann lösten sich die Reihen und die Männer eilten zu den Schiffen.

Drei Stunden verstrichen, bis die letzten Legionäre und Packpferde das andere Ufer betraten. Neptun und den Flussgöttern sei Dank, verloren wir keinen Mann. Wir hatten ihnen, von den Christen beäugt, während des Übersetzens Opfer dargebracht. In aller Eile stellten die Offiziere ihre Gruppen zusammen, und es ging im verhaltenen Galopp unserem Ziel entgegen. So lange wir in der Nähe des Ufers blieben, konnten wir unsere Schiffe sehen, die eilig stromaufwärts strebten, um vor dem Morgengrauen an der Colonia vorbei zu kommen. Die Hauptsorge der Schiffsführer galt nicht einer möglichen Entdeckung, schließlich hatten sie ihren Auftrag erfüllt. Eher fürchteten sie feindlichen Beschuss beim Unterqueren der Rhenusbrücke.

Bei der ersten Flussschleife verließen wir das Ufer und kürzten über Land ab. Sofort nahmen uns dichte Wälder auf, durch die unsere Führer uns sicher leiteten. Achtzehn Leugen legten wir, den Reittieren alles abverlangend, in dieser Nacht ohne Aufenthalt zurück. Ich fühlte mich an meinen Ritt vom Glauberg zur Logana erinnert, als wir Bissulas Entführer hetzten.

Noch bei Dunkelheit zügelten unsere Führer die Pferde und bedeuteten uns, abzusteigen. Die Mannschaften zurücklassend, gingen Germanus, Viatorinus und ich zu Fuß vor, bis die Bäume sich lichteten und wir uns am Waldrand niederließen.

Deutlich sichtbar hoben sich im Zwielicht des beginnenden Tages die Konturen der Festung Divitia aus den Morgennebeln empor. „Marcus, du greifst in zwei Stunden mit den Wölfen an. Such die hundert besten Leute aus."

„Gut", lautete meine knappe Antwort.

„Sorge auch dafür, dass die Kundschafter aus Burungum und zwanzig weitere Wölfe den Wald in unserem Rücken aufklären. Ich möchte keine unangenehmen Überraschungen erleben."

Ich nickte zur Bestätigung mit dem Kopf.

„Lasst uns zu den Truppen zurückkehren", beendete Viatorinus unseren Erkundungsgang. „Unseren Posten können ein paar Späher einnehmen."

Die Auswahl der hundert Wölfe bereitete mir Schwierigkeiten, weil sich jeder danach drängte, der ersten Gruppe anzugehören. Ich überließ es schließlich Rufus, eine Auswahl zu treffen.

Während meine Gruppe sich auf den Einsatz vorbereitete, bezogen die anderen am Waldrand Stellung. Die Pferde wurden soweit nach vorne gebracht, dass sie sofort zur Hand waren, wenn das Tor geöffnet würde.

Auf meinen Befehl begannen die Männer, sich der Waffen und Uniformstücke zu entledigen, die sie als Legionäre verraten konnten. Ein ansehnlicher Haufen, der auf mehrere Packpferde verteilt wurde.

Unterbrochen wurden unsere Vorbereitungen von einem Kundschafter, der auf seinem Pferd heran preschte.

„Tribun", rief er Viatorinus zu, „da hinten, keine tausend Schritte von hier, rollt ein Wagenzug über die Waldwege heran."

„Wie viele sind es?", sprang mein Freund auf.

„Zehn, Tribun", keuchte der Mann. „Pro Wagen ein Lenker und insgesamt dreißig Berittene als Bedeckung."

„Verdammt", fluchte Titus Venator. „Das hat uns gerade gefehlt."

„Im Gegenteil", frohlockte Germanus. „Was Besseres konnte nicht geschehen. Mars und Tyr sind mit uns. Die werden in Divitia erwartet und keiner schöpft Verdacht. Wir machen sie nieder, besetzen die Wagen mit unseren Männern und reiten mit dreißig Wölfen als Begleitschutz in die Festung hinein."

„Der Centurio hat Recht", stimmte Viatorinus zu. „Wer führt den Angriff auf die Wagen?"

„Ich", glühte mein Freund Germanus vor Kampfeslust. „Meine Numider schießen die Reiter aus dem Hinterhalt zusammen und stürzen sich auf die Wagen."

„Ich komme mit", rief ich dazwischen. „Je eher wir die Wagen besteigen, umso besser beherrschen die Wölfe die Gespanne."

„Ich bin einverstanden", stimmte Viatorinus zu. „Aber halte dich aus dem Kampf heraus, Marcus. Ihr habt eine wichtigere Aufgabe zu erfüllen. Wir können uns keine vorzeitigen Verluste unter den Wölfen erlauben. Und keine Überlebenden, die den Feind alarmieren können."

Die Numider waren schon aufgesessen und wir jagten, einer breiten Waldschneise folgend, hinter ihnen dem Wagenzug entgegen.

„Halt", versperrten uns zwei Späher den Weg. „Sie sind gleich da."

Wir verteilten uns entlang des Weges im Gebüsch, wobei ich die Wölfe in der zweiten Reihe hielt. Ich schärfte ihnen ein, nur im Notfall einzugreifen.

Die Sonne war aufgegangen und zauberte Lichtreflexe auf reifbedeckte Gräser und Büsche. Wie geschliffener Bergkristall glänzten zu Eis gefrorene Tropfen an entlaubten Ästen. Ein Anblick, schön und anmutig wie ein Kindertraum. Aber hinter den Büschen lauerte der Tod.

„Sie kommen", flüsterte Germanus mir zu, der sich neben mir niedergelassen hatte.

Da hörte ich es auch, Peitschenknallen und Rufe, die sich näherten. Und dann das Schmatzen eisenbeschlagener Räder auf dem weichen Waldboden.

Das Jagdfieber packte uns, als der erste Wagen sichtbar wurde.

Die Franken schienen völlig sorglos und hatten es nicht für nötig befunden, einen Vortrupp zu schicken.

Jetzt war der erste Wagen heran und der zweite rollte vorbei. Knarrend spannten die Numider ihre Bögen und visierten ihre Opfer an. Ich konnte sehen wie die Pfeilspitzen den Bewegungen ihrer Opfer folgten. Langsam hob Germanus den Arm und schnellte ihn nach unten, als das fünfte Gespann auf unserer Höhe war.

Wie eine Sturmbö zischte es gegen den Feind, knallte gegen Holz- und Rüstungsteile und bohrte sich todbringend in menschliche Körper. Die meisten Wagenlenker und die Hälfte der Reiter fegte es von den Wagen und aus den Sätteln. Und kaum war die zweite Salve verschossen, stürzten sich die Söhne der Wüste mit flatternden Umhängen auf die unglücklichen Überlebenden. Augenblicke später waren alle Franken unter den krummen Dolchen und Schwertern der Numider gefallen. Mir dröhnten die Ohren von den grellen Schreien, mit denen sie das Abschlachten der

Verwundeten begleiteten. Niemals zuvor hatte ich Afrikaner im Kampf erlebt.

Jetzt sprangen auch wir auf, zerrten die Toten von den Wagen und wischten notdürftig das Blut von Planen und Wagenrädern. Dann warfen die Wölfe die Ladung aus den Wagen, die von den Numidern am Wegesrand gestapelt wurde. Proviant und Waffen, sehnsüchtig erwartet von der Besatzung Divitias. Zwei Ochsen lagen tot in ihrem Blut, verendet unter den Pfeilen fehlgeleiteter Schüsse. Mühsam mussten sie ausgespannt und zur Seite geschleift werden. Das gleiche Schicksal traf einen der Wagen, für den kein Zugtier mehr zur Verfügung stand. Vom Weg gerollt und umgestürzt, drehten seine Räder nutzlos ins Leere.

Je zwei Wölfe kletterten auf die Kutschbank, dreißig bestiegen ihre Pferde und der Rest verteilte sich unter die Planen.

Auf dem ersten Fuhrwerk sitzend erteilte ich das Kommando, und der Wagenzug rollte wieder seinem Ziel entgegen.

Zum Gruß erhobene Hände und Segenswünsche begleiteten uns bis zum Waldrand, hinter dem wir auf die Ebene hinausrollten. Viel näher als in der Nacht erschien uns die Entfernung zu den Wällen Divitias.

Drohend, feindlich und unbezwingbar erhoben sich Türme und Mauern des Kastells aus dem baumlosen Tiefland. Dahinter blinkten die Wasser des Rhenus vor der Silhouette der Colonia.

Ich wusste, dass die Männer auf den Pferden und unter den Planen nach ihren Talismanen tasteten oder stumme Gebete murmelten. Auch ich vermisste meinen Armreif, den Schutzzauber vergangener Schlachten. Rufus, der neben mir saß, biss die Zähne aufeinander und tastete immer wieder unter die Sitzbank, wo er die schussbereite Arcoballista verborgen hatte.

Immer näher rollten wir auf die verschlossene Porta Praetoria zu, waren nur noch einen Steinwurf von der über die Gräben führende Bohlenbrücke entfernt.

Mühsam kämpfte ich die Nervosität nieder, die sich wie ein Wespenschwarm auf Nacken und Magen gelegt hatte.

„Wer seid ihr?", wurden wir auf fränkisch von der Plattform des rechten Torturmes angerufen.

„Nachschub für die Colonia und neue Männer für Bauto", schrie Rufus zurück und erhob sich zu voller Größe. In diesem Augenblick bewunderte ich die Kaltschnäuzigkeit meines Kameraden. „Und frisches Bier für die Besatzung der Divitia." Beifallsgebrüll und Klatschen wehten von den Türmen und Wehrgängen zu uns herab, als sich knarrend die mächtigen Eichenflügel bewegten und langsam nach innen schwangen.

Unser Wagen war der erste, der über den Steg polterte. Zum Greifen nahe, drohten über mir die Spitzen des Fallgitters, als wir auch schon hindurch waren und Rufus das Gespann auf meinen Befehl hin nach links schwenken ließ. Der nächste Wagen bog nach rechts ab, während der dritte die Lagerstraße hinunter rollte.

Neugierig und arglos kamen von allen Seiten fränkische Krieger herbeigelaufen. Die Nachricht, dass es frisches Bier gab, hatte sich schnell herum gesprochen.

„Wo ist das Bier?", lachte uns ein freundliches Bauerngesicht an, während andere mit Holzbechern in der Hand auf dem Kiesbelag der Lagerstraße tanzten.

Ich wartete, bis der sechste Wagen hineingerollt war.

„Roma victor", brüllte ich auf und sprang mit gezogener Spatha vom Wagen.

Aus den Augenwinkeln konnte ich noch sehen, wie Rufus seine Arcoballista hochriss und dem lächelnden Franken einen Bolzen in die Stirn jagte.

„Roma victor" brüllten die Wölfe, warfen die Planen von den Wagen und stürzten sich auf die verdutzten Feinde.

„Zum Durchgang", schrie ich Rufus an. „Das Fallgitter."

Der rothaarige Wolf verstand sofort. Wir rammten zwei Speere in den Boden und drückten die Schäfte in die Fallrinnen. Keinen Augenblick zu früh, denn das Gitter sauste herab, blockierte an den zersplitternden Lanzen und blieb in Kopfeshöhe stecken.

Ich sprang zurück und reihte mich in den Schildwall ein, den die Wölfe, angelehnt an die äußeren Ecken der beiden Tortürme, im Innern des Lagers gebildet hatten. Von allen Seiten drangen brüllend die Verteidiger der Divitia gegen unseren Halbkreis vor und versuchten ihn zu durchbrechen.

Wahllos und in kleinen Gruppen mit Äxten und Schwertern blindwütig dreinschlagend, fielen die Ersten sofort unserer disziplinierten Gegenwehr zum Opfer. Die vorderste Reihe wehrte mit den Schilden die verzweifelten Hiebe der Angreifer ab, während die dahinter Postierten ihre Spieße und Spathen in ungeschützte Körperstellen stießen. Kreischend torkelten die Getroffenen zurück und brachen nach wenigen Schritten zusammen, die Nachdrängenden mit ihren Körpern behindernd.

Dutzende Tote türmten sich vor unserer eisenstarrenden Front und wir wateten in Blut, als scharfe Befehle die Angreifer zurücktrieben. Geleitet von ihren Führern bildeten die Franken nun ebenfalls einen Schildwall und schoben sich Schritt für Schritt heran. Von hinten wurden unsere Toten und Verwundeten in den Durchgang gezogen und andere Männer füllten ihren Platz aus. In aller Eile gelang es mir, meinen zerhauenen Schild gegen einen intakten einzutauschen.

Ich wusste, dass der entscheidende Moment gekommen war. Hielten wir den Feind noch einige Minuten auf, mussten unsere Truppen heran sein. Wenn sie rechtzeitig kamen, war Divitia unser. Wenn…

Waffengeklirr in unserem Rücken schürte unseren Widerstandswillen. Wie ein Sturzbach im Gebirge brandeten die Franken an, als unsere Männer, voran die Protektoren des Martinus, über die Bohlen der Brücke jagten.

Ein Hüne mit irrem Blick ließ seine Franziska auf mich herab sausen, die klirrend am eisernen Buckel meines hochgerissenen Schildes abprallte. Im gleichen Moment stieß ich ihm die Spatha in den geöffneten Mund. Ich spürte, wie die Spitze die Halswirbel durchschlug und zum Nacken heraus fuhr. Ein Schwall warmklebrigen Blutes schoss mir ins Gesicht, als ich die Klinge mit einem Ruck zurückriss. Der Mann war tot, ehe er auf dem Boden aufschlug.

Ein Wolf sprang in die entstandene Lücke um den Wall der Feinde aufzureißen, stürzte mir aber Augenblicke später mit gespaltenem Schädel entgegen. Ein sinnloses Ende im Rausch des Tötens.

Es war wie im Idar. Die Geräusche erstarben und ich bewegte mich wie im Rausch im Getümmel schwerfällig taumelnder Körper. Ein Gott hatte den Lauf der Zeit verlangsamt und mich dabei ausgenommen. Das ist der Zauber der Schlacht, der nur wenigen vergönnt ist, diese aber unsterblich macht.

Mindestens zwei Männer schickte meine Spatha zu ihren Ahnen, ehe der Feind zurückwich, um sich zu einem erneuten Angriff zu sammeln. Dazu kam es aber nicht mehr.

Unsere Front brach in der Mitte auseinander, den golden und silbernen Blitz der Protektoren entfesselnd, der sich, Martinus an der Spitze, auf den zurück weichenden Feind warf.

Ihnen folgten die abgesessenen Reiter aus Beda, jeden Widerstand zermalmend, der sich ihnen in den Weg stellte. Balbus und die Legionäre aus Treveris und Divodurum säuberten die Turm- und Maueraufgänge von Feinden. Die Numider schossen die sich nach oben flüchtenden Verteidiger von den Wehrgängen, bevor sie Baracke auf Baracke durchkämmten und jeden abschlachteten, der ihnen vor die Klingen kam. Einer Gruppe von Franken, vielleicht fünfzig Mann, gelang es, das rhenusseitige Tor zu erreichen und über die Brücke in die Colonia zu entkommen.

Eine schreckliche Botschaft, die Nachricht vom Fall Divitias, brachten sie zu Bauto.

Straßen und Gassen der Festung glichen einem Schlachthaus. Dort, wo der Kampf am heftigsten getobt hatte, lagen die Leichen übereinander. Wie es in den Baracken und Verwaltungsgebäuden aussah, wo die Numider gewütet hatten, kann ich bis heute nicht sagen. Hundertsiebzig tote Feinde wurden gezählt, die Viatorinus in den Rhenus werfen ließ. Wir hatten vierzig Mann verloren, hauptsächlich Wölfe, die die Hauptlast des Kampfes getragen hatten. Unsere vierundzwanzig Schwerverwundeten trugen wir in eine Baracke, wo sie von den Medici versorgt wurden. Die leichter Verletzten wurden verbunden und sofort auf die Wehrgänge und Plattformen der Türme geschickt, wo sie nach dem Feind Ausschau hielten.

Ein großer Sieg, den wir errungen, aber mit einem hohen Blutzoll bezahlt hatten. Es brach kein Jubel aus. Wir wussten, dass wir unseren Erfolg sichern mussten, ihn uns nicht mehr entreißen lassen durften. Bauto würde alles versuchen, Divitia wieder in seine Hand zu bekommen. Und bis Hilfe kam, waren wir auf uns alleine gestellt. Es würde schrecklich werden.

Viatorinus hatte uns Offiziere auf die Plattform des rechten, landseitigen Torturmes befohlen, um neue Instruktionen auszugeben.

„Balbus, ist das Signal vorbereitet?"

Der Genannte wies auf die Lagerstraße, auf der reger Betrieb herrschte. Legionäre in roten Tuniken schleppten alles erdenkliche Brennmaterial zum gegenüberliegenden Tor, dessen Flügel offen standen. Diejenigen, die ihre Lasten am Ufer des Rhenus abgeladen hatten, kehrten um und verteilten sich auf die nächstgelegenen Baracken. Bepackt mit hölzernen Einrichtungsteilen, Bettgestellen und Strohmatratzen kamen sie umgehend wieder heraus und eilten zurück zum Tor.

„Das Feuer ist entzündet. Es wird bis Bonna zu sehen sein."

Wie um seine Worte zu unterstreichen, wölkte eine beißend schwarze Rauchsäule empor, die rasch an Höhe und Umfang gewann.

„Es hat gedauert, bis die verschimmelten Matratzen Feuer fingen, aber jetzt wird es bis zum Abend durchbrennen."

„Gut gemacht", legte Viatorinus ihm die Hand auf die Schulter. „Zieh alle Männer zusammen, die zur Unterhaltung der Flammen nicht mehr gebraucht werden, und schicke sie auf die Mauern."

„Germanus, verteile deine Bogenschützen auf dieser Seite. Ich erwarte einen Angriff von der Landseite."

Er wies auf den Fluss, wo erste Kähne und Schiffe die Anlegeplätze und Kais verließen um das Ufer nördlich der Divitia anzulaufen.

„Ich habe die Geschütze inspizieren lassen. Die Scorpione und Ballisten sind in gutem Zustand und es fehlt nicht an Munition."

„Bring den größten Teil hier in Stellung. Beeile dich."

„Jawohl", bestätigte mein Freund und raste die gewendelte Treppe hinab.

„Martinus, du sperrst mit den Protektoren die Brücke. Baut aus den Wagen und allem anderen, was ihr findet, eine Barrikade.

Sie muss mindestens fünfzig Schritte vom Ufer entfernt sein. Lass dir von Germanus eine Ballista und drei Scorpione geben, mit der ihr die Angreifer beschießen könnt. Haltet die Franken so lange auf, wie es geht. Jede Minute ist kostbar. Aber wenn sie euch zu überrennen drohen, werft ihr die Geschütze in den Fluss und zündet die Sperre an. Dann zieht euch in die Festung zurück und verstärkt die Rhenusseite.

„Marcus, kommen deine Wölfe mit den Geschützen zurecht?"

„Ja, einige von ihnen haben bei den Balistarii in Bodobrica gedient."

„Du und die Hälfte deiner Männer bleiben hier. Der Rest postiert sich auf den weniger gefährdeten Mauerabschnitten und hält sich in Bereitschaft."

Ich lehnte mich an die Brüstung und schaute zwischen zwei Schiessscharten zur Brücke, auf der die ersten Protektoren erschienen und die Wagen zu einer undurchdringlichen Barrikade verkeilten.

„Ich hoffe, die versprochene Verstärkung trifft rechtzeitig ein. Wir haben keine Reserven und die Zahl der Männer reicht gerade aus, die am meisten gefährdeten Abschnitte wirkungsvoll zu besetzen."

„Bete zu den Göttern", antwortete Viatorinus, „dass die Franken in der Zwischenzeit keine nennenswerten Verstärkungen erhalten haben."

„Schau", rief ich ihm zu und wies auf den Fluss, der sich mit Booten gefüllt hatte, von denen die ersten ihren Landungsabschnitt erreichten. „Sie sind spätestens in einer halben Stunde hier."

„Dann sollen sie sich die Köpfe einrennen", erwiderte Viatorinus grimmig und ballte beide Fäuste.

„Bauto riskiert viel", fuhr er fort. „Entweder hat er genug Krieger, oder er entblößt die Mauern."

„Ihm bleibt keine andere Wahl", antwortete ich. „Er wird seinen Fehler bereuen, die Festung mit nur zweihundert Kriegern besetzt zu haben. Auch wenn er Verstärkungen erhalten hat, betragen seine Verluste jetzt schon über vierhundert Mann. Denk an das Flottenlager, das Charietto und Severus erstürmt haben."

„Was glaubst du, Marcus, wie viele Kämpfer schickt er rüber?“
„Tausend, vielleicht fünfhundert mehr, wenn wir ihn das erste Mal zurückschlagen.“
„Wir haben noch etwas mehr als vierhundert einsatzfähige Legionäre.“ Viatorinus knüpfte sein Halstuch auf und wischte sich damit über die Stirn. „Es wird schwer werden.“
„Wir schaffen es“, schob ich trotzig seine Bedenken zur Seite. „Wir müssen es schaffen.“
In der Zwischenzeit hatten alle Abteilungen ihre Positionen eingenommen, waren die Geschütze in Stellung gebracht und genügend Wurfmaterial wie Steine und Speere hinaufgeschafft worden. Auf den Turmplattformen brannten Feuer in Eisen- und Bronzebecken. An ihnen konnten die mit Öl gefüllten, irdenen Feuertöpfe entzündet werden, die in ausreichender Zahl vorhanden waren. Eine furchtbare Waffe, von jedem Angreifer gefürchtet. Leider standen uns nur zwei Onager zur Verfügung, mit denen der Gegner schon von weitem unter Feuer gesetzt werden konnten. Sie standen auf den Ecktürmen unseres Abschnitts, die Wurfarme gespannt und geladen.
„Es beginnt“, zeigte Viatorinus zur Brücke, über die sich die Haufen der Angreifer gegen die Stellung des Martinus heranwälzten.
Vereinzelte Schreie wehten herüber und der Vormarsch stockte. Die Protektoren hatten begonnen, den Feind mit den Scorpionen zu beschießen.
Ich wandte mich dem Wald zu und stieß Viatorinus an.
Hunderte Krieger, beritten oder zu Fuß, strömten zwischen den Bäumen hervor, formierten sich und rückten unter dem Dröhnen der Kriegstrommeln vor.
Ein letztes Mal kontrollierten wir unsere Waffen, zogen die Kinnriemen fest und überprüften den Sitz der Kettenhemden. Das in Kesseln erhitzte Öl wurde in Feuertöpfe gefüllt, die ein getränkter Stofffetzen verschloss. Noch einmal spannten die Geschützführer die Torsionsseile, hakten die Zugvorrichtung ein, die klickend zurückgezogen wurde und legten das Geschoss in die Führungsschiene.

„Lasst sie näher herankommen", rief ich den Schützen zu und hob den Arm.

In hellen Haufen kamen die Franken heran. Vorneweg mit erhobenen Schilden die Fußsoldaten und dahinter die Reiter, die hundert Schritte vor dem ersten Graben von ihren Pferden stiegen und sich der Infanterie anschlossen. Einige trugen Leitern, mit denen sie die Mauern erklettern wollten. Die meisten schienen mir unbrauchbar, weil sie zu kurz waren.

Die Bohlenbrücke hatte Balbus mit seinen Legionären entfernt, so dass die Feinde zwei Gräben durchqueren mussten, ehe sie die dreißig Fuß hohen Mauern erreichten.

„Los", ließ ich meinen Arm sinken. Die Scorpione und Ballisten entriegelten mit hartem Knacken und jagten die erste Salve gegen den Feind. Sofort sprang die Bedienung hinzu, spannte die Sehne und ein neuer Bolzen sirrte gegen den Feind. Eine eingespielte Mannschaft konnte es auf fünf bis sechs Schuss in der Minute bringen.

Gespannt starrte ich auf die Reihen der Feinde, in denen sich erste Lücken auftaten. Wo ein Bolzen hinhaute, gab es kein Entrinnen. Auf achtzig Schritte durchschlug das Geschoß eines Scorpio Schild und Panzer.

Ein harter Knall und der erste Onager schleuderte seine tödliche Ladung hinaus. Eine Rauchfahne hinter sich ziehend, sauste der Feuertopf gegen eine Gruppe, die schreiend auseinander fuhr, als das Gefäß beim Aufprall zerplatzte und seine glühende Füllung verspritzte. Drei, vier Franken wälzten sich brennend im Gras.

Die Angreifer begannen zu rennen, um den Schussbereich der Geschütze zu unterlaufen.

Jetzt rissen auch die Numider ihre Pfeile aus den Köchern und spannten die Bögen. Die erste Reihe erreichte den vorderen Graben, tauchte kurz ab und wurde umgelegt, als sie den Rand erklommen. Andere drängten nach, schafften den ersten Graben und erlitten das gleiche Schicksal am zweiten Hindernis. Zu Dutzenden deckten gefallene Angreifer das Vorfeld und die Gräben oder wälzten sich schreiend am Boden.

Einem Teil gelang es, an den Fuß der Mauer zu kommen, wo sie in das Schussfeld der vorspringenden Türme gerieten. Den Tod verachtend legten sie die Leitern an und begannen die Sprossen hinaufzuklettern. Viele wurden durch gezielte Pfeilschüsse heruntergeholt. Schreiend stürzten sie herab und brachen sich beim Aufprall Arme und Beine. Ganz wenigen gelang es, die Zinnen zu erreichen, wo sie von den Wölfen herabgeschleudert oder erstochen wurden.

Ihre Angriffswut erlahmte und die ersten Franken wendeten sich zur Flucht, denen die Übrigen in Panik folgten. Wieder sausten Geschosse und Pfeile auf sie herab und verwandelten ihren Rückzug in ein Gemetzel. Mehr als hundert Feinde hatten diesen ersten unorganisierten Sturm mit ihrem Leben bezahlt. Die versprengten Reste sammelten sich außerhalb der Reichweite der Geschütze und zogen sich unter den Schmährufen unserer Männer in den Wald zurück.

Wir hatten keinen einzigen Legionär oder Auxiliar verloren, was unsere Soldaten laut jubeln ließ. Der erste Angriff war abgeschlagen, ein kleiner Sieg errungen, aber die Belagerung noch längst nicht überstanden.

„Sie werden wiederkommen", rief Germanus mir zu. „Mit mehr Männern und einer anderen Taktik. Das war nur ein Versuch, unsere Schwachpunkte heraus zu finden."

Die Rhenusbrücke musste aufgegeben werden. Ich sah die Barrikade in Flammen aufgehen und die Protektoren zum Tor zurückstürzen, das sich hinter ihnen schloss. Den Göttern sei Dank erfassten die Flammen die Bohlen der Fahrbahn, die bald brennend ins Wasser stürzten, so dass eine breite Lücke klaffte, die von den Feinden geschlossen werden musste. Ein schwieriges Vorhaben unter dem Beschuss unserer Geschütze.

Ich eilte herab um zu erfahren, wie hoch unsere Verluste waren. Kurz vor dem Tor traf ich auf Martinus, über dessen Wange sich eine blutige Schramme zog. Hart und kantig wirkten die Züge des jungen Tribuns. Das war nicht der schwärmerische Jüngling mit den verträumten Augen, den ich bisher zu kennen glaubte.

„Hast du viele Männer verloren?", sprach ich ihn an.

„Mehr als die Hälfte", gab er tonlos zurück und wischte seine blutige Spatha am Mantel ab. „Aber die Franken haben einen unglaublichen Blutzoll entrichtet."

„Dann war es nicht umsonst", blickte ich ihm aufmunternd in die Augen.

Er schaute zur Seite und steckte seine Spatha in die Scheide.

„Wenn du meinst?" Er ließ mich stehen und ging zu seinen Männern, die ihre Verwundeten in die nächste Baracke trugen.

„Tribun", wurde ich von oben angerufen. „Komm herauf, ein Patrouillenboot."

Ich hastete den Aufgang zum Wehrgang hoch und eilte zu dem Legionär, der aufgeregt auf den Fluss wies. Eine Galeere hielt mit höchster Geschwindigkeit auf uns zu, wendete kurz vor dem Ufer und rauschte parallel zur Mauer an mir vorbei. Im Heck stand ein Centurio, die geöffneten Hände wie einen Trichter vor den Mund haltend.

„Haltet aus", schrie der Mann. „Severus schickt Hilfe."

Zum Zeichen, dass ich verstanden hatte, winkte ich ihm zu. Er grüßte zurück, die Galeere wendete und kämpfte sich gegen die Strömung in Richtung des eroberten Flottenlagers zurück.

Auf dem Rückweg zu Viatorinus nahm ich in der improvisierten Feldküche, die inmitten des Kastells unter den Portiken der Verwaltungsgebäude eingerichtet war, einen kleinen Imbiss zu mir. Gesäuerter Wein, hartes Brot und ein Stück Käse.

„Hast du das Patrouillenboot angesprochen", rief mich Viatorinus von der Höhe des Turmes an.

„Ja", schrie ich hinauf. „Severus schickt Hilfe."

„Bleib unten, da kommen Reiter."

Augenblicke später stand Viatorinus neben mir und wir sahen zu, wie das Fallgitter hochgezogen und die Torflügel einen Spalt geöffnet wurden.

„Was für Reiter?", fragte ich.

Viatorinus zuckte mit den Schultern.

„Drei Krieger und ein Reiter im weißen Mantel und hochgezogener Kapuze. Könnte auch eine Frau sein."

„Weiß", betonte ich, „die Farbe der Parlamentäre. Die Franken wollen verhandeln."

„Verhandeln?", antwortete Viatorinus gedehnt. „Die wollen nur Zeit gewinnen, um Verstärkungen zu holen."

„Das macht keinen Sinn", entgegnete ich. „Weglaufen können wir nicht."

„Du hast Recht. Ich bin gespannt, was sie wollen."

In diesem Augenblick wurden die Torflügel aufgerissen und die Reiter durchritten das Tor. Die Krieger zügelten ihre Tiere und formierten sich wenige Schritte vor uns zu einer Reihe. Dabei ließen sie eine Lücke, durch die der weiße Reiter sein Pferd lenkte. Er schwang sich aus dem Sattel, tat ein paar Schritte und schlug die Kapuze zurück.

„Serena", entfuhr es Viatorinus, während ich ihr sprachlos ins Gesicht starrte.

„Was willst du hier?", herrschte Viatorinus sie an. „Und was soll der weiße Mantel?"

„Ich komme im Auftrag des Anführers der Franken", betonte sie jedes Wort. „Er will mit eurem Kommandanten sprechen."

Erst jetzt schien sie mich bemerkt zu haben und nickte mir kurz zu.

„Ich bin der Kommandant", entgegnete Viatorinus scharf. „Wer ist euer Kommandant und was will er mit mir bereden?"

„Es soll kein weiteres Blutvergießen geben", antwortete Serena im gleichen Tonfall.

„Ist es Ulf?", fragte ich, einer plötzlichen Eingebung folgend.

„Unser Kommandant", wiederholte Serena.

„Geh nicht", beschwor ich den Freund. „Es ist eine Falle."

Viatorinus schien mit sich zu ringen, bis er eine Entscheidung getroffen hatte.

„Freies Geleit und zehn Bewaffnete als Begleitschutz. Ich treffe euren Anführer auf der halben Strecke zum Wald. Er kommt alleine."

„Nur wenn du auch alleine kommst."

„Akzeptiert", antwortete Viatorinus.

„Ich begleite dich", mischte ich mich ein und glaubte, ein Erschrecken über Serenas Gesicht zucken zu sehen.

„Nein", entschied Viatorinus schnell. „Du bist mein Stellvertreter und unabkömmlich."

„Dann gehe ich an deiner Stelle", ließ ich nicht locker.

„Dann gibt es keine Verhandlung", entgegnete Serena scharf.

„Anführer mit Anführer, das ist das Angebot. Entscheidet euch schnell, wenn ihr weiteres Blutvergießen vermeiden wollt."

„Ich gehe, was soll mir schon geschehen." Die letzen Worte galten mir. „Halte eine Abteilung Reiter bereit, wenn etwas Unvorhergesehenes geschieht."

„Dann schick deine Begleiter vor. Sie sollen Viatorinus Kommen ankündigen. Ich möchte sie nicht in seinem Rücken wissen."

„Egbert, Sunno, Rodger", wandte sich Serena an die Krieger. „Geht."

Ich wunderte mich, dass sie sich der fränkischen Sprache bediente.

Die Krieger nickten, wendeten die Pferde und jagten zurück.

„Titus", wandte ich mich an den Centenarius aus Beda, der bei den letzten Worten Serenas zu uns getreten war. „Lass deine Reiter aufsitzen und halte dich bereit, sofort einzugreifen."

„Worauf du dich verlassen kannst" bestätigte Titus Venator.

„Ein Pferd und einen weißen Mantel", rief Viatorinus.

„Warum gibst du dich dafür her?", trat ich an Serenas Pferd heran.

„Wofür", antwortete sie mit einem gefährlichen Glitzern in den Augen.

„Du bist Römerin", drang ich in sie. „Wieso verwendest du dich für den Feind?"

In diesem Augenblick eilte ein Legionär mit einem Umhang herbei, den sich Viatorinus eilig um die Schulter schwang.

Als die Reiter der Ala Constantina vor dem Tor Aufstellung bezogen hatten, schwang er sich in den Sattel eines Rappen, den die Kavalleristen mitgebracht hatten.

„Kümmere dich um Clodius!", rief Serena mir zu, als sie Viatorinus durch das Tor folgte.

Ich fühlte einen Druck in der Magengrube, als ich die Turmstiege nach oben hetzte. Ich wollte nicht mit Titus vor dem Tor warten, weil ich von oben einen besseren Überblick hatte.

Als ich die letzten Stufen nahm, stiegen aus dem Dunkel des Vergessens die Bilder an die Oberfläche meines Bewusstseins, die ich in Burungum geträumt hatte.

Der Schwan, der mit Blut besudelte, weiße Hirsch und die Schlange.

„Nein!", schrie ich Viatorinus nach, der mit Serena die Gräben durchquert und in die freie Fläche zwischen der Festung und dem Waldrand hinaus galoppierte.

„Nein! Komm zurück, du reitest in den Tod", brüllte ich, bis mir die Stimme versagte.

Zu spät, der Freund konnte mich nicht mehr hören.

Aus dem Waldrand löste sich ein schwarzer Reiter, der galoppierend auf meinen Freund zuhielt.

Das war Ulf. Ich wusste, dass er es war, obwohl ich ihn auf diese Entfernung nicht erkennen konnte.

„Reitet", schrie ich Titus zu, der erstaunt zu mir hochblickte. „Verrat, sie wollen Viatorinus töten."

Ein scharfer Befehl und die Ala Constantina flutete durch die Gräben und jagte den beiden nach.

Im gleichen Augenblick brach es aus dem Wald hervor und strömte auf die Wiesen. Hunderte Reiter, die sich der Ala Constantina entgegen warfen.

Und dazwischen die drei Reiter, die unbeirrt aufeinander zuhielten.

Warum wendete Viatorinus nicht, warum jagte er nicht zurück. Er musste doch ahnen, was da vor sich ging.

Endlich, sein Rappe bäumte sich auf und verhielt. Dann war der schwarze Reiter heran. Ich sah etwas aufblitzen, musste machtlos mit ansehen, wie mein Freund sich krümmte und nach vorne auf den Hals des Pferdes sank.

„Viatorinus", brüllte ich meine Wut und mein Entsetzen heraus.

Dann galoppierte die Gruppe auf die heranjagenden Franken zu, wurde von ihnen verschluckt und meinen Blicken entrissen.

Zu spät. Die Reiter aus Beda schwenkten um und galoppierten, von den Franken nicht verfolgt, nach Divitia zurück.

Ich raste wie von Sinnen, wollte nach unten, mir ein Pferd beschaffen und den Mord rächen.

„Marcus", stürzte sich Germanus auf mich.

Ich riss mich los, wurde wieder gepackt und fühlte, dass mir der Freund mit der Hand ins Gesicht schlug.

„Reiß dich zusammen", brüllte er mich an. „Du hast das Kommando. Wer soll uns führen, wenn sie dich auch noch umbringen?"

Langsam kam ich zu mir und blickte zum Waldrand, in dessen Schatten die Franken eingetaucht waren.

Und da war er wieder, der schwarze Reiter und hielt im Galopp auf Divitia zu.

„Ein Pferd!", schrie ich. „Gebt mir ein Pferd!"

Wieder hielt mich Germanus zurück, nach unten zu eilen.

„Das ist genau das, was Ulf will. Er will auch dich haben. Du darfst nicht hinaus. Nicht jetzt."

Im Klammergriff des Freundes schaute ich zu dem Reiter, der immer näher kam. Es war Ulf und er hielt etwas in der Hand, einen blutigen Sack, der etwas Schweres zu enthalten schien.

Kurz vor dem Graben schwenkte er nach rechts und ritt im Bogen auf der Höhe des Tores an mir vorbei. Dann schrie er auf, schwenkte den Sack über dem Kopf und schleuderte ihn im Galoppieren über die Gräben. Hart schlug das blutige Leder auf, sprang einmal hoch und rollte auf das Pflaster vor die Einfahrt, wo er liegen blieb.

Entsetzt schlug ich die Hände vor das Gesicht.

„Es ist der Kopf des Viatorinus", rief ein Legionär, der hinausgeeilt war.

„Schießt ihn vom Pferd", schrie Germanus den Männern an den Scorpionen und Ballisten zu.

Ein Geschoßhagel umschwirrte den Franken, der, über den Hals seines Pferdes gebeugt, der Todeszone entkam.

Ich weiß nicht, wie lange ich dort oben stand, die Hände um die Kante der Brustwehr gekrallt.

`Sie haben ihn ermordet´, schoss es mir immer wieder durch den Kopf. ´Ulf und Serena haben meinen Freund Viatorinus umgebracht. Es war kalter Mord. ´

„Warum haben sie das getan?" Leise und tonlos, wie zu mir selbst, hatte ich Germanus die Frage hingeworfen, deren Antwort ich wusste.

„Ein reiner Terrorakt", klang es dumpf zurück. „Ulf ist ein Schwein. Er will unseren Widerstandswillen brechen."

„Sie kommen", hallte es gleichzeitig von allen Türmen. „Sie greifen wieder an."

Ich sah zum Waldrand und wusste, dass es jetzt um alles gehen würde. Ulf hatte den Generalangriff auf die Festung befohlen.

„Rache für Viatorinus!", schrie ich die Männern an.

„Rache für Viatorinus!", pflanzte sich der Ruf von Turm zu Turm und von Mauer zu Mauer fort. „Rache für Viatorinus!", steigerte sich der Ruf nach Vergeltung zum Orkan.

„Das sind tausende", schüttelte Germanus meinen Arm und wies hinaus.

Er hatte Recht. Schild an Schild brandete es heran. Eine, zwei, vier, sieben Reihen stampften in breiter Front auf Divitia zu. Dazwischen mit Stroh und Hölzern beladene Wagen. Ochsen trugen einen gewaltigen Baumstamm mir metallisch blitzender Spitze.

„Die wollen das Tor rammen", kreischte ein Legionär.

Hinter dem Meer der heranwogenden Lanzen schoben sich hunderte Reiter nach vorne, bereit in die erste Bresche zu springen, die von den Fußtruppen geschlagen würde.

Trommeln rollten im Rhythmus der donnernden Schritte und Gesangsfetzen drangen an mein Ohr. Sie hatten den von Tod und Untergang kündenden Barditus angestimmt, der die Herzen mutig macht.

„Oh Herr, in deine Hände empfehle ich meinen Geist." Neben mir kniete Martinus und betete zu seinem Gott.

Krachend und knallend lösten die Ballisten und Onager ihre ersten Schüsse, die wie eine eiserne Faust in die Reihen der Stürmenden fuhren. Feuer und Schreie flammten auf, wo die Feuertöpfe niedergingen. Neben den Brandsätzen wurden Brocken aus weichem Kalkstein geschleudert, die beim Aufprall auseinanderplatzten. Die umherschwirrenden Splitter schlugen schreckliche Wunden, wenn sie auf ungeschützte Stellen trafen. Ohne Unterlass schwirrten die Pfeile der Numider und surrten die Bolzen der Arcoballisten.

Bei der Masse der Angreifer traf und tötete jeder Schuss, aber es waren zu viele. Der Kampf würde dieses Mal auf den Zinnen entschieden werden.

Der Feind entrichtete einen unglaublichen Blutzoll, bis er die Gräben überwunden und am Fuße der Mauern stand.

Die ersten angelehnten Leitern wurden umgeworfen oder durch geschleuderte Feuertöpfe in Brand gesetzt. Steine krachten von oben auf Helme und Schilde herab. Ohne Unterlass fegte der Beschuss von den Türmen in die Flanken der Stürmenden. Für jeden Franken, der fiel, sprang ein anderer in die entstandene Lücke, bis auch er schreiend zusammensackte.

Jetzt fielen auch die ersten von uns unter den Pfeilen der Angreifer. Wer sich beim Werfen oder Zielen zu weit aus der Deckung wagte, wurde gnadenlos von der Mauer geschossen.

Donnernd krachten die ersten Schläge des Rammbocks gegen das Tor. Die Torflügel erzitterten in den Angeln und Mörtel und Steinsplitter rieselten herab.

„Schiffe!", hörte ich einen Mann schreien. „Unsere Schiffe. Severus bringt Hilfe."

Kurz blickte ich hinüber zum Rhenus, wo aus dem Süden unsere Galeeren heran flogen.

„Bei allen Göttern", flehte ich laut, „lasst sie rechtzeitig eintreffen."

Dann war der Feind auf der Mauer.

Rechts und links von mir sprangen sie durch die Zwischenräume der Zinnen und landeten auf allen Vieren auf den Bohlen des Wehrgangs. Den Ersten fegte ein Pfeilschuss herab, während der Zweite mit der Franziska nach mir drosch. Ich wich dem Schlag aus, der in die Brustwehr knallte und stieß ihm die Spatha zwischen Kettenhemd und Helm in den Hals. Sein Blut spritze gegen meinen Schild, als er sich mit beiden Händen an die Gurgel fuhr.

Ein zweiter Schlag gegen die ungeschützte Brust und er ging gurgelnd zu Boden.

Sofort wendete ich mich zur anderen Seite und wehrte die Plumbata eines Franken mit dem Schild ab. Mit ihm waren zwei weitere Feinde über die Brustwehr geklettert, die gellend aufkreischten, als Martinus ihnen den Inhalt eines mit kochendem Öl gefüllten Beckens in die Gesichter schleuderten. Schreiend und blind wankten sie über den Wehrgang, bis sie schreiend in die Tiefe stürzten.

Die erste Welle war abgeschlagen und wir hatten uns etwas Luft verschafft. Ich schaute mich um und sah, dass überall auf der Mauer gekämpft wurde.

Ich achtete darauf, nicht auf den Blutlachen auszugleiten, als ich mich zu Germanus durchkämpfte, der von zwei Angreifern bedrängt wurde. Es roch nach verbranntem Fleisch, Schweiß und Kot, dem Todesdunst des Schlachtfeldes. Ich bückte mich nach der Lanze eines getöteten Franken und schleuderte sie einem der Feinde in den Rücken. Die Spitze durchschlug den Lederpanzer und trat vorne zur Brust wieder heraus. Sofort bekam Germanus Luft, trat dem zweiten Franken vor das Schienbein und schlitzte dem nach hinten stürzenden mit dem Dolch den Bauch auf. Dann bückte er sich nach seiner Spatha, die man ihm aus der Hand geschlagen hatte und drang auf den nächsten Gegner ein.

Ich kann nicht mehr sagen, wie lange das Würgen und Morden anhielt. Je mehr Feinde wir töteten, umso mehr erklommen die Mauern und unsere Reihen begannen sich zu lichten. Längst waren die Wölfe und Protektoren von den ungefährdeten Mauerabschnitten zu unserer Unterstützung heran geeilt. Das letzte Aufgebot.

„Das Rhenustor", schrie jemand. „Das Tor!"

Ich stieß einen Feind zurück und schaute hinüber.

Mir stockte der Atem, als ich sah, wie vier Legionäre die Querbalken aus den Halterungen hoben und die Flügel zurück rissen.

Wie ein Sturzbach ergossen sich hunderte schreiende Männer in die Festung.

„Charietto", gellte es durch die Divitia. „Charietto ist da."

„Roma victor", antworteten andere. „Roma victor."

Laut trällerte das Siegesgeheul der Wüstensöhne, das sie aus dem Zusammenspiel ihrer gegen die Lippen schlagenden Handflächen und einem ausgestoßenen Kreischen erzeugen. Augenblicklich ließ die Kampfeswut der Franken nach. Sie kletterten die Leitern herab oder versuchten springend, ihre Haut zu retten. Wer in der Divitia zurück blieb, wurde von den Numidern grausam abgeschlachtet.

Zum ersten Mal sah ich Ulf, wie er voller Verzweiflung auf die Zurückgehenden eindrosch, um sie zur Umkehr zu bewegen. Vergebens, vom Sog der Fliehenden mitgerissen, verlor ich ihn aus den Augen.

Viele Franken eilten zum Ufer und stürzten sich in die Fluten. Sie hofften von einem der Kähne oder Schiffe aufgenommen zu werden, die zu Dutzenden vom anderen Ufer abstießen, die Reste ihrer Männer zu retten. Diejenigen, die nicht schwimmen konnten, versuchten zu Fuß oder auf dem Pferd die rettenden Wälder zu erreichen. Hinter ihnen hetzten die Wölfe und die Protektoren, jeden niederhauend, der zurück blieb.

Auf dem Rhenus spielte sich unterdessen ein weiteres Drama ab. Gerade näherten sich die ersten Kähne dem Ufer, als die Galeeren über sie kamen, die Charietto und seine Truppen abgesetzt hatten. Die Skorpione feuerten ihre tödlichen Salven, während ein Gefährt nach dem anderen von den wie Raubfischen hin und her stoßenden Kriegsschiffen in den Grund gerammt oder überfahren wurden. Die Wasser des Flusses färbten sich rot und nur wenigen Booten gelang mit einigen Geretteten die Flucht an das andere Ufer.

Völlig erschöpft wankte ich mit Germanus und Martinus die Turmstiege hinunter, wo mich Charietto in die Arme nahm und an seine breite Brust presste.

„Gut gemacht, Römer", strich er mir über den Kopf, bevor er sich Germanus, Titus und Rufus zuwandte, die ebenfalls herbei gekommen waren.

„Wo ist Viatorinus?", blickte er plötzlich hoch, um nach unserem Kommandeur zu suchen.

„Tot", antwortete ich tonlos. „Ermordet von Ulf, dem Franken, und Serena, der Römerin."

Heimkehr

Es war am zweiten Tag nach den Iden des Novembers. Viel Regen war in den letzten Tagen über die Treveris und die Mosella herunter gekommen. Wer seine Weinlese noch nicht beendet hatte, musste auf das nächste Jahr hoffen. Endlich war die Sonne hervor gekommen und lockte die Menschen aus ihren Häusern in die milde Luft des spätherbstlichen Tages.

Auch Bissula hatte das schöne Wetter genutzt, notwendige Einkäufe zu tätigen. Früh war sie aufgestanden, hatte Flavia geweckt und sich mit der Freundin von zwei Bediensteten der Villa Vineta in die Treveris rudern lassen.

In den Geschäften entlang des Decumanus hatten die beiden alles erstanden, was einer Frau über die dunklen und kalten Tage des Winters hinweg half. Salbendöschen, Fläschchen mit Duftöl, Schminken, geweißte Pergamentblätter, Schreibfedern, Krügelchen mit Tinte, getrocknete Kräuter gegen alle erdenklichen Krankheiten, Lampenöl und vieles mehr füllte die Taschen, mit denen ihre beiden Helfer sich abmühten.

„Ich bin müde", klagte Flavia nach Stunden und wies auf eine im Wind schaukelnde Tafel, die zur Rechten über der Eingangstür eines Hauses angebracht war.

„Imperator Felix, glücklicher Kaiser", las Bissula laut den Namen der Taverne. „Marcus hat die Küche des Hauses gelobt, die ein gewisser Claudius Piso leiten soll."

Wie immer, wenn sie unter sich waren, bedienten sich die beiden Frauen ihrer alemannischen Muttersprache.

„Dann lass uns eine Rast einlegen, bevor wir zurückkehren." Sehnsüchtig schaute Flavia nach den Tischen und Stühlen, die der Wirt unter das Vordach der Portikus gerückt hatte.

„Warum nicht", antwortete Bissula, und nahm an einem freien Tisch Platz.

Den beiden Bediensteten, die ihre Augen in Richtung der Porta Nigra schweifen ließen, wie das Nordtor im Volksmund genannt wurde, entließ sie mit dem Auftrag, sich in zwei

Stunden wieder einzufinden. Es zog die beiden in die Spelunken des kleinen Volkes, die ihren schmalen Geldbeuteln angemessen waren.

"Betrinkt euch nicht!", gab Bissula ihnen einige Folles, die sie mit Dank annahmen.

Claudius Piso, der glatzköpfige Patron mit dem Kugelbauch und dem freundlichen Lächeln im Gesicht, erschien an ihrem Tisch, um sie nach ihren Wünschen zu fragen.

Sie bestellten Wein, Wasser sowie einen kleinen Imbiss, bestehend aus verschiedenen Käsen, herbstlichen Kräutern, einigen hart gekochten Eiern und frischem Dinkelbrot. Dazu gab es Liquamen und in Mulsum eingelegte Birnenhälften.

"Was ist das?", blickte Flavia von ihrem Essen auf und wand den Kopf in Richtung des Hafens.

"Hörst du es auch?"

"Was soll ich hören?", schaute Bissula hoch.

"Dieses Brausen, als wenn viele Menschen etwas schreien würden."

Jetzt vernahm auch Bissula den sich steigernden Chor vieler hundert Stimmen.

"Das kommt von den Hafenkais", mutmaßte Flavia, "und es zieht herauf zum Decumanus, in unsere Richtung."

Die beiden Frauen erhoben sich und traten unter der Portikus hervor.

"Da, Bissula, schau." Sie wies die Straße hinunter, die sich mit Menschen füllte, welche aus den Nebenstraßen und Gassen hervorströmten.

"Was schreien die bloß?"

Angestrengt lauschte Bissula dem Brausen, aus dem sie einzelne Worte herauszuhören glaubte, die schließlich einem Sinn ergaben.

"Colonia capta, colonia capta", klang es immer deutlicher und lauter.

"Colonia capta."

Bei allen Göttern", schrie sie auf. "Colonia capta, die Colonia ist gefallen. Marcus kommt nach Hause!"

Wie Hunderte und Tausende auf den Straßen, lagen sich die beiden Frauen in den Armen und schluchzten hemmungslos.

„Roma victor!" und „colonia capta!" tobte die Menge auf den Straßen. Fremde Menschen fielen sich um den Hals und jubelten ihre Freude heraus.

„Colonia capta. Die Franken sind besiegt. Es wird Frieden geben."

Claudius Piso eilte mit mehreren Gehilfen und einer Unmenge gefüllter Weinkrüge vor die Taverne, wo sie den vor Freude trunkenen Menschen die Becher füllten.

Keiner brauchte heute in der Treveris für seinen Wein zu zahlen. Die Kaiserstadt lag im Freudentaumel.

Angeschlagen, aber pünktlich, erschienen die beiden Bediensteten und bahnten den Frauen einen Weg zum Anleger.

Die ganze Fahrt den Fluss hinab begegneten ihnen Boote, Schiffe und Kähne, die sich die Neuigkeit zuriefen.

„Colonia capta", hallte es durch das Tal der Mosella.

In der Villa Vineta wurden sie von einem freudestrahlenden Galerius und einem ernst dreinblickenden Centurio empfangen, der von Noviomagus herüber gekommen war.

„Die Colonia ist gefallen, habt ihr es schon gehört?", eilte Galerius auf Bissula zu und nahm sie in die Arme.

„Marcus lebt!", schrie er seine Freude heraus. „Er wird in der Colonia als Held gefeiert. Der Centurio hat es gesagt. Die Nachricht ist vor wenigen Stunden mit dem Schnellboot gekommen."

Bissula entwand sich Galerius Armen und stürzte sich auf Flavia, um ihre Freude mit ihr zu teilen.

„Warum schaust du so ernst, Centurio. Freust du dich nicht?" Bissula blickte den Offizier an, der mit finsterer Miene auf den Boden starrte.

„Doch, Herrin, sehr." Ein Lächeln umspielte seine Lippen

„Aber", verfinsterte sich sein Blick, „Viatorinus, der Vicarius von Noviomagus, ist gefallen."

Drei Tage waren seit dem Fall Divitias und der am nächsten Morgen stattfindenden Räumung der Colonia durch die Franken vergangen.

Charietto ernannte mich noch auf dem Schlachtfeld zum stellvertretenden Vicarius der Divitia, bevor er zu Julian aufbrach, der nach ihm geschickt hatte. Bauto hatte Unterhändler zum Caesar geschickt, um über die Übergabe der Colonia und seinen Abzug zu verhandeln.

Nachdem die Spuren des Angriffs notdürftig beseitigt waren, erlaubte ich den mir unterstellten Einheiten, ihren Sieg gebührend zu feiern. Ich selbst hielt mich zurück, zu schwer wog die Trauer um den ermordeten Freund.

Bevor ich mich in mein Quartier in die Principia begab, betraute ich Martinus mit der Einteilung der Nachtwache, dessen Protektoren zwar murrten, sich aber in ihr Schicksal fügten. Germanus blieb es vorbehalten, die Feier zu überwachen und Ausschweifungen zu unterbinden. Schließlich befanden wir uns noch im Krieg, und die Verhandlungen zwischen Julian und Bauto waren noch nicht beendet.

Es war zwei Stunden nach Mitternacht, als ich geweckt und ein Bote Julians zu mir geführt wurde.

Bauto hatte eingewilligt, die Colonia gegen freien Abzug zu räumen und auf das rechte Ufer des Rhenus zu gehen. Bei Tagesanbruch sollten die Franken über die Brücke abziehen, während dem Caesar zur gleichen Zeit die Stadttore geöffnet würden.

Meine Nachtruhe war beendet, denn ich hatte dafür Sorge zu tragen, die verbrannte und in den Fluss gestürzte Fahrbahn über dem zweiten Brückenjoch zu erneuern. Es dauerte, bis die notwendigen Materialien beschafft waren und wir mit der Reparatur beginnen konnten. Der Tag graute, als die Arbeiten beendet und die Brücke zu begehen war.

Eine Stunde später ließ ich unsere gesamte Streitmacht entlang der Lagerstraße Aufstellung nehmen und nahm den Rückzug der in Zweierreihen abrückenden Franken ab.

Hohn und Spott ergoss sich über die geschlagenen Feinde, die ihre Schmach mit finsteren Blicken und zusammen gebissenen Zähnen über sich ergehen lassen mussten.

Dann übergab ich das Kommando über die Festung verabredungsgemäß an Balbus und ritt mit Germanus über die Brücke in die Colonia, um mich zur Verfügung des Caesars zu halten. Wir quartierten uns bei Gaius Verus, unserem Wirt, ein, der vor Freude außer sich geriet, als wir seine Schankstube betraten. Sofort ließ er seine beiden besten Zimmer räumen, die wir umgehend bezogen. Nach einem kleinen Umtrunk, wir mussten Gaius den Fall und die Verteidigung der Divitia in allen Einzelheiten beschreiben, suchte ich meine Kammer auf, um den Schlaf vieler durchwachter Nächte nachzuholen.

Vorher hatte ich noch Rufus gerufen und ihn nach Bonna geschickt, um Clodius und die Magd Cornelia zu holen. Ein Zimmer, groß genug, die beiden aufzunehmen, hatte Gaius herrichten lassen.

Obwohl die ganze Nacht siegestrunkene Legionäre und ausgelassen feiernde Einwohner durch die Straßen der Colonia tobten, schlief ich bis in den Mittag des nächsten Tages hinein.

Clodius und die Magd waren am späten Abend angekommen und der Junge wartete ungeduldig darauf, zu mir gelassen zu werden.

Den folgenden Nachmittag widmete ich Clodius, mit dem ich einen ausgedehnten Rundgang durch die Stadt unternahm. Er hatte den Verlust seiner Mutter zwar nicht verwunden, freute sich aber, wenigstens mich zurückzuhaben.

Den ganzen Tag hatte ich mit mir gerungen und mich schließlich entschlossen, den Jungen zur Villa Vineta zu bringen. Dass seine Mutter jemals zurückkehren würde, glaubte ich nicht. Nach dem Mord an Viatorinus waren ihr die Grenzen des Imperiums auf Dauer verschlossen. Sie hatte auf die falsche Seite gesetzt und alles verspielt. Mehrmals fragte ich mich an diesem Tag, wohin sie nach dem missglückten Sturmangriff gegangen war. In der Colonia war sie jedenfalls nicht gesichtet worden. Über Ulfs Verbleib war auch nichts zu erfahren. Hatten die beiden sich abgesetzt, und wenn, wohin?

Clodius war jedenfalls glücklich, als ich ihm mitteilte, dass es in wenigen Tagen an die Mosella ging.

Unser letzter Weg führte uns zu einem Steinmetz, bei dem ich einen Grabstein für Viatorinus bestellte, den ich vor meiner Abreise aufzustellen gedachte.

Als wir am Abend zurückkehrten, empfing mich Germanus mit einer Botschaft, die ein Protektor am Nachmittag überbracht hatte. Mein Freund und ich waren zur Audienz des Caesars geladen, die auf den späten Vormittag des nächsten Tages in der Empfangshalle neben dem Prätorium anberaumt war.

„Tribun" und „Centurio", wurden wir auffallend oft gegrüßt, als wir uns durch die vor Menschen wimmelnden Straßen zum Prätorium mühten.

Legionäre wiesen mit den Fingern auf uns und stießen andere an, die sich nach uns umdrehten. Seit den Kämpfen um die Divitia waren wir so etwas wie Berühmtheiten geworden.

Vor dem Eingang zur Aula ballten sich hunderte Soldaten und Zivilisten, um einen Blick auf die geladenen Offiziere und Würdenträger zu werfen.

„Da kommt der Tribun Maximus, Marcus Junius Maximus", rief ein alter Optio, den ich im Leben noch nicht gesehen hatte.

„Maximus", rief ein weiterer. „Maximus" skandierten andere, bis hunderte in den Ruf einstimmten.

„Maximus! Maximus! Maximus!", hallte es von den Mauern der Aula und den angrenzenden rußgeschwärzten Ruinen des Prätoriums.

Die Soldaten der Wachmannschaft, ein Dutzend Protektoren unter der Führung eines Centurios, lächelten mir anerkennend zu, als wir unsere Waffen abgaben und passieren durften.

„Wie fühlt man sich als Halbgott?", erwartete uns Charietto und schlug erst mir und dann Germanus auf die Schulter.

Barbatio und Ammianus, die in der Nähe standen, wichen unseren Blicken aus, als wir vorbei schritten.

„Kommt mit nach vorne", schob der Wolf uns weiter, „Julian möchte euch sehen, wenn er kommt."

Wir kämpften uns bis in die Nähe der Apsis vor, die ein Kordon Prospektoren weiträumig absperrte.

„Tribun", wurde ich von Severus begrüßt, der mit Ursicinus und Martinus zusammenstand. Martinus lächelte uns unsicher zu und erwiderte fahrig meinen Gruß. Der finstere Magister, der auch hier seinen schwarzen Umhang mit der übergroßen Goldfibel trug, hob kurz seine behandschuhte Hand und nickte.

„Was ist mit Martinus", flüsterte Germanus. „Stimmt etwas nicht?"

„Ich weiß nicht", zuckte ich mit den Schultern. „Wir werden es erfahren."

„Wo sind Chlotar und Balbus?", wandte ich mich an den Wolf.

„Die beiden genießen ihren Dienst in der Divitia", grinste Charietto. „Sie sind unabkömmlich."

In diesem Augenblick kündigten Hornsignale die Ankunft Julians an. Eine Gasse tat sich auf, durch die der Caesar und der Franke Bauto der Apsis zuschritten.

Der König trug die Tracht eines fränkischen Würdenträgers, kostbar verbrämter Kittel, Hosen, Lederstiefel, gewickelte Wadengamaschen und einen Pelzumhang, der ein Vermögen wert war. Julian war in eine schlichte Toga mit Purpurstreifen und roten Schuhen gekleidet. Der Bart schien etwas gestutzt und auf dem Kopf trug er einen einfachen Goldreif, einem gallischen Torques ähnlich. Neugierig schaute ich nach, ob seine Hände mit Tinte beschmiert waren. Unter dem Arm trug der Caesar eine mit rotem Band verschnürte Schriftrolle.

Ammianus eilte mit seinen Schreibtafeln hinter den beiden her, um den Anschluss nicht zu verlieren, während Barbatio sich zu Ursicinus gesellte.

„Sieh da", rief eine Stimme aus dem Hintergrund. „Der König der Franken."

„Muss sich jetzt eine neue Residenz suchen", spottete ein anderer.

Bauto gab sich den Anschein, nichts gehört zu haben, während Julian dezent schmunzelte. Einen Sinn für Humor konnte man dem Caesar nicht absprechen.

„Der König und ich haben zum Wohle des Imperiums und zum Ruhme Constantius II. eine Vereinbarung getroffen."

Julian öffnete das die Pergamentrolle schließende Band, entrollte das Blatt und hielt es über dem Kopf, dass jeder die eng beschriebenen Zeilen sehen konnte.

„Kann der Franke denn lesen?", rief es von hinten.

„Werden sie sich an den Vertrag halten?"

Julian rollte das Blatt zusammen und reichte es Ammianus.

Ein Blick auf Bauto zeigte mir dessen Verärgerung. Unserer Sprache schien der Franke jedenfalls mächtig zu sein.

„Spricht Bauto für alle Franken oder nur für die Ripuarier? Was ist mit den Brukterern und anderen fränkischen Stämmen?"

Beschwichtigend hob Julian die Hände.

„Die Franken gegenüber der Colonia sind durch diesen Vertrag und der Stellung von Geiseln gebunden. Zusätzlich werden sie unseren Legionen zweitausend Rekruten stellen."

„Mit den Verlusten, die sie in den letzten Tagen hatten", flüsterte mir der Wolf zu, „und der Abstellung ihrer Jungmannschaften sind sie für die nächsten Jahre militärisch ausgeschaltet."

„Die übrigen Stämme", fuhr Julian fort, „wissen jetzt um die Stärke unserer Legionen. Wer es weiterhin wagt, unsere Grenzen zu verletzen, wird mit unnachgiebiger Härte gestraft. Ich scheue nicht davor zurück, den Rhenus zu überschreiten und den Krieg in das Land der Ruhestörer zu tragen."

Der Beifall der Anwesenden brach sich an den Mauern und dem notdürftig ausgebessertem Dach der Halle.

„Bauto, König der Franken", grollte die Stimme des Wolfes. „Was ist mit Ulf, der an deiner Seite kämpfte. Wird der Mörder des Tribuns Aelius Viatorinus ausgeliefert?"

Mit lauter Zustimmung und geballten Fäusten unterstützten die anwesenden Militärs das Begehren Chariettos.

Der Franke blickte auf den Caesar, der ihm zunickte.

„Ulf ist auch zum Feind der Franken geworden", begann Bauto für alle vernehmlich in leidlichem Latein. „Er hat ein heiliges Recht gebrochen, das Recht auf freies Geleit. Ein Recht, ebenso verpflichtend wie das Gastrecht."

„Wird er ausgeliefert?", drängte der Wolf.

„Ich habe meine besten Krieger nach ihm und dieser Römerin geschickt. Wenn sie ihn haben, bekommt ihr beide."

„Bedeutet das", schien sich Charietto nur mühsam zu beherrschen, „dass ihr ihn nicht ausliefern könnt, weil er geflohen ist?"

„Mir wurde hinterbracht", antwortete Bauto ruhig", „dass er sich zu den Alemannen flüchtet."

„Bei allen Göttern der Unterwelt", stieß Germanus zwischen den Zähnen hervor.

In mir fraß die Enttäuschung. Wie inbrünstig hatte ich in den letzten Tagen auf ein Ende des Albtraums gehofft.

„Irgendwann bekommen wir ihn", murmelte der Wolf neben mir. „Hast du gehört, Marcus, ich verspreche es."

Der offizielle Teil der Audienz, an alle Anwesenden gerichtet, war beendet. Bittsteller drängten zu Julian, der sie aber mit einer entschuldigenden Geste auf später verwies. Stattdessen ging er in unsere Richtung und blieb vor mir stehen.

„Es war dein Plan und deine Tat, die uns die Colonia zurück gab, Tribun. Was kann der Caesar für dich tun?"

„Nichts, Caesar", antwortete ich schnell. „Ich wünsche nichts mehr, als an die Mosella zurückzukehren und meinen Dienst in Noviomagus anzutreten."

„Ich hätte dich gerne an meiner Seite, Tribun."

„Wenn ich gebraucht werde und du mich rufst, Caesar, komme ich."

„Geh an die Mosella, tapferer Tribun." Er lächelte mich an und schwer ruhte seine Hand auf meiner Schulter. „Der Rang des Viatorinus geht an dich über, Vicarius von Noviomagus. Aber richte dich nicht zu bequem ein und halte dich bereit. Im nächsten Jahr geht es gegen die Alemannen."

„Und du bist der Centurio Germanus." Julian wandte sich von mir ab und trat vor meinen Freund. „Ich ernenne dich zum Tribun und Stellvertreter des Vicarius Marcus Junius Maximus."

„Caesar." Martinus schob Barbatio zur Seite, der neugierig herangekommen war und trat einen Schritt vor. „Ich habe eine Bitte."

„Nur zu Tribun, du hast tapfer gekämpft."

Martinus schluckte. Es musste ihm schwer fallen, sein Anliegen zu äußern.

„Ich bitte dich um meinen Abschied."

„Warum?", fragte Julian erstaunt.

„Ich will und kann nicht länger Soldat sein. Der Dienst mit der Waffe steht zwischen mir und meinem Gott, dem zu dienen ich mich entschlossen habe."

„Du langweilst uns." Es war Barbatio, in dessen Stimme die ganze Geringschätzung lag, die er für Martinus empfand.

„Martinus hat gekämpft wie ein Held", zischte der Wolf. „Wo warst du? Du hast kein Schwert in der Hand gehalten."

Severus trat zwischen die beiden Männer, die ansonsten aneinander geraten wären.

„Deine Bitte erfüllt mich mit Trauer, Tribun." Julian überging den Vorfall, als wäre nichts geschehen.

„Aufgrund deiner Verdienste erlaube ich dir aber zu gehen. Und ich wünsche dir Glück, Martinus, obwohl dein Gott nicht meiner ist."

Mein Kamerad Martinus wirkte gelöst und erleichtert, als wäre eine große Last von ihm genommen. Das war es also, was ihn so bedrückt hatte.

„Tribunes, Magistri, Charietto", Julian hob die Hand zum Gruß und wendete sich einer anderen Gruppe zu, die abseits wartete.

„Charietto, Martinus", sprach ich die Gefährten an, als Julian sich entferne. „Ich werde morgen mit Germanus zur Mosella aufbrechen." Ich unterbrach mich kurz, um meinen folgenden Worten Gewicht zu geben.

„Heute Nachmittag habe ich noch eine schwere Pflicht zu erfüllen. Viatorinus hat ein würdiges Begräbnis verdient. Ihr habt ihn gekannt und ich würde mich freuen, wenn ihr dabei seid."

Am Nachmittag umstanden wir auf dem Gräberfeld im Norden der Colonia eine frisch verfüllte Grube, die einen roh gezimmerten Sarkophag mit den sterblichen Überresten meines Freundes barg.

Die Sonne war zwischen den Wolken hervor getreten und beschien den von mir bestellten Grabstein. Eine roh geglättete Platte aus Kalkstein, in die der Steinmetz mit ungelenker Hand die von mir verfasste Inschrift eingemeißelt hatte. Zur Bearbeitung von Mauerquadern und der Gestaltung einfacher Ornamente mochte der Mann taugen, mit der Anbringung einer Inschrift war er überfordert. Trotzdem konnte ich froh sein, überhaupt einen Grabstein bekommen zu haben.

Jedem Vorbeigehendem würde der Stein erzählen, dass hier der Protector Domesticus Viatorinus liegt, ermordet von einem Franken in der Nähe der Divitia. Dass der Steinmetz als Stifter den Vicarius der Festung angab, obwohl ich dieses Amt nur kommissarisch für einen Tag innehatte, verzieh ich dem Mann.

Der Sitte entsprechend, hatte ich Wein, Brot, etwas Käse, Nüsse und einen Honig gesüßten Kuchen mitgebracht. Gemeinsam verbrannten wir etwas Weihrauch in einem bronzenen Becken, tranken von dem Wein und verzehrten die Speisen. Viatorinus bekam seinen Teil, indem alle Anwesenden etwas Wein über den Stein gossen. Auch Martinus entzog sich nicht dieser in seinen Augen heidnischen Sitte. Es galt, einen Toten zu ehren.

Als wir aufbrachen, verabredeten wir, uns am Abend in der Taverne des Gaius Verus zu treffen, um unseren Abschied zu feiern. Martinus verabschiedete sich an Ort und Stelle und wünschte uns Glück. Ich habe ihn nie wieder gesehen, aber als Bischof der Christen viel Gutes über ihn gehört. Ein bemerkenswerter Mann.

Einige Jahre später, ich hatte in der Colonia zu tun, besuchte ich das Grab meines Freundes. Ganz in seiner Nähe erhob sich ein monumentaler Gedenkbau, den der Caesar Julian zum Gedenken der hier bestatteten Soldaten in Auftrag gegeben hatte.

Den Abend verbrachten wir eher nachdenklich als fröhlich und suchten früh unsere Schlafstätten auf. Mit dem Versprechen, uns in der Villa Vineta zu treffen, gingen wir auseinander. Der Wolf hatte nicht vergessen, dass Galerius und der wohl gefüllte Keller eines Weingutes auf ihn warteten.

Kalter Regen stäubte den beiden Reitern ins Gesicht, die sich mit gesenkten Köpfen durch das Unwetter kämpften. Der in einen dunklen Umhang gehüllte Mann hielt die Zügel des Packpferdes in der Hand, das die Habe der Reisenden trug. Hinter ihm ritt, die Kapuze des weiten, blauen Mantels tief ins Gesicht gezogen, eine Frau.

„Du bist sicher, dass dies der richtige Weg ist?" rief sie in den Regen hinein.

Der Mann mit der Narbe im Gesicht, dessen linkes Auge eine Binde bedeckte, zügelte sein Reittier und wandte sich im Sattel um.

„Die Alte in dem Dorf hat den Weg genau beschrieben, Serena. Noch diese Anhöhe hinauf", er wies nach vorne, „und wir sehen den Dünsberg vor uns liegen."

„Und dein Freund Makrian wird uns aufnehmen, Ulf?"

„Ja. Wir haben im Idar zusammen gekämpft."

„Was für ein Mann ist dieser Makrian?"

„Ein gewaltiger Krieger, und er hasst die Römer."

„Ich bin eine Römerin", gab Serena zu bedenken.

„Eine Römerin", lächelte Ulf, „die es sich mit ihrem Volk verdorben hat."

„Woran du nicht ganz schuldlos bist", entgegnete sie erbost.

„Du wolltest den Kopf des Viatorinus", gab Ulf nicht nach.

„Und denke daran, was du mir versprochen hast. Den Kopf des Marcus Junius Maximus."

„Wie könnte ich das vergessen", sinnierte sie gelangweilt. „Du erinnerst mich jeden Tag daran."

„Wie lange wird das Geld reichen, das du bei dir hast?"

„Eine Weile", beruhigte Ulf seine Gefährtin und klopfte auf den gefüllten Beutel, den er am Gürtel unter dem Mantel trug. „Es ist der Lohn des Ursicinus für meinen Verrat an Silvanus. Ich hatte ihn vergraben, bevor ich flüchtete. Als wir aufbrechen mussten, habe ich den Hort gehoben."

„Mussten wir wirklich fliehen, Ulf?"

„Ich bin gewarnt worden, Serena. Bauto hätte mich ausgeliefert." Ein höhnisches Grinsen zog über die Züge des Franken. „Dieser König will jetzt ein Freund der Römer werden."

Mittlerweile hatten die beiden die vor ihnen liegende Anhöhe erreicht und blickten weit ins Land hinaus.

„Dort hinten, Serena, siehst du den Berg am Horizont?" Ulfs Hand wies nach vorne. „Das ist der Dünsberg, die Burg meines alemannischen Freundes. Wir werden vor dem Abend dort sein"

„Ich hoffe, dein Freund hat ein warmes und trockenes Bett für uns."

Ulf lächelte und wollte sein Pferd antreiben, als ihn Serenas nächste Frage zurückhielt.

„Was wird werden, Ulf?"

„Wir werden den Winter bei Makrian verbringen. Dann geht es gegen die Römer. Überall wird erzählt, dass die Völker der Alemannen gegen Julian rüsten. Es wird Krieg um den Besitz des Alemannensass geben."

„Und du wirst dabei sein?", fragte Serena.

„Ich bin überall, wo gegen die Römer gekämpft wird. Und ich werde mir den Kopf des Marcus holen.

Vergiss nicht", erhob er seine Stimme, „dass er im Besitz einiger Dinge ist, die mir zustehen."

„Du meinst den Schlangenreif deines Vaters?"

„Ja, und die Gürtelschnalle des Silvanus, die du leichtfertig aus der Hand gegeben hast."

„Glaubst du nicht, dass sie Clodius zusteht?"

„Ich hatte gehofft, du hättest diesen Bastard vergessen."

Ein schmerzlicher Ausdruck zog über Serenas Gesicht, als sie den Kopf senkte.

„Ich bin seine Mutter, Ulf."

Der Franke überging die Bemerkung seiner Gefährtin, als wäre sie nicht gefallen.

„Man erzählt sich, dass es auch noch eine Fibel mit dem Abbild der Schlange gibt", murmelte Ulf. „Und es gibt diese Prophezeiung."

„Du meinst die Seherin an der Logana?" Serena trug wieder das habgierige Glitzern in den Augen.

„Ja", bestätigte Ulf. „Wir werden sie aufsuchen, wenn der Schnee geschmolzen ist."

Am nächsten Morgen entlohnte ich die Magd Cornelia für ihre Dienste und machte mich mit Germanus und Clodius auf den Weg zur Porta Bonna, dem Treffpunkt aller am heutigen Tag in die Treveris oder an die Mosella abgehenden Truppen.

Der Junge war aufgeregt, freute sich auf die Reise und war gespannt Bissula, Galerius und den Hund Nero zu sehen, von denen ich ihm während unseres Rundgangs durch die Colonia erzählt hatte.

Vor dem Tor warteten Titus Venator und die Reiter aus Beda auf uns. Zusammen mit den fünfzig berittenen Infanteristen aus Noviomagus und hundert Wölfen, die uns begleiteten, war es eine beeindruckende Kolonne, die sich auf den Weg machte.

Balbus sollte mit den Infanteristen aus der Treveris und Divodurum in wenigen Tagen folgen. Charietto und der Rest der Wölfe würden in zwei Wochen aufbrechen. Der Wolf sollte dem Caesar auf dem Weg in sein gallisches Winterquartier bis Treveris das Geleit geben.

Mit tausend Mann waren wir im August zur Wiedergewinnung der Colonia angetreten, weniger als siebenhundert kehrten zurück.

Ich hatte für Clodius ein kleines Pferd besorgen lassen, das er stolz bestieg. Ich traute es dem Jungen und seinen Reitkünsten zu, die Strecke bis an die Mosella durchzustehen.

In Bonna verließen wir die Rhenusstraße und bogen ab auf die durch die Silva Arduenna führende Reichstraße nach der Treveris. In dem Vicus Belgica, bis wohin mich Germanus im Frühsommer begleitet hatte, schlugen wir neben dem inzwischen erbauten Burgus unser Lager auf.

Auf den Spuren meiner Reise von Aquis an die Mosella, die kein halbes Jahr zurück lag, ritten wir in das Tal der Urafa hinab, wo wir am Ausgangspunkt der Wasserleitung in die Colonia unser nächstes Nachtlager aufschlugen. Ich bereitete Clodius eine Schlafstatt in dem kleinen Wärterhäuschen, das einst den durchreisenden Kanalwärtern auf ihren Inspektionsreisen Schutz vor Wind und Wetter bot. Den Jungen ängstigten die an der Brunnenstube angebrachten Gorgonenhäupter, die auch mich einst erschreckt hatten.

Mein alter Bekannter, Marcus Sidonius Rufus, ließ es sich nicht nehmen, mir mit mehreren Weinkrügen einen Besuch abzustatten, nachdem sich unsere Anwesenheit im Tal herumgesprochen hatte.

Mit einem gewaltigen Kater, so nennen die Germanen die Auswirkungen einer durchzechten Nacht auf das Wohlbefinden, machten wir uns am Morgen auf den Weg.

Vorbei am Heiligtum der Matronen und dem Vicus Marcomagus, ging es in einem Gewaltritt über Icorigium und den Ruinen der Villa Sarabodis bis nach Beda, wo wir in der Nacht anlangten.

Von Titus und seinen Reitern herzlich verabschiedet, nahmen wir am nächsten Tag das letzte Teilstück unserer Reise in Angriff.

Je näher ich der Heimat kam, desto unruhiger wurde ich. Die Sehnsucht und das Verlangen, meine geliebte Bissula bald in die Arme zu schließen, wurden übermächtig.

Meinen Entschluss, nicht mit nach Noviomagus zu reiten, sondern mein Vaterhaus, die Villa Vineta, schon heute aufzusuchen, teilte ich dem Freund beim Abstieg in das Tal der Mosella mit.

Als wir Decem erreichten und Clodius das erste Mal in seinem Leben die Mosella erblickte, konnte ich es kaum noch erwarten.

Im Eiltempo ging es den Fluss entlang, bis die weißen Mauern und roten Schindeln der Dächer meines Vaterhauses über dem jenseitigen Ufer standen.

Ich versicherte Germanus, mich in zwei Tagen in der Festung Noviomagus einzufinden und gab ihm letzte Instruktionen mit auf den Weg. Mein Stellvertreter trug mir Grüße an seine Base Bissula auf und ritt, mein und Clodius Pferd am Zügel, seinem neuen Kommando entgegen.

Ein Fischer setzte uns mit seinem Kahn über. Dann ließ ich mein Reisegepäck fallen, lief mit Clodius die Anhöhe hinauf, rannte zur Pforte und riss sie auf.

Ein lautes Jaulen und Kläffen ertönte, als ich den gekiesten Weg mit der Allee aus Obstbäumen entlang stob. Die Türe unter der Portikus öffnete sich, und Nero schoss wie der Blitz Jupiters auf mich zu, sprang an mir hoch und fuhr mit seiner Zunge über mein Gesicht.

„Marcus", schrie es aus dem Haus. Bissula stürzte heraus und fiel mir um den Hals.

Wir küssten uns, als wären seit unserem Abschied nicht fünf Wochen, sondern mehrere Jahre vergangen.

„Wen hast du da mitgebracht?", fragte sie atemlos, als hätte sie den Jungen erst jetzt bemerkt, der uns verlegen betrachtete.

„Clodius, Sohn des Silvanus und mein Vetter, von seiner Mutter verlassen und mir anvertraut." Lange hatte ich mir diesen Satz zurecht gelegt.

„Sei willkommen in deinem neuen Zuhause", strich sie dem Jungen über die Haare, der dankbar zu ihr aufblickte.

Dann öffnete sie die Arme, drückte ihn an sich und gab ihm mit einem Klaps zu verstehen, dass er mit Nero spielen sollte.

„Ich hoffe du erzählst mir, wie du an das Kind eines Imperators gekommen bist?", lachte sie mich an und umarmte mich wieder.

Galerius, Flavia, die Bediensteten und Knechte, alle kamen sie herbei gelaufen, um mich, den Herrn der Villa Vineta, zu begrüßen.

Den ganzen Tag und die Nacht saßen wir zusammen, aßen, tranken und erzählten.

Als der Morgen graute, stieg ich mit Bissula in das Turmzimmer hinauf, das ich schon als Kind bewohnt hatte.

Bissula öffnete einen Kasten, entnahm den Schlangenreif und legte ihn auf die hölzerne Tischplatte. Ich holte die Schlangenfibel meines Großvaters aus ihrem Versteck, griff in die Innentasche meiner Tunika, in der sich die Gürtelschnalle des Silvanus befand, und legte beides zu meinem Armreif. Mir war, als hinge ein Leuchten im Raum, als die drei Schlangen vereint waren.

Sechs Jahrzehnte mochten vergangen sein, dass mein fränkischer Ahne die Schmuckstücke unter seinen Söhnen aufgeteilt hatte.

„Und wie geht es weiter?" blickte Bissula mir fragend in die Augen.

„Das wissen die Götter," zuckte ich mit den Schultern.

„Es ist noch nicht ausgestanden", antwortete Bissula, trat zum Fenster und blickte in den trüben Morgen. „Mir graut vor Ulf und dieser Serena."

Spurensuche

Das vierte Jahrhundert
im Rheinland

Karte 1: Belginunm bis Mainz

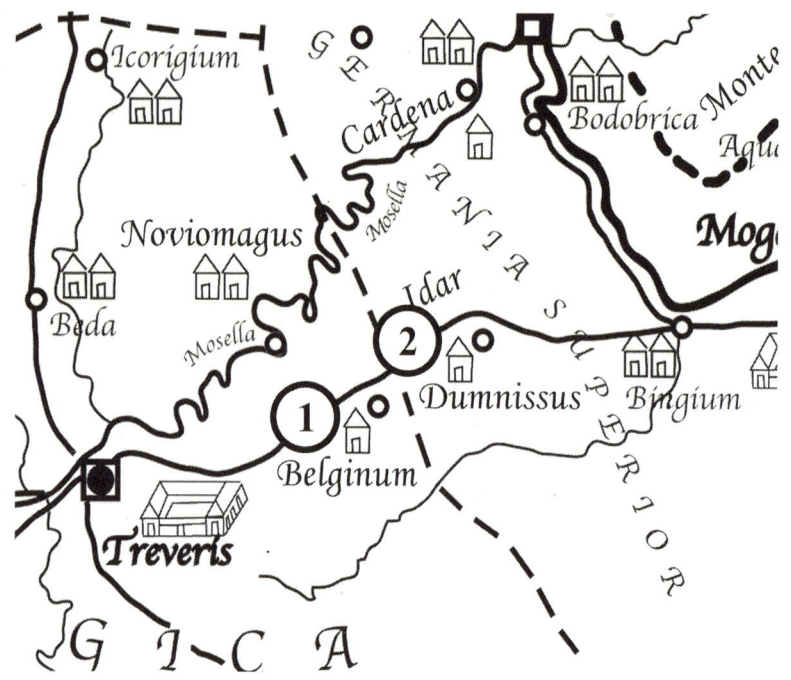

1   Belginum   Morbach-Wederath
2   Ausoniusstraße

Karte 2: Taunus und Mittelrhein

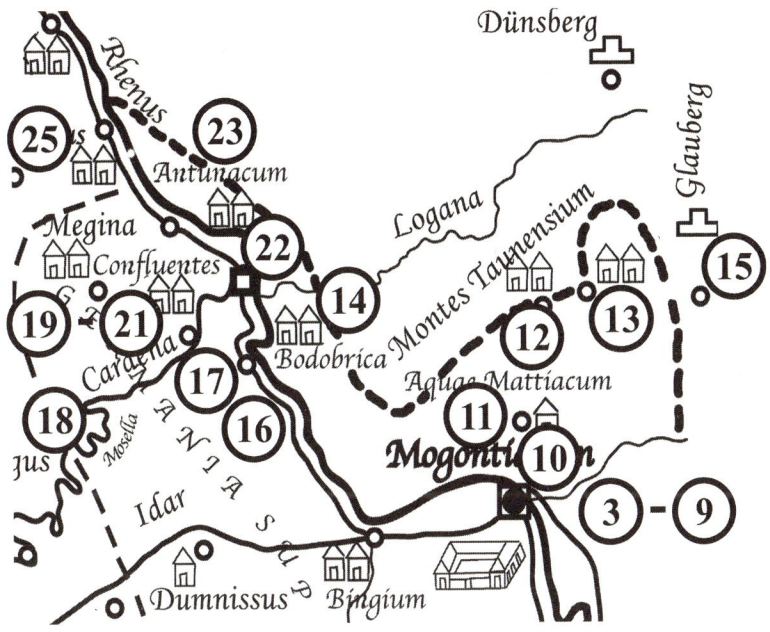

3-9 Mogontiacum   Mainz
10   Mainz-Kastel
11   Aquae Mattiacorum   Wiesbaden
12   Feldbergkastell
13   Saalburg (Bad Homburg)
14   Bad Ems
15   Glauberg
16   Bodobrica   Boppard
17   Martberg (Pommern)
18   Erden
19   Megina   Mayen
20   Nickenich
21   Römerbergwerk Kretz
22   Confluentes   Koblenz
23   Antunacum   Andernach
25   Villa am Silberberg Ahrweiler

Karte 3: Köln und Umgebung

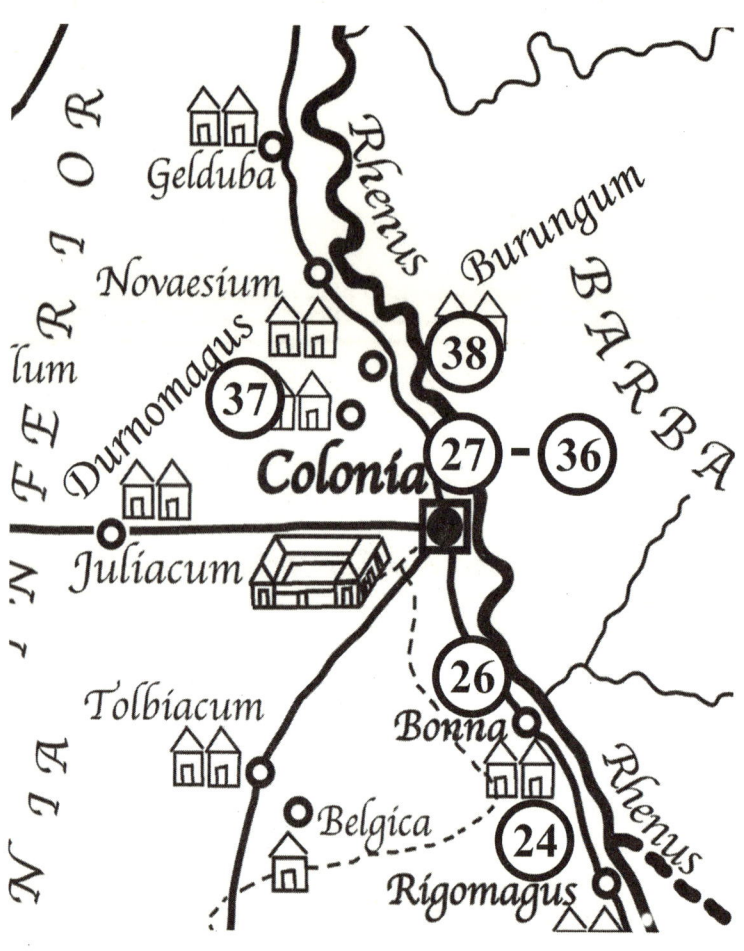

24	Rigomagus	Remagen
26	Bonna	Bonn
27-36	Colonia	Köln
37	Durnomagus	Dormagen
38	Burungum	Haus Bürgel (Monheim)

1 Belginum (Morbach – Wederath)

Kapitel: Marsch der Tausend

Grabhügel der Nekropole (mit freundlicher Genehmigung von Berthold Staudt, Morbach)

An der Römerstraße von Trier nach Bingen, der später sogenannten Ausoniusstraße, wurde im 1. Jhdt. n. Chr. der Vicus Belginum am Kreuzungspunkt alter historischer Verkehrswege angelegt. Die keltische Vorgängersiedlung ist noch nicht aufgefunden worden.

Den heute an gleicher Stelle errichteten Archäologiepark Belginum erreicht man über die Hunsrückhöhenstraße (E 42, am Kreuzungspunkt der B 327/B 50 der Beschilderung folgen).

Verkehrsgünstig gelegen, erlebte die entlang der Straße gebaute ca. 40 ha große Siedlung ihren Höhepunkt im 2. und 3. Jhdt. n. Chr. Schriftlich überliefert ist der Name des Ortes in Weiheinschriften des 2. Jhdt. n. Chr. und durch einen Eintrag in der Tabula Peutingeriana, einer spätantiken Straßenkarte des 5. Jhdt. n. Chr..

Verteilt auf siebzig bis neunzig Wohneinheiten, in der Mehrzahl Streifenhäuser, lebten hier zweihundert bis dreihundert

Menschen. Die Häuser waren bei einer Breite von 8–12 m mit der Giebelseite zur Straße ausgerichtet. An der Straßenseite der bis zu 30 m langen Gebäude lagen die Werkstätten und überdachten Verkaufsräume, während sich die Wohnräume im hinteren Teil befanden. Die Grundstücke erreichten eine Länge von 100 m und waren im rückwärtigen Bereich mit Holzbauten und Ställen bebaut. Hier befanden sich auch die Brunnen und Zisternen. Im Ort lebten in der Mehrzahl Gewerbetreibende und wenige Verwaltungsbeamte (Quaestoren), die ihren Lebensunterhalt dem Verkehr der stark frequentierten Überlandverbindung verdankten.

In diesem Zusammenhang ist auch die Anlage von vier Tempelbezirken und eines Kulttheaters zu verstehen, welche die überregionale Bedeutung der Ansiedlung unterstreichen. Bemerkenswert ist, dass die Sakralbauten in der zweiten Hälfte des 3. Jhdt. n. Chr., wohl wegen der drohenden Germaneneinfälle, systematisch niedergelegt wurden. Opfergruben zeigen, dass die einheimische Bevölkerung die alten Kultplätze weiterhin aufsuchte, um ihre Riten zu feiern.

Das Vorhandensein vieler tiefgründiger Brunnen und der Fund einer Pumpenvorrichtung aus dem 2. Jhdt. n. Chr. belegen das Hauptproblem der hochgelegenen Siedlung. Wasser war kaum vorhanden und musste mühsam beschafft werden.

Die Besiedlung des Vicus endete im späten 4. Jhdt. n. Chr., als der Ort offenbar aufgegeben wurde.

Nördlich der Siedlung wurde ein ca. 3 ha großes Militärlager festgestellt. Ein einfacher Spitzgraben und mit Palisaden verstärkte Erdwälle schützten die Anlage, die offenbar keinem militärischen Zweck diente. Vermutlich haben im Innenraum Pioniereinheiten und Bautrupps in Zelten oder einfachen Holzhütten kampiert, bis die Überlandverbindung nach Bingen und Mainz in diesem Bereich fertig gestellt war.

Aufsehen erregende Funde barg das ca. 5 ha große keltisch-römische Gräberfeld, das 500 m östlich der Siedlung aufgefunden wurde.

Die teilweise reichen Beigaben der ca. 2500 untersuchten Gräber geben wichtige Einblicke in das Leben zu keltischer und römischer Zeit. Die umliegenden Hügelgräber und einige Brandgräber datieren vom 7. bis in das 5. Jhdt. v. Chr.. Aus dem 3. Jhdt. v. Chr. stammen Brandbestattungen, bei denen kleine Hügel über den Scheiterhaufen errichtet wurden. Bis in das 3. Jhdt. n. Chr. überwog die Brandbestattung in Flachgräbern. Ab dem 2. Jhdt. v. Chr. wurden quadratische Grabgärten angelegt. Zwei Pfeilergräber und die Fundamente mehrerer Grabdenkmäler datieren in die römische Zeit. Im 4. Jhdt. n. Chr.. setzte sich die Körperbestattung durch. Von den insgesamt 2500 untersuchten Gräbern entfallen 550 auf die vorrömische Epoche. Es wurden reichhaltige Beigaben an Keramik, Glasgefäßen, Münzen und Waffen aus keltischer und römischer Zeit gefunden.

Auf dem Gelände des römischen Vicus wurde ein Museum errichtet, das in eindrucksvoller Form Leben und Sterben im Siedlungsplatz Belginum dokumentiert.

Anschauliche Tafeln verdeutlichen dem Besucher des Archäologischen Parks das römische Leben an den Originalschauplätzen. Sehenswert sind ein aufgemauerter 18 m tiefer Brunnen, ein Kinderspielplatz im Bereich des Kulttheaters und die wiederhergestellten Grabhügel und Grabgärten der Nekropole.

Aktuelle Forschungen und Grabungen sowie hervorragend konzipierte Sonderausstellungen machen Museum und Archäologischen Park zu einem überregional anerkannten Anziehungspunkt.

Informationen:
www.belginum.de
www.strasse-der-roemer.de

Öffnungszeiten:

März–Mai	*Di–So*	*10.00–17.00 Uhr*
Juni–September		*10.00–18.00 Uhr*
Oktober		*10.00–17.00 Uhr*
Nov.–Mitte Dez.		
und Februar		*nur an den Wochenenden*

2 Ausoniusstraße

Kapitel: Marsch der Tausend

Römerstraße östlich von Belginum (mit freundlicher Genehmigung von Berthold Staudt, Morbach)

Die im 1. Jhdt. n. Chr. ausgebaute Ausoniusstraße (Via Ausonia), ihre Ursprünge liegen in vorrömischer Zeit, verband die Metropolen Trier und Mainz. Sie wurde im Mittelalter nach dem römischen Dichter und Staatsbeamten Decimus Magnus Ausonius benannt, der sie im 4. Jhdt. n. Chr. anlässlich seiner Rückkehr von einem Alemannenfeldzug ausführlich beschrieb. Die Reiseschilderung bildet den Anfang der „Mosella", seinem gepriesenen Loblied auf Fluss und Landschaft im Umfeld der Kaiserstadt.

Die doppelspurig befahrbare, kiesgedeckte Straße führte von Neumagen in einem weiten Bogen auf die Höhen des Hunsrücks, von wo es eine direkte Verbindung nach Trier gab. Über Belginum und Kirchberg (Dumnissus) führte die Straße zum heutigen Rheinböllen, wo es einen Abzweig zum Mittelrheintal bei

Bacharach gab. Von Rheinböllen ging es hinab nach Bingen (Bingium) und weiter nach Mainz. Die Gesamtstrecke zwischen den beiden Hauptstädten betrug 118 km. Gesäumt wurde die Straße von Meilensteinen, Straßenstationen, Landvillen und vereinzelten Siedlungen.

Beim Bau der heutigen Hunsrückhöhenstraße, die in weiten Teilen dem alten Verkehrsweg folgt, wurden weite Teile der antiken Straße zerstört. Teilstücke der Ausoniusstraße präsentieren sich bei Belginum und vor Kirchberg in einem gut erhaltenen Zustand. Für den Verkehr gesperrt, ist der schnurgerade, mehrschichtige Straßendamm zu Fuß oder mit dem Rad zu bewältigen. Hinweisschilder weisen bei den genannten Ortschaften auf die Teilstücke hin (AU – Ausoniusweg).

Informationen:
www.strasse-der-roemer.de

3 – 9 Mogontiacum (Mainz)

Kapitel: Liebeszauber und Todesfluch

Dativius-Victor-Bogen

Die Gründung von Mainz geht zurück auf das Jahr 13 v. Chr., als Drusus an der strategisch günstigen Stelle des Zusammenflusses von Rhein und Main ein Legionslager errichten ließ.

In den folgenden Jahren entwickelte sich im Schutz der Garnison aus den zusammenwachsenden Lagerdörfern eine zivile Siedlung, die immer mehr stadtähnlichen Charakter annahm. Zusätzlich wuchsen die Ansiedlungen im heutigen Weisenau und Dimesser Ort zu regelrechten Vorstädten heran.

Im Vergleich zu Trier und Köln legte die Stadt ihren militärischen Charakter niemals ab. Bis zur Mitte des 4. Jhdt. n. Chr. blieb sie Legionsstandort und Flottenstützpunkt.

Obwohl niemals im Rang einer Colonia, residierte der Statthalter Obergermaniens in der Stadt, die um das Jahr 90 n. Chr. zur Provinzhauptstadt Obergermaniens erhoben wurde. Es entstanden Repräsentations- und Nutzbauten, wie die steinernen Brücken über den Rhein und den Main, die öffentlichen Thermen, der noch nicht nachgewiesene Statthalterpalast und ein großes Theater.

Bedingt durch den Schutz des nahen Limes und der sicheren Entfernung zu den Grenzen Germaniens blühte die neue Provinzhauptstadt im 2. und zu Beginn des 3. Jhdt. n. Chr. auf und erlebte bis auf unbedeutende Zwischenfälle in den Chattenkriegen und der Revolte des Saturninus eine Zeit des Friedens.

Im Jahre 235 n. Chr. wurde Mainz zum Schauplatz eines geschichtsträchtigen Ereignisses. Als der damalige Kaiser Severus Alexander Truppen für seinen geplanten Feldzug gegen die Alemannen sammelte, kam es zu einem Aufstand des Militärs, in dessen Verlauf der Kaiser und seine Mutter ermordet wurden. Ein gewisser Gaius Iulius Verus Maximus rief sich zum Nachfolger des Ermordeten auf und begründete damit die Ära der Soldatenkaiser.

Wenig später wurde der Ort wegen des wachsenden Drucks der Alemannen und dem darauf folgendem Fall des Limes mit einer Stadtmauer befestigt.

Nach der Neugliederung der römischen Provinzen um 297 n. Chr. ging die Provinz Germania Superior (Obergermanien) in der nun verkleinerten Germania Prima auf, Mainz blieb aber weiterhin Provinzhauptstadt. Ab jetzt gab es auch einen „Dux Mogontiacensis" in der Stadt, der die Befehlsgewalt über das Grenzheer hatte.

Durch den Alemanneneinfall in der Mitte des 4. Jhdt. n. Chr. in Mitleidenschaft gezogen, kam es zur Aufgabe des Legionslagers und dem Bau einer zweiten Mauer, die das Stadtgebiet auf ca. ein Drittel ihrer ursprünglichen Größe verkleinerte.

Am Osterfest des Jahres 368 n. Chr. überfielen und plünderte die Alemannen unter ihrem Anführer Rando die Stadt. Die in eine Kirche geflüchteten Einwohner wurden in die Gefangenschaft geführt.

Die beginnende Völkerwanderung und der damit verbundene Abzug großer Teile der noch vor Ort stationierten Truppen nach Italien verlockte Alanen, Sueben und Vandalen im Jahre 406 zum Überschreiten des Rheins. Trotzdem dauerte es bis zur Mitte des 5. Jhdts., bis die römische Herrschaft in Mainz mit dem Einfall der Hunnen erlosch.

Die teilweise verwüstete Stadt fiel am Ende des 5. Jhdt. n. Chr. an die expandierenden Franken unter Chlodwig. Wie in Trier und Köln lebte die Tradition der spätrömischen Verwaltung in den kirchlichen Diözesen fort.

Römisch-Germanisches-Zentralmuseum (RGZM)
Öffnungszeiten: Di–So 10.00–18.00 Uhr
web.rgzm.de

Römisch-Germanisches-Zentralmuseum (RGZM)
Museum für Antike Schifffahrt
Öffnungszeiten: Di–So 10.00–18.00 Uhr
web.rgzm.de

Mainzer Landesmuseum
Öffnungszeiten: Di 10.00–20.00 Uhr
*   Mi–So 10.00–17.00 Uhr*
www.landesmuseum-mainz.de

Informationen zu Mainz:
www.mainz.de

3   Drususstein

Das bedeutendste Denkmal aus römischer Zeit befindet sich hoch über der Stadt auf dem Gelände der Zitadelle. Der Standort war so gewählt, dass man den Bau von jedem Ort der antiken Stadt aus sehen konnte.

Zu Beginn des 1. Jhdt. n. Chr. erbaut, wird der so genannte „Drususstein" von den Geschichtsschreibern Sueton und Eutropius erwähnt. Augustus selbst gab dem Kenotaph (Ehrengrab) seine Zustimmung und verfasste eigens ein Grabgedicht. Das Denkmal wurde zu Ehren des Feldherrn Drusus errichtet, der im Jahre 9 v. Chr. bei einem Germanenfeldzug tödlich verunglückte. Ihm zu Ehren wurden jährlich Gedenkfeiern veranstaltet, in deren Mittelpunkt der Drususstein und das römische Theater standen (300 m entfernt). An den Feierlichkeiten nahmen die politischen Vertreter der drei gallischen Provinzen (60 Civitates/Verwaltungsbezirk), die in Mainz stationierten Legionen, die ihren ehemaligen Feldherrn mit einer Truppenparade ehrten und die Bevölkerung teil.

Ursprünglich besaß der Bau eine Höhe von etwa 30 m. Über einem quadratischen Sockel erhob sich ein zylinderförmiges Geschoss mit einem kegelförmigen Aufsatz. Die Spitze des Denkmals krönte ein wohl vergoldeter Pinienzapfen.

Auf unsere Zeit überkommen ist das bis zu einer Höhe von 20 m erhaltene Gussmauerwerk des Kernbaus. Verkleidung und Aufbauten sind dem Steinraub des Mittelalters und der frühen Neuzeit zum Opfer gefallen.

4 Römisches Theater

Beim Bau des Bahnhofs Mainz-Süd kamen im Jahre 1884 umfangreiche römische Mauern zum Vorschein, die im Zuge des Gleisbaus entfernt wurden. Nachgrabungen, die 30 Jahre später stattfanden, ergänzten den abgebrochenen Befund. Grabungen der letzten Jahre legten hangseitig einen großen Teil der noch vorhandenen Grundmauern frei.

Ein Bühnentheater ist in Mainz für das Jahr 39 n. Chr. belegt (Sueton). Dieser Vorgängerbau wird ein Holz-Erde-Bau gewesen sein. Die heute sichtbaren Überreste stammen aus dem 2. Jhdt. n. Chr., als die alte Konstruktion durch einen Steinbau ersetzt wurde. Einer der üblichen Theatergrundrisse mit in den

Hang hinein gearbeiteten Sitzstufen, Bühne, Orchestra, Zugängen und halbrundem Zuschauerraum. Mit einer Bühnenlänge von 41,25 m und einem Durchmesser des Zuschauerhalbrundes von 116,25 m fasste es 10.000 Zuschauer. Es ist das größte Theater nördlich der Alpen und übertrifft in Ausmaßen und Fassungsvermögen die Theater von Orange, Arles und Lyon im ehemaligen Gallien.

Die Größe des Theaters steht in einem direkten Zusammenhang zu den Drususfeierlichkeiten, die jedes Jahr abgehalten wurden. Bis weit in das 4. Jhdt. n. Chr. hinein in Gebrauch, lag die Spielstätte nach dem Neubau und der Verkürzung der Wehranlagen aber außerhalb der Stadtmauern. Spolien, Baumaterialien in Zweitverwendung, die aus dem Theater stammen, wurden beim Bau dieser zweiten Stadtmauer verwendet. Ab dem 6. Jhdt. n. Chr. als Begräbnisplatz genutzt, wurden die oberirdisch sichtbaren Reste des Theaters im 17. Jhdt. n. Chr. beim Ausbau der Zitadelle niedergelegt.

5 Aquädukt im Zahlbachtal

Die gewaltigen, mehrere Meter hohen Mauerstümpfe aus römischem Gussbeton, die sich auf einer Länge von 600 m das leicht ansteigende Zahlbachtal hinauf ziehen, sind die Überreste eines römischen Aquäduktes.

Zur Wasserversorgung des Legionslagers auf dem Kästrich und der Zivilbevölkerung wurde im 1. Jhdt. n. Chr. eine Wasserleitung erbaut, die die Quellen der heutigen Stadtteile Drais und Finthen erschloss. Sie ersetzte wahrscheinlich eine vorher bestehende Holzleitung.

Zuerst unterirdisch und dann in einer Fließrinne verlaufend, wurden die letzten 3 km in der Aquäduktbauweise ausgeführt. Die Gesamtlänge der Wasserleitung betrug etwa 9 km.

Die zweigeschossigen Bogenkonstruktion, deren Pfeiler einen Achsenabstand von 8,50 m haben, trugen das frische Quellwasser in einer Höhe von 25 m und einem Gefälle von insgesamt 0,9 % über das Zahlbachtal.

Die heute sichtbaren Mauerkerne aus Gussbeton sind ihrer ursprünglichen Ummantelung, die aus faustgroßen Mauersteinen bestand, bis auf wenige Reste beraubt. Das Wasser verlief oberhalb der Bögen in einer U-förmigen Rinne aus Sandsteinblöcken, die eine Abdeckung aus Steinplatten trug. Aus dem Gefälle und dem Rinnendurchmesser lässt sich eine Tagesförderung von 6000–7000 Kubikmetern pro Tag errechnen. Die Wasserleitung endete in einem Sammelbecken vor der Südecke des Legionslagers, von dem sich Teile des Fundamentes erhalten haben. Ziegelstempel datieren die Anlage in die flavische Zeit (69–96 n. Chr.). Von hier aus wurde das Wasser über Verteiler in das Lager, seine Bäder und in die Lagervorstadt geleitet.

6 Römisches Stadttor auf dem Kästrich

Im Jahre 1985 wurden bei Baumaßnahmen auf dem Kästrich Teile der 2,70 m breiten Stadtmauer und die Reste eines Stadttores entdeckt.

Wahrscheinlich unter der Herrschaft Julians wurde in der 2. Hälfte des 4. Jhdt. n. Chr. mit dem Bau einer zweiten, verkürzten Stadtmauer begonnen. Im Bereich des aufgegebenen Legionslagers schloss sie den durch dessen Abriss entstandene Lücke. Viele Spolien aus dem Bereich des Lagers (Prätorium und andere Lagerbauten) und weiterer Repräsentationsbauten aus dem Stadtgebiet (Statthalterpalast, Dativius-Victor-Bogen) sind dabei verwendet worden. Einige dieser in Zweitverwendung benutzten Steine sind durch ihre Ornamentik deutlich im Mauerwerk zu erkennen. Der neu ummauerte Bereich schloss mit einer Fläche von 98,3 ha etwa ein Drittel des bisherigen Stadtgebietes ein.

Das Stadttor auf dem Kästrich wurde in die Befestigungsmauer integriert und war zum Schutz mit einem Turm versehen. Es wurde an der Stelle der ehemaligen Via Principalis errichtet, die früher durch das Legionslager hindurch und in die Stadt hinab führte. Erhalten sind die beiden Torwangen und der von den Erbauern vor Ort belassene Plattenbelag der weiterhin genutzten Straße. Fahrspuren, die sich im Laufe der Benutzung eingeschliffen haben, entsprechen mit einer Breite von 1,90 m der typischen Spurbreite römischer Wagen. Die ca. 4 m breite Toröffnung wurde durch zwei hölzerne Türflügel verschlossen. Stadtmauer und Toranlage besitzen noch heute eine Höhe von 2 m und können vor Ort besichtigt werden.

7 Dativius-Victor-Bogen

In der Nähe des Kurfürstlichen Schlosses und des sich darin befindenden RGZM (Römisch-Germanisches Zentralmuseum) steht die Nachbildung eines Repräsentationsbogens aus dem 3. Jhdt. n. Chr. Das Original befindet sich im Lapidarium (Steinhalle) des Mainzer Landesmuseums.

Ein gewisser Dativius Victor, Ratsherr der Stadt Nida (Frankfurt/Main-Heddernheim) verließ wegen der sich häufenden Alemanneneinfälle in der ersten Hälfte des 3. Jhdt. n. Chr. seine Heimatstadt und ließ sich im sicheren Mainz nieder. Aus Dankbarkeit stiftete er seiner neuen Heimatstadt den Bogen.

43 der insgesamt 75 Sandsteinblöcke des mit reichem Reliefschmuck verzierten Bauwerks wurden zu Beginn des 20. Jhdts. als Spolien bei der Niederlegung der mittelalterlichen Stadtmauer in den römischen Fundamenten gefunden. Aus ihnen ließ sich der Bogen rekonstruieren, der wahrscheinlich in der Nähe des Legionslagers aufgestellt war und den Mitteldurchgang einer öffentlichen Säulenhalle bildete.

Neben den Reliefs, die u. a. Weinranken, Jupiter und Juno darstellen, ist die Stiftungsinschrift vollständig erhalten.

8 Jupitersäule

In der Nähe des Dativius-Victor-Bogens vor dem Mainzer Landtag erhebt sich eine Nachbildung der Großen Mainzer Jupitersäule, deren Original ebenfalls im Lapidarium des Landesmuseums zu besichtigen ist.

Zur Zeit Kaiser Neros entstanden, gilt sie nicht nur als die älteste ihrer Art, sondern auch als die größte und repräsentativste im gesamten deutschen Sprachraum. Nach dem Vorbild der Mainzer Säule wurden im 2. und 3. Jhdt. n. Chr. viele Jupiter(giganten)säulen in den germanischen Provinzen aufgerichtet. Wahrscheinlich im 4. Jhdt. n. Chr. zerstört und in 2000 Einzelfragmente zerschlagen, musste die Säule nach ihrer Auffindung erst mühsam zusammengesetzt werden.

Ihrer Einzigartigkeit wegen wurde eine Kopie im Museo del Impero Romano in Rom aufgestellt.

In Auftrag gegeben wurde die 9,14 m hohe und mit reichem Skulpturenschmuck versehene Säule von den Einwohnern des rheinabwärts gelegenen Vorortes „Dimesser Ort". Über einem Podest erheben sich zwei aufeinander gesetzte Sockel, die Götterdarstellungen auf allen vier Seiten tragen. Darauf stehen die Basis und die aus neun Trommeln zusammengesetzte, ebenfalls mit Götterdarstellungen reich verzierte Säule. Den oberen Abschluss bildeten ein korinthisches Kapitel und eine über 2 m hohe Darstellung Jupiters mit einem Adler aus vergoldeter Bronze, von der sich einige Fragmente am Fundort fanden.

Neben den Stiftern sind auch die Namen der Erbauer mit Samus und Severus, Söhne des Kelten Venicarus, auf den Inschriftentafeln der Säule verewigt.

Anlass für den Bau wird die gegen Nero gerichtete Verschwörung seiner Mutter Agrippina im Jahre 59 n. Chr. gewesen sein. Deren Aufdeckung veranlasste Danksagungen zur Rettung des Kaisers aus allen Teilen des Imperiums.

9 Heiligtum für Isis und Mater Magna

In der Römerpassage der Mainzer Innenstadt wurden 2003 in unmittelbarer Nähe des Fundortes im Erdgeschoss und im Keller die Räumlichkeiten zur Präsentation des Heiligtums eröffnet. Der

Grabungsbefund wurde im Bauzustand des 2. Jhdt. n. Chr. geborgen und vor Ort in 5 m Tiefe (Siedlungsniveau in römischer Zeit) konserviert.

Die im Ausstellungsraum zentral gelegenen Fundamente und aufgehenden Mauerreste können über Stege, deren Glasplatten eine optimale Sicht auf den Fund ermöglichen, von allen Seiten begangen werden. Präsentiert wird der Fund mit Hilfe multimedialer Technik wie Licht-, Bild-, und Toneinspielungen. Funde aus dem Heiligtum sind in den am Rand des musealen Raumes installierten Vitrinen zu sehen.

Geweiht war die sakrale Anlage der Isis und der Mater Magna, deren Kulte von Soldaten aus dem Vorderen Orient und Kleinasien an den Rhein gebracht worden waren.

Man darf sich den Tempel nicht als klassisches Heiligtum mit rechteckigem Grundriss und Säulenstellungen vorstellen, denn die Gebäude der sakralen Anlage bestanden aus Fachwerkbauten, deren verputzte Flechtwände auf Steinsockeln errichtet wurden.

Über einem hallstattzeitlichen Begräbnisplatz errichtet (sakrale Kontinuität), betrat man das Heiligtum über eine Gasse, die von der nahen Hauptstraße (Via Principalis) an die Anlage heranführte.

Das eigentliche Kultgebäude besaß eine Fläche von 16 m x 16 m, aufgeteilt in zwei größere und mehrere darum gruppierte kleinere Räume.

Drei massive Mauersockel dienten der Anlage als Altäre. Im Bereich des Innenhofes wurden zahlreiche Feuerstellen und Gruben aufgedeckt, die Opfergut enthielten.

Im Umfeld des Heiligtums fanden sich noch eine Latrine und zwei weitere Fachwerkbauten mit Brunnen und Feuerstellen, wahrscheinlich Versammlungsräume, die ebenfalls der Kultausübung dienten.

Aufsehen erregte der Fund einiger Fluchtäfelchen und gebrannter Lehmpüppchen, die aufgrund ihrer Gestaltung auf geheime und verbotene Mysterien schließen lassen, die hier abgehalten wurden. Man kann sie mit dem heute noch praktizierten Voodookult vergleichen.

Drusustein

Das römisches Theater

Jupitersäule

Aquädukt im Zahlbachtal

Das römische Stadttor auf dem Kästrich

Heiligtum für Isis und Mater Magna

Das römisches Theater

Eine römische Küche

10 Mainz – Kastel

Kapitel: Montes Taunensium

Fundamente des Germanicus Bogens

Im zu Wiesbaden gehörenden Stadtteil Mainz-Kastel hat sich der einstige römische Name fast unverändert erhalten. Das Castellum Mattiacorum, ein Holz-Erde-Bau aus dem frühen 1. Jhdt. n. Chr., wurde im Bataveraufstand zerstört. Zeitgleich zum Bau der steinernen Rheinbrücke errichtete man zur Sicherung des Flussübergangs im Jahre 71 n. Chr. ein kleines Steinkastell (0,7 ha).

Während der friedlichen Zeiten im 2. und zu Beginn des 3. Jhdt. n. Chr. entwickelte sich neben dem Kastell ein umfangreicher Vicus mit Thermen, Heiligtümern und einem Aquädukt. Im Bereich der Ansiedlung wurden zwei Leugensteine gefunden, die am Fundort wieder aufgestellt wurden. Nach den ersten Germaneneinfällen im 3. Jhdt. n. Chr. erhielt der Vicus eine wehrhafte Mauer, und um das Jahr 300 n. Chr. wurde die zerstörte Siedlung in eine Festung umgewandelt. Der Fund eines Bleimedaillons aus der Rhone bei Lyon zeigt auf der Vorderseite Mainz, die Rheinbrücke und den befestigten Brückenkopf Kastel. Ein Schatzfund aus dem frühen 5. Jhdt. n. Chr. dokumentiert wohl das Ende der befestigten Siedlung.

Die 600 m lange, über 21 Steinpfeiler führende Rheinbrücke wurde mehrfach zerstört und immer wieder in Stand gesetzt. Zum letzten Mal im frühen 9. Jhdt. n. Chr. unter Karl dem Großen erneuert, fiel sie im Jahre 813 einem Feuer zum Opfer. Mehr als 1000 Jahre sollten vergehen, bis am fast identischen Ort eine neue Brücke entstand.

Im Jahre 1986/87 kamen bei Bauarbeiten im Zentrum des Ortes die Steinquader eines gewaltigen Fundamentes zum Vorschein. Man war auf die Überreste eines Ehrenbogens gestoßen, dessen Errichtung der römische Senat im Jahre 19 n. Chr. zum Gedenken an den Feldherrn Germanicus beschlossen hatte. Tacitus hat in seinen Annalen (II, 83) den Wortlaut der Erklärung für die Nachwelt überliefert (arcus…apud rivam Rheni…)

Aufgrund der Ausmaße des Fundamentes und der aufgefundenen Überreste figürlicher Ornamentik muss dieser Triumphbogen einer der größten seiner Art gewesen sein, vergleichbar mit denen, die in Rom errichtet wurden. Eine Rekonstruktion zeigt den Bogen mit einer großen, überwölbten Durchfahrt und zwei Durchgängen zu deren Seiten.

Dem Ehrenbogen kam eine hohe politische Bedeutung zu. Errichtet an der Grenze des Reiches, symbolisierte er den Herrschaftsanspruch des Imperiums über die jenseits des Rheins siedelnden Germanen.

Über den Überresten des Bogens wurde unterirdisch ein Ausstellungsraum errichtet, der der Öffentlichkeit an bestimmten Tagen zugänglich ist.

Informationen:
www.museum-castellum.de

Öffnungszeiten:
Sonntags 10.30 – 12.30 Uhr
April bis November
Gruppenführungen nach Vereinbarung.

11 Aquae Mattiacorum (Wiesbaden)

Kapitel: Montes Taunensium

Die spätrömische „Heidenmauer"

In spätaugustäischer Zeit (6–13 n. Chr.) wurde oberhalb der Thermalquellen auf dem Heidenberg ein erstes befestigtes Lager errichtet, in dessen Schutz sich eine Zivilsiedlung entwickelte. Die heutigen Straßennamen Römerberg und Kastellstraße weisen auf den Standort der Befestigung hin.

In den Auseinandersetzungen um den Bataveraufstand (69/70 n. Chr.) zerstört, wurde an gleicher Stelle unter Kaiser Domitian ein festes Steinkastell mit einer Grundfläche von 2,2 ha errichtet. Unter Trajan oder Hadrian wurde das Kastell zu Beginn des 2. Jhdt. n. Chr. von seiner Besatzung geräumt, die in die Stützpunkte des neu angelegten Limes verlegt wurde. Das Lager bestand jedoch weiter und diente, wie der Umbau des Kommandantenhauses in eine „Fabrica" zeigt, der Militärverwaltung in der Folgezeit als Produktionsstandort.

Die zerstörte Zivilsiedlung wurde ebenfalls wieder aufgebaut. Im Jahre 121 n. Chr. wird sie zum ersten Mal als Aquae Mattiacorum erwähnt. Der Name der Ansiedlung bezieht sich auf den chattischen Stamm der Mattiaker, der im Umland siedelte.

Entscheidend für die Entwicklung des Ortes waren die warmen Quellen, die von Plinius dem Älteren in seiner „Naturalis historiae" beschrieben sind (77 n. Chr.). Die Ansiedlung entwickelte sich zu einem beliebten Militärbad, das von den Angehörigen der Mainzer Garnison und den Hilfstruppen der Limesbesatzung genutzt wurde. Es konnten drei Thermenanlagen im Bereich des Vicus festgestellt werden, die zum Teil die heißen Quellen der heutigen Bäder nutzten (Kochbrunnen). Einer der beiden nördlich des Mains liegenden Verwaltungsbezirke, die Civitas Mattiacorum, hatte ihren Sitz in dem aufblühenden Gemeinwesen.

Im Gegensatz zu Nida (Frankfurt-Heddernheim), dem Verwaltungszentrum der Civitas Taunensium, überstand der Vicus trotz schwerer Zerstörungen den Fall des Limes. Unter Kaiser Valentinian wurde der Ort Teil des rechtsrheinischen Brückenkopfes, der die Provinzhauptstadt Mainz sichern sollte.

Das einzige heute noch sichtbare römische Bauwerk entstand im Rahmen des valentinianischen Befestigungsprogramms. Ein großer Teil der auf 520 m nachgewiesenen Verteidigungsmauer ist heute noch auf einer Länge von ca. 80 m sichtbar. Sie zieht aus Richtung Heidenberg (Schulberg) kommend den Hang zur Coulinstraße hinunter, wo sie Anfang des 20. Jahrhunderts durchbrochen wurde (Römertor). Die in einer Breite von 2,50 m und bis zu einer Höhe von 10 m erhaltene Mauer besaß ursprünglich vier vorspringende Rundtürme, von denen einer erhalten ist. Bestehend aus Gussmauerkern und äußerer Verblendung ist sie wahrscheinlich niemals fertig gestellt worden, wurde aber später in die mittelalterliche Ringmauer mit einbezogen.

Museum Wiesbaden

Öffnungszeiten:
Di 10.00–20.00 Uhr
Mi–So 10.00–17.00 Uhr

Informationen zum römischen Wiesbaden:
www.taunus-wetterau-limes.de

12–14 Der Limes

Kapitel: Montes Taunensium, Barbaricum, Mächte des Schicksals

Der obergermanische Limes im 3. Jhdt. n. Chr.

Im Jahre 356 n. Chr., in dem der Roman spielt, standen die Grenzanlagen des Limes seit fast 100 Jahren verlassen. Es ist aber anzunehmen, dass sich ansehnliche Überreste, so wie im Buch beschrieben, dem Betrachter präsentiert haben.

Seit dem Beginn des 2. Jhdts. n. Chr. hatte der Limes im Bereich von Taunus und Westerwald die Ausdehnung erreicht, die er bis zu seinem Ende, 150 Jahre später, beibehalten sollte. Gesichert werden sollten die fruchtbaren Regionen der Wetterau und des Rhein-Main-Gebietes unterhalb der Mittelgebirge, über deren vorgelagerte Kuppen und Kämme die Grenzlinie verlief.

In der ersten Ausbauphase war das Grenzwerk hauptsächlich in Holzbauweise ausgeführt. Eine Palisade aus Holzstämmen markierte die Grenzlinie, hinter der im Abstand von 400–800 m die Türme an exponierten Stellen standen. Dahinter lag der Postenweg, der die einzelnen Türme miteinander verband. Eine Turmbesatzung bestand aus acht Soldaten, die dort einen ununterbrochenen Wachtdienst unterhielten. Meldereiter oder optische und akustische Signale dienten der Verständigung der einzelnen Beobachtungsposten. Dem enormen Holzbedarf – die Palisaden mussten immer wieder erneuert werden – mussten die Wälder der näheren Umgebung weichen.

Zuerst wurden in der Mitte des 2. Jhdts. n. Chr. die Wachttürme in Steinbauweise erneuert. Zu Beginn des 3. Jhdts. n. Chr. erfolgte dann wegen des wachsenden germanischen Drucks ein allgemeiner Ausbau. Hinter der Palisade wurde ein ca. 2 m tiefer Spitzgraben angelegt, dessen Aushub zu einem ebenso hohen Wall aufgeschichtet wurde. Trotzdem war die Grenze 60 Jahre später nicht mehr zu halten und musste aufgegeben werden. Gründe lagen in den wiederholten Angriffen der Germanen und dem gleichzeitigen Abzug vieler Truppenteile, die in den Machtkämpfen jener chaotischen Jahrzehnte anderweitig benötigt wurden.

Im Verständnis der damaligen Zeit wurde der Limes nicht als befestigte Grenze, sondern als eine bewachte Schneise oder Postenlinie angesehen, die Feindbewegungen kontrollieren und den zivilen Handelsverkehr auf gesicherte Übergänge beschränken sollte. Selbst in der letzten Ausbauphase war der Limes keine Befestigung, an der man den Feind abwehrte, sondern vielmehr ein Annäherungshindernis, das ihn so lange aufhielt, dass er gesichtet werden konnte. War eine Gruppe durchgebrochen, wurde sie von den Truppen der umliegenden Kastelle gestellt und aufgerieben.

In regelmäßigen Abständen lagen Infanterie und Kavallerie in den an der Grenze aufgereihten Lagern. Je nach ihrer Größe unterscheidet man in Numerus- (ca. 100 Mann), Kohorten- (500) oder Alenkastelle (1000). Rings um die festen Lager dehnten sich die Lagerdörfer aus, in denen nicht nur die Angehörigen der Truppe wohnten. Hier lebten neben den Familien auch Handwerker und solche Berufsgruppen, die ihre Existenz der Wirtschaftskraft der Soldaten verdankten. Zu einer solchen Siedlung gehörten neben den Wohnhäusern auch Bäder, öffentliche Bauten, Heiligtümer und Gräberfelder.

In der Regel stammten die den Limes bewachenden Truppen aus einheimischen Verbänden, Auxiliare, denen erst nach 30 Dienstjahren das römische Bürgerrecht zustand. Das Ende des Limes kam in den Jahren 259/260 n. Chr. An den wenigsten Stellen ist, wie im Kastell Niederbieber bei Koblenz, um den Besitz eines Lagers erbittert gekämpft worden. In den meisten Fällen gab die Besatzung ihre Befestigungen auf und zog sich geordnet über den Rhein zurück.

Heute ist der Obergermanisch-Rätische Limes in die Liste des Weltkulturerbes der Unesco aufgenommen.

Informationen zum Limes:
www.taunus-wetterau-limes.de

12 Kastell Feldberg

Kapitel: Montes Taunensium

Nur wenige Gehminuten vom „Roten Kreuz", dem höchsten Punkt der Passstraße Königstein–Reifenberg (L 3026), gelegen, verstecken sich im Wald die beeindruckenden Überreste eines römischen Numeruskastells, dessen Mauern und Türme noch bis zu einer Höhe von mehr als 2 m erhalten sind. Man verlässt den Wagen am Parkplatz und nimmt den ausgeschilderten Fußweg zum Kastell.

Deutlich zu sehen und durch eine Schautafel erklärt, überquert man Wall und Graben des Limes, bis man auf das südliche Tor des in 700 m Höhe liegenden Lagers trifft.

Vollständig erhalten sind die an den Ecken abgerundete Umwallung und Teile des sie umgebenden Grabens. Vier doppeltürmige Toranlagen, alle in der Mitte der Umfassungsmauern angelegt, verstärken das Mauergeviert, das an den Ecken mit zusätzlichen Türmen verstärkt ist.

Im Innern der 0,7 ha großen Anlage (78 m x 93 m) sind noch die Grundmauern des Fahnenheiligtums (Zentrum der Principia), eines Magazingebäudes (Speicher) und eines Teiles der wahrscheinlichen Principia (Wohnung des Kommandanten) erhalten. Die Mannschaften waren in Baracken untergebracht, die noch nicht untersucht sind.

Im Fahnenheiligtum wurde der Basaltsockel einer Statue gefunden, deren Inschrift die hier stationierte Einheit nennt. Es war die „Exploratio Halicanensium", eine berittene Aufklärungseinheit aus Pannonien (Ungarn). Außerhalb des Kastells wurden die Fundamente von Streifenhäusern und ein Gräberfeld nachgewiesen. Zeugen des Vicus, der einst das Lager umgab. Ihr Wasser bezog die Besatzung von der Weilquelle, die nicht weit vor dem Südtor der Anlage am Hang des Feldbergs entspringt. Vor dem Haupttor im Norden liegen die mittlerweile konservierten Reste des ehemaligen Bades, dessen Schutthügel seit dem Mittelalter als „Heidenkirche" bezeichnet wurde.

Etwa 100 m entfernt ist der Limes als schwache Erhebung im Gelände zu erkennen. Ein vorgelagerter Wall schützte hier einen Limesdurchgang.

Die Funde, die während der Grabungen gemacht wurden, sind zum großen Teile im Museum der nur wenige Kilometer entfernten Saalburg ausgestellt.

Informationen:
www.deutsche-limeskommission.de

13 Saalburg (Bad Homburg)

Kapitel: Montes Taunensium, Barbaricum

Der B 456 von Bad Homburg nach Usingen folgend, gelangt man nach wenigen Kilometern zu Saalburg (großer Parkplatz).

Das ab 1897 auf Beschluss Kaiser Wilhelm II. wieder aufgebaute Kastell ist nicht nur das besterhaltene am gesamten Obergermanisch-Rätischen Limes, sondern auch Standort der Deutschen Limeskommission. Innerhalb seiner Mauern befindet sich das Saalburgmuseum, Forschungsinstitut und Spezialmuseum zur Geschichte der römischen Grenzanlagen.

Um das Jahr 90. n. Chr. entstand hier ein kleines Numeruskastell, über dem ab 135 n. Chr. das heutige Kohortenkastell der „Cohors II Raetorum Cicium Romanorum" errichtet wurde. Mit seiner Größe von 3,2 ha (221 m x 147 m) bot es Platz für 500 Soldaten. Nach der Mitte des 2. Jhdt. n. Chr. wurde die Holz-Stein-Mauer durch einen steinernen Wall mit von innen aufgeschüttetem Wehrgang ersetzt.

Die wieder aufgemauerte Anlage besitzt vier von Doppeltürmen geschützte Tore in der Mitte der sie umgebenden etwa 6 m hohen Mauern. Der an den Ecken abgerundeten Umwallung ist ein doppelter Graben vorgelagert. Dem Forschungsstand zur Zeit des Wiederaufbaus entsprechend, sind die Zinnen der Umwehrung in einer zu geringen Breite ausgeführt worden. An einigen Stellen ließ sich der mit aufgemalten Steinfugen versehene Putzauftrag der Außenseite nachweisen und rekonstruieren.

Im Innern entstanden neu die Steingebäude der Principia mit dem Fahnenheiligtum und den Diensträumen für die Verwaltung und den Kommandeur (heute Museum), das Prätorium (Museumsdirektion/Institut), ein Speicher (Horreum), zahlreiche Brunnen und zwei Mannschaftsbaracken, die einst 80 Soldaten Wohnraum boten. Zu ergänzen ist die ursprüngliche Innenbebauung mit weiteren Mannschaftsbaracken, Speicherbauten. Werkstätten, Lazarett und Pferdeställen.

Vom ehemaligen Lagerdorf haben sich große Teile erhalten. Zu sehen sind die Grundmauern des Bades, einer Mansio (Herberge) und vor allem die gut erhaltenen Kellerräume der zur ehemaligen Straße ausgerichteten Streifenhäuser.

Die Erdwälle zweier Schanzen (kleinere Vorgängerkastelle) konnten im Nordosten der Saalburg in unmittelbarer Nähe nachgewiesen und gesichert werden.

In neuester Zeit wurden die vorhandenen Bauten innerhalb und außerhalb des Kastells im Zuge der Anlage des Archäologischen Parks erweitert oder neu errichtet. Seit 2009 befindet sich der Museumsshop in zwei rekonstruierten Streifenhäusern auf dem Gelände des ehemaligen Lagerdorfes.

Saalburgmuseum

Öffnungszeiten:
März – Oktober   täglich   9.00 – 18.00 Uhr
November – Februar   Di – So   9.00 – 16.00 Uhr

Informationen:
www.deutsche-limeskommission.de
www.saalburgmuseum.de

14 Bad Ems

Kapitel: Mächte des Schicksals

Der Limes überquerte in der Mitte der heutigen Stadt Bad Ems (Bahnhofsbrücke) die Lahn. In unmittelbarer Nähe des Übergangs konnten die heute nicht mehr sichtbaren Überreste eines Kleinlagers und einer Ziegelei festgestellt werden. Das Kastell (Marktsraße) und der Vicus (Koblenzer Straße) von Bad Ems lagen 1,2 km westlich des Limes auf einem erhöhten Schotterkegel über der Lahn. Auch hiervon sind keine Überreste zu sehen, da das Gelände seit dem Mittelalter überbaut ist. Nach der Aufgabe des Lagers (259/260 n. Chr.) wurde das Areal weiterhin genutzt. Die Anlage eines Spitzgrabens legt nahe, dass die verbliebene Restbevölkerung dort eine Kleinfestung (Burgus) anlegte.

50 m vor dem Südtor wurde eine Thermenanlage nachgewiesen, die jedoch nicht die Badetradition der Kurstadt begründete. Die Thermalquellen der Stadt lagen unmittelbar hinter den militärischen Grenzanlagen des Limes und kamen für eine Benutzung nicht in Frage.

Der römische Wachtturm auf dem Wintersberg (214 m) wurde im Jahre 1874 von der Bürgerschaft zu Ehren Kaiser Wilhelms I. errichtet. Obwohl er den heutigen Erkenntnissen über römische Wehrbauten nicht mehr entspricht, ist er als erster Rekonstruktionsversuch einen Besuch wert. Eine Schautafel mit Blick auf das Lahntal veranschaulicht die bauliche Situation des Limes im 3. Jhdt. n. Chr..

Ganz in der Nähe, über Wanderwege zu erreichen, befinden sich das gesicherte Fundament eines weiteren Wachtturmes und die gut erhaltenen Reste von Wall und Graben mit dem Nachbau eines Teilstücks der vorgelagerten Palisade.

Kur- und Stadtmuseum Bad Ems

Öffnungszeiten:
April – September
Di – Fr sowie So- und Feiertage   14.00 – 17.00 Uhr

Informationen unter:
www.rhein-lahn-info.de

Feldbergkastell

Saalburg

Der rekonstruierte Limeswachtturm aus dem 19. Jahrhundert

Ein germanisches Dorf

15 Glauberg

Kapitel: Barbaricum

Zugang auf den Glauberg

8 km westlich von Büdingen liegt oberhalb des Dorfes Glauberg die Anhöhe gleichen Namens. Der Weg dorthin ist gut beschildert.

Das Plateau des Berges wurde schon in der Jungsteinzeit besiedelt (5. Jtsd. v. Chr.). Für die spätbronzezeitliche Urnenfelderkultur (10. und 9. Jhdt. v. Chr.) ist eine zweite Besiedlungsphase nachgewiesen. Die ersten Befestigungen entstanden zu frühkeltischer Zeit im 6. und 5. Jhdt. v. Chr. Grabungen in den 90er Jahren des 20. Jhdts. erbrachten reiche Funde. Unter anderem wurden zwei Grabhügel untersucht, die durch geophysikalische Untersuchungen lokalisiert werden konnten. Es wurden prachtvolle

Gräber entdeckt, unter anderem das des Keltenfürsten vom Glauberg. Einer der Grabhügel und ein aus Holzstangen bestehendes Kalendarium wurden rekonstruiert. In römischer Zeit duldete die Ordnungsmacht wegen der Nähe zum Limes (6 km) keine Besiedlung und Befestigung des Berges. Erst im 4. Jhdt. n. Chr., nach der Aufgabe des Dekumatenlandes, siedelten sich Alemannen dort an. Sie erneuerten einen Teil der Befestigungen und richteten dort wahrscheinlich den Sitz eines Teilkönigs ein. Bei den Ausgrabungen wurden neben germanischen Fundstücken auch römisches Material, wie Mayener Keramik und Terra Sigillata aus den Argonnen, entdeckt. Belege für Beutegut oder einen spätantiken Warenaustausch zwischen Römern und Germanen.

Das im Bau befindliche Keltenmuseum in der Nähe des Grabhügels wird voraussichtlich Ende 2009 eröffnet werden.

Informationen:
www.keltenwelt-glauberg.de

479

16 Bodobrica (Boppard)

Kapitel: Jagd der Wölfe

Die spätrömische Festungsmauer

Die Stadt Boppard verfügt über die bedeutendsten Überreste römischer Kastellmauern nördlich der Alpen. Die spätantiken Befestigungen, noch heute bis zu einer Höhe von 9 m erhalten, dienten der Stadt im Mittelalter als Stadtmauern.

Wahrscheinlich in konstantinischer Zeit erbaut, wurde die Festungsanlage nach 406 n. Chr. von ihrer Besatzung, den „Milites Balistarii" aufgegeben. Erwähnung findet die Einheit in der „Notitia Dignitatum", einem Verzeichnis aus der Spätantike.

An der größten Rheinschleife gelegen, die einen weiten Überblick über das Rheintal bot, sperrte das Kastell die Straße, die über den Hunsrück bis nach Treveris (Trier) führte. Diese strategische Bedeutung führte wohl auch zu ersten Nutzungen als Militärstützpunkt in augustäischer Zeit (Grabstein, gefunden bei Abbrucharbeiten der mittelalterlichen Michaelskapelle). Die spätrömische Festung lag parallel zum Rhein und bildete ein Rechteck von ungefähr 308 m x 154 m. Landseitig war das damalige Kastell von einer bis zu 3 m dicken Mauer und einem Graben gesichert. Rundtürme wurden an den Ecken und im weiteren Verlauf des Mauergevierts in einem Abstand von 25 m – 30 m (Pfeilschussweite) errichtet und sicherten die Festung.

Nach dem Abzug der Truppen siedelte sich die Zivilbevölkerung im Areal des Kastells an und nutzte die bestehenden Gebäude für ihre Zwecke. Keimzelle der St. Severus Kirche am Marktplatz ist das in der Mitte des 4. Jhdt. n. Chr. errichtete Kastellbad (50 m x 35 m). Grabungen legten unter anderem die Grundmauern der Thermen und den Ambo der ersten Kirche aus der zweiten Hälfte des 5. Jhdt. n. Chr. frei.

Im Römerhof ist noch der Innenbereich eines Eckturms zu sehen, dessen Mauerwerk im typischen Fischgräten-Muster gestaltet ist. In der Römerstube des Hotels „Zum Römer" findet sich ein Mauerstück mit einem schönen Sockelprofil.

Informationen:
www.regionalgeschichte.net

17 Martberg (Pommern)

Kapitel: Jagd der Wölfe

Das Heiligtum auf dem Martberg

Auf dem Martberg bei Pommern an der Untermosel, ca. 40 km von Koblenz entfernt, befand sich einst ein treverisches Oppidum und in römischer Zeit ein ausgedehnter Tempelbezirk. Sowohl von Pommern als auch von dem Weinort Treis-Karden, in römischer Zeit der Vicus Cardena, weisen Hinweisschilder auf die Sehenswürdigkeit hin.

Das Plateau des Martberges (273 m) ist ein Tafelberg, der gemeinsam mit dem benachbarten Hüttenberg ein Plateau von 70 ha bildet, das zu allen Seiten steil abfällt. Ein Zugang ist nur über einen schmalen Grat von Norden her möglich.

Der strategisch günstig gelegene Ort war schon im Neolithikum (Jungsteinzeit) besiedelt. Intensiv wurde er von der Früh- bis in die Spätlatènezeit vom keltischen Stamm der Treverer genutzt, die das Plateau fast vollständig besiedelten. Geschützt durch eine 3,2 km lange Pfostenschlitzmauer (Murus Gallicus) lebten die Menschen in quadratischen Häusern mit einer Grundfläche von 25–50 m². Neben vielen Speicherbauten wurden Öfen und Schlackenreste gefunden, die auf Metallverarbeitung schließen lassen. Es wurden vor Ort auch Münzen geprägt, worauf Rohlinge und Gussformen hinweisen.

Im Zuge der Romanisierung ab dem 1. Jhdt. n. Chr. wanderte die Bevölkerung zum großen Teil in den Vicus Cardena ab, der sich unterhalb des Berges an der Mosel befand. Der heilige Bezirk im Mittelpunkt des Ortes blieb aber bestehen und wurde in den kommenden Jahrhunderten ausgebaut.

Auf dem höchsten Punkt des Plateaus gab es schon in keltischer Zeit einen heiligen Bezirk, der in der römischen Epoche mehrfach um- und ausgebaut wurde. Verehrt wurde Mars-Lenus, ein Heilgott, der wenig mit dem Kriegsgott Mars gemein hatte.

Im 3. Jhdt. n. Chr. stand im Zentrum des heiligen Bezirks ein großer, steinerner Umgangstempel, den drei kleinere Heiligtümer umgaben. Umgeben war der Platz von einer 60 m x 70 m großen Wandelhalle.

Mit fortschreitender Christianisierung wurden die Heiligtümer ab dem 5. Jhdt. n. Chr. aufgegeben und das religiöse Zentrum der neuen Religion bildete sich im Ort Cardena.

Im Jahre 2004 wurden Teile des Tempelbezirks und der angrenzenden keltischen Siedlung wieder aufgebaut und können besichtigt werden. Archäologische Funde, die auf dem Berg in jahrelangen Grabungen gemacht wurden, sind unter anderem im Stiftsmuseum von Treis-Karden ausgestellt.

Stiftsmuseum Treis-Karden
Öffnungszeiten:

Mai–Oktober	*Fr*	*14.00–17.00 Uhr*
	Sa, So	*14.00–17.00 Uhr*

Informationen:
www.martberg.webdesign-lohmann.de
www.strasse-der-roemer.de

18 Römische Weinkelter Erden

Kapitel: Jagd der Wölfe

Die Römerkelter

Im Jahre 1993 wurde gegenüber dem Weinortes Erden auf der anderen Moselseite ein römisches Kelterhaus ausgegraben.

Die besterhaltene Anlage ihrer Art (38 m x 16 m) stammt aus der Mitte des 3. Jhdt. n. Chr.. Bis zur Originalhöhe von 3 m hat sich das in Fischgrätentechnik geschichtete Mauerwerk an einigen Stellen erhalten. In den beiden Haupträumen belegen Mauervorsprünge und Balkenlager den zweigeschossigen Ausbau der Kelter. War der untere Bereich der Verarbeitung des Lesegutes vorbehalten, befanden sich im Obergeschoss Wohn-, Lager- und Arbeitsräume.

Im späten 3. Jhdt. n. Chr. erfuhr die Anlage durch den Anbau eines weiteren Raumes (14 m x 8,70 m) eine bauliche Erweiterung Richtung Osten. Leider waren die zur Moselseite gelegenen Becken im Bestand so gestört, dass eine genaue Unterteilung nicht mehr möglich war. In der Rekonstruktion entschied man sich für zwei Becken gleicher Größe, in denen die Trauben gemaischt und gepresst worden waren. Eine hölzerne Presse wurde nach der Rekonstruktion des Befundes in einem der Becken installiert. Drei kleinere Ablauf- oder Mostbecken hatten dem Auffangen des Rebensaftes gedient.

Im 4. Jhdt. n. Chr. wurden im Westen der Anlage vier kleinere Räume angebaut, von denen einer der Räucherung des Weines diente.

Im 5. Jhdt. n. Chr. wurden bauliche Veränderungen, wie die Anlage eines Backofens, vorgenommen. Nach ihrer Zerstörung diente die Kelter im 7. Jhdt. n. Chr. als Umfriedung einer Grablege.

Neben der Aufnahme und Sicherung des baulichen Befundes erbrachte die Grabung auch wichtige Erkenntnisse über Leben und Arbeitsweise in römischer Zeit. Fässer mit Löschkalk belegen, dass man zur Säureminderung Kalk einsetzte.

Der durch Dächer und Überbauten gesicherte Befund kann an Sonntagen und nach Absprache besichtigt werden. Der über dem östlichen Teil der Anlage errichtete Gastraum dient der Gemeinde und dem Förderverein Römerkelter Erden e.V. als Veranstaltungs- und Präsentationsstätte.

Bei der Anlage eines Parkplatzes wurde 40 m neben der Anlage eine zweite, 100 Jahre ältere Weinkelter gefunden. Zum Erhalt des Befundes wurde ein Konzept entwickelt, das eine private Finanzierung durch Sponsoren vorsieht.

Informationen zur Römerkelter:
www.roemerkelter-erden.de

19 Mayen

Kapitel: Jagd der Wölfe

Die spätrömische Befestigung auf dem Katzenberg

Zahlreiche Funde belegen für das Stadtgebiet von Mayen einen römischen Vicus auf beiden Seiten der Nette, wobei das Zentrum der Ansiedlung auf dem nördlichen Ufer zu sehen ist. Wirtschaftliche Faktoren, wie eine gute Anbindung an das Verkehrsnetz und der schon in vorrömischer Zeit betriebene Basaltabbau, begünstigten die Entwicklung des Ortes. Leider ist der Name des Ortes nicht überliefert, der vielleicht Megina (vom kelt. Magos = Feld) genannt wurde.

Seit dem Neolithikum wurde am Bellerberg im heutigen Grubenfeld Basalt zur Herstellung von Reibsteinen abgebaut. In römischer Zeit wurden mit der Keilspalttechnik große, platten-förmige Steinbrocken gewonnen, aus denen Mühlsteine gefertigt wurden. Die fertigen Produkte brachte man über die Nette oder auf Straßen nach Andernach, wo sie im Rheinhafen verladen wurden. Von hier aus gelangten sie an den Oberrhein, an die Donau, nach Niedergermanien und sogar nach Britannien. Beliebte Erzeugnisse waren Mühlsteine in allen Größen, aber auch mächtige Bauquader, Altäre und Denkmäler.

Neben der Steingewinnung und dem Export von Dachschiefer war es in der Spätantike vor allem das Töpferhandwerk, das Wohlstand und Wachstum brachte. Nach der Aufgabe der mittelrheinischen Töpferzentren von Weißenthurm und Urmitz um 260 n. Chr. (Aufgabe des Limes) verlegte man die Produktionsstätten in das sichere Hinterland. Seit dem 4. Jhdt. n. Chr. wurde die in Mayen hergestellte, qualitativ hochwertige, hart gebrannte Ware weit über die Region hinaus verhandelt. Das Absatzgebiet erstreckte sich bis in die Pfalz, das Elsass, die Schweiz, Lothringen und in weite Teile Nordgalliens.

Vom schweren Germaneneinfall in der Mitte des 4. Jhdts. n. Chr. blieb auch Mayen nicht verschont. Zerstörungsspuren und das Auffinden mehrerer Skelette, darunter ein einzelner Schädel, lassen an einen plötzlichen Überfall denken, vor dem sich die Opfer nicht in Sicherheit bringen konnten.

Zum Schutz der Zivilbevölkerung des Vicus war schon zu Beginn des 4. Jhdts. n. Chr. auf dem nahe gelegenen Katzenberg (ca. 2 km) eine Festungsanlage errichtet worden, deren Überreste in den letzten Jahren archäologisch untersucht wurden. Ein zinnenbewehrtes Mauerstück von 70 m und zwei Türme wurden im Anschluss originalgetreu wieder aufgebaut.

Mit einer Fläche von 1,2 ha ist der Katzenberg die bisher größte bekannte Bergfestung im Hunsrück und in der Eifel. Sie konnte im Notfall die Bewohner des Vicus nebst ihrem Vieh und der beweglichen Habe in ihren Mauern aufnehmen. Dort, wo es notwendig war, umgab ein mächtiger Mauerring die Kuppe des Berges. An besonders gefährdeten Stellen war er mit einem zweiten Mauerring oder Holzpalisaden verstärkt. Auf dem Gipfel befand sich eine ständig besetzte Warte, deren Überreste ein weithin sichtbarer Schutzbau sichert. Den steilen Berghang hinab konnten Hausgrundrisse festgestellt werden, in denen wahrscheinlich die Besatzung untergebracht war.

Das Erlöschen der römischen Verwaltung im 5. Jhdt. n. Chr. bedeutete jedoch nicht das Ende des Ortes. Anhand der in Mayen hergestellten Waren kann eine ununterbrochene Siedlungskontinuität nachgewiesen werden.

Funde zur Geschichte von Vicus und Festung sind im Eifelmuseum auf der Genovevaburg ausgestellt.

Eifelmuseum

Öffnungszeiten:
Di – Fr   10.00 – 19.00 Uhr
Sa/So   10.00 – 18.00 Uhr

Informationen unter:
www.mayenzeit.de
www.strasse-der-roemer.de

Mühlsteingewinnung im Grubenfeld

20 Der Grabtumulus von Nickenich

Kapitel: Die Jagd der Wölfe

Der römische Grabtumulus von Nickenich

Die Rekonstruktion eines Grabtumulus findet man in Nickenich an der Laacher Straße neben einem Sportplatz. Bei den Ausgrabungen des Jahres 1931/32 wurden Tuffsteine eines Rundbaus (Durchmesser 7 m) gefunden, dessen untere Lagen noch auf ihrem Fundament ruhten. Das Innere des Rundbaus war mit Lavagestein verfüllt, eine Grabkammer fehlte. Zusätzlich wurden noch ein Inschriftenstein und Teile des Gesimses gefunden. Namentlich werden auf der Inschrift eine Contuinda Essuconis und ein Silvanus Atignissa genannt. Bis auf Silvanus handelt es sich um keltische Namen, was auf die Vermischung der beiden Kulturen im 1. Jhdt. n. Chr. hinweist. Insgesamt wurden 70 % der ursprünglichen Bausubstanz gefunden, was eine Rekonstruktion des Denkmal bis zu einer Höhe von 2,50 m erlaubte.

Etwa 4 m vom Tumulus entfernt wurde ein Grabmal entdeckt. Es besteht aus drei mit Löwen bekrönten Nischenstelen aus Kalkstein, die auf einem Tuffsockel ruhen. In den Nischen befinden sich vier Personenreliefs, denen man die Namen auf dem Inschriftenstein zuordnet. Das Fehlen einer eigenen Inschrift und die Nähe des Fundortes zum Tumulus lassen darauf schließen: Contuinda und Silvanus entstammten wohl einer romanisierten Familie, die in der Nähe eine Villa Rustica betrieb. Der Fundort ist inzwischen mit einem Wohngebäude überbaut und der Originalfund befindet sich heute im Rheinischen Landesmuseum Bonn.

Pellenzmuseum Nickenich

Öffnungszeiten:
April–6. Dezember
Di–Fr   9.00–12.00 Uhr und 14.00–17.00 Uhr
Sa/So   14.00–17.00 Uhr

Informationen unter:
www.pellenz-museum.de
www.strasse-der-roemer.de

Grubenfeld Mayen

21 Römerbergwerk Meurin (Kretz)

Kapitel: Jagd der Wölfe

Eingangstreppe zum Bergwerk

Wer auf der B 256 bei dem Ort Kretz den Hinweisschildern zum Parkplatz des Römerbergwerks folgt, der steht nach kurzem Fußweg vor einer futuristischen Hallenkonstruktion (55 m x 45 m). Im Innern der freitragenden Konstruktion aus Stahl und Glas erschließt sich dem Besucher das größte römische Untertage-Tuffsteinabbaugebiet nördlich der Alpen.

Römische Bergleute erschlossen vor fast 2000 Jahren die Gänge, Stollen und Abbaukammern, die in mühevoller Arbeit von den Archäologen freigelegt wurden. Sie bauten die Schichten des begehrten, weißen Tuffsteins ab, der beim Ausbruch des Laacher See-Vulkans entstanden waren.

In römischer Zeit wurde bis in eine Tiefe von 4–6 m abgebaut. Da man heute weitaus tiefer vordringt, ist es ein Zufall, dass sich dieser Teil eines antiken Bergwerks auf dem Gelände der Trassgrube Meurin erhalten hat.

Da noch Teile der Deckschicht erhalten sind, gewinnt der Besucher einen bleibenden Eindruck von den Mühen, denen die Bergleute, in der Mehrzahl abkommandierte Legionäre, ausgesetzt waren. In engen, staubigen und stickigen Gängen wurden die Steine mit manuellen Mitteln heraus gebrochen und unter die Förderschächte geschafft. Dort hob sie ein Kran durch den kreisrunden, im oberen Bereich aufgemauerten Förderschacht an die Oberfläche, wo sie auf Karren geladen und abtransportiert wurden. Eine originalgetreu rekonstruierte Krananlage befindet sich im Außenbereich der Schutzhalle.

Großleuchtbilder und 3D-Filme, vorgeführt in stollenähnlicher Atmosphäre, erklären die unterirdische Arbeitswelt. Ein modernes Audioguidesystem erklärt mehrsprachig an ausgesuchten Stationen die Entstehung, Gewinnung und Verarbeitung des Gesteins.

Für die Konzeption und Präsentation des Befundes wurde das Römerbergwerk im Jahr 2003 mit einem der höchsten europäischen Kulturpreise in der Kategorie „Archäologische Fundstätten" ausgezeichnet.

Römerbergwerk Meurin
Öffnungszeiten:
April–Oktober
Di–Fr   9.00–17.00 Uhr
Sa/So   11.00–18.00 Uhr

Informationen unter:
www.Vulkanpark.com
www.strasse-der-roemer.de

22 Confluentes (Koblenz)

Kapitel: Jagd der Wölfe

Festungsturm in mittelalterlicher Überbauung

Julius Cäsar schlug im Jahre 55 v. Chr. zwischen Koblenz und Andernach eine Brücke über den Rhein, um feindliche germanische Stämme zu beeindrucken. Im Stadtgebiet selbst reichen die ersten Siedlungsspuren in das 1. Jhdt. v. Chr. zurück.

Zur Zeit des Augustus wurde ein erstes Kastell zur Sicherung der Rheinstraße am Zusammenfluss von Rhein und Mosel errichtet. Confluentes, die römische Bezeichnung für das Zusammentreffen zweier Flüsse, gab der Ansiedlung ihren Namen, die zur Mosel ausgerichtet war. Sie zählt somit zu den ältesten deutschen Städten. Im Verlauf des späten 1. Jhdts. n. Chr. wurden Brücken über den Rhein und die Mosel errichtet. Die erste Brücke verband die Stadt mit dem heutigen Ehrenbreitstein, während die Brücke über die Mosel neben der heutigen Balduinbrücke den Fluss überspannte.

Unter dem Chor der heutigen St. Kastor Kirche entstand im 1. Jhdt. n. Chr. ein kleiner Umgangstempel, der bis in das 5. Jhdt. n. Chr. genutzt wurde. Seine Lage am Zusammenfluss der beiden Ströme lässt an das heutige „Deutsche Eck" denken. Ein weiteres Heiligtum, dem Merkur und der Rosmerta geweiht, entstand oberhalb des Ortes im heutigen Stadtwald nahe der Römerstraße.

Um das Jahr 100 n. Chr. wurde zur Sicherung des nahen Limes im heutigen Stadtteil Niederberg, 1,5 km von der Moselmündung entfernt ein Hilfstruppenkastell angelegt, dessen Existenz mit dem Fall des Limes 259/260 n. Chr. endete. Dieses Ereignis zog auch die Stadt in Mitleidenschaft, was die Fundarmut der ersten römischen Jahrhunderte erklärt.

Nach diesen Ereignissen entstand die mächtige Stadtmauer mit neunzehn Türmen und drei bis vier Toren, die das Areal der Ansiedlung (5,8 ha) in einem halbkreisförmigen Bogen mit der Basis zur Mosel umgab. Die bis zu 2,5 m starke Mauer hatte eine Höhe von ca. 6 m. Im Bereich der Ostmauer konnte ein aus dem 3. Jhdt. n. Chr. stammender Gebäudetrakt mit Perystil und Badetrakt nachgewiesen werden, dessen östliche Teile beim Bau der Mauer niedergelegt wurden.

Für das 4. Jhdt. n. Chr. ist eine Wachtstation auf dem rechten Rheinufer nachgewiesen (Ehrenbreitstein).

Im 5. Jhdt. n. Chr. wurde die Festung von den Franken übernommen, die hier einen Königshof einrichteten. Die römische Stadtmauer blieb bis in das Mittelalter hinein genutzt.

Römische Mauerreste sind in der Innenstadt nur an wenigen Stellen zu sehen (u. a. Tiefgarage Kornpfortenstraße/Tiefgarage am Moselufer).

494

Aufsehen erregte 1988 ein Depotfund zerschlagener Helmteile und Schildbuckel aus der Mitte des 4. Jhdts. n. Chr.. Denkbar ist ein Zusammenhang zu den kriegerischen Auseinandersetzungen des zweiten großen Franken- und Alemanneneinfalls. Sorgsam restauriert wurden die Funde erstmalig im Herbst 2008 der Öffentlichkeit präsentiert (RGZM Mainz).

Landesmuseum Koblenz
Öffnungszeiten:
März–November   tägl. 9.30–17.00 Uhr

Informationen unter:
www.archaeologie-koblenz.de

23 Antunacum (Andernach)

Kapitel: Liebling der Götter

Die hafenseitige Stadtmauer

Andernach gilt als eine der ältesten römischen Siedlungen Deutschlands. Um 20 n. Chr. wurde dort in tiberischer Zeit am Kreuzungspunkt wichtiger Fernstraßen ein Holz-Erde-Kastell errichtet. Sein Standort wird östlich der spätantiken Befestigung auf einem kleinen Hügel vermutet (Hochstraße). Davor erstreckte sich der Lagervicus (Hochstr./Agrippastr.), der im Westen an einen verlandeten Rheinarm, dem vermuteten römischen Hafen, stieß. Aus dieser Zeit stammt der Grabstein des Soldaten Firmus, Angehöriger der hier stationierten Räterkohorte, von dem eine Kopie im Stadtmuseum ausgestellt ist. Zwei Altäre, von Angehörigen der Rheinflotte gestiftet, weisen auf einen frühen Kriegshafen hin.

In der auf die Anlage des rechtsrheinischen Limes folgenden zweihundertjährigen Friedensepoche entwickelte sich eine offene Siedlung mit einem bedeutenden Hafen. In Antunacum wurden die Mühl- und Tuffsteine verladen, die in den Steinbrüchen Mayens und der übrigen Pellenz abgebaut wurden.

Als die rechtsrheinischen Gebiete nach der Aufgabe des Limes preisgegeben wurden (260 n. Chr.), mussten die rheinischen Städte befestigt werden. Auch Andernach erhielt eine mächtige Umwehrung und wurde zur Festung ausgebaut. Die mit vier Toren und vierzehn Rundtürmen verstärkten Mauern, die heute noch bis zu einer Höhe von 4–5 m erhalten sind, umschlossen eine Fläche von 5,4 ha. Die für die Zeit typischen Tore besaßen nur eine Durchfahrt (4 m) und zwei massive, nach außen und innen vorspringende Mauerwangen. Der Kreuzungspunkt der Rheintalstraße mit der Fernstraße, die von Trier über Mayen heranführte, lag nun im Innern der Stadt.

Von dem Germaneneinfall in der Mitte des 4. Jahrhunderts in Mitleidenschaft gezogen, wurde Andernach unter Julian wieder Instand gesetzt.

Neue Grabungen auf dem Areal einer ehemaligen Malzfabrik legten Wohnviertel und ein ca. 70 m langes Stück der rheinseitigen Stadtmauer frei. Funde ergaben, dass der Hafen schon im frühen 1. Jhdt. n. Chr. in Betrieb war. Entlang der kiesgeschotterten Straßen konnte eine dichte Wohnbebauung mit gewerblichen Einrichtungen festgestellt werden: Keramik- und Backöfen, Metallschmelzen. Zusätzlich wurden die Reste einer mehrere Becken umfassenden Thermenanlage aufgedeckt.

In der Mitte des 4. Jhdts. n. Chr. wurden die zivilen Häuser im Hafenbereich abgebrochen Sie mussten einem mächtigen Speicherbau weichen, von dem sich die Fundamentblöcke der Stützpfeiler erhalten haben.

Nach dem Abzug von Militär und Verwaltung (nach 406 n. Chr.) wurde die Stadt von den Franken übernommen. Venantius Fortunatus erwähnt im Jahre 565 n. Chr. ausdrücklich die starke Befestigung des Kastells.

Stadtmuseum Andernach
Öffnungszeiten:
Di–Fr   10.00–12.00 Uhr und 13.00–17.00 Uhr
Sa/So   14.00–17.00 Uhr

Informationen unter:
www.andernach.de

Rheinhafen

24 Rigomagus (Remagen)

Kapitel: Liebling der Götter

Hypokausten des Prätoriums (mit freundlicher Genehmigung Dr. Sybille Friedrich, Mayen)

Der Name der Ansiedlung Rigomagus ist keltischen Ursprungs. Das Wort „Magus" bedeutet Feld, Siedlung oder Markt. Das von den Römern erbaute Holz-Erde-Kastell aus der Mitte des 1. Jhdts. n. Chr. (100 m x 120 m) wurde im Bataveraufstand zerstört und mit einer 1,20 m breiten Steinmauer, einem Spitzgraben und nach innen versetzten Türmen an den Ecken, Mauerflanken und Toren etwas vergrößert wieder aufgebaut (110 m – ca. 140 m). Im Untergeschoß des Stadtmuseums haben sich die Reste von Säulenstümpfen und Basen einer Porticusanlage erhalten, die an der Via Principalis lag.

Im Vergleich zu anderen Truppenstandorten lässt sich die Belegung des Kastells anhand der ergrabenen Funde gut dokumentieren. Unter anderem waren hier die „Cohors I Thracum" und die „Cohors I Flavia Hispanorum equitata pia fidelis" stationiert, bekannte Hilfstruppen des niedergermanischen Heeres. Die Besatzung des Kastells wird zu dieser Zeit etwa fünfhundert Mann betragen haben.

Im Osten und Südosten des wieder aufgebauten Lagers entwickelte sich eine umfangreiche Zivilsiedlung in typischer Streifenhausbebauung entlang der Rheinstraße, die einen Bogen um das Kastell beschrieb.

Nach dem ersten großen Frankeneinfall und dem Ende des Limes, der im gegenüber liegenden Rheinbrohl seinen Anfang genommen hatte, wurde das Kastell um das Jahr 275 n. Chr. zu einer mächtigen Festung umgebaut. Man verstärkte die Mauern auf eine Dicke von 3 m und eine Höhe von 6 m. Reste dieser Mauer kann man unter der Kirche am Deichweg betrachten. Zwei Bögen geben den Blick frei auf das in typisch spätantiker Technik mit eingezogenen Ziegelbändern errichtete Mauerwerk aus Grauwacke. In der Westecke der Festung wurde ein Rundturm nachgewiesen, der von außen vor die Mauer gesetzt wurde.

Auf eine teilweise zivile Nutzung der alten Gebäude im Innern der Festung weisen die Anlage von Produktionsstätten und der Einbau eines Bades in die Räumlichkeiten der Principia hin.

Seine Bewährungsprobe bestand Rigomagus beim zweiten Frankeneinfall in der Mitte des 4. Jhdts. n. Chr. Ammianus Marcellinus schreibt, dass nur Rigomagus und ein Turm bei Köln unzerstört blieben.

Remagen überstand die Wirren und Umbrüche nach dem Ende der römischen Herrschaft und entwickelte sich im Mittelalter zu einem blühenden Gemeinwesen. Noch heute sind Teile der römischen Straßenführung im Grundriss der Stadt erkennbar.

Römisches Museum
Öffnungszeiten:
März–Oktober   Mi–So   15.00–17.00 Uhr

Informationen unter:
www.remagen.de

Reisewagen

25 Römervilla am Silberberg (Bad Neuenahr-Ahrweiler)

Kapitel: Liebling der Götter

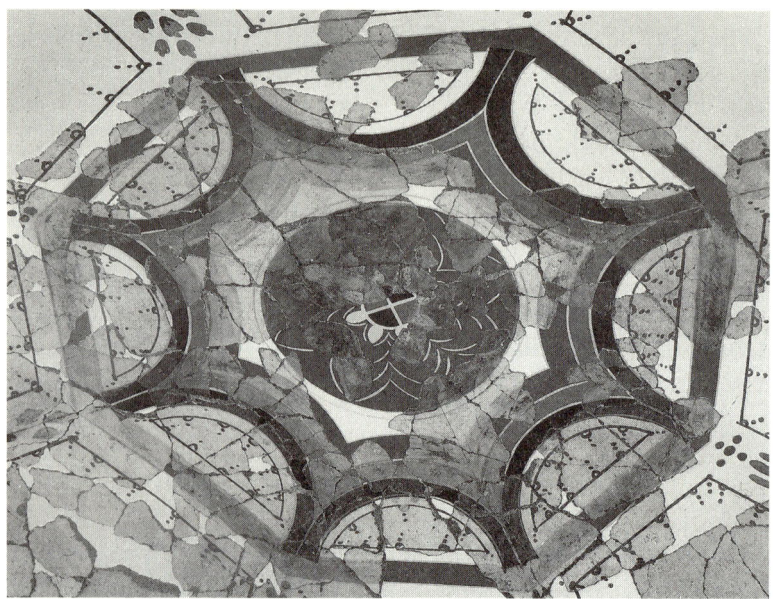

Deckenfresko

Im Jahre 1980 wurden beim Ausbau der B 267 am Fuße des Silberbergs die Mauern einer römischen Villa aus dem 2. bis 3. Jhdt. n. Chr. angeschnitten. Bei den anschließenden Grabungen konnten das Wohnhaus und der Badetrakt freigelegt werden. Über einem Vorgängerbau des 1. Jhdts. n. Chr. entstand die zweigeschossige Villa mit einer Nutzfläche von ca. 1000 m². Die Frontlänge betrug fast 60 m (Gebäudetiefe 15 m). Zahlreiche Räume waren mit Hypokausten, d.h. Boden- und Wandheizung, ausgestattet und mit teilweise aufwändigen Ausmalungen geschmückt. Der Vorderfront des Gebäudes war eine herrschaftliche Säulenhalle (Porticus) vorgestellt, die einen direkten Zugang zum Badetrakt ermöglichte

Wegen der Einmaligkeit des Fundes in Form von anstehendem Mauerwerk bis zur Fensterhöhe von 1,50 m und der farbigen Ausgestaltung aller Innen- und Außenwände entschloss man sich, den Grabungsbefund durch einen Schutzbau zu konservieren und der breiten Öffentlichkeit zu präsentieren. Seit 1993 kann die Villa im schützenden Museumsbau besichtigt werden. Auf seinem Rundgang hat der Besucher die Möglichkeit, römische Wohnkultur gleichsam aus erster Hand am Originalbefund nachzuempfinden. Von einer Küche des späten 3. Jhdts. n. Chr. hat ein vollständiger Herd mit Backofen die Zeiten überdauert. Eine im Ganzen erhaltene Ritzinschrift auf dem Putz des einstigen Treppenhauses kündet von einer Neckerei zwischen einem gebildeten Hauslehrer und seinem frustrierten Schüler. Vitrinen mit den Kleinfunden der Ausgrabung, restaurierte Teilstücke der Wandbemalung und anschauliche Modelle vertiefen den gewonnenen Eindruck.

An der Wende vom 3. zum 4. Jhdt. n. Chr. erfuhr das Anwesen eine Umwidmung und wurde bis zur Mitte des Jahrhunderts als Herberge genutzt. Danach wurden in den aufgelassenen Räumlichkeiten Metallschmelzen eingerichtet.

Gegen Ende des 4. Jhdts. n. Chr. verlassen, begrub bald darauf ein Bergrutsch das gesamte Areal der einstigen Villa, was ihren guten Erhaltungszustand ermöglichte.

Museum Roemervilla
Öffnungszeiten:
Ende März – Mitte November   Di – So   10.00 – 17.00 Uhr

Informationen unter:
www.ahrweiler.city-map.de

26 Bonna (Bonn)

Kapitel: Colonia

Keller eines Streifenhauses unter dem Haus der Geschichte

Im Zusammenhang mit den Feldzügen des Drusus (12–9 v. Chr.) kamen römische Truppen auch in die ubische Siedlung am Rhein und errichteten dort ein erstes Lager. Nach der verlorenen Varusschlacht (9 n. Chr.) wurde das Lager befestigt. Weitere Lager entstanden, bis 43 n. Chr. weiter nördlich ein großes Holz-Erde-Lager gegenüber der Mündung der Sieg gebaut wurde. Die dort stationierten Truppen, die Legio I und Auxiliareinheiten, bauten das Lager in den folgenden Jahren zu einer festen Basis römischer Militärpräsenz am Rhein aus. Eine Hafenanlage, die sich noch heute bei Niedrigwasser abzeichnet, garantierte die Versorgung der annähernd 7000 Soldaten.

Während des Bataveraufstandes (69/70 n. Chr.) wurde das Legionslager zerstört. Es wurde danach als beinahe quadratische Festung (528 m x 524 m) in Steinbauweise erneuert und mit einem Aquädukt zur Trinkwasserversorgung versehen. Hinter der 1,50 m starken Mauer wurde ein Wall aufgeschüttet, der den Wehrgang trug. Nur die Toranlagen wurden von Türmen geschützt. Die mittlerweile hier stationierte Legio XXI Rapax wurde 83 n. Chr. von der Legio I Minerva abgelöst, die bis ins 4. Jhdt. n. Chr. am Ort verblieb. Im Umfeld des Lagers entstanden die Canabae Legionis, die Lagervorstadt. In ihr ließen sich Handwerker, Kaufleute, Wirte und die einheimische Bevölkerung nieder. Die Siedlung erstreckte sich in lockerer Bauweise entlang der Rheinstraße nach Süden. Fachwerkbauten auf Steinfundamenten prägten das Aussehen der Siedlung. An der Stelle des heutigen Münsters entstand ein Tempelbezirk, in dem u. a. die Aufanischen Matronen, ein Mercurius Gebrinius, Pluto und Proserpina und Herkules verehrt wurden. Die Überreste eines Tempels sind heute vor Ort in der Einfriedung des Münsters vermauert. Bestattet wurde hauptsächlich an der nach Köln führenden Limesstraße und im Süden der Lagervorstadt.

Zur Versorgung von Garnison und Bevölkerung mit Lebensmitteln wurden im Umland Gutshöfe z. B. bei Auerberg, Endenich und Friesdorf angelegt.

Weiter südlich, beim ehemaligen Bundestag, entstand ein Zivilvicus, in dem sich vor allem Handwerker ansiedelten.

Im Jahre 2006 wurden 4 ha dieser Ansiedlung wegen einer anstehenden Baumaßnahme ausgegraben. Zum Vorschein kamen Reste eines Monumentes, eine Thermenanlage, ein Ziegelbrennofen, ein Umgangstempel, Streifenhäuser und riesige Lehmentnahme- und Abfallgruben. Auf einen Hafen oder Anleger wies eine zum Rhein führende, gekieste Straße hin.

Insgesamt lebten mehr als 10.000 Menschen auf dem Gebiet der heutigen Stadt.

Eine Zäsur brachte der erste Frankeneinfall (274 n. Chr.). Lagervorstadt und Vicus wurden aufgegeben und die Bevölkerung zog sich zum Teil in das Legionslager zurück, dessen Truppe wegen der Abstellungen an das Bewegungsheer stark reduziert war.

In einer Ecke des Lagers entstand eine Kleinfestung, die den Resten der Legio I Minerva als Basis diente.

Während des zweiten Frankeneinfalls (353 n. Chr.) wurde Bonn erstürmt. Julian ließ es wieder aufbauen, neu befestigen und mit großen Speicherbauten versehen. Innen liegende Türme und Doppeltürme an den Toren schützten im Abstand von 50 m die Mauern (Breite 1,50 m), deren Wehrgang auf zurück springenden Mauerzungen auflag.

Wahrscheinlich hat es auf der anderen Rheinseite einen Brückenkopf gegeben, auf den Funde dsm 4. Jhdts. n. Chr. hinweisen (Schwarzrheindorf, Villich). Es ist nicht bekannt, ob und zu welchem Zeitpunkt eine Brücke den Fluss überspannte.

Auf dem Areal der ehemaligen Lagervorstadt wurde jetzt bestattet und eine Cella Memoria über dem alten Tempelbezirk errichtet. Ausgestattet war der rechteckige Bau mit zwei pfeilerartigen Tischen und einer umlaufenden Sitzbank. Gegen Ende des 4. Jhdts. n. Chr. in eine Saalkirche umgewandelt, fungierte der Sakralbau als Gedenkstätte für die Märtyrer Cassius und Florentius und wurde zur Keimzelle des späteren Münsters und des mittelalterlichen Bonn.

Bis in das 5. Jhdt. n. Chr. hinein wird die römische Verwaltung noch vor Ort verblieben sein, ehe die Franken das Lager in Besitz nahmen und weiter nutzten. Besiedelt blieb das Areal bis in das 10. Jhdt. n. Chr.. Die Festungsmauern werden noch 848 und 870 ausdrücklich erwähnt. Abgebrochen wurden sie erst im 13. Jhdt. n. Chr., als man das Steinmaterial zum Bau der Stadtmauer benötigte. Außerhalb der mittelalterlichen Stadtgrenzen liegend, wurde die Fläche des Legionslagers erst im 19. Jhdt.wieder besiedelt.

Landesmuseum Bonn
Öffnungszeiten:
Di, Do, Fr, Sa   10.00 – 18.00 Uhr
Mi   10.00 – 21.00 Uhr
So   10.00 – 18.00 Uhr

www.rlmb.de

27–36 Colonia Claudia Ara Agrippinensium (Köln)

Kapitel: Prolog, Colonia, Divitia, Heimkehr

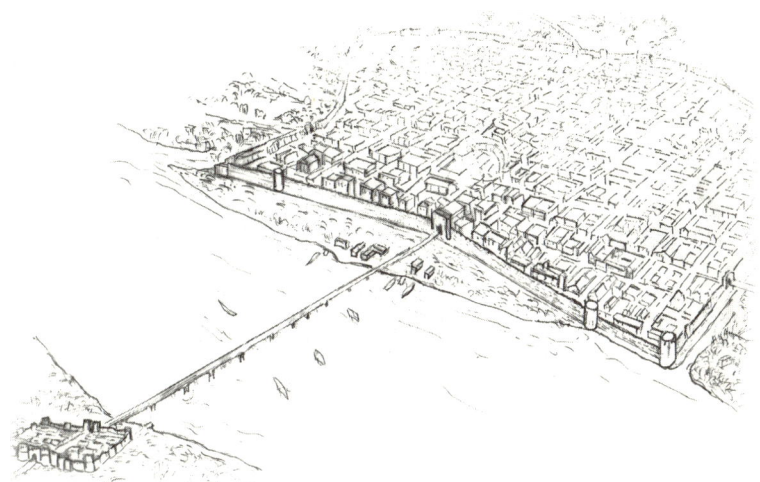

Das römische Köln von Divitia aus gesehen

Die Gründung Kölns geht ungefähr auf das Jahr 30 v. Chr. zurück, als der römische Feldherr Agrippa die Ubier auf unbewohntes, linksrheinisches Gebiet umsiedelte. Auf dem Gebiet der heutigen Kölner Altstadt entwickelte sich der ubische Zentralort (Oppidum Ubiorum). Nach hellenistisch-römischem Vorbild geplant, blieb der Mittelpunkt der Ansiedlung den öffentlichen Gebäuden von Armee und Verwaltung vorbehalten. Nach Tacitus soll hier im Jahre 9 n. Chr. das zentrale Heiligtum der Stadt, der Altar für Roma und Augustus, die Ara Ubiorum, entstanden sein.

Anstatt Hauptstadt und Verwaltungssitz einer Großprovinz Germanien zu werden, wurde Köln nach der endgültigen Aufgabe der Eroberungspläne zur Grenzstadt (16 n. Chr.). Unter Tiberius wurden die in der Umgebung stationierte Legio XX nach Neuss und die Legio I nach Bonn verlegt. Lediglich die Classis Germanica, die römische Rheinflotte, behielt ihren Stützpunkt im

Flottenkastell Alteburg, bis es 276 n. Chr. von den Franken zerstört wurde. Trotz des Abzugs des größten Teils des Militärs blieb Köln der zentrale Verwaltungsplatz für das Oberkommando des germanischen Militärbezirks.

Auf Geheiß Agrippinas der Jüngeren, Tochter des Germanicus, Gattin des Kaisers Claudius und selbst in Köln geboren, wurde der Stadt im Jahre 50 n. Chr. der Rang einer Colonia verliehen. Sie nannte sich seitdem Colonia Claudia Ara Agrippinensium. Den Schub, den die Stadt durch die Verleihung der Rechte einer Kolonie erhielt, bewirkte eine städtebauliche Explosion. Bis in die ersten Jahrzehnte des 2. Jhdts. n. Chr. entstanden neu oder wurden ausgebaut das Prätorium, ein Forum, großzügige Thermen, Tempelanlagen wie das Kapitol, säulengesäumte Prachtstraßen, hygienische Einrichtung wie die Abwasserkanäle, eine Fernwasserleitung, Wohnviertel unterschiedlichster Prägung und wohl auch Theater und Amphitheater. Köln erhielt eine Stadtbefestigung, die im Bataveraufstand (69/70 n. Chr.) ihre erste Bewährungsprobe bestand.

Zusammen mit den Einwohnern der Vorstädte, wohin im 1. Jhdt. n. Chr. die feuergefährlichen Betriebe ausgelagert wurden, zählte die Colonia zwischen 20.000 und 30.000 Einwohner. Die fünf Gräberfelder der Stadt siedelten sich entlang der Ausfallstraßen an.

Im Jahre 89 n. Chr. wandelte Kaiser Domitian den militärischen Verwaltungsbezirk in die Provinz Germania Inferior um, was den bisherigen Kommandierenden der Heereseinheiten zum Statthalter machte, der seinen Sitz in der Colonia behielt.

Trotz der Grenzlage entwickelte sich die Stadt zu einem wirtschaftlichen Oberzentrum im Nordwesten des Reiches, das zugleich einen lebhaften Handel mit den nichtrömischen Gebieten betrieb. Fast zweihundert Jahre währte die friedliche Epoche am Rhein, die Handel und Produktion unerschöpfliche Möglichkeiten bot. Hervorzuheben sind die Keramik- und vor allem die Glasherstellung, deren Rohstoffe in unbegrenzter Menge zur Verfügung standen (Sande und Tone aus der Umgebung). Kölner Glas blieb bis ins 4. Jhdt. n. Chr. ein im ganzen Reich nachgefragter Luxusartikel.

Die Reichskrise in der 2. Hälfte des 3. Jhdts. n. Chr. und die dadurch ausgelösten Germaneneinfälle brachten der Stadt fast den Ruin. Auch das gallische Sonderkaisertum unter Postumus und Tetricus, das Köln für einige Jahre zur Residenz machte, brachte der Stadt keinen Aufschwung. Handel und Produktion stagnierten oder nahmen ab, was eine Minderung der Bevölkerungszahl nach sich zog. Schließlich mussten die unsicheren Vorstädte aufgegeben werden. Eine Erholung setzte unter Konstantin zu Beginn des 4. Jhdts. ein, der noch einmal große Bauvorhaben, wie die Errichtung der Rheinbrücke oder die Anlage des Deutzer Kastells auf der anderen Rheinseite in Auftrag gab. Eine Zäsur stellte dann die Eroberung und teilweise Zerstörung der Stadt durch die Franken im Jahre 355 n. Chr. dar, von der sich die Stadt nicht mehr vollständig erholen konnte. Bis zur Mitte des 5. Jhdts. n. Chr. versuchte man, sich mit den sich weiterhin verschlechternden Bedingungen zu arrangieren, bis die Stadt von den Franken übernommen wurde, die in ihren Mauern ein Königtum errichteten. Trotzdem lebten römische Kultur und Lebensart noch lange fort, wie die in Latein gehaltenen Grabinschriften bis in das 7. Jhdt. n. Chr. hinein belegen.

Beeindruckenden Einblick in die römische Geschichte Kölns bietet das Römisch-Germanische Museum am Roncalliplatz. Hervorzuheben ist das vor Ort aufgefundene Dionysosmosaik, der Mittelbogen des nördlichen Stadttores mit den Initialen CCAA und das Grabdenkmal des Poblicius. Neben anderen, thematisch angeordneten Fundkomplexen, beherbergt das Museum die mit 1000 Exponaten umfangreichste Sammlung römischen Glases in Europa.

Römisch-Germanisches Museum
Öffnungszeiten:
Di–So   10.00–17.00 Uhr
jeden ersten Do im Monat   10.00–22.00 Uhr
www.museenkoeln.de

Informationen:
www.guenter-lehnen-koeln.de

27 Prätorium

1953 wurden beim Neubau des Rathauses die Reste des römischen Prätoriums freigelegt. Der konservierte Befund kann unter dem Rathaus (Spanischer Bau) besichtigt werden.

An zentraler Stelle der antiken Stadt, zwischen Stadtmauer und Cardo Maximus gelegen, nahm der weitläufige Baukomplex die Fläche von vier Insulae ein. Die Deutung der Anlage als Praetorium stützt sich u. a. auf eine literarische Überlieferung (Sueton, Vitellius 8). Der Palast diente als Amtssitz der Oberbefehlshaber der niedergermanischen Truppen und späteren Statthaltern (ab 85 n. Chr.).

Man unterscheidet insgesamt vier Bauphasen, die sich wiederum in mehrere Abschnitte unterteilen.

In tiberischer Zeit wurde zu Beginn des 1. Jhdts. n. Chr. auf einem Vorgängerbau aus der Frühzeit des Oppidums ein weitläufiger Baukomplex mit dreischiffiger Apsidenhalle im Süden und einer Portikusfront zur östlichen Rheinseite hin errichtet. Ein Konzept, das alle nachfolgenden Neubauten aufnahmen.

Nach der Erhebung zur Colonia erfolgten in claudischer Zeit erneute Umbauten. Im Norden wurde an die Ostfassade ein Gebäudetrakt mit tief ausgeprägten Konchen angefügt und die Porticus in eine Kryptoportikus umgewandelt. Insgesamt erstreckten sich die Änderungen und Anbauten dieser zweiten Phase über einen Zeitraum von fast 100 Jahren.

Gegen Ende des 2. Jhdts. n. Chr. wurde der gesamte Bau niedergelegt. Es entstand ein Neubau, dessen Portikus an der Hafenseite eine Länge von ca. 95 m erreichte. Auch die dreischiffige Halle der 1. Bauphase wurde durch eine quer gestellte Basilika mit Apsis im Osten ersetzt. In den Räumlichkeiten dieses Baus residierten die Usurpatoren des gallischen Sonderreiches in der 2. Hälfte des 3. Jhdts. n. Chr..

Im zweiten Frankeneinfall weitgehend zerstört (355 n. Chr.), wurden die Gebäude nach 356 n. Chr. im Stile eines spätrömischen Palastes wieder aufgebaut. Charakteristisch für diese letzte Ausbaustufe sind die pilastergegliederte Front an der Ostseite (Länge

90 m), zwei Apsidensäle im Norden und Süden und ein mittig angelegtes Oktogon. Die alte Basilika blieb in ihrem Bestand erhalten. Nach der fränkischen Übernahme Kölns im 5. Jhdt. n. Chr. wurde das Prätorium von den Merowingern wahrscheinlich als Königssitz genutzt.

28 Ubiermonument

An der Ecke Mühlenbach/An der Malzmühle wurde 1965/1966 bei Bauarbeiten das sogenannte „Ubiermonument" (oder auch Hafenturm) entdeckt, das als das älteste aus römischer Zeit stammende Steingebäude Deutschlands gilt.

Das Bauwerk, ein fast quadratischer Steinturm (9,70 m x 9,38 m), ist im aufgehenden Mauerwerk bis zur ersten Geschosshöhe erhalten.

Auf der Fundamentplatte (10,90 m x 10,60 m), die sich 6 m unter dem koloniezeitlichen Laufniveau der Rheinaue befindet, erhebt sich der Fundamentsockel von drei unregelmäßig hohen Tuffquaderlagen. Gegründet ist das Fundament auf einem Rost von bis zu 2 m langen Pfählen, die zur Verdichtung des Untergrundes im Abstand von 40 cm in denselbigen getrieben wurden. Als Fälldatum der schlanken Stämme (10 – 12 cm) weisen dendrochronologische Untersuchungen das Jahr 4 n. Chr. aus.

Vom aufgehenden Mauerwerk haben sich bis zu neun Schichten aus Tuffquadern erhalten, was inklusive des Sockels einer Höhe von 6,50 m entspricht.

Die später entstandene Stadtmauer wurde nachträglich an den Turm angebaut und bezog ihn als südöstlichsten Punkt in die Stadtbefestigung mit ein. Die ursprüngliche Funktion des Bauwerks konnte bis heute nicht geklärt werden. Deutungsmöglichkeiten reichen von der Anlage eines Grabmals über einen den Hafen bewachenden Turm bis zu einem Bollwerk einer ersten Befestigung des Oppidum Ubiorum.

Das Monument wurde konserviert und kann nach Voranmeldung besichtigt werden.

29 Stadtmauer

Das römische Köln wurde durch eine massive Stadtmauer geschützt, deren Errichtung als die größte Baumaßnahme der Stadt gilt. Die Arbeiten begannen im 1. Jhdt. n. Chr. an der Rheinseite und fanden nach ca. zweihundert Jahren ihren Abschluss. Umbauten und Erweiterungen des in vielen Teilen erhaltenen Bauwerks, wie die Fortführung der Mauern über das verfüllte Hafengelände hinweg, wurden bis ins 3. Jhdt. n. Chr. durchgeführt.

Die Länge der Mauer betrug 3,9 km und umschloss ein Gebiet von gut 97 ha. Neunzehn Türme an den Landseiten, in Abständen zwischen 77 m und 158 m errichtet, verstärkten den steinernen Wall. Neun Torbauten in unterschiedlicher Ausgestaltung, von denen die größten an den jeweiligen Ausfallstraßen im Norden, Süden und Westen der Stadt standen, verbanden das innerstädtische Straßennetz um Cardo Maximus und Decumanus mit den Fernstraßen nach Bonn, Xanten, Trier und Reims.

Dem antiken Betrachter bot sich ein einheitliches Bild. Dem Mauerkern aus Gussbeton (Opus caemanticium) war eine Verblendung aus Grauwacke vorgesetzt. Nur die Simse und Zinnenabschlüsse waren in Basalt und Trachyt ausgeführt. Auf einem bis zu 3 m hohen Fundament erhob sich die 2,40 m breite Mauer bis zu einer Höhe von 7,80 m, landseitig von einem 9 – 12 m breiten und 3 – 4 m tiefen Spitzgraben umgeben.

Bis ins 11. Jhdt. n. Chr. stellte die römische Stadtmauer den einzigen Schutz des mittelalterlichen Kölns dar. Gut erhalten sind heute noch einige Abschnitte u. a. in der Komödienstraße, Zeughausstraße (Burgmauer), am Rothgerberbach und in der Tiefgarage unter dem Dom zu sehen.

30 Römerturm

Das am Besten erhaltene Gebäude aus römischer Zeit ist der Römerturm in der Magnusstraße. Als Eckpunkt der römischen

Stadtbefestigung im Nordwesten der Colonia angelegt, hat er seine endgültige Ausgestaltung im 3. Jhdt. n. Chr. erhalten. Seine Außenwände gestalten ornamentale Natursteinmosaike, von denen man annimmt, dass sie charakteristisch für den Bauzustand von Türmen und Mauern der Stadtumwehrung im 3. Jhdt. n. Chr. sind. Die Türme der Stadtmauer entsprachen dem gleichen Grundrisstyp („Kölner Normaltyp"). Der Mauer vorstehend, ruhte der runde Aufbau auf einer quadratischen oder rechteckigen Grundplatte. Das Mauerwerk ist auf der Feldseite ca. 2,50 m und auf der Stadtseite ca. 1,30 m stark. Die höchste nachgewiesene Turmhöhe beträgt 7 m, während der „Römerturm" mit 5,50 m über dem Fundament etwas niedriger ausgefallen ist. Die Zinnen wurden im 19. Jhdt. n. Chr. angefügt und entsprechen wegen ihrer geringen Breite nicht dem römischen Bauzustand.

Seine Erhaltung verdankt das Bauwerk dem Umstand, dass es vom benachbarten St. Clara Kloster als Latrine genutzt wurde. Der Turm entging so dem üblichen Steinraub in Mittelalter und früher Neuzeit.

31 Nordtor

Auf dem Vorplatz des Domes ist eine Seitenpforte des ehemaligen Nordtores rekonstruiert, das, bis 1826 in Teilen noch aufrecht stehend, seinen Standort am Beginn des Cardo Maximus, der heutigen Hohe Straße, hatte. Weitere Grundmauern von Seitenbau und Nebentor sind am Originalplatz in der Tiefgarage am Dom zu sehen.

Das Gebäude (Breite 30,50 m) flankierten zwei quadratische Türme mit 7,60 m Seitenlänge. Der um 2,90 m zurückgesetzte Mittelbau (Länge 15,30 m) hatte drei Durchgänge von denen der mittlere 5,60 und die beiden Seitendurchgänge je 1,90 m maßen. Wie die späteren mittelalterlichen Torburgen der Stadt war der Hauptdurchgang durch ein Fallgitter gesichert. Zur Feldseite hin waren am mittleren, aus Kalksteinquadern gefügten Torbogen die Initialen der Stadt, CCAA, angebracht.

Eine Rekonstruktion des Obergeschosses des wahrscheinlich doppelstöckigen Baus ist spekulativ. Analog zu italischen Vorbildern mag es über der Durchfahrt ein pilastergegliedertes Fenstergeschoss besessen haben.

32 Hafenstraße

An der Südseite des Römisch-Germanischen Museums (RGM) kann man einen Teil des römischen Straßennetzes der Colonia sehen. Die so genannte Hafenstraße lief auf eines der rheinseitigen Tore zu und führte später über einen Steg auf die vorgelagerte Insel und die Rheinbrücke zu. Das aus Säulenbasalt bestehende Straßenpflaster wurde 1970 bei Ausgrabungen an der Zufahrt zur Tiefgarage unter dem RGM entdeckt und an seinem jetzigen Standort unweit der Fundstelle neu verlegt.

Die Straße, ungefähr 5,10 m breit, zählt zu den kleineren Nebenstraßen des ehemaligen Verkehrsnetzes, das im Bereich von Innen- und Altstadt in weiten Teilen dem Verlauf des heutigen Straßenrasters entspricht.

Zwei Hauptachsen, der Cardo Maximus (Nord-Süd-Achse) und der Decumanus Maximus (Ost-West-Achse), teilten die Stadt in vier unterschiedlich große Quartiere. Der Cardo übernahm mit einer Breite von 32 m die Ausmaße der in die Stadt hinein und hinaus führenden Rheinstraße, wobei der eigentliche Straßenkörper eine Breite von 22 m hatte. Laubengänge (Portiken) begleiteten den Straßenverlauf auf beiden Seiten. Kleinere Nebenstraßen kamen auf eine Gesamtbreite (Straße und überdachte Portiken) von bis zu 20 m. Der Cardo entspricht der heutigen Hohen Straße, während der Decumanus sich in der Schildergasse erhalten hat.

33 St. Gereon

Einige Kölner Kirchen haben ihren Ursprung in Gräberfeldern, in deren Mitte oder unmittelbaren Nähe ihre Vorgängerbauten entstanden sind. Im Süden der antiken Stadt wurde St. Severin an der Stelle einer Totenmemoria des frühen 4. Jhdt. n. Chr. errichtet. St. Ursula, am Rande des nördlichen Gräberfeldes gelegen, steht auf den Überresten eines Kirchenbaus aus dem 4. Jhdt. n. Chr., der mit dem früh einsetzenden Märtyrerkult um die elf christlichen Jungfrauen in Verbindung gebracht wird (Clematius-Inschrift).

Das Gräberfeld um St. Gereon, im Nordwesten der Stadt gelegen, erbrachte eine Fülle von Grabsteinen aufschlussreichen Inhalts. Aus der Mitte des 4. Jhdts. n. Chr. stammt der Grabstein des Offiziers („Protector Domesticus") Viatorinus, der beim Deutzer Kastell von einem Franken ermordet wurde.

Hier sollen der Legende nach die christlichen Soldaten der Thebäischen Legion ihr Schicksal erlitten haben. Eine Interpretation des Mittelalters, weil man auf der Suche nach den Überresten der Märtyrer auf die Gebeine der im Gräberfeld bestatteten Stadtbewohner stieß.

Im heutigen Kirchenbau ist die Bausubstanz der Memorialanlage des 4. Jhdts. n. Chr. noch deutlich zu erkennen. Noch nicht hinreichend geklärt ist die ursprüngliche Funktion des spätantiken Baus, wobei jedoch eine Nutzung als Mausoleum, Kirche oder Memorialbau am wahrscheinlichsten gilt.

Das Oval des Dekagons von 23,7 m zu 19,8 m ging nach oben in einen säulengegliederten Tambour über, der die Kuppel trug. Mit Fenstern ausgestattete Konchen umgaben das Zehneck des Zentralbaus, der seinen östlichen Abschluss in einer halbrunden Apsis fand. Im Westen bildete eine zweigeschossige, von Apsiden flankierte Vorhalle den Eingangsbereich, dem ein großes Atrium vorgelagert war.

Der nach 356 n. Chr. errichtete Monumentalbau ist das nach dem Römerturm am besten erhaltene antike Gebäude der Stadt. Bis in eine Höhe von 17 m sind die spätrömischen Mauern deutlich zu erkennen.

34 Abwasserkanal

Das römische Köln besaß eine ausgedehnte Kanalisation. Besonders gut hat sich der Abwasserkanal unter der Budengasse in einer Länge von 150 m erhalten, der über den Ausstellungsraum des Prätoriums zugänglich ist.

Bei einer Sohlentiefe von über 9 m unter dem heutigen Gehniveau misst der Kanal 1,20 m in der Breite und 2,50 m in der Höhe. Er führte an der Nordseite des Prätoriums vorbei und entwässerte mit einem Gefälle von ca. 1 % im Bereich des ehemaligen Rheinhafens. Die 1 m mächtigen Kanalwände und die gewölbte Tonnendecke bestehen an der Innenseite aus zum Teil mörtellos zusammengefügten Tuffblöcken. Regelmäßig angelegte Einstiegsschächte ermöglichten die Wartung der Anlage.

Ein Teilstück dieses Kanals musste dem Verlauf eines modernen Abwasserkanals weichen und ist auf dem Theo-Burauen-Platz aufgestellt.

Die römischen Abwasserkanäle dienten im Mittelalter teilweise als Keller und wurden im 2. Weltkrieg von der Bevölkerung als Luftschutzbunker genutzt.

35 Die Grabkammer von Weiden

Im Jahre 1843 wurde auf dem Grundstück der heutigen Aachener Straße 1328 in Köln-Weiden eine Grabkammer aus dem 2. Jhdt. n. Chr. gefunden. Es ist die am besten erhaltene Grabstätte römischer Zeit nördlich der Alpen. Die vom 1. bis zum 4. Jhdt. n. Chr. genutzte Anlage gehörte zu einer in der Nähe gelegenen Villa Rustica, die noch nicht aufgefunden wurde.

Über einen Treppenabgang, der erneuert wurde, gelangt man vor die Türe der Grabkammer (5,50 m unter dem römischen Straßenniveau), die eine nach oben bewegliche Steinplatte verschloss. Die drei von der Türschwelle in die Kammer herab führenden Stufen sind römisch. Die Wände der rechteckigen Kammer (4,50 m x 3,60 m) und das eingestürzte und wieder erneuerte

Tonnengewölbe sind aus Tuffsteinquadern erbaut. In der West-, Nord- und Südwand befinden sich marmorverkleidete Nischen, die an Klinen (Speiseliegen) erinnern. Oberhalb der Klinenlehnen sowie sich an den Seitenwänden fortsetzend sind 29 kleine Nischen eingelassen, die der Aufnahme von Totenopfern und Beigaben dienten.

Zum Grabinventar gehören zwei Steinsessel, die bis ins kleinste Detail ein Korbgeflecht nachahmen und drei Portraitbüsten aus der 2. Hälfte des 2. Jhdts. n. Chr.. Es handelt sich wahrscheinlich um Mitglieder der hier beigesetzten Gutsfamilie. Der Grabbau ist wie ein Speisezimmer ausgestattet, das den Verstorbenen über den Tod hinaus die Freuden der Tafel gewährleisten sollte.

Ein in der Mitte der Grabkammer aufgestellter Reliefsarkophag des 3. Jhdts. n. Chr. hatte seinen Standplatz in dem über der Kammer errichteten Grabbau und ist beim Einbruch des Gewölbes nach unten gestürzt. Er markiert den Wechsel von der Brand- zur Körperbestattung, die im 3. Jahrhundert einsetzte.

Kleinfunde wie Münzen, Keramik und Glasbehälter sind größtenteils in den Wirren des 2. Weltkrieges verloren gegangen. Wenige Reste sind im oberen Bereich des Schutzbaus ausgestellt.

Der Schutzbau und das daneben im römischen Stil errichtete Wärterhaus aus dem 19. Jhdt. n. Chr. stehen mittlerweile unter Denkmalschutz. Die Grabkammer kann an Werktagen vormittags und an den Wochenenden nachmittags besichtigt werden.

36 Kastell Deutz

Ursprung und Name des heutigen Stadtteils Köln-Deutz gehen auf Konstantin den Großen zurück, der hier um das Jahr 310 n. Chr. das mächtige Kastell Divitia sowie die steinerne Rheinbrücke als Brückenkopf gegen die rechtsrheinischen Germanen errichten ließ.

Vierzehn vorspringende Rundtürme und zwei mit Fallgittern gesicherte Toranlagen verstärkten die 3,30 m dicken und mindestens 7 m hohen, zinnengekrönten Mauern der 2 ha großen

Festung (Seitenlänge 142,35 m). Den drei landseitigen Mauern war ein 12 m breiter und 3 m tiefer Graben vorgesetzt.

Ausgehend von der Rheinbrücke durchlief die geschotterte Lagerstraße (Breite 5,10 m) das Kastell in west-östlicher Richtung. Zu beiden Seiten erstreckten sich acht Kasernenbauten, die bis zu tausend Mann aufnehmen konnten. Vier weitere Bauten in der Lagermitte, denen eine Portikus vorgestellt war, dienten als Stabsquartiere und Verwaltungsgebäude (Principia).

Die Festung überstand unbeschadet den Frankeneinfall in der Mitte des 4. Jhdts. n. Chr. und wurde im 5. Jhdt. n. Chr. planmäßig geräumt. Nach dem Abzug des Militärs diente sie den Franken als Königsburg.

Unterhalb des Lufthansa-Gebäudes können die konservierten Fundamente des in eine Grünanlage integrierten Osttores besichtigt werden. Teile der Südmauer haben sich in der Tiefgarage des Hochhauses erhalten. Im Bereich der Kirche Alt St. Herbert und der Urbanstraße sind Mauer-, Gebäude- und Turmverläufe durch eine dunklere Pflasterung dargestellt.

Das Prätorium im 4. Jhdt. n. Chr.

Das Ubiermonument

Stadtmauer an der Komödienstraße

Römerturm in der Magnusstraße

Nebendurchgang des Nordtors

Hafenstraße

Teilstück des Abwasserkanals

Osttor des Deutzer Kastells

Die Grabkammer von Weiden

VIATORINUS PROTECTOR
MITAVIT ANNOS TRIGENTA
OCCISSVS IN BARBARICO
IVXTA DIVITIA A FRANCO

VICARIVS DIVITESIM

VIATORINUS LEIBWAECHTER
DIENTE DREISSIG JAHRE
ERSCHLAGEN IM BARBA-
RENLAND NAHE DEUTZ
VON EINEM FRANKEN

ERRICHTET VOM KOMMAN-
DEUR DER GARNISON DEUTZ

Grabstein des Viatorinus, St. Gereon

Geschütze

37 Durnomagus (Dormagen)

Kapitel: Divitia

Die rekonstruierte Portikus

Eine einzige römische Quelle, das „Itinerarium Antonini", ein Siedlungs- und Straßenverzeichnis vom Beginn des 3. Jhdts. n. Chr., nennt den Namen des sich aus dem keltischen (-magus = Feld) herleitenden Kastells.

Im Zuge der Anlage des niedergermanischen Limes entstand im 1. Jhdt. n. Chr. das Alenkastell, das eine berittene Einheit von fünfhundert bis tausend Mann beherbergte. Es lag in der Innenstadt des heutigen Dormagens, wo es sich als leichte Erhebung abzeichnet. Die am Rhein entlang führende Limesstraße, das Flussbett verlief in römischer Zeit sehr viel weiter westlich, nahm ihren Verlauf durch die 3 ha große Anlage.

Das Kastell hatte eine quadratische Grundfläche und besaß anfangs eine Holz-Erde-Umwehrung, die später durch eine steinerne Mauer ersetzt wurde. Gräben, zurückgesetzte Türme an den Mauerseiten und -ecken sowie doppeltürmige Toranlagen verstärkten die Wälle. Im Innern lagen die Verwaltungsgebäude (Principia, Prätorium) und die Mannschaftsbaracken und Ställe der Besatzung.

Als Besatzung des Kastells ist die Ala Noricorum belegt, eine auxiliare Reitereinheit aus dem heutigen Niederösterreich. Der Lagervicus und die Gräberfelder erstreckten sich längs der das Lager verlassenden Ausfallstraßen. Eine von einem Arbeitskommando betriebene Militärziegelei aus dem 1. Jhdt. n. Chr. fand sich etwa 1 km südlich des ehemaligen Lagers.

In den 60er Jahren des 2. Jhdts. n. Chr. durch ein Feuer zerstört, wurden die Kastellmauern ausgebessert, um durchziehenden Truppen als Marschlager zu dienen, während die Gräben im Laufe der Zeit verfüllt wurden.

Im 4. Jhdt. n. Chr. wurde u. a. aus dem Steinmaterial der Türme und Tore in der nordöstlichen Ecke des Areals eine Kleinfestung errichtet, die bis zum Beginn des 5. Jhdts. n. Chr. belegt war.

Neben dem modernen Rathaus wurde ein Teil der Portikus rekonstruiert und im Innern des Verwaltungsgebäudes ist ein anschauliches Modell der Anlage im Bauzustand des 2. Jhdts. n. Chr. zu sehen.

Informationen unter:
www.dormagen.de

38 Burungum (Haus Bürgel / Monheim)

Kapitel: Divitia

„Haus Bürgel"

Unmittelbar an der Stadtgrenze zu Düsseldorf liegt auf dem Gebiet der Stadt Monheim der Gutshof „Haus Bürgel", der auf den Grundmauern einer römischen Kleinfestung aus konstantinischer Zeit errichtet wurde. Die häufig verwandte Bezeichnung „Burungum" gilt als wahrscheinlich, ist aber bis heute noch nicht allgemein anerkannt.

Die rechtsrheinische Lage der Befestigung ist auf ein Ereignis des 14. Jhdts. zurück zu führen, als der Rhein bei einem großen Hochwasser sein Flussbett veränderte. Es handelt sich demnach nicht um einen befestigten Brückenkopf (Kastell Deutz), sondern um eine linksrheinische Anlage zur Sicherung des Rheinlimes.

Die bis zu 5 m hohen Mauern aus verblendetem Gussmauerwerk mit Ziegelbändern umschlossen einen Innenraum von 64 m x 64 m. Vier Ecktürme, acht Zwischentürme und ein bisher nachgewiesener rechteckiger Torbau im Osten der Anlage verstärkten die Festungsmauern. Die römischen Fundamente des nordöstlichen Rundturmes, der im Mittelalter in einen noch heute stehenden

Eckturm umgebaut wurde, sind im Untergeschoss des Hauptgebäudes aus dem 18. Jhdt. zu sehen. Im Innenraum befanden sich die Unterkünfte der Mannschaften und die Verwaltungseinrichtungen. An der südlichen Innenseite der Kastellmauer fanden sich die Reste eines Steinbaus (9 m x 8 m), der mit Cladarium, Frigidarium und einem Vorraum die stark reduzierte Form eines Badegebäudes darstellt und der im 5. Jhdt. n. Chr. in ein Wohngebäude umgewandelt wurde. Zwei umlaufende Gräben konnten festgestellt werden, die zum Teil mit Zerstörungsschutt verfüllt waren.

Das Kastell überstand unzerstört die Wirren des zweiten Frankeneinfalls in der Mitte des 4. Jhdts. n. Chr.. Im frühen 5. Jhdt. n. Chr. lag eine germanische Hilfstruppe im Kastell, die mitsamt ihren Familien im Lagerareal lebten. Um die Mitte dieses Jhdts. wurde Haus Bürgel durch ein Feuer zerstört, und es dauerte bis zum 8. Jhdt. n. Chr., ehe sich wieder Menschen in den gut erhaltenen Ruinen einrichteten.

Das heutige Haupthaus und die Wirtschaftsgebäude des 18. bis 20. Jhdts. sind fast ausnahmslos auf den Fundamenten der römischen Mauern und Türme erbaut oder beziehen diese in ihre Bausubstanz mit ein. Bis zu einer Höhe von 4 m sind die römischen Mauern an verschiedenen Stellen noch zu sehen.

Ausstellungsräume im Hauptgebäude und neben der Hofeinfahrt gewähren anhand anschaulich präsentierter Funde und Modelle einen Überblick über die Geschichte und die Funktion der einstigen römischen Festung. Ein mit viel Sachverstand eingerichteter Außenpfad führt zu den erhaltenen und konservierten Resten der ehemaligen Kastellmauer. Ein Kräutergarten präsentiert die in römischer Zeit angebauten Nutzpflanzen.

Archäologisches Museum Haus Bürgel
Öffnungszeiten:
So 14.30 – 17.00 Uhr
Gruppen ab 8 Personen nach Vereinbarung

Informationen unter:
www.hausbuergel.de

Glossar

Aha: Fränkisch für Wasser, vermutlicher Name der Ahr

Albis: Elbe, Fluss in Norddeutschland

Alemannen: ein im Südwesten Deutschlands beheimateter Germanenstamm, der im 4. Jhdt. n. Chr. gemeinsam mit den weiter nördlich siedelnden Franken die größte Gefahr für die römischen Provinzen darstellte.

Alemannensass: Elsass

Ammianus Marcellinus: geboren 330 n. Chr. in Antiochia. Ein spätrömischer Schriftsteller und Geschichtsschreiber. Führte die Annalen des Tacitus bis 353 n. Chr. weiter. Ammianus starb vermutlich um 400 n. Chr. in Rom.

Antunacum: Andernach, Stadt am Mittelrhein

Aquae Mattiacum: Wiesbaden

Aquis: Kurzform für Aquae granni (Aachen)

Ara Ubiorum: wichtigstes Heiligtum der Ubier in der frühen Colonia

Arcobalista: der Armbrust ähnliche Waffe, aus der Bolzen verschossen wurden und die als „Scharfschützengewehr" der Spätantike gilt. Die Arcobalista wurde hauptsächlich bei Kommandounternehmen im Grenzkrieg eingesetzt.

Argentorate: Straßburg, Stadt im Elsass

Attis: Römische Gottheit und Begleiter der Mater Magna

Augusta Raurica: östlich von Basel gelegene römische Siedlung

Aula Regia: Audienz- und Versammlungshalle

Auxiliareinheit: nichtrömische Verbände, die zur Verstärkung der Legionen aufgestellt wurden

Bacchus: der römische Gott des Weines ist häufig rebenbekränzt inmitten einer Schar fröhlicher Zecher dargestellt.

Balista: Schleudergeschütz für Pfeile und Bolzen

Balistarii: Spezialtruppe zur Bedienung der Pfeilgeschütze

Barbaricum: unzivilisiertes, nichtrömisches Gebiet

Barditus: germanischer Schlachtgesang, der auch von den Auxiliartruppen und später vom gesamten römischen Heer übernommen wurde

Bataver: ein germanischer Stamm in den nördlichen Niederlanden.

Beda: Bitburg, bedeutender Vicus und spätantike Festung in der Südeifel

Belgica: Vicus (Euskirchen-Billig)

Bingium: Bingen am Rhein

Bodobrica: Boppard am Rhein, spätantike Festung

Bonna: Bonn, Legionslager

Bukinobanten: Teilstamm der Alemannen im Taunus

Burgus: Kleinfestung ziviler oder militärischer Art

Burnus: ein orientalisches Gewand, noch heute von Arabern getragen

Burungum: vermuteter Name des Kastells Haus Bürgel bei Düsseldorf

Caesar: im 4. Jhdt. n. Chr. gebräuchlicher Titel des kaiserlichen Thronfolgers oder Stellvertreters.

Caldarium: Heißbad der Thermen

Caliga: sandalenartige oder geschlossene, an den Sohlen genagelte Stiefel der Legionäre

Cardena: Treis-Karden, Ort an der Untermosel

Cardo & Decumanus: Hauptstraßenachsen des römischen Verkehrsnetzes in einer Stadt

Cella: ummauerter Innenraum eines Tempels

Cella Memoriae: Gedenkraum für Verstorbene auf Gräberfeldern, der oft den Ursprung vieler Kirchen bildete

Centenarius: Offizier der Kavallerie, dem Centurio vergleichbar

Centurio: Mannschaftsoffizier des römischen Heeres, der eine Hundertschaft führte

Charietto: Franke, der in römische Dienste trat. Zuerst Freischärler, wurden er und seine Truppe in das römische Militär eingegliedert, wo Charietto bis zum Comes (Abschnittskommandeur) aufstieg. Er fiel 365 n. Chr. gegen alemannische Plünderer in der Nähe von Chalons-sur-Saône.

Circitor: Unteroffiizier der Reiterei

Colonia Claudia Ara Agrippinensium: das antike Köln

Colonia Ulpia Traiana: Xanten, siehe Tricensimae

Comes: römischer Titel eines Heermeisters

Comitatenses: spätantikes Bewegungsheer (Eliteeinheiten)

Confluentes: Koblenz, befestigte Siedlung mit Mosel- und Rheinbrücke

Contiacum: Konz, Stadt bei Trier

Contrua: das heutige Kobern-Gondorf, Untermosel

Coriovallum: Heerlen in den Niederlanden nahe bei Aachen

Cornus: Blas- und Signalinstrument

Dalmatika: festliches Gewand, das über der Tunika getragen wurde

Damnatio Memoriae: Missliebige Persönlichkeiten und Herrscher wurden nach ihrem Tod verflucht und ihre Namen und Gesichtszüge aus Inschriftentafeln und Portraits herausgemeißelt.

Decem: Detzem, Ort an der Mosel

Decumatenland: Gebiet östlich und nördlich von Rhein und Donau, das ursprünglich von Kelten besiedelt war, auch Zehntland genannt

Denar: römische Silbermünze

Dimessus: „Dimesser-Ort", Vorort von Mainz

Divitia: stark befestigtes römisches Kastell mit einer Brückenverbindung zur Colonia, das heutige Köln-Deutz.

Divodurum: Metz, Stadt im Nordosten Frankreichs

Domitian: letzter römischer Kaiser aus dem Geschlecht der Flavier

Draconarius: Feldzeichenträger, gehobener Mannschaftsgrad

Drusus: römischer Feldherr, Politiker und Stiefsohn des Augustus

Dumnissus: Kirchberg im Hunsrück (ein Stadtteil heißt heute: Denzen)

Durnomagus: das heutige Dormagen, Nordrhein-Westfalen

Dünsberg: germanische Höhenfestung bei Gießen

Dux Mogontiacensis: Kommandeur der Grenztruppen Obergermaniens

Epona: die keltische Pferdegöttin

Exceptor: Verwaltungsbeamter

Fibel: Vorrichtung zum Zusammenhalten von Kleidungsstücken (antike Sicherheitsnadel), diente in der Spätantike auch als Rangabzeichen

Foederaten: Auxiliareinheiten

Folles: Münzen, Kleinwerte aus Buntmetall, die oftmals abgewogen verrechnet wurden (Follis = Beutel)

Forum: das politische, juristische und religiöse Zentrum von Städten im römischen Reich in Form einer weitläufigen Platzanlage

Franken: die Freien, Zusammenschluss rechtsrheinischer germanischer Stämme (Brukterer, Salier, Sugambrer, Chattuarier u. a.)

Franzisca: Wurf- und Schlachtbeil der Franken

Furor Alemannicus: der so genannte alemannische Schrecken, die Angst vor den Alemannen

Gallien: Die gallischen Provinzen umfassten das heutige Frankreich, Belgien und Teile des Rheinlands.

Garum: aus eingekochtem Fischsud bestehende Würzsauce

Gelduba: Krefeld-Gellep, Lager und Festung vom 1. bis 5. Jhdt. n. Chr.

Germanicus: römischer Feldherr, Sohn des Drusus und Vater des späteren Kaisers Caligula

Germanien: Germania Libera (Barbaricum), das unbesetzte, rechtsrheinische Germanien

Solidus: eine seit Konstantin d. Großen verwendete Goldmünze

Grabtumulus: Mauergefasster Grabhügel

Hades: griechische Bezeichnung für die Unterwelt

Hypokausten: römische Fußbodenheizung

Icorigium: Jünkerath in der Eifel, römische Festung

Idar: Die keltische Bezeichnung für Waldberg könnte von der einheimischen Bevölkerung für den Hunsrück gebraucht worden sein.

Iden: Feiertage des römischen Kalenders, 13. oder 15. eines Monats

Inkrustationen: eine Wandbemalung, die Marmor imitieren sollte

Insula: ein römisches Wohnviertel

Isis: Ägyptische Göttin, die auch in Rom verehrt wurde

Juliacum: Jülich, römischer Vicus und spätantikes Kastell

Julian Apostata: Flavius Claudius Julianus (332–363 n. Chr.), römischer Kaiser von 361–363 n. Chr.. Sohn des Stiefbruders Kaisers Konstantin d. Großen. Christlich erzogen, wandte er sich um 350 n. Chr. dem alten Götterglauben zu. Von seinem Cousin, dem Kaiser Constantius, wurde er im November 355 n. Chr. zum Caesar des Westens ernannt, und es gelang ihm mit großem militärischem Geschick, die verlorenen Provinzen im Nordwesten zurück zu gewinnen. 357 n. Chr. schlug er die Alemannen vernichtend bei Straßburg. Vom gallischen Heer 361 n. Chr. zum Gegenkaiser ausgerufen. Der plötzliche Tod des Constantius ersparte dem Reich eine militärische Entscheidung. Julian verlegte seinen Regierungsschwerpunkt in den bedrohten Osten, wo er im Jahre 363 n. Chr. im Krieg gegen die Perser fiel.

Jupiter Dolichenus: römischer Soldatengott

Kalenden: römischer Festtag jeweils am ersten Tag des Monats

Kapitol: religiöses Zentrum in der die Trias Jupiter, Juno und Minerva verehrt wurden, Staatskult

Kolone: Bauer der Spätantike, der in einem Abhängigkeitsverhältnis zu seinem Patron und Grundherr stand.

Labarum: das christliche Feldzeichen (PX-Christogramm) der spätantiken Truppen seit Constantin.

Legion: Nach der Heeresreform auf eine Kampfstärke von 1000 Legionären reduziert, gliederten sie sich in Centurien (ca. 100 Mann) und Kohorten (200–300 Mann). Die Reiterei war in Vexillationen zu je 500 Mann zusammengefasst. Die Notitia Dignitatum, eine Auflistung aller bestehenden Heeresverbände zu Beginn des 5. Jhdt. n. Chr., weist eine Zahl von 240 Legionen auf, wozu noch einmal die gleiche Anzahl von Auxiliareinheiten und Föderaten kommt. Damit verfügte die spätrömische Armee über eine Gesamtstärke von ungefähr 500.000 Soldaten, auf deren Schultern die Reichsverteidigung lastete.

Lenus Mars: keltischer Heilgott, der wenig mit dem Kriegsgott Mars gemein hat.

Leuge: in Gallien gebräuchliche Entfernungseinheit von ca. 2,2 km

Limes: befestigte und überwachte Grenzanlage in Germanien. Der Obergermanisch-Raetische Limes wurde 269 n. Chr. aufgegeben.

Limitaneinheit: Grenztruppen, die nach der Heeresreform in festen Garnisonen und Festungen stationiert waren

Litus: Blas- und Signalinstrument

Logana: die Lahn, Nebenfluss des Rheins

Lugdunum: Lyon

Lupia: Lippe, Nebenfluss des Rheins

Lutetia: Paris, Frankreich

Magister Equitum per Gallias: Oberbefehlshaber der Reiterei der gallischen Diözese

Magister Militum: Oberbefehlshaber der römischen Truppen einer Diözese

Magister Peditum et Equitum: Oberbefehlshaber der Infanterie und Kavallerie

Makrian: alemannischer König der Bukinobanten im 4. Jhdt. n. Chr. Anfänglich als „turbarum rex artifex" (Herr und Meister der Unruhen) verhasst, wurde Makrian später zum Bundesgenossen Roms.

Mansio: eine römische Herberge

Marcomagus: Marmagen, Vicus bei Nettersheim/Eifel

Mars: römischer Kriegsgott

Martinus: Martin von Tours, späterer Bischof und Heiliger der katholischen Kirche, wurde 356 n. Chr. von Julian aus dem Militärdienst entlassen und widmete sich ganz dem Christentum. Er starb 397 n. Chr. in Candes bei Tours. Noch heute ehrt man St. Martin im Rheinland mit Fackelumzügen.

Mater Magna: Muttergöttin aus Kleinasien

Mediolanum: Mailand, Italien

Megina: Mayen in Rheinland-Pfalz

Meile: Römische Entfernungseinheit von ca. 1,5 km

Mercurius: Gott der Händler und Diebe

Mogontiacum: Mainz

Mons Argentarius: Silberberg bei Ahrweiler

Mons Martis: Martberg bei Pommern, Mosel

Montes Taunensium: der Taunus, Mittelgebirge

Moretum: römische Paste aus Schafs- oder Ziegenkäse, Kräutern und Knoblauch. Beliebtes Gericht aller Bevölkerungsschichten

Morpheus: der römische Gott des Schlafes und der Träume

Mosella: Mosel

Mulsum: ein mit Honig und Gewürzen versetzter Wein, der vor dem Essen als Aperitif genossen wurde.

Mursa: Osijek, Kroatien

Nava: die Nahe, Nebenfluss des Rheins

Nida: Frankfurt-Heddernheim

Novaesium: Neuss, Legionslager

Noviomagus: Neumagen, spätantike Festung an der Mosel bei Trier

Onager: Schleudergeschütz für Steine und Brandsätze

Oppidum: keltischer Begriff für eine befestigte Siedlung

Optio: ein Unteroffizier, der in der Regel einen Zug von 10–20 Legionären oder Kavalleristen befehligte

Paenula: römischer Kapuzenmantel

Palästra: Säulen umstandener Platz, auf dem in einem Thermenkomplex Sport getrieben wurde

Palatini: Leibgarde des Kaisers, nach der Auflösung der Prätorianer durch Konstantin neu aufgestellt. Der Anteil der Christen war sehr hoch.

Pannonien: Ungarn

Pax Romana: „Römischer Friede", Friedenszeit vom 1. bis zum 3. Jhdt. n. Chr.

Pilum: römische Wurfwaffe mit kurzem Holzschaft und langer, dreieckig endender Eisenspitze. Die Spitze verbog sich beim Aufprall und konnte nicht zurück geschleudert werden. Im 4. Jhdt. n. Chr. wurde das Pilum durch das leichtere Spiculum ersetzt.

Piscina: mit kaltem Wasser gefülltes Schwimmbecken der Thermen

Pluto: römischer Gott der Unterwelt

Pontus Euxinus: das Schwarze Meer

Porticus, die: überdachte Säulenstellung vor Häuserfronten oder seitliche Begrenzung heiliger Bezirke

Praetorium: Wohnhaus des Statthalters, bzw. Kommandanten

Präfekt: Vorsteher einer römischen Verwaltungseinheit

Präfektur: Verwaltungsgebäude

Principia, die: Kommandantur

Protectores Domestici: Elite- und Gardetruppe, der Name kann als „Leibwächter" übersetzt werden.

Rando: ein alemannischer Häuptling und späterer Gaukönig im 4. Jhdt. n. Chr.

Rhenus: Rhein

Rigomagus: Remagen

Ripuarier: Frankenstamm, der im Rheingebiet siedelte

Saltus Teutoburgiensis: der Teutoburgerwald

Sarmaten: Steppenvolk aus dem südöstlichen Europa. Wurden als Kriegsgefangene im Reichsgebiet angesiedelt

Saturnalien: römisches Fest Ende Dezember zu Ehren des Gottes Saturn, bei dem ein „rex bibendi" (König des Trinkens) gewählt wurde. Die Saturnalien weisen Ähnlichkeiten zum heutigen Karneval auf.

Sax: germanisches Kurzschwert

Scorpio: kleines Geschütz (Balliste) für Pfeilgeschosse, das von drei Mann bedient wurde.

Silva Arduenna: Eifel und Ardennen

Sol invictus: römischer Sonnengott (Jupiter)

Spatha: Langschwert der Spätantike

Spolien: antike Bausteine in Zweitverwendung

Stilus: Schreibgriffel aus Metall

Sucellus: römischer Fruchtbarkeitsgott

Tabernae: Tawern, Ort bei Trier, dessen Name sich von Taverne ableitet

Tabula: mit Wachs beschichtete Holztafel, die mit einem Stilus beschrieben wurde

Tegula: Dachziegel

Tepidarium: Laubad

Thing: germanische Versammlung der Freien, bei der Entschlüsse gefasst und Recht gesprochen wurde

Titus: Sohn des Vespasian, römischer Kaiser von 79 bis 81 n.Chr.

Toga: weißes Prunk- und Festgewand der Römer aus einem Stück Stoff

Tolbiacum: Zülpich im Rheinland, römischer Vicus und spätantike Festung

Torques: keltischer Halsreif, der aus Bronze, Silber oder Gold bestand

Treveris: Kurzform für Augusta Treverorum (Trier)

Tribun: Stabsoffizier der Spätantike

Tricensima: auf den Ruinen der im ersten Frankensturm (ca. 260) zerstörten Colonia Ulpia Traiana (Xanten) errichtete Großfestung, die 352 unterging

Tubulus: Hohlziegel (Wandheizung)

Tunika: knielanges Hemd, das um die Hüfte gegürtet wurde. Universalkleidungsstück der Römer

Tyr: germanischer Kriegsgott

Ubier: verbündeter germanischer Volksstamm, von Caesar auf die rechte Rheinseite umgesiedelt

Urafa: Urft, Fluss in der Eifel

Usurpator: Emporkömmling, der sich den König- oder Kaisertitel widerrechtlich aneignet

Valentinian I.: römischer Kaiser zwischen 364 und 375 n. Chr.

Varnenum: Aachen-Kornelimünster

Vespasian: der erste römischer Kaiser aus der flavischen Dynastie

Vicarius: In der Spätantike löste der Vicarius den Lagerpräfekten als Kommandanten eines befestigten Lagers oder einer Festung ab.

Vicus: ein Dorf oder kleinstädtische Siedlung mit einigen Hundert oder Tausend Einwohnern. Im 4. Jhdt. wurden viele Ansiedlungen sehr viel stärker befestigt. Viele Vici bilden die Keimzelle heutiger Städte.

Villa Rustica (neuztl. Begriff): kleiner oder größerer Gutshof zur Produktion landwirtschaftlicher Erzeugnisse auf dem Lande. Im Gegensatz zu den größeren Siedlungen wurden die Villae Rusticae nach dem Abzug der Römer selten weiter genutzt und dienten der Steinlieferung für Neubauten.

Villa Sarabodis: Gerolstein-Sarresdorf, große und luxuriöse Villa Rustica

Visolvia: Oberwesel, Stadt am Rhein

Wodan: germanische Gottheit

Zeittafel

58–51 v. Chr.   Caesar erobert Gallien bis zum Rhein. Rheinübergänge im Neuwieder Becken

22–19 v. Chr.   Gründung der Colonia Augusta Treverorum (Trier) auf einer treverischen Vorgängersiedlung

13 v. Chr.   Gründung des Militärlagers Mogontiacum (Mainz), das sich im ersten nachchristlichen Jahrhundert zur Stadt entwickelt

12–9 v. Chr.   Germanenfeldzüge des Drusus mit dem Ziel der Unterwerfung Germaniens bis zur Elbe. Tod des Drusus auf dem Rückmarsch. Errichtung von Militäranlagen in Xanten (Vetera)

9 v. Chr.   Niederlage des Varus im Teutoburger Wald gegen die Cherusker unter Arminius. Verlust von 3 Legionen

15/16 v. Chr.   Germanenfeldzüge des Germanicus mit unentschiedenem Ausgang. Abbruch der Offensive und endgültiger Rückzug an den Rhein

50 v. Chr.   Köln wird zur Kolonie erhoben (Colonia Claudia Ara Agrippinensium)

69/71 v. Chr.   Bataveraufstand unter Führung des Civilis. Zerstörung Veteras (Xanten) und Ausrufung eines Gallischen Sonderreiches. Sieg des Cerialis über die Aufständischen bei Vetera

90 v. Chr.   Einrichtung der Provinzen Germania inferior (Niedergermanien) und Germania superior (Obergermanien) mit den Hauptstädten Köln und Mainz

um 100   Gründung der CUT-Colonia Ulpia Traiana (Xanten) und Bau der Eifelwasserleitung nach Köln

70–250	lange Blütezeit und stetiger Aufbau römischer Kultur in den nordwestlichen Provinzen
189–191	erfolgreich abgewehrter Germaneneinfall am Niederrhein
um 200	Zusammenschluss rechtsrheinischer Germanenstämme zum Verband der Franken im Norden und der Alemannen im Süden
211	erste Alemanneneinfälle am Oberrhein
212	Constitutio Antoniana: Verleihung des Römischen Bürgerrechts an alle Reichsangehörige
	Germaneneinfälle am Niederrhein
235–284	Herrschaft der Soldatenkaiser und Reichskrise nach der Ermordung des Kaisers Alexander Severus in Mainz
259–260	Verheerende Germaneneinfälle, Aufgabe des Limes und Verlust der rechtsrheinischen Gebiete
259–273	gallisches Sonderreich des Postumus mit der Hauptstadt Köln. Sicherung der Rheingrenze durch Postumus und seine Nachfolger Victorinus und Tetricus
270–275	erneute Einfälle der Franken und Alemannen
293	Ernennung des Constantinus Chlorus (Vater Konstantins) zum Caesar des Westens. Trier wird Residenz des Westreiches mit hundertjähriger Blütezeit
297	Verwaltungs- und Provinzreform unter Diokletian. Germania prima (I) und Germania secunda (II) werden Teil der Gallischen Diözese
306–337	Konstantin I,. der Große
306–319	Frankenfeldzüge Konstantins. Aus- und Neubau von Festungen (Köln–Deutz, Bitburg, Neumagen)

395	Tod des Theodosius und Teilung des Reiches unter seine Söhne Honorius (Westen) und Arcadius (Osten)
401	Abzug der römischen Truppen zum Abwehrkampf gegen die Goten in Italien. Übernahme des Grenzschutzes durch föderierte Germanen
411	letzte Sicherung der Rheingrenze
420	Frankeneinfall in Trier
451	Sieg des römischen Heerführers Aetius über die Hunnen auf den Katalaunischen Feldern
455	Belagerung und Einnahme Kölns durch die Franken. Plünderung Triers
476	Romulus Augustulus als letzter weströmische Kaiser durch den Germanen Odoaker abgesetzt
479	Trier wird endgültig fränkisch
486	Chlodwig, König der salischen Franken, erobert das Reich des Syagrius, den letzten Rest weströmischer Herrschaft in Gallien
nach 480	Koexistenz von germanischer und römischer Kultur im Rheinland nach der fränkischen Landnahme und Fortbestand der „Romania" an Rhein und Mosel bis ins Mittelalter. Siedlungskontinuität in den großen Städten Köln, Mainz und Trier mit Auswirkungen bis heute